国家出版基金项目
NATIONAL PUBLICATION FOUNDATION

中国宗教文学史

第六卷 下册

明代佛教文学史

李舜臣

王彦明 著

吴光正 主编

北方文艺出版社
哈尔滨

**图书在版编目（CIP）数据**

明代佛教文学史 / 李舜臣，王彦明著 . -- 哈尔滨：
北方文艺出版社，2022.6
（中国宗教文学史 / 吴光正主编）
ISBN 978-7-5317-4662-1

Ⅰ. ①明… Ⅱ. ①李… ②王… Ⅲ. ①佛教文学 - 文
学史 - 中国 - 明代 Ⅳ. ①I207. 99

中国版本图书馆 CIP 数据核字(2022) 第 074180 号

**明代佛教文学史**

MINGDAI FOJIAO WENXUE SHI

作　者／李舜臣　王彦明　　　　　　主　编／吴光正
责任编辑／滕　蕾　　　　　　　　　封面设计／琥珀视觉

出版发行／北方文艺出版社　　　　　邮　编／150080
发行电话／（0451）86825533　　　　经　销／新华书店
地　址／哈尔滨市南岗区宣庆小区 1 号楼　网　址／www. bfwy. com

印　刷／哈尔滨久利印刷有限公司　　开　本／787mm×1092mm　1/16
字　数／600 千　　　　　　　　　　印　张／39. 75
版　次／2022 年 6 月第 1 版　　　　印　次／2023 年 12 月第 1 次印刷

书　号／ISBN 978 -7 -5317 -4662 -1　　定　价／98. 00 元

项目来源：国家社科基金重大项目《中国宗教文学史》（15ZDB069）

**学术顾问：** 宇文所安　孙昌武　李丰楙

陈允吉　　郑阿财　项　楚

高田时雄

**丛书主编：** 吴光正

**本册作者：** 李舜臣　王彦明

# 《中国宗教文学史》导论

吴光正

　　《中国宗教文学史》包括中国道教文学史、中国佛教文学史、中国基督教文学史、中国伊斯兰教文学史四大板块，是一部涵盖汉语、藏语、蒙古语等语种的大中华宗教文学史。经过多次会议①，无数次探讨②，我们以为，编撰这样一部大中华宗教文学史，编撰者需要探索如下理论问题。

---

　　① 《中国宗教文学史》编撰学术研讨会（2012 年 8 月 28—30 日，黄梅）、宗教实践与文学创作暨《中国宗教文学史》编撰国际学术研讨会（2014 年 1 月 10—14 日，高雄）、宗教实践与星云法师文学创作学术研讨会（2014 年 9 月 12—16 日，宜兴）、第三届佛教文献与佛教文学国际学术研讨会（2014 年 10 月 17—21 日，武汉、黄梅）、宗教生命关怀国际学术研讨会（2015 年 12 月 18—19 日，高雄）、第三届宗教实践与文学创作暨《中国宗教文学史》编撰国际学术研讨会（2016 年 12 月 16—18 日，武汉）、从文学到理论——星云法师文学创作学术研讨会（2017 年 11 月 18—19 日，武汉）、《中国宗教文学史》审稿会（2018 年 1 月 10—11 日，武汉）、"古代中国的族群、文化、文学与图像国际学术研讨会"（2019 年 6 月 22—23 日，武汉）、中国文学史编撰研讨暨国家社会科学基金重大项目"中国宗教文学史"结项鉴定会（2021 年 12 月 4 日，武汉）。参见李松《〈中国宗教文学史〉编撰研讨会召开》，《长江学术》2013 年第 2 期；张海翔《宗教和文学联袂携手，弘法与创作结伴同行——宗教实践与文学创作暨〈中国宗教文学史〉编撰国际学术研讨会综述》，《哈尔滨工业大学学报》2014 年第 3 期；《第三届宗教实践与文学创作暨〈中国宗教文学史〉编撰国际学术研讨会成功举办》，《长江学术》2017 年第 2 期；《〈中国宗教文学史〉审稿会成功举行》，《长江学术》2018 年第 2 期；孙文歌《"古代中国的族群、文化、文学与图像国际学术研讨会"召开》，《文学遗产》2019 年第 5 期；《中国文学史编撰研讨会在武汉大学召开，"中国宗教文学史"结项鉴定会同期举办》，《长江学术》2022 年第 2 期。

　　② 吴光正、何坤翁：《坚守民族本位 走向宗教诗学》，《武汉大学学报》2009 年

## 一、宗教文学的定义

宗教文学即宗教实践（修持、弘传、济世）中产生的文学。它包含三个层面的内涵。

---

第 3 期；吴光正：《"宗教文学与宗教文献"开栏辞》，《江西师范大学学报》2010 年 2 期；吴光正：《中国宗教文学史研究（专题讨论）》，《哈尔滨工业大学》2012 年第 3 期；吴光正：《宗教文学史：宗教徒创作的文学的历史》，《武汉大学学报》2012 年第 2 期；吴光正：《扩大中国文学地图，建构中国佛教诗学——〈中国佛教文学史〉刍议》，《哈尔滨工业大学学报》2012 年第 3 期；吴光正：《"宗教实践与文学创作"开栏弁言》，《贵州社会科学》2013 年第 6 期；吴光正：《佛教实践、佛教语言与佛教文学创作》，《学术交流》2013 年第 2 期；吴光正：《宗教文学研究主持人语》，《学术交流》2014 年第 8 期；吴光正：《民族本位、宗教本位、文体本位与历史本位——〈中国道教文学史〉导论》，《贵州社会科学》2014 年第 5 期；吴光正：《宗教实践与近现代中国宗教文学研究（笔谈）》，《哈尔滨工业大学学报》2015 年第 5 期；吴光正：《〈中国宗教文学史〉导论》，《学术交流》2015 年第 9 期；刘湘兰：《先秦两汉宗教文学论略》，《哈尔滨工业大学学报》2012 年第 3 期；李小荣：《论中国佛教文学史编撰的原则》，《学术交流》2014 年第 8 期；李小荣：《汉译佛典文学研究的回顾与展望》，《武汉大学学报》2012 年第 2 期；李小荣：《疑伪经与中国古代文学关系之检讨》，《哈尔滨工业大学学报》2012 年第 6 期；赵益：《宗教文学·中国宗教文学史·魏晋南北朝道教文学史》，《哈尔滨工业大学学报》2012 年第 3 期；高文强：《魏晋南北朝佛教文学之差异性》，《武汉大学学报》2012 年第 2 期；王一帆：《21 世纪中国宗教文学研究动向之一——新世纪中国宗教文学史研究综述》，《文艺评论》2015 年第 10 期；罗争鸣：《宋代道教文学概况及若干思考》，《哈尔滨工业大学学报》2012 年第 3 期；张培锋：《宋代佛教文学的基本情况和若干思考》，《武汉大学学报》2012 年第 2 期；张培锋：《论宋代文艺思想与佛教》，《哈尔滨工业大学学报》2014 年第 3 期；李舜臣：《中国佛教文学：研究对象·内在理路·评价标准》，《学术交流》2014 年第 8 期；李舜臣：《〈明代佛教文学史〉编撰刍议》，《学术交流》2012 年第 5 期；李舜臣：《〈辽金元佛教文学史〉研究刍论》，《武汉大学学报》2012 年第 2 期；余来明：《明代道教文学研究的几个问题》，《云南大学学报》2013 年第 4 期；鲁小俊：《清代佛教文学的文献情况与文学史编写的体例问题——〈清代佛教文学史〉编撰笔谈》，《哈尔滨工业大学学报》2015 年第 5 期；贾国宝：《中国现代佛教文学研究的回顾与展望》，《贵州社会科学》2016 年第 8 期；索南才让、张安礼：《藏传佛教文学论略》，《江西师范大学学报》2013 年第 5 期；树林：《蒙古族佛教文学研究回顾与前瞻》，《蒙古学研究年鉴（2017 年卷）》，2019 年 5 月；宋莉华：《基督教汉文文学的发展轨迹》，《武汉大学学报》2012 年第 2 期；荣光启：《现当代汉语基督教文学史漫谈》，《武汉大学学报》2012 年第 2 期；马梅萍：《中国汉语伊斯兰教文学史的时空脉络与精神流变》，《武汉大学学报》2013 年 6 期；马梅萍：《中国汉语伊斯兰教文学述略》，《中国宗教文学史编撰研讨会论文集》，哈尔滨：北方文艺出版社，2015 年。我们的讨论也获得了学术界的支持和呼应：张子开、李慧：《隋唐五代佛教文学研究之回顾与思考》，《哈尔滨工业大学学报》2012 年第 3 期；吴真：《唐代道教文学史刍议》，《哈尔滨工业大学学报》2012 年第 3 期；李松：《中国现当代道教文学史研究的回顾与省思》，《学术交流》2013 年第 2 期；郑阿财：《论敦煌文献对中国佛教文学研究的拓展与面向》，《长江学术》2014 年第 4 期。

一是宗教徒创作的文学。宗教徒身份的确定，应依据春秋名从主人之义（自我认定）、时间之长短等原则来处理。据此，还俗的贾岛、临死前出家的刘勰、遁迹禅林却批判佛教之遗民屈大均等不得列为宗教作家；政权鼎革之际投身方外者，其与世俗之关系，当以宗教身份来要求，不当以政治身份来要求；早期宗教史上的一些作家可以适当放宽界线。

宗教徒文学具有神圣品格与世俗品格。前者关注的是人与神、此岸与彼岸的超越关系，彰显的是宗教家的神秘体验和内在超越；后者关注的是宗教家与民众及现实的内在关联，无论其内容如何世俗乃至绮语连篇，当从宗教作家的宗教身份意识来加以考察，无常观想也罢，在欲行禅也罢，弘法济世也罢，要做出符合宗教维度的界说。那些违背宗教精神的作品，不列入《中国宗教文学史》的研究范围。

二是虽非宗教徒创作，但出于宗教目的、用于宗教场合的文学。这类作品包括如下两个层面：

宗教神话、宗教圣传、宗教灵验记等神圣叙事类作品。其著作权性质可以分为编辑、记录、整理和创作。编辑、记录、整理的作品，其特征是口头叙事、神圣叙事的案头化；创作的作品，则融进了创作者个人的宗教理念和信仰诉求。

用于仪式场合，展示人神互动、表达宗教信仰、激发宗教情感的仪式性作品。这类作品有不少是文人创作的，具有演艺性、程式性、音乐性等特征。许多作品在宗教实践中传承演变，至今依然是宗教仪式中的经典，有的作品甚至保留了几百年、上千年前的原貌，称得上是名符其实的活化石。

三是文人参与宗教实践、因有所感触而创作的表达宗教信仰、宗教体验的作品。在这个层面上，"宗教实践"可作为弹性概念，"宗教信仰"和"宗教体验"应该作为刚性概念。文人创作与宗教有关的作品，有的当作一种信仰，有的当作一种生活方式，有的当作一种文化资源，有的当作一种文化批判，其宗教性差异非常大，要做仔细辨别。只有与宗教信仰和宗教体验有关的作品才可以纳入宗教文学的范畴。因此，充斥于历代文学总集、选集、别集中的，与宗教信仰和宗教体验关系不大的唱和诗、游寺诗这类作品不纳入宗教文学的范畴。

本部分仅仅包括文人创作的"文"类作品，不包括文人创作的碑记、序跋等"笔"类作品。文人创作的"笔"类作品可以作为宗教徒创作的背景材料和阐述材料。

尽管教内的认可度宽延尺度不一，文人创作的宗教性仍要参考教内的认可度。有的文人被纳入宗教派别的法嗣，有的文人被写入教内创作的宗教传记如《居士传》等。这是很好的参考标准。

梳理这部分作品时，应从现象入手，将有关文人的作品纳入相关章节，并进行理论概括。理由如下：几乎所有古代文人都会写有关宗教的作品，其宗教性程度不等，甚至有大量反宗教的作品，所以需要从上述层面进行严格限定；几乎所有古代文人所写的与宗教相关的作品都只是其创作中的一个小景观，《中国宗教文学史》不宜设过多章节来介绍某一世俗作家及其作品，否则，中国宗教文学史就成了一般文学史。

这三部分之间的关系，应该遵循如下原则：宗教徒创作的文学是中国宗教文学史的"主体"，用于宗教场合的非宗教徒创作的作品是中国宗教文学史的"补充"，文人参与宗教实践而创作的表达宗教信仰、宗教体验的作品是中国宗教文学史的"延伸"。编撰

《中国宗教文学史》时，要用清理"主体"和"补充"部分所确立起来的理论视野对"延伸"部分进行界定和阐释，"延伸"部分所占比例要比其他部分小。这样，就可避免宗教文学内涵与外延的无限扩大。

我们对宗教文学的界说，是在总结百年中国宗教文学研究、中国宗教研究经验和教训的基础上展开的。

百年中国宗教文学研究关注的主要是"宗教与文学"这个领域，[①] 事实层面、文献层面的清理成就斐然，但阐释层面存在不少隔靴搔痒的现象，其关键在于对宗教实践和宗教徒文学的研究相对匮乏。我们甚至可以认为，不了解宗教实践与宗教徒的文学创作，我们就无法对"宗教与文学"做出比较到位的阐释。纵观百年中国宗教文学研究史，在"宗教与文学"层面做出卓越贡献的学者对宗教实践、宗教思维的体会往往很深刻，因此对宗教文学文献的释读也很到位。从宗教徒的角度来说，宗教实践是触发其文学创作的唯一途径。宗教徒创作的文学作品，有的是出于宣教的功利目的，有的是出于感悟与体验的审美目的，有的是出于个人的宗教情怀，有的是出于教派的宗教使命，但无一不与其宗教实践的方式和特性密切相关，无一不与其所属宗教或教派的宗教理念和思维方式密切相关。从"宗教实践"的角度来界说宗教文学，目的在于切除关系论、影响论下的文学作品，纯化论述对象，

---

① 参见吴光正：《二十世纪大陆地区"道教与古代文学"研究述评》，台湾《文与哲》第9期，2006年；吴光正：《二十世纪"道教与文学"研究的历史进程》，《文学评论丛刊》第9卷第2辑，2007年；何坤翁、吴光正：《二十世纪"佛教与古代文学"研究述评》，《世界宗教研究》2013年第3期；吴光正：《域外中国道教文学研究述评》，《中国文哲研究通讯》（台湾）第31卷第2期，2021年。

把握宗教文学的本质。任何界说，作为一种设定，都具有其合理性和局限性。本设定作为《中国宗教文学史》论述对象的理论界定，需要贯彻到具体的章节设计之中。

百年中国宗教研究，从业人员以哲学界人士占主导地位，哲学模式的宗教研究成果无比丰硕，从业人员不多的史学界在这个领域也留下了经典论著。国内近几十年的宗教研究一直是哲学模式一统天下，有力地推进了中国宗教研究的历史进程。但是，宗教是一个复杂的精神现象和社会现象，需要多维度、多学科加以观照。在目前的研究态势下，更需要强化史学、社会学、政治学、民族学、人类学、文学、心理学等学科的观照，辨析复杂、多元的宗教史实，还原宗教实践场景。有学者指出，目前出版的所有《中国道教史》居然没有一本介绍过道教实践中最为关键的一环——受箓，因此，倡导多元的研究维度还是必要的。在阅读中国宗教研究著作时，学者们常常会反思：唐代以后，大规模的宗教经典创作和翻译工作已经结束，不再产生新宗教教派或新宗教教派不以理论建构见长，哲学模式主导的宗教研究遂视唐以后的宗教彻底走向衰败，结果导致宋元明清宗教史一直被学术界忽视，连基本事实的清理都未能完成，宗教实践的具体情形更是无从谈起。近些年来，宗教学界已经注意到这个问题，并陆续出版了不少精彩的论著。笔者在这里想强调的是，如果能从宗教实践的立场来研究这段历史，结论一定会很精彩。近一百年来，中国宗教史研究所使用的材料主要是经典、经论、史籍和碑刻，对反映宗教实践的宗教徒文学创作关注不够，导致许多研究无法深入。比如，王重阳用两年六个月的时间在山东半岛收了七大弟子后即羽化，他创建的全真教因何能够发展壮大，最后占了道教的半壁江山？史籍和碑刻资料很难回答这个问题，王重阳和全真七子的文学创作却能够回答这个问题。① 明末清初的佛教其实非常繁荣，但是通过史籍和经论很难说清楚，不过，中国台湾学者廖肇亨的研究却很好地解决了这个问题，② 原因就在于他能够读僧诗、解僧诗。从宗教实践的角度来看，就是被哲学模式研究得非常深入的唐宋禅学，也有重新审视的必要。哲学擅长的是思辨，强调概念和推理，而禅学偏偏否定概念和推理，甚至否定经典和文字，讲究的是"悟"，参禅、教禅强调的是不立文字、不离文字，即绕路说禅，具有很强的诗学意味。因此，从宗教实践的角度来看，唐宋禅学研究应该是语言学界和文学研究界擅长的领域。③

可见，无论是从宗教史还是从文学史的立场，宗教实践都是一个最为关键的切入点。

## 二、宗教文学经典与宗教文学文献

从宗教实践的角度将宗教徒的文学创作确立为宗教文学的主体，需要解决的问题是如何认定宗教文学经典、如何收集宗教文学文献。在课题组组织的会议上，我们都面临着这样的问题：宗教徒的文学创作有经典吗？对此，我们的回答是：宗教文学从来不缺经典，缺的是经典的发现和经典的阐释。

关于宗教文学经典的认定，我们觉得应该从如下层面加以展

---

① 吴光正：《金代全真教掌教马丹阳的诗词创作及其文学史意义》，《世界宗教研究》2019 年第 1 期；吴光正：《试论马丹阳的诗词创作及其宗教史意义》，《宗教学研究》2021 年第 1 期。

② 廖肇亨：《中边·诗禅·梦戏：明末清初佛教文化论述的呈现与开展》，台北：允晨文化实业股份有限公司，2008 年版。

③ 周裕锴：《禅宗语言》，复旦大学出版社，2017 年版；周裕锴：《法眼与诗心：宋代佛禅语境下的诗学话语建构》，中国社会科学出版社，2014 年版。

开。一是要从宗教实践的立场审视宗教文学作品的功能，对宗教文学的"文"类、"笔"类作品之优劣加以评估，确立其经典性。二是要强调宗教性和审美性的统一。具备召唤能力和点化能力的作品才是好作品，能激发宗教情感的作品才是好作品，美感和了悟兼具的作品才是好作品。三是要凸显杰出宗教徒在文学创作中的核心地位。俗话说："诗僧未必皆高，凡高僧必有诗。""诗僧"产出区域与"高僧"产出区域往往并不重叠。因此，各宗教创始人、各教派创始人、各教派发展史上的杰出人物的创作比一般的宗教徒创作更具经典性。因此，《真诰》《祖堂集》中的诗歌比一般的宗教徒如齐己的别集更具有经典性。四是要从宗教传播中确立经典。很多作品在教内广泛流传，甚至被奉为学习、参悟之典范，甚至被固定到相关的仪式中而千年流转。流行丛林之《牧牛图颂》《拨棹歌》《十二时歌》《渔父词》一类作品应该作为丛林之经典；在宗教仪式中永恒之赞美诗、仙歌道曲应该是教内之经典；被丛林奉为典范之《寒山诗》《石门文字禅》应该是教内之经典。最后需要指出的是，在终极关怀和生命意识的呈现上，一个优秀的宗教作家完全等同于具有诗人情怀的世俗作家。高僧与诗人，高道与诗人，曹雪芹和空空道人，贾宝玉和文妙真人，本质上是同一的，具备这种同一性的作家和作品，可谓达到了宗教文学的极致！总之，宗教文学经典的确立应从教内出发而不应从世俗出发，而最为经典的宗教文学作品和最为经典的世俗文学作品，其精神世界是相通的。

有了这样的认识，我们才能从浩瀚无边的文献中清理宗教文学作品并筛选宗教文学经典。清理宗教文学文献时，我们拟采取如下步骤和措施。

各大宗教内部编撰的大型经书和丛书应该是《中国宗教文学史》首先关注的文献。《道藏》、《藏外道书》、《道藏辑要》、《大藏经》（包括藏文、蒙古文大藏经《甘珠尔》《丹珠尔》）、汉译《圣经》、汉译《古兰经》中的文献，需要全面排查。经典应该首先从这些文献中确立。《大藏经》中的佛经文学以及《圣经》《古兰经》的历次汉译本要视为各大宗教文学的首要经典和翻译文学的典范加以论述，《道藏》中的道经文学要奉为道教文学的首要经典加以阐释。《道藏》文献很杂，一些不符合宗教文学定义的文献需要剔除，一些文学作品夹杂在有关集子中，需要析出。《大藏经》不收外学著作，其内学著作尤其是本土著述，有的全本是宗教文学著作，有的只有一部分，有的只存在于具体篇章中，需要通读全书加以清理。

各大宗教家文学别集的编撰、著录、存佚、典藏情况需要进行全面清理，要在目录学著作、志书、丛书、传记、序跋、碑刻和评论文章中进行爬梳。

宗教文学选集与总集的编著、著录、传播、典藏情况要从文献学和选本学的角度加以清理，归入相关选本、总集出现的时代。因此，元明清各段的文学史要设置相关的章节。这是从宗教实践、宗教传播视野确立经典的一个维度。

《中国佛寺志丛刊》《中国道观志丛刊》和地方志等文献中存在大量著述信息，需要加以考量。

方内文人编撰的断代、通代选集和总集中的"方外"部分也需要从选本学、文献学的立场进行清理，归入相关选本、总集出现的时代。这类文献提供了方外创作的面貌，保留了大量文献，但其选择依据是方内的，和方外选本有差距。这类选集和总集数量非常庞大，如果不能穷尽，则需要选择典范选本加以介绍。需要特别指出的是，近百年来编撰的各类文学总集往往以"全集"命名，但由于文学观念和资料的限制，"全集"并不全。比如，《全元诗》秉持纯文学观念，对大量宗教说理诗视而不见，甚至整本诗集如《西斋净土诗》也完全弃之不顾。在佛教界内部，《西斋净土诗》被奉为净土文学的典范。中国台湾的星云法师是当代非常擅长文学弘法的高僧，他在宜兰念佛会上举办各种活动时就不断从《西斋净土诗》中抽取相关诗句来吸引信徒。因此，收集宗教文学文献时，我们一定要秉持宗教文学观，不要轻易相信世俗总集之"全"，而要上穷碧落下黄泉式地搜寻资料。

藏族佛教文学、蒙古族佛教文学、南传佛教文学、中国基督教文学和中国伊斯兰教文学的基本文献均未得到有效整理，基本上尘封于全国乃至全世界的图书馆、宗教场所中，尘封于报刊中，需要研究者花时间和精力去探寻。近些年来，一些大型史料性丛书得以出版。如钟鸣旦、杜鼎克、黄一农、祝平一主编《徐家汇藏书楼明清天主教文献》，钟鸣旦等主编《耶稣会罗马档案馆明清天主教文献》，王秀美、任延黎主编《东传福音》，曾庆豹主编《汉语基督教经典文库集成》，周振鹤主编《明清之际西方传教士汉籍丛刊》《徐家汇藏书楼明清天主教文献续编》，张美兰所著《美国哈佛大学哈佛燕京图书馆藏晚清民国间新教传教士中文译著目录提要》，周燮藩主编《清真大典》，王建平主编《中国伊斯兰教典籍选》，吴海鹰主编《回族典藏全书》等。从这些文献中爬梳宗教文学作品，也是一份艰辛的工作。

总之，《中国宗教文学史》各段要设专章对本段宗教文学文献进行全面清理，为后来的研究提供文献指南。不少专著和专文已经做了初步的研究，可以全面参考。这是最见功力、最耗时间的一章，也是最好写的一章，更是造福士林、造福教界的一章。

### 三、宗教文学文体与宗教诗学

近百年来，西方的纯文学观念彰显的是符合西方观念的作品，一定程度上遮蔽了中国自身的文学传统，并且制造了不少伪命题。作为一种学术反思，学术界的本土化理论建构已经在探究"传统文学"的"民族传统"。在这种学术潮流中，诸多学者的研究已经产生重大反响，比如，罗宗强的文学思想研究，刘敬圻的还原批评，张锦池的文献文本文化研究，陈洪、蒋述卓、孙逊、尚永亮的文学与文化研究，吴承学倡导的文体研究，陈文新秉持的辨体研究，等等，均深获学界赞许。这一研究路径应该引起宗教文学研究者的重视，《中国宗教文学史》应该继承和发扬这一研究范式，因为，宗教文学是最具民族特色的文学，而文体作为一种把握世界的方式，是最具民族特性的。

对中国宗教文学展开辨体研究，就意味着要抛弃西方纯文学观念，不再纠缠"文学"之纯与杂，而是从宗教实践的立场对历史上的各大"文"类、"笔"类作品进行清理，对其经典作品进行理论阐述。因此，我们特别注重如下三个方面的论述：第一，我们强调，研究最具民族性的传统文学——宗教文学时，要奉行宗教本位、民族本位、历史本位、文体本位，清理各个时期宗教实践中产生的各类文体，对文体进行界说，对文体的功能、题材、程式、风格、使用场合进行辨析，也即对各大文体、文类下定义，简洁、明晰、到位之定义，足以垂范后学之定义。如，魏晋南北朝时期的经表之文、仙真之传、神仙之说、仙灵之诗，其文体在道教文学史上具有典范意义，我们在撰述过程中应该对其文体进行准确界说。第二，我们强调，各文体中出现的各大类别也要进行界说，并揭示其宗教本质和文学特质。如佛教山居诗，要对山居诗下定义，并揭示山居诗的关注中心并非山水，而是山水中的僧人——俯视众生、超越世俗、自由自在、法喜无边的僧人。第三，我们强调，宗教文学文体是应宗教实践而产生的，有教内自身的特定文体，也有借自世俗之文体，其使用频率彰显了宗教实践的特色和宗教发展之轨迹。

在分析各体文学的具体作品时，我们不仅要尊重"文各有体，得体为佳"的创作规律，而且要建立起一套阐释宗教文学的话语体系和诗学理论。

用抒情言志这类传统的文人诗学话语和西方纯文学的诗学话语解读中国宗教文学作品时，往往无法准确揭示中国宗教文学的本质，甚至过分否定其价值。比如，关于僧诗，唐代还能以"清丽"加以正面评价，从宋人开始就完全以"蔬笋气"、"酸馅味"加以一概否定了。中国古代宗教文学作品，无论是道教文学还是佛教文学，能得到肯定的只是那部分"情景交融"的作品，这类作品在研究者眼里已经"文人化"，因而备受关注和肯定。这是一种完全不考虑宗教实践的外在切入视野。如学术界一直否定王重阳和丘处机的实用主义文学创作，却认定丘处机的山居诗情景交融，是"文人化"的体现，是难得一见的好作品。殊不知，丘处机的山居诗是其苦修——斗闲思维的产物。为了斗闲，丘处机在磻溪和龙门山居十三年，长期的苦修导致他一生文学创作的焦点均是山居风物，呈现的是一种放旷、悠闲、自由的境界。西方纯文学观念引进中国后，宗教徒文学在相当长的一段时间内基本上淡出学者的学术视野，在百年中国文学史书写中销声匿迹。大陆晚近三十来年的宗教文学研究主要在文献和事实清理层面上成绩突出，理论层面虽有所建树，但需要探索、解决的问题依然很多。因此，需要从宗教实践的立场探索一套解读、阐释宗教文学的话语系统和诗学理论。

因此，我们强调，宗教观念决定了宗教的传播方式和语言观，也就决定了宗教文学的创作特性。不同的宗教有不同的传播策略、不同的语言观，从而影响了佛教、道教、基督教和伊斯兰教的经典撰述和翻译，也影响了宗教家对待文学创作的态度，更影响了宗教家的作品风貌。佛典汉译遵循了通俗易懂原则、随机应变原则，这是受佛经语言观影响形成的翻译原则，导致汉译经典介于文白和雅俗之间，对佛教文学创作产生了重要影响。[①] 葛兆光甚至认为，佛教"不立文字"和道教"神授天书"的语言观和传播方式决定了佛教文学和道教文学的风格特征。[②] 基督教和伊斯兰教的语言观和传播方式不仅决定了经典的翻译特色，而且决定了基督教文学和伊斯兰教文学的创作风貌。伊斯兰教强调《古兰经》是圣典，不可翻译，因此，中国伊斯兰教徒一直用波斯语和阿拉伯语诵读《古兰经》，大量伊斯兰教徒的汉语文学创作难觅伊斯兰教踪影，直到明王朝强迫伊斯兰教徒汉化才形成回族，才有汉语教育，才有《古兰经》的汉语译本，才有伊斯兰教汉语文学。巴别塔神话实际上就是基督教的语言观和传播方式的一个象征，这一象征决定了中国基督教文学的特色。为了宣传教义，传教士翻译了大量西方世俗文学作品和基督教文学作品，李奭学的《译述：

---

① 李小荣：《汉译佛典文学研究的回顾与展望》，《武汉大学学报》2012 年第 2 期。

② 葛兆光：《"神授天书"与"不立文字"——佛教与道教语言传统及其对中国古典诗歌的影响》，《文学遗产》1998 年第 1 期。

明末耶稣会翻译文学论》《中国晚明与欧洲文学——明末耶稣会古典型证道故事》① 已经成功地论证了晚明传教士在这方面的努力。与此同时，传教士不仅不断翻译、改写《圣经》来传播福音，而且利用方言和白话创作了大量文学作品，并借助现代传媒——报纸、杂志、电台进行传播，其目的就是为了适应中国国情而进行宗教宣传，其通俗化、艺文化和现代化策略极为高超，客观上对中国现代文学产生了重要影响。

因此，我们强调，中国宗教文学自身具有一些和传统士大夫文学、传统民间文学截然不同的表达传统。中国史传文学发达，神话和史诗不发达，这是一般文学史的看法。如果考察宗教文学就会发现，这样的表述是不准确的。民族史诗、佛教和道教的神话、传记在这方面有很显著的表现，形成了一种独特的叙事诗学，并对中国小说、戏剧产生了重要的影响。② 中国抒情诗发达，叙事诗和说理诗不发达，这是一般文学史的定论。但是，宗教文学的目的在于劝信说理，宗教文学最为注重的就是说理和叙事，并追求说理、叙事、抒情兼善的表达风格，其叙事目的在于说理劝信，其抒情除了在人与人、人与自然之间展开外，更多在人与神、宗师与信众之间展开。这是一种迥异于世俗文学的表达传统，传统诗学和西方诗学或视而不见，或做出不公的评价，因此，需要确立新的阐释话语。

《中国宗教文学史》的目的在于通过宗教文学史史实、宗教文

① 李奭学：《译述：明末耶稣会翻译文学论》，香港：香港中文大学出版社，2012 年版；李奭学：《中国晚明与欧洲文学——明末耶稣会古典型证道故事》，台北："中央研究院"及联经出版公司联合出版，2005 年版。

② 参见吴光正：《神道设教——明清章回小说叙事的民族传统》，武汉：武汉大学出版社，2012 年版。

学经典、宗教文学批评史实的清理，建构中国宗教诗学。本领域需要发凡起例，垂范后学。即使论述暂时无法深入，但一定要说到，写到，要周全，要周延。这是一种挑战，更是一种诱惑。编撰者学术个性应该在这个层面凸显。宗教诗学的建构任重而道远，虽不能一蹴而就，而心向往焉。

### 四、中国宗教文学史与民族认同、文化认同

《中国宗教文学史》将拓展中国文学史的疆域和诗学范畴，一个长期被忽视的疆域，一个崇尚说理、叙事的疆域，一个面对神灵抒情的疆域，一个迥异文人创作、民间创作的表达传统和美学风貌。《中国宗教文学史》魅力无限，宗教徒文学魅力无限，只有在宗教徒文学的历史进程、表达方式、内在思想、生命意识得到清理之后，我们才能更好地把握纯文学视野无法放下的苏轼和白居易们。

《中国宗教文学史》需要跨学科的视野，其影响力不仅仅在文学领域，更可能在宗教和文化领域，也即《中国宗教文学史》不仅仅是文学史，而且还应该是宗教史和文化史。

宗教文学史是宗教实践演变史的一个层面，教派的创建与分合、教派经典的创立与诵读、教派信仰体系和关怀体系的差异、教派修持方式和宗教仪式上的特点、教派神灵谱系和教徒师承风貌、宗教之间的冲突与融汇均对宗教文学创作产生了重要的影响，有时甚至就是这些特性的文学呈现。在这个层面上，我们特别强调教派史和文学史的内在关联。并不是所有的作品均呈现出教派归宿，不少宗教徒作家出入各大教派之间，有的甚至教派不明，但教派史乃至宗门史视野一定能够发现太多的宗教文学现象，并加深研究者对作品的阅读和阐释，深化研究者对宗教史的认识。

《中国宗教文学史》的编撰一定能催生一种新的宗教史研究模式，并对学术史上的一些观点进行补说。宗教信仰是一种神圣性、神秘性、体验性、个人性的心灵活动，其宗教实践和概念、体系关系不大。可是，以往的中国宗教史研究对这一点重视不够。宋前的概念史是否真的就反映了历史的真实？宋后没有新教派、新体系、新概念就真的衰弱了吗？《中国宗教文学史》需要反思这一研究模式，对宗教文学史、宗教史做出新的描述和阐释。宗教文学最能反映宗教信仰的神圣性、神秘性、体验性、个人性，清理这些特性一定能别开生面。《中国宗教文学史》的断代和分期应该与宗教发展史相关，和朝代更替关系不大，和世俗文学史的分期更不相关。目前采取朝代分期，是权宜之计。如何分期，需要各段完成写作之后才能知道。因为，目前的研究还不足以展开分期讨论。我们坚信，对中国宗教文学史的深入研究足以引发学界对宗教发展史分期和特点的探讨。其实，先秦宗教重在实践，理论表述不多；汉唐宗教实践也没有西方、日本式的发展形态和理论形态；道教符箓派本质上是一个实践性的宗教，理论表述并不是其关注焦点；中国宗教在唐代以后高度社会化，其宗教实践渗透到民众生活的各个层面。目前关于明末清初佛教文学的研究已经表明，明清佛教并不像学术界所说的那样"彻底衰败"。通过对清代三百余种僧人别集的解读，我们相信，这种"彻底衰败说"需要修正。我们梳理清代道教文学创作后发现，清代道教徒的文化素养、艺文素养其实并不低，清代道教其实在向社会化和现代化转变。

宗教实践的演变和一定时代的文化氛围密切相关，冲突也罢，借鉴也罢，融合也罢，总会呈现出各个时代的风貌。玄佛合流、三教争衡、三教合一、以儒释耶、以儒释经（伊斯兰教经典）、政教互动、圣俗互动、族群互动、对外文化交流、宗教本土化等文化现象，僧官制度、道官制度、系账制度、试经制度、度牒制度、道举制度等文化制度均对宗教文学的创作产生了重要影响。例如，金元道教出现了迥异于以往的发展面貌，从而形成了一些颇具特色的文学创作现象：苦行、试炼与全真教的文学创作；弘法、济世与玄教领袖的文学创作；远游、代祀与道教文学家的创作视野；遗民情怀与江南道教文学创作；雅集、宴游、艺术品鉴与江南道教文学创作；宗教认同与金元道教传记创作；道人居室题咏；文人游仙诗创作；道教实践、道教风物之同题集咏；道士游方与送序、行卷；北方全真教的"头陀"印记与南方符箓派的"玄儒""儒仙"印记，国家祭祀与族群文化认同。这些文学现象，是金元道教发展史上的独特现象，也是金元王朝二元政治环境下的产物，更是元王朝辽阔疆域在道教文学中的折射。这些文学现象，不仅是文学史、宗教史上的经典个案，更是文化史上的经典个案，值得我们深入探究。

文学史和宗教史向文化史靠拢，就意味着文化交流，就意味着族群互动与文化认同。中国历史上的两次南北朝时期，就是通过文化认同和民族认同熔铸了中华民族的精神谱系。其中，道教，尤其是佛教所起的作用颇为重要，可惜这一贡献在百年来的文化建设和学术研究中得不到足够的重视。其实，只要我们认真清理这两个时期留下的宗教文学作品，我们就能体会到宗教认同与文化认同、民族认同之间的密切联系。近现代以来，西方文明在列强的枪炮声中席卷全中国，包括宗教在内的传统文化被强烈批判乃至抛弃，给今天的文化建设带来了巨大的困扰。但太虚法师倡导的人间佛教在台湾取得丰硕成果，不仅成为台湾精神生活的奇迹，而且以中华文明的形式在全球开花结果。以佛光山、法鼓山、中台禅寺、慈济功德会为代表的台湾人间佛教，如今借助慈善、禅修、文化、教育和文学，不仅在中国台湾，而且在全球弘扬中国传统文化，提升中国文化软实力。星云法师、圣严法师的文学创作，不仅建构了自身的人间佛教理念，而且强化了自身的教派认同，不仅在台湾岛内培育了强大的僧团和信众组织，而且在全球吸纳徒众和信众，其文学创作所取得的宗教认同、文化认同和民族认同，非同凡响，值得我们深思。这也提醒我们，编撰《中国宗教文学史》不仅是在编撰文学史、宗教史、文化史，而且是在进行一种国家文化战略的思考。

# 目　　录

# 第一章 绪 论

明代佛教文学，主要指洪武元年（1368）明朝开邦建国至崇祯十七年（1644）间佛教徒创作的文学作品，亦包括少数虽非佛教徒创作，但出于宗教目的、用于宗教场合的文学作品。限于种种原因，目前对明代佛教文学史的认识极为有限。不仅一般文学史少有明代僧侣作家的身影，即便近几年出现的断代文学史，亦着墨甚微。然考诸史实，明代僧侣作家规模庞大，接迹文坛者为数亦多，且诗文、僧传、小说、戏曲等诸体兼备。随着明代文学和佛教研究的推进，有必要系统全面地检讨明代佛教文学发生发展的历史，展现此段佛教文学之风貌。

明代佛教文学，总体呈现出两头热、中间冷的"马鞍型"的发展态势，即明初（1368—1425）、明末（1573—1644）为繁盛期，中期（1426—1572）则相对衰落。这种印象的获得，首先来自对明代僧诗发展的认识。释氏诗歌无疑是历代僧侣作家中成就最突出者，它的盛衰兴废很大程度上代表着佛教文学发展的走势。这里，我们试着以钱谦益《列朝诗集》为例来说明问题。《列朝诗集》闰集共编选了 108 名释氏诗人的 1 349 首诗作，各类诗人中，又大致依时间先后编次。据此，我们可大致统计出明代各时期释氏诗人的数量，参见表 1 – 1。

表1-1　明代各时期释氏诗人的数量及所占比例

| 时期 | 1368—1425 | 1573—1644 | 1426—1572 | 年代不详 |
|---|---|---|---|---|
| 释氏诗人数量 | 34 人 | 17 人 | 38 人 | 19 人 |
| 所占比例 | 31.48% | 15.74% | 35.19% | 17.59% |

　　钱氏游心释典，广交僧衲，所录释氏诗人虽仍有遗落（像成化间的释宗贤、明末释大善等），但其数量之多，后世鲜有能超越者。表1-1的统计结果，应有足够的可信度，它颇为清晰地反映了明代释氏诗人发展的走势。明初、明末释氏诗人颇为繁盛，徐泰《诗谈》云："释来复、宗泐、守仁、梵琦四子，雄深雅健，殊不类僧家之作。我国初诗僧盛矣。"① 憨山德清则说："我明国初，有楚石、见心、季潭、一初诸大老，后则无闻焉。至嘉、隆之际，予为童子时，则知有钱塘玉芝一人，而诗无传。江南绝响，始予与雪浪创起……雪浪刻意酷嗜，遍历三吴诸名家，切磋讨论无停晷，故声动一时。"② 从"国初后"到万历初年，德清所知释氏诗人仅法聚玉芝一人，可见明中期释氏诗歌创作之沉寂。万历后，在他和雪浪洪恩的影响下，释氏诗人蜂起，遂迎来了创作的高潮。钱谦益即说："万历中，江南开士，多博通诗翰者，亦公（雪浪）与憨大师为导师也。"③

　　明代佛教文学发展所呈现出的"马鞍型"态势，不仅体现在释氏诗人的阵容上，同样也反映在创作质量上。明初较为活跃的

---

①　徐泰：《诗谈》，载《四库全书存目丛书》集部第417册，第4页。
②　释德清：《憨山老人梦游集》卷四十七《自序》，《卍新续藏经》第73册，第786页。
③　钱谦益：《列朝诗集小传》，上海古籍出版社，1983年，第704页。

楚石梵琦、季潭宗泐、来复见心、独庵道衍等均是由元入明的诗僧，在当时即颇具声名。例如，高启尝评独庵道衍诗云："能兼采众家，不事拘挟。观其意，亦将期于自成而为一大方者也……余为之拭目加异。"① 徐一夔评季潭宗泐诗说："其诗众体毕具，一句一字，涤去凡情俗韵，一趣乎雅，有一唱三叹之意焉。"② 而明末很多僧侣在文坛的声名更著，几可夺文人之席。例如苍雪读彻的诗，吴梅村评曰："其诗苍深清老，沉着痛快，当为诗中第一，不徒僧中第一也。"③ 类似的评论未必皆可全信，但至少表明这些僧侣在当时文坛有着相当的影响。

事实上，历代佛教文学的发展都不同程度地呈现出此种"马鞍型"的态势。此中原因在于：易代之际，世局翻覆，丛林乃全身远祸之所，僧团内部因大批文人的涌入，文化素质自会得到迅速提升。不过，明代佛教文学发展的"马鞍型"态势，尤为明显，其根由还与明代的佛教政策和文化思潮密不可分。明代佛教因其世俗化程度颇为严重，被普遍认为是末法时代。然相较而言，其精光外灿者，仍集中于明初与明末这两个时段。明初，夙有佛缘的明太祖崇奉释教，诏天下高僧制立三教，并申明佛教榜册，以振僧风，其礼遇之厚，"可谓至隆极重"④。洪熙、宣德朝后，佛教的生存境遇逐渐恶化。宣德朝即有意控制佛门的规模，弘治初年还出现了汰佛之议；而嘉靖朝，世宗崇尚道教斋醮，焚弃佛牙头

---

① 高启：《凫藻集》，载《文渊阁四库全书》第 1230 册，第 279 页。
② 徐一夔：《全室外集序》，载《文渊阁四库全书》第 1234 册，第 787 页。
③ 吴伟业：《梅村诗话》，载王夫之等撰《清诗话》，上海古籍出版社，1986 年，第 76 页。
④ 沈德符：《万历野获编》卷二十七，中华书局，1997 年，第 679 页。

骨，"释氏之不振极矣"①。晚明佛教虽因白莲教、罗教等民间教派起义而遭裁抑，但其时政纲松弛、权柄下移，佛教向世俗社会的渗透已呈不可阻逆之势。除云栖祩宏、紫柏真可、蕅益智旭、憨山德清"四大高僧"外，密云圆悟、无明慧经、觉浪道盛、宗宝道独等，均苦心提撕，撑持法门，如暗室灯火，晦夜星辰，使丛林出现了久违的中兴之象。

明代佛教文学的发展，还与明代的文化思潮密不可分。明代思想界的主流是阳明心学。心学阳儒阴释，以释迦之学诠释孔门之学；阳明弟子王畿、王艮等更是没入禅海，几与佛禅等同。心学之风，偃及天下，在晚明士阶层中掀起了一股劲盛的禅悦之风，士大夫几乎无有不谈禅者。他们往来于丛林，遍交僧侣，无外乎谈禅证道和诗文酬答。钟惺即描述道："金陵吴越间，衲子多称诗者，今遂以为风。大要谓僧不诗，则其为僧不清；士大夫不与诗僧游，则其为士大夫不雅。"② 在这种情形下，明末佛教文学的繁荣便在情理之中。

明代佛教文学给人总体的印象是，僧侣作家基本继承了传统佛教文学的写作方式和策略，抒写自己的宗教体验和世俗经验。也就是说，他们在文体的选择和风格拓展上并无太多创新。但是，时移世易，明代僧诗的情感内蕴却出现了一些新的特质。其突出的特征就是，诗僧的担当意识较以往更为浓厚。明代诗僧大多思想驳杂，亦儒亦释，甚至亦道。例如，独庵道衍即自称："幼读东

①　沈德符：《万历野获编》卷二十七，第 684 页。
②　钟惺：《隐秀轩集》，上海古籍出版社，1992 年，第 251—252 页。

鲁书，长习西方教。抹过两重关，何者为悟道?"① 其实，独庵道衍还曾私淑道士席应真，"得其阴阳术数之学"，并借此而劝诱朱棣"靖难"，其入世之深，禅史上或未有及之者。"明末四大高僧"也都先后发表过"三教同源"论，儒化倾向十分明显。例如，云栖袾宏年十七，补邑庠，试屡冠诸生，出家后习净土法门，又兼重禅、教，他说三教"理无二致，而深浅历然，深浅虽殊，而同归一理。此所以为三教一家也"②。憨山德清也说："学有三要：所谓不知《春秋》，不能涉世；不精《老》《庄》，不能忘世；不参禅，不能出世。此三者，经世、出世之学备矣。缺一则偏，缺二则隘，三者无一而称人者，则肖之而已。"③ 陈垣曾指出，明代僧众"不独文艺，即诸子百家杂学"，亦样样精通，"其始由一二儒生参究教乘，以禅学讲心学"，高僧"亦间以释典附会书传，翼衍宗风，于是《中庸直解》《老子解》《漆园指通》等书，纷然杂出"，以至"老庄儒释，遂并为一谈"④。尽管明初朱元璋倡导"山林佛教"，但丛林中普遍存在多元的思想，使僧侣们实际很难蔽隔丛林，而是有着强烈的入世诉求，广泛地参与政治社会生活。不少僧侣还由于种种原因而被下狱、杀头、流放。明初的季潭宗泐、来复见心因胡惟庸案而被治罪，来复甚至被凌迟处死。紫柏真可、憨山德清均因卷入宫廷争斗，一愤死狱中，一遭戍雷阳；雪浪洪

---

① 姚广孝：《逃虚子诗集补遗·少师真容自跋》，载《四库全书存目丛书》集部第 28 册，齐鲁书社，1997 年，第 168 页。

② 释袾宏：《正讹集·三教一家》，《云栖法汇》第 6 册，载《嘉兴藏》第 33 册，第 77 页。

③ 释德清：《学要》，《憨山老人梦游集》卷三十九，《卍新续藏经》第 73 册，第 764 页。

④ 陈垣：《明季滇黔佛教考》，河北教育出版社，2000 年，第246 页。

恩因得罪当道而被逐出南京报恩寺。明代罹祸僧侣如此之众，堪称佛教史上之最。此种现象固然与严厉的专制集权相关，但根本原因仍在僧侣自身。明代僧侣大多还能自觉审视和检讨禅林之弊，痛定思痛，慨然担当斯道，奋起救弊，云栖袾宏、憨山德清、湛然圆澄等均为丛林改革奔走呼吁，别树法幢，撑持法门。① 总之，明代僧侣作家大多徘徊于世俗和丛林之间，以出世法融摄世法，以世法而波澜出世之法。

明代僧侣普遍具有浓厚的担当意识，在诗歌创作中具体表现为强烈的悲悯情怀、忧患意识和忠孝节义理念，而此种情感内蕴尤其体现在明初和明末。前期季潭宗泐、独庵道衍、来复见心的诗文中就经常哀民生之艰；明清之际，故国悲歌、黍离之叹则成为丛林最强音符。例如，钱谦益评宗宝道独云："师悲智坚密，鑪鞲弘广，植菩提之深根，茂忠孝之芽叶。节烈文章之士，赖以成就正骨，被濯命根。"② 故其及门弟子天然函昰、祖心函可和再传弟子今释澹归等，均有着强烈的遗民情结。屈大均评函可诗云："其痛伤人伦之变，感慨家国之亡，至性绝人，有士大夫之所不能及者，读其诗而君父之爱油然以生焉。"③

明代佛教文学的研究，是历代佛教文学研究中薄弱的一环，自清代以来颇受冷遇。举例而言，《四库全书总目》共收录了12种明代僧侣别集，10种列入存目，且所撰提要舛误尤多。如"别集类存目七"收《石屋山居诗》一卷，误以石屋清珙为"明代湖

---

① 江灿腾：《晚明佛教改革史》，广西师范大学出版社，2006 年。
② 钱谦益：《钱牧斋全集》第 6 册，钱曾笺注，钱仲联标校，上海古籍出版社，2003 年，第 1273 页。
③ 屈大均：《广东新语》，中华书局，1997 年，第 351 页。

州僧"①。事实上，石屋清珙卒于至正十二年（1352），传记资料颇为丰富。不仅释元旭撰有《塔铭》，《新续高僧传》和《浙江通志》均有小传。但四库馆臣无视此类材料，轻下断语。再如《西溪百咏》，《四库全书总目》云："明释大善撰。大善号虚闻道人，其始末未详。以其诗考之，盖崇祯初人也。"② 然该书卷首即有大善崇祯十四年（1641）年所作《自序》，其云："今年七十，谢参罢读，偶拈旧题，并为分注。"据此推知大善生于隆庆五年（1571）。除僧侣生平之误外，《四库全书总目》中屡以"边幅稍狭""语含蔬笋""气格薄弱"等语贬斥释氏诗歌，亦显示出他们的鄙夷态度。

　　20 世纪以来，明代佛教文学长期遭遇漠视，专门性研究几乎没有，只在佛学研究或研究佛学与文学关系时才略有关联，像陈垣《明季滇黔佛教考》、冼玉清《广东释道著述考》、忽滑谷快天《中国禅学思想史》、郭朋《宋元明清佛教史》、江灿腾《晚明佛教改革史》、周齐《明代佛教与政治文化》、黄卓越《佛教与晚明文学思潮》等等。真正对明代佛教文学展开研究是近 10 多年的事，其中成绩最为突出者当属台湾学者廖肇亨。他的《中边·诗禅·梦戏：明末清初佛教文化论述的呈现与开展》③，收录 12 篇论文，对晚明丛林诗学、山居诗进行了细致研究，且敏锐提炼出"禅门说戏""僧人说梦"两个专题，对晚明丛林文化、僧人心态进行了微观透视，无论从文献还是方法方面，都具有较高的示范价值。

---

　　① 永瑢等：《四库全书总目》卷一八〇，中华书局，1965 年，第 1632 页。

　　② 永瑢等：《四库全书总目》卷一八〇，第 1631 页。

　　③ 廖肇亨：《中边·诗禅·梦戏：明末清初佛教文化论述的呈现与开展》，允晨文化实业股份有限公司，2008 年。

廖肇亨的另一力作《忠义菩提：晚明清初空门遗民及其节义论述探析》①，收录 8 篇专论，从思想史、文化史的角度，剖析了明末清初遗民逃禅及佛门节义观、华严学南方系的尚诗风习与精神图景，以及方以智、隐元禅师与独往性幽的禅学思想与诗学理念。廖肇亨的《巨浪回澜：明清佛门人物群像及其艺文》② 收录了 2011 年 4 月至 2014 年 1 月为《人生》杂志《巨浪回澜》专栏撰写的 33 篇极具文学性的短文，深入浅出地介绍了明清 33 位佛教人物及其艺文成就。大陆方面，近些年亦涌现了不少可喜的成果，像孙昌武《诗僧苍雪》（2004）③，解芳《诗僧姚广孝简论》（2006）④，李圣华《从方外到方内，味趋大全——明初僧诗述论》（2012）⑤，何孝荣《元末明初名僧宗泐事迹考》（2012）⑥，孙海桥《释宗泐及〈全室外集〉研究》（2014）⑦，卞东波《明初诗僧季潭宗泐文集的版本及其作品在日本的流传》（2015）⑧，朱家英、张晴晴《诗僧来

① 廖肇亨：《忠义菩提：晚明清初空门遗民及其节义论述探析》，"中央研究院"中国文哲研究所，2013 年。

② 廖肇亨：《巨浪回澜：明清佛门人物群像及其艺文》，法鼓文化出版股份有限公司，2014 年。

③ 孙昌武：《诗僧苍雪》，载《普门学报》第 20 期，2004 年 3 期。后收入孙昌武：《佛教：文化交流与融合》，天津教育出版社，2013 年，第 325—338 页。

④ 解芳：《诗僧姚广孝简论》，载《文学评论》2006 年第 5 期。

⑤ 李圣华：《从方外到方内，味趋大全——明初僧诗述论》，载《贵州社会科学》2012 年第 2 期。

⑥ 何孝荣：《元末明初名僧宗泐事迹考》，载《江西社会科学》2012 年第 12 期。

⑦ 孙海桥：《释宗泐及〈全室外集〉研究》，内蒙古师范大学 2014 年硕士学位论文。

⑧ 卞东波：《明初诗僧季潭宗泐文集的版本及其作品在日本的流传》，载《中华文史论丛》2015 年第 1 期。

复见心生平及文学创作考述》（2015）①，孙海桥《〈全室外集〉版本小考》（2016）②，乔立智、郑少会《明末清初滇南高僧苍雪诗歌整理与研究论略》（2017）③，曹磊《"真心观"：晚明高僧憨山德清的文艺观》（2017）④、《"真心观"：晚明一种独特的文艺理念——以"明末四高僧"为中心》⑤、《性水澄清，心珠自现——论云栖袾宏的文学思想与创作》⑥、金建锋《论释明河〈补续高僧传〉的叙事特点》（2017）⑦、《明僧释明河〈补续高僧传〉成书考》（2016）⑧，等等，均在某些方面取得了一定的成就。

不难看出，目前关于明代佛教文学的研究仍处于起步阶段，已有成果主要集中在明初与晚明，诗文研究一枝独秀，僧传、戏剧、小说少有问及。这就意味着《明代佛教文学史》的撰写面临着十分严峻的挑战，然而从另一角度来看，也表明这一领域仍有着十分广阔的研究前景和意义。

首先，与其他文学史研究一样，明代佛教文学史的首要任务，

---

① 朱家英、张晴晴：《诗僧来复见心生平及文学创作考述》，载《山西师大学报》（社会科学版）2015年第1期。

② 孙海桥：《〈全室外集〉版本小考》，载《图书馆杂志》2016年第10期。

③ 乔立智、郑少会：《明末清初滇南高僧苍雪诗歌整理与研究论略》，载《西南石油大学学报》（社会科学版）2017年第2期。

④ 曹磊：《"真心观"：晚明高僧憨山德清的文艺观》，载《贵州文史丛刊》2017年第4期。

⑤ 曹磊：《"真心观"：晚明一种独特的文艺理念——以"明末四高僧"为中心》，载《浙江师范大学学报》（社会科学版）2017年第6期。

⑥ 曹磊：《性水澄清，心珠自现——论云栖袾宏的文学思想与创作》，载《贵州社会科学》2015年第12期。

⑦ 金建锋：《论释明河〈补续高僧传〉的叙事特点》，载《宜春学院学报》2017年第4期。

⑧ 金建锋：《明僧释明河〈补续高僧传〉成书考》，载《南昌师范学院学报》2016年第2期。

也应为这一时段的僧诗文献提供一份详细的清单。明代僧诗文献异常丰富，仅黄虞稷《千顷堂书目》就著录了134位释子的159种别集，目前存世的有40余种，被整理点校的则似乎非常少。而散佚在各种总集、山志、方志、寺志、碑刻中的僧侣诗作，不啻万计，这亦需进行细致的钩沉、辑录。

其次，明代佛教文学研究不仅需要论列重要的作家作品，还应历时性地描述僧侣创作风格的嬗变。明代诗僧作品良莠不齐，风格多样。既有妙声、德祥、睿略等人的陈陈相因、缺乏个性之作，亦有季潭宗泐、独庵道衍、憨山德清、祖心函可、苍雪读彻、今释澹归等能抒写自己真性情的作品。研究者必须具备高度的艺术鉴赏和辨析能力，努力寻找并演绎出经典作家作品。

最后，明代佛教文学创作与政治、学术、教化、风尚有着密切的关系。我们在维持其文学研究的纯正性时，仍有必要注重挖掘明代的宗教制度、思想文化、社会风尚的变迁。对这些方面的研究，不应仅满足于背景性的介绍，而应抓住核心问题，予以深入细致的研究。唯其如此，方能揭示出僧侣文学创作在高度的中央集权下所呈现的风貌，揭示出国家意识形态与宗教伦理教化之间的互融或互渗之关系。具体而言，可以设立这样一些专题进行探讨，例如僧侣作家与士大夫的互动，僧侣作家与皇室之关系，僧侣作家在社会底层的传教活动，等等。

# 第二章　明初方外诗坛的生态

　　中国佛教向来是一种"国家佛教"，教权始终在政权的体制中运行，它的发展常取决于国家政策的导向和统治者的个人好恶。依托于佛寺僧侣的文学创作、心性情感，与特定时期的佛教政策自然关联密切。这在大批诗文僧被广泛纳入政教网络中的洪武一朝，显得尤为突出。很多诗文僧的声誉、命运沉浮，与朱元璋均有着直接的关联，与洪武朝佛教政策的变迁休戚相关。故而，有必要通过对朱元璋与诗文僧的关系，力图展示出洪武朝方外诗坛的"生态"。而其更深远的意义在于，洪武朝的佛教政策，终明一代，基本一仍其制，唯执行宽严不一。因此，对此问题相对深入地把握，对认识整个明代佛教文学作家的生存境遇亦有相当的价值。

## 第一节　明太祖的佛教政策

　　关于明太祖在洪武朝所实施的佛教政策，学术界已有相当成熟的成果。除去一般佛教通史的背景性介绍外，笔者所见还有郭朋《明太祖与佛教》①、释见晔《明太祖的佛教政策及其因由之探

---

① 郭朋：《明太祖与佛教》，载《世界宗教研究》1982 年第 1 期。

讨》①、陈玉女《明太祖征召儒僧与统制僧人的历史意义》②、何孝荣《试论明太祖的佛教政策》③、周齐《明代佛教与政治文化》④、任宜敏《中国佛教史·明代卷》⑤相关章节，等等。这些研究成果，虽表述措辞、内涵不尽相同，或谓"恩威并举，宽严并施"（周齐），或谓"尊崇、整顿与控制"（任宜敏），或谓"管制、怀柔、隔离"（释见晔），或谓"既整顿和限制、又保护和提倡"（何孝荣），等等，但都认识到明太祖佛教政策的"两面性"和"阶段性"，即以洪武十四年（1381）僧录司的建立为标志，前期以怀柔为主，后期则以管束为主，这样的结论显然是符合历史实情的。

明太祖对佛教的最初认识，始于他 17 岁时入皇觉寺当小沙弥的经历。但彼时的皇觉寺僧俗杂处，戒律松弛，朱元璋不仅未能安心奉佛，反而负气出走，开始了"游方"生涯。⑥他后来回忆说："彼时朕年十有七岁，方为行童五十日，于教茫然。"⑦尔后 20余年的戎马征战，太祖更无暇顾念佛教，故登基后自称"朕不知法"⑧，并非尽是谦辞。不过，早年出家的经历，对他登基后采取

---

① 释见晔：《明太祖的佛教政策及其因由之探讨》，载台湾《东方宗教研究》1994 年第 4 期。

② 陈玉女：《明代的佛教与社会》，北京大学出版社，2011 年。

③ 何孝荣：《试论明太祖的佛教政策》，载《世界宗教研究》2007 年第4 期。

④ 周齐：《明代佛教与政治文化》，人民出版社，2005 年。

⑤ 任宜敏：《中国佛教史·明代卷》，人民出版社，2009 年。

⑥ 吴晗：《朱元璋传》，人民出版社，1998 年，第 11—13 页。

⑦ 朱元璋：《御制龙兴寺碑》，载《（光绪）凤阳县志》卷十四，引吴晗《朱元璋传》，第 10 页。

⑧ 朱元璋：《谕僧》，《明太祖文集》卷八，载《文渊阁四库全书》第 1223册，第 86 页。

的佛教政策仍产生了十分重要的影响。一方面，"和尚"的身份似乎有损"真命天子"的威严，因为这是史上绝无之先例，所以他对"秃""和尚"之类的字眼颇觉反感；另一方面，这段经历以及彭玉莹等人借"明教"起义的事实，又使他深谙佛教对于世道人心的影响、对于巩固皇权的特殊作用。因此定鼎之后，明太祖屡次强调佛教"阴翊王度""佐王纲而理道"的功用。他说："昔释迦之为道，孤处雪岭，于世俗无干。及其道成也，善被两间，灵通上下，使鬼神护卫而听从，故世人良者愈多，顽恶者渐少。所以治世人主每减刑法而天下治，斯非君减刑法，而由佛化博被之然也。所以柳子厚有云'阴翊王度'是也。"① 又说："佛之有经者犹国著令，佛有戒如国有律，此皆导人以未犯之先，化人不萌其恶。"② 明太祖所重视的正是佛教对政治教化、维系纲常所起的作用。他还著有《三教合一论》，以弥合儒、释、道，目的是将佛教纳入国家意识形态之中，为其所用。

　　明太祖还积极地将此种思想付诸实践，频繁地征召僧人以预佛事，甚至采取"儒化"僧人的措施，使他们"逃佛而归于儒"。钱宰曾记载说："八年冬，诏天下士凡寄迹佛老而有志于圣贤之学者入国子学，俾习知天理民彝，然后授之政焉。"③ 僧人入国子监习儒家圣贤之学、伦常之理，这在历朝都是极罕见之事。基于此一背景，那些儒释兼修、诗禅两得的"复合型"僧人，大多受到了极高的礼遇。例如，"博通今古，儒术深明"的季潭宗泐，太祖

---

① 朱元璋：《谕僧纯一敕》，载《明太祖文集》卷八，第80页。
② 朱元璋：《诵经论》，载《明太祖文集》卷十，第106页。
③ 钱宰：《知止斋记》，《临安集》卷四，载《文渊阁四库全书》第1229册，第545页。

令其"畜须发以官之",季潭宗泐婉谢后,又亲撰《免官说》一文赐之。① 又如,"禅学之暇,发为文辞,抑扬顿挫,开阖变化"的来复见心,太祖尝诏侍臣取其诗览之,褒美弗置。② 又如,"喜为儒者博贯该通之学"的独庵道衍③,被太祖命事燕王藩邸,诵经祈福。"贯串经范,旁通儒典,禅定之余,肆力词章"的南洲溥洽④,被命为僧录司右讲经。明太祖将此种僧人称为"儒僧",撰《拔儒僧入仕论》《宦释论》等文,鼓励他们积极入仕:"今之时,若有大至智者入博修之道,律身保命,受君恩而食禄,居民上而官称,若辅君政,使冤者离狱,罪者入囚,农乐于陇亩,商交于市廛,致天下之雍熙,岂不善哉!"⑤ 洪武年间,即有不少儒僧被擢拔入仕。例如,释愿证(李大猷),太祖览其所著,称赞说:"论议甚高,其铁中铮铮者乎!"⑥ 遂召见,慰劳备至,敕吏部除以翰林官职。又有郭传,尝"寄迹浮屠",以宋濂荐,进其文,朱元璋擢为翰林应举,升起居注,迁考功丞。⑦ 洪武九年(1376),钟山寺僧吴印,"有文学",上亲选命蓄发,官山东布政使、云南左布政使。⑧ 这些儒僧在朝中还不只是"小摆设",太祖对他们"时时寄以耳目","由是其徒横甚,谗毁大臣,举朝莫敢言"。⑨ 时有儒者

---

① 朱元璋:《赐宗泐免官说》,载《明太祖文集》卷十五,第170—171页。
② 宋濂:《灵隐大师复公文集序》,载罗月霞编《宋濂全集》第三册,浙江古籍出版社,1999年,第1417页。
③ 钱谦益:《列朝诗集小传·闰集》,第669页。
④ 钱谦益:《列朝诗集小传·闰集》,第670页。
⑤ 朱元璋:《宦释论》,载《明太祖文集》卷十,第116页。
⑥ 释大闻:《释鉴稽古略续集》卷二,载《大正新修大正藏》第49册,第927页。
⑦ 释大闻:《释鉴稽古略续集》卷二,第927页。
⑧ 释大闻:《释鉴稽古略续集》卷二,第928页。
⑨ 张廷玉:《明史》卷一三九,第3988页。

李仕鲁、陈汶辉辈疏言："古帝王以来，未闻缙绅缁流杂居同事，可以相济者也。"太祖不听，李仕鲁愤而"置笏于地，帝大怒，命武士捽搏之，立死阶下"；陈汶辉"惧罪，投金水桥下死"①。兹事大概发生在洪武十四年（1381），可见明太祖对"儒僧"的宠信，在这个时期达到了极致。

陈玉女认为，明太祖"拔儒僧入仕"之举，实是他元末以来"礼贤"策略的扩大。② 这既是历史情势的必然，更是基于朱元璋对佛教的认识。显然，这一认识所看到的只是佛教的社会功能，是一种着眼于政教伦常的价值判断，而非建立在真正信仰的基础之上。我们检视朱元璋相关的诗文，不难发现，他既鲜有深入阐发佛教义理的文字，亦无僧人圆融、清净心境之流露。此种因着外力而非出于真信仰的佛教观，决定了明太祖只能游移于佛教之外，而随着外在情势的变迁，他的态度必定会发生急剧的变化。

洪武十三年（1380），"胡惟庸案"发。明太祖罢丞相等官，升六部，分理天下庶务，其加强专制的意图愈趋明显。而尤其令他惊心的是，"胡党"案竟多达64名僧人卷陷其中③，似乎元末民众借宗教名号揭竿而起的呐喊声，仍隐隐在耳，调整佛教政策势在必行。洪武十四年六月二十四日，开设僧录司，目的即"严密掌握僧侣的动态与维持教团的秩序"④。次年，又将佛教严格区分

---

① 张廷玉：《明史》卷一三九，第 3989 页。
② 陈玉女：《明代的佛教与社会》，第 4 页。
③ 钱谦益《跋〈清教录〉》："《清教录》条例僧徒爱书交结胡惟庸谋反者，凡六十四人，以智聪为首。"
④ 陈玉女：《明代的佛教与社会》，第 22 页。

为禅、讲、教，各司其职，"其禅不立文字，必见性者方是本宗；讲者务明诸经旨义；教者演佛利济之法，消一切现造之业，涤死者宿作之愆，以训世人"①。洪武十年（1377）三月还曾下旨："一切南北僧道，不论头陀人等有道善人，但有愿归三宝，或受五戒、十戒，持斋戒酒，习学经典，明心见性，僧俗善人，许令斋持戒牒，随身执照，不论山林城郭，乡落村中，任他结坛上座，拘集僧俗人等。"② 但是洪武二十四年（1391）至洪武二十七（1394）年间，相继颁布的《申明佛教榜册》《周知板册》《榜示僧教条例》《清教录》等，则明令禁止僧人不得"奔走市村""潜在民间"，禅、讲、教三宗"各承宗派，集众为寺……不许散居及入市村"。几年之中，明太祖的佛教政策发生了根本的变化，僧人的行为被限制在寺院之中，这不仅切断了他们与社会的联系，而且也分化佛教内部强大的力量。

此种政策，释见晔概括为一种"隔离政策"，一种远离尘俗的"山林佛教"。其用意是使僧人远离世俗尘嚣，入深山崇谷，苦行参修。明太祖曾说："今后若欲同佛之修，则当苦行，勿华勿劳，人以自逸，乃称斯道。"③ 又说："僧本侣影空山，俦灯松底，吟清风，玩皓月，扪已探渊。"④ 又说："（僧人）当深入危山，结庐以静性，使神游三界，下察幽冥，令生者慕而死者怀，景张佛教。"⑤ 明太祖改变原初的佛教政策，释见晔认为是"惧佛教与民众结合

---

① 释大闻：《释鉴稽古略续集》卷二，第 932 页。
② 释大闻：《释鉴稽古略续集》卷二，第 929 页。
③ 朱元璋：《修教论》，载《明太祖文集》卷十，第 117 页。
④ 朱元璋：《钟山僧妙云》，载《明太祖文集》卷十五，第 175 页。
⑤ 朱元璋：《谕僧纯一教》，载《明太祖文集》卷八，第 80 页。

成为反动政权的一股力量"①，任宜敏认为"是为了社会稳定和朱明王朝之长治久安"②。这显然都是符合事实的。若从佛教自身发展的角度评估，明太祖的此种政策导向，亦利弊参半。自元末以来，丛林风气之窳败，佛教世俗化的进程十分明显，明太祖鼓励僧人走入山林静修，一定程度上维护佛门的纯洁性和独立性；但是，明太祖严厉的政策并不仅停止于这一层面，他利用"胡党"案，捕杀僧人，甚至制造酷烈的文字狱，亦使洪武后期的丛林噤若寒蝉。洪武近 30 年间，明太祖对佛教的态度急剧转变，丛林生态和僧人的心境乃至命运，随着此种转变也发生了变易。

## 第二节　明初僧侣参与国家层面的佛教活动

洪武初期，明太祖倡导"擢拔儒僧入仕"，很多稍具影响的僧侣均积极响应朝廷征召，参与了各种国家层面的佛教活动。具体来说，表现在如下四个方面。

### （一）参与佛事法会

明太祖建极之后，为祈求神佑和安顿战争中死难亡灵，数诏东南高僧，建法会于蒋山。例如，洪武元年（1368），太祖即"以为折抱毁鼓之初，而殁于王事者无答焉，遂蒲车四出，征天下高行沙门"，楚石梵琦等人即被征请至蒋山说法，"使存亡者，均沾

---

① 释见晔：《明太祖的佛教政策及其因由之探讨》，载《东方宗教研究》1994 年第 4 期。

② 任宜敏：《中国佛教史·明代卷》，第 11 页。

法利",太祖"见提唱语,大悦"。<sup>①</sup> 洪武三年(1370)秋,太祖又以"鬼神之理甚幽,意先佛必有成说",征天下有道僧30余员,赴南京天界寺,此次征召,规模甚大。据诸种文献记载,能诗者即有梦堂昙噩、楚石梵琦、九皋妙声、宝峰璧金、竺隐弘道、愚庵智及、季潭宗泐、至仁行中、别峰大同、万金西白、来复见心等人。九皋妙声有诗记载此次法会之盛况:"赴召共承宣室问,还山同罢紫宸朝。誓扶佛日行黄道,敢望皇恩下赤霄。长江东去涛逾险,大火西流气尚骄。归去自期唐懒瓒,功名总付霍嫖姚。"<sup>②</sup> 表达了誓以佛教"阴翊王度"的雄心。

洪武五年(1372),太祖设无遮法会,又称广荐法会,超度亡灵,各地僧人3 000余人云集天界禅寺。由西白万金住持,能诗之季潭宗泐、来复见心、夷简同庵、天渊清浚、天镜原瀞等亦参与其中。季潭宗泐、来复见心凭借法会之演法,赢得了太祖的宠信。季潭宗泐更进呈《赞佛乐章》八章,太祖闻之大悦。之后,天界寺住持万金禅师"以母老告退,举师(宗泐)自代"<sup>③</sup>。太祖遂以季潭宗泐继之,以统领诸山事务。此次法会"铺张帝德之广","宣扬象教之懿",盛况空前,宋濂撰有《蒋山广荐佛会记》备述其盛况。夷庵同简、季潭宗泐等亦有诗记之。

李圣华曾根据《古今禅藻集》《明诗综》《明史》等史料,将

① 释自融、释性磊:《南宋元明僧宝传》卷十,《楚石、愚庵、梦堂三禅师》,载《卍新续藏》第137册,第715页。

② 释妙声:《次韵竺隐和尚朝京二首》其一,《东皋录》卷上,载《文渊阁四库全书》第1227册,第588页。

③ 释超永:《天界善世全室宗泐禅师》,《五灯全书》卷五十六,载《卍新续藏》第82册,第211页。

明初诗僧应征及事迹，汇成表格，其中洪武朝有 21 人。① 但实际遗漏还不在少数。据《列朝诗集小传》，尚有一云大同、行中至仁、万峰时蔚、天真惟则 4 人，可以补入。② 这样，洪武朝先后被征召的诗僧至少有 25 人。这些诗僧几乎均来自江浙各大寺院，江苏 8 人，浙江 17 人，除九皋妙声习天台之学外，均为习禅之禅僧。这表明，元明之际，江浙仍是诗文僧活跃的中心和禅宗之胜地。

明太祖所征召的诗文僧，多数还有着密切的法缘。例如，觉原慧昙、季潭宗泐、清远怀渭、懒庵廷俊、克新仲铭等，均为元代笑隐大䜣门人；而万金西白、楚石梵琦、愚庵智及、独庵道衍、梦堂昙噩、至仁行中等，则为元叟行端弟子或再传弟子，特别是洪武三年（1370）春征诏的 30 余员尊宿中，"出元叟之门者，三居一焉"③。这两系僧人，分属临济宗居简系与之善系，历来与统治者关系最为密切，有着积极入世的传统。

---

① 李圣华：《从方外到方内，味趋大全：明初诗僧述论》，载《贵州社会科学》2012 年第 2 期。

② 大同，字一云，号别峰。著有《天柱稿》，明初，太祖设无遮大会于钟山，被征至京。至仁（1309—1382），字行中，号熙怡，又号澹居子，江西番阳吴氏子，著有《澹居稿》。洪武三年，朱元璋以"鬼神之理甚幽，意先佛必有成说"，遂诏浙水东西 16 名高僧，至仁在列。时蔚（1303—1381），号万峰，姓金氏，温州乐清人，著有《万峰和尚语录》，《元诗选》选诗 6 首，《古今禅藻集》选 1 首。洪武初，有旨采诸山名德。因议及时蔚，宋濂固止之。惟则，字天真，吴兴费氏子。《列朝诗集》选其诗 4 首。洪武初，征高僧，白庵金公首荐惟则，以足疾辞。尝钦闻上命，进偈七章。

③ 释自融、释性磊：《楚石愚庵梦堂三禅师》，《南宋元明禅林僧宝传》卷十，载《卍新纂续藏经》第 79 册，第 630 页。

## （二）奉旨出使

明太祖为加强对边疆的统治及域外的关系，曾数次选派僧人出使，以诏谕、安抚故元僧俗首领，建立卫所制度。他曾派遣克新仲铭等三人奉旨出使西藏诏谕吐番，并图其山川地形以归。克新仲铭自号雪庐、江左外史，江西鄱阳人，俗姓余。著有《雪庐南询稿》《雪庐集》等。克新仲铭出使西域之事，相关文献记载较少，但其中可以肯定的是，他肩负着明太祖委派的重要任务。洪武初年，西藏乌思藏帕竹的章阳沙加、喃加巴藏卜、答力麻八剌等藏僧均至南京进贡，太祖授其僧官，对治理和统治西藏均起到了极大的推进作用。

洪武三年（1370），太祖"择有志沙门，通诚佛国"，以建立与西域的良好关系。觉原慧昙应诏，"夏六月御饯都门，从行者二十余人。道经高昌、素叶诸国，诸国俱尊礼之，以象马传送。达僧伽罗国国王并群臣，迎昙公于佛山精舍，师事之，膝行求法"。次年（1371）九月，觉原慧昙因病，示寂于西域之省合剌国（今斯里兰卡），该国国王"命比丘千余，旋绕诵诸陀罗尼咒，至火灭方已，拾灵骨祔藏其国舍利塔中"①。太祖闻之，嘉惜不已："中原

---

① 宋濂：《天界善世禅寺第四代觉原禅师遗衣塔铭》，载罗月霞编《宋濂全集》，第860页。

有僧，万国之光。"对觉原慧昙予以了高度的评价。①

洪武十一年（1378）十二月，明太祖以佛经有遗佚，又遣季潭宗泐领徒30余人至西域求经。季潭宗泐一行历时五载，"往返十有四万程，皓首还朝"，不仅求得《庄严》《宝王》《文殊》等经书，而且还带回来其师弟觉原慧昙的遗衣，一时名震他邦，声闻朝阙。季潭宗泐西行，留下了不少描写异域的风光、人情和地貌的诗歌，还著有《西游集》一书，具有较高的文献价值。

（三）整理佛经

明太祖为了更好地管制丛林，统一思想，洪武五年（1372）命四方名德沙门，集于蒋山寺点校藏经，随即开雕，刊行了所谓的"南藏"。洪武二十四年（1391），又陆续刻录中土诸宗典籍，洪武三十一年（1398）竣工，版存于金陵城南天禧寺。惜经版于永乐六年（1408）被大火吞噬。

洪武十年（1377）冬，又诏天下沙门讲《心经》《金刚》《楞伽》三经，命季潭宗泐和杭州演福寺太璞如玘、天竺灵山寺竺隐

① 按，陈玉女以为，慧昙以六十六高龄，又因中风而患暗疾，被明太祖派遣西域，不是"荣誉之遣，实是流放之刑"。其推测的依据主要是葛寅亮《武林梵刹志》节录《申明佛教榜册》中朱元璋指责慧昙对天界禅寺管理不力、滥用职权诸事。实际上，宋濂的《觉原禅师遗衣塔铭》中亦偶透露了一些苗头："洪武元年戊申春三月，开善世院，秩视从二品，特授师演梵善世利国崇教大禅师……章逢之士以释氏为世蠹，请灭除之。上以其章示师。师曰：'孔子以佛为西方圣人，以此知真儒必不非释，非释必非真儒矣。'上亦以佛之功阴翊王度，却不听。上闻寺僧多行非法，命师严驭之。师但诱以善言。诸郡沙门污染习俗，实悖教范，或劝当痛治。师曰：'谚有云：大林有不材之木，能尽去乎？只益释门之累尔。事呈露者，勿恕可也。'"慧昙既未听从朱元璋"以佛之功阴翊王度"之说，更不严治窳败之僧风，而这正是朱元璋对佛教最为关切者，其失宠亦是情理之事。只是洪武初年，朱元璋仅以派遣慧昙出使西域为名"惩罚"之，而后又对他予以了极高评价，相对于后来大肆捕杀僧人来说，已是宽容得多了。

弘道笺释之。太璞如玘、竺隐弘道与季潭宗泐一样，均善诗文。太璞如玘，字具庵，别号太璞，学冠群英。弘道，字竺隐，吴江沈氏子，《列朝诗集》选其诗4首。次年七月，三经相继注成。朱元璋在西华楼亲自接受了季潭宗泐、太璞如玘的进献，阅之大悦，并评之曰："此经之注，诚为精确，可流布海内，使学者讲习焉。"① 并撰御制序文于前，命锓梓于京师天界禅林，颁行全国。季潭宗泐、太璞如玘、竺隐弘道均获得了太祖褒奖，太祖分别御制有《僧道竺隐说》《僧玘太璞说》等文。

（四）担任僧官

明初统领全国释教的机构是善世院，设于天界寺，其首领即天界寺住持。觉原慧昙、西白万金、季潭宗泐先后担任住持。洪武七年（1374），天竺僧板的达住持善世院，居蒋山寺，直到洪武十四年（1381）五月，板的达示寂。善世院改设为正式的机构——僧录司，掌天下僧教事。僧录司设有左、右善世二员，秩正六品；左右阐教二员，秩从六品；左、右讲经二员，秩正八品；左右觉义二员，秩从八品。稽考史料，从洪武十五年（1382）至洪武三十年（1397），先后担任僧录司僧官的诗僧有如下数人，参见表2－1：

---

① 宋濂：《新注〈楞严经〉后序》，载罗月霞编《宋濂全集》，第1504页。

表 2 - 1　担任僧录司僧官的诗僧

| 诗僧 | 诗集或诗名 | 僧官名 | 授任时间 | 材料来源 |
|---|---|---|---|---|
| 季潭宗泐 | 《全室外集》九卷 | 左善世 | 洪武十五年 | 《释鉴稽古略续集》（二） |
| 太璞如玘 | — | 左讲经 | 洪武十五年—洪武十八年，洪武十八年病故 | 《释鉴稽古略续集》（二） |
| 一初守仁 | 《梦观集》六卷 | 右讲经 | 洪武十五年 | 《释鉴稽古略续集》（二） |
| 来复见心 | 《澹游集》《蒲庵集》《钟山稿》（佚） | 左觉义 | 洪武十五年 | 《释鉴稽古略续集》（二） |
| 仲羲 | 太祖称"居山禅伯，对月诗宗" | 右阐教 | 洪武十五年 | 《释鉴稽古略续集》（二） |
| 竺隐弘道 | 《列朝诗集》选其诗歌 5 首 | 左善世 | 洪武二十一年前后 | 《释鉴稽古略续集》（二） |
| 同庵夷简 | 《列朝诗集》选其诗歌 8 首 | 左善世 | 洪武二十五年前后 | 《释鉴稽古略续集》（二） |
| 圆庵居顶 | 《圆庵集》十卷 | 不详 | 洪武二十七年命僧录司选僧补官，居顶等应诏除授 | 《释鉴稽古略续集》（二） |
| 大佑蘧庵 | — | 左善世 | 洪武三十年前后 | 《释鉴稽古略续集》（二） |

续表

| 诗僧 | 诗集或诗名 | 僧官名 | 授任时间 | 材料来源 |
|---|---|---|---|---|
| 天渊清浚 | 宋濂尝极称其诗才 | 左觉义 | 不详，太祖有《授清浚左觉义》文 | 《金陵梵刹志》卷首 |
| 南洲溥洽 | 《雨轩集》八卷（佚） | 右讲经左善世 | 洪武二十二年，诏为右讲经。三年主天禧寺，又三年升左善世 | 《列朝诗集》闰集 |

　　僧录司诸僧官均有特定职责，例如，左讲经太璞如玘、右讲经一初守仁，"接纳各方施主，发明经教"；左觉义来复见心"简束诸山僧行，不入清规者，以法绳之……置立文簿，明白稽考"①。同时，他们还要参与朝廷中的一些重要活动。例如，洪武十八年（1385）九月，太祖命蜀王朱椿阅武于中都，阅武余暇，诏儒臣李叔荆、苏伯衡及名僧来复辈，与之讲道论文，殆无虚日。来复见心的《蒲庵集》，所录他与蜀王朱椿的许多唱和诗。

　　从以上考述可见，明初有影响的诗文僧基本被明太祖纳入彀中，出入掖庭，广泛地参与国家事务。诗文僧与政治的关系，似乎从未有过如此之密切。

## 第三节　明太祖的涉佛诗歌及其与僧侣的唱和

　　明太祖于万机之暇，亦喜吟咏。《全明诗》收录其诗153首，其中涉佛教诗歌有20首。除此之外，《明太祖文集》中还收录了

① 释大闻：《释鉴稽古略续集》卷二，第932页。

15首佛赞诗。明太祖的涉佛诗，大概包括以下几方面的内容。

（1）赞佛诗。例如《维摩居士赞》："狮子座中花蕊遍，厨间香积味新鲜。谁人问病踌躇去，铁马嘶风牛策鞭。"① 《华藏世界赞》："室芥子眠，匿粟是恬。惚恍其上，周游诸天。宜乎其降，化被三千。"②

（2）佛寺诗。太祖曾多次出入天界、蒋山等寺院，写了不少悠游寺院的诗歌。此类诗多描写寺院之庄严和清幽的林下之趣。例如《雪山寺》："极目遥岑起晓烟，深埋凝雪梵王禅。冰枝老树弥千壑，衲被苍僧布法筵。"③ 《云山僧寺》："云笼紫翠概鸿蒙，洞口风生度梵钟。我欲叩禅闲问道，老僧心地与天通。"④

（3）示僧诗。此类诗歌主要勉力僧人苦行参修，稍带机趣。例如《示僧谦牧》："寄与山中一老牛，何须苦苦恋东洲。南蛮有片荒草地，棒打绳牵不转头。"⑤ 他赐善世法师文彬的《凤阳行》："禅心若欲与对越，切莫将心恋丹阙。野人本与红尘隔，且去溪边弄明月。"⑥《命板的达稳禅》云："居山本是出尘埃，何为游人役己骸。晨坐岩前观日上，暮禅松底听风来。从教市巷笙歌美，莫羡闾阎酒肆谐。十二时中香袅篆，迎来送往更毋开。"⑦

（4）与僧人的唱和诗。此类诗歌现存主要有《赓僧韵》《赓僧

---

① 朱元璋：《维摩居士赞》，载《明太祖文集》卷十六，第183—184页。

② 朱元璋：《华藏世界赞》，载《明太祖文集》卷十六，第184页。

③ 朱元璋：《雪山寺》，载《明太祖文集》卷二十，第226页。

④ 朱元璋：《云山僧寺》，载《明太祖文集》卷二十，第232页。

⑤ 朱元璋：《示僧谦牧》，载《明太祖文集》卷二十，第233页。

⑥ 黄瑜：《凤阳行》，魏连科点校，载《双槐岁钞》卷一，中华书局，1999年，第3页。

⑦ 朱元璋：《命板的达稳禅》，载《明太祖文集》卷二十，第227页。

锡杖歌》《赓玘太璞韵》《御制山居律诗十二首赐灵谷寺左觉义清浚》等，但肯定遗佚不少。洪武五年（1372），太祖就曾敕宝金璧峰"施摩伽斛食，以赈幽冥，宠赍优渥，赐诗十二韵，有'玄关尽悟、已成正觉'之言"①。另，查考明初僧侣别集，钦和太祖诗者则更难以数计，像来复见心、九皋妙声、一初守仁、太璞如玘均作有题为"应制""奉制"之类的诗歌。可以说，有着深厚佛缘的明太祖的诗歌创作，僧侣是他唱和的重要对象。而其中最值得注意的是他与季潭宗泐、来复见心、天渊清浚等人的唱和。

季潭宗泐是明初最受太祖宠信的诗僧。太祖尝亲切地称他为"泐翁"②，又将他和宋濂相比，称宋濂为"宋和尚"，称季潭宗泐为"泐秀才"。今存文献中，尚未见到明太祖写给季潭宗泐之诗，但《释鉴稽古略续集》说他曾御和季潭宗泐诗145首，刘基、宋濂辈恐难望其项背。季潭宗泐现存的《全室外集》题有"钦和御制"者，亦有10题23首之多。明太祖和宗泐的唱和，在明初影响甚大。解缙曾曰：

> 上惟喜诵古人铿鍧炳烺之作，凡遇咿喑鄙陋，以为衰世之制，不足观。故天下之士为诗，鲜有能得上意者。有诗僧宗泐，尝进所精思而刻苦以为最得意之作百余篇，高皇一览，不竟日尽和其韵，雄深阔伟，下视泐韵，大明之于爝火也。盖如泐者之不足以当圣意，圣凡度量相

---

① 释大闻：《释鉴稽古略续集》卷二，第925页。
② 释明河：《补续高僧传》卷十四，载《高僧传合集》，上海古籍出版社，2011年，第705页。

越固如是耶？①

解缙所谓"下视泐韵，大明之于爝火也""圣凡度量相越固如是"云云，显然是一种谀辞，但从中亦可见出，朝野上下，诗文僧季潭宗泐的诗歌算得上是"最称上意"之作。蒋一葵《尧山堂外纪》卷七十八载，洪武十五年六月，马皇后崩，九月葬于钟山孝陵，时"风雨雷电，帝甚不乐，忽召僧宗泐至，曰：'太后将就葬，尔其宣偈焉。'泐即应声：'雨落天垂泪，雷鸣地举哀。西方诸佛子，同送马如来。'帝甚悦。顷忽朗霁，遂启辒，诏赐泐白金百两"②。这一记载颇具神异色彩，却很好地表现了宗泐敏捷的诗才，他随即吟出的诗偈，不仅抹去了明太祖内心的烦忧，而且极巧妙地赞颂了马皇后感天动地的佛德。宗泐《钦和御赐诗一首》亦颇为著名：

奉诏归来第一禅，礼官引拜玉阶前。恩光更觉今朝重，圣量都忘旧日愆。凤阁钟声催晓旭，龙池柳色弄晴烟。有怀报效惭无地，智水频浇道种田。③

明太祖的原诗今未见全篇，其中有所谓"泐翁此去问谁禅，朝夕常思在月前"句，流露出他对宗泐的思念之情。故而，此诗

---

① 解缙：《顾太常谨中诗集序》，《文毅集》卷七，载《文渊阁四库全书》第 1236 册，第 680 页。

② 蒋一葵：《尧山堂外纪》卷七十八，载《续修四库全书》第 1195 册，上海古籍出版社，2002 年，第 3 页。

③ 释宗泐：《钦和御赐诗一首》，《全室外集》卷一，载《文渊阁四库全书》第 1234 册，第 789—790 页。

应是宗泐被勒令为散僧归来后所作。诗中的"旧日愆"所指就是他卷入"胡案"之罪。宗泐作为一名"罪僧",对太祖的"宽容"殊觉恩重如山,竭力表达报恩之情。"智水",即本性清净智慧慈悲之水,亦谓灌顶之水。灌顶者,以如来智慧注入行者之仪式。

清濬,字天渊,别号随庵,浙江台州路黄岩县人(今浙江省台州市黄岩区)。洪武五年(1372)参加了蒋山普度大会,授为僧录司左觉义。宋濂尝极称其诗才,以为"未必下于秘演、浩初,其隐伏东海之滨而未能大显者,以世无仪曹与少师也"①。《金陵梵刹志》卷一载有明太祖《山居诗十二首赐灵谷寺左觉义清濬》,而《列朝诗集》闰集卷二则存有清濬的两首和诗。我们以这两首同韵之作为例,来分析明太祖与僧人唱和的主要意旨。明太祖之诗曰:

> 侣影山间兴趣幽,竹鸡声断悟禅由。山房夜月明心镜,水国宵灯照衲头。崖柿熟甜须九月,溪芹味美必三秋。忘尘思入重蒐迥,道备咸称释氏流。②(第七首)
>
> 至性从来隐碧萝,林泉深处任蹉跎。鸟啼春树笙簧语,渔放秋江橹棹歌。落魄有情知就里,从容无事见婆婆。岩前苔合初由径,门外风堆槲叶多。③(第十首)

天渊清濬任灵谷寺住持,是在洪武二十三年,故此组唱和诗

---

① 宋濂:《送天渊禅师濬公还四明序》,载罗月霞编《宋濂全集》,第504页。

② 朱元璋:《山居诗十二首赐灵谷寺左觉义清濬》其七,葛寅亮《金陵梵刹志》卷一,载《大藏经补编》第29册,第44页。

③ 朱元璋:《山居诗十二首赐灵谷寺左觉义清濬》其十,葛寅亮《金陵梵刹志》卷一,载《大藏经补编》第29册,第44页。

必作于洪武二十三年之后。这时期，明太祖的佛教政策已从鼓励僧人入仕而转为倡导山林佛教，这组山居诗，反复出现的"忘尘""远俗""忘世机""甲子未闻"等语词，即是鼓励僧人忘却尘俗，走入山林，择地而居，与林泉、明月、青灯相伴。而清濬的和诗曰：

> 老来一钵住岩幽，尘境无心得自由。空里每看花满眼，镜中渐觉雪盈头。吟余月照千峰夜，定起云生万壑秋。身世已知浑是梦，百年光景水东流。
>
> 白发山僧住翠萝，余生身事任蹉跎。倦从石上支颐坐，闲向云中拍手歌。设利现时光煜煜，伽梨披处影娑娑。钟山咫尺城东地，草木偏承雨露多。①

清濬诗中主要表达了老来回归山林之况味，既有身世如梦、光景似水之慨叹，亦有回归山林的自由和洒脱。最后两句"钟山咫尺城东地，草木偏承雨露多"，委婉地奉承了太祖对丛林的恩宠顾念，自是应制诗的应有之义。

山居诗本是佛教诗歌的特殊题材，僧人们借此表达参禅悟道的体验和山居生活的状态。明太祖所作《山居诗十二首赐灵谷寺左觉义清濬》除了表达对山居生活的向往之外，还是其佛教政策的诗意表达。值得注意的是，明初附和太祖《山居诗十二首赐灵谷寺左觉义清濬》的还不止清濬一人。季潭宗泐亦有《钦和御制

---

① 释清濬：《上命钦和山居诗二首》，载《列朝诗集》闰集卷二，中华书局，2007年，第6279页。

山居诗赐灵谷寺住持》11 首，竺隐弘道有《和御制山居诗（三首)》。祁伟曾细致地梳理了佛教山居诗发展的进程，指出山居诗肇始于唐代的寒山和贯休，至明代山居诗"蔚为大观"，已经成为僧人写作的"一种习惯，或者说传统"①。此种现象出现的缘由，固然颇为复杂，但明太祖提倡的山林佛教以及他首唱的《山居诗十二首赐灵谷寺左觉义清濬》的影响，是不容忽视的。

明太祖与僧侣的诗歌唱和，固然不似解缙所说似"大明之于爝火也"，但也不至于说它"不具有任何艺术平等的意义，更没有任何艺术的自由可言"②。事实上，明太祖与僧侣的诗歌唱和，还深刻地影响到明初诗文僧的创作取向，使大批僧人都参与到歌赞新朝的"和声"之中。"颂圣"成了此一时期诗文僧创作的重要取向。譬如宗泐《全室外集》卷一所收皆为应制奉和之诗，如《钦和御制江东桥诗》云："圣子神孙承大统，愿言鸿祚永延昌。"③《钦和御赐诗》："品汇总承阳气早，赓歌敢颂圣躬康。"④ 因此，徐一夔《全室外集序》说："其诗不沦于空寂，推叙功德，则发扬蹈厉，可以荐郊庙，褒赞节义。"⑤ 又如，来复见心在授左觉义后，有《奉和御赐诗韵》云："十年闲寄半龛云，觉义新除荷宠勋。华

① 祁伟：《佛教山居诗研究》，博士学位论文，四川大学，2007 年，第 162 页。
② 蔡晶晶：《元末明初诗僧群研究——以来复、宗泐、姚广孝为中心》，硕士学位论文，浙江大学，2009 年，第 43 页。
③ 释宗泐：《钦和御制江东桥诗》，《全室外集》卷一，载《文渊阁四库全书》第 1234 册，第 788 页。
④ 释宗泐：《钦和御赐诗》，《全室外集》卷一，载《文渊阁四库全书》第 1234 册，第 790 页。
⑤ 徐一夔：《全室外集原序》，《全室外集》卷首，载《文渊阁四库全书》第 1234 册，第 786 页。

馔炊香天上赐，好音传喜日边闻。尚书自进金襕制，学士亲题紫诰文。白发匡宗无补报，不才深负圣明君。"① 夷庵同简在洪武五年的钟山法会上，所撰应制诗，被钱谦益评曰："声韵鸿朗，宣公红楼之作，方斯蔑如矣。"② 宣公，即唐代撰应制诗的广宣，钱谦益以为夷庵同简的应制诗远超于广宣之上。明初另一诗僧止庵德祥尝说："诗岂吾事耶？资齰齚焉耳！"③ 此尤可代表明初诗僧的创作取向：歌赞新朝，齰齚盛世。

"颂圣诗"，是明诗第一波创作高潮，宋濂、刘基等开国功臣，自是引领此种创作风气的人物，而高启、张羽等吴中文人亦以一种极为复杂的心态加入盛世铙歌的乐声中。此外，那些缁衣释子，则辅以善世、遍应等庄严之佛曲，使明初诗坛众响毕奏，缵圣绩而开来世。

## 第四节　明初僧侣的命运与惧祸心态

洪武前期，明太祖的佛教政策主要以尊崇、怀柔为主，很少见到僧人受到责罚。但洪武中期后，太祖调整了佛教导向，以整顿、抑制为主，僧人的遭际和命运也由此发生了分化，有的能适应此种政策，而有的则逐渐失宠，甚至遭祸。陈玉女列有《洪武年间儒僧受聘事例表》，举证出觉原慧昙"以污职、诈欺流放西域"，愿证"郁郁而逝"，守仁"以诗触上怒，幸免于死"，德祥

---

① 释来复：《奉和御赐诗韵》，《蒲庵集》卷三，载《禅门逸书初编》第 7 册，明文书局，1981 年，第 19 页。
② 钱谦益：《列朝诗集小传·闰集》，第 679 页。
③ 郎瑛：《二僧诗累》，载《七修类稿》卷三十四，中华书局，1959 年，第 516—517 页。

"以《西园诗》忤上"，季潭宗泐"坐胡党案，但免于死"，来复
见心"坐胡党，凌迟死"，进而认为洪武朝"能够平安无事、寿终
正寝的入仕儒僧几无一人"。① 这一观点未免略显绝对。我们先来
看看那些曾担任僧官的诗文僧最终的命运，参见表 2 - 2。

表 2 - 2　担任僧官的诗僧最终命运

| 僧人 | 最终命运 | 材料出处 |
| --- | --- | --- |
| 季潭宗泐 | 洪武十八年（1385），释智聪以胡党案获罪。有司奏拟极刑，太祖下旨免死，着为散役僧，遣至安徽凤阳槎峰修圆通寺。洪武十九年（1386），复诏住天界寺，复领右善世。不久，退居江浦石佛寺。洪武二十四年（1391）四月示寂。 | 《释鉴稽古略续集》（二） |
| 太璞如玘 | 洪武十八年（1385）十一月十八日，病故，太祖御制《祭如玘文》。 | 《释鉴稽古略续集》（二） |
| 一初守仁 | 洪武二十四年（1391），主天禧，示寂于寺。 | 《列朝诗集》闰集卷二 |
| 来复见心 | 洪武二十四年（1391），山西太原获胡党僧智聪，供称随季潭宗泐、来复见心往来胡府，合谋举事，来复见心凌迟死，年七十三。 | 《释鉴稽古略续集》（二） |

---

① 陈玉女：《明代的佛教与社会》，第 8—9 页。

| 僧人 | 最终命运 | 材料出处 |
|---|---|---|
| 仲羲 | 不详 | 《释鉴稽古略续集》（二） |
| 竺隐弘道 | 洪武二十四年（1391），告老，明年秋，跏趺而逝，世寿七十八。 | 《列朝诗集》闰集卷二 |
| 同庵夷简 | 不详 | 《释鉴稽古略续集》（二） |
| 圆庵居顶 | 不详 | 《释鉴稽古略续集》（二） |
| 大佑蘧庵 | 不祥 | 《释鉴稽古略续集》（二） |
| 天渊清濬 | 洪武二十三年（1390），命住灵谷寺，御制诗13首赐之。年六十五，坐化。 | 《列朝诗集》闰集卷二 |
| 南洲溥洽 | 太宗即位，仍任僧录司右善世。永乐四年（1406），诏修天禧寺浮屠。时有任觉义者，忌其宠，构词间之，左迁右觉义。仁宗即位，数被诏问，乞居南京报恩寺养老，宣德元年（1426）七月示寂。 | 《列朝诗集》闰集卷二 |

从表2－2看，除季潭宗泐和来复见心两人获罪外，洪武年间尝担任僧官的诗僧基本都能善终，有的甚至还得到了明太祖的极高礼遇。例如，如玘太璞病故于洪武十八年（1385）十一月十八日，明太祖御制《祭如玘文》曰："呜呼！业海茫茫，济彼岸者鲜矣。尔如玘驾般若舟，举楞严棹，建圆觉樯，假华严风，扬大集

帆，昨朝柁宽帆饱，倏焉彼岸。噫！果操舟之善耶？尔如玘冒风涛而有此耶？"① 对他的佛德予以了很高的评价。又如竺隐弘道，洪武二十四年（1391）告老，赐驿驰归，明年秋，跏趺而逝，世寿七十八岁；再如，天渊清濬辞官后，命住灵谷寺，太祖御制诗13 首赐之。年六十五，示疾留偈而化。可见，明太祖并非残害了所有的儒僧。

然而，洪武中后期诗僧的生存境遇的确发生了极大的改变，这其中尤以季潭宗泐和来复见心的遭遇最具典型。关于季潭宗泐获罪之由，释心泰所撰《前天界禅寺住山全室大禅师塔铭》如是记载：

洪武十五年三月还朝（按：指宗泐西行还朝），当年开僧录司，以右街善世之职授师。时或有教门事当奏，同官皆逡巡畏缩不敢言，惟师能力言之。其敢言类如此。后因长官奏事，获谴，同往凤阳槎峰建寺，三年讫工，敕赐圆通之额。十九年秋，趣归天界，引见赐诗，有"泐翁去此问谁禅，朝夕常思在目前"之句。后二年，火其旧寺，师以兴复为己任，率住山春公，奏重建寺于聚宝门外。太祖曰：可……落成，师别居城南三塔，辟一室，颜曰"松下居"，为佚老之所。廿三年夏，诏再住天界……廿四年，复领右街善世，居无何，以老赐归槎峰。诣阙拜辞，太祖曰：寂寞观明月，逍遥对白云。汝其往

① 释大闻、释幻轮：《释鉴稽古略续集》卷二，第933页。

哉！乃渡江，至江浦石佛寺，俄示微疾。①

　　《前天界禅寺住山全室大禅师塔铭》是释心泰据宗泐门人如升所具行实而作，应具较高的可信性。《塔铭》对宗泐洪武十六年（1383）前后的获罪之由，唯云"因长官奏事"。又，《南宋元明禅林僧宝传》卷十三"季潭泐禅师"小传则云："泐留京既久，朝臣党立，间有嫉之者，泐遂退居凤阳之槎峰。"② 可见，宗泐首次获罪，乃因党派之争，与"胡惟庸事件"并无直接关系。值得注意的是，此次"同往凤阳槎峰建寺"的另一僧人，正是来复见心。三年之后，圆通寺讫工，明太祖又诏其回天界寺，来复见心亦重新获用。洪武二十四年（1391），甚至恢复了宗泐右善世之职，但旋又"以老赐归槎峰"。此中原因就是因释智聪案发。洪武二十四年（1391），山西捕获释智聪，释智聪在招辞中连及宗泐和来复，明太祖一怒之下，颁布了《清教录》。《清教录》今已失传，但钱谦益有《跋清教录》二文，专门记载了宗泐、来复获罪之由：

　　　　《清教录》条列僧徒爰书交结胡惟庸谋反者，凡六十四人，以智聪为首。宗泐、来复，皆智聪供出逮问者也。宗泐往西天取经，其自招与智聪原招迥异。宗泐之自招，以为惟庸以赃钞事文致大辟，又因西番之行，绝其车马，欲陷之死地，不得已而从之。智聪则以为惟庸与宗泐合

---

　　① 释心泰：《前天界禅寺住山全室大禅师塔铭》，载《全室和尚语录》卷末，日本抄本，现藏日本京都大学附属图书馆。
　　② 释性磊：《季潭泐禅师》，《南宋元明禅林僧宝传》卷十三，载《卍新纂续藏经》第79册，第642页。

谋，故以赃钞诬奏，遣之西行也。果尔，则宗泐之罪，自应与惟庸同科，圣祖何以特从宽政，着做散僧耶？岂季潭之律行，素见信于圣祖，知其非妄语抵谩者，故终得免死耶？汪广洋贬死海南，在洪武三十二年十二月（"三十二年"为"十二年"误，见《明实录》），去惟庸之诛，才一月耳。智聪招辞，惟庸于十一年，已云"如今汪丞相无了，中书省惟我一人"，以此推之，则智聪之招，未可尽信也。闻《清教录》刻成，圣祖旋命庋藏其版，不令广布。今从南京礼部库中钞得，内阁书籍中亦无之。

按《清教录》，复见心招辞，本丰城县西王氏子，祝发行脚，至天界寺，除授僧录司左觉义，钦发凤阳府槎芽山圆通院修寺住。洪武二十四年，山西太原府捕获胡党僧智聪，供称胡丞相谋举事时，随泐季潭长老及复见心等往来胡府。复见心坐凌迟死，时年七十三岁。泐季潭钦蒙免死，着做散僧。野史称复见心应制诗，有殊域字，触上怒，赐死，遂立化于阶下，不根甚矣。田汝成《西湖志余》载见心临刑，道其师诉笑隐语，上逮笑隐而释之。尤为傅会。笑隐入灭于至正四年，而为之弟子者，宗泐也，来复未尝师笑隐。野史之传讹可笑如此。[①]

从以上两段材料看，《清教录》所载内容，或许就是清除与胡惟庸"爱书交结"之僧徒，是"胡党狱"在丛林的演绎。钱谦益

---

① 钱谦益：《钱牧斋全集》第 3 册，第 1803—1804 页。

虽力辨释智聪招辞之诬，欲洗清宗泐、来复之冤，但二人因"胡惟庸事件"而获难，却是不争之事实。依钱氏所说《清教录》颁布后，即"不令广布"，明代很少有人亲见此书者，关于来复之死遂滋生出颇多传闻。

值得注意的是，宗泐和来复同涉"胡党案"，可最终命运并不相同。季潭宗泐最终侥幸逃过一劫，而来复见心却被凌迟至死。此中原因，钱谦益推论是"季潭之律行，素见信于圣祖"。而最根本的原因，或为两人性格层面的差异。释明河就说："国初高僧，师（宗泐）与复见心齐名。见心疏放，师谨密，故其得祸为尤轻。噫，亦幸耳！"① 蔡晶晶曾就宗泐和来复两人的性格差异，进行了较为细致的探讨，所举一事尤能说明问题。《七修类稿》卷四十七《明天渊》载，来复"髯长数尺"，太祖怪之曰："汝不欲仕我而出家为僧，吾亦任汝，然去发留须亦有说乎？"来复对曰："削发无烦恼，留须表丈夫。"② 太祖笑而遣之。而宗泐对待蓄发及出仕的问题，显然较来复更为谨慎。洪武八年（1375），明太祖曾命宗泐蓄发为官，宗泐先是听其令，可待头发长了后，他才再三推免，太祖不仅未迁怒他，反而撰写《宗泐免官说》，予以旌表。③ 可见，来复之所以最终"凌迟至死"，"胡党案"或只是诱因而已，最根本的原因还在于他个人狂放的性格，不见容于明太祖。《南宋元明禅林僧宝传》中"天界金禅师"小传中亦记载："初高帝诏选名

---

① 释明河：《泐季潭传》，《补续高僧传》卷十四，载《高僧传合集》，第705页。

② 郎瑛：《七修类稿》卷四十七，第687—688页。

③ 蔡晶晶：《元末明初诗僧群研究——以来复、宗泐、姚广孝为中心》，硕士学位论文，浙江大学，2009年。

宿，辅导诸藩。而蜀王椿，师事见心复，复名溢都中。金叹曰：
'复公其不免耳！'复果罹难而终。"① 可见，或许正是来复一开始
就不拘小节，万金西白才有此一谶言。

洪武年间，还有几位诗文僧因种种缘由获罪。例如，原瀞，
字天镜，别号朴隐，著有《朴园集》。洪武初年，与慧日东溟、璧
峰宝金，同诏入内庭问道，赐食而退。洪武九年（1376）后主灵
隐寺，"入院甫浃日，坐庄田事，谪戍陕西"②。又，郎瑛《七修类
稿》卷三十四《二僧诗累》云：

> 一初题翡翠云："见说炎州进翠衣，网罗一日遍东
> 西。羽毛亦足为身累，那得秋林静处栖。"止庵有《夏日
> 西园》诗："新筑西园小草堂，热时无处可乘凉。池塘六
> 月由来浅，林木三年未得长。欲净身心频扫地，爱开窗
> 户不烧香。晚风只有溪南柳，又畏蝉声闹夕阳。"皆为太
> 祖见之，谓守仁曰："汝不欲仕我，谓我法网密耶。"谓
> 德祥曰："汝诗'热时无处乘凉'，以我刑法太严耶？"又
> 谓："'六月由浅，三年未长'，谓我立国规模小，而不兴
> 礼乐耶？'频扫地，不烧香'，是言我恐人议而肆杀，却
> 不肯为善乐耶。"皆罪之而不善终。③

一初，即守仁，洪武十五年（1382）任僧录司右讲经。著有

---

① 释性磊：《天界金禅师》，《南宋元明禅林僧宝传》卷十一，载《卍新纂
续藏经》第 79 册，第 635 页。

② 钱谦益：《列朝诗集小传·闰集》，第 685 页。

③ 郎瑛：《二僧诗累》，载《七修类稿》卷三十四，第 516—517 页。

《梦观集》六卷。止庵，即德祥，字麟洲，钱塘人，诗刻苦，高逼郊、岛，著有《桐屿集》。兹事又见载于吴之鲸《武林梵刹志》、蒋一葵《尧山堂外纪》卷七十八、陈师《禅寄笔谈》卷六。但对于这两桩"文字狱"，钱谦益则力辨之："德祥，字麟洲，钱塘人。……《西园》诗今载集中，不知所谓忤上者何语？野史流传不足信也。祥公有题倪云林、周履道书画云：'东海东吴两故人，别来二十四番春。'又有《为王驸马赋清真轩》诗，则知公生元季，至永乐中尚在也。"[1] 明太祖对诗歌谬释，实难以考辨，问题在于《七修类稿》所言两人"皆罪之而不善终"，是不符合实情的。牧斋考证出德祥至永乐间仍在，且与王驸马颇有交谊，故所谓"弃市"事，实不足为信；而守仁在洪武二十四年（1391）主天禧，后示寂于寺，亦为善终。

野史传闻，殊难以考实。不过，也传达出洪武中后期酷烈政治对丛林造成的深刻影响。陆容《菽园杂记》记载释慧暕云：

洪武间，秀才做官，吃多少辛苦，受多少惊怕，与朝廷出多少心力。到头来，小有过犯，轻则充军，重则刑戮。善终者十二三耳。其时士大夫无负国家，国家负天下士大夫多矣。这便是还债的。[2]

这段话虽是针对士大夫而言，但亦可见出僧人的心态。又，钱谦益《列朝诗集小传·闰集》"冰蘗禅师存翁则公"条：

---

[1]　钱谦益：《列朝诗集小传·闰集》，第678—679页。
[2]　陆容：《菽园杂记》，佚之点校，中华书局，1985年，第16页。

惟则，字天真，吴兴费氏子……师有《七幸序》曰：
"洪武二十五年壬申八月二十九日晚朝，上命凡天下僧
人，但清理册文上有名籍者，不问度牒已给未给，皆要
他俗家余丁一人充军。比时在京，钦闻上命，进偈七章，
其七曰：'天街密雨却烦嚚，百稼臻成春气饶。乞宥沙弥
疏戒检，袈裟道在祝神尧。'或讥之曰：'无事请死而
已。'上览偈，罢军事不果。"①

惟则天真进偈以"乞宥沙弥"，虽最终被明太祖所采纳，但其
中所载："或讥之曰：'无事请死而已'"，尤可见出太祖酷烈的"文
字狱"已使丛林噤若寒蝉。

此种"惧祸"的心态，亦深刻地体现在诗文僧的创作中。明
人徐伯龄《蟫精隽》卷九"诗有警策"记载：

国初高僧宗泐季潭有《偶成》诗云："人事天时不可
常，才逢炎暑又逢凉。芭蕉似解知秋早，蟋蟀如能识夜
长。向日高台还走鹿，只今沧海已成桑。殷勤说与权豪
客，鸟尽良弓合自藏。"警策之意深矣，可谓明哲保身、
知几之君子乎！②

《偶成》诗十分鲜明地表现了季潭宗泐在明初酷烈的政治情势
下的心态。宗泐示寂前尝遗言："人之生灭，如海一沤；沤生沤

① 钱谦益：《列朝诗集小传·闰集》，第683—684页。
② 徐伯龄：《蟫精隽》卷九，载《文渊阁四库全书》第867册，第132页。

灭,复归于水。何处非寂灭之地也。"言毕乃唤侍者曰:"这个
聻。"侍者茫然。师曰:"苦!"这个"苦"字,不仅是季潭宗泐对
人生况味的体察,更表现了明初酷烈的政治情势下僧人普遍的生
存状况。

# 第三章　季潭宗泐与《全室外集》

　　季潭宗泐是明初著名的高僧、诗僧。洪武年间，他出入禁庭，应对称旨，深得明太祖宠信；后因牵扯"胡党"案而获罪，有司拟治极刑，明太祖特旨免死，退居山林。季潭宗泐的升降沉浮，是国家权力意志强势渗入佛门后僧侣生活境遇的典型体现，也是今人了解洪武朝佛门生态、僧侣心态的典型个案。但是，对于这一个案，目前似乎尚未引起人们足够的重视。于佛教史中，因《全室和尚语录》长期未被发现而少见研究；于诗歌史中，则人们似乎尚无暇顾及方外僧人而几被遗弃。近来，蔡晶晶《元末明初诗僧群研究——以宗泐、来复、姚广孝为中心》，对他进行了一些有益的探讨，剖析出季潭宗泐某些方面的个性，颇有启发价值。①但是，对于季潭宗泐的生平、诗歌等方面，目前则未见到较为完整的研究。

---

　　① 蔡晶晶：《元末明初诗僧群研究——以宗泐、来复、姚广孝为中心》，硕士学位论文，浙江大学，2009 年。

## 第一节　季潭宗泐的参学经历与元末的宗教实践

释宗泐（1318—1391），字季潭，别号全室，俗姓周，台州临海人。① 生平有释心泰所撰《前天界禅寺住山全室大禅师塔铭》②（以下简称《塔铭》）。明清的诸多僧传，如《释鉴稽古录》《五灯全书》《南宋元明禅林僧宝传》《补续高僧传》均有其小传，虽略有出入，但泰半为节录《塔铭》而成。综览现存与宗泐相关的史料，明显是入明之后更多，这显然是和他的声名升降密切相关。

季潭宗泐在元代的履迹，以参学笑隐大䜣最为重要。据《南宋元明禅林僧宝传》卷十三《季潭泐禅师》记载：

① 按《四库全书总目》误书为"临安人"。又，《补续高僧传》谓季潭宗泐入灭"时洪武庚午九月十四日也"，误也。释心泰《前天界禅寺住山全室大禅师塔铭》明载季潭宗泐示寂于"洪武廿四年九月十日，世寿七十四"。又《佛法金汤编》卷首收有季潭宗泐所撰之题识，末署"洪武辛未夏僧录司右善世善世禅寺住山全室比丘宗泐识"。"辛未"即洪武二十四年（1391）。

② 此塔铭见于《全室和尚语录》。季潭宗泐的《全室和尚语录》，以前从未见有文献提及，明清以来的各种书志亦未曾著录。笔者从新浪爱问网下载了日本京都大学附属图书馆所藏《全室和尚语录》，如获至宝。进而又查到日本学者佐滕秀孝《季潭宗泐之〈全室和尚语录〉：〈全室和尚语录〉之介绍和整理翻刻》一文，根据《全室和尚语录》所收释心泰所撰《前天界禅寺住山全室大禅师塔铭》，概略地介绍季潭宗泐的生平，以及语录、分卷、篇目的情况，末还附载了《全室和尚语录》全文，并予以标点整理。目前，中国学者似乎很少见到《全室和尚语录》。《全室和尚语录》不仅附有季潭宗泐的《前天界禅寺住山全室大禅师塔铭》，而且还有他住持诸寺的上堂法语等重要文献，可以说是我们研究季潭宗泐生平和禅学思想的第一手材料，其价值甚至超越了《全室外集》。《全室和尚语录》为抄本，系天龙禅寺前住山比丘昌海所书。全书共三卷一册，卷一为门人自性编至正丁亥二月入宣州水西宝胜禅寺的语录、门人守钦编洪武元年四月入杭州府中天竺禅寺的语录、门人普华编洪武四年正月入径山兴圣万寿禅寺的语录、门人行忠与慧和等编洪武五年正月入京都天界善世禅寺的语录，合称"四会语录"。卷二偈颂歌、序、书诸体，卷三为记赞、题跋、祭文，末附"径山佛幻比丘心泰"撰《前天界禅寺住山全室大禅师塔铭》。

泐生族甚微，父母俱早卒，寄食贫里，贫里不能善之。甫八岁，宿根不昧，趋本郡天宁寺，求佛为师。时笑隐䜣公说法其间。泐跪拜于䜣公膝下，公爱而异之，试以《心经》，脱口成诵。公大喜曰："昏途慧炬也。"得度数载，藏文世典，咸贯通焉。䜣公屡易名刹，泐皆从侍。①

大䜣是元代著名高僧，天历元年（1328）被元文宗诏为大龙翔集庆寺住持，命为大中大夫，号曰广智全悟大禅师，一时声冠丛林。季潭宗泐能被大䜣期许为"昏途慧炬"，可见他很早就显示出异于常人的禀赋。而大䜣融通儒、释的家风，亦使宗泐"藏文世典，咸贯通焉"，这为他后来成为洪武朝著名的"儒僧"奠定了基础。

大䜣还常以临济家风提撕宗泐。《塔铭》载：

一日，智（大䜣）问："国师三唤，侍者三应，意旨如何？"师（宗泐）云："何得剜肉作疮？"智云："将谓汝奇特，原来只与么？"师喝，智拟棒之。师拂袖而出。自是入室，日臻玄奥。②

---

① 释性磊：《季潭泐禅师》，《南宋元明禅林僧宝传》卷十三，载《卍新纂续藏经》第79册，第642页。

② 释心泰：《前天界禅寺住山全室大禅师塔铭》，载《全室和尚语录》，日本京都大学附属图书馆所藏抄本。

宗泐自奉大䜣学佛后，多跟随他辗转于东南丛林。至正元年（1341），宗泐出游两浙、江西，遍叩尊宿大德，声名渐著；又因其"寓情辞章，尤精隶古"，大夫荐绅皆乐与其游，虞集、黄溍、张翥等，即"推重为方外交"。例如，他和张翥的关系就相当密切。张翥，字仲举，号蜕庵，晋宁人，官翰林国史院编修，迁翰林学士承旨。洪武十年（1377），宗泐为张翥的诗集题跋称："余识潞公于金陵，后会于燕都，于钱塘，盖三十余年，固非一日之好。"① 张翥《送泐季潭游天台并送渊侍者归天台二首》其一云："来从石城寺，去访石桥僧。锡杖空山路，禅龛独夜灯。道知文畅得，诗识皎然能。到日西岩下，应吟瀑布溯。"② 即赞美了季潭宗泐的道德和诗才。

至正四年（1344）春，宗泐至径山谒元叟行端，语合，留掌书记。但不知什么原因，"褫职，归省智于集庆"③。这年五月二十四日，大䜣示寂，召弟子怀渭曰："吾据者床，四十余年，尚遗望也。然不尽之案，惟你与宗泐任之耳。"④ 宗泐参学于笑隐大䜣，以世间法而论，可谓系出"望门"，这对扩大他日后在丛林中的影响，无疑发挥了十分关键的作用。所以宋濂后来写的《全室禅师

① 释宗泐：《跋潞国张公诗集后》，载《全室和尚语录》卷三。又见《四库全书》本张翥《蜕庵集》卷末。

② 张翥：《送泐季潭游天台并送渊侍者归天台二首》其一，《蜕庵集》卷二，载《文渊阁四库全书》第1215册，第35页。

③ 按，关于宗泐掌元叟行端书记之事，《五灯全书》《释鉴稽古略续集》均有记载，但不如《塔铭》详细。又朱右《白云稿》卷五《全室集序》亦云："往予客金陵，今中竺季潭禅师泐公从龙翔广智业，与予同里闬……既而师（宗泐）上径山掌记室，元叟端公会下，复归龙翔。"

④ 释性磊：《季潭泐禅师》，载《南宋元明禅林僧宝传》卷十三，载《卍新纂续藏经》第79册，第642页。

像赞》中称："笑隐之子，晦机之孙。具大福德，足以荷担佛法；证大智慧，足以摄伏魔军。"① 而更为重要的是，大䜣一生践行以出世法圆融世法的观念，对宗泐入明之后的人生抉择有着深远的影响。大䜣虽为一介衲子，但他并不仅具空寂情怀，而是带有浓厚的尘俗气息，广泛结交官府，成为著名的大元僧官。此种门风，使他的门人如清远怀渭、觉原慧昙、用章廷俊等人都与官府有着密切的往来，而宗泐又是其中最为突出的一个。

宗泐在大䜣门下参学，还结识了很多同门法兄弟。例如《南宋元明禅林僧宝传·季潭泐禅师》中提到的"怀渭""渭禅师"，即清远怀渭。据宋濂所撰《净慈禅师竹庵渭公白塔碑铭》，怀渭（1310—1368），字清远，自号竹庵，南昌魏氏子，是笑隐大䜣俗姓之甥。他和宗泐齐名，是大䜣门下最为得意的两位弟子。大䜣临终前的嘱咐，在宋濂的《净慈禅师竹庵渭公白塔碑铭》中是如是记载的："全悟濒没，亦呼而告之曰：'吾据师位者四十余年，接人非不夥，能弘大慧之道使不坠者，唯汝与宗泐尔，汝其懋哉！'"② 宗泐后来与清远怀渭关系极为密切。洪武四年（1371）春，宗泐以高僧召见，住持天界禅寺，延其为第二座。宗泐《全室外集》还有多首赠予清远怀渭的诗，像"昔事龙河师，法筵全盛日。童年与君居，众讶早入室""少年同居日，闻君拂丝桐……当时青云士，奇文咏空同""因乱阻殊邦，及见消往忆……论新无

---

① 宋濂：《全室禅师像赞》，载罗月霞编《宋濂全集》，第994页。
② 宋濂：《净慈禅师竹庵渭公白塔碑铭》，载罗月霞编《宋濂全集》，第1435页。

少欢，话旧有深恻"① 句，均是回忆两人师事笑隐大䜣的情景。

大䜣圆寂后，宗泐"既还台，寓云峰，隐紫箨，领天宁，俱以诚悫、淳厚之风，化本生之郡。郡人倾信，如葵日也"②。清远怀渭住持宝相寺，尝迎请宗泐，但宗泐却婉拒之。至正七年（1347）二月，宗泐出世住持水西寺。据《江南通志》卷四十七，水西寺在安徽泾县西，建于唐上元中，宋黄檗禅师尝为住持。季潭宗泐《水西图诗》描述道："水西绝境江左无……三峰涌出青芙蕖。古木如龙半天耸，白云翩翩欲飞动。桓彝庙前莎草长，遗民矶下溪流汹。浮图隐隐林端起，知是山腰上方寺。高阁五月秋霜寒，山僧坐阅人间世。竹边幽径花丛丛，濯缨亭古连东峰。赏溪渡口风浪歇，棹舟之子来相从。"③ 其间，著名文人郭奎曾至水西寺拜访他，写下了《留水西寺贻季潭上人三首》。④

宗泐住持水西寺达20余年⑤，后因武林名贤之请，复住持杭州中天竺禅寺。兹事在《五灯全书·天界善世全室宗泐禅师》和《武林梵志》卷十"中天竺寺"记载更为详细。《五灯全书》云："明高帝洪武戊申，迁中竺，四月十五日入寺上堂……，辛亥，迁双径。"⑥ 宗泐住持中天竺禅寺是从洪武元年（1368）至洪武四年

① 释宗泐：《喜清远兄至以齐己诗"长忆旧山日，与君同聚沙"十字为韵》其五、其八、其二，载《全室外集》卷三，第800页。
② 释性磊：《季潭泐禅师》，《南宋元明禅林僧宝传》卷十三，载《卍新纂续藏经》第79册，第642页。
③ 释宗泐：《水西图诗》，载《全室外集》卷四，第815页。
④ 郭奎：《留水西寺贻季潭上人三首》，《望云集》卷三，载《文渊阁四库全书》第1231册，第656页。
⑤ 释宗泐《全室外集》卷四《水西图诗》有"我居山中二十载"句。
⑥ 释超永：《天界善世全室宗泐禅师传》，《五灯全书》卷五十六，载《卍新纂续藏经》第82册，第211页。

（1371）。而中天竺禅寺，是笑隐大䜣泰定年间住持重修新建的，因此"泐之光阐前绩，湖江称美焉"，一时之盛，"不减䜣公说法时也"①。洪武四年（1371）正月二十五日，季潭宗泐又迁徙至径山兴盛万寿寺。

宗泐住持水西寺、中天竺禅寺、万寿寺的说法语录，今皆收于《全室和尚语录》中。其禅风大抵如释心泰所云："其论宗乘，引物连类，出入经史，剀切明白，使其泮然无疑。"② 故在元末僧俗两界树立了较高的声名。例如宋褧亦有诗云："方外何尝浪得名，士林高处学迁莺。远公能重陶元亮，老汉常陪石曼卿。日暮碧云追雅致，阳春白雪有余声。江南烟雨楼台好，尽意推敲不用惊。"③

值得注意的是，洪武初年来华的日僧绝海中津，闻季潭宗泐声名，亦归依之。据日僧妙祈撰《佛智广照净印翊圣国师年谱》，"中津，字绝海，自号蕉坚道人。洪武二年二月航溟南游，寓杭之中竺，依全室禅师，甚器重之，俾烧香侍者，后复又转藏主。后登于灵隐，谒于道场，周旋于用贞良公、清远渭公之间。师尝自谓：'余入大明，最初依清远于道场，以侍启命，辞不就，遂依中竺季潭和尚'"④。绝海中津是明初中日文化交流的使者，他泛海至

---

① 释性磊：《季潭泐禅师》，《南宋元明禅林僧宝传》卷十三，载《卍新纂续藏经》第 79 册，第 642 页。

② 释心泰：《前天界禅寺住山全室大禅师塔铭》，载《全室和尚语录》，日本京都大学附属图书馆所藏抄本。

③ 宋褧：《送诗僧泐季潭江南》，《燕石集》卷七，载《文渊阁四库全书》第 1212 册，第 429 页。

④ 妙祈：《佛智广照净印翊圣国师年谱》，载绝海中津《蕉坚稿》，日本文化十二年刊本。

中土，不仅遍访高僧，而且也学习了汉诗，受宗泐影响极大。姚广孝撰于永乐九年（1411）的《蕉坚稿序》就说："自壮岁挟囊乘艘泛沧溟来中国，客于杭之千岁岩，依全室翁以求道，暇则讲乎诗文。"① 因着绝海中津的这层关系，宗泐在日本亦享有盛名。

## 第二节　季潭宗泐在洪武朝的升降沉浮

宗泐为明太祖首次诏见，是在洪武四年（1371）十二月。是年，明太祖为祭奠元末战乱死难者，启建广荐法会于蒋山太平兴国禅寺，诏征江南有道浮屠 10 人诣南京，宗泐即荣列其中。

宗泐得以征召的原因，僧传均未能明言。我们推测，或许与当时聚集在明太祖身边的高僧有关，而宗泐与这些高僧均有深厚的因缘。例如，洪武元年（1368）正月，明太祖设善世院，"统诸山释教事"，统领是觉原慧昙。觉原慧昙（1322—1371），字觉原，天台杨氏子。他亦是笑隐大诉的弟子。洪武三年（1370）奉使西域，次年九月，卒于途中。又，从洪武元年（1368）到洪武四年（1371）间，还征召了不少高僧，这些高僧大多出于元叟行端系下。例如，洪武三年春，征天下有道僧，赴天界，其中尊宿 30 余员，"出元叟之门者，三居一焉"②，著名者有楚石梵琦、国清昙噩、愚庵智及等。又，洪武三年之后，接替觉原慧昙住持天界善世禅院的万金西白，是元叟行端的再传弟子。宗泐曾短暂地在元叟行端座下任书记，这为他在明初进入朝阙结下了善缘。

① 姚广孝：《蕉坚稿序》，载绝海中津《蕉坚稿》卷首。
② 释性磊：《楚石愚庵梦堂三禅师》，《南宋元明禅林僧宝传》卷十，载《卍新纂续藏经》第 79 册，第 630 页。

广荐法会在洪武五年（1372）正月举行，规制甚弘。宋濂《蒋山广荐佛会记》翔实地记载了当时的情形："上服皮弁服，临奉天殿，群臣服朝衣左右侍……备法杖鼓吹导至蒋山"，"（天界寺）总持万金及蒋山主僧行容，率僧伽千人持香华出迎"。癸亥日，"上服皮弁服，搢玉珪，上殿面大雄氏北向立，群臣各衣法服以从，和声郎举麾奏悦佛之乐"，"诏已，引入殿，致三佛之礼，听法于径山禅师宗泐，受毗尼戒于天竺法师慧日"。是日"云开日明，祥光冲融，布满寰宇，天颜怿如"①。广荐法会为宗泐走入禁庭奠定了坚实的基础，赢得了明太祖极高的宠信。据《五灯全书·天界善世全室宗泐禅师传》，他在法会上的说法"穷理尽性，彻果该因。显密浅深，无机不被。上大悦"②。又，法会所奏《赞佛乐章》八章，亦出于宗泐之手，曰善世、昭信、延慈、法喜、禅悦、遍应、妙济、善成八曲。广荐法会之后，适天界寺住持万金禅师，"以母老告退，举师（宗泐）自代"③。明太祖遂以宗泐继之，以统领诸山事务，宗泐由此成为明太祖最为亲近的僧人。

洪武九年（1376）春，明太祖游天界寺，见宗泐"博通今古，儒术深明"，遂命其"育须发以官之"。宗泐果真蓄发长数寸，将诏而官之。然宗泐再三请辞求免，"愿终世于释门"④。擢拔高僧入仕，是明初将佛教纳入国家意识形态的重要举措。明太祖曾专门撰有《拔儒僧入仕论》《宦释论》《拔儒僧文》等，阐述任用"儒

---

①　宋濂：《蒋山广荐佛会记》，载罗月霞编《宋濂全集》，第563—564页。

②　释超永：《天界善世全室宗泐禅师传》，《五灯全书》卷五十六，载《卍新纂续藏经》第82册，第211页。

③　释超永：《天界善世全室宗泐禅师传》，《五灯全书》卷五十六，载《卍新纂续藏经》第82册，第211页。

④　朱元璋：《赐宗泐免官说》，载《明太祖文集》卷十五，第170—171页。

僧"主张，很多僧人如愿证（李大猷）、正传（郭传）、克勤（华克勤）、吴印等，均先后历仕显宦。宗泐的请辞，显然有违"圣命"，但明太祖并未予以追究，反而特撰《赐宗泐免官说》嘉叹之："吁，难哉！世人之于世，谁不欲富贵妻子、名彰于世者欤？今是僧却富贵，弗美妻妾，可谓三害之中善却一者欤？人将谓是僧生性淡薄有是欤？抑玄悟之有知而若是欤？不然，其僧生性淡薄，玄悟不可以言貌而见，盖丈夫之气，初志不夺，斯僧是其人也。特听而免官，放老山林。其世之三害，僧不为一害所迷，妙哉！"①

宗泐又极善诗，明太祖多次命其应制，所作之诗，亦颇称圣意。明太祖还尝御和其诗145首，堪为明初仅见，恐宋濂辈亦不能比。解缙曾回忆他早年佐侍明太祖的情形说：

> 上惟喜诵古人铿鍧炳烺之作，凡遇呜喑鄙陋，以为衰世之制，不足观。故天下之士为诗，鲜有能得上意者。有诗僧宗泐，尝进所精思而刻苦以为最得意之作百余篇，高皇一览，不竟日，尽和其韵，雄深阔伟，下视泐韵，大明之于爝火也。盖如泐者之不足以当圣意，圣凡度量相越固如是耶？②

解缙所谓"下视泐韵，大明之于爝火也""圣凡度量相越固如是"云云，显然是一种谀辞，但从中亦可见出，朝野上下，宗泐

---

① 朱元璋：《赐宗泐免官说》，载《明太祖文集》卷十五，第171页。
② 解缙：《顾太常谨中诗集序》，《文毅集》卷七，载《文渊阁四库全书》第1236册，第680页。

的诗歌算得上是"最称上意"之作。否则，明太祖何以有意御和其诗百余首呢？总之，宗泐表现出的诗歌才华，确实深为明太祖欣赏。他常将宗泐和当时的文臣宋濂相比。宋濂颇迷恋释教，明太祖遂目之为"宋和尚"；而宗泐则好儒，明太祖则呼其为"泐秀才"①。

明太祖之所以宠信宗泐，所看重的并非仅是他擅诗好儒的特点，其用意仍在参咨心要，阴翊王度。《南宋元明禅林僧宝传》"季潭泐禅师"小传载："（明太祖）常于慈明殿设榻，召问《心经》枢要。泐穷理显性，彻果该因，深浅开遮，无机不被，天子默以神会。"②洪武十年（1377）冬，明太祖又诏宗泐和杭州演福寺太璞如玘、天竺灵山寺竺隐弘道笺释《心经》《金刚经》《楞伽经》。次年七月，三经相继注成。明太祖在西华楼亲自接受了宗泐、太璞如玘的进献，阅之大悦，评之曰"此经之注，诚为精确。可流布海内，使学者讲习焉"③。并撰御制序文于前，命锲梓于京师天界禅林，颁行全国。

洪武十一年（1378）十二月，明太祖以佛经有遗佚，命宗泐领徒 30 余人往西域求经。时宗泐已过六旬，历时五载，"往返十有四万余程，皓首还朝"④。关于此西行求法，宗泐有诗十分谦虚

---

① 朱彝尊：《宗泐小传》引《诗话》，《明诗综》卷八十九，载《文渊阁四库全书》第 1460 册，第 816 页。
② 释性磊：《季潭泐禅师》，《南宋元明禅林僧宝传》卷十三，载《卍新纂续藏经》第 79 册，第 642 页。
③ 宋濂：《新注〈楞伽经〉后序》，载罗月霞编《宋濂全集》，第 1504 页。
④ 释性磊：《季潭泐禅师》，《南宋元明禅林僧宝传》卷十三，载《卍新纂续藏经》第 79 册，第 642 页。

地说："愧如玄奘新归洛，欲学翻经独未能。"① 但事实上，后人常将他与玄奘西行相提并论。宗泐此次西行求法，不仅求得《庄严》《宝王》《文殊》等经书，而且还将觉原慧昙遗衣奉还南京聚宝山雨花台。② 一时名振他邦，声闻朝阙。宗泐西行，留下了不少描写异域风光、人情和地貌的诗歌，并有《西游集》一书传世，均具有很高的文献价值。③ 例如，描写虎牢关附近的人民洞居的习俗云："客路车行窄，人家穴处多。"④ 描写北地的风光云："万古消不尽，三秋积又多。寒光欺夏日，素彩烁天河。"⑤ 均切于实际，可资今人参详。尤其是《望昆仑》并序，涉及在元明争议颇多的

---

① 释宗泐：《和苏平仲见寄》，载《全室外集》卷六，第836页。

② 宋濂：《天界善世禅师第四代觉原禅师遗衣塔铭》，载罗月霞编《宋濂全集》，第860页。

③ 《西游集》一书已逸，《明史·艺文志》《千顷堂书目》均载其目。《四库全书总目·"全室外集"提要》云："宗泐尚有《西游集》一卷，盖奉使求经时道路往还所作。见闻既异，其记载必有可观。今未见其本，存佚殆不可知矣。徐祯卿《翦胜野闻》谓：宗泐奉使西域，未至其地，途遇神僧幻化而归者。盖未知宗泐有此集，故造是齐东之语，与所谓宗泐蓄发还俗，同一谬妄也。"朱彝尊《明诗综》卷八十九《宗泐小传》引《诗话》"止庵读其《西游集》赋诗云：'一字一寸珠，一言一尺玉。'"

④ 释宗泐：《过虎牢关》，载《全室外集》卷五，第825页。

⑤ 释宗泐：《雪岭》，载《全室外集》卷五，第826页。

黄河源头问题，为后来的史地学家广泛征引。①

洪武十五年（1382），宗泐西行归来。四月，明太祖任命僧录司各员，以掌天下释教事，季潭宗泐被命为右善世。六月，马皇后崩，九月葬于钟山孝陵，时风雨雷电，"帝甚不乐"，诏宗泐至，曰："太后将就葬，尔其宣偈焉。"宗泐随即应曰："雨落天垂泪，雷鸣地举哀。西方诸佛子，同送马如来。"② 太祖甚悦，顷忽朗霁，遂启辇，诏赐宗泐白金百两。

然而，是时朝野上下，并非一派和谐，君臣互相猜忌，朝臣无不危警自励。宗泐"因长官奏事获谴"，被派往凤阳槎峰建寺，明太祖亲书其诗句"寂寞观明月，逍遥对白云"送行。三年讫工，

---

① 按，今《全室外集》卷三《望昆仑》序失收。但胡渭《禹贡锥指》卷十三、清人万斯同《昆仑河源考》均已辑录。其诗云："积雪覆崇冈，冬夏常一色。群峰让独雄，神君所栖宅。传闻巇谷篁，造律谐金石。草木尚不生，竹产疑非的。汉使穷河源，要领殊未得。遂令西戎子，千古笑中国。老客此经过，望之长太息。立马北风寒，回首孤云白。"其序云："河源出自抹必力赤巴山。番人呼黄河为抹处，犛牛河为必力处；赤巴者，分界也。其山西南所出之水，则流入犛牛河；东北之水，是为河源。予西还宿山中。番人戏相谓曰：'汉人今饮汉水矣。'其源东抵昆仑可七八百里，今所涉处尚三百余里，下与昆仑之水合流，中国相传以为源自昆仑，非也。昆仑名麻瑹，其山最高大，四时常雪，有神居之。番书载其境内祭祀之山有九，此其一也。"据《元史》记载，至元中命多克实为招讨使，佩金虎符，往求河源。四月始抵其处，是冬还报。其后学士潘昂霄得其说，撰为《河源志》。临川朱思本又得帝师所藏梵字图书，而以华文译之，与潘昂霄所志互有详略。因此，季潭宗泐诗中有"汉使穷河源，要领殊未得"句。季潭宗泐在小序中明确提出，黄河出自抹必力赤巴山。但是，与多克实所言"河源自平地涌出"殊异。因此，胡渭《禹贡锥指》卷十三指出："按季潭宗泐取经还其所涉处，南距河源尚数百里，则是所谓抹必力赤巴山，亦闻之番人，非目睹也。犛牛河者，云南之丽江源也。盖因朱思本言河源直丽江宣抚司西北一千五百里，故又附会为此说。"胡渭说，季潭宗泐未能目睹河源。万斯同《昆仑河源考》却谓季潭宗泐率其徒三十人往西域求之，"遍历直八里别利迦竹诸国"。

② 蒋一葵：《尧山堂外纪》卷七十八，载《续修四库全书》第1195册，第3页。

明太祖敕赐圆通之额。洪武十九年（1386）秋，宗泐返回天界禅寺，明太祖有"泐翁去此问谁禅，朝夕常思在目前"①之句。洪武二十四年（1391），释智聪以"胡党案"获罪，而牵连宗泐。有司奏拟极刑，太祖下旨免死，以老赐归槎峰。宗泐居凤阳圆通寺，境况颇为凄凉，他尝借苏轼《苏长公题虎跑泉诗卷》表达了此种心境。其云："至正二年，益友庵自燕都携归龙河，予得见之。洪武九年，再见于梓北山处。十八年春，虎跑戒定岩使其徒携来槎峰，又见之。噫！四十四年之间，凡三见此卷。自兵革后，天下法书名画，零落殆尽。何此卷流转南北，独无恙如此，岂神物呵护之耶？"②字里行间，无不透显出飘零之感。

洪武二十四年（1391）四月某日宗泐示疾，谓众曰："人之生灭，如海一沤；沤生沤灭，复归于水。何处非寂灭之地也。"言毕乃唤侍者曰："这个瞢。"侍者茫然。师曰："苦！"遂入灭，年七十四岁。龛归天界，火浴得舍利光润明灿者30颗，建塔于笑隐大䜣之右。

季潭宗泐一生声名显赫，功德无量，此正如宋濂为其像题赞所说："信为十方禅林之所领袖，而与古德同道同伦者耶。"③但在明初酷烈的政治斗争中，亦几番沉浮，几罹祸难，难免不成为斗争的牺牲品。他留与世间的最后一个"苦"字，显然不仅是指佛家"人生本苦"之苦，更是他十余年沉浮朱门尘网中的真实感慨！

① 释大闻、释幻轮：《释鉴稽古略续集》卷二，第937页。
② 释宗泐：《苏长公题虎跑泉诗卷》，高士奇《江村消夏录》卷二，载《文渊阁四库全书》第826册，第517页。
③ 宋濂：《全室禅师像赞》，载罗月霞编《宋濂全集》，第995页。

# 第三节　《全室外集》——季潭宗泐心路历程

宗泐的诗歌，今主要保留在《全室外集》《全室续集》中。他还有《清溪稿》①，只是未见任何书志著录。《文渊阁书目》著录"《全室外集》一部一册"，《千顷堂书目》卷二十八著录"《全室外集》十卷""《全室西游集》一卷"。《全室外集》在明代流传并不广，晚明藏书家徐𤊹《红雨楼题跋》卷下"宗泐《全室集》"载：

> 释宗泐洪武中与复见心齐名，余见泐诗，仅诸家所选数首而已。今岁立春，偶客虎林，偕曹能始、林茂之过吴山云居寺，有僧察阒寂无人，《全室集》在尘埃中，遂拾而归，览其简末，乃永乐癸卯年抄录者，留寺中二百年，一旦屑越而不之重，良为可惜。非余拾得之，必入香积，作酱瓿覆也。乙巳腊月立春日，兴公书于浙城旅次。②

今存《全室外集》最常见的是《四库全书》本。《四库提要》称："首二卷为应制诗，及乐府、供佛、赞佛诸曲，三卷至八卷为古近体诗，九卷为疏及题跋。《续集》诗文合编，而诗文之间阙四页，其原数遂不可考。今所存者凡诗三十六首，题跋十五篇。《千

---

① 宋聚《燕石集》卷七《送诗僧泐季潭江南》题下有小注："有《清溪稿》。"

② 徐𤊹：《红雨楼题跋》卷下，载《续修四库全书》子部第923册，第23页。

顷堂书目》作《全室外集》十卷，盖合此一卷言之耳。"① 馆臣所云题跋 15 篇，今未见载于《全室外集》中。而《全室和尚语录》卷下，恰有 15 篇题跋，应是馆臣所指的"题跋十五篇"。

《全室外集》《全室外集续集》共收其诗 378 题，各卷之诗大体按时间先后编次。其中古体诗有 107 题，律诗 120 题，基本相当。从题材看，季潭宗泐似乎着力也很平均。此正如徐一夔《全室外集序》所言："季潭学博才瑰，诗不沦于枯寂，在江湖则其言萧散悠远，适行住坐卧之情；在山林则其言幽夐简澹，得风泉云月之趣；在殊方异域，则其言慨而不激，直而不肆，极山川之险易，风俗之美恶。其诗众体具矣。"② 宗泐的诗歌，较为清晰地反映了他的心路历程。

《全室外集》中的诗歌，较早可以系年的是宗泐住持水西寺时的一些作品。例如卷三《杂诗十一首》③，作于他三十岁前后。这组诗的第四首云："伯阳西度关，仲尼东浮海。道大无所容，一身置何在。兰蕙秋风前，芳草竟谁采。"④ 写老子、孔子虽得无上之道，却无知遇之君，甚至亦无栖身之地，不得不度关浮海。第八首云："福祸无定在，倚伏谁先知……西伯称大圣，羑里却见縻。况居千载下，风教日已衰。"⑤ 写周文王成圣之前囚羁羑里，以明"祸福无定"之理。第九首云："鲁连天下士，片言能解纷。千金博一笑，永绝平原君。高蹈东海上，卷舒若浮云。清风散八表，

---

① 永瑢等：《四库全书总目》卷一七〇，第 1479 页。

② 朱彝尊：《静志居诗话》卷二十三，清嘉庆扶荔山房刻本。

③ 其中第一首有"冉冉三十年，误身堕尘网"句；第二首有"自我来泾川，星岁已再周"句。

④ 释宗泐：《杂诗十一首》其四，载《全室外集》卷三，第 801 页。

⑤ 释宗泐：《杂诗十一首》其八，载《全室外集》卷三，第 801 页。

继者今谁闻。"① 歌赞了鲁仲连既能却敌千里之外，复能遗世独立的高蹈俊逸人格。从这些诗作中，我们不难看出宗泐的人生理想和时下的境遇。宗泐的人格榜样，不是西方圣人释迦牟尼，亦非其师笑隐大䜣，而皆是儒道圣人或英雄，这表明他内心有着强烈的济世倾向，而绝非一介自求圆满的头陀。而他反复强调"祸福无定"之理，以及孔、老不见容于世的事实，一种怀才不遇之感，溢于言表。宣城的水西寺，虽亦为千年古刹，却远离丛林的中心，与浙东杭州、四明的诸名寺相比，影响有限，寓于萧寺的宗泐自然会生发出此种感情。

"杂诗""偶成"等诗题，虽杂乱成章，或无心所得，但比起酬唱赠答诗来，其实更直接地反映出诗人的心态。宗泐此组《杂诗》颇能体现出他这一时段的心态，特别是其中的最后一首，尤具寓意：

清晨曲肱卧，梦升华顶岑。殊庭就岩构，左右修竹林。仙人五六辈，列坐调玉琴。莞然顾我笑，子独何苦心。石梁有县水，濯此尘中襟。②

此一笔法，颇似屈原的《渔父词》。宗泐借仙侣之问，道出了内心难以抚平的苦闷。

在水西寺时，宗泐还有《桓茂伦诗》，其序云："予所居水西寺右有山曰湖山，晋宣城内史赠太常桓简公彝之庙在焉。顷余尝

---

① 释宗泐：《杂诗十一首》其九，载《全室外集》卷三，第 801 页。

② 释宗泐：《杂诗十一首》其十一，载《全室外集》卷三，第 802 页。

读《晋史》，爱其人致死王事，志节可尚，遂造其祠，作诗吊之。"① 诗中宗泐先叙写了桓彝的事功，然后曰：

> 昔余探古史，掩卷思其人。兹焉董山寺，华祠照西邻。是邦足遗爱，炳焕图像存。蘋蘩累登荐，箫鼓无冬春。私衷若神契，酹水醉忠魂。云屏下杂沓，徒御来骏奔。微生久息影，于世无戚欣。因君激五内，慷慨著斯言。②

宗泐以桓彝自励，其忠孝节义之心亦表于世。

元明鼎革，沧桑巨变，这样的大事对于具有极强入世之心的宗泐，显然不无影响。《全室外集》卷六《钱塘怀古》二首③，即很真实地体现了朝代更迭在他心中激起的波澜：

> 欲识钱塘王气徂，紫宸宫殿入青芜。朔方铁骑飞天堑，师相楼船宿里湖。白雁不知南国破，青山还傍海门孤。百年又见城池改，多少英雄屈壮图。
>
> 天地无情日月徂，凤凰山下久榛芜。独怜内殿成荒

---

① 据《晋书》卷七十四《桓彝传》："桓彝，字茂伦，谯国龙亢人。"其守宣城时，"寻王师败绩，彝闻而慷慨流涕，进屯泾县。时州郡多遣使降峻，裨惠又劝彝伪与通和，以纾交至之祸。彝曰：'吾受国厚恩，义在致死，焉能忍垢蒙辱与丑逆通问，如其不济，此则命也！'"

② 释宗泐：《桓茂伦诗》，载《全室外集》卷三，第803页。

③ 此诗未能明确系年。牛建强《明洪武初中日僧人间的文化交往——以日僧绝海中津为例》（《西南大学学报》2007年第6期）指出，季潭宗泐的日本弟子绝海中津曾和此诗，并认为应是洪武初年之作。

寺，空见前山映后湖。塞北有谁留一老，海南无处问诸
孤。蓬莱阁上秋风起，先向燕京入画图。①

不难看出，宗泐感怀的是南宋王朝的覆亡，但在元明鼎革之
际，却有着特别的寓意。明太祖虽平定江浙有年，但久为张士诚
经营的人心，一时难以收拾。江浙的诗文僧，难以判清形势者比
比皆是。宗泐这两首怀古诗虽并没有透露出对新朝的态度，但兴
亡之感、易代之悲却极为明显。特别是第一首的末两句"百年又
见城池改，多少英雄屈壮图"，所指"英雄"，很难说不包括张士
诚在内。如果说，宗泐的诗还显得较为曲晦的话，绝海中津的和
诗所云"天地百年同戏剧，燕人又献督亢图""百年江左风流尽，
小海空环旧版图"，寄意就更为明显。

事实上，洪武四年（1371）冬，宗泐至南京应诏广荐法会时，
仍未能感受到新朝所带来的"盛世气象"，这在绝海中津的送别诗
中表达得很明显："金缕伽梨白雪头，诏书催入帝王州。老安德望
高今古，娄约玄音动冕旒。天下车书混同日，丛林礼乐中兴秋。
远传盛世空回首，泛泛江湖不系舟。"② 诗是先叙写应诏之事，次
写宗泐的德高。第三联是描写明太祖混一天下，以及由此而来的
丛林中兴气象；但末两句所谓"远传盛世"，分明点出了远在杭州
的他们尚未感到"盛世"的气象，而"不系舟"这一意象更形象
地表明他们漂泊无定的心态。

然而，宗泐应诏至京师，特别是当他获得了明太祖的宠信后，

---

① 释宗泐：《钱塘怀古》，载《全室外集》卷六，第 833 页。
② 绝海中津：《闻径山全室和尚入京作》，载《蕉坚稿》卷一。

则不遗余力地歌赞新朝。《全室外集》卷首的十四题"钦和御诗"，即十分清晰地反映了他的这种心态。例如《应制赋甘露诗十二韵》云：

> 天地清宁日，时和岁又丰。侧闻甘露下，近自禁城东。淅沥浮松上，晶荧绚日中。圆明珠的皪，透暎玉玲珑。喜讶霜初结，惊看雪未融。奇祥庆云类，嘉应醴泉同。竞采千官合，高擎众骑丛。献当青琐闼，覆以碧纱笼。胜味醍醐劣，清光沆瀣空。荐登先祖考，分赐及王公。载笔归青史，歌诗付乐工。敢随鸳鹭序，称颂未央宫。①

咏"甘露"，是应制诗常见之题，因其通常被认为是一种祥瑞。洪武五年（1372）十月，即有甘露降于宫苑的松树上，明太祖即命采之以荐太庙。是日复降于钟山上，明太祖又命侍臣分采之，御奉天殿门，出所得甘露，"盛以金盘，羃以黄帕，遍示庭臣。仍有旨赐百官假一日，往观焉。越明日，大驾晨发，群臣云从，跻攀林崖采览，如脂如饧，甘美芳润，信瑞应之大者也。又明日，礼部尚书陶凯而下三十有五人，咸进颂赋"②。从宗泐诗来看，所咏或为此事，其意无非是赓扬盛美，黼黻休明。

钦和御诗，或称应制诗，一般是应皇帝之旨意所撰之诗，在古代诗歌中可称为一种特殊的题材。宋葛立方《韵语阳秋》云：

---

① 释宗泐：《应制赋甘露诗十二韵》，载《全室外集》卷一，第791页。
② 刘崧：《进甘露诗十六韵有序》，《槎翁诗集》卷五，载《文渊阁四库全书》第1227册，第399页。

"应制诗，非他诗比，自是一家句法，大抵不出于典实富艳尔。"[1]因此，历代诗人的应制，虽遭际时代不同，往往"如出一人之手"，殊无自家面目。在诗僧史上，作应制诗者并不多见。此风始行于中唐，当时贵人多引僧人为内供奉，写字吟诗，俾之应制，最著名者是广宣上人。广宣上人在元和、长庆间，并为内供奉，赐居安国寺红楼院，有《红楼集》，已佚。今《全唐诗》存诗 1 卷，17 首，应制之作有 16 首。宗泐的应制诗数量较广宣上人远甚，而且他与明太祖的唱和，也成为一时之佳话。

因着宗泐僧人的身份，他的应制唱和诗中也带有一些僧家色彩。例如这首颇为有名的《钦和御赐诗一首》：

> 奉诏归来第一禅，礼官引拜玉阶前。恩光更觉今朝重，圣量都忘旧日愆。凤阁钟声催晓旭，龙池柳色弄晴烟。有怀报效惭无地，智水频浇道种田。[2]

"第一禅"指，是指天界寺。洪武二年（1369），觉原慧昙住持天界寺，明太祖曾数临，恩赐优渥，书"天下第一禅林"悬于山门之上。宗泐西行归来后，明太祖亲往天界寺接见他并赐诗。宗泐对此殊觉恩重如山，故在诗中竭力表达报恩之情。"智水"，又谓本性清净智慧慈悲之水，亦谓灌顶之水。灌顶者，以如来智慧注入行者之仪式。可见，宗泐之报恩，即以佛教阴翊王度。

不过，身在朝阙的宗泐也深刻洞悉"伴君如伴虎"的道理，

---

① 葛立方：《韵语阳秋》卷二，上海古籍出版社，1984 年，第 28 页。
② 释宗泐：《钦和御赐诗一首》，载《全室外集》卷一，第 789—790 页。

特别是洪武十三年（1380）"胡惟庸案"发后，明太祖嗜杀成性，很多功臣像刘基、宋濂等人亦相继遭到了贬压、杀头。这样的情势使宗泐也感到几分隐忧。徐伯龄《蟫精隽》卷九"诗有警策"条收录了宗泐《偶成》一诗：

> 人事天时不可常，才逢炎暑又逢凉。芭蕉似解知秋早，蟋蟀如能识夜长。向日高台还走鹿，只今沧海已成桑。殷勤说与权豪客，鸟尽良弓合自藏。[①]

"人事天时"实是"人事天子"，如同天气的变化，炎凉相继，因此应似芭蕉、蟋蟀那样能洞察万物无常的道理。此诗作意虽是警示权贵豪贵，但其实亦是宗泐的自警。徐伯龄云："警策之意深矣，可谓明哲保身、知几之君子乎！"[②] 这首诗也比较典型地反映了明初朝臣的心态。他还有一首写蟋蟀的诗："窗外芭蕉雨，檐前蟋蟀声。如将不平意，相诉到天明"[③]，亦是此意。

在酷烈的"文字狱"盛行的明初，像《偶成》这类寓意分明的诗歌未收入《全室外集》，或许有某种深意在。但颇值得注意的是，《全室外集》卷二竟收入了宗泐的 37 首乐府古题诗。乐府古题诗，或纯粹敷衍本事，或借题寓写时事，"不与本词相应"。宗泐的这 37 首乐府古题，表面看多属前者，但实际透显出的心境与他的"钦和御诗"是完全不同的格调，而非"所谓床上安床，屋上架屋，古人已具，何烦赘剩耶"？

---

① 徐伯龄：《蟫精隽》，载《文渊阁四库全书》第 867 册，第 132 页。
② 徐伯龄：《蟫精隽》，载《文渊阁四库全书》第 867 册，第 132 页。
③ 释宗泐：《秋夜》，载《全室外集》卷八，第 842 页。

季潭宗泐的乐府古题诗，影响颇大，嘉靖中李攀龙还特别书写了这些诗作，王世贞亦提及他的《战城南》《江南曲》《祖龙歌行》等作。例如《祖龙歌行》云：

> 祖龙乃好长生者，沉璧徒来华山下。目断楼船海气昏，鲍车乱臭沙丘野。骊山下锢三泉开，泉头宫殿仍崔嵬。当时输作方叠叠，函谷无关小龙死。百尺降旗轵道傍，十二金人泪如水。①

据宋郭茂倩《乐府诗集》卷九十一，乐府古题"祖龙行"事出《汉书·五行志》："秦始皇帝三十六年，郑客从关东来，至华阴，望见素车白马，从华山上下，知其非人。道住止而待之，遂至，持璧与客曰：'为我遗镐池君，因言今年祖龙死。'忽不见。郑客奉璧，即始皇二十八年过江所湛璧也……是岁始皇死。后三年而秦灭。"颜师古曰："此直江神告镐池之神，以始皇将死尔。"②应劭曰："祖，人之先。龙，君之象。《祖龙行》盖出于此。"③ 唐人韦楚老尝有此题。宗泐此诗，主要是演绎本事，字里行间充满着浓厚的兴亡之思，词气沉郁，隶事精切，为明人徐燉誉为"诗中之斧钺也"④。类似的还有《战城南》："将军重爵位，天子尚征讨。不辞斗死多，但恨生男少。"⑤《苦寒行》："昨夜树头风簌簌，

---

① 释宗泐：《祖龙歌行》，载《全室外集》卷二，第795页。
② 班固：《汉书》卷二十七，颜师古注，中州古籍出版社，1991年，第821页。
③ 郭茂倩：《乐府诗集》卷九十一，中华书局，1979年，第1276页。
④ 徐燉：《徐氏笔精》卷五，载《文渊阁四库全书》第856册，第518页。
⑤ 释宗泐：《战城南》，载《全室外集》卷二，第791页。

东家孤子号天哭。"① 《道旁屋》："徒令独客久咨嗟，无复高堂乐繁盛。一从兵火照坤维，十家九家无子遗。愿留此屋行人宿，莫问主人归不归。"② 《墓上华》："谁家此墓临古道，寒食无人来祭扫。莫是东君惜无主，遣此闲花伴幽兆……人生似花能几时，古人今人皆可悲。"③ 《铜雀台》："西陵树色暮苍苍，明月相将入御床。寂寂帐前歌舞歇，几多含涕忆君王。"④ 这些乐府古题，多能与本事相应，雄浑慷慨，风骨高骞，虽都未直接描写元末动荡之史事，但不难看出，其实是宗泐借乐府古题抒写自我怀抱，浇胸中块垒。

宗泐的诗歌，总是流露出一种难以言传的苦楚，其奉旨西行路上所作之诗，亦是如此。例如《全室外集》卷三《夜宿陕州》云："烈风振林木，中夜闻号呼。重衾冷于水，照壁青灯孤。念此苦寒月，单车走长途。明当度关去，岁晏将何如。"⑤ 《度关陇》："陇头流水关山月，月色凄凉水呜咽。今古征人尽断肠，野客经过亦愁绝。连林二月冰不开，猛虎一吼苍崖裂。鹦鹉能言好寄书，心事茫茫向谁说。"⑥ 《过虎牢关》云："入关登峻坂，出谷见黄河。客路车行窄，人家穴处多。洛阳当胜概，嵩岳近嵯峨。千古兴亡恨，临风一浩歌。"⑦ 这些诗表面写西行的艰苦，但实际是命运未定的愁苦。

宗泐的诗歌，影响颇著。徐一夔《全室外集序》评其诗曰：

---

① 释宗泐：《苦寒行》，载《全室外集》卷二，第 794 页。
② 释宗泐：《道旁屋》，载《全室外集》卷二，第 797 页。
③ 释宗泐：《墓上华》，载《全室外集》卷二，第 797 页。
④ 释宗泐：《铜雀台》，载《全室外集》卷二，第 794 页。
⑤ 释宗泐：《夜宿陕州》，载《全室外集》卷三，第 812 页。
⑥ 释宗泐：《度关陇》，载《全室外集》卷四，第 818 页。
⑦ 释宗泐：《过虎牢关》，载《全室外集》卷五，第 825 页。

"如霜晨老鹤，声闻九皋，清庙朱玄，曲终三叹。"① 四库馆臣亦曰："宗泐虽托迹缁流，而笃好儒术。故其诗风骨高骞，可抗行于作者之间……皎然、齐己固未易言，要不在契嵩、惠洪下，与句曲外史张羽，均元明之际方外之秀出者也。"② 这些评价，基本上符合他的创作实情。

---

① 徐一夔：《全室外集原序》，《全室外集》卷首，载《文渊阁四库全书》第 1234 册，第 786 页。

② 永瑢等：《四库全书总目》卷一七〇，第 1479 页。

# 第四章　"缁衣宰相"
## 独庵道衍及其诗歌<sup>①</sup>

　　独庵道衍大概是明代最具争议的僧人。他14岁出家，更名为道衍，但又未能谨守青灯，一心奉佛，而是私淑道士席应真，学阴阳术数之学，后更密劝燕王朱棣举兵，策动"靖难之役"，成其帝业。晚岁，道衍又退居僧寺，冠带而朝，时人目之为"缁衣宰相"。独庵道衍的一生，亦僧亦俗亦道，徘徊于三教之间，此足以引得丛林之非议。更为甚者，因燕王朱棣"靖难之役"的复杂性，后世对他的评价可谓云泥有别。独庵道衍卒后，明成祖辍朝二日，亲撰碑文，追封他为荣国公，谥号曰"恭靖"。此种哀荣，终明一代，唯其独享。《明史·姚广孝传》评成祖得天下更说："道衍力为多，论功以为第一。"<sup>②</sup> 李贽亦认为："我国家二百余年以来休养生息，遂至今日，士安于饱暖，人忘其战争，皆我成祖文皇帝与姚少师之力也。"<sup>③</sup> 然而，批评挞伐之声，亦不绝于耳。蒋仲舒认为他"魔障既深，终当堕落"<sup>④</sup>。嘉靖九年（1530），明世宗谕阁臣

---

① 本章由余霞撰写，李舜臣指导。
② 张廷玉等：《姚广孝传》，载《明史》卷一四五，第4081页。
③ 李贽：《靖难功臣荣国姚恭靖公》，载《续藏书》卷九，中华书局，1959年，第151页。
④ 朱彝尊：《明诗综》卷十九，载《文渊阁四库全书》第1459册，第536页。

曰："姚广孝佐命嗣兴,劳烈具有。顾系释氏之徒,班诸功臣,侑食太庙,恐不足尊敬祖宗。"① 故将其移祀于大兴隆寺。乾隆间编修《四库全书》,独庵道衍甚至被认为和严嵩一样,皆"为儒者所羞称"②。

对于独庵道衍的评价,之所以出现如此大的差别,归结来看,主要有两点:一是他以僧人身份卷入政治斗争当中。佛教中人,本当远离斗争尘嚣,可独庵道衍却策动朱棣靖难,这显然是有悖于佛门宗旨的。历史上僧人卷入政治者,像北宋契嵩、元代刘秉忠,无不毁誉参半,独庵道衍又焉能幸免? 其二,燕王朱棣登基,虽为"仁宣之治"奠定了坚实的基础,但从儒家正统观念看来,他废黜建文帝,总免不了"弑君忤道"之嫌。正是此种"政统"与"道统"的矛盾,使知独庵道衍者,罪独庵道衍者,大有人在。

独庵道衍还是一位颇具才华的僧人。他早年与高季迪、袁凯等人为友,结"北郭诗社",声振吴中。高启尝评其诗称:"或闳放驰骋以发其才,或优柔曲折以泄其志,险易并陈,浓淡迭显,盖能兼采众家,不事拘狭。观其意,亦将期于自成,而为一大方者也。"③ 四库馆臣虽不齿其人品,但论其诗亦曰:"清新婉约,颇存古调。"④ 王夫之评其诗则曰:"平起淡收,虽轻俊,犹在吴、柳之间。"⑤ 然而,独庵道衍的诗歌,似乎并没有引起今人的足够重视。我们只见到了解芳《诗僧姚广孝简论》一文,综论其诗的情

① 张廷玉等:《姚广孝传》,载《明史》卷一四五,第4082页。
② 永瑢等:《四库全书总目》卷一七五,第1552页。
③ 高启:《独庵集序》,《凫藻集》卷二,载《文渊阁四库全书》第1230册,第279页。
④ 永瑢等:《四库全书总目》卷一七五,第1552页。
⑤ 王夫之:《明诗评选》卷四,文化艺术出版社,1997年,第165页。

感内蕴和艺术特点①；但区区 6 000 余字，尚难彰显独庵道衍其人其诗之特点。

## 第一节　独庵道衍的人生选择

道衍（1335—1418），幼名天僖。至正九年（1349）出家，更名独庵道衍，字斯道，晚号逃虚老人，又号独庵。② 江苏长洲（今苏州）人。独庵道衍一生，既辅佐成祖以就帝业，又德树丛林，故世人常方之以刘秉忠。③ 然而，独庵道衍的人生经历和人格面向，远比刘秉忠复杂。明人陈懿典即说："秉忠之后与秉忠相仿佛者，明之姚广孝。然秉忠受室拜官后，不以野服终；而广孝虽封国公，赐宫人，终不近，没身不改释氏衣冠，其终始与秉忠亦不同也。"④ 不过，陈氏所指仍为表象，其深层次的原因，则语焉不详。关于独庵道衍的生平资料，较重要的有《明史·姚广孝传》《相城妙智庵姚氏祠堂记》《御制推忠报国协谋宣力文臣特进荣禄大夫上柱国荣国公姚广孝神道碑》等。但是，这些传记资料仅载其行实，其心路历程仍未昭著。故拟围绕独庵道衍人生中的几次关键点，深入剖析他的人格和心态。

### 一、独庵道衍人生中的两次出世

独庵道衍平生经历了两次出世：一次是在至正八年（1348），

---

① 解芳：《诗僧姚广孝简论》，载《文学评论》2006 年第 5 期。
② "独庵之号"，不常见。《独庵外集序稿》卷五《跋倪云林墨竹诗卷》曰："二十一年八月十三日，独庵道衍跋。"
③ 张廷玉等：《姚广孝传》，载《明史》卷一四五，第 4079 页。
④ 陈懿典：《李祕刘秉忠》，《陈学士先生初集》卷二十二，载《四库禁毁书丛刊》集部第 79 册，第 404—405 页。

一次是在永乐二年（1404）。这两次出世，所处个人境遇和时代背景都不太一样，所显示的心境亦大为不同。

至正八年的出世，道衍尚在少年，一介"凡夫"而已。郎瑛《七修类稿》载其出家的因缘：

> （姚广孝）尝白父曰："某不乐医，愿仕以显父母。"父不从。一日入城，见僧官驺从之盛，叹曰："僧亦富贵如此耶！"决欲出家，遂入里之妙智庵，改名道衍。[1]

道衍因睹元末僧官之富贵气象而决计出家，与元明那些夙有佛缘的高僧颇为不同，明显具有浓烈的世俗色彩。元末佛门之富贵优越，确实吸引了不少旨在栖身糊口的俗士。危素就说："东南兵革休息垂六十年，而国家崇尚佛学，与之土田，蠲其徭役，使其徒坦坦施施而无所忧虞。"[2] 道衍的出家亦受到了流俗的影响。他尝自云："姚氏之先，汴梁人，世为民，家寒微，无夙望显达者……僦屋一廛而住，无寸田尺土，生计甚疏。"[3] 又说："然世事佛积善，乡之人皆敬焉。"[4] 可见，他确有借佛门改变窘境的意图。

然而，道衍的出家之志，却不能与那些为衣食而谋的俗僧等而视之。道衍祖上世代行医。子承父业，乃一般家族的传统，但

---

① 郎瑛：《姚广孝》，载《七修类稿》卷四十三，第634页。
② 危素：《昭福寺法堂记（丙戌）》，《说学斋稿》卷一，载《文渊阁四库全书》第1226册，第661页。
③ 姚广孝：《妙智院佛殿碑》，载《姚广孝集》卷二，商务印书馆，2016年，第222页。
④ 姚广孝：《相城妙智庵姚氏祠堂记》，载《姚广孝集》卷二十三，第281页。

他的人生志趣似乎并不在此。他尝对其父说："某不乐于医，但欲读书为学，有成则仕于王朝，显荣父母；不就则从佛，为方外之乐。"① 做官与奉佛，这两种看似极为矛盾、难以调和的人生取向，竟奇妙地融合在道衍身上。要不功名赫世，要不极方外之乐，此种不甘于碌碌平庸的志向，注定了他不寻常的人生。

道衍第二次出世，是在永乐二年。《明史》本传载，是年四月，成祖基业初定，已逾古稀的独庵道衍被封为资善大夫、太子少师，并恢复俗姓，赐名广孝。"命蓄发，不肯，赐第及两宫人，皆不受。常居僧寺，冠带而朝，退仍缁衣。"② 从此，独庵道衍亦僧亦俗，非僧非俗，一面古佛青灯，缁衣素餐；一面又冠带而朝，牵盼俗世。严格说来，这并不能算是真正意义的"出世"，因为他从始至终都是以僧人身份自居，但是他在明成祖的钦命下，毅然不肯蓄发，常住僧寺，实亦是在出世与入世间做出的重大抉择。按说，功高盖世的独庵道衍此时可以顺理成章地实现他最初"仕于王朝"的人生理想，何以他又选择了此种颇为"尴尬"的生存状态呢？

首先，是明成祖的青睐。"靖难之变"后，道衍成为明成祖的股肱之臣，"帝与语，呼少师而不名"③。道衍七十岁寿辰，明成祖所撰《赐太子少师姚广孝七十寿诗》中即有"未可还山隐，当存报国忠"的诗句，表达了继续留任道衍的想法。永乐二年（1404）五月，明成祖派他至松江、嘉兴、苏州、湖州等地赈济。这些地

---

① 姚广孝：《相城妙智庵姚氏祠堂记》，载《姚广孝集》卷二十三，第282页。

② 张廷玉等：《明史》卷一四五，第4081页。

③ 张廷玉等：《明史》卷一四五，第4081页。

区是当时矛盾最为激烈的地区，明成祖派道衍去赈灾，也表明了对他的极大信赖。不久，明成祖又命他重修《文献大成》。《文献大成》本由解缙担纲编修，但书成后，明成祖不甚中意，故特命道衍"发凡起例，区分钩考，秩然有法"①，"四历寒暑而成"，明成祖大为赞赏，更名为《永乐大典》，并命独庵道衍作序。在明成祖的宠裕之下，独庵道衍亦不得不"心存白云外，迹混红尘中"②。

其次，明成祖在"靖难之役"中的杀戮，一方面使作为僧人的道衍心含愧疚，另一方面也颇感失望。尤其方孝孺一案，更使他颇为寒心。《明史》"方孝孺传"载：

> 成祖发北平，姚广孝以孝孺为托，曰："城下之日，彼必不降，幸勿杀之。杀孝孺，天下读书种子绝矣。"成祖颔之。至是欲使草诏。召至，悲恸声彻殿陛。成祖降榻劳曰："先生毋自苦，予欲法周公辅成王耳。"孝孺曰："成王安在？"成祖曰："彼自焚死。"孝孺曰："何不立成王之子？"成祖曰："国赖长君。"孝孺曰："何不立成王之弟？"成祖曰："此朕家事。"顾左右授笔札，曰："诏天下，非先生草不可。"孝孺投笔于地，且哭且骂曰："死即死耳，诏不可草。"成祖怒，命磔诸市。孝孺慨然就死，作绝命词曰："天降乱离兮孰知其由，奸臣得计兮谋国用犹。忠臣发愤兮血泪交流，以此殉君兮抑又何求。呜呼哀哉兮庶不我尤。"时年四十有六。③

---

① 张廷玉等：《明史》卷一五二，第4193页。
② 姚广孝：《题洪崖先生像》，载《姚广孝集》卷二，第17页。
③ 张廷玉等：《明史》卷一百四十一，第4019页。

在道衍看来，朱棣炮制的这桩惨案，不仅违背了佛教慈悲悯
众的教义，而且还背信弃义。此外，还有一事对道衍触动极大。
据《少师姚广孝事迹》记载，"广孝初为僧，其姊戒之曰：'汝为
和尚，当发慈悲心。'盖知其好杀也。及预靖难，姊叹息，谓人
曰：'和尚慈悲当如是邪?'"后来，道衍赈灾归家，"往见姊，姊
拒之曰：'贵人何用至贫家。'为不纳。广孝乃易僧服而往，姊坚
不出。家人劝之，姊不得已出，立中堂。广孝连下拜，姊曰：'安
用尔拜许多耶? 曾见做和尚不了底是甚好人。'言毕，遂还户内，
不复再见"[1]。道衍的好友王宾，后来也拒绝与其交往。[2] 亲友的态
度，使道衍不免生出"众叛亲离"之感，内心受到极大震慑。因
此，他需要佛禅来安顿心灵，救赎往昔的罪恶。永乐十六年
（1418），道衍病甚，成祖问其所欲，道衍曰："僧溥洽系久，愿赦
之。"[3] 据《明史》所载，"溥洽者，即建文帝主录僧也。初，帝
入南京，有言建文帝为僧遁去，溥洽知状，或言匿溥洽所……坐
系十余年"。成祖颔首后，"广孝顿首谢"[4]。道衍的临终遗愿，表
明他至死都在为"靖难之役"的杀戮流血而忏悔。

最后，道衍又是极聪明之人，"伴君如伴虎""狡兔死，走狗

① 姚广孝：《少师姚广孝事迹》，载《姚广孝集》附录，第 2602 页。
② 关于道衍与王宾绝交之事，文献所载不一。《吴中往哲记》载："广孝既
贵，归访宾。宾弗与见，方盥，掩面而走。"黄姬水《贫士传》和《明史》本传，
所记略同。但《四库全书总目》则说："王宾少时与广孝相善，在王宾逃迹西山
时，广孝以旧好访之，谓曰：'寂寂空山，何堪久住?'答曰：'多情花鸟，不肯
放人。'广孝亦作《寄王光庵》：'学优何不仕，奉母向桑榆。今古书千卷，乾坤
宅一区。竹临窗更密，萝绕径偏纡。坐上宾朋少，无营且自娱。'"又云："观宾
集有所作《赈灾记》，称广孝为少师，铺张功德，甚至宾殁后，广孝为之传，亦
极称誉，是两人交契终始如一，盖流俗欲推尊宴者，造作此言，殊非事实。"
③ 张廷玉等：《明史》卷一四五，第 4081 页。
④ 张廷玉等：《明史》卷一四五，第 4081 页。

烹"之类道理，不会不懂。他之所以要再次出世，实际也透显出明哲保身的想法。早在洪武二年（1369），他作《奉题听雨楼》云："胜国之季，兵变之余，前辈翰墨存者无几。"① 这是基于亲历之事而发出的慨叹。其友高启于洪武七年（1374）因《上梁文》而腰斩于市；杨基遭人诬陷，死于劳役；宋濂因胡惟庸案而被谪茂州，半途死于三峡。这些对他都是一种警醒。因此，他不禁感叹道："世人知险是风波，那识人心险更多。人心对面九疑山，一笑杀人俄顷间。贫贱安居良不恶，名利奔驰有何乐？"② 可以说，身披袈裟，归隐禅寺，是他最好的求生选择，即"处阴乃荣茂，近阳则枯槁"③。

总之，道衍人生中的两次出世，心态和势态均存在很大的差异。如果说第一次出世是为了实现个人的抱负，那么第二次的出世则既是出于"功成身退"的考虑，更有忏悔救赎的心理。对于一个兼通内外典的僧人而言，庄禅的处世之道，使道衍深知自然与宇宙万物之"机"；而儒家圣贤之学，又使他充满着建立勋业的理想。所以，他一生都周旋于入世间与出世间，而且都能左右逢源。

## 二、独庵道衍入仕的人生选择

至正八年（1348），道衍出家后，沉沦数年，"仕于王朝，显荣父母"的愿望，似乎遥遥无期，但他并不因此而沮丧。洪武三年（1370），道衍大病初愈，见五彩雀，兴而赋诗，感叹"斐然自

---

① 姚广孝：《奉题听雨楼》，载《姚广孝集》卷二十三，第288页。
② 姚广孝：《题江行风浪图》，载《姚广孝集》卷四，第51页。
③ 姚广孝：《姚广孝集》卷二，第18页。

喜不同群",自信"形微敢并丹丘鸾",只是要"伫看栖琼树"[1],方显英雄本色。这年,他和宗泐同经北固山,有《京都览古》诗云:"谯橹年来战血干,烟花犹自半凋残。五州山近朝云乱,万岁楼空夜月寒。江水无潮通铁瓮,野田有路到金坛。萧梁事业今何在,北固青青眼倦看。"[2] 宗泐闻后,笑曰:"此岂释子语耶?"[3] 显然,是诗中透显出的浓厚兴亡之思和远大的政治抱负,使宗泐发出了如此慨叹。

洪武八年(1375),江浙战火平定,明太祖遍诏通儒,道衍以僧人的身份入礼部,但终"不愿仕,赐僧服还"[4]。他何以放弃了此次实现人生目标的机会呢?其实,独庵道衍此次还山,真意并非绝迹尘俗。其诗《奉旨归山中》,即表明了此种心迹:

> 萝龛云暖足栖迟,忽拜征书且暂离。不仕还从禅子志,无才终荷圣君知。食供美膳饥应厌,衣赐轻绨暑正宜。此日承恩归旧业,坐看松长万年枝。[5]

"且暂离",分明有"弦外之音";"无才"句,显是谦辞;末两句,既是祝圣之词,亦隐晦地表现了自己要待"松长万年枝"时,方可入仕。这年,明太祖虽入继大统,但形势还很混沌。因此,道衍此次辞官,更可能出于审时度势的考虑。此年前后,好

① 姚广孝:《五色雀并序》,载《姚广孝集》卷三,第37页。
② 姚广孝:《京口览古》,载《姚广孝集》卷七,第87页。
③ 张廷玉等:《姚广孝传》,载《明史》卷一四五,第4079页。
④ 郎瑛:《姚广孝》,载《七修类稿》卷四十三,第634页。
⑤ 姚广孝:《奉旨归山中》,载《姚广孝集》卷八,第96页。

友宋濂乞归，刘基仓促归家而死，这都给名利心颇重的道衍以很大的冲击，他甚至发出了"兹年四十有八，死期将至"① 的慨叹。

奉旨辞归后，道衍寓居于吴门海云院，"终日危坐澄想"②，等待"英雄为时出，功德披生民"的机会。③ 洪武十五年（1382），马皇后崩，丧葬途中，遇大风雨雪，艰于启行，明太祖甚是不欢。道衍以法语云："'雨落天流泪，风号地举哀。山川都带孝，奉送女如来'。枢遂轻举诣陵，一无阻滞。"④ 太祖因此转悲为欢。此后不久，明太祖"选高僧侍诸王，为诵经荐福"⑤，时任僧录司左善世的宗泐举荐了道衍。这一偶然的机遇，使道衍真正踏上了实现理想的征程。洪武十五年（1382）十月一日，道衍随朱棣至北平，临行作有《十月一日金陵发船之北平》：

石头城下水茫茫，独上官船去远方。食宿自怜同卫士，衣盂谁笑杂军装。夜深多橹声摇月，晓冷孤桅影带霜。历尽风波艰苦际，无愁应只为宾王。⑥

表达了他历经艰辛、终遇明主的欣慰之情。到了北平，独庵道衍住持庆寿寺，出入燕府，"迹甚密，时时屏人语"⑦，逐渐成为

---

① 姚广孝：《莲华室铭并序》，载《姚广孝集》卷二十，第 246 页。

② 姚广孝：《莲华室铭并序》，载《姚广孝集》卷二十，第 246 页。

③ 姚广孝：《娄桑村》，载《姚广孝集》卷一，第 12 页。

④ 王有光：《风雨雪落》，载李光庭、王有光《乡言解颐 吴下谚联》卷三，中华书局，1982 年，第 95 页。

⑤ 姚广孝：《少师姚广孝事迹》，载《姚广孝集》附录，第 2601 页。

⑥ 姚广孝：《十月一日金陵发船之北平》，载《姚广孝集》卷七，第 90 页。

⑦ 张廷玉等：《姚广孝传》，载《明史》卷一四五，第 4080 页。

朱棣的左膀右臂。

### 三、"靖难之役": 独庵道衍的人生转折点

"靖难之役",成就了独庵道衍一世功名,彻底改变了他的命运,也使他披上了神秘的面纱。

国初,明太祖为维护政权,四处分封诸子,但这一举措也埋下了隐患。洪武二十五年(1392)四月,太子朱标病逝,明太祖悲痛不已;同年九月,年仅 10 岁的朱允炆被立为皇太子,引起众皇子的不满。洪武三十一年(1398)闰五月,明太祖卒。朱允炆即位,即敕令曰: "除朝廷大事,许令藩臣赍表,毋得擅自离国。"[①] 此令使燕王朱棣大怒,欲令进舟。道衍劝曰:"大王以至孝渡江,奈何有违治命,反为不孝也? 愿殿下养成龙虎之威也,他日风云感会,羽翼高举,则大江只投鞭可断也。今日何得屑屑于此哉!"[②] 燕王遂罢。建文帝为巩固政权,限制各藩王的势力,采取削藩举措,"周、湘、代、齐、岷,相继得罪"[③]。朱棣闻之,甚惧。道衍遂密劝燕王举兵。据清人桑霖直《姚广孝对》载,朱棣在燕邸宴飨群臣,天甚寒,便曰:"天寒地冻,水无一点不成冰。"独庵道衍对曰:"国乱民愁,王不出头谁作主。"[④] 类似这样的记载还不少。《明史》本传载,明成祖虽欲举兵,但并无成算,久不敢决,遂问道衍:"民心向彼,奈何?"道衍答:"臣知天道,何论民

---

① 晁中辰:《明成祖传》,人民出版社,2008 年,第 43 页。
② 晁中辰:《明成祖传》,第 43 页。
③ 张廷玉等:《姚广孝传》,载《明史》卷一四五,第 4080 页。
④ 桑霖直:《姚广孝对》,《字触补》卷五谐部,载《四库未收书辑刊》六辑第 18 册,第 588 页。

心?"① 所谓"天道"即是"民心",更何况当时民不聊生,"中流渔子多,两岸居人寡。从来燕赵间,纷纷战争者"②。

朱棣本非正出,非马皇后所生,他起兵篡位,有违正统,背离民心。故瞻前顾后,疑虑再三,久而未决。道衍屡屡劝导之,甚至引荐相者袁珙与卜者金忠,以增强朱棣的决心。

洪武年间,道衍尝游嵩山寺,相者袁珙见之曰:"是何异僧!目三角,形如病虎,性必嗜杀,刘秉忠流也。"③ 道衍听后甚喜,遂与袁珙交,甚至"早过道陵同蹋雪,暮栖梵刹共眠云",每与袁珙别,还嘱咐"到家毋惜寄音闻"④。道衍之所以与袁珙交谊甚深,一是因其为知己,一是因他的相术。果然,在"靖难之初",袁珙的相术发挥了作用。据《故承元直郎太常寺丞柳庄袁先生墓志铭》,在独庵道衍的安排下,袁珙一见朱棣,便稽首而言:"圣上太平天子也。龙形而凤姿,天广地阔,日丽中天,重瞳龙髯。二肘若肉印之状,龙行虎步,声如钟,实乃苍生真主,太平天子也。"但要年过四十,"髯须长过于脐,即登宝位"⑤。朱棣虽很动心,但亦未全信。道衍进而又举荐了袁珙的朋友金忠,此人精通《易经》,善于卜筮。朱棣遂装病召其占卜,得一"铸印乘轩"卦,金忠借以发挥道:"此象贵不可言。"⑥ 这一说法,或许是道衍的刻

---

① 张廷玉等:《姚广孝传》,载《明史》卷一四五,第4080页。
② 姚广孝:《拒马河》,载《姚广孝集》卷一,第12页。
③ 张廷玉等:《姚广孝传》,载《明史》卷一四五,第4079页。
④ 姚广孝:《送袁廷玉》,载《姚广孝集》卷八,第98页。
⑤ 程敏政:《故承元直郎太常寺丞柳庄袁先生墓志铭》,《明文衡》卷一百,载《文渊阁四库全书》第1374册,第791页。
⑥ 晁中辰:《明成祖传》,第57页。

意安排。①

建文元年（1399）七月，朱棣举兵，"适大风雨至，檐瓦堕地"。成祖甚是不欢，独庵道衍曰："祥也，飞龙在天，从以风雨。瓦堕，将易黄也。"② 黄瓦是皇宫专用瓦，这使民心振奋，燕王遂大喜。道衍还巧妙地提醒朱棣"天命"即是民心，因此，朱棣利用"天命"的观念，在"靖难"旗号的掩盖下，打扮成"异日太平天子"，以亲亲之谊，以社稷为重之理，攻击建文帝违背明太祖"祖制"：削亲藩、更祖制、任用"奸佞"。同时，朱棣"靖难"，始终不提反帝之号，只是针对建文帝宠臣齐泰、黄子澄等人，这从舆情上，避开犯上作乱的嫌疑。

"靖难之图，实起于道衍。"③ 朱棣举兵后，道衍遂成了一位"披着袈裟的军师"："阴选将校，勾军卒，收材勇异能之士"，于后苑练兵，以"穴地作重屋，缭以厚垣、密甓、瓴甋、瓶缶，日夜铸军器，畜鹅鸭乱其声"，掩人耳目。建文元年（1399）七月，朱棣举兵。但战事并没有想象中的顺利。道衍遂屡献计谋，使朱棣信心不足时"力趣之"。④ 据《兵机类纂》所记："燕王南行，姚广孝及郭资等奉世子居守。南兵再攻城，广孝设伏截其后，城工呼噪。伏发，开门夹击，大败南兵。"⑤ 建文二年（1400）五月到八月，夏去秋来，济南久攻不克，朱棣无计可施。道衍致书曰：

---

① 李贽：《荣国姚恭靖公》，载《续藏书》卷九。

② 张廷玉等：《姚广孝传》，载《明史》卷一四五，第4080页。

③ 释大闻、释幻轮：《释鉴稽古略续集》卷三，载《大正藏》第49册，第940页。

④ 张廷玉等：《姚广孝传》，载《明史》卷一四五，第4080页。

⑤ 张龙翼：《姚广孝击南兵》，《兵机类纂》卷三，载《四库全书存目丛书》子部第33册，第481页。

"师老矣，请班师。"八月，朱棣班师回北平。道衍对他说："毋下城邑，疾趋京师。京师单弱，势必举。"朱棣从之，"遂连败诸将于淝河、灵璧，渡江入京师"①。此种"直捣黄龙府"的谋略，体现了道衍非凡的胆识和气魄。

"靖难之役"中，道衍尽心尽责，虽未亲自督战，但对战局了如指掌，决胜于千里之外。《明史·姚广孝传》称其"在军三年，或旋或否，战守机事皆决于道衍。道衍未尝临战阵，然帝用兵有天下，道衍力为多，论功以为第一"②。

道衍何以具备如此审时度势、料事如神的本领呢？这显然与他融合儒、释、道三教思想精髓的知识构成密不可分。道衍14岁，尝受学于愚庵智及。愚庵智及是元末明初著名高僧，明初诏有道僧入京时，"智及实居其首"，惜因病不及诏封。宋濂曾评价他说：元末佛门"追配先哲""明辨正宗"者，唯智及"一人而已"。愚庵智及提倡"释书与儒典并进"③，这一点对道衍影响很大，"暇则披阅内外典籍，以资才识"④，"游学湖海上，读古今圣贤书，研究道理，作为诗文"⑤。道衍广闻博见，还尝究学道家。他私淑道士席应真，"得其阴阳术数之学"⑥，并曾撰诗曰："欲将耳目广见闻，要使心胸尽倾倒。虽然未暇学长生，暂许从游上蓬岛。"⑦ 席应真，

① 张廷玉等：《姚广孝传》，载《明史》卷一四五，第4080页。
② 张廷玉等：《姚广孝传》，载《明史》卷一四五，第4080—4081页。
③ 宋濂：《径山和尚愚庵禅师四会语序》，《愚庵智及禅师语录》卷首，载《卍新纂续藏经》第71册，第662页。
④ 姚广孝：《逃虚子道余录序》，载《姚广孝集》卷二十六，第382页。
⑤ 姚广孝：《相城妙智庵姚氏祠堂记》，载《姚广孝集》卷二十三，第282页。
⑥ 张廷玉等：《姚广孝传》，载《明史》卷一四五，第4079页。
⑦ 姚广孝：《访席炼师》，载《姚广孝集》卷四，第48页。

字心斋，号子阳子，年未冠入道，对于"道观真经，靡不洞晓"，兼读"儒书，于易尤邃"，尝居相城灵应观。道衍与他为"忘形交"，其兵法半是"心斋所传"①。

道衍对于人生事理，常有超乎常人的见解。他有一篇《学愚赠盈上人》云：

> 愚者，具朴钝之质，耻不若人，欲学其智也。智者，秉颖利之资，有大过人者，欲学其愚也，何居？岂古之所谓智不如愚者邪？然求圣人之道，智者能也，愚者不能也。智学愚是能学于不能，欲求圣人之道，奚可乎？盖智者，常患于过也。过则失其朴，故学于愚，非愚者之实可贵也。淮阴盈巽中，有智之士也，勇于义。与人交，无久近，有不善则面直之，人不能堪，故所至有毁而无誉也。巽中求圣人之道者，以智处世，不令人之誉而致人之毁，其智不如愚者欤？巽中尝参侍于先径山愚庵，且请学其愚，吾将见巽中之誉，一日而翚飞矣，巽中宜毋自画。②

这篇文章主要探讨了"智与愚"的关系，指出智者欲求得圣人之道，需"学于愚"，因为智者虽智力过人，但"常失其朴"。此种思想与愚庵智及有着密切的关系。道衍为愚庵智及所撰《径山第五十三代住持明辩正宗广慧禅师愚庵及和尚行状》，即特别指

---

① 钱谦益：《列朝诗集小传·闰集》，第 675 页。
② 姚广孝：《学愚赠盈上人》，载《姚广孝集》卷十七，第 193 页。

出了他"处事多变,至于接人应物,如春风时雨,无不披其拂泽"的特征①,而这一点也充分地为道衍所汲取。道衍不改僧相,出入燕府,实充军师,此即体现了他随机应变的能力。在"靖难之役"中,这一才能更得到充分的展现。他纵览全局,发挥自己的学养优势,运用阴阳、兵家数术,"识进退存亡之理,明安危祸福之机"②,屡献策于朱棣。例如,他劝朱棣班师于济南,指出"京师单弱,势必举",鼓励朱棣大胆改变战略,"毋下城邑,疾起京师",这一举措,实为"靖难之役"的转折点,是"抱谋国之忠而乏制胜之策"的齐泰、黄子澄、方孝孺之辈所无法相提并论的。

道衍卒后,明成祖为他写《御制推忠报国协谋宣力文臣特进荣禄大夫上柱国荣国公姚广孝神道碑》,这是永乐朝第一人。而历史上配得上皇帝亲自为其撰写碑传的,也仅魏徵、李勣、张说、段秀、赵普、李用、韩琦、徐达等人。③ 明成祖在文中称赞他:"启沃良多,及朕起兵定难,尔与有帷幄之谋。"④ 朱棣还为其封谥号,"明初文臣无谥",于"永乐年始"⑤ 也。显然,道衍所获得的这份哀荣,与他在"靖难之役"中所立功勋是分不开的。

综上所述,道衍一生出入于世间与出世间,亦僧非僧,亦仕非仕,表面上看是进退无常,反复无定。但实际上,他之所以如

---

① 姚广孝:《径山第五十三代住持明辩正宗广慧禅师愚庵及和尚行状》,载《姚广孝集》卷二十一,第 262 页。

② 朱棣:《御制推忠报国协谋宣力文臣特进荣禄大夫上柱国荣国公姚广孝神道碑》,载《姚广孝集》附录,第 2590 页。

③ 查慎行:《天子作臣下碑》,载《人海记》卷下,北京古籍出版社,1989年,第 86 页。

④ 朱棣:《御制推忠报国协谋宣力文臣特进荣禄大夫上柱国荣国公姚广孝神道碑》,载《姚广孝集》附录,第 2590 页。

⑤ 查慎行:《明初文臣无谥》,载《人海记》卷下,第 81 页。

此抉择自己的人生，均是为了实现"仕于王朝"又"得方外之乐"的人生志向。这两种极为矛盾的人生志向，显然很难循着通常的人生轨迹得以实现，因此他选择了一条颇受非议的道路来实现自己的人生理想。

## 第二节　独庵道衍的诗学思想

道衍自小习染经书，"每鸡一号即起，朗然诵经"[1]；同时他"博通内外典籍，亦工文词"[2]，因此，他的学统是集儒、释于一体。这种思想，也影响到他对诗歌创作的看法。道衍虽未有专门的诗学著作存世，但从他为朋友所作的一些诗序、题跋、论诗中，仍可见出他的诗歌主张。归结来说，他的论诗主张大体有如下三方面。

### 一、"诗乃陶冶性情之作"

道衍论诗，极重"性情"，以为诗之本质，即为"陶冶性情"。其《题鼓缶稿》云：

> 古之论夫诗者，无他论也，不过谓其陶冶性情耳。然所贵乎合作也。贵乎合作，则讵可以一途而取之耶？近世之论夫诗者，则不然。但见其雄壮富丽，馆阁气象，忻艳有余，则取之；见其幽寂枯淡，草泽况味，厌恶不足，则弗取之。吁！而不知诗之为陶冶性情，因其境之

---

① 王鏊：《震泽纪闻》卷上，中华书局，1991年，第3页。
② 陈继儒：《见闻录》卷二，中华书局，1991年，第17页。

所感，发而为言也。若登金门，上玉堂，虽欲为幽瘠枯淡之语，不可得也；若处草莱，饭藜藿，虽欲为雄壮富丽之语，亦不可得也。盖莫不各因其境之所感发而然也。若或反是而为之者，顾其为人非狂则妄矣。如此则陶冶性情，何有哉？尚何暇问其合作不合作也欤？愚以谓大凡作诗者，不知其为陶冶性情，则未可与之言诗矣。①

　　道衍认为，诗歌的最高旨趣乃"陶冶性情"，这亦是古来诗人论诗的出发点。但"性情"的内涵并无一定的标准，而"贵乎合作"。所谓"合作"，即诗之性情乃"因其境之所感发"，无论"馆阁气象"抑或"草泽况味"，其实并无高下之分。但是，如果"反是而为之"，处玉堂之上为"幽瘠枯淡之语"，处草莱之间为"雄壮富丽之语"，则非"陶冶性情"也，亦非"性情之正"也。《鼓缶稿》是元末明初著名隐士韩奕的诗集。韩奕一生志尚高远，虽然居于城市，但若处岩谷，亦不以穷达而自累，"日以吟咏，陶冶性情，因其境之所感发"，故其诗"冲幽淡闲，得其性情之正"。不难看出，独庵道衍所指的"性情之正"，其实就是"自然而作"，即符合自己处境、心境之作。

　　在《蕉坚稿序》中，独庵道衍还重申了他对"性情之正"的理解：

　　　　诗之去道不远也，盖其系风俗，关教化，兴亡治乱，足以有征，劝善惩恶，足以有诚。故闾巷思妇之赋，田

_____

　　① 姚广孝：《题鼓缶稿》，载《姚广孝集》卷十七，第199—200页。

野小子之作，其言出于性情之正者，而孔子亦取焉。况夫郊庙朝廷，会盟燕享，赞颂功德，被之于弦歌，奏之于金石者哉！以斯论之，诗者，其可以末技少之而已耶？故汉魏六朝之下，至于唐宋以来，大夫士之尚于诗者特盛。然有一以风云月露之吟，华竹丘园之咏，流连光景，取快于一时，无补于世教，是亦玩物之一端也。吾浮图氏之于诗，尚之者犹众，晋之汤休，唐之灵彻、皎然、道标、齐己，宋之惠勤、道潜，皆尚之而善鸣者也。然其处山林草泽之间、烟霞泉石之上，幽闲夷旷，以道自乐。故其言也，出性情之正而不坠于庸俗，诵之读之，使人清耳目而畅心志也，盖亦可美矣！①

道衍在这里所指的"性情之正"似乎有两层内涵。其一，能关风化、补世教之诗歌，皆为"正"；而那些徒然"流连光景，取快于一时"者，则为玩物之一端，非性情之正。这显然是正统儒家诗学的观念。其二，道衍还认为，浮屠氏之诗，虽未必关教化，但能"幽闲夷旷，以道自乐"，亦属性情之正。这与他在《题鼓缶稿》阐述的思想是一致的。在《蕉坚稿序》中，道衍主要表达的思想是后者。《蕉坚稿》是日本僧人绝海中津的诗集，道衍认为他的诗，受宗泐的影响，"清婉峭雅，出于性情之正，虽晋唐休、彻之辈，亦弗能过之也"。此种诗风是颇符合僧人之品性的。更主要的是，绝海中津的诗能"去道不远"，在"游戏三昧"中蕴含着

---

① 姚广孝：《蕉坚稿序》，载绝海中津《蕉坚稿》卷首，日本文化十年刊本。

"道"。显然这个"道"不是儒家之道，而是禅者之"道"。

在《读至天隐文集》中，独庵道衍又说：

> 余少为浮屠而嗜于文，凡昔浮屠之号能文者之文，无不遍求而博览也。其文或瞻而不奥，或简而不详，或深而太晦，或怪而太奇，或文之过而不显其道，或道之昧而不贯其文，是多不得其正者也。得其正者，惟宋之镡津、元之天隐也。镡津之文无复论矣。天隐之文姿性亢爽，问学深著。故其作也，刿心镂肝，敦章琢句，力欲削去陈腐而不背驰于作者之径。珠莹冰洁，照映简册，使人读之，味隽咏而不厌也。袁文清公言，天隐之文，持束太过而不少纵。文清之言，未尝不然也。天隐曰："盖古之纵者，非求于为纵也，束之极则至是矣。不能是而苟于纵，则无以御隔陈言。"吁！非天隐之于文，不精诣而深到，恶能有是言耶？余故每以天隐之言为规。虽然天隐之言，非但规于余，世之学于文者，舍是而将何规哉！①

天隐，即元代著名的"诗禅三隐"之一的天隐圆至，俗姓姚，江西高安人。著有《牧潜集》七卷存世。天隐圆至不仅是著名的诗僧，而且亦擅文。杨维桢曾取其文览之，以为"于江子、参寥辈诚有过之者，其修辞有古作者法"②。《四库全书总目》"《牧潜

---

① 姚广孝：《读至天隐文集》，载《姚广孝集》卷二十一，第252—253页。
② 杨维桢：《东维子集》卷十，载《文渊阁四库全书》第1221册，第466页。

集》提要"就说:"自六代以来,僧能诗者多,而能古文者不三五人,圆至独以文见,亦缁流中之卓然者。"① 即突出了天隐圆至的散文在僧史中的地位。道衍在这篇文章中,亦高度赞赏了天隐圆至的散文成就,将他比之于宋代的契嵩,以为他们是得"性情之正",而其中的原因,就在于二者之文能克服一般释子"或文之过而不显其道,或道之昧而不贯其文"的弊端。

传统的诗学论"性情之正",内涵多落实到儒家诗学的平雅典正、温柔含蓄之义。例如"元诗四大家"之一的虞集就曾说:"深于怨者多工,长于情者多美,善感慨者不能知所归,极放浪者不能有所反,是皆非得性情之正。"② 何谓"正"?具体来说,就是雅正,冲和,是"以其涵煦和顺之积而发于咏歌,故其声气明畅而温柔,渊静而光泽"③,也就是儒家诗教所崇尚的"温柔敦厚"风格。道衍突破前人的关于"性情之正"内涵的界定,将它推广为"贵乎合作",即诗人抒写的性情当与其身份、处境、心境相符契,而不论其具体风格导向。在《韩山人诗集序》中,他说得更为明白:

　　自汉魏而降,诗法之变,不淳乎古,故作之者,狃于近习,虽有声律之拘,其言亦皆止乎礼义而已也。如晋宋谢灵运之清新,鲍明远之俊逸,陶靖节之旷达,唐杜子美之浑涵,李太白之豪放,韩退之之峻险,柳子厚

① 永瑢等:《四库全书总目》卷一六六,第1429页。
② 虞集:《胡师远诗集序》,《道园学古录》卷三十四,载《文渊阁四库全书》第1207册,第578页。
③ 虞集:《李景山诗集序》,载《道园学古录》卷五,第72页。

之清润，李长吉之怪奇，韦应物之闲澹，孟东野之穷窘，温庭筠之纤丽。如此者，虽才气不同，志趣有异，至其乐于吟咏，皆出乎自然而得其性情之正者也，所以名于一时，流于千古，岂易得哉！"①

道衍虽然也强调了"发乎情，止乎礼义"，但更主要的是他认为无论清新、俊逸、旷达、浑涵、豪放、峻险、清润、怪奇、闲澹、穷窘、纤丽者，只有"出乎自然"，皆为"性情之正"者，也正因为这样，诗人才能"名于一时，流于千古"。道衍论"性情之正"已突破了儒家诗论的范畴，显得更为通脱和灵活，这在诗学史上是具有一定意义的。

## 二、"凡作诗者，必读经书"

欲达到"性情之正"，独庵道衍认为首先必多读经书。其《韩山人诗集序》云：

> 文之至精者为诗。诗之作，虽不用经书语，不读经书，不知义理者，弗能作也。苟作之，则空疏肤近，鄙陋恶俗，不足入于大人先生、宗工秀士之目矣。故凡作诗者，必读经书为然。②

这里所指的"经书"，是儒家经典。儒家经典历来是参悟天

---

① 姚广孝：《韩山人诗集序》，载《姚广孝集》卷二十一，第 312 页。
② 姚广孝：《韩山人诗集序》，载《姚广孝集》卷二十一，第 312 页。

地、教化人文的纲领,"象天地,效鬼神,参物序,制人纪,洞性灵之奥区"①。同时,儒家经典本身亦具有浓厚的文学色彩,对指导文学创作有重大的价值,"《书》标'七观',《诗》列'四始',《礼》正'五经',《春秋》'五例'"②。因此,道衍在评他人诗作时,往往先观其学养。如评论刘克澄"酷嗜诗,上自三百一十篇,下而至于汉魏六朝唐宋,与夫前元近体及今人所作,凡脍炙人口者,无不博览强记",故其诗"不苟为,而深得吟咏之情性"。袁廷玉"于圣经贤传诸子百氏,靡不博览,好为歌诗"③。究竟为何"作诗必读经书"呢?道衍进一步解释道:

> 诗乃吟咏性情,其意止乎礼义,不读经书,昧于义理,必不合乎其作也。《三百篇》之诗,其中有妇人女子之作,孔子亦取焉。妇人女子虽不能尽读经书,其言礼义与经书合,盖得乎性情之正者也。

道衍继承了《诗大序》的思想,以为诗歌抒发性情,是在儒家礼义范畴之内,故作诗之人必须熟读经书,谙于义理,方能得乎"性情之正"。然而,"幼读东鲁书,长习西方教"的道衍并不满足于只读经书,而更主张博览群书,方可为文。他说:

> 先生文大而识高,穷年矻矻,沉醉于六经,而博究

---

① 刘勰:《文心雕龙义证·宗经》,詹锳义证,上海古籍出版社,1989年,第56页。
② 刘勰:《文心雕龙义证·宗经》,第58页。
③ 姚广孝:《赠相士袁忠彻序》,载《姚广孝集》卷十六,第181页。

于诸子。圣贤大学之道，洞然无碍于胸中。故于文也，无非载道而已。所以先生言理而理胜，指事而事实。潜溪虽一代斯文宗主，究其长也，与先生齐驾并驱，未知孰先孰后也。使先生生于宋，苏长公见而待之，当不在六君子之下。如此，则先生之文，讵可以一奇而能尽之乎！若以一奇而能尽之，正如无知者窥虎之一斑而谓之全虎也，见海之一沤而谓之全海也，岂不大谬也？[①]

道衍认为，韩奕的文章之所以能获得如此高的评价，就在于他不仅能沉醉于六经之学，更能博综诸子百氏，然后深究其理，因此他作文"无非载道而已"。可见，读书穷理对于吟诗作文的重要性。道衍还有一篇《学喻》，是专门论述"为学"的：

余常论夫学者，非惟儒者之学为学也。通而言之，九流、诸子、百工、伎艺，各有业也，各有师也。从其师而受其业，皆得谓之学矣。其有学者，己业不精，舍之而求人之业；己师不信，背之而从人之师。既师之非一，业之有异，其可得而谓之纯正人矣乎。[②]

这里十分明确地表达了博通诸子百氏之学，同时也认为"为学"不在"杂"，而在"纯"，方能成纯正之人，亦即得"性情之正"。

---

① 姚广孝：《与韩公望书》，载《姚广孝集》卷十七，第 196 页。
② 姚广孝：《学喻》，载《姚广孝集》卷十七，第 195 页。

读书穷理，以涵养性情，这样的诗学观，并非道衍自创的观念，但是在元明之际，仍有其特殊的意义。

## 三、诗宗陶潜

元人欧阳玄曾说："我元延祐以来，弥文日盛，京师诸名公，咸宗魏、晋、唐。"[①] 此种风气实际一直影响到元明之际的诗人。例如，杨维桢追崇的是李贺"怪艳绮丽"之风；高启之诗"拟汉魏似汉魏，拟六朝似六朝，拟唐似唐，拟宋似宋，凡古人之所长，无不兼之"[②]。道衍虽没有高唱复古的口号，但实际上他对古代诗人也表达了由衷的追慕。在前辈诗人中，独庵道衍最崇尚的是陶渊明，其《笠泽舟中读陶诗》云：

> 扁舟泛烟渚，凉飙袭我裳。推蓬坐其下，四顾心茫茫。斯须展陶集，讽咏殊未央。俨同千载上，携手游柴桑。先生得真乐，厥志出羲皇。回视晋宋人，万万空相望。况彼后来者，应多瞻孔墙。身栖草泽中，心存名利场。乃欲学其言，拟和诚斐狂。未谙织组工，何能云汉章？里妇效西矉，可笑丑愈张。应物趣颇合，子瞻才足尝。允言究臻极，二子在其旁。伟哉梁萧统，至论何昭彰。于焉天地间，万古垂休光。[③]

---

① 欧阳玄：《罗舜美诗序》，《圭斋文集》卷八，载《文渊阁四库全书》第1210册，第64页。

② 永瑢等：《四库全书总目》卷一六九，第1471页。

③ 姚广孝：《笠泽舟中读陶诗》，载《姚广孝集》卷二，第17页。

全诗主要表达了对陶渊明的敬重，以为陶诗足以"万古垂休光"。"俨同千载上，携手游柴桑"两句，则表达了道衍欲跨越时空，与陶渊明结为知音的愿望。同时，也指出了学陶颇为不易，那些虽"身栖草泽"，但"心存名利"者，拟和其诗，就像东施效颦，愈张其短。千古之下，只有韦应物和苏轼才能颇肖其长，而萧统则堪称陶渊明的知音。萧统评曰："词采精拔，跌宕昭章，独起众类。抑扬爽朗，莫之与京。"① 苏轼认为："渊明诗初看若散缓，熟看有奇句……大率才高意远，则所寓得其妙，造语精到之至，遂能如此，似大匠运斤，不见斧凿之痕。"② 这都是极精粹之言。

道衍学习陶诗，首先体现在用语上。他的诗被四库馆臣评为"清新婉约，颇存古调"③，即可能得益于陶诗。例如，"阴阴松桂林，蔼蔼桃李蹊"④两句，明显脱化于陶渊明"暧暧远人村，依依墟里烟"；"过林才见日，到渡不逢山"两句，语言质朴而诣趣高远。"无营自深听，澹然忘去留"⑤，"孰知道理胜，顿使尘心歇。兴尽即还山，去路忘秋热"⑥，"心存白云外，迹混红尘中"⑦，"我生四方志，不乐乡井中"⑧。与陶渊明《杂诗》其四："丈夫志四

---

① 萧统：《陶渊明集序》，载《梁昭明太子文集》卷四，《四部丛刊》影印宋刻本，第43页。
② 释惠洪：《冷斋夜话》卷一，载《全宋笔记》第2编，第9册，第32页。
③ 永瑢等：《四库全书总目》卷一七五，第1552页。
④ 姚广孝：《浒溪草堂》，载《姚广孝集》卷二，第25页。
⑤ 姚广孝：《竹院听渭公琴》，载《姚广孝集》卷二，第21页。
⑥ 姚广孝：《送昶公还越》，载《姚广孝集》卷二，第18页。
⑦ 姚广孝：《题洪崖先生像》，载《姚广孝集》卷二，第17页。
⑧ 姚广孝：《东游别乡中诸友》，载《姚广孝集》卷二，第30页。

海，我愿不知老"相类，"即境自忘虑，何须更习禅"①，"境幽忘路远，心净觉池清"② 的语言风格与陶渊明颇相似。

道衍对与陶渊明诗风颇为接近的王维、孟浩然、韦应物、柳宗元等人的诗歌，也颇为尊崇。其《馆中公暇读王维、孟浩然、韦应物、柳子厚诗四首》云：

> 辋川治别业，来往少簪缨。幽远胜柴桑，泉石有余清。挥洒自为乐，吟咏得真情。邈焉千载下，孰不慕高名？
>
> 襄阳耆旧间，放情独夫子。蹇驴城市中，短褐风尘里。有时诗兴发，高山共流水。闲澹意有余，鲍谢焉足拟。
>
> 少时事豪横，中年道颇知。焚香日宴坐，随处乐无为。交游泉石间，感物自成诗。古淡岂易学，五字真吾师。
>
> 愚溪非旧业，幽栖亦超然。放逐岂不畏，所乐乃在天。寓意一于诗，出语何清妍。恨不生同世，日夕与周旋。③

这四首论诗诗，分别论王维、孟浩然、韦应物、柳子厚。道

---

① 姚广孝：《重过师子林》，载《姚广孝集》卷五，第58页。
② 姚广孝：《春日游灵谷寺逢高节庵杨宗嗣同登眺》，载《姚广孝集》卷五，第56页。
③ 姚广孝：《馆中公暇读王维、孟浩然、韦应物、柳子厚诗四首》，载《姚广孝集》卷二，第23页。

衍何以将此四人并论？其原因或为此四人皆为学陶者。倪瓒《谢仲野诗序》云："诗亡而为骚，至汉为五言，吟咏得性情之正者，其惟渊明乎？韦、柳冲淡萧散，皆得陶之旨趣，下此则王摩诘矣。何则？富丽穷苦之词易工，幽深闲远之语难造。至若李、杜、韩、苏，固已烜赫焜煌，出入今古，逾前而绝后，校其情性，有正始之遗风，则间然矣。"① 事实上，道衍在诗中评价此四人，亦是着眼于他们的隐逸品格和清新淡雅的诗风。例如，写王维的辋川别墅，"幽远胜柴桑，泉石有余清"，此种境界与王维的隐逸品格相得益彰。又如写孟浩然，特别点出了其诗"闲澹意余"的特点，甚至以为鲍照、谢灵运亦难相侔；评韦应物诗"古淡"，而尤其点出了他五言诗的成就。四库馆臣也认为："（应物）五言、古体源出于陶，而熔化于三谢，故真而不朴，华而不绮。"② 道衍读韦应物诗，主要是以"五字"为师。我们注意到，《逃虚子诗集》收录的诗大多为五言，这一方面或许与道衍的诗学崇尚相关，同时也是他的僧人身份使然。

颇值得注意的是，道衍尊崇陶渊明、王维、孟浩然、韦应物、柳宗元的另一原因，是因为他们以超然的态度看待现实纷扰，不以退隐作为修身的必要条件，亦不以入仕作为唯一的理想。此种洒脱的生活态度，正是道衍所追求的。

总之，道衍论诗的文字并不多，但零篇断简，亦反映出他鲜明的诗学旨趣和崇尚。他十分强调诗歌的"性情之正"，而此"性情之正"的内涵，既承续了传统儒家诗教的观念，亦有自我的发

① 倪瓒：《谢仲野诗序》，《清閟阁全集》卷十，载《文渊阁四库全书》第1220 册，第 306 页。
② 永瑢等：《四库全书总目》卷一四九，第 1285 页。

明，即强调"性情"当发乎自然，与诗人的心境、处境相符契。同时，道衍也十分强调读书穷理对涵养"性情之正"的重要性。基于这样的诗学旨趣，对于前代诗人，道衍最为推崇的诗人是陶渊明及与其诗风相近的诗人。

## 第三节　独庵道衍诗歌的情感内蕴

独庵道衍的诗歌，目前主要见存于《逃虚子诗集》十卷、《逃虚子诗集续集》一卷、《逃虚子诗集补遗集》一卷，以及《独庵外集续稿》中，近600首。《四库全书总目》称："所著初名《独庵集》，没后，吴人合刻其诗文，曰《逃虚子集》，后又掇拾放佚，谓之补遗。"[①] 我们大概可以认定，独庵道衍的诗文集主要有两个系统：一是命名为"独庵集"的系列，包括"外集""续稿"；一是命名为"逃虚子集"的系列，包括"文集""诗集""诗集续集""诗集补遗集"等。前者是独庵道衍生前所编，后者则是吴人在其卒后编辑整理的。

因前一系统的版本，多已散逸，仅有《独庵外集续稿》见存，我们无法对两个版本进行详尽的比勘，但很明显，两者的差异不小。据辽宁省图书馆所藏《独庵外集续稿》卷首他作于永乐元年的《自序》云："《独庵外集续稿》已誊入梓，兹《续稿》二册付与扶桑小比丘等闻持归本国，可出示乃师绝海和尚，必有以见教也。"[②] 可见，道衍自编《独庵外集续稿》约成书于永乐元年，书

---

① 永瑢等：《四库全书总目》卷一七五，第1552页。
② 转引自王蕾《关于〈独庵外集续稿〉》，载《农业图书情报学刊》2011年第2期。

中所收作品必作于永乐元年之前。但是,《独庵外集续稿》中有 36
首诗并未收入《逃虚子集》中,因此,吴人在整理《逃虚子集》
时,很可能未见《独庵外集续稿》。

道衍的诗,历来评价不一。四库馆臣以为:"与严嵩《钤山堂
集》同为儒者所羞称。"① 四库馆臣此种评价,显然是因人废诗,
显示出所谓正统的儒家立场。他们将道衍辅佐朱棣称帝,视为
"僭越""篡位"之举,若依据"人品即诗品"的观念,道衍的诗
自然有很多"忤逆"的成分,所以不仅以其诗文为儒者所羞称,
而且还将它黜入存目。但是,四库馆臣将他与嘉靖年间的严嵩相
类比,却并不妥帖。因为严嵩擅权弄政,鱼肉百姓,臭名昭著,
视为"权奸小人"不为过也;而道衍却没有这样的污迹,其辅佐
的朱棣一朝,客观上为明王朝的繁荣奠定了基础。因此,二人是
不能等量齐观的。

仅以人品来论诗,原是一种颇轻率的方法。即便是严嵩,其
诗亦有清新可喜处,清人王士祯甚至以为,若非其人品不足论,
可以入王孟一派。因此,我们不妨先暂且"悬置"独庵道衍历史
功过的评价,仅从他的诗艺本身着眼,来评鉴他的诗歌。

道衍一生出将入相,啸游山林,因此,他的诗歌与一般的释
子相较,题材内容更为丰富,凡山水名胜、赠别酬答、国计民生、
观赏题画、禅心佛性等,皆入其笔中,体现出他丰富多样的情感
内蕴。解芳《诗僧姚广孝诗简论》引王国维《人间词话》"诗人对
宇宙人生,须入乎其内,又须出乎其外"语,以为道衍的诗,"既
能入其内,以深挚之情感,写现实之生活;亦能出其外,以冷静

---

① 永瑢等:《四库全书总目》卷一七五,第 1552 页。

之理性，写空寂之禅境"①。这一看法，颇能抓住道衍诗的情感特征。具体而言，道衍诗歌的情感意蕴，在如下五个方面是比较突出的。

## 一、哀悼伤痛之情

佛禅之要义，本是了却生死痛苦，不执不离。但佛禅中更具有悲天悯人的情怀，对于沉沦于苦海中的众生，亦无不具有切肤椎心之痛。道衍无论作为儒者，抑或释氏，均有悲悯苍生之怀，作有不少"悲实依心"的挽诗。例如，《悼立禅师二首》《挽席道士》《题吴原范墓铭后》《挽张天师母玄君二首》《过听松庵悼真禅师》《挽张天师二首》《黄三谪钦州死于途次哀之以诗》等。先观《挽席道士》：

> 冠佩翛翛八十秋，天风忽送返瀛洲。青牛不驾依新垒，白鹤仍巢守故丘。看剑灯前思道论，听璈云外想仙游。禅心已久忘生灭，茗奠应无泪横流。②

席道士，即席应真。"泛瀛洲""驾青牛""白鹤"均是道教中的名物和典故，这既契合席应真道士的身份，亦含蓄地点出了他遽归道山的事实。"看剑"两句，追忆当年与席师论道的情景。末两句，表面上是说自己已修禅历年，已忘生灭之理，故在凭吊先师时，应无常人那样的"泪纵横"。但仔细体会，这里展现的是

---

① 解芳：《诗僧姚广孝简论》，载《文学评论》2006 年第 5 期。
② 姚广孝：《挽席道士》，载《姚广孝集》卷七，第 90 页。

更为深沉的悲恸。道衍还作有一篇《祭海虞席先生文》，里边就写道："从涕出而足顿。"① 在《道余录》中又说："儒者说个死生，只言形气聚散，而不言心识。"② 故而，独庵道衍眼里的泪水、心中的悲恸，和肉眼凡胎有着很大的差别。再如《挽张天师母玄君二首》云：

> 洞府修真岁月多，今朝别鹤意如何。料知去赴蟠桃宴，不用人间薤露歌。
>
> 六十高年绝世缘，等闲蝉蜕入蓬仙。玉箫声断青鸾远，回首东风一怅然。③

道衍《次韵答张天师》云："不期自偶合，宛同执右契。"④ 可见两人情谊亦十分深厚。此诗虽是因张天师之母谢世而作，但情感也很真切。中间两句，分明表达了作为僧侣的道衍对生死悲欢的超然，但末章回望东风，惆怅满怀，也隐含着一位儒者的悲伤情怀。道衍此类悼念死别的诗作有二十余首，大多能以超然之态，表达他对生死的独特看法。

## 二、哀民生之多艰

道衍出身贫寒，未入仕时，即已亲历了下层人士的卑微生活，尤其是在元末明初，战乱频繁，盗贼四起，给人民带来了无尽苦

---

① 姚广孝：《祭海虞席先生文》，载《姚广孝集》卷二十一，第265页。
② 姚广孝：《道余录》，载《嘉兴藏》第20册，第334页。
③ 姚广孝：《挽张天师母玄君二首》，载《姚广孝集》卷九，第121页。
④ 姚广孝：《次韵答张天师》，载《姚广孝集》卷二，第33页。

痛。道衍将这种哀民生之艰寓于诗中，例如这首《苦寒》云：

岁十二月当穷冬，顼冥司权奋威雄。左指蚩廉肆暴凶，右麾滕六相加攻。玄阴霮霸八表同，神愁鬼泣民呻恫。狞飙恕发为先锋，势拔若木撼衡嵩。急雪历乱来群戎，矛戟铦莹纷长空。云旗错杂杀气浓，堂堂之阵孰可冲。霾没曦驭仆六龙，鳞甲冰脱髻蕤甋。荧惑热属深潜淙，何由睹尔神之融。乾坤闭塞江湖封，千岩万壑俱梦梦。僵彼赤豹兼黄熊，讵数狐兔獐猴猂。鸾鹤阘茸雕鸱笼，啁哳群爵死菅蘩。蛟鲸鼋鼍冻深洪，鲦鲨那有来唊唈。飞蠕蠢动无所容，岂曰尔数遭其终。群材摧残无梓橦，垄坂草发如飞蓬。囷犊若猬驹脱鬃，方舟阁橹车胶红。长安富见羔羊縫，软纡触体犹金铜。缩形钳口不露风，沸酒尚未开喉咙。谁能稳坐居房栊，窈窕促膝围炉红。虽尔烈焰胸可烘，顶背如铁坚难熔。况乃贫士桑枢中，多年布褐空重重。肠胃冻结气不通，安得汤饼朝热充。鼻流酸涕两耳聋，龁牙交戛疑磨砻。巾栉不暇心忡忡，奴仆血指慵樵舂。我居局促如寒蛩，中宵行吟西复东。吟肩如山足音跫，那得插羽学羽鸿。力排阊阖投帝宫，泣诉上帝哀微衷。未知畴能代天工，坐使恩光沾有穷。[①]

此诗作于至正庚子年（1360），即明太祖取婺州、处州、汉州

---

① 姚广孝：《苦寒》，载《姚广孝集》卷三，第40页。

之时。道衍以颛顼和玄冥相争比喻明太祖与张士诚的战争，导致民心忧愤，无处呻吟，甚至飞鸟走兽皆无处可藏。诗中描写严冬时节，窈窕淑女围火炉，而贫士"多年布褐空"，饥肠辘辘，食不果腹，犹如寒蛩悲鸣，坐以待毙。道衍见民生之惨痛，无计可施，徒存一腔热血，唯哀号悲泣。再如《乱后入城有感》：

> 槐柳阴残第宅隳，行看不忍步频移。歌钟寂寂无今日，谯鼓冬冬似旧时。人改衣冠逢罕识，寺亡台殿到还疑。故交况尽东西去，独立斜阳倍感悲。①

此诗写战后所见：残槐荫柳、断砖瓦砾、人烟稀少、故交零落，寺亡阁毁，表达了道衍对战争的痛心和对天下苍生的悲怀，是一首典型的愤世之作。

道衍对现实的关注，集中体现在他的乐府诗中。例如《鸡鸣歌》《从军曲》：

> 金壶漏残霜满屋，鸡鸣喈喈鸟尚宿。征夫才起促行装，马为驾鞍车整毂。鸡罢俄闻鼓角悲，别妇出门双泪垂。妇牵夫袂话归日，愿学鸡鸣不失时。②
> 结发辞家来执戟，姓字从兹注军籍。手弄神槌过百觔，臂引强弓逾一石。横行敌阵夸英武，一日飞扬起行伍。势惊猛利压秋鹰，气觉雄憨欺虎乳。年来百战邯郸

---

① 姚广孝：《乱后入城有感》，载《姚广孝集》卷七，第88页。
② 姚广孝：《鸡鸣歌》，载《姚广孝集》卷十，第130—131页。

道,血浣秋衣生虮虱。马头朔吹暗黄尘,城角清霜衰白草。莫论裨偏反侯爵,尽欲勋名照青策。但竭忠心报主恩,身死何愁包马革。[1]

这两首乐府诗,语言朴实,全是写对民生的关切。第一首写丈夫从军而妻子不舍的痛心,而第二首表面写战士从军,驰骋沙场,不畏生死,只为忠君报国,实际是写战士的无奈,拼杀战场,不是你死即是我亡,故不得不斗智斗勇,映衬出战士们对于和平安宁生活的向往。

道衍还常将此种悲悯情怀,托物自拟,表达无力拯救苍生百姓的无奈。例如:

粉态凋残抱恨长,此心应是怯凄凉。如何不管身憔悴,犹恋黄花雨后香。[2]

残光一点尚青荧,度水穿林怕月明。只恐西风零落尽,窗前空负读书声。[3]

前一首因蝶遇寒秋而凋残,喻自己在无尽的等待中而憔悴。道衍见天下大乱,无人能应,心中唯生忧思。后一首诗则以萤火虫微弱的光线比拟自己力单薄弱,悲怜苟活,无力改变世人的贫苦,恐怕还辜负了民众。这两首诗格调悲怆,表现出有志难骋的苦闷和困惑,这既是一个济难苍生的儒者,亦是一位悲天悯人的

① 姚广孝:《从军曲》,载《姚广孝集》卷十,第131页。
② 姚广孝:《秋蝶》,载《姚广孝集》卷九,第111页。
③ 姚广孝:《秋荧》,载《姚广孝集》卷九,第111页。

僧徒所具有的情怀。

## 三、纠葛矛盾的心绪

道衍一生复杂多变，常徘徊于歧路间，内心自然充满着彷徨和矛盾。这样的情感也十分鲜明地反映在他的诗歌中。例如《寄周鹤林》《登惠山观泉》《柳胥莫归》《奉简学士》等。其中，最典型的是这首《五色雀并序》：

> 五彩全彰欺众鸟，肯求燕伴离云表。斐然自喜不同群，何虑此身盈握小。日暖风轻长戢翼，耻向篱根鸣唧唧。衔书呈异漫夸朱，却火蒙恩徒羡黑。绮翰曾拂瑶池水，未尝生子空城里。形微敢并丹丘鸾，文明已似山梁雉。午出庭除幸相遇，烨烨光辉来又去。野田饱粟纵高飞，他年伫看栖琼树。①

此诗作于洪武三年（1370），道衍年逾而立，一事无成，内心焦躁不安，再加上疾病缠身，更生绝望。但病起忽见卓尔不群的五色雀，不觉"斐然自喜"，以雀自喻，寄以情志。道衍存入仕之想，但"野田饱粟纵高飞"，故只能"他年伫看栖琼树"，以待时机。毕竟明太祖烧杀抢夺，民生怨道，初建政权，社会混乱，倘若此时涉入政坛，前途未必顺畅，故心情随"烨烨光辉来又去"。全诗情感跌宕，忽明忽暗，透显出他极为矛盾的心态。又如，《苦热憩林中》云：

---

① 姚广孝：《五色雀并序》，载《姚广孝集》卷三，第 37 页。

乍热行子畏，远远投中林。虽无主相顾，已自豁烦
襟。饮我甘井泉，息我美木阴。盘桓暮忘去，非为听
鸣禽。[①]

炎夏出行，畏热而投林，解襟饮甘泉，本是极寻常之事。但
此诗不宜仅作如是观。此诗作于洪武三年（1370）前，当时战乱
充斥，人心惟危，故诗中的"热"更似喻局势之严峻，"无主相
顾"寓意更明。倘若心静则凉，何以避于木荫下？却不"为听鸣
禽"，只因"盘桓暮忘去"。从诗中可见道衍隐于尘世，却思绪起
伏，有一颗不安分之心。再如这首《三月初一日与诸友期游灵谷
因公务不得遂其往故赋此诗》云：

尘世流光嗟忽忽，况是难逢好时日。得来山水窟中
游，穷探须尽平生力。伟哉灵谷天下无，气势嵯砑雄皇
都。禅林虚朗白月净，佛座高广青莲歌。最爱入门风景
好，清池照我须眉皓。此身却讶在沧州，独坐凭栏藉瑶
草。老禅出迎貌古苍，便同携手行长廊。壁间名画绚霞
彩，碑上妙画滋玄光。僧子养高真宝所，日上东林听粥
鼓。抬眸不见圆悟关，开口且论玄沙虎。磵东云树深复
深，茂林修竹如山阴。便欲投闲谢尘事，草庵借榻求安
心。今朝诸友期游赏，公务羁縻不能往。后来世事人难
料，搔首踟蹰空轶掌。何当再约陪轩盖，得遂此游方畅

---

① 姚广孝：《苦热憩林中》，载《姚广孝集》卷十四，第162页。

快。诗成写寄一掀髯，好把芳尊且宽待。①

此诗表面写因公务留住沧州，不得与诸友游灵谷寺，只好"凭栏藉瑶草"，遥想壁间名画、僧侣击鼓谈玄，实际却借事抒怀，表明入仕之无奈。此种心境亦见于《八月十四夜双塘口待潮》：

> 海昏潮未至，久待野塘边。候问曾来客，涛惊乍到船。风生声逐后，月上势争先。自笑门行险，还同利役牵。②

王充《论衡》载："涛之起也，随月升衰。"潮汐具有周期性，尤以每月农历十五为最高。诗中叙述待潮、问潮、思潮，似以潮拟官场，道衍欲入仕时，好友命运多舛，犹如"涛惊乍到船"，使他对未来充满迷茫。

## 四、颂扬圣贤

道衍受宠于明成祖，可谓春风得意，如鱼饮水，自存感激之情。而此种感激之表达，莫过于辅其帝业，黼黻盛世。故而，他的诗歌中亦有不少颂圣之作。例如《万岁山》：

> 超然出海上，巍巍与天齐。仰看众山拱，始悟泰华低。瑞霭散苍翠，灵光发虹霓。琪树晓瑟瑟，瑶草春萋

---

① 姚广孝：《三月初一日与诸友期游灵谷因公务不得遂其往故赋此诗》，载《姚广孝集》卷四，第53页。

② 姚广孝：《八月十四夜双塘口待潮》，载《姚广孝集》卷六，第72页。

萋。蓬莱在人间，梯磴乃可跻。上有广寒殿，凌虚立罘
罳。斗星绕朱甍，云龙护旋题。明时奉圣主，长夕耀文
奎。亡金事酣宴，残元贮哥姬。不德天靡辅，所以帝业
隳。大明务恭俭，亲王鉴在兹。千秋与万岁，端拱乐
无为。①

此诗前部分描写万岁山之巍峨高峻，灵光瑞霭，后面则发表
议论，以金元统治者沉酣享乐致家国亡覆，反衬出明成祖恭俭谦
让、修养治国的明君形象，更对大明王朝予以了无限的憧憬和
祝福。

道衍认为燕城"馆宇广且深，万方来使客，四座杂言音"的
盛世景象，是源于明成祖的诚意待人，"黄金未足贵，所贵待士
心"②，"今幸遇皇明，蒟蒻不敢入"③，所以才会祥物显世。其
《河清诗》云：

黄河通天森无极，远过龙门由积石。巍峨砥柱屹中
流，疏凿神工存禹迹。盘回九曲东入海，古来周武沉曾
壁。何似当今圣人出，飞龙在天沛天泽。自古浑浑今见
清，良由信德天人格。圆渊浪静绿如苔，野旷风平天一
碧。或似长江如练净，远暎晨霞形岸赤。叔鲔王鳣可窥
踪，掠水群禽弄轻翮。云驶虹扬神鬼骇，荧光五色欢河
伯。有虞之世今复见，会看黄龙负图册。圣人曾不恃功

---

① 姚广孝：《万岁山》，载《姚广孝集》卷一，第10页。
② 姚广孝：《燕台驿》，载《姚广孝集》卷一，第11页。
③ 姚广孝：《金太祖武元帝陵》，载《姚广孝集》卷一，第14页。

德，异端奇祥冠今昔。微臣作颂献宸庭，万姓嵩呼手
加额。①

　　此诗描写黄河水清后，澄江如练，鱼龙可见，禽鸟轻翩等祥
瑞之景，意在歌颂明成祖的圣明大德，才使天下太平，苍生欢呼。
像此类借祥物颂扬燕王贤明的诗句在诗集中频频皆是，例如"惟
此奇祥古无有，普天率土歌升平"②，"驺虞不易出，自古兽中珍。
应世为奇兆，彰君有至仁"③，"千年盛典今能见，应尔斯民乐太
康"④，"圣世继兴声教远，蛮夷无不颂陶唐"⑤，"圣人在位天下
平，四时气正三光明"⑥，等等。而最能反映道衍真心颂圣的诗，
则是这首《嘉禾》：

　　　　圣主安天下，嘉禾瑞正宜。殊丘天靡间，联蕙雨时
　　滋。玉粒香偏美，红鲜色更奇。姬周曾记异，炎漠特名
　　垂。差胜花双萼，何如麦两岐。丰年人饭饱，农父不
　　知疲。⑦

　　此诗也是借物抒怀，颂扬明成祖的贤德。与一般的颂圣诗情
感类同，所不同的是道衍从关注苍生安危的角度，颂赞明成祖的

①　姚广孝：《河清诗》，载《姚广孝集》卷三，第35页。
②　姚广孝：《白象》，载《姚广孝集》卷三，第35页。
③　姚广孝：《驺虞诗并序》，载《姚广孝集》卷六，第78页。
④　姚广孝：《元夕大祀》，载《姚广孝集》卷七，第84页。
⑤　姚广孝：《三月旦日驾幸太学》，载《姚广孝集》卷七，第84页。
⑥　姚广孝：《黄河清》，载《姚广孝集》卷十，第136页。
⑦　姚广孝：《嘉禾》，载《姚广孝集》卷六，第77页。

应运而生。透过嘉禾的丰收，实写百姓衣食无忧，安居乐业，是对"篡位"的明成祖治世能力的极大肯定。道衍劝其发动"靖难之役"时，明成祖深知"民贵君轻"，怕有违"民心"。此诗前几句直抒胸臆，描写圣主治理天下，才见风调雨顺，"嘉禾端正"，玉粒香美，实际上却称赞明成祖得"天道"与"民心"。"得民心者，得天下"，这既是对明成祖的慰藉，又是时遇明君、国泰民安的具体展现。

## 五、禅思与禅境

道衍作诗时，常吟咏现实此岸世界，同时对彼岸圆融世界亦有独特之悟性。譬如"境幽忘路远，心净觉池清"① "无心元是道，不用问三乘"② "冥观了无法，何有寂与喧"③ 等诗句，都是以禅入诗。独庵道衍诗中的禅意极为丰富，大体可以分为三种。第一种是表达解脱尘嚣的怡悦、宁静、闲适。例如《竹院听渭公琴》云：

虚斋倚修竹，七弦弹更幽。歘如一叶落，万壑皆惊秋。依微寒鸿归，宵渺湘水流。无营自深听，澹然忘去留。④

前两联，运用了反衬的手法，以音衬幽，以动衬静。第三联，

---

① 姚广孝：《春日游灵谷寺逢高节庵杨宗勗同登眺》，载《姚广孝集》卷五，第56页。
② 姚广孝：《陈怡过禅室夜坐》，载《姚广孝集》卷五，第62页。
③ 姚广孝：《妙上人习静轩》，载《姚广孝集》卷一，第5页。
④ 姚广孝：《竹院听渭公琴》，载《姚广孝集》卷二，第21页。

写天际间隐约可见的归鸿和渺渺的湘江水都按生命的理数流淌。尾联的"无营",即"无心"意,即诗人对于自然万象并不刻意去寻求其中的理趣,而是与它们相摩相荡,融合无间,以至于忘记了去留。全诗写秋,却无半点传统文人的悲秋之怀,而是从静穆的格调中,透显出诗人对宇宙、生命的从容和淡定。

第二种禅境诗是表现古拙率真、毫无雕饰的"禅家本色"。例如,七律《与友人登金山寺》曰:

> 八月凉生白苎袍,偶同多士过江皋。楞伽室中寻旧迹,妙高台上听秋涛。霭霭渚烟迷去鸟,依依沙柳系回舠。人生无事须行乐,莫问头边有二毛。①

此诗前四句描写八月寺院的枯寂、冷清,略使人生发悲凉之意,以此种心境去观照万物,放眼望去,即是"霭霭渚烟迷去鸟,依依沙柳系回舠",其"迷"与"系"昭示着人生的无奈与羁绊,深层次地道出寺院乃是避难所。但末二句,点明诗人心态变化,道衍以超然之心立于纷繁之现实世界,与禅者所修"平常心是道"颇为相近,顿悟人生苦短,需及时行乐之真谛。此诗不涉佛语,却入禅境。

第三类禅境诗是表现对人生价值的怀疑。例如《立秋夜听秋声》:

> 淅淅无端起树阴,欻惊入幕又穿林。乍听便使人成

----

① 姚广孝:《与友人登金山寺》,载《姚广孝集》卷七,第85页。

恨，听到秋深恨更深。①

"自古逢秋多寂寥"，诗人立于秋夜，听树林里淅淅风声，此番风景顿使他心生悲凉。诗中一"恨"字，道尽心中无数愁思，表达了诗人多舛的命运。道衍早年仕宦心切，却无有明主相投，故绝望至极。在《莲花室铭并序》中，他曾写道"兹年四十有八，死期将至"②，可以说道衍早年不得入仕，进而对人生产生了怀疑。

总之，道衍入世既深，又深得佛禅之浸染。他的诗歌，一如其人，既对人世怀着极浓厚之深情，又不乏禅者的洒然风致，蕴含着极为复杂的情感。

## 第四节 独庵道衍的诗艺

道衍的诗歌艺术，主要有以下几方面的特色。

### 一、博采众家之长

明初，明太祖崇儒复古，尊程朱理学为正统，采用八股取士。此一时期的正统文人刘基、宋濂则力倡"文道合一"，即认为诗歌当以礼仪、道德化育天下，表现昌明正大之言。而"北郭诗社"核心之一的高启，既不满元末"秾缛纤丽"诗风，亦不满于诗坛誉此诋彼的门户成见。他批评历代诗人："各以所长名家，而不能相兼也"，批评陶渊明"善旷而不可以颂朝廷之光"，长吉"工奇

---

① 姚广孝：《立秋夜听秋声》，载《姚广孝集》卷九，第114页。
② 姚广孝：《莲华室铭并序》，载《姚广孝集》卷二十，第246页。

而不足以咏丘园之致”，主张写诗必须“格、意、趣”三者统一。①
高启之诗，一如四库馆臣所评：“拟汉魏似汉魏，拟六朝似六朝，
拟唐似唐，拟宋似宋，凡古人之所长，无不兼之。”②

　　道衍家居吴中，又与高启相往还，常以诗切磋，其诗学观念
自会受他的影响。道衍曾从钱塘至南京访高启，请他为《独庵外
集续稿》作序，并呈诗云：“一江风雨泛孤舟，到岸寻君始散愁。
树色映关知白下，山光入户忆青丘。儿令洗垢更衣见，庖嘱蠲腥
作饭留。不是别来情愈密，经旬笑语为相投。”③ 高启闻其诗，甚
为兴奋，旋作诗一首赠曰：“风雨孤舟寄一僧，远烦相觅到金陵。
青山愧逐尘中马，白拂看麾座上蝇。事去南朝犹有恨，梦归北郭
已无凭。文章何用虚叨禄，只合从师问上乘。”④ 互敬之情，溢于
言表。

　　高启在序中称道衍诗：“或闳放驰骋以发其才，或优柔曲折以
泄其志，险易并陈，浓淡迭显，盖能兼采众家，不事拘狭。观其
意，亦将期于自成而为一大方者也。”⑤ 此种评价，正是符合青丘
所倡“格、意、趣”并重的诗学观，也符合他拟作古诗、兼采众
家的创作品格。

　　道衍平日里常诵读高启之诗，其《奉答高季迪》云：“兰章忽

　　① 高启：《独庵集序》，《凫藻集》卷二，载《文渊阁四库全书》第 1230
册，第 279 页。

　　② 永瑢等：《四库全书总目》卷一六九，第 1471—1472 页。

　　③ 姚广孝：《访高启钟山寓舍辱诗见诒》，载《姚广孝集》卷七，第 87 页。

　　④ 高启：《衍师见访钟山里第》，《大全集》卷十四，载《文渊阁四库全书》
第 1230 册，第 181 页。

　　⑤ 高启：《独庵集序》，《凫藻集》卷二，载《文渊阁四库全书》第 1230
册，第 279 页。

远寄,光华丽空林。讽咏得密意,展玩慰离心。"① 其《雪夜读高启诗》曰:"吹台长别最伤情,诗句流传到远林。此夜雪窗开帙看,宛同北郭对床吟。"② 其《客次读高启诗集二首》云:"对君长自诵君诗,只为君曾许我知。今日相看虽客里,一编读尽夕阳时。"③ 可见,道衍受高启诗风影响甚深,应是情理之事。

但是道衍学诗,又不仅限于高启一家。其《题旧拟古乐府后》说:"余少嗜于诗,每见能诗者,必叩其作诗之法,当以何为先也。"④ 元末明初,政局动荡,道衍在吴中广泛寻友,或登高寻盟,或流连诗酒,或赏月观花,或题画观帖。此正如他为《耕渔轩诗》作序所云:"凡作者多吾友也,如勾吴周砥、嘉陵杨基、会稽唐肃、吴郡王隅、介休王行、渤海高启、河南高巽志、东海徐贲,或规以文,或歌以诗,若骈贝联锦,灿然错陈。"⑤ 道衍还与吴地诗人结成了著名的"北郭诗社"。关于此社的成员,历来文献记载不一,但高启、道衍、杨基无疑均名列其中。"北郭诗社"的成员,大多具有独特的艺术个性。例如:被称为高启"劲敌"的王行,其文"踔厉风发,纵横排奡",其诗"清刚肃爽"。⑥ 道衍与他交往甚密,其《与止仲书》云:"与足下交游数年,知足下惟详。足下识高而见远,学博而文深。作德足以裕人,立言足以垂世。"⑦ 四库馆臣亦云:"(王行)与道衍深相投契,尝告以'盍有所待,

① 姚广孝:《奉答高启季迪》,载《姚广孝集》卷一,第5页。
② 姚广孝:《雪夜读高启诗》,载《姚广孝集》卷九,第117页。
③ 姚广孝:《客次读高启诗集二首》,载《姚广孝集》卷九,第112页。
④ 姚广孝:《题旧拟古乐府后》,载《姚广孝集》卷十七,第201页。
⑤ 姚广孝:《耕渔轩诗后序》,载《姚广孝集》卷二十四,第311页。
⑥ 永瑢等:《四库全书总目》卷一六九,第1473页。
⑦ 姚广孝:《与止仲书》,载《姚广孝集》卷二十一,第250页。

不当以浮屠老'。"① 道衍《立秋夜听秋声》中的"乍听便使人成恨，听到秋深恨更深"②，《赠画士李居中二首》"天真烂漫无人悟，谁道燕山有李时"，"能事但求真识赏，感恩不在赐金多"③ 等语，都带有王行的"清刚肃爽"之风。再如杨基，主要承杨维桢"铁崖诗派"创作路径，险怪学李贺，缛丽仿温、李。道衍有《奉答杨基孟载》云："凄凄泊城南，春深抱幽独。余花犹纵红，众树已滋绿。兹因尘内居，如忆山中屋。何时陪骑游，吟看旧题竹。"④ 表达思念之情和再聚吟诗的愿望。可是，社中另一成员王彝对杨基诗风，颇为不满，甚至大骂铁崖诗为"文妖"，但至正间，他"被围吴之北郭"，与道衍等"日夕相嬉游"，"聚首辄啜茗坐树下，哦诗论文以为乐"⑤。北郭诗社成员独特的创作个性，对道衍的诗歌创作都产生了一定的影响。此种原因，乃道衍是"儒林之出"，"托迹于浮屠之间"，而友人们"不以浮屠待师"，而"师亦不自待以为浮屠而已"。他们的聚会不仅可以交流思想，还可促进诗歌风格的融通。

## 二、清新婉约，颇存古调

道衍的诗歌风格，四库馆臣予以了颇为精当的概括："清新婉约，颇存古调。"⑥ 此种"清新婉约"风格，具体体现在意象的选

---

① 永瑢等：《四库全书总目》卷一六九，第 1473 页。

② 姚广孝：《立秋夜听秋声》，载《姚广孝集》卷九，第 114 页。

③ 姚广孝：《赠画士李居中二首》，载《姚广孝集》卷九，第 115—116 页。

④ 姚广孝：《奉答杨基孟载》，载《姚广孝集》卷一，第 5 页。

⑤ 王彝：《衍师文稿序》，《王常宗集》卷二，载《文渊阁四库全书》第 1229 册，第 411 页。

⑥ 永瑢等：《四库全书总目》卷一七五，第 1552 页。

择和形式的喧静结合两个方面。

道衍颇倾心于春风秋雨、夏暑冬寒、山寺云林等清新温婉的意象，从而构成恬淡、超然的意境。他笔下的山既无泰华之高，亦无恒岳之险，有的只是秀奇之柔美。例如：石径山"峰峦秀拔"①；"凌霄峰头日杲杲，喝石岩畔风披披"②；冶城山"禁宫霄汉上，禅刹水云间"③；别山"巍然偏入望，秀色自重重。清绝非天姥，孤高异雪峰"④。他笔下的水亦是涓涓细流般的温柔，"沟水自山出，到海一何遥"⑤，"阴泄自溶溶，绵流仍脉脉"⑥。此种山水意象的选择自是受到地域环境的影响，但更是道衍的个性使然。

道衍诗中的钟声，更富有柔婉气息，它使静谧的世界充满着奇妙的魅力，给人以耳目一新之感。例如，以下几句：

> 怀尔正沉沉，不知暮钟起。⑦
> 荒烟满空林，疏钟在何处。⑧
> 牛羊下岭来，疏钟何处歇。⑨
> 幽沉树乐静，萧散烟钟起。⑩

---

① 姚广孝：《石经山并序》，载《姚广孝集》卷一，第9页。
② 姚广孝：《贺珛公住径山》，载《姚广孝集》卷四，第52页。
③ 姚广孝：《登冶城山》，载《姚广孝集》卷五，第58页。
④ 姚广孝：《别山》，载《姚广孝集》卷五，第63页。
⑤ 姚广孝：《卢沟桥》，载《姚广孝集》卷一，第13页。
⑥ 姚广孝：《白云泉》，载《姚广孝集》卷二，第20页。
⑦ 姚广孝：《宿福智精舍怀南邻张羽来仪》，载《姚广孝集》卷一，第6页。
⑧ 姚广孝：《访震师不遇》，载《姚广孝集》卷一，第7页。
⑨ 姚广孝：《晚步》，载《姚广孝集》卷一，第15页。
⑩ 姚广孝：《上方》，载《姚广孝集》卷二，第20页。

声残烟寺钟，香余茅店酒。①

悠然坐久不知去，忽听疏钟来上方。②

鸟啼清涧曲，樵唱暮钟边。③

城下千年寺，钟声自晓昏。④

留客同迂少，乘昏欲听钟。⑤


在禅林寺院中，钟声无疑是最典型的声音意象。道衍在诗中反复写及此一意象，自然是他作为僧人的身份意识的显现。首先，钟声打破宁静，象征着心灵的顿悟。道衍坐禅于深幽静谧的深林，远离世俗城镇，沉思冥想，突然在宁静的虚空中听到了钟声，而顿时茅塞顿开。即所谓"夜深僧入定，钟磬寂无声"⑥。其次，钟声悠扬动听，不仅能唤起人们的宗教感情，而且还会将这种情感转化为一种审美的感情。一般而言，万籁俱寂的禅房里，只有几杵钟声回荡，余音袅袅不绝，超越于有形之大钟，幻化为空无之永恒。即如"云树难藏秋殿影，烟萝还隔晓钟声"⑦ 一句，描写了视觉和听觉的通感，缥缈的钟声融入远处的烟萝之中，由空灵而唤起的一种虚无感。而且钟声节奏平缓，常给诗人一种淡泊闲静的心态，"遥思短簿祠前夜，共听寒钟出磵东"⑧ 就是这种静寂心

---

① 姚广孝：《浒溪》，载《姚广孝集》卷二，第 25 页。

② 姚广孝：《登夕佳楼》，载《姚广孝集》卷三，第 37 页。

③ 姚广孝：《过涧东赠马生》，载《姚广孝集》卷五，第 59 页。

④ 姚广孝：《毗卢寺二首》其二，载《姚广孝集》卷六，第 67 页。

⑤ 姚广孝：《秋日重游穹隆山海云精舍十首》其十，载《姚广孝集》卷六，第 72 页。

⑥ 姚广孝：《支硎山十三咏·石室》，载《姚广孝集》卷八，第 106 页。

⑦ 姚广孝：《寄清凉长老》，载《姚广孝集》卷七，第 93 页。

⑧ 姚广孝：《寄虎丘蟾书记》，载《姚广孝集》卷七，第 90 页。

态的真实写照。

我们注意到,独庵道衍的诗中还有一个复现率颇高的词——"孤",以及由此词而生发出的诸如"孤山""孤琴""孤灯""孤舟"等意象。这些意象给人以特殊的审美感受。例如,《访震师不遇》中"不遇采樵人,复抱孤琴去"[①] 句,用"孤琴"来烘托他访师求禅而不遇的失落之情;《访道权上人宿城南》中"一榻留人处,孤灯照雨明"[②] 句,以"孤灯"既描写出佛寺之清寒静寂,又暗喻道权上人的点拨开化,犹若暗世之灯,使他顿时豁然敞亮。道衍诗中的"孤"及其修饰的名词,有时也具有人世间生活的热情。例如,《陈怡过禅室夜坐》中"烟霞同一室,风雪共孤灯",《舟中怀年慧二子》中"两处同看月,孤舟独待潮"[③],《京都送云海上人还山》中"此别似难期后会,且留茶坐抚孤琴"等诗句,多是用"孤"字表达与朋友分离后内心的孤独,从而更突显了他对友情的珍重。

总之,独庵道衍诗歌中常用的意象,无论是悠扬的钟声还是"孤"字形容的山水琴月,其流露出来的情韵颇富婉约之柔媚,而无豪川谷壑之气势,明显呈现出一种清新、温婉格调。

道衍诗歌"清新婉约"之风,还体现在他描绘景物或营构意境时,比较注重"喧静结合"的呈现。宗白华《美学散步》中曾说:"禅是动中的极静,也是静中的极动,寂而常照,照而常寂,动静不二,直探生命的本原。禅是中国人接触佛教大乘义后,体认到自己心灵的深处而灿烂地发挥到哲学境界与艺术境界。静穆

---

① 姚广孝:《访震师不遇》,载《姚广孝集》卷一,第7页。
② 姚广孝:《访道权上人宿城南》,载《姚广孝集》卷五,第59页。
③ 姚广孝:《舟中怀年慧二子》,载《姚广孝集》卷六,第74页。

的观照与飞跃的生命构成艺术的两元，也是构成'禅'的心灵状态。"① 道衍以其敏感的心灵领会到了此种"动静不二"的禅趣，他常常是以动写静，以静衬动，喧中求寂，寂中有喧。例如《晚步》：

> 晚步出门去，林端见新月。牛羊下岭来，疏钟何处歇。行行且复伫，遥对西山雪。②

月下散步，万象空寂，但见牛羊下山，因静感动，反使静谧的夜晚步入沉静。此时不可触摸之钟声打破了宁静的虚空，象征着心灵的顿悟。在行止间，诗人遥望西山之雪，思绪纷飞，亦动亦静，亦实亦虚，不自觉地进入异常美妙的世界中。此正是所谓的"喧静两皆禅"。又如《东林小憩》云：

> 清和节物胜花时，与客游行正合宜。最爱东林好风致，绿阴深处语黄鹂。③

此诗是将静态的休憩与动态的黄鹂鸣叫相结合，表达自己超然物外、不合时流的愿望。再如《经无量寿院》云：

> 齐女门边古佛祠，小桥流水树参差。偶来看竹逢佳

---

① 宗白华：《美学散步》，上海：上海人民出版社，1981年，第76页。
② 姚广孝：《晚步》，载《姚广孝集》卷一，第15页。
③ 姚广孝：《东林小憩》，载《姚广孝集》卷九，第117页。

士，指点林园说旧时。①

　　静穆的佛祠边，小桥流水，静动之间，本透显几分淡雅、春容；但偶过访者打破佛祠之宁静，此番死寂却蕴藏着哀怨的故事：齐女愤懑离世，蜕变成蝉，终日啼叫，终使齐王追悔莫及。因此，久远历史，被佳士评点，在静与喧中点化人类，令人思绪悠悠。道衍化动为静，动静相结合，在悄无声息中使意象带有禅意，让人读之有味，诵之有音。

　　道衍的诗歌还"颇存古调"。元诗染纤浓之习，常为后人所诟病，道衍似有意规避此种风气，有意复古。《逃虚子集》中收录了大量的五言古诗以及七言古诗，其诗歌中的许多诗句与汉代古诗十分相似，脱胎和变化之迹较明显。例如《拟古六首》就分明是拟作《古诗十九首》中的六首。再如《刘文贞公墓》云：

　　　良骥色同群，至人迹混俗。知己苟不遇，终世不怨雠。伟哉藏春公，箪瓢乐岩谷。一朝风云会，君臣自心腹。大业计已成，勋名照简牍。身退即长往，川流去无复。佳城百年后，郁郁卢沟北。松楸烟霭青，翁仲薜芜绿。强梁不敢犯，何人敢樵牧。王侯墓垒垒，废不待草宿。惟公在民望，天地同倾覆。斯人不可作，再拜还一哭。②

　　道衍伫立于刘秉忠墓前，忆其前世功绩，"大业计已成，功名

　　① 姚广孝：《经无量寿院》，载《姚广孝集》卷九，第 118 页。
　　② 姚广孝：《刘文贞公墓》，载《姚广孝集》卷一，第 13 页。

照简牍", 可却"身退即长往, 川流去无复", 入仕出世, 自由往来, 喜得民望, 死后坟茔松楸青, 无人敢樵牧, 极受人尊重。由古人思虑自身, 对未来有了担忧, 惧己"不可作"。此种以古论今的写作手法, 使古体诗颇有古意。又如《题洪崖先生像》云:

> 昔闻绝世士, 独美洪崖翁。心存白云外, 迹混红尘中。常时跨雪精, 千里走西东。或携六角扇, 或握九节筇。搴霞陟王屋, 披云上空同。肩拍赤松子, 袂挹浮丘公。餐芝饮沆瀣, 千岁颜如童。世俗曾未识, 高明动玄宗。图形金殿上, 万古扬真风。①

此诗颇具古调, 述洪崖先生"心存白云, 迹混红尘"的洒脱人生, 句法古朴, 结撰自然, 有汉魏之古风。

总之, 道衍复杂多变的人生经历, 以及融通"三教"的思想, 在古代僧侣中算得上是一个"异数"。而道衍的诗歌, 题材丰富, 情感丰富。明代的僧诗, 常被四库馆臣斥以"边幅少狭""语含蔬笋""气格薄弱", 长期处于漠视状态。但是道衍博采众家、不事拘狭的创作取向, 以及"清新婉约"的风格, 使他在明代诗僧中独具一格。

---

① 姚广孝:《题洪崖先生像》, 载《姚广孝集》卷二, 第17页。

# 第五章　明初其他诗文僧创作

洪武至永乐年间是明代僧诗创作的高峰之一，除了季潭宗泐、来复见心、独庵道衍外，还有不少在当时颇具声名的诗文僧。他们的创作或沿袭了元季以来的风格，或贴近时代风尚，表达了对世事迁化、个人境遇的体悟。择其要者，明初诗僧值得讨论的还有妙声、睿略、克新、至仁等人。

## 第一节　释妙声与《东皋录》

妙声，字九皋，吴县人，著有《东皋录》，生平未见碑传。周永年《吴都法乘》卷八《妙声》云：

> 妙声字九皋，横金人，出家城中景德寺。年十九，以诗谒袁伯长学士，答云："天机不受梁燕语，逸兴直与江鸥亲。"殊见引重。有《东皋录》刻寺中。洪武间，召赴阙。顾问称旨，赐金还山。

妙声《东皋录》卷下《故慧辩普闻法师塔铭》云："余长师一岁，相知为最深。"① 慧辩普闻卒于"（洪武）十二年八月十二

---

① 释妙声：《故慧辩普闻法师塔铭》，载《东皋录》卷下，《文渊阁四库全书》第1227册，第632页。

日……春秋七十一"①，则妙声的生年当为至大元年（1308）。卒年
不可确考，《东皋录》中可见最晚系年的诗作是洪武十二
年（1379）。据此，释妙声的世寿应在七十二岁以上。

释妙声乃天台宗僧人，师事佛心大师。泰定年间，妙声曾至
四明求道。《东皋录》卷中《送远复元东游序》云："昔在泰定间，
余侍先佛心居南湖，于时尚幼，事虽目击而无得于观感，盖五十
余年于兹矣。"② 元末居姑苏景德寺，又住石湖治平寺③，后居常熟
慧日寺，又住平江北禅寺。洪武三年（1370），明太祖诏天下有
道，妙声亦在列。《四库全书总目》称："洪武三年，与释万金同
被召，莅天下释教。"④ 但实际上，妙声并非与万金同时被诏。万
金，字西白，号白庵，吴郡人。他被诏是在洪武三年（1370）春，
而妙声被诏是在本年秋。《东皋录》卷中《送义上人序》云："洪
武三年春，诏吴郡西白禅师住京师天界寺。时议者以为教门得人，
四方英俊之士，闻其风者争集于堂下……是年秋，余被召至京师，
馆于天界。"⑤ 又《祭楚石和尚文》亦云："今兹之秋，同集阙
下。"⑥ "楚石"即楚石梵琦，卒于洪武三年（1370），祭文当作于
此后不久。

妙声的别集名曰《东皋录》，盖取自他在吴县（苏州）隐居的

---

① 释妙声：《故慧辩普闻法师塔铭》，《东皋录》卷下，第 632 页。
② 释妙声：《送远复元东游序》，载《东皋录》卷中，第 606 页。
③ 文徵明《甫田集》卷二十二《题东坡墨迹》："元季为吴僧声九皋所藏。
九皋尝住石湖治平寺，以此帖亦有治平字，遂留寺中，且刻石以传，而实非吴中
治平也。九皋既没，此帖转徙他所，而失其一。"
④ 永瑢等：《四库全书总目》卷一六九，第 1467 页。
⑤ 释妙声：《送义上人序》，载《东皋录》卷中，第 600 页。
⑥ 释妙声：《祭楚石和尚文》，载《东皋录》卷下，第 640 页。

地名。《明史·艺文志》《千顷堂书目》均作七卷，徐乾学《传是楼书目》著录谓："《东皋录》五卷，释妙声，二本。"陆心源撰《皕宋楼藏书志》则著录谓"《东皋录》三卷，明抄本，明释妙声撰"。今所见《四库全书》本仅三卷，四库馆臣以为"盖传录时所合并也"①。四库本前有毛晋《东皋录题识》云：

> 生平多著述，名《东皋录》，命弟子缮写，藏之山房。总其事者，白莲住山完敬修、虎丘藏主慧无尽、善士陈君锡也。洪武十七年甲子春，法孙德巘跋而授梓。凡诗三卷，序、记、赞、铭、传、跋、杂文四卷。其中载记同衣行业，既多且详。刘子威《吴释传》皆拾其余沫也。尤长于四六俪语，卷末诸山江湖等疏，堪与月泉吟社往复诗启并传。其《兴福》《桃源》诸记，余已撰入邑乘云。②

此本卷上、卷中收妙声诗 169 题近 200 首诗，卷下则序、碑、铭、题跋、赞、榜疏、杂著等 52 篇。明清诗歌选本，如《明诗综》《列朝诗集》《古今禅藻集》等皆选入其诗。

《四库全书总目》称妙声"所作颇有士风。当元季扰攘之时，感事抒怀，往往激昂可诵"③。此评价颇为恰确。妙声作诗，颇讲究兴寄。其《停云轩诗序》云："兴寄高远，感慨之深，见于言

---

① 永瑢等：《四库全书总目》卷一六九，第 1467 页
② 毛晋：《题识》，载《东皋录》卷首，第 564 页。
③ 永瑢等：《四库全书总目》卷一六九，第 1467 页。

外，非止思友而已。"① 又，《小山序》云："夫比兴之作，词旨音调，虽有古今之异，然感乎物，发乎情，则今犹古也，古犹今也。"② 妙声认为，感物发情，比兴寄托，是古今诗家最基本的创作方法和原则。他的《和感遇并杂诗六首》《行路难》《劲飞廉》《秋兴》等，无不兴寄遥深，托物寓志，似出于士人之手。例如《和感遇并杂诗六首》中的两首：

悲风扰黄桑，菱舍依樲棘。岁歉儿苦饥，家贫母犹织。寒窗秉机杼，卒岁不成匹。里胥夜蹋门，叫怒催纴织。蹇余晚归田，耕不如神力。一饭愧其人，安敢自皇息。

胡雁乘朔风，矫矫厉羽翼。江南稻粱地，异彼阴山北。所忧弋者篡，缯缴在寻尺。奈何随阳侣，自剪排风翮。岂知经罗网，复惧膏鼎鬲。本不飞冥冥，于今悔何益。③

前一首反映了民生之疾苦，末两句尤具儒生救世济民的情怀。后一首则借南翔之胡雁所面临的天罗地网，以喻道途艰险、进退失据的境遇。释妙声颇倾心于杜诗，卷上《题郭义仲诗集》，中间四句云："兰苕翡翠春风后，碧海珊瑚夜月时。吴下篇章谁最好，杜陵才力晚尤奇。"④ 这样的诗歌显然也具有杜甫诗歌的笔力。又

---

① 释妙声：《停云轩诗序》，载《东皋录》卷中，第 601 页。
② 释妙声：《小山序》，载《东皋录》卷中，第 601 页。
③ 释妙声：《和感遇并杂诗六首》，载《东皋录》卷上，第 567 页。
④ 释妙声：《题郭义仲诗集》，载《东皋录》卷上，第 588 页。

如《劾飞廉》云：

> 飞廉事纣愤厥宗，何自上天司八风。嘘枯吹生在掌握，窃弄神柄贪天功。四月五月旱大甚，天地翕赫方虫虫。原田莓莓赤如燎，种不入土啼老农。雨师鞭霆走群龙，玄云四合零雨蒙。胡为吹云使消烁，更鼓烈焰翻长空。斯民焦劳亦何罪，得不哀怨号苍穹。天虽处高听甚聪，汝敢迷罔斧尔躬。天诛将加不可逭，殛死大荒谁汝恫。①

飞廉以善走事商纣王，与有力的恶来同为纣王的两大嬖臣。飞廉尝为纣王出使北方，还无所报，死葬于霍太山。此诗责飞廉窃权弄柄，致使人神共怒，百姓焦劳，似纯为咏史，但在元明之际，妙声作这样的诗歌显然是别有寓意的。

妙声交游广泛。《四库全书总目》称："妙声与袁桷、张翥、危素等俱相友善，故所作颇有士风。"②《东皋录》卷上有《奉上袁侍讲伯长二首》，并附有袁桷的两首答诗，未见《清容居士集》，可以辑补之。袁桷的答诗中有"屈指当今人物论，从此有约同垂纶"③句，期许甚高。释妙声与杨维祯亦有往来，《东皋录》卷上有《杨铁崖书画船亭》诗："图书满船秋近河，虹月夜贯沧江波。周秦碑刻最近古，崔蔡文章安足多。韦侯东壁玉花马，房相西亭

---

① 释妙声：《劾飞廉》，载《东皋录》卷上，第573页。
② 永瑢等：《四库全书总目》卷一六九，第1467页。
③ 袁桷：《答妙声二首》其一，载《东皋录》卷上，第583页。按，题为笔者后补之。

雪色鹅。先生爱玩不归去，援琴时作越人歌。"① 书画船亭是杨维祯的居所，亭中收集了大量的图籍碑刻，元末剡韶、郑元祐等人皆有题咏。

《东皋录》中还收有不少与僧道交往的赠题之作，例如径山以中和尚、竺隐禅师、夫璞和尚。其中，与被明太祖征诏的僧人的赠题之作，可以见出他对新朝的态度。例如《次韵竺隐和尚朝京二首》：

> 赴召共承宣室问，还山同罢紫宸朝。誓扶佛日行黄道，敢望皇恩下赤霄。长江东去涛逾险，大火西流气尚骄。归去自期唐懒瓒，功名总付霍嫖姚。
>
> 紫陌朝天候晓凉，加沙何事造鹓行。玉杯潋滟行椒酒，金碗清凉送蔗浆。西掖梧桐秋更碧，内园仙果露犹香。客星渐散江湖远，万里重瞻佛日光。②

竺隐即弘道，字存翁，竺隐为其号，崇德梧桐乡人。元末出家密印寺，住持杭州上天竺。洪武三年（1370）被诏赴京，洪武十六年（1383）授僧录司左善世，尝奉旨同宗泐笺注《楞伽》诸经。朱元璋为他作有《僧道竺隐说》。妙声《寄夫璞和尚》云：

> 对御经筵日日开，香云长绕雨花台。百官殿上齐弹指，再见天台智者来。

---

① 释妙声：《杨铁崖书画船亭》，载《东皋录》卷上，第584页。
② 释妙声：《次韵竺隐和尚朝京二首》，载《东皋录》卷上，第588页。

六十余州旧化风，流传今复到江东。龙盘虎踞京华地，圣主重兴佛陇宗。[①]

据刘仁本《送大璞玘上人序》，夫璞和尚是天台宗继公法师座下三弟子之一，至正二十二年（1362）奉丞相檄文主越之雍熙席。妙声诗中云"再见天台智者来"，亦可见所云"夫璞和尚"曾习天台教宗。从以上四首诗来看，释妙声对新朝基本持歌颂的态度，尤其对明太祖振兴像教更予以了很高的期望。可以想见，洪武三年（1370）朱元璋诏天下有道齐聚天界寺，那些僧人归来后，心中是怀着一种怎样的憧憬！

明初的诗僧，尤其是那些应诏之僧，他们的创作是很难回避对新朝的歌颂的，释妙声亦是如此。

妙声的诗歌诸体皆有，与一般诗僧相比，他对歌行体的掌握似乎更为圆熟，例如《送端上人游江西》《题空同外史传》《龙河》都写得顺畅淋漓，笔势不凡，难见拘束之感。这首《钟山》尤其值得注意：

大江之南多名山，钟山秀出乎其间。神龙蜿蜒露脊鬐，长鳄赑屃饶斓斑。上走怪石之揭薜，下有流水之潺湲。禅宫据会制甚古，帝阙密迩恩常颁。虚空阐楯宝公塔，松竹储胥圆悟关。天生贤懿扶象教，地设险峻防神奸。云车凤马来万里，象齿明珠奔百蛮。山川灵气自融结，玄运往复犹循环。竭来说法奉明诏，那有道德开天

---

① 释妙声：《寄夫璞和尚》，载《东皋录》卷上，第594页。

颜。斋宫延问漏十刻，杞菊赐馔衬百镪。兹山才留四五日，探讨未得须臾间。草堂之灵应怪我，移文勿遽吾将还。①

先及钟山之形势，再写钟山的佛事盛景，最后描写洪武三年（1370）应诏法会的情形，意脉十分清晰，起承转合颇为流畅、自然。

妙声的诗名，在元明之际并不引人注目。目前所见仅有《元诗选三集》庚集收有李瓒《春初奉寄海虞山北声九皋上人》一诗，其中有句云"染翰超怀素，哦诗继惠休"②。这样的评价也仅是泛泛之言。其实，妙声的诗，较释睿略更为出色，可以揖让于士大夫之间。

## 第二节　释睿略与《松月集》

释睿略（1334—1412），字道权，号简庵，尝以"松月"匾其轩居，故人称"松月翁"，江苏苏州人。早岁出家于城南真庆院，弱冠前，受具足戒，随永定九皋妙声，习天台教。因不乐名相，遂至径山参愚庵智及禅师。洪武六年（1373），住吴县延庆寺，再住宝华寺。洪武三十年（1397），又住持上元县延祥寺，建文四年（1402）任扬州府僧纲司都纲兼天宁寺住持，大建佛殿僧宝，极于崇侈，非他方可比，又安僧护法，政理清平。永乐十年（1412）

---

① 释妙声：《钟山》，载《东皋录》卷上，第 578 页。
② 李瓒：《春初奉寄海虞山北声九皋上人》，载顾嗣立《元诗选三集》庚集，中华书局，1987 年，第 513 页。

卒，年七十九。释睿略的生平，可见其师兄独庵道衍所撰《简庵略禅师塔铭》。

释睿略的著述，所知仅有《松月集》一卷。《千顷堂书目》著录"故山松月集"，并注"洪武初扬州府僧纲司都纲"，或即《松月集》。是集前有洪武二十六年（1393）吴中文人俞贞木序，后有永乐十一年（1413）独庵道衍所撰塔铭。今有国家图书馆藏永乐年间刻本，《四库全书存目丛书》据之影印。

释睿略颇耽于吟诗，所作《止吟一首》云："予生徒嗜吟，罔谙诗旨妙。适意聊自娱，形言但诒诮。由斯欲止吟，吟癖难自疗。闻歌即技痒，触景每头掉。月夕罢登楼，风晨停陟峤。止止日如愚，无复通吟窍……"① 颇有几分晚唐五代诗僧齐己、虚中、尚颜们所具的"吟癖"。虽然他很谦虚地说自己并不谙熟诗旨妙趣，但闻歌触景，登楼陟桥，都难以克制作诗的冲动。《松月集》今存释睿略诗 250 余首，所收多是入明之后的作品，题材多为酬赠、题画之作。释睿略还尝自称："自谓谈诗不离禅，更无别法可相传。"不过，所作除《自遣示儿孙》《贫乐歌》等旨在表现禅者安贫乐道的情怀外，其余与一般文士几无差别，写景咏物诗，皆没有传达出一位禅僧的应有之境。

释睿略一生游历颇广，除江浙之外，足迹尚涉江西、湖湘等地。《松月集》中《次韵宿黄山酬道庵》《宿洞庭回吴口占》诸诗，即记载了他的行旅历程。他经常在诗中抒写行旅之苦愁。例如写于乙丑（洪武十八年）五月的《途叹》云："世路涩如棘，前

---

① 释睿略：《止吟一首》，《松月集》，载《四库全书存目丛书》集部第 27 册，第 525 页。

程跬步间。遂疑行蜀道，不觉唱阳关。白日投无处，愁云望满山。出门只有碍，那复问荆蛮。"① 又如《舟叹》云："上岸复登舟，携家无所投。易地皆扃户，逢人竞说愁。日高移柳渚，夜静泊芦洲。缩地嗟无术，随风漫逐流。"② 从这样的诗歌中，很难看出随缘任运、安贫乐道的佛禅之心，而更像是一个俗世失路者的满腹愁叹。

因所作多为酬赠、题画之作，故他的诗材也不丰富，很少涉及现实问题。不过仔细品味，元明动荡之时局亦隐然于其诗中。例如《与独庵过横山访芑师宿福寿精舍》，写他与独庵道衍为避乱寻求幽静精舍："避氛同出郭，寻幽属芳朝。林香花乱发，丛柳暗垂繁。"③ 据道衍《故扬州府僧纲司都纲兼天宁寺住持简庵略禅师塔铭》，他们二人同参愚庵智及时，当"胜国之季"，故此时所谓"避氛"，即避元末战乱。作于洪武元年（1368）的《枫桥夜泊》云："江村寂寞夜停舟，月冷霜清动客愁。乱后人烟非旧日，野桥溪水自长流。"④ 所写不仅是一般行脚僧的凄苦情怀，也包含对世路多艰的哀叹。

释睿略还有几首写梅花的诗，颇为别致：

冰玉清姿满面霜，水边林下发奇香。纵教才子多题咏，无出逋仙意趣长。⑤（《题梅花》）

---

① 释睿略：《途叹》，载《松月集》，第530页。
② 释睿略：《舟叹》，载《松月集》，第530页。
③ 释睿略：《与独庵过横山访芑师宿福寿精舍》，载《松月集》，第522页。
④ 释睿略：《枫桥夜泊》，载《松月集》，第524页。
⑤ 释睿略：《题梅花》，载《松月集》，第535页。

疏影摇窗月，繁葩扑鼻香。诗人逢此景，未免揽枯
肠。①（《题梅》）

皎如瑞雪照岩扃，风递幽香到骨清。谁似当年何水
部，看花吟咏有闲情。②（《题梅》）

梅花是宋元诗人极喜之意象，几乎无有不以"梅"为题作诗
者。《四库全书总目·〈梅花字字香〉提要》："自北宋林逋，诸人
递相矜重'暗香疏影''半树横枝'之句，作者始别立品题，南宋
以来，遂以咏梅为诗家一大公案。江湖诗人无论爱梅与否，无不
借梅以自重。凡别号及斋馆之名，多带梅字，以求附于雅人。"③
释睿略这三首题梅诗，自然未脱一般咏梅诗的格套，以雪、月映
衬梅花之清，所写亦是梅之疏影、幽香。但"纵教才子多题咏，
无出逋仙意趣长""谁似当年何水部，看花吟咏有闲情"两句议
论，却很精当地评价了后世咏梅诗创作的得失，值得梅花诗研究
者注意。

释睿略还有一些酬酢诗，写得情真意切。例如《次韵送独庵
之燕山》：

金陵忆别思苍茫，彩鹢轻飞下朔方。喜有才名扬上
国，可无诗卷赠行装。淮山夜静猿啼月，楚塞天寒雁度
霜。万里不辞征路远，要弘大法佐明王。④

① 释睿略：《题梅》，载《松月集》，第536页。
② 释睿略：《题梅》，载《松月集》，第543页。
③ 永瑢等：《四库全书总目》卷一六七，第1438页。
④ 释睿略：《次韵送独庵之燕山》，载《松月集》，第522页。

据独庵道衍《故扬州府僧纲司都纲兼天宁寺住持简庵略禅师塔铭》称："国朝洪武间，师出住山行道，余亦应诏北上，不相见三十余年。"① 可知，此诗当作于道衍初至北京辅佐明成祖之时。颈联的对仗颇工整，景中含情，颇为贴切当时情境，尾联则表达了对道衍此去的深切祝福。又如《挽蒙庵先生》：

> 故交零落晓星稀，俄尔仙翁赋式微。化鹤竟泛华表去，济人无复杏林归。山中行乐遗风在，地下修文与世违。珍重友情相爱厚，挂筇无语对斜晖。②

蒙庵先生，即韩奕（1334—1406），字公望，平江人，著有《韩山人集》。端雅贞静，嗜读书，无所不览。入明，遁迹不仕，终于布衣，放浪山水间，褐衣芒屦，一童自随，往来山僧野客家，累月不去，或时藉草而坐，微吟长啸，人莫测其意。释睿略此诗对韩奕之逝表示了深切哀婉，"山中"两联，尤关切了他一生的遭际和品行。

俞贞木《松月集序》中称："余取友于方外，求其内外不偏而胸中洒落者，不易得也。盖内学能究明夫心性，外学能游戏于文辞，兼之者鲜矣。若松月略禅师气韵高爽。"③ 从其描述看，释睿略品局高洁，不同势利僧徒。独庵道衍所撰《故扬州府僧纲司都纲兼天宁寺住持简庵略禅师塔铭》中亦称"其诗格高趣远，绝肖

---

① 姚广孝：《故扬州府僧纲司都纲兼天宁寺住持简庵略禅师塔铭》，载《姚广孝集》卷二十四，第303页。
② 释睿略：《挽蒙庵先生》，载《松月集》，第527页。
③ 俞贞木：《松月集序》，载《松月集》卷首，第520页。

唐人制作，无一点尘俗气"①。然四库馆臣评曰："今观其集，大致亦承九僧、四灵之派，而陶冶之力则不及古人，故边幅浅狭，意言并尽，五首以外，规格略同。广孝之言，未为笃论也。"② 相较而言，四库馆臣的评价更显恰确，俞、姚二人均推奖过甚。总体来看，释睿略的诗歌风格仍具有较浓厚的江湖诗人的风味，是宋末江湖诗风的余绪。

## 第三节　释至仁与《澹居稿》

释至仁（1309—1382），字行中，号熙怡，又号澹居子，江西番阳吴氏子，生平未见碑传。《元诗选》《释鉴稽古录》《五灯全书》有其传略，后者云：

> 师生五岁，俾从州之报恩寺真牧纯受业，七岁得度。自幼识见超颖，迥异常儿。会西土指空，赴英宗召，憩报恩。见师异之，授以毗尼，属令参元叟端。端视师轩渠一笑，师罔措。遂失展尼师坛。端叱曰："参堂去。"次日，端问："何处人？"师曰："番阳。"端曰："番阳湖阔多小。"师展手作量势。端曰："不是，不是。"师曰："合取臭口。"遂命侍香，寻掌记室。端尝谓众曰："仁书记，虎而翼者也。"后出世蕲之德章，迁越之云顶崇报，吴之虎丘万寿……明洪武初，上以鬼神之事召师。师以

---

① 姚广孝：《故扬州府僧纲司都纲兼天宁寺住持简庵略禅师塔铭》，载《姚广孝集》卷一，第303页。
② 永瑢等：《四库全书总目》卷一七五，第1552页。

佛旨，撰书而对。上大悦。癸丑，蒲圻魏公观，为苏郡守。见万寿废址，戚然有意兴复。闻师寓虎丘，遣使致书币。凡三往返而应。晚岁，养闲于松林兰若。洪武壬戌三月望示疾。十九日同参如愚仲讯候曰："师行矣，诸子在旁，盍赐一言为末后训乎？"师曰："十方薄伽梵，一路涅槃门。"曰："与师缔交五十秋矣，此别直诣净土相见。"师厉声曰："尽大千界，是个净土，何处不相见？"良久，索笔书偈，泊然而逝。世寿七十四，僧腊六十七。①

释克新《奉寄崇报仁禅师》云："早以径山书记，主蕲之德章，道化盛行于江淮间。尝为《苏长公祠堂记》，虞侍讲极称其文有史笔。以辟难来江浙，未几，主余姚云顶，近又闻迁绍兴崇报。"② 洪武三年（1370），明太祖以"鬼神之理甚幽，意先佛必有成说"，遂诏浙水东西 16 名高僧，至仁行中和楚石梵琦、梦堂昙噩均在列。③ 行中重修万寿禅寺之事，是在洪武五年（1372），魏观所请，兹事详见于宋濂《万寿禅寺重构佛殿记》。

《澹居稿》今存国家图书馆。《文渊阁书目》还著录了《行中和尚语录》一部三册，未见。颇感奇怪的是，《古今禅藻集》未录其诗，或《澹居稿》传本在明代极少。行中还有四篇佚文存世，

① 释超永：《苏州万寿行中至仁禅师》，载《五灯全书》卷五十五，载《卍续藏经》第 141 册，第 189—190 页。
② 释克新：《奉寄崇报仁禅师》，载毛晋《明僧弘秀集》卷八，李玉栓校点，安徽师范大学出版社，2015 年，第 355 页。
③ 释至仁：《楚石和尚行状》，《佛日普照慧辩楚石禅师六会语录》卷末，载《卍续藏经》第 71 册，第 660 页。

一是他为释克新所编《金玉编》所撰之序；一是为了庵清欲语录所撰《南堂和尚语录续集序》，载《卐新纂续藏经》所收《南堂了庵禅师语录》卷末；一是《楚石和尚行状》，载《佛日普照慧辩楚石禅师六会语录》卷末；又有《竺仙和尚语录序》。宋濂称行中"博通内外典，文辞简奥，有西汉风"①。

行中不仅与释克新仲铭有同乡之谊，又为同道好友，他们生活交游的圈子非常接近，从他们的存诗看，两人都写有《赠夏君美同知》《苏昌龄学士》《次韵寄唐伯刚断事》《李焕章竹石居》《次韵答柳仲修宣使》等诗题，盖均作于同时。正因为这样，他们的创作亦颇为接近。例如《赠夏君美同知》："海宇烟尘日夜生，中兴诸将正鏖兵。郦生三寸澜翻舌，一旦来归七十城。"② 也是写元末战乱，歌赞夏君美的战功。还有一首：

> 钓艇加沙度晓晴，浮图倒影若门迎。碧潭波冷白龙卧，翠竹云深丹凤鸣。乱后楼台符愿力，岁寒松柏见交情。欲从池上结荷屋，天地干戈尚战争。③

这首诗题云："至正廿二年冬十二月，予访云海禅师于龙渊山中，握手叙契阔，欢甚，且观其殿楼竹树，宛然如全盛时。因念东南幢刹，率为兵燹，而朋旧多沦替，所历有沧桑之叹。而禅师

---

① 宋濂：《佛日普照慧辩禅师（楚石梵琦）塔铭》，《佛日普照慧辩楚石禅师六会语录》卷尾，载《卍续藏经》第71册，第661页。

② 释至仁：《赠夏君美同知》，《澹居稿》卷下，载《北京图书馆古籍珍本丛刊》第99册，书目文献出版社，1998年，第676页。

③ 释至仁：《澹居稿》卷下，第671页。

之交义之愿力有如此者，遂作诗以纪之云。"① 也都是写战后之心境。

释至仁行中有一首《集杜句述怀寄见心书记》，是集杜诗的长诗：

宿鸟恋本枝（《无家别》），南雁意在北（《客堂》）。飘飘愧此身（《赠王二十四侍御契四十韵》），一岁四行役（《发同谷县》）。所忧盗贼多（《将适吴楚留别章使君留后兼幕府诸公》），不独冻馁迫（《石柜阁》）。东下姑苏台（《壮游》），残生傍水国（《入乔口》）。金银佛寺开（《龙门》），信美无与适（《成都府》）。细人尚姑息（《赠郑十八贲》），贤者贵为德（《送韦讽上阆州录事参军》）。之子白玉温（《别李义》），令我心悦怿（《郑典设自施州归》）。晤语契深心（《大云寺赞公房》），洞彻有清识（《送韦讽上阆州录事参军》）。学贯天人际（《赠秘书监江夏李公邕》），溟涨与笔力（《殿中杨监见示张旭草书图》）。神功接混茫（《瀼溪堆》），风雷缠地脉（《大历三年春白帝城放船出瞿唐峡久居夔府将适江陵漂泊有诗凡四十韵》）。灵芝冠众芳（《赠郑十八贲》），冰壶动瑶碧（《赠崔十三评事公辅》）。紫燕自超诣（《夜听许十一诵诗爱而有作》），尤异是龙脊（《送李校书二十六韵》）。流传必绝伦（《寄李十二白二十韵》），许与必词伯（《壮游》）。喧争懒着鞭（《秋日夔府咏怀奉寄郑监李宾客一百

① 释至仁：《澹居稿》卷下，第 671 页。

韵》），飞腾知有策（《奉寄李十五秘书二首》）。吾道属
艰难（《空囊》），鸾凤有铩翮（《敬寄族弟唐十八使
君》）。天门郁嵯峨（《别唐十五诫因寄礼部贾侍郎》），
乘槎断消息（《有感》五首之一）。干戈尚纵横（《太子
张舍人遗织成褥段》），道路时通塞（《归梦》）。顾惟鲁
钝姿（《寄题江外草堂》），养生终自惜（《寄刘峡州伯华
使君四十韵》）。桃源无处寻（《不寐》，"寻"做"求"），
黎民糠籺窄（《驱竖子摘苍耳》）。故国莽丘墟（《逃
难》），梦归归未得（《归梦》）。怅彼高飞禽（《阻雨不得
归瀼西甘林》，"彼"原作"望"），何以有羽翼（《梦李
白》二首之一）。匡山读书处（《不见》），宿昔长荆棘
（《别赞上人》）。阴房鬼火青（《玉华宫》），战地骸骨白
（《驱竖子摘苍耳》）。骨肉恩书重（《得舍弟消息》），看
云泪横臆（《苦战行》）。西江万里船（《春夜峡州田侍御
长史津亭留宴》），终当挂帆席（《咏怀》二首之二）。天
寒鸧鸹呼（《缆船苦风戏题四韵奉简郑十三判官泛》），北
风破南极（《北风》）。梅花已飞翻（《别李义》），节序昨
夜隔（《立秋后题》）。感激在知音（《风疾舟中伏枕书怀
三十六韵奉呈湖南亲友》），书此豁平昔（《柴门》）。[①]

集句诗，有"百家衣衲"之称，系集前人之句而成诗，或汇
集诸家，或专集一家，而专集一家尤为难得。古代诗人尤喜欢集
陶诗和杜诗，盖因二者普遍为人所熟知。集句诗，若组织工巧，

---

① 释至仁：《集杜句述怀寄见心书记》，载《澹居稿》卷下，第673页。

切合诗意，而非纯粹炫博，常会取得意想不到的效果。行中此诗56句，分别出自杜甫55首诗，是古代集杜诗中较长的一首。这说明他对杜诗是十分熟悉的，几乎能顺手拈来。而更为重要的是，此诗颇关合行中与来复见心的身份、心境、处境。例如"故国莽丘墟，梦归归未得""西江万里船，终当挂帆席"几句，行中和来复见心均是江西人，这四句是说他们因战乱暌离故土多年，而期望终能返归故乡。又如"干戈尚纵横，道路时通塞"，"阴房鬼火青，战地骸骨白"，是借以描写元末四方割据、民生涂炭的现实。总体来说，此诗借杜诗表达了对来复见心的思念，亦反映出自己的心境和处境，称得上是一首较为优秀的集句诗。明宋公传《元诗体要》、清代《御选明诗》均将它视为元明集句诗的代表作。

# 第六章　明中期的诗文僧创作

　　明初诗僧辈出，名家璀璨。然至中叶，诗僧创作遽然沉寂，不仅诗僧数量不逮前朝，创作水平亦难望其项背，唯雪江明秀、玉芝法聚等人，尚见称于士林。雪江明秀以楚石梵琦九世法孙之身份，继承了其游戏诗翰的传统，广交江浙逸士，筑坛结社，游佳山水，觞咏登眺，流风遗韵，见著于丛林。雪江明秀的法嗣，能文擅诗者颇多，隐隐有诗派之目。但较之楚石梵琦，无论道行影响，抑或般若文字，明中期的诗僧皆无法与楚石梵琦、季潭宗泐、来复见心辈相颉颃。

　　明中期诗僧沉寂之因，概言之，不外如下二端。其一，永乐以还，虽有一二皇帝如宪宗、武宗等迷恋佛教，但或醉乎声色，溺于方术，或耽于嬉戏，肆意妄为，全然不理会佛教之旨趣与阴翊王度之功，此不仅有悖于佛教发展之正途，反而成为排抑者之"口实"，故明中期佛教基本处于被钳制的境地：宣德、正统朝，屡申明重造《洪武周知册》，即意在整饬僧籍，控制僧徒；弘治年间，"汰佛之议"，腾声众起；而嘉靖朝，世宗溺于道教符醮，拆毁寺院、沙汰僧尼，"释教不振极矣"①。僧侣之才情亦被遏制，丛林尚诗之风自然锐减。其二，佛门凋敝，文人游心方外之热情顿消，明中期的文坛领袖，无论"三杨"，抑或"何李""王李"诸

---

① 沈德符：《释道·释教盛衰》，载《万历野获编》卷二十七，第679页。

七子，与佛门之交涉远不逮国初之宋濂与季代之钱谦益。若无诗坛名流提持、奖掖，诗僧欲称名于世，不亦难乎！故而，此期之诗僧，多寓处禅房山林，与中下层或失意文士歌咏自娱，其影响难以波及主流诗坛。

## 第一节　雪江明秀及"雪江派"

明秀（1474—1534），字雪江，号石门和尚，海盐人。时人吴昂撰有《石门大和尚传》，载其生平颇详。其云：

> 海盐天宁古刹有古行僧曰石门禅师，系出邑之王氏族，父□□，母李氏，生而巨目阔吻，面骨巉岩，相貌异常。稍长，颖敏过人，父奇之，礼送出家，师沙门文昌。讳明秀，号雪江，晚号石门。成化丁未，始削发为僧，遂谙内典，修戒行。自法祖楚石倡明佛教于□皇明开国初，设普济佛会大道场，兴建镇海浮图，为天下诸山所宗仰，九传而至石门，克承其业。正德戊辰，遂以行业为时辈推重，荐之朝，命主释氏教。归，倡诸山焚修释行焉。然性嗜吟哦，不乐奔走视事者，不数载，辄弃去。日与逸士董从吾、朱西村、陈句溪游，散逸几案，夜以继日，惟讨论古今典，订正诗律是事。暇则放舟三吴，历游佳山水。时以诗名世，若沈石田、曹定庵、吕九柏、许九杞诸公，间一造焉，相与论诗法，寻宗派，款洽累日，或浃旬而后返。晚年抱微疴，始事结习，缚茅胜果山之石门郭公泉侧居之，因更号焉。地迥迹绝，

专志虚静，日惟玩心于诗。时则有海内诗人孙太白、郑少谷、方棠陵诸名流嘉其志行，就而访焉。与之赓酬终日，或信宿而后去，久之若有悟，遂翻然言归。约湛空渊、云峰祥诸禅师，裹足习定于维摩室，静定者数月。既出定，重以镇海塔一方倚庇，鸠工聚材，重加完葺。暇则偕旧游三隐君及招仕而归者孙朴居、徐丰崖，东滨钟西皋、朱南野，暨逸民沈紫峡数辈，结社于五亩山堂，月一会焉。袭慧远东林风致，觞咏登眺，惟意所适，徜徉竟日，始散去。岁甲午，杖锡入澂之海门禅刹，聚朴野可教者数人，复修庐山故事，榜曰"雪堂春社"。戒律清严，诱掖恳至，闻者动容叹服。未几还山，阅六月，遂寝疾不起，缁素丧其宗师，朋侪失其良友，于乎伤哉！昂与石门交最久，亦尝与东林社会，知其于魏晋以下诸家诸诗，历览成诵，而杜少陵氏特留意熟。复居常，值实有不可人意，时政背缪，天道沴戾，将殃民者，则咨嗟戚忧，一发于诗。即有可人意事及关节义有禅风教者，亦于诗焉，纵□赞扬，故生平诗草千篇，今存录者十之二三尔。昔严沧浪氏以禅乘论诗法，谓学须从最上乘悟第一义，若石门者以是论参之，禅则远承临济，诗亦不落第二义也，非耶？姑书此以俟指者。嘉靖丁酉岁一阳之月同社生南溪吴昂德翼书。

雪江明秀虽"谙内典，修戒行"，"以行业为时辈推重"，但其志趣却是"嗜吟哦"。明秀"主释氏教"事，是指他正德三年

（1508），主持县邑僧会，影响有限。① 倒是他"嗜吟咏"的特点，文献中渲染得更为突出。据《槜李诗系》卷三十一"雪江和尚明秀小传"载，雪江晚年习禅定于胜果山，尝夜梦陈姓者揖曰："西有月岩，请观前生所为诗。"② 次日晨起，即榛莽中，果得月岩所刻元人诗，题曰"雪江陈天瑞"。因怅然有悟，以雪江为号。思之愈深，则梦中应之。于此可见，明秀的"诗癖"不轻。明秀《丑岁》诗亦云："丑岁岁已暮，才力无王佐……山中书甲子，又是一年过。作诗写幽思，寄与故人知。"僻处山林，吟诗交友，翻卷岁月，诗僧明秀努力地践行自己的人生志趣。

明秀的友人，多为吴越中下层文人，但他们皆品行高洁，名节超轶，迥出时流之上。例如，朱朴，字元素，号西邨，海盐人。性耽诗，常布衣芒履，酒酣时则月下弄笛，挥麈雄谈。郡守尝闻其名，欲礼致之，但凿坏遁去。所著《西村集》中，与明秀唱和者即有十余首。又如，陈鉴，字用明，号句溪，海盐人。幼任侠，善骑射，击剑蹴踘，从轻薄少年游。长乃折节读书，学为诗歌，闭户下帷，人罕见其面，著有《句溪集》。明秀《雪江集》，赠予句溪者有二十余题。再如，孙一元，字太初，尝栖太白之巅，故称"太白山人"，足迹遍及五岳，与刘麟、吴珫、陆昆、龙霓并称"苕溪五隐"，《明史》入"隐逸传"。著有《太白山人漫稿》，关涉明秀者有三首；而《雪江集》赠予孙氏者，达十二题。

明秀还结交了不少仕途失意文人。例如方豪，字思道，开化

---

① 钱琦《钱临江先生集》卷十《赠雪江上人序》说："戊辰冬，适县乏僧会，有司以雪江荐，而省郡为上之。"

② 沈季友：《槜李诗系》卷三十一，载《文渊阁四库全书》第 1475 册，第 744 页。

（今浙江）人。正德三年（1508）进士，除昆山知县，升刑部主
事，因谏武宗南巡，被杖阙下，罢归。著有《棠陵集》。《雪江集》
中有《方棠陵托胡黄门惠寄龙竹杖》《方棠陵郑少谷二先生同宿石
门》《早春进艇赴棠陵石屋之招》《闻方棠陵至家钟西皋将归》诸
诗。又，郑善夫，字继之，闽县人。弘治十八年（1505）进士，
授户部主事，改礼部，以谏言廷杖，寻乞归。著有《郑少谷集》。
嘉靖二年（1523），郑善夫亡，明秀作诗悼之。再如，许相卿，字
台仲，号九杞，海宁人。正德十二年（1517）进士，嘉靖初授兵
科给事中，疏论罪阉张锐、张忠赎金非法等事，语极剀切，上为
气骄志怠，举朝皆为咂舌，未几乞归。时跨黄犊，短蓑蒿笠，二
鹤自随，往来山谷间，自号云村老人。著有《云村集》行世。明
秀有《寄九杞先生》云：“两句三年报已成，杞泉凉月照人清。九
华芝草高踪在，千里□鸿病眼明。野墅柴门香稻熟，渔邨江树晚
山晴。凭谁唤起王摩诘，画汝纶巾杜曲行。”明秀去世后，许相卿
还撰有《祭雪江禅师文》云：“过从卉年，今别良永。念故伤怀，
戚焉耿耿。怅望孤标，病迹深进。天只云根，低徊清影。”①

　　明秀的友人中以王阳明和沈周最为著名。《雪江集》中有《奉
次阳明先生谪官龙场所作原韵》云：“花落鸟啼春事晚，心旌难副
简书招。蛮烟瘦马经山驿，瘴雨寒鸡梦早朝。佩剑冲星南斗近，
谏章回首北辰遥。江东便道如相过，煮茗松林拾堕樵。”这也是明
秀最有名的一首诗。朱彝尊《静志居诗话》评曰：“斯未为警策，

---

　　① 许相卿：《祭雪江禅师文》，《云村集》卷十二，载《文渊阁四库全书》
第1272册，第254页。

特以清越胜耳。"① 沈周，字启南，长洲人。受经学于陈宽，景泰年间举贤良，不应，耕读于家。工诗画，著有《石田先生集》。《雪江集》中有《次沈石田先生山中雨闷韵》《楚江秋晓次石田翁韵二首》诸诗。

颇令人惊讶的是，雪江明秀与严嵩的交谊也颇深。《雪江诗稿》中《寄答严介溪大宗伯》云："圣化同天游，维摩病未除。"《介溪严公招会于南津亭不果》："重叙何由谈慷慨，坡翁那有慧勤期。"《奉寄严翰林介溪兼呈徐郡伯白泉》云："此夜玉堂应共榻，月明斗酒话沧州。"《题严介溪钤山草堂》云："老桂幽篁春自好，文章剑气自争雄。"《寄答严介溪》云："每于北斗悬高望，忽见南鸿得寄诗。天下英才春济济，朝廷文运日熙熙。"皆是品题严嵩之品格和文章。正德、嘉靖之际，严嵩先是隐居钤山读书达十年之久，颇著清誉；后供职南都，亦常指摘朝政之弊，俨然为正直之臣，臭名尚未昭著。因此，明秀与严嵩之交接，并无阿谀媚俗之嫌。

明秀所撰《雪江诗稿》二卷，存诗 400 余首。是集初刻于嘉靖十六年（1537）前后，即雪江明秀殁后不久，由其徒永钦镂刻。《雪江诗稿》在明清时期，传本甚少，所见书志似仅有黄虞稷《千顷堂书目》予以著录。现存《雪江诗稿》的版本亦稀，仅上图、国图有少量存本。上图所存是嘉靖十六年（1537）的原刻本，版式为：宽 13.3 厘米，长 15.5 厘米，单鱼尾，黑口，左右双边。卷首有雪江明秀小传，次为仁和姜南明嘉靖十六年秋九月序，次为

---

① 朱彝尊：《静志居诗话》卷二十三，黄君坦校点，人民文学出版社，1990年，第 745 页。

徐元泰嘉靖十六年（1537）冬十二月叙，卷末则附有吴昂《石门大和尚传》。

　　因与山林朴老、逸民野士往来频繁，雪江明秀之诗多酬答、寄赠之题，但他的诗并无阿谀委蛇之态，而是透显出一种僧人特有的清秀、宕逸之气。姜南明《雪江诗稿序》评价说："观其臭味清越，膏分馥播，如入檐卜之林，旃檀霭然，而清香独异也。其高古澄迈，秀辞峻句，如瞻好坚之树，众木森然而乔姿孤耸也；其圆融宛转，和声绝唱，如闻频伽之鸣，百鸟啾然而奇言不偶也。由是高标方外，独步吟坛，继响前宗，驰声海内，岂偶然哉！"朱彝尊称其诗："流转跌宕，不失清江、灵一之遗音。"① 集中如《和夏云山先生写怀韵》《楚江秋发次石田翁韵三首》《卜居胜果招董萝石》《春晚五亩山唱和在席俞蠖庵县博及萝石静山西存三逸人》诸诗，皆清逸秀拔。试举几例：

　　　　城边发船朝问津，蓬窗风景诗篇分。两凫眠岸自相倚，一鹤横天高不群。墙痕剥落薜荔雨，水光凌乱芙蓉云。江桥小店酒应熟，涤器临流照练裙。（《淞城晓发效杨廉夫体》）

　　　　湖边春水漫柴扉，谁与先生买酒赀。万木月明寒抱影，群鸥秋净独南飞。卜居黄独真堪饱，料事青山亦不迟。猿鹤初归应避汝，犹疑还着旧朝衣。（《用韵答郑少谷见寄》）

　　　　烟霞旧谊经年别，人日书来促我行。想见巾车停石

---

① 朱彝尊：《静志居诗话》卷二十三，黄君坦校点，第745页。

屋，情游山水有春莺。风移舟楫高江晓，云去衣裳远树晴。拟把梅花共樽酒，月明那惜进兼程。（《早春进艇赴方棠陵石屋之招》）

此三首虽无奇警之句，但字句工稳，意脉顺畅，难以挑出瑕疵。明秀极善于择取身边之景，以佐己之情。例如，第一首是仿效杨维桢体而作，颔联写两凫相倚，一鹤横天，精致而自然，又抒写了对杨氏高风之追怀。第三首作于赴友之招的途中，拾取了春莺、风云、江水、晴树、明月等景物，以营构清和、明快之格调，很好地烘托出他内心的欣悦之情。这样的诗句看似平白无奇，但非平日常浸润在诗歌中者所能为。

明秀所处的正德至嘉靖前期，李梦阳、何景明诸子，先后故去，诗坛复古气氛转淡，以"吴中四子"祝允明、唐寅、文征明、徐祯卿为代表的追求自我个性抒写的吴中诗学，逐渐成为南方诗坛主流。雪江明秀所交往的诗友中，大多不满复古思潮。例如朱朴，四库馆臣评曰："其近体格调清越，超然出群，古诗差逊，然亦不坠俗氛，以不为王世贞等所奖誉，故名不甚著。然当太仓、历下坛坫争雄之日，士大夫奔走不遑，七子之数辗转屡增。一时山人墨客亦莫不望景趋风，乞齿牙之余论，冀一顾以增声价，盖诗道之盛，未有盛于是时者；诗道之滥，亦未有滥于是时者。朴独闭户苦吟，不假借嘘枯吹生之力，其人品已高，其诗品苕苕物表，固亦理之自然矣。"[1] 孙一元亦是如此："其所为诗排奡凌厉，往往多悲壮激越之音，读之极伉健可喜……然当秦声竞响之日，

---

① 永瑢等：《四库全书总目》卷一七二，第 1504 页。

而能矫然拔俗如此，亦可谓独行其志者矣！"① 可见，明秀交往的诗人，大多不满于复古思潮，欲在主流诗学外，另辟蹊径。明秀的诗歌，与这些诗人并不完全一致，但久相习浃，亦会产生相当的影响。徐元泰《雪江诗稿序》就称："石门得楚石家法，又能惟杜意之求，故逸词苦思，视西村之清婉，句溪之雅俊，风雅虽殊，而讥世悼俗，感物寄兴，非一时流辈所及，庶几善学杜者，求之方外，空青水碧，胡可多得？"徐氏点出了明秀诗学杜甫的特征，表面上看与复古思潮是相同的，但他能"讥世悼俗，感物寄兴"，本质上又迥异于一般流俗。

正德年间，明秀作有《秋兴八首》，是仿杜甫所作，例如第一、三首云：

渺渺寒波流不极，白花原头秋树林。卜居自抱烟霞病，阅世宁违丘壑心。绝塞孤鸿天共远，敝庐丛桂山之阴。高歌一曲弄明月，石头苍苔横素琴。

木落关山岁暮时，风云万里忆京师。著书独惜虞乡老，怀古犹含庾信悲。海郭清砧寒近捣，山楼短笛夜深吹。江南秋水平如镜，抑恕无人照鬓丝。

这两首诗的作法、格律、风格，明显有模拟杜诗的痕迹，如"海郭"两联与杜甫"香稻"两联，简直如出一辙。但也应指出的是，诗中所写类如"庾信悲"这样的情绪，并非明秀亲身经历者，故而总体上这八首诗并没有达到杜甫《秋兴八首》的艺术高度。

---

① 永瑢等：《四库全书总目》卷一七一，第1501页。

倒是他的那些感时悼友之作，读来更令人感到真切，例如《少谷子挽诗二首》其一：

> 病里惊闻尽一哭，十年交谊竟何哉。关河千里空遗恨，猿鹤三山亦动哀。谷口柴门长落日，平生知己独怜才。临风欲拟招魂赋，犹忆西湖旧日来。

"少谷子"，即郑善夫。诗人在病中惊闻郑氏死讯，悲从中来，似觉山河遗恨，猿鹤动哀，旧交零落的悲恸，弥漫全章。再如《挽孙朴居》《谒孙太初墓》《挽朱井南二首》《石田先生挽词》《吕九相先生挽词》《挽湛渊空》等，皆是沉痛感人。

明秀还有一些咏史怀古诗，也写得很真切。例如以下二首：

> 南奔北走家何在，七里滩前论剑来。厓海寒夜惟月上，冬青树老又花开。侧身天地聊晞发，怅惘江山独把杯。一掬当年知己泪，秋风洒尽下西台。（《读谢翱传》）
> 少师埋骨山林丘，零落中原几百州。云雾不遮高冢月，江山无复故宫秋。南枝拱木精灵萃，北面称臣壮士羞。恢复无由勋业尽，千年遗恨几时休。（《钱塘怀古》其三）

可见，明秀并非仅是山林头陀，心中亦怀郁勃之气，他对前朝忠烈的歌颂和缅怀，实际寄托着个人的情志。

徐元泰《雪江诗稿序》称，明秀"与《西斋》等集可并重不朽矣"。《西斋》即《西斋净土 诗》。与这个诗集及楚石梵琦的

《北游诗》相比，《雪江诗稿》无论是文献价值还是诗艺本身，都难及前者。不过，雪江明秀在明中期的丛林中声名还是颇为显著，这其中的原因就在于他的嗣法子孙，大多善诗，隐然形成了所谓的"雪江诗派"。我们爬梳了一些文献，所见"雪江诗派"的成员主要有如下几人。

## 一、永瑛

永瑛，字含章，号石林子，海盐人。生平未见碑传。他曾经参加了嘉靖二十一年（1542）的小瀛洲十老诗社。钱孺谷、钟祖述合编《小瀛洲十老社诗》所附《瀛洲社十老小传》，有他的小传。其云：

> 石林，法讳永瑛，本名家子，剃发永祚寺。沉默早慧，内外诸书，多所研悟。国初楚石琦大师以名德开山，尝召至金陵校译梵笈，赐紫衣。著语录，列于藏典。成、弘、德、靖间，有秋江师文湛、雪江师明秀，相继嗣响，海上衲子以诗名者，惟永祚为冠。上人系雪江派，澄怀物外，意致闲远，瓶钵所资，瞥然无系，颜其室曰"照心"，兀坐耽枯，若罔所识，及质疑送难，响答泉涌，了无滞义。禅习之暇，或抱杖林皋，境与神会，辄下笔成句。尝曰："诗理，性情已矣。使钩深徼僻以示工，如吾性何？"故其诗不尚雕饰，寓隽永于浑朴，不能喻诸人，而人亦莫之测也。董两湖先生尝谓：上人诗宗灵一、皎然。笑而不答。一时缙绅名流咸把臂入社，等诸支、远云。岛夷内犯，上人避寇，间关示寂旅社。盛年著作，

轶于兵燹，法孙戒襄捡其遗稿，仅存十之一二，梓曰《石林外集》。戒襄号平野，有诗集行世。天启间，裔衲智权讳法正，亦工诗，克嗣禅藻。梵腊不永，识者悼之。所著《杏园集》存笥。①

据《小瀛洲十老社诗》卷首所录徐咸所撰《小瀛洲社会图记》，兹社是徐咸致仕归海盐，筑园城闉，名小瀛洲，招同邑布衣朱朴等十人所结之社。因社中成员皆逾"天命之年"，故云十老诗社。《小瀛洲社会图记》称："西村姓朱氏，名朴，年七十八；东圩姓钱氏，名琦，七十五；丰厓姓徐氏，名泰，七十四；南溪姓吴氏，名昂，七十三；句溪姓陈氏，名鉴，七十一；古厓姓陈氏，名瀛，六十四；梅村姓刘氏，名锐，六十二；西皋姓钟氏，名梁，五十九；石林姓陆氏，名永瑛，五十七。"②"十老"中，永瑛齿序最小，但亦有 57 岁。由此，永瑛的生年是成化二十二年丙午（1486）。

"十老诗社"的成员，像朱朴、陈鉴、吴昂、徐泰等，亦是雪江明秀之诗友。永瑛作为雪江明秀之弟子，不仅能诗，且所交亦为风气相投之人。永瑛与雪江明秀性情亦颇为相类，皆为纯粹诗僧。

永瑛的诗集，是他的法孙戒襄所刻，曰《石林外集》，今未见传本。《小瀛洲十老社诗》存诗 40 余首。其诗颇如其自己所主张，

① 钱孺谷、钟祖述：《小瀛洲十老社诗》，载《四库全书存目补编》第36册，第393—394页。

② 徐咸：《小瀛洲社会图记》，钱孺谷、钟祖述《小瀛洲十老社诗》，载《四库全书存目补编》第36册，第385—386页。

不尚雕饰，天真烂漫。释冬溪就评曰："石林禅余，景与意会，朗吟自若，其诗意到词发，类多率尔，而幽冲暇豫，自足陶写，盖适其适而不适人之适者。"① 例如，《山居志感》两首：

> 江鸥只驯水，野鹤不受笼。孰云游方士，肯为尘所蒙。风清紫芝谷，月白青莲峰。学道岁未晚，寻师吾远从。
>
> 嘉蔬植我园，好鸟巢我树。树枯鸟惊栖，园荒蔬委露。寒气肃山林，新芳飒然故。物理有固然，于何起欣恶。②

这两首诗都不假典故，似冲口而成，无刻意斧凿雕饰之迹。永瑛还有《读李崆峒集》云："土德秦关旺，人文昭代生。夜光归合浦，垂棘敌连城。云木众禽寂，阳冈孤凤鸣。浇风复淳古，大路辟榛荆。"可见，他对李梦阳等人倡导的复古诗思潮，还颇为赞赏。

## 二、戒襄

戒襄是永瑛的法嗣。《檇李诗系》卷三十二云：

> 戒襄，字子成，号平野，海盐天宁寺僧。石林之法

---

① 朱彝尊：《明诗综》卷九十，载《文渊阁四库全书》第 1460 册，第 842 页。

② 释永瑛：《山居志感二首》，钱孺谷、钟祖述《小瀛洲十老社诗》卷一，载《四库全书存目补编》第 36 册，第 400 页。

嗣,体魁硕,如布袋和尚。幼事文衡山,又与张靖之、许云村、陈句溪、朱西村游,吟道不在雪江、冬溪下。能书,兼善兰竹,画山水亦斐亹,不轻为人作。有《禅余集》。沈嘉则序之。①

文衡山,即文征明,盖戒襄得其亲授,书画成就亦颇高。戒襄有《谒文太史征仲》云:"先生曾作秘书郎,三径归来鬓未霜。江海有心悬魏阙,烟霞无梦入明光。吴城白酒春长醉,茂苑黄花晚益香。独向门墙窥藻翰,晋家墨史汉文章。"②戒襄最有名的诗是《晓过横塘》和《长安灞河道中》,很多明清诗歌选本都入选了这两首诗:

半幅蒲帆九里汀,石湖秋水接天青。舟人指点蘼芜外,一带遥山是洞庭。③

三月临平山下宿,沙棠一舟帆数幅。清晨鼓枻看山行,两岸人家春水绿。岸上人家挂酒旗,几树桃花映修竹。路人问我将何之,我欲寻师向天目。④

诗歌写得清新俊逸,颇具绘画美,这与他擅长绘事的才能有

① 沈季友:《檇李诗系》卷三十二,第754页。
② 释戒襄:《谒文太史征仲》,载释正勉、释性通《古今禅藻集》卷二十五,载《文渊阁四库全书》第1416册,第606页。
③ 释戒襄:《晓过横塘》,载释正勉、释性通《古今禅藻集》卷二十八,第653页。
④ 释戒襄:《长安灞河道中》,载钱谦益《列朝诗集·闰集》,第6341页。"人家",《明诗综》作"垂杨"。

密切的关系。为戒襄《禅余集》撰序的沈嘉则，亦是画家。

## 三、守节

现存关于守节的资料很少，仅《槜李诗系》卷三十一有其小传云："守节，号虚堂，雪江之嗣孙，与仇博士、董汉阳唱和。有《东林遗稿》。"① 黄虞稷《千顷堂书目》谓其为嘉善人。现存其诗仅见《槜李诗系》所选《秋晚》：

> 鸿雁过沧溟，前林木叶零。露华侵晓白，山色逼秋青。微霁金塘水，高寒玉宇星。幽居聊自适，不觉醉初醒。②

未脱一般诗僧之格调。

## 四、戒言

《槜李诗系》卷三十二云："戒言，号少林。海盐天宁寺雪江之玄孙。有《五亩山居》《少林遗稿》。"③

今存诗二首，一是《槜李诗系》所选《题田家》，一是附于郑善夫《郑少谷集》后的《哭郑少谷先生》。后者云：

> 郑公已长逝，物议更无谁。一病辞明主，三秋淹桂枝。经时风独振，忧国鬓将衰。紫阙期班鹄，苍云忽驾

---

① 沈季友：《槜李诗系》卷三十二，第 752 页。
② 释守节：《秋晚》，载沈季友《槜李诗系》卷三十二，第 753 页。
③ 沈季友：《槜李诗系》卷三十二，第 757 页。

蝘。些辞哀有托，宣室召无时。天丧斯文庆，才难志士悲。高人多泪没，大雅日陵迟。一识平生愿，终身是我师。心伤春寂寂，怅望泪垂垂。絮酒徒兴念，沧溟隔武夷。①

虽是哀悼郑氏之逝，但感时自伤之情更为浓厚。

## 五、本中

《檇李诗系》卷三十一云："本中，字净觉，海盐天宁寺僧。雪江裔孙。有《天香草》。"② 其诗所存仅见两首，一是《古今禅藻集》卷二十四所选《过本觉寺三过堂》，一是《檇李诗系》所选《送巽阳若水礼头陀》，艺术价值并不高。

雪江明秀法嗣能诗者，今所知者已见上述。值得注意的是，明中后期海盐地区能诗的僧人颇众。清人查慎行云："海盐多诗僧。明洪武中，楚石梵琦有《北游集》《和陶诗》，其后明秀有《雪江集》一卷，戒襄有《平野集》二卷，秋岩法衡、朗印源受皆有诗集，悦支斯学有《幻华集》二卷。"③ 明代海盐诗僧繁盛，除楚石梵琦首开其风外，像元末明初的诗僧宗衍（洪武初住持海盐当湖）、自恢（元末住海盐法喜寺）、冰蘗惟则（海盐海门寺僧）、秋江文湛（成弘间海盐天宁寺僧）等，皆在海盐或参学或行法。总之，明中后期的海盐诗僧，堪称沉寂禅林中不可多得的几抹

---

① 释戒言：《哭郑少谷先生》，《少谷集》卷末，载《文渊阁四库全书》第1269 册，第 323 页。

② 沈季友：《檇李诗系》卷三十二，第 769 页。

③ 查慎行：《得树楼杂钞》卷十一，《丛书集成续编》第 92 册，第 354 页。

亮色。

## 第二节　玉芝法聚

　　玉芝法聚因与心学中人王阳明、王畿、罗汝芳等人交往颇多，已为一些学者所关注。日本学者荒木见悟《明代思想研究》有"禅僧玉芝法聚と阳明学派"一节，彭国翔《王龙溪与佛道二教的因缘》中也提到了他与王畿的交往。玉芝法聚的诗名，在明中期影响很大。憨山德清就说："我明国初，有楚石、见心、季潭、一初诸大老，后则无闻焉。至嘉、隆之际，予为童子时，则知有钱塘玉芝一人，而诗无传。"德清为晚明龙象，能为其所推崇，可见玉芝法聚确非芸芸之辈。

　　法聚（1492—1563），号玉芝、月泉，俗姓富，嘉兴人。徐渭尝撰有《玉芝大师法聚传》，蔡汝楠亦撰有《玉芝大师塔铭》，此外《释鉴稽古略续集》卷三、《续灯存稿》卷十、《五灯严统》卷二十三、《五灯会元续略》卷四上、《五灯全书》卷六十、钱谦益《列朝诗集·闰集》，均有其小传。《天池玉芝和尚内集》附录"小传"云：

　　　　法聚号玉芝，姓富氏，嘉兴人。年十四，出家海盐资圣寺。好为韵语，忽自谓曰："出家儿当为生死，嗜此何益。"遂誓志参学，多所咨叩。观阳明《传习录》，谓与禅理不殊，乃以偈趋叩。明以偈答之。一日，大众中，明出袖中锁匙问曰："见么？"曰："见。"还纳袖中，复问："见么？"答曰："见。"明曰："恐汝未彻在。"西还，结庐于南海澉湖之悟空山中。闻金陵碧峰梦居之名，荷笠往参，问："董两湖碧峰寺里有如来，莫便是和尚否？"居云："上座还见么？"曰："纵见得，也是金屑落眼。"居曰："这死汉死去多少时，汝来为他乞命。"转身回方丈。一日，问："如何不落人圈缋？"居打一掌云："是落也，是不落也。"公即礼拜，觉从前所蕴，泮然冰释。居入灭，徙居武康天池。与王龙溪心斋、徐天池诸公，发明心地，会同儒释之旨。嘉靖癸亥五月示寂，寿七十有二。有《玉芝内外集》，罗近溪、陆平原为序，新安王寅选其诗二百首。

"小传"称，玉芝法聚年轻时"好为韵语"，后觉"生死事大"，便笃志参叩。但实际上，玉芝法聚后来并没有完全放弃诗歌，而是以诗偈的形式或交结友朋，或传达心性体悟。

法聚在参叩王阳明之前，还曾多方求益。蔡汝楠《玉芝大师塔铭》称其"往谒吉庵祚，不契。复见法舟济，多所启发"。吉庵祚，未详其生平。法舟济，即道济和尚，字法舟，秀水人，祝发芝溪东禅寺，晚居天宁，著有《剩语》一卷。[1] 明中期另一重要诗僧冬溪方泽亦出其门下。

《槜李诗系》卷三十二"玉芝和尚法聚"云："阳明有《答人问良知诗》，即聚也。"[2] 今检《王文成全书》卷二十，此二诗仍存，云：

---

① 沈季友：《槜李诗系》卷三十一，第750页。
② 沈季友：《槜李诗系》卷三十二，第751页。

良知却是独知时，此知之外更无知。谁人不有良知在，知得良知却是谁。

知得良知却是谁，自家痛痒自家知。若将痛痒从人问，痛痒何须更问为。①

此二诗后有《答人问道》《题玉芝庵（丙戌）》诸诗，可见玉芝法聚参叩王阳明应在嘉靖五年（1526）前后，时王阳明正在江西。从这两首诗看，玉芝法聚与王阳明的问答，无论是参叩内容还是触悟方式，与佛禅皆无大异；而《法聚小传》所载二人对答，则更是迹近于禅人与师傅的问答。心学"阳儒阴释"的主旨，于此可见一斑。

玉芝法聚最终是在天通梦居那里获得彻悟的。他有《参本师天通和尚二首》云：

聚宝由来帝里山，碧峰云锁绝跻攀。试看木马嘶风处，火里清冰六月寒。

送客江头水当茶，淡中滋味尚堪夸。从今直与连杯泼，毒味无令及齿牙。②

玉芝法聚虽最终未在王阳明那里获彻悟，但显然这一参学经历对他产生了积极的影响，他后来与心学家王畿、罗汝芳、蔡汝

---

① 王阳明：《答人问良知诗》，《王文成全书》卷二十，载《文渊阁四库全书》第1265册，第598页。

② 释法聚：《参本师天通和尚二首》，载《天池玉芝和尚内集》卷二，明嘉靖四十三年刻本。

楠、唐枢、董澐等人"发明心地，会同儒释之旨"，即是借此为因缘的。

彭国翔钩稽了王畿、蔡汝楠集中的材料，考述了他们几人的天池之会，但没有引征玉芝法聚《天池玉芝和尚内集》中的材料。① 按，玉芝法聚的著述，除小传提到的《玉芝内外集》，《橮李诗系》还说他著有《龙南漫稿》。《千顷堂书目》著录有：《法聚玉芝语录》六卷、《玉芝和尚内语》二卷。今所存者唯见《玉芝和尚内集》两卷。是集为嘉靖四十三年（1564）释明源刻本。单鱼尾，左右单边，半叶10行，行20字。卷首有忘言居士林树声《题玉芝禅师稿》、罗汝芳《玉芝禅师内语叙》、佚名《礼玉芝禅师塔文》《玉芝和尚内集目录》，题为觉庵居士祖觉祖胤先集，内钤有"知北楼所藏书""王培孙纪念物""枕凉图书印"。卷末附有小传。

玉芝法聚居天池的时间，大概是嘉靖十七年（1538）。其《示小峰钦上座》云："越明年丁酉，予方结社于咸林之宝寿寺，彼复南来受具戒，事毕怀香入社，乃北面于予，而不复他住。晨夕参请，时有开悟。又明年偕其法兄祖玉奉予入天池山，予可其地为云衲所栖，遂驻锡焉。"② 而据王畿《王龙溪先生全集》卷十八《七言绝句四首》"序"谓："辛亥秋，予偕周顺之、江叔源，访月泉天池山中，出阳明先师手书《答良知二偈》卷，抚今怀昔，相

① 彭国翔：《王龙溪与佛道二教的因缘》，载《中国哲学史》2001年第4期。

② 释法聚：《示小峰钦上座》，载《天池玉芝和尚内集》卷二，明嘉靖四十三年刻本。

对黯然，叠韵四绝，聊识感遇之意云。"① 嘉靖三十年（1551），王
畿与周怡等人到天池山过访玉芝法聚，而玉芝法聚所出正是王阳
明为其所书《答良知二偈》。据蔡汝楠《自知堂集》卷十五《天池
法会偈引》，嘉靖三十七年（1558）暮春，玉芝法聚在天池举行法
会，他和王畿过访斯会：

  嘉靖戊午暮春，玉芝禅德举法会于天池，大集名禅，
各为偈言。余同龙溪王子过访斯会，诸偈适成，余二人
亦次韵为偈。偈成，龙溪诵余偈曰："但问黄梅五百众，
不知若个是知音。"是知音者希也，因自诵曰："何幸钟
期共禅席，高山流水有知音。"余不觉爽然。盖知音者
希，何异乎可者与之之指？乃若高山流水幸有知音，岂
非容众尊贤之盛心哉？于是乎可以考见余与龙溪之用心
矣。呜呼！禅客当机，截流掣电，岂不亦犹余辈各自表
见者哉？宜并存之，庶令自考。玉芝颇以余以为然，请
题于卷首，次第录之。②

《天池玉芝和尚内集》中有《龙溪先生白石宪长过访天池社中
次韵偈》云："谩拟苍梧作凤林，卧龙须畏碧潭深。幻缘易识醒时
梦，觉碍难忘悟后心。云外篮舆春色晓，山中莲漏夜声沉。还乡

---

① 王畿：《王龙溪先生全集》卷十八，载《四库全书存目丛书》集部第98
册，第639页。
② 蔡汝楠：《自知堂集》卷十五，载《四库全书存目丛书》集部第97册，
第642页。

曲调凭谁唱，不落宫商是妙音。"① 白石是蔡汝楠的字，此诗或即此次王、蔡重访天池时所作。

《天池玉芝和尚内集》中还有一篇《答龙溪先生书》云：

> 昨日会间，殊感契遇。玉子过山，复承教翰垂训。所谓真为性命汉，须从没知解处，通得一路，甘心做个活脱无依住道人，始有相应处。此话深切究竟，不啻夺命神丹，真要换人胎骨，非大机慈济，曷能作此无住相布施耶？虽然，此丹能活人亦能杀人，苟或宿食未消，未免因药发病。某尝亲中其毒，向参达摩对梁武不识处，即似会得没知解消息，乃述偈云：满目风光足起居，更谁平地别亲疏。总令达摩传心诀，问着依然不识渠。自后验己日用行履，似未合辙，却谓习气未能顿脱，争知合个没知解，早作知解去在，故虽指综极则之谈，亦是祖祢不了，才拟凑泊，即受殃累矣。若具灭宗手眼者，直须将此神丹一击粉碎，飏在三千界外，总有所谓活脱无依住者，亦无甘心做分，只就个现在公案，依旧还他本色，不妨省力去也。公以为何如？复偈以请证云：佛祖前头是甚么，有无知解宗希讹。欲指千里同风处，话尽深深一句无。呵呵，是甚么出。月过嘉禾，当更图晤，行幕请益，未尽也，惟尊照不宣。②

---

① 释法聚：《龙溪先生白石宪长过访天池社中次韵偈》，载《天池玉芝和尚内集》卷二，明嘉靖四十三年刻本。

② 释法聚：《答龙溪先生书》，载《天池玉芝和尚内集》卷一，明嘉靖四十三年刻本。

这段文字，玉芝法聚与王畿讨论的是"知解"与"明心见性"的关系。龙溪主张破除知解，以见良知自发；而玉芝法聚所论则有无知解实际犹如双刃剑，既能杀人亦能活人，关键在于个人之心性。

玉芝法聚与董澐的交往也比较密切。他在《与董两湖先生书》中云："某忝缔交于公三十年矣，往复论议，未尝不以究明心学为务，虽出处异途，坐致疏旷，恐见与日移，不无同异。"① 董澐，字复宗，一字子涛，号萝石，海盐人。先以诗书闻，年六十八，闻王阳明先生讲学山中，以杖肩其瓢笠诗卷访之，与之语连日夜，悚然起叹，执弟子礼，尽弃旧学。董澐又与玉芝法聚结社于海门山寺，谈禅证道。时人许相卿云："始余见从吾子专于诗，遗其家，甚难之。后志于道，遗其诗，甚愧之。终入于佛，嗒然自遗也，愈益怪之，学三变而卒归于空云。"此外，明代的另一重要心学家罗汝芳，在嘉靖四十三年（1564）亦撰有《玉芝禅师内语叙》，内中称"予固慕玉芝之久而且切者"。

玉芝法聚的诗歌，今所存寥寥，除《天池玉芝和尚内集》的诗偈外，所见仅有一些选本选录其诗。《古今禅藻集》编有 28 首，钱谦益《列朝诗集》闰集卷二编有 7 首，《檇李诗系》卷三十二编有 6 首，《明诗综》编有 2 首，除去重复者约存 33 首。虽寥寥数首，但亦能窥见玉芝法聚之诗才。

玉芝法聚的小诗绝句，大多清晰可喜。例如，《西楼夜听溢师弹琴》："湖上千峰雪未消，天风飒飒卷寒涛。窗前夜半梅花落，

---

① 释法聚：《与董两湖先生书》，载《天池玉芝和尚内集》卷一，明嘉靖四十三年刻本。

人倚西楼月正高。"[1] 韵高孤绝,读之令人有尘外之想。其《小景》云:"野色苍苍江日残,水清沙碧蒋芽寒。孤舟吹笛前村去,属玉低飞过别滩。"[2] 其《立玉亭》云:"山当崖断孤亭立,竹树回环翠万层。倒看夕阳深涧底,不知云外有归僧。"其《江村》云:"残阳在木末,远鸟下孤屿。渔舟归未归,吹笛芙蓉渚。"这些短章绝句,皆精思巧构,颇具诗情画意。

玉芝法聚诗才不限于那些短章小诗,他的一些歌行古诗也写得气势雄伟,跌宕起伏。例如《石桥阻雨》:

> 天台之山,秀拔独萃东南奇。龙蟠虎踞,千态万状争妍媸。丹梯鸟道不易度,日高青嶂啼猿悲。石梁谁斲青霞骨,断峡如门对突兀。奔涛千尺翻银河,雷霆下震蛟龙窟。昙花亭前霜叶飞,拄杖踏破云霏微。圣流五百一问讯,龙宫应供归未归。幽花怪石深涧底,衲子开堂修竹里。烹茶为我谈秘灵,长飙忽送千峰雨。瑶台双阙莫可穷,赤城华顶俱溟蒙。却疑天公惜造化,灵氛瑞霭一卷,万象归鸿蒙。[3]

此诗句式灵活,运用夸张、比喻等手法,极写天台山高峻、瑰丽的气象。其《白溪赠禅友》亦属佳构:

---

① 释法聚:《西楼夜听溢师弹琴》,载释正勉、释性涌《古今禅藻集》卷二十七,第 650 页。

② 释法聚:《小景》,载释正勉、释性涌《古今禅藻集》卷二十七,第 650 页。

③ 释法聚:《石桥阻雨》,载释正勉、释性涌《古今禅藻集》卷二十一,第 532 页。按,末句疑有脱字。

　　鸥波十里草堂前，水观明通静里禅。云母夜光沉贝馆，鲛绡秋泪泣珠渊。影空不见双林鹤，香度应知九品莲。两岸月明吹笛里，芦花飞落钓鱼船。[①]

　　诗禅两得，既有月明吹笛、芦花飞入渔船之诗意，复有鹤过长空、无留影之迹的禅意。他还有《山居四首》：

　　湖光倚杖三千顷，山色开门五六峰。触目本来成现事，蒲团今不炼顽空。

　　满目风光是起居，更谁平地别亲疏。总令达摩传心诀，问着依然不识渠。

　　五蕴山中七宝身，返观无不是家珍。却怜穷子求佣赁，展转沿门向外寻。

　　柴门常带白云开，脉脉春泉落涧隈。水不是声沙亦尔，不知清响自何来。[②]

　　这四首山居诗也充满了佛禅意趣。前三首阐述不执顽空，不假外求，而应亲证亲悟，触目菩提的道理。后一首则与苏轼的《琴诗》有异曲同工之妙，皆是阐明缘起性空之理。

---

　　① 释法聚：《白溪赠禅友》，载释正勉、释性㳠《古今禅藻集》卷二十四，第 601 页。

　　② 释法聚：《山居四首》，载《天池玉芝和尚内集》卷二，明嘉靖四十三年刻本。

## 第三节　明中期的其他诗僧

除雪江明秀、玉芝法聚之外，明中期还有以下诸诗僧颇值得注意。

### 一、景隆空谷

景隆（1393—1444），字祖庭，号空谷。姑苏洞庭鼋山陈氏子，父月潭处士，母金氏。景隆在孩童时即不茹荤，每跌坐若禅定，乐嗜佛理，志求为僧。永乐十年（1412），从弁山白莲懒云和尚受学参禅，并广参古拙和尚等人。永乐十八年（1420）出家虎丘。宣德二年（1427），至杭州昭庆；后住灵隐寺七年，往天目礼祖塔，憩锡一载，刻苦参究，忽有省，遂重访懒云和尚，获得印可。景龙空谷尝自制塔铭，载云栖袾宏《皇明名僧辑略》卷一：

> 生事死葬，祭之以礼，孔子之教也。死而火化，安葬骨塔，释迦之教也。古今依教，莫不皆然。余生姑苏洞庭鼋山陈氏，父字显宗，号月潭处士，母金氏。余讳景隆，字祖庭，号空谷，生于洪武癸酉七月十二日。永乐壬辰，从弁山白莲懒云和尚受学参禅，湖海禅伯古拙和尚辈，莫不参叩。虽以家居，参究不替。庚子岁，许令出家，从虎丘先师石庵和尚，收为行童。洪熙乙巳，给牒为僧。宣德二年，从杭昭庆寺宗师得具戒。六年，先师膺荐住持杭之灵隐，遂同至矣。七年，往天目山礼高峰塔，憩锡一载，克苦参究，忽有省。会懒云和尚时在海昌净妙，遂造之，剖露心法，懒云大喜。九年，灵

隐先师圆寂矣。阇维敛骨，葬于本山，造骨塔并塔院，奉祀有年。今老且病，死日在迩，思无余地以葬遗骨，遂承佃钱塘县尉司上扇第二图修吉山下，沈敬元佃管地一段为坟地葬骨塔，盖坟屋居之，待尽余年，名其屋曰正传塔院。

呜呼！生死一梦，骨塔奚为？盖表佛法流芳，灵踪不断，即幻明真，以致佛祖命脉源远流长矣。幻身虽灭，佛性不迁，后之来者见窣堵峻嶒，峰峦苍翠，鸟鸣乔木，泉泻幽岩，不驰外境，不执内心，尽忘爱恶，陶然泰和。始知法界为身，虚空为口，万象为舌，昼夜说禅，未尝间歇。于此见得明，透得彻，如醉复醒，廓然领悟，便见佛祖不曾涅槃，老僧不曾圆寂，大圆镜中觌面相见，西来祖意，两手分付，如古师嗣云门，青师嗣太阳，无前后，无去来，大千沙界，自他不隔于毫端，十世古今，终不离于当念。懒云和尚是景隆受业师，之受业师（疑衍文），景隆心法受印可于懒云，即南极安禅师也，得临济正传二十世。师上溯天真则、无极源、雪岩钦，前后嗣法，亦无定规。前嗣后者，阿难嗣迦叶；后嗣前者，兴化嗣临济。理贯古今，诣实为至。铭曰：廓周法界，空荡无涯。群灵升坠，恒无已时。佛祖垂应，为导为师。凤膺微幸，值斯化仪。不善弘道，随力所宜。卒于武林，骨窆山崖。窣堵奠安，山同寿期。以幻归幻，有为无为。

成住坏空，斯道恒夷。正统九年春，景隆五十二岁著。①

此外，《吴都法乘》卷五还收录了释袾宏《大明空谷隆禅师》、释大香《碧岩空谷隆禅师传》。

景隆空谷道行颇高，既参学于南极安公，南极安嗣法于海门天真则公，则公上溯无极源公、雪岩钦公、无准范公，皆正传正受，为丛席龙象。《千顷堂书目》卷十三著录有"释景隆《大藏要略》五卷""景隆《缁门警训》二卷"②，可见他并非只是一诗僧尔。吴之鲸《武林梵刹志》称："机辨峻拔，儒释通贯，事理交融。"③

景隆空谷的著述，《武林梵刹志》称其著有《空谷集》30卷、《心宗洞达》等。但毛晋《明僧弘秀集》称："其弟子文盛汇师法语及诗文凡七卷，曰《空谷集》，丐吴兴少师杨公复序以行世。时正统五年（1440）也。"④今《禅门逸书续编》收有景隆空谷《空谷集》6卷，不知据何种刻本影印。此本题门人道真等编次，前有郑雍言、周叙、彭清之序，各卷所收内容：卷一标为"散说"，所收主要是题跋、开示僧徒之文；卷二为"长偈"；卷三为自赞、四六、古体；卷四、卷五为诗歌、偈颂；卷六为《奉和永明和尚山居诗韵七十首达禅人命作》，编排比较混乱，良非善本。它与三十

---

① 释景隆：《空谷隆禅师自制塔铭》，《皇明名僧辑略》卷一，载《卍新续藏》第84册，第364页。

② 黄虞稷：《千顷堂书目》卷十六，上海古籍出版社，2001年，第429页。

③ 吴之鲸：《武林梵刹志》卷十一，载《文渊阁四库全书》第588册，第272页。

④ 毛晋：《明僧弘秀集》卷十二，李玉栓点校，安徽师范大学出版社，2015年，第496页。

卷本、七卷本的关系究竟如何，难以详考。

景隆生前或还有《林泉清思》一集，《空谷集》卷四《林泉清思序》云："余处苏杭，交仁义者，缙绅先生、文人才士、清澹缁流、道情衲子，既不弃余无学之鄙，每达之以简章，或为偈颂，或著诗辞，云笺迭至，勉为应酬，长歌短咏，不为不多。去者去矣，来者存焉，有览之者，爱其句法新奇，或爱其书法超卓者，擅携而去。是以散失尤多。今检其所存者，装潢二轴，题名'林泉清思'，是则不复沦于墨迹，以见一时湖海之义。"[1]

《空谷集》撰述旨趣，诚如郑庸言序所云："余得观其所作，多指谕学者心法之要，或因应酬以赠遗于人，或因问答以启迪于人，禅机之语，莫测其端倪，儒释并用，变化无穷。"不仅一些开示学人的文章，即便是赋体、韵语，亦多为指谕心法之要。

景隆空谷之诗，最值得注意是他的《奉和永明和尚山居诗七十首达禅人命作》。永明和尚即永明延寿，作山居诗69首，后世很多僧人皆有拟、和之作。例如元代的无见先睹就遍次其韵。景隆空谷所作70首，亦遍次其韵，但很少为人所注意。他的这70首山居诗，风格、旨趣都绝似永明延寿山居诗，试举二例：

大道何曾有异同，悟来无处不圆通。要令一段真机透，须把千般妄念空。山鸟间关催晓旭，林花烂漫占春风。骑声盖色超群客，日用头头是进功。[2]（空谷景隆和

---

① 释景隆：《林泉清思序》，《空谷集》卷四，载《禅门逸书续编》第2册，汉声出版社，1987年，第26页。

② 释景隆：《奉和永明和尚山居诗七十首达禅人命作》其十三，载《空谷集》卷六，第41—42页。

作)

　　怡和心境了然同，大道无私处处通。举世岂怀深厚
虑，谁人暂省事前空。门开岩石千山月，帘卷溪楼一槛
风。羸体健来知药力，缘心寂后觉神功。[1]（永明延寿原
作)

　　这两首无论是作法还是立意，都十分相似。作法上都是以说
理为主，仅颔联间以情语，且力求对仗工整；而立意都是阐明悟
道之要旨，前两句空谷景隆只是将永明延寿的诗句调换了次序，
意旨完全一样；颔联虽句法略有变化，但都是讲悟道当空诸妄念、
思虑；尾联则都是说悟道之后，觉有神助。再如：

　　物外乾坤自在人，为成道业故藏身。香残炉火才知
夜，花发岩台始觉春。紫芋充粮常不缺，绿荷补衲待添
新。不同避世桃源客，皓首庞眉历汉秦。[2]（空谷景隆和
作)

　　何如深谷一遗人，宴坐经行不累身。废宅可嗟频换
主，凋丛愁见几回春。尖尖石笑烟笼碧，黯黯苔钱雨洗
新。堪笑古人非我意，居山多是避弦秦。[3]（永明延寿原
作)

---

①　释延寿：《永明山居诗》其十三，载《永明延寿大师文集》，于德隆点
校，九州出版社，2014年，第453页。
②　释景隆：《奉和永明和尚山居诗七十首达禅人命作》其三十，载《空谷
集》卷六，第43页。
③　释延寿：《永明山居诗》其三十，载《永明延寿大师文集》，于德隆点
校，第457页。

这两首诗的意旨是抒写隐逸之志，重点都在尾联，表明自己的居山之志，非同于避乱而居山之人，而在于成就道业。在构思和意脉的展开上，两首诗几无分别，首、尾联说理议论，中间两联辅以山居景色、山居生活的描写。

从景隆空谷次韵永明延寿山居诗可以看出，佛教山居诗，虽最能体现僧诗之特质，但其题材狭仄，作法单一的缺陷也十分明显。僧人能独辟蹊径，彰显自家面目，确非易事。其实，景隆空谷若是抛开次韵之作"他性"的影响，他的有些诗作，反而颇得自在、悠闲之趣。例如，他一首题为《野趣》的诗云：

> 朱溪溪上旧名家，诗礼论文几岁华。拔棹近惊鸥聚散，到门不计路横斜。琴窗清思多朋旧，书院寒梅一树花。何事久淹渔隐乐，好从天阙泛仙槎。①

此诗格调清新，特别是颔联，写景状物，笔致细腻，颇传神韵。毛晋《明僧弘秀集》选录其诗20首，以为其"诗调颇平，佳句亦不少"，并列举"花明晓苑翻晴蝶，柳暗春塘啭乳莺""一架茶杯延到客，半厨经史作传家""天晓开门闲纵目，好山依旧送青来""数椽竹屋随缘住，一扇柴门不用开""鸟啼午暖娇无力，藓晕初晴湿有痕""几度长吟岑寂夜，独看明月上窗纱""一江碧水一明月，半担青松半紫芝"等句，以为"不愧晚唐"。②

彭清序称，洪熙年间，景隆空谷礼石窗玠公为剃度师，石窗

---

① 释景隆：《野趣》，载毛晋《明僧弘秀集》卷十二，李玉栓校点，第494页。

② 毛晋：《明僧弘秀集》卷十二，第496页。

玠甚许之。石窗玠即石窗德珉，景隆空谷早于石窗玠圆寂。石窗玠有《挽隆空谷》云：“讲罢西来最上乘，一沤幻灭竟无凭。交游已散林间社，法印曾传海外僧。溪院白云闲草座，石床秋雨暗松灯。空遗灵塔西湖上，野树啼猿思不胜。”①“空遗灵塔”句，是指景龙空谷圆寂后，葬于武林西湖之修吉山院，塔铭为景隆空谷自制。

## 二、东白善启

善启小传，可见《明僧弘秀集》卷五。其云：“东白，名善启，号晓庵，长洲人。俗姓杨，簪缨累世，家支硎山。值兵徙北郭。父永年，母陆氏，生师，才能言，通佛典，父母异之，命入无量寿院，礼永茂师祝发。既长，屏迹龙山，少师广孝、善世南洲二老皆器重之。永乐元年，主苏州永定寺。永乐六年，主松江延庆寺。逾年，住南禅寺。赴召纂修《永乐大典》，预校《大藏经》，赐金缕袈裟一袭。诗文皆不务蹈袭，以为奇。钱塘瞿宗吉雄于辞赋，师与对垒，用一韵咏牡丹，往复百首，词锋益锐，海内传焉。生于洪武三年，化于正统八年，葬于旧隐龙山，钱溥铭其塔。与钱溥交厚，详《何氏世说》。”②

纂修《永乐大典》后，东自善启与完公敬修、瑾公如珪、车公指南还乡途中，诗歌酬唱，并结集为《江行唱和诗集》。是集今未见传本。《明僧弘秀集》录有王汝玉所撰之序、程蕃之跋。王汝玉序云：

---

① 释石窗：《挽隆空谷》，载毛晋《明僧弘秀集》卷十二，第 491 页。
② 毛晋：《明僧弘秀集》卷五，第 232 页。

《江行诗》一卷，上竺完敬修、北禅瑾如珪、延庆启东白、白莲车指南四人所作也。上人俗家皆在中吴，永乐四年召至文渊秘阁纂修大典，来集京师，书成同还中吴，各就卓锡之所。道出大江，凡行五日，得诗五十五首，延庆汇萃成卷。虽出一时兴趣所遇，其意度之闲雅，辞气之雍容，果孰使之然哉！盖由明良在廷，泰和充塞，彼春鸟秋虫之鸣响，无不及时而成声，而况于人乎，而况于诗乎！善观世运者，于此可以知太平之盛矣。①

《明僧弘秀集》还录有东白善启撰于洪熙元年（1425）的序：

　　吾徒作诗，其来尚矣。晋有支遁，历唐宋元，有禅月、参寥、天隐之俦，负诗名者何可胜纪！且诗御外侮功虽多，其视内教则为末技。予忝居盛世，曩陪阁老留京师。永乐己丑春，与璧庵完公、如珪瑾公、指南车公同舟还吴中，有《江行诗》一卷，乃璧庵手书，王内翰序于前，程学谕题于后。越数稔，携过旧业无量兰若，朱君守器见之，披诵至再，曰："某尝从指南师授书，今虽殁，刊诗寿传，不亦可乎？"予谓儒先有言曰："化当世莫若口，传来世莫如书。抑予诗不足传，得厕名其间，何其幸哉！"噫！予往往见子弟从师，热附而凉去，今观守器之事师，存殁同义，可谓贤矣乎。然则是诗赋虽四人，若出一口，其格调、其声韵，未尝不同。或者评曰：

---

① 毛晋：《明僧弘秀集》卷五，第232页。

"盖得高、杨、张、徐四先生遗响。"予亦不自知其然也，是为序。时洪熙改元，岁在己巳春正月初吉，直隶松江府僧纲司副都纲吴郡善启撰。①

据此《江行唱和诗集》当撰于永乐己丑春，即永乐七年（1409），梓刻于洪熙元年（1425）前后。朱彝尊《明诗综》尝根据完公敬修"昔出当严冬，兹还及春暖"，以为《永乐大典》"盖不过数月事尔。考当日赐钞者二千一百六十九人，则因编纂者多，宜成书之速矣"。据以上这些材料，东白善启从永乐四年（1406）入秘阁，永乐七年（1409）而还，可见《永乐大典》编撰至少有4年的时间。朱彝尊仅据此诗，而误以《永乐大典》编撰草率，不足取也。

东白善启等人唱和，有联句，也有分韵赋诗，皆以写景。例如十五日他们以王维《田园乐》"桃红复含宿雨，柳绿更代朝烟"诗句为韵赋诗：

敬修桃字：篷底远山叠叠，船头新水滔滔。烟暖已舒岸柳，春寒未放溪桃。

东白次韵：浮世空嗟扰扰，逝川莫驻滔滔。且从远老栽藕，肯学刘郎种桃。

如珪红字：独树村边落照，短篷江上回风。沙草微含烟碧，溪花半带雨红。

指南次韵：客路柳条拂露，官河荇带牵风。渔艇横

---

① 毛晋：《明僧弘秀集》卷四，第238—239页。

浮萍绿，酒旗斜映桃红。

所写多不出"山水、风云、竹石、花草、雪霜、星月、禽鸟"之类，虽洋洋55首，只一首即可概见全卷，实与宋初"九僧"无异。若亦不让他们犯其中一字，四僧恐亦皆"搁笔"也。

## 三、鲁山普泰

钱谦益《列朝诗集小传》二"鲁山泰公小传"云："普泰，字鲁山，号野庵，秦人。深禅观，嗜儒学。尝溯淮涉江，读书钟山寺，授《易》郧县，宿留襄阳、云梦间，还京师，住西长安之兴隆寺，题诗壁间云：'鸟栖匠氏难求木，僧住樵夫不到山。'杨君谦异而访之，一见连日夜语不去……鲁山诗集，君谦选定，王济之为序。"① "鲁山诗集"，实为《野庵诗集》，牧斋绛云楼有藏本。《千顷堂书目》亦著录，并云王鏊为序。但是集今已无传本，王鏊序亦未见其《震泽集》中。晚明俞宪《盛明百家诗》尝选有其诗，名曰《鲁山集》。

鲁山普泰在明中期最为著名之事，是他与杨循吉连日继夜的剧谈，兹事为沈周题画，名为《杨君谦僧普泰雪夜谈玄图》，时人以为石田画中第一，但此画今亦未见传。此事最早见于顾清《东江家藏集》卷九《沈石田画杨君谦僧普泰雪夜谈玄图》诗，其云："石田山水此第一，仪曹鲁山迹亦奇。月明满天雪在地，听取两翁无语时。"② 颇尽名士风流。

---

① 钱谦益：《列朝诗集小传》，第693页。
② 顾清：《沈石田画杨君谦僧普泰雪夜谈玄图》，《东江家藏集》卷九，载《文渊阁四库全书》第1261册，第378页。

鲁山普泰是明中期著名的讲师,薛蕙《考功集》卷六有《过鲁山禅师故院世传师讲经雨花因题斯句》诗,极写鲁山普泰讲法之盛:"昔闻鲁山子,此地讲经年。长者开精舍,门徒聚法筵。上方回锡杖,高坐发香烟。指点杨枝拂,翻披贝叶编。辩才超正觉,慧照破冥筌。解脱周尘界,光明彻大千。山川震十地,龙象见诸天。梵乐流云下,灵花蔽日悬。我生惟率尔,彼岸转茫然。学道惭余齿,寻师负宿缘。绳床无虎卧,画壁有虫穿。隙网垂银树,阴苔缀石莲。神灯风已灭,仙镜月空圆。随喜乘三会,含悽向四禅。真乘仍自蔽,疑义竟谁诠。稽首西来意,非公那复传。"① 鲁山普泰还开启了晚明贤首宗中兴的序幕。他的嗣法弟子为无极守愚,再传弟子即著名的雪浪洪恩。雪浪洪恩及其及门或再传弟子巢松慧浸、一雨通润、汰如明河、中峰苍雪等人,皆以辩才闻名于世,而且大多能诗善文。

鲁山普泰诗歌,《列朝诗集》选录 12 首,在明中期的诗僧中,仅次于雪江明秀(35 首)。鲁山普泰在世时,诗名便籍甚,李梦阳、何景明亦颇称许之。何景明说他:"旷怀磊落,善谈世务,不独能演其教,其诗亦皆自得。"但是朱彝尊却以为其诗"卑卑无甚高调"。

明清选本选鲁山普泰诗最多的是曹学佺《石仓历代诗选》卷五〇六,共选了 22 首,勘校其他选本,他的诗今存大概在 30 首。所有选本皆选了他的《足献吉"秋风南北路,相别寺门前"之

---

① 薛蕙:《过鲁山禅师故院世传师讲经雨花因题斯句》,载《考功集》卷六,载《文渊阁四库全书》第 1272 册,第 71 页。

句》："身世本如寄，去留俱洒然。秋风南北路，相别寺门前。"①
献吉，即李梦阳，应是李梦阳留别鲁山普泰时所撰，而鲁山普泰
所补前两句，无论题旨，还是格调，均与李梦阳两句浑然天成，
若出自一人之手。鲁山普泰还有《送李献吉民部》云："久病无诗
思，因君强一吟。赠言何足重，持意自为深。官棹暖风送，客袍
花气侵。眼前皆好景，争耐别离心。"② 此诗是言离别的。他寄给
杨循吉的两首《寄杨君谦》，写得更加情真意切：

　　都下闻归雁，江东忆故人。高山千里梦，芳草十年
春。吟苦先催老，心安却耐贫。吴门他日过，书院许
谁邻。③

　　吏隐千年远，南峰事竟同。鉴容依石水，薰佩度花
风。林霭床头湿，崖泉厨下通。纷纷尘世念，不入此
山中。④

## 四、竹室净伦

净伦，号大巍、竹室，世称大维禅师，俗姓康。滇南昆明人。
竹室净伦之诗，除毛晋《明僧弘秀集》外，很少有入选者。但实

①　释普泰：《足献吉"秋风南北路，相别寺门前"之句》，载钱谦益《列朝诗集·闰集》，第6331页。
②　释普泰：《送李献吉民部》，曹学佺：《石仓历代诗选》卷五〇六，载《文渊阁四库全书》第1394册，第290页。
③　释普泰：《寄杨君谦》，曹学佺：《石仓历代诗选》卷五〇六，载《文渊阁四库全书》第1394册，第290页。
④　释普泰：《寄杨君谦》，曹学佺：《石仓历代诗选》卷五〇六，载《文渊阁四库全书》第1394册，第290页。

际上他的《竹室内外集》至今仍存，原刊本藏于南京图书馆，常见的则是收入《嘉兴大藏经》的《大巍禅师竹室集》，与南京图书馆所藏内容基本一致。

竹室净伦的生平，弘治九年（1496）李缙卿所撰《大巍禅师竹室集序》略有述及，但最为详细的是他一日对弟子说法时的自述：

师一日谓众曰：净伦，滇南昆明康氏。父泰，母何氏，生子四，伦居末。生宣德丁未。正统丁巳，年甫十一入学。庚申，是年十四，出家受业本府太华无极泰和尚。戊辰春，年二十一，因请给，遂谒大方，究明大事。天顺癸未腊末，参见古庭老和尚于浮山。是年已三十七矣。自戊辰及癸未，十六七年间，江南江北，经寒经暑，话头上册子里，掠得些子古人汗臭气，迨见老和尚，总不当得。成化乙酉秋九月，别浮山。丁亥三月，京开山万福，遂自领众。戊戌夏，谢院事，闲居。癸卯春之五台，挂锡显通，约有年余，常与数辈禅流者，朝夕论其本有。丙午，京中饭僧。弘治庚戌秋，赴显通，请净业堂抚众。壬子夏，是年六十有六，即京之旧隐，俟其终身，然幻迹去在，又未必其何如？于戏！人之有生为难，栖身方服之下，更是为难。古云衣线下未明大事，诚为苦也，可不勉哉！可不勉哉！因姑述此，以冀吾徒参学者慎勿我效焉。①

---

① 释净伦：《行教》，载《嘉兴大藏经》第25册，第292页。

这实际就是竹室净伦的自撰简谱。其中提到的"古庭和尚"，即古庭善坚（1414—1493），俗姓丁，云南昆明人。竹室净伦是他的嗣法弟子，亦是临济下廿四世法孙。李绲卿的《大巍禅师竹室集序》还说："师本好寂静，岁久厌于酬应。至戊戌，遂谢事退居西轩，种竹自怡，号曰竹室，偃息于中。"① 竹室净伦《竹室自适》诗云："披衣终日坐，惟道可为凭。苍雪千竿竹，白头一个僧。雨苔迷石径，山气冷龛灯。门外几多事，生来都不能。"② 隐居以自适，是竹室净伦的人生理想。但竹室净伦在当时的丛林中声誉颇著。李绲卿说他在南京城隅创万福禅刹，"宗风大著，缁白来者，迨无虚日"，并称其为"宗门山斗"。③

《大巍禅师竹室集》是由其徒道宗、道义两人裒辑付梓的。是集虽云"集"，实际更接近语录，大量篇幅所收是上堂、示众、拈古、颂古之作。仅收有15首七律，五律11首，七绝20首，五绝8首，七古2首，共计56首。他的诗歌大多是写景游山之作，后人所看重的也正是此类诗歌。例如朱彝尊称："竹室不以诗名，往往饶中晚唐风韵。五言如'松皮山舍小，石子野溪湾''雨苔迷石径，山气冷龛灯'；七言如'晴叠青山芳沼上，冷悬红日画楼西''半竿落日孤城远，千里分沙一水流''到岸舟横流水曲，寻溪路入落花藤''树头落子衔松鼠，崖畔飞霜叫竹鸡''原上烧痕初过雨，堤边新柳未拖泥''黄茅恰好三间屋，赤米看收数亩田'，亦可入李和父《弘秀集》也。"④ 毛晋也称其"诗句有可采者，如

---

① 李绲卿：《大巍禅师竹室集序》，载《大巍禅师竹室集》卷首，第285页。
② 释净伦：《竹室自适》，载《大巍禅师竹室集》，第293页。
③ 李绲卿：《大巍禅师竹室集序》，载《大巍禅师竹室集》卷首，第285页。
④ 朱彝尊：《静志居诗话》卷二十三，黄君坦校点，第744页。

'宿雨吹空净，新花落地轻''秋风生画阁，夜雨入琴床'……酷似《中州集》中句，若全篇未免尘杂砾乱矣。"①

## 五、冬溪方泽

冬溪方泽的生平未见碑传。《列朝诗集小传·闰集》"方泽小传"云："方泽，字云望，后称冬溪，号无参。族姓任。嘉善人。入精严寺剃染，嗣法于济法舟。戒学俱高，禀性颖拔。日诵万余言，诗偈文字，下笔无碍。一时名士，若唐荆川、张王屋、方棠陵、陆五台，皆敬礼之。有《华严要略》二卷，《内外集》八卷。"②"内外集"实指《冬溪内外集》。《四库全书总目·冬溪集》提要称："明诗选本载方泽诗，俱作'冬溪内外集'。据此本实作'冬溪外内集'，上卷为外集，下卷为内集。以诗为外，以文为内。盖诗多涉文字，而文皆关禅义，故其下卷之诗，亦不谓之诗，而谓之偈，则其外内之义，即程氏之外学、内学，作内、外者误也。"③可见，四库馆臣应见其足本，仅因内集或"关禅义"，或为偈颂，故只收录《冬溪外集》而略《冬溪内集》。

可惜的是，目前连《冬溪外集》在大陆亦少见传本，《四库全书存目丛书》亦付之阙如。但实际上《冬溪内集》《冬溪外集》皆藏于日本。黄仁生《日本现藏稀见元明文集考证与提要》著录了此本：

释方泽撰《冬溪外集》二卷《内集》二卷附诸友寿

---

① 毛晋：《明僧弘秀集》卷十一，第473—474页。
② 钱谦益：《列朝诗集小传·闰集》，第697页。
③ 永瑢等：《四库全书总目》卷一七八，第1608页。

什一卷。明隆庆刻本，尊经阁文库藏。四册（26.3×16.2），每半叶九行，行十九字，有栏，注文双行，版框19.3×13.2，左右双边，版心白口。前二册封面题"冬溪外集"，后二册封面题"冬溪内集"，皆为原刻。卷内有"松俦竹伴""学"等印。[1]

此外，台湾"国立中央图书馆"亦存有《冬溪外集》，《禅门逸书初编》据其影印。据影印本看，此本是明隆庆辛未刊本，每半页8行，行16字，无注文，与黄仁生所见版式不同，可能是两种不同的版本。据黄仁生介绍，日本尊经阁文库藏本，卷首有张之象、彭辂、曹大章、陆光祖4人所撰之序，《禅门逸书初编》本亦有。其中，张之象序称："所著诗文偈颂若干万言，门人真谧裒次为外内集，请余作序。外集盖寓给园微旨，而尽词林雅藻；内集多宗乘语，以赞先绪、开来叶也。"[2] 与四库馆臣所言基本吻合。

黄仁生还提到，日本藏本书末有附录4页，首行题"附诸友寿什"，并有作者识语"嘉靖甲子泽年六十"，据此推定冬溪方泽的生年为1505年。《禅门逸书初编》本无此四页，但有"续稿"收《答邑谕谢吉斋四首》《赠钱慕畲四首》《赠饶贰尹怀亭》3首诗。因此，综合来看，日本藏本与我国台湾藏本可能属不同的两个版本。因黄仁生未能抄录具体篇目，不知其中的内容是否还有差异？

---

[1] 黄仁生：《日本现藏稀见元明文集考证与提要》，岳麓书社，2004年，第148页。

[2] 张之象：《冬溪集序》，《冬溪外集》卷首，载《禅门逸书初编》第7册，第3页。

张之象所撰《冬溪集序》叙述了冬溪方泽的生平大略，较《列朝诗集》更为详细：

师名方泽，姓任氏，嘉善奉贤里人。幼坐颓然，不耐与群儿嬉。逮入乡校，群儿所课习者，乃咸诵焉。父喜，闻灵光明和尚有学，而其师瑞庵持毗尼最谨，乃正德丁丑以师舍是院，年十三矣。于是肆力内外经子诸书，以古僧自策。又三年祝发，志益奋，舒翘吐颖，翩翩焉有出尘气韵。当时名人若唐荆川、屠渐山先生咸齿誉之，郡守梅林萧公、贰守梅潭赵公相继力挽归之儒，皆以疾辞。于是废撰咏，专事梵筴。嘉靖戊子受具戒行，参访遍两浙名山，过西天目师子岩，谒中峰像，泫然泣下，徘徊于西湖，遂返，慨然叹曰："嗟乎！佛道其微矣。"庚寅，法舟禅师由毗陵还于天宁，始与入室。朝夕请叩，闻举龙潭公案，有省。念江淮间祖塔及金陵牛首诸胜，冀一礼造。偶受业师病甚，而两兄又相次没。法舟嘱之曰：养亲侍师，事在吾子，不必远游为矣。盖以陆沉僻壤，而与翱翔大方者，同一归也。应酬曲折，而与深冥禅观者，无相碍也。穷探经论，而与杜口毗耶者，非二门也。故汤药之勤，承欢之馈，亦要道也。然则冲襟幽抱，讵可以形迹而拟议也乎？师疏爽闲靖，诸山颖秀，颇知景附，独性孤介，不能为谀悦语，至老落落无显。①

————————

① 张之象：《冬溪外内集序》，载《冬溪外集》卷首，第2—3页。

　　冬溪方泽早年游学参访，但未能有所得，终在法舟禅师那里悟道，但他并不以高座自居，而更倾心于诗学，是一名纯粹的诗僧。彭辂序中提到冬溪方泽与当时嘉善的谷泉、玉芝、西洲"日与徘徊唱和，上下其议论"，皆"同时以善诗鸣"者。此外，冬溪方泽还与朱栖林、项少岳等结社于城西之项园，又与彭辂、戚元佐、项元淇、释正念结社唱和，在士林中颇有影响。彭辂还尝作有《诗社四友传》云：

　　　　余当嘉靖丁巳之岁，自刑曹拂衣归，适与吾嘉词翰之士四人偶聚。所谓四人者，戚希仲元佐、项子瞻元淇、精严寺僧冬溪方泽、故三塔僧西洲正念也……四君与余聚晤团栾，莫逆欢甚，谓可优游卒岁矣。有顷，念病且死。希仲登进士，除仪制，旋以世宗庙祀竣，迁太常少卿，暂休浣还，而奄忽捐舍。子瞻以太学诣选，得上林监事，都下无荐扬者，踽踽郁郁，雄心销尽，而羁绁未能遽归。独方泽留里闬，又病足不出户，弃翰墨之艺而专力于禅参，盖吾道孤而骚雅之□索然矣。①

　　丁巳，为嘉靖三十六年（1557）。彭辂，字子殷，海盐人。嘉靖丁未进士，官南京刑部主事，以察典罢归。著有《彭比部集》8卷。《彭比部集》卷四有《秋日泽上人招饮》，卷五有《同诸友集泽公山房》，卷七有《项子瞻招集泽上人禅房》《冬溪上人招饮庄

_____
　　① 彭辂：《诗社四友传》，《冲溪先生集》卷十八，载《四库全书存目丛书》集部第 116 册，第 236—237 页。

上牡丹》，盖皆为社事活动而作。

《冬溪外集》共 2 卷，卷上收五律（69 首）、五排（8 首）、七律（80 首）、七古（4 首）、四古（3 首）；卷下收五古（17 首）、五绝（10 首）、七绝（61 首），另杂著 21 篇。从诗歌体式的数量分布，冬溪方泽颇擅长七言。事实上，他的七言诗的确很有特色，彭轳最欣赏的《吊岳武穆》《绝句》均是七言。其《吊岳武穆》云：

> 庙门松桧昼森森，风起如闻鼓角音。日月犹悬南返驾，关山未死北征心。云来朔漠阴长惨，潮至钱塘势自深。栖鸟似知千载恨，含啼飞度碧湖浔。[①]

此诗格律精严整饬，"日月"一联格调绝似唐人；"云来"两句写景，一雄浑，一悲壮，与本诗意趣甚相符契。尾联云栖鸟含恨，实诗人自己之"含恨"。可见冬溪方泽亦非不理俗世之僧。他还有《白鹿》一首云：

> 元戎出猎野云空，白鹿银腾耀武功。堕角或从瑶水上，食革应在雪山中。狼归漫纪千年瑞，雉献还闻九译通。何似两阶千羽动，跄跄应舞玉墀风。[②]

此诗下注云："胡总制耀兵越中，获白鹿以献。"胡总制，指

---

① 释方泽：《吊岳武穆》，《冬溪外集》卷上，载《禅门逸书初编》本，第 30 页。
② 释方泽：《白鹿》，《冬溪外集》卷上，载《禅门逸书初编》本，第 25 页。

胡宗宪;"耀兵越中",嘉靖三十五年(1556)胡宗宪擢兵部右侍郎兼佥都御史、浙闽总督,剿灭倭寇。"获白鹿以献"是指胡宗宪猎获一头白鹿,以为祥瑞,奉献给皇上,徐渭为之撰《献白鹿表》,深得世宗赏识。诗中的"狼归""雉献",皆用古代祯祥之典,以表达他对国家美好的祈福。冬溪方泽还有一首《乱后还乡》云:

> 故乡离乱后,惆怅对斜曛。宅毁犹余灶,林残已露坟。村原今昔改,亲故死生分。独有重归客,浮身尚似云。①

此诗写离乱归乡所见所感。"宅毁"两句,用汉乐府《十五从军行》"遥看是君家,松柏冢累累"意,虽不及汉乐府质朴,却也很好地烘托出乱离之哀。这样的诗歌在明中期的僧诗中并不多见。

彭辂称:"方泽资分奇隽,网罗浩博,贯穿驰骋于梵藏释典六经子史之间,诗守盛唐体格,而不喜剪刻藻绘。"②又说:"古体上仿汉魏,而律一以初盛唐为准,晚乃旁溢,稍稍及于钱、刘、皇甫诸调","以绳墨自维,犹法吏之慎守三尺,弗敢坠也"。③评价甚高。

---

① 释方泽:《乱后还乡》,《冬溪外集》卷上,载《禅门逸书初编》本,第14页。

② 彭辂:《诗社四友传》,《冲溪先生集》卷十八,载《四库全书存目丛书》集部第116册,第237页。

③ 彭辂:《冬溪外内集序》,载《冬溪外集》卷首,第5页。

# 第七章　晚明华严宗雪浪洪恩 及其系下诗僧创作

　　晚明"佛教中兴"之景象，荒木见悟、圣严法师、江灿腾等佛学研究者的相关撰述皆予以了极清晰的描述。① 所谓"中兴"，要之，无外乎如下数端：其一，高僧辈出，龙象蹴蹋；其二，佛教经典，重予阐释，义学大兴；其三，佛教诸宗，趣向融合，皆存复兴之象。而其"中兴"之缘由，亦有三点：万历初期，整肃纲纪，清理嘉、隆弊象，遏制道教，佛教则彼消我长，此其一也。心学左派，更趣佛禅，士林禅悦之风劲盛，丛林应运而复生，此其二也。世人信仰宗教，或因神圣经典，或拜服圣人，晚明丛林中兴，莲池袾宏、憨山德清、紫柏真可诸高僧之苦心提持，功不可没，此其三也。

　　晚明复兴之诸宗中，尤以贤首宗之"中兴"，最值得关注。钱谦益尝云："（雪浪）说法三十年，如摩尼圆照，一雨普沾。贤首一宗，为得法弟，得继席者以百计，秉法而转教者以千计，南北法席之盛，近代所未有也。"② 程嘉燧亦说："百年以来，号东南大

<hr />

　　① 最具代表性的著述是：荒木见悟：《明末清初的思想与佛教》，廖肇亨译，上海古籍出版社，2010 年；圣严法师：《明末中国佛教之研究》，宗教文化出版社，2006 年；江灿腾：《晚明佛教丛林改革与佛学诤辩之研究》，新文丰出版公司，1990 年；江灿腾：《晚明佛教改革史》，广西师范大学出版社，2006 年。

　　② 钱谦益：《列朝诗集小传·闰集》，第 703 页。

法幢，莫盛于雪浪恩大师。"① 明朝将佛教厘为三等："禅""讲""教"。"讲" 即注重讲说义理之贤首、天台诸宗，钱谦益于此特指贤首宗。雪浪恩公，即雪浪洪恩，乃晚明弘扬此宗之巨匠。雪浪洪恩之后，其嗣法弟子亦肆弘其志。钱谦益又云："贤首之宗，弘于雪浪，其后为巢、雨，为苍、汰，皆于吴中次补说法，瓶锡所至，在花山、中峰，两山云岚交接，梵呗相闻。四公法门冡嫡，如两鼻孔同出一气，但有左右耳。"② "巢" 指巢松慧浸，"雨" 指一雨通润，"苍" 指苍雪读彻，"汰" 指汰如明河，此四人皆为雪浪洪恩之弟子或再传弟子。雪浪洪恩一系，不仅皆禀赋辩才，且一门风雅，能诗者极众。除此雪浪洪恩与 "巢、雨、苍、汰" 外，雪山法杲，更被王穉登称为 "近代诗僧领袖"③；湛怀钦佩则与雪浪洪恩、憨山德清并称为 "长干三诗僧"④。

晚明僧侣尚诗之风，时人即有极生动的描述。汤宾尹《石头庵诗集叙》云："谈诗如谈禅。今之帖诵者，人人称诗，亦人人称禅。自吾近日逢人，衣冠之族，着衲持斋，往往而是，所居处无不悬佛作礼，案无不置经轴，相与谈无不印及性命，禅道之盛，无今日过者。然高旷之性，或借以浮游不类之徒，至窜为窠窟，禅之弊，亦无过今日。岂惟弊也，祸且滋甚。予尝以为今日之禅，髡者头似，我辈舌似，要之未寝其皮，安论神髓？其于诗亦然。"⑤

---

① 程嘉燧：《重新建造真际庵》，载《程嘉燧全集》，沈习康点校，上海古籍出版社，2015 年，第 527 页。

② 钱谦益：《汰如法师塔铭》，载《钱牧斋全集》第 3 册，第 1577 页。

③ 朱彝尊：《静志居诗话》卷二十三，第 750 页。

④ 钱谦益：《列朝诗集小传·闰集》，第 711 页。

⑤ 汤宾尹：《石头庵诗集叙》，《石头庵集》卷首，载《四库全书存目丛书》集部第 191 册，第 92 页。

晚明贤首宗僧侣尚诗之风，固然与整个丛林风气密不可分，但本宗宗风亦是关键因素。此宗门徒不尚坐禅，向僧俗宣讲华严圆融义理为其要职，辩才是他们极注重的素质，否则此宗绝无中兴之由。《华严经》卷三十六就尝曰："此菩萨摩诃萨，为利益众生故，世间技艺，靡不该习。所谓文字、算数、图书、印玺，地水火风种种诸论，咸所通达。又善方药疗治诸病，癫狂、干消、鬼魅、蛊毒，悉能除断。文笔、赞咏、歌舞、妓乐、戏笑、谈说，悉善其事。"① 华严宗倡导门人遍习外学，兼具世间一切知识，这与禅宗"不立文字，教外别传"，有显著之区别。

廖肇亨曾对雪浪洪恩做了初步的研究，从文化史、诗歌史的角度探讨了雪浪洪恩的卓异个性、论学风格、诗歌创作和文艺观念，并指出："雪浪洪恩一脉在晚明这波诗禅交涉的风潮中，由于其师徒一心的努力，故而在晚明诗坛中占了相当重要的比例，然而其真正的重要性，仍有待我们进一步地发掘与探索。"② 此一问题的提出，固然极具价值，但关于此派系之诗僧的创作，除苍雪读彻、雪浪洪恩略有相关成果外，其余几位未见及专门研究。因此，廖肇亨所提及的问题目前仍无法深入，唯待探明所有的个案基础方可能进行。本章选取雪浪洪恩、石头如愚、雪山法杲、苍雪读彻为例，力图展示出此派系诗僧之创作实绩和个性。

---

① 实叉难陀译：《大方广佛华严经》卷三十六，载《大正藏》第 10 册，第 192 页。

② 廖肇亨：《中边·诗禅·梦戏：明末清初佛教文化论述的呈现与开展》，第 229 页。

## 第一节 "游戏神通"的雪浪洪恩

雪浪洪恩是晚明南方华严宗中兴主将,其不拘细节之品行,颇受丛林内外非议。他又精通外典、书法,阐发"诗为普贤行门"理念,成为江南丛林尚诗风习的开创者。其诗歌亦诗亦禅,颇显个性,进而促成了华严宗艺文之繁荣。

### 一、"怪得肉眼不识":雪浪洪恩的品行之再检讨

洪恩(1545—1608),字三怀(一作"三淮""三槐"),号雪浪,俗姓黄,上元(今南京)人。家本富室,然素有出世之志。年十二,听无极守愚法师演法华大法,遂出家为沙弥。① 十八岁即佛法淹通,声名大著;无极守愚迁化后,荷担祖道,为人天耳目,法席遍及吴越大地,30 余载演华严法界圆融无碍之旨,闻者无不心志移夺,"东南法席,未有盛于此者"。其生平行履,概见于虞山钱谦益《华山雪浪大师塔铭》②;其弘传祖道,提持僧俗之事迹,则见于憨山德清《雪浪法师恩公中兴道法传》。③

雪浪洪恩与憨山德清同出于无极法师门下,二人"比肩握手,如连珠珏玉,见者以为无著、天亲"④。万历二十三年(1595),憨

---

① 钱谦益:《华山雪浪大师塔铭》作"师年十三……为小沙弥,颀然具大人相"。按,年十三或误,当为年十二。雪浪洪恩《九月过祖堂六十自寿》有"十二为僧耳顺来"句。

② 钱谦益:《华山雪浪大师塔铭》,载《钱牧斋全集》第 3 册,第 1571—1574 页。

③ 释德清:《憨山德清梦游集》卷三十,莆田广化寺佛经流通处影印刻本,1879(光绪五年)。

④ 钱谦益:《华山雪浪大师塔铭》,载《钱牧斋全集》第 3 册,第 1572 页。

山德清以南方软暖，为砥砺心智，决计北上参访名宿。雪浪洪恩苦留之，不可。翌年，雪浪洪恩北上，觅憨山德清于冰雪堆中，誓生共死。憨山德清罹难谪迁岭南，改革丛林；而雪浪洪恩则固守江南，矢志弘法，论者誉为无极门下"一车两轮"。

然而，今人所知雪浪洪恩者，多为西人利玛窦所著《利玛窦中国札记》中的"雪浪洪恩"。万历二十七年（1599），利玛窦在南京和雪浪洪恩交锋、辩论。利玛窦在《利玛窦中国札记》中将雪浪洪恩描述成一个"渎神的神秘主义者""偶像崇拜者"，辩论时"带着一副轻蔑的腔调"，"傲慢地咧嘴一笑"，最后"宴会结束以后，只有那位僧人不肯承认失败，尽管所有的人都一致认为他失败了"①。《利玛窦中国札记》在时下中国的影响，远甚于雪浪洪恩的《雪浪集》《心经说》等著述，故雪浪洪恩此种傲慢无理的印象，深植人心。不仅如此，晚明影响甚著的野史——沈德符《万历野获编》，亦有一段与雪浪洪恩相关的文字：

> （雪浪）性倜达，不拘细行，友人辈挈之游狎邪，初不峻拒。或曲宴观剧，亦欣然往就。时有寇四儿名文华者，负坊曲盛名，每具伊蒲之馔，邀之屏阁，或时一赴。时议哗然，遂有摩登伽鸠摩罗什之谤。实不至此。江夏郭明龙为南祭酒，极憎之，至书檄驱逐，历叙其淫媟诸状，几不可闻。或云雪浪曾背诽郭诗，为其同侪缁徒所谮，以致郭切齿。未知然否？雪浪自此汗漫江湖。曾至

---

① 利玛窦：《利玛窦中国札记》，何高济等译，中华书局，1983年，第368页。

吴越间，士女如狂，受戒礼拜者，摩肩接踵，城郭为之罢市。雪浪有侍者数人，皆韶年丽质，被服纨绮，即袒衣亦必红紫，几同烟粉之饰。予曾疑之，以问冯开之祭酒："比丘举动如此，果于禅律有碍否？"冯笑曰："正如吾辈蓄十数婢妾，他日何害生西方登正觉耶？"其爱护之如此，然郭即代冯为司成者，亦最相善。①

沈德符虽有"实不至此""未知然否"云云，但世人似乎更容易记住的是雪浪洪恩游狎邪、曲宴观剧、泛溺声色、为当道所逐等种种"劣行"。今人之所以宁愿相信这样的记载，部分是出于一种猎奇心理，部分则是因为雪浪洪恩的诸种"劣行"颇符契晚明风气。

利玛窦是雪浪洪恩之论敌，为宣传耶稣教而力排佛教，在他的撰述中，晚明僧人几无好印象。例如他描述紫柏大师"奸诈狡猾"，极力贬低其人格。② 而憨山德清、钱谦益，一为雪浪洪恩的法弟，一为其白衣弟子，在撰写碑传时，亦难免不带上"过滤镜"。例如，钱谦益的《华山雪浪大师塔铭》，除描述其"高颡朗目，方颐大口，肌理如玉"之外貌，所载其行履事迹主要有如下数端：一是"上五台"觅憨山德清事，以见出雪浪洪恩与憨山德清手足情深。二是，嘉靖四十五年（1566），报恩寺毁于雷火，雪

---

① 沈德符：《万历野获编》卷二十七，第692—693页。
② 《利玛窦中国札记》载："这个达观是个相当有学问的人，奸诈狡猾，熟悉所有的宗教派别，视情况需要而充当各派的辩护人。……他死后，他的名字成了那些枉自吹嘘不怕肉体受苦的人的代号；但是他忘记了自己的吹嘘，当他挨打时他也像其他凡人一样地呼叫。官员有令，他的尸体不得收葬。他们怀疑他只是装死，他可能施展了这样那样的诡计逃脱。"（第49页）。

浪洪恩苦心经营，以至"呕血数升"。三是极力渲染讲法的情形："及师（雪浪）出世，照遮双显，总别交光，摩尼四现，一雨普沾。学者耳目错互，心志移夺，如法雷之破蛰，如东风之泮冻，说法三十年，黑白众日以万计。"四是评述其僧品。钱谦益虽亦提及雪浪洪恩"鲜衣美食，取次供养"，但用了更多笔墨叙写："已而饭惟羹豆，卧则葆秆，舍茶则担水出汲，饭僧则斧薪执具"，特别是万历三十五年（1607）他携李长蘅访雪浪洪恩事："瞻向之余，心骨清莹，始悔向者知师之浅也。"① 钱谦益笔下的"雪浪洪恩"，与利玛窦、沈德符的描述，显然大异其趣。

　　那么，雪浪洪恩究竟是一名怎样的僧人？我们觉得无论是钱谦益、憨山德清，还是沈德符、利玛窦，所描述的都有事实依据，只是采取的立场不同。譬如观人面相，视角不一，所得印象亦大不相同。对于雪浪洪恩的"印象"，钱谦益《跋雪浪师书黄庭后》中说得更为清晰：

　　　　余少习雪浪师，见其御鲜衣，食美食，谭诗顾曲，徙倚竟日，窃疑其失衲子本色。丁未冬，访师于望亭，结茅饭僧，补衣脱粟，萧闲枯淡，了非旧观。居无何而示寂去矣。师临行，弟子环绕念佛，师忽张目曰："我不是这个家数，无烦尔尔。"嗟乎！师之本色如此，岂余向者号嗄儿童之见，所能相其仿佛也哉！读师所书《黄庭经》，当知与五千四十八卷一切法宝等同无异。②

---

① 钱谦益：《华山雪浪大师塔铭》，载《钱牧斋全集》第 3 册，第 1574 页。
② 钱谦益：《跋雪浪师书黄庭后》，载《钱牧斋全集》第 3 册，第 1800 页。

钱谦益这段叙述，一方面突出雪浪洪恩晚年的"悔过自新"，另一方面也说明对他的此种"异行"，绝非是"号嘎儿童"所能"理解"。显然，钱谦益并没有否认雪浪洪恩违背僧人戒律的事实。又，姚旅《露书》卷九也记载："余尝见雪浪、蕴璞，经僧也。雪浪多妖童，客至，童即出门看，盖随车从之多寡，以为款供之等第。蕴璞在永庆寺讲，朋辈拜之，辄称禁足。余尝早至，觅之不得，云'答某部郎拜，恐妨经讲，每早行也'。"① 同样描述了雪浪洪恩蓄"妖童"、倨傲无礼等劣行。再如"曲宴观剧"一事，雪浪洪恩有《承屠长卿虞长孺诸公招集净慈寺说般若后看昙花记赋诗》，所记即他与屠隆等人观演《昙花记》之事。屠隆的《佛法金汤录》更记载了他问雪浪洪恩观《昙花记》之感。

沈德符《万历野获编》中所载江夏郭明龙驱逐雪浪洪恩事，钱谦益《华山雪浪大师塔铭》和憨山德清《雪浪法师恩公中兴法道传》中均只字未提，盖有意回护。但钱谦益《列朝诗集小传·闰集》却记载说：

> 江夏郭文毅公为南祭酒，僧徒谮公于郭公，伪为公批抹郭公诗集，衔袖以示之。郭公大怒，逐公，仅而得免。先是憨大师在长安，郭公以诗就政，大师信笔评定，多所是正，郭公心弗善也。已而闻雪浪嗤点之语，顿足曰："何物二老秃，皆有意揶揄我！"其怒益不可解。憨公为余言如此。②

---

① 姚旅：《露书》卷九，福建人民出版社，2008年，第204页。
② 钱谦益：《列朝诗集小传·闰集》，第704页。

钱谦益最后特别说明"憨公为余言",盖强调此则文献的真实性。今读雪浪洪恩《九月过祖堂六十自寿》《自警》诸诗,中有"孤峰绝侣欠圆融,入水拖泥又污躬""赤眚人言灾,聊以谢尘务"句,似乎都暗示了他曾遭遇灾难。

雪浪洪恩在晚明的确堪称卓异之僧,究竟是魔是道,抑或亦魔亦道?评价往往在一念之间耳。梅鼎祚在写给雪浪洪恩一封书信中尝谓:"往记寿吾师五十,今又一旬矣。师腊高道高,魔亦以高,自是恒理。"① 若以俗世眼光评论,他的种种"异行"当然是有悖僧律,败坏风俗;但若以法眼观之,则未可如是观。憨山德清《雪浪法师恩公中兴法道传》云:

> (雪浪)天性坦夷,不修城府,不避讥嫌,以适意为乐。来去翛然,如逸鹤凌空,脱略拘忌,达观禅师颇有嗛于公。予曰:"师固不知雪浪,吾观其因地,听唯识而发心,向藏塔而剪发,此再来人窥基后身也。"达师首肯曰:"吾自今不敢易视此公也矣。"

"以适意为乐""脱略拘忌""逸鹤凌空",实际就是他不守僧律的另一种表达。憨山德清在晚明享有极高的声望,性格刚强,绝无曲谀阿世之态。因此,同样是刚烈无比的紫柏大师闻其言,改变了对雪浪洪恩原初的印象。晚明另一高僧蕅益智旭对雪浪洪恩更有精辟之论:"扫荡支离,不拘轨则,潇洒风流,露疵缩德。

---

① 梅鼎祚:《答雪浪恩公》,载《鹿裘石室集》卷六十一,天启三年玄白堂刻本。

分明是玄奘再来，怎怪得肉眼不识。"① 一语道出了"肉眼凡胎"
和"法眼高道"对雪浪洪恩得出的泾渭分明的评价。然而，雪浪
洪恩自身似乎并不在意这些评价，曾为他撰塔铭的邹迪光说："不
知师者，以为狂也，燥也，我慢也，多习气以导其生徒也，而师
不知也。知师者以为真实也，解脱也，朗畅也，自然而然，无所
矫揉也，而师亦不知也。"② 雪浪洪恩既没有陷入永无休止的斗争
之中，亦很少自矜于别人的称赏。知我罪我，是我非我，雪浪洪
恩依旧是雪浪洪恩，大地山河依旧是大地山河，这或许才是真正
解脱得道者应具有的境界。

## 二、"诗为普贤行门"：雪浪洪恩之诗学观

雪浪洪恩对于诗歌之倾注，在晚明文献中也常有所记载。钱
谦益《华山雪浪大师塔铭》中也称："谭诗顾曲，徙倚竟日"，又
称"博综外典，旁及唐诗、晋字，帷灯画被，日夜不置，丹黄纷
披，几案尽黑"。③ 沈德符也说他"敏慧能诗，博通梵夹"，"风流
文藻，辨博自喜，有支郎畜马剪鹤之风"④。今检其《雪浪集》
《雪浪续集》，他尝与山人文士、法中诸子结有焦山诗社⑤、长干诗
社，赠答宴游、拈题分韵，亦是日常修行弘法之余事。

---

① 释智旭：《雪浪大师赞》，《灵峰宗论》卷九之三，载《蕅益大师全集》
第 16 册，巴蜀书社，2014 年，第 228 页。
② 邹迪光：《华山雪浪大师塔铭》，《宝华山志》卷七，载《中国佛寺志丛
刊》第一辑，第 41 册，明文书局，1980 年，第 259—260 页。
③ 钱谦益：《列朝诗集小传》，第 704 页。
④ 沈德符：《万历野获编》卷二十七，第 693 页。
⑤ 雪浪洪恩《雪浪集》卷下《焦山诗社题辞》："万历癸巳之冬，吾门二三
子与李氏三兄弟……不甘雅道偏师，欲夺词坛赤帜。是以入林海国结社焦丘，效
支许之新盟，刘雷之旧好。"

但是，雪浪洪恩绝非耽溺于诗歌而废菩提道者。憨山德清《雪浪法师恩公中兴法道传》云："公尚未习世俗文字，予偶作《山居赋》一首，公粘于壁。公侄博士黄生见之，羡曰：'阿叔有愧此公多矣。'公曰：'是雕虫技耳，何足齿哉？'公年二十一，佛法淹贯，自是励志，始习世间经书，子史百氏，及古辞赋诗歌，靡不搜索，游戏染翰，意在笔先。三吴名士，切磨殆遍，所出声诗，无不脍炙人口，尺牍只字，得为珍秘。"① 雪浪洪恩对世俗文字原本颇为轻视，视之为"雕虫小技"，但二十岁始励志习焉。其缘由，廖肇亨以为"除了兴趣以外，恐亦有不愿亚于憨山德清之意存焉"②。笔者以为，其中原委更可能是"淹贯佛法"后，对世俗文字有更深入之体悟，此正如参禅经历了"见山是山""见山不是山""见山只是山"三阶段后，已"得个休歇处"。在雪浪洪恩眼里，世谛文字，同样也经历了"文字是文字""文字不是文字""文字只是文字"的三个阶段。雪浪洪恩此种学诗的因缘，自不同于那些以儒士身份而出家的诗僧，这使他的诗歌，能尽脱文人积习，以法眼观照世界。

雪浪洪恩有一篇《跋悦公四十自祝偈》，集中体现了他对诗歌艺术的看法。其云：

> 前辈衲僧亦有韵语，殆非有意，只欲涵咏性情，游
>
> 戏神通耳。或意幽而语直，词虽不华而理常自足。读之，

---

① 释德清：《雪浪法师恩公中兴道法传》，载《憨山德清梦游集》卷三十，莆田广化寺佛经流通处影印本。

② 廖肇亨：《雪浪洪恩初探——兼题东京内阁文库所藏〈谷响录〉》，载《汉学研究》1996 年第 2 期。

间有警悟，非徒然耶？自予幼时失足雕虫，后渐与二三兄弟，相期为丽藻摹仿之词，备探前代。要之，未闻道时，以斯差排习气，抑伏雄心也。而今而后，则举世赭衣髡首之徒，无论美恶，一皆若狂，才入空门便尔高谭翰墨，以至竭其精思，废其寝食，相向以工，相夸以艳，禅那经律，薄而不为。纵使若江淹之拟古，藏真之传神，何异玉雕楮叶，棘尖猕猴，工则工矣，亦奚以为？是则宗风因之一变也。淫荒酒乱，易可知非，失真迷性，莫甚于此！以之而参禅，则何禅而不明，用斯而学道，则何道之不成耶？初意违亲离俗，希证圣真，今反以有尽之形躯，随无涯之思虑，终身役役，不亦悲夫！又其甚者，竞名规利，用之以为终南捷径，奔驰权势，因之以作进身良媒，以至丧身败德，焚和乱俗，莫不滥觞于斯矣。①

雪浪洪恩自称"予幼时失足雕虫"，似与憨山德清的记载稍有出入，但这并非此篇跋文的关键。雪浪洪恩在这段文字中，指出了近世丛林中出现的"高谭翰墨"而"失真迷性"的不良风气，更对那些以诗"竞名规利""进身良媒"之徒，予以了严厉的批评，以为他们不仅"丧身败德"，甚至"焚和乱俗"。显然，雪浪洪恩的此种批评是有针对性的。钟惺就描述了当时金陵吴越间

---

① 释洪恩：《跋悦公四十自祝偈》，《雪浪集》卷下，载《四库全书存目丛书》集部第190册，第705—706页。

"僧之为诗者，得操其权，以要取士大夫"①。难能可贵的是，雪浪洪恩对此种颓败之风，深感自责："返躬自省，罪魁元恶，或不能辞！"联系到钱谦益所说："万历中，江南开士，多博通诗翰者，亦公（按：指雪浪）与憨大师为导师也。"② 可见，雪浪洪恩对于晚明江南丛林诗歌走向的确产生了十分重要的影响。

自万历十三年（1585）始，雪浪洪恩逐步改变了对待诗歌的态度：

> 由是于万历己酉之秋，请佛证盟，矢心自誓，忏悔前愆，将旧习笔砚谢绝，改过自新，端心圣道。今犹迫于应酬，勉强或似隔日疟临，间一为之，如夹冰之鱼，遇朝阳而濡沫，似压石之草，逢春风即萌芽，所以乾闼奏乐，饮光按节，以明习气难除耳。因从丁亥而与悦公谋曰：还淳返本，移风易俗之计，莫善前茅，誓以无上菩提为指南。因与之谐行，自汉襄郢宛，潜迹牛山，刳心练行，默契于中，遂觉山河大地，一切唯心，语默行藏，莫非是道，同结三期。至戊子暮春，以予萱堂在暮，世相难乖，因曰贞不绝俗，隐不违亲，斯世间之高士，而我入道沙门，当以即世相而明常住耶？遂自归桑梓，犹止草庵。而悦公独留岩谷，即以其年届临四十初度，说偈自祝，共得若干首，正以餐风味道，有得于中，发扬于外，可谓以丽藻之词锋，寓西来之密印。虽无心于

---

① 钟惺：《善权和尚诗序》，载《隐秀轩集》卷十七，李先耕、崔重庆标校，上海古籍出版社，1992年，第252页。

② 钱谦益：《列朝诗集小传·闰集》，第704页。

工，自然合作，言言字字，如鲛目泪流，蚌肠珠剖，映
夺今昔矣。①

"己酉"当为"乙酉"之误，即万历十三年（1585），雪浪洪
恩时四十岁，逐渐意识到诗歌文字对潜心向道所带来的负面影响，
遂改过自新，"端心向道"。但因为方内外之应酬，仍难以根除此
种习气。万历十五年（1587），又与臞鹤宽悦潜迹牛头山一年，
"刻心练行"，颇契佛法大意。但因其父母年老，遂又出世，始终
难以脱离世谛文字。雪浪洪恩此篇跋文，流露出比较明显的忏悔
意识，忏悔他在佛法上所犯之"文字业障"。

但是，雪浪洪恩亦非一味地否定世俗文字，他说"前辈衲僧"
之"韵语"："殆非有意，只欲涵咏性情，游戏神通耳。或意幽而
语直，词虽不华而理常自足。"诗歌若是能"涵咏性情，游戏神
通"，则是一种理想的境地，它不仅有助于心性之修养，还能有更
特殊的作用。雪浪洪恩弟子石头如愚尝记载：

只因初参学时，遇雪浪和尚，和尚见余可教，教余
业此（笔者按：指诗）。余便请益曰："诗僧与禅祖，孰
愈？"曰："禅愈。"曰："何不作禅师而作诗僧耶？"曰：
"尔道诗僧有何过？"曰："诗图世名，禅起生死。"曰：
"若为名作诗，岂招现苦，亦造未来三恶道因，但当今信
佛法者少，尚词赋者多，而能为此，亦可先以欲钩牵，

---

① 释洪恩：《跋悦公四十自祝偈》，《雪浪集》卷下，载《四库全书存目丛
书》集部第190册，第705—706页。

后令入佛慧。普贤万行，可为方便门者，利人之一端
也。"曰："诗胡可为普贤行门哉？"曰："天下有四姓谓
士农工商，惟士多聪明而少智慧。聪明多故善为文章，
智慧少故不信佛法。而能投其所好，即不信佛法，亦肯
与僧游，游则一香一华，一饮一啄，布施于僧，结喜舍
缘，种佛法根于人天道中矣。倘获一个半个有气息者，
回头转恼向佛法处熏习，种无上因，未可知也。是而名
虽诗僧，其实禅祖，有何歉焉？"余受命礼谢，谛思既作
普贤行门，不可草草，遂专心六经子史，出入百家九流，
及小说丛谈，期欲涉猎尽而造语。①

雪浪洪恩既了然于丛林之风向，对世俗社会亦洞如观火，他
敏锐地意识到佛法昌盛绝离不开士人阶层的参与，所以他倡导门
人作诗，其目的是以诗为交游的手段，从而牵引、诱导世人学佛。
此一方便法门固非雪浪洪恩首创，但在晚明的历史情境下，有特
殊的意义，其直接的结果就是晚明贤首宗僧侣大多能游戏翰墨，
激扬文字。

### 三、"亦诗亦禅"：雪浪洪恩的诗歌创作

雪浪洪恩的诗集，有《雪浪集》和《雪浪续集》。《雪浪集》，
今存万历释通岸刻本，《四库全书存目丛书》据此本影印。是集分
上、下两卷，上卷为诗，下卷为文。《禅门逸书续编》第二册亦收

---

① 释如愚：《冬夜小参三首》其三，《石头庵集》卷四，载《四库全书存目
丛书》集部第 191 册，第 154 页。

有《雪浪集》，是据日本旧抄本影印的，但仅收有诗，未收文。比照万历本与日本抄本，知抄本之底本应是刻本之卷上，只是前序散佚三页，且漫漶不清，不易认读。此外，《禅门逸书续编》第二册还收入了《雪浪续集》，所据底本是万历四十六年（1618）吴门管觉仙刊本，前有沈颢撰于万历四十三年（1615）序，后有其弟子管觉仙"后语"。管觉仙曰："此《续集》不甚夥，乃余检拾所积，残珠剩璧，实堪珍秘。非余珍文字，盖珍法也。缅予侍师三十余年，刿心剖腹，久饫法乳，今日不得复亲而获师遗言，当作难遭想，即寿诸梨枣，以公世之同志者披览之余，知有天花散几席矣。"① 是集未分卷，分五古、七古、五律、七律、五绝、六绝、七绝，厘为七部分。既题为"续雪浪集"，则是集当后刻于《雪浪集》，应是雪浪洪恩圆寂之后，由管觉仙掇拾佚稿而成，内中所收《闰九月九日宿风穴庵值予六十初度过浮山二首》《九月过祖堂六十自寿》《丙午九日过檇李初度喜同诸法侣》等诗，皆是雪浪洪恩晚年之作，为前集所无，故颇为珍贵。但是，仔细勘校二集，重出者达20余首，言"续集"，则似乎并不妥帖，抑或管觉仙在编辑时未能仔细勘校而致欤？晚明萧士玮曾撰有一篇《雪浪集序》，见《春浮园集》（清光绪刻本）文集卷上，未为《雪浪集》所收，因此，晚明可能还曾刊刻过另一种《雪浪集》。

《四库全书总目》评雪浪洪恩诗曰："朱彝尊《明诗综》载其诗二首，然未离世法之僧，不能语带烟霞也。"② 此种评价明显偏于草率，这原是馆臣对待僧诗的一贯态度，不必深究。沈颢《雪

---

① 管觉仙：《续雪浪集后语》，《雪浪续集》卷末，载《禅门逸书续编》第二册，第44页。
② 永瑢等：《四库全书总目》卷一八〇，第1626页。

浪续集叙》云:"今日读雪浪恩公诗,诗耶禅耶,非诗非禅,亦诗亦禅耶?"①此种评语,似乎并不独特,因为在很多僧诗别集的序跋中皆有类似之语。但是,笔者以为沈颢并非一味敷衍、吹捧,而是颇能抓住雪浪洪恩诗的特征。雪浪洪恩之诗,既有其佛法、心性之细微体悟,亦有对世态、万象之知性观照。此种情感和思虑,雪浪洪恩常寄之于自然山水,非关理语、直语,于"诗禅之间",实难判分。刘觐文则云:"读之洒然若遇于大江之上,而白云烟水亦不得结为色相,有诗之道也乎。故吾观雪浪胸中无以有诗也,而乃其有雪浪之诗。"②雪浪洪恩无论是与他人酬答,抑或舟行道途,抑或独处山林,多援景入诗,但又不粘着于色相,而是空诸所有,敞开自己的灵心慧眼。譬如《中秋坐月》云:

　　天上应常满,人间见蔽亏。孤光耿遥夜,清影动凉思。山鸟啼忽断,寒蛩鸣可悲。年年自来往,底意有谁知。③

此诗是中秋对月抒怀,言天上之月本圆满无缺,而以人观之,则盈亏有期。中两联,弥散着僧人特有的悲智之怀。"月"在佛教中,常喻示圆满之自性、佛性,因二者皆朗朗光明,遍照三界。但处尘世之人,受五蕴之扰攘,名利之缠缚,故难以见心明性,此犹如云翳之遮拦,朗月光华难现大地。因此,这首诗虽主要描

---

①　沈颢:《雪浪续集叙》,《雪浪续集》卷首,载《禅门逸书续编》第二册,第 1 页。

②　刘觐文:《雪浪集序》,载《雪浪集》卷首,第 674 页。

③　释洪恩:《中秋坐月》,载《雪浪集》卷上,第 698—699 页。

写月华、清影、山鸟、寒蛩等景物，但绝不能以寻常眼识观之。不唯此诗，雪浪洪恩的大多写景之作，亦当如此。譬如"雨收残暑尽，月出大江空""潮长江天白，霞收海日昏""鸟没沙头影，人分渡口烟。星初垂覆釜，月欲引虚弦""一夜冰霜清万籁，纵余松月带寒烟""瑟瑟萧萧落叶，飕飕飒飒冷风。淅淅沥沥雪霰，弥弥漠漠寒空""石面潮初落，江头月正来""海间霞嶂起，窗里夕阳时""一片清光孤玉笛，千家烟树乱疏钟"等写景之句，若从诗艺角度看，无论炼字、锻意，都堪称上乘；若以法眼衡之，则无不机趣灵动，令人颇生世外之想。

雪浪洪恩亦偶援佛语入诗，直接阐释佛理。譬如《坐禅颂》《赞佛颂》《心息相倚偈二首》《劝念佛偈贻云山居士》等偈颂，用佛语佛典，自是此类诗体的特征。但在一些平常诗体中，雪浪洪恩也并不刻意避开佛语、佛典。比如《阻雨柏枧寺》一首："檐溜皆飞瀑，何须柏引泉。能观清净理，未必苦空禅。鸡犬聊同世，鹦花别有天。此中俱不染，火内绽金莲。"[1] 再如《重过长干礼塔二首》其二云："身为众苦本，名乃实之宾。物有自然理，缘无不遂因。水流终至海，花发始知春。众生与诸佛，一念在当人。"[2] 这类诗作，在诗家看来，确实较乏韵味。

盛名之下的雪浪洪恩辗转于吴越丛林，开坛竖席，演讲华严圆融大法，山人、文士无不乐与相接，故与人赠答唱和之作，所占篇幅，无虑大半。凡陈仲醇（继儒）、王百谷（穉登）、董其昌、屠赤水（隆）、徐惟和（𤏳）、于慎行、湛怀钦义、瞿鹤宽悦、一

---

① 释洪恩：《阻雨柏枧寺》，载《雪浪续集》，第 11 页。
② 释洪恩：《重过长干礼塔二首》其二，载《雪浪续集》，第 12—13 页。

雨通润、巢松慧浸等文士、法侣，皆曾与其往还唱和。雪浪洪恩
的赠答唱和诗，除表达通常所具有的送别思怀，很少涉及现实社
会。像廖肇亨所指《暮秋游西天目》中"宿殆类狐云，游何殊泛
梗，不惜田中枯，翻开坑下矿，唯理东南财，谁思辽尤警"这样
忧患时局的诗歌，在他的诗集中其实是极少见的；甚至像"汉祚
衰将乱，蒋山盍往归""萧萧落木无穷思，六代豪华感慨中""万
朵芙蓉两镜开，高宗南渡阅兵台……谁知昭代胡元扫，不许腥膻
污绿苔"，这样抒写怀古幽思者，亦不常见。雪浪洪恩曾有诗云：
"逢渠休话人间世，值我唯论极乐乡。"此不唯与其家兄所言，亦
是他交友之准则。因此，他与朋友的赠答诗，多是商榷佛法、砥
砺心志、敞亮心性。例如《雪浪山中寄怀竹居融公得三江》，主要
是称赞竹居禅师苦心发志、锐利精进的精神。再如《秋日山房答
柏府林公余明府马太学见过分得疏字》："白露肃清景，檐云荡四
除。那期藜藿径，亦枉大夫车。兴洽谈偏剧，交深礼自疏。尊前
俱授简，只讶荐相如。"① 虽雪浪洪恩未涉及他们剧谈的内容，但
从前几句的描写和末句"只讶荐相如"看，不像是讨论世俗的问
题。再如《雪浪续集》中的《同陈仲醇宿平湖舟中看月以陆务观
集作枕》云："方舟鸥鹭狎，寒月半轮空。抵足陈居士，支颐陆放
翁。清言深永夜，余韵沐高风。不觉催归棹，鸡鸣四五通。"② 其
《九月十四日夜同诸友泛舟过莲花土作》云："入夜携邻友，舟承
明月光。窗开竹树影，池纳芰荷香。一众已修白，六时能自量。

---

① 释洪恩：《秋日山房答柏府林公余明府马太学见过分得疏字》，载《雪浪
集》卷上，第 675 页。
② 释洪恩：《同陈仲醇宿平湖舟中看月以陆务观集作枕》，载《雪浪续集》，
第 9 页。

三间茅屋下，尽可事空王。"① 都与尘俗事务无关。

但雪浪洪恩又非绝尘之僧，他遭郭正龙所逐之事，尤可见他涉世之深，故四库馆臣说他是"未离世法僧"也。雪浪洪恩亦尝自云："世相难乖，因曰贞不绝俗，隐不违亲……我入道沙门，当以即世相而明常住。"可见，他对于世间的贫贱荣辱、亲情友情，甚至时局变迁，并非完全默然。但是，对于纷纭繁复之世相，雪浪洪恩以为当"即世相而明常住"。所谓"常住"，系指"佛法无生灭变迁之理"。世间色想情识，变幻无常，能入能出，故亦是参悟佛法"常住"之门径。明乎此，雪浪洪恩"鲜衣美食""谭诗顾曲"等所谓"劣行"，自然就可获得另一番解读。屠隆曾记载了他与雪浪洪恩观演《昙花记》的一段文字，尤其可说明问题：

> 居士与雪浪和尚观梨园，雪浪曰："学佛得如戏场了手矣。彼作帝王，知是假帝王，不喜。做乞儿，知是假乞儿，不愁。分别是假悲，相逢是假欢。锦绣在体，不生爱恋，刀锯在首，不作恐怖。一切皆假，一切皆作。应世如此，便是大菩萨手段。②

如此看戏，即是雪浪洪恩所谓"即世相而明常住"。在他的法眼里，世间万象皆如戏中假象，变幻无常，观者当能入能出，方是具大境界之人。

---

① 释洪恩：《九月十四日夜同诸友泛舟过莲花土作》，载《雪浪续集》，第14 页。

② 屠隆：《佛法金汤》卷下，载《屠隆集》第 6 册，浙江古籍出版社，2012 年，第 642 页。

很多人都注意到雪浪洪恩的诗歌不避绮语的事实。例如，程文举谓其"词媚理纯"，其实，雪浪洪恩以绮语入诗，绝非仅是从艺术上考虑，而更应该以"应待世相"的独特观念视之。例如其《讲罢经行石上听歌者》云："跏趺石上听秦青，云不流行鸟翼停。敌面莫将声色会，方知元不离斯经。"① 其《再索歌者》云："一出香喉酒尽青，轻敲檀板不须停。笑它错把无心会，此外何劳更觅经。"② 这两首七绝皆是写他罢讲听歌，格调艳丽，但在此绮靡风华中，雪浪洪恩却没有泪溺于声色之中，而是能入能出。再如《庐江冶父山中有怀瀛山四兄却寄四首》中的两首：

有何烦恼有何忧，丰俭随家七十秋。任尔目他贤不肖，一心只是爱风流。

妻儿得意子孙前，便是人中快活仙。有酒只须拼一醉，是谁欢爱是谁怨。③

此种诗歌倒是颇应着雪浪洪恩"御鲜衣，食美食"的享乐生活，只是在这样的文字下，雪浪洪恩所写的并非人生色相，而是借此以参悟常住之佛法。

雪浪洪恩《九月过祖堂六十自寿》四首，颇饶意味。诗云：

十二为僧耳顺来，一心不愿入莲胎。依经解义终无

---

① 释洪恩：《讲罢经行石上听歌者》，载《雪浪续集》，第42页。
② 释洪恩：《再索歌者》，载《雪浪续集》，第42页。
③ 释洪恩：《庐江冶父山中有怀瀛山四兄却寄四首》其一、其三，载《雪浪续集》，第39页。

得，只待优昙遍界开。

孤峰绝侣欠圆融，入水拖泥又污躬。除却二边无所住，应知难得贵中庸。

世间荣辱不关心，应是从前愿力深。天地受形松柏独，岁寒霜雪岂能侵。

从来倔强世间无，注疏科文尽铲除。能蔽众星光不现，朗然安住月轮孤。[①]

第一首"优昙遍界开"，是他作为僧人的终极理想；第二首"难得贵中庸"，则是他一生纠葛于世间、出世间后的人生感悟；第三首"霜雪岂能侵"，比喻他不计荣辱，我自岿然如松柏独立；第四首"安住月轮孤"，则写他孤高傲世的品格，能扫除一切翳障，若一轮孤月，朗照乾坤。雪浪洪恩世寿六十四岁，此四首六十自寿诗，实际是他一生之自评。读雪浪洪恩者，焉能忽视此四首诗作？

## 第二节 "人品不如诗品"：石头如愚及其诗歌

雪浪洪恩的弟子石头如愚，亦是晚明声誉极著之僧。他交往的文人，甚至比雪浪洪恩还多。凡袁宏道、袁宗道、袁中道、李卓吾、梅鼎祚、臧晋叔、虞淳熙、周汝登、徐辖、冯梦祯、潘之恒、王穉登等人皆与其往还唱和。同时，石头如愚著述极富，凡诗集、经注皆有存世。但是对于这样的僧人，目前尚未见到有专门的研究。事实上，石头如愚的人生个性和诗歌，最能体现晚明

---

① 释洪恩：《九月过祖堂六十自寿四首》，载《雪浪续集》，第37页。

文化特质。

## 一、《列朝诗集小传·闰集》"石头如愚小传"疏论

石头如愚的碑传资料，目前尚未见到。后人对他的了解多依凭钱谦益《列朝诗集小传·闰集》中的"石头如愚小传"。[①] 但这篇小传明显带有极浓厚的感情色彩，需认真予以辨析。《列朝诗集小传·闰集》中"石头如愚小传"云：

> 如愚，字蕴璞，江夏人。少为书生，跅弛负俗。削发为僧，居衡山之石头庵。自楚来金陵，居石头城南碧峰寺，遂号石头和尚。自负才藻，薙染后，使性重气，时时作举子业，思冠巾入俗，与时人角逐，已而复罢。为雪浪受法弟子，思篡其讲席，谮于郭祭酒，使之噪而逐之。雪浪之门人，相与鸣鼓而攻之，不使伣其师门，诸方咸恶之，以为法门之狮子虫也。后入燕京，居七指庵，遘恶疾，舌根眼根及手足皆烂坏，号呼狼狈而死。愚为人，才辩纵横，笔舌掉厉，以诗游宰官族姓，摇笔数千百言，观者争吐舌相告。曹能始叙其诗，谓其五言律奇险，多慷慨悲愤之句，不作禅语，所以为佳。僧诗不作禅语可也。如石头七言诗吊太白、东坡诸篇，不徒野狐外道，直是牛头阿旁波波叱叱口吻，亦可以其不作禅语而取之乎？"松子诱鼯剥，花神恼蝶过"，鄙俚秽杂，

---

无所不有，道人本地风光，应作如是观否？吾师傅文恪
公，学佛作家也，叙石头庵集，拈出此中末后一句云：
"去，去，石头路滑"。石头毕竟死此句下。余存石头诗，
仍附雪浪门徒之后，为渠末后发露忏悔，庶不负定襄一
派老婆心尔。①

钱谦益之所以痛诋石头如愚，即在于他实际是雪浪洪恩被逐
的"幕后元凶"，其背叛师门的行径，自是难以容忍。爬梳文献，
钱谦益叙石头如愚之性情和事迹，基本属实，但对于他的诗歌的
评价，则难免有因人废诗之嫌。

石头如愚的生年，据其诗歌可考，为嘉靖四十年（1561）。
《石头庵集》卷一《己亥初度前一夜四首》有云："我笑愚和尚，
错生此梦世。三十九年来，何曾成一事"②；"仲尼大圣人，四十
而不惑，我唯差一年，行藏犹反侧"③；又《庚子初度二首》有
"一电浮生四十临，百年少半去光阴"④ 句。"己亥"为万历二十
七年（1599），"庚子"为万历二十八年（1600），故可知其生年为
嘉靖四十年（1561）。其卒年，则难以详考。袁中道《珂雪斋集》
卷十《石头上人诗序》云："记二十年前，与中郎同会石头于维
扬，彼此论禅不契，遂大骂而别。今又会于都中，故人零落，伯

---

① 钱谦益：《列朝诗集小传·闰集》，第714—715 页。
② 释如愚：《己亥初度前一夜四首》其一，载《石头庵集》卷一，第111
页。
③ 释如愚：《己亥初度前一夜四首》其四，载《石头庵集》卷一，第111
页。
④ 释如愚：《庚子初度二首》其一，载《石头庵集》卷二，第130 页。

修、中郎皆下世，昔之骂者，相视而泪数行下矣。"① 按袁中郎
（宏道）卒于万历三十八年（1610），则如愚卒年应在本年之后。

　　万历七年（1579）前后，石头如愚即离开了家乡江夏②，尔后
"削发为僧，居衡山之石头庵"。傅新德《蕴璞上人石头庵集序》
云："上人籍江夏，尝游衡山，山故有石头庵，顷自江夏来金陵，
所居寺又近石头城，则总而名其集'石头庵集'。"③

　　"石头如愚小传"称，石头如愚"自楚来金陵，居石头城南碧
峰寺，遂号石头和尚"④。石头如愚"自楚来金陵"的时间不可考，
但在万历十七年（1589）前后即赴北京，三年后复返金陵⑤，参学
于雪浪洪恩。石头如愚《上雪浪和尚书》云："愚自幼投忧和尚，
伏事巾瓶，奈五浊昏烦，三心未信，佛祖宗教，虽闲冠讨而糟粕
萦怀，精真罔获，至于出世为人之念，实如死灰……爰壬辰冬，
归自都门，再亲轨范，馨折前心，容趋后步，得随参于吴门莲花
峰下，打失布袋，方知到门。"⑥ 石头如愚在京师期间，曾奉旨至
南方饭僧，《饮河集》中有《辛卯（万历十九年，1591）春日奉内
旨饭僧南海乐石帆广文雨中来别赠余以剑赋以纪之》，诗题中的
"南海"不是指岭南一带，而是浙江地区。他于万历十九年

---

　　① 袁中道：《石头上人诗序》，钱伯城点校，载《珂雪斋集》卷十，上海古
籍出版社，1989 年，第 463 页。
　　② 如愚《空华集》卷上《怀净国诗七首》之二有"自吾离乡井，飘零已十
冬"句。按，此诗或作于如愚万历十七年（1589）至京师期间。
　　③ 傅新德：《蕴璞上人石头庵集叙》，载《石头庵集》卷首，载《四库全书
存目丛书》集部第 191 册，第 91 页。
　　④ 钱谦益：《列朝诗集小传·闰集》，第 714—715 页。
　　⑤ 如愚《止啼斋集》所载《与郭明龙大司成》云："己丑（万历十七年，
1589，29 岁）乞食都门，壬辰秋（万历二十年，1592）……贫道南归。"
　　⑥ 释如愚：《上雪浪和尚书》，载《止啼斋集》，载《四库全书存目丛书》
集部第 191 册，第 7—8 页。

（1591）五月即返回京师。石头如愚在北京还尝投书给时为太子讲官的郭正域。他在《与郭明龙大司成》中说："己丑春乞食都门，得居士大舍法喜，不夺贫道之钵，何其幸也。不期福轻如羽，值居士丁令先尊翁大人艰，佛事人情，竟成画饼矣。壬辰秋，居士虽起复，而贫道南归。"① 石头如愚南归之后，旋居金陵碧峰寺。《饮河集》卷下《自解二首》序云："余自壬辰冬北归，欲旋荆楚，不期迹由业系，值诸宰官婆罗门为买碧峰山房，勉挂衲焉。"② 石头如愚附翼雪浪洪恩门下后，曾至皖山行脚说法。其《为吴念郁给谏书归来辞于渊明小像跋》云："余于丙申（万历二十四，1596）秋九月二之日，得纵观其真本于皖城刘方伯斋头，私谓生平所希觏者。越明日，余有皖山之役。"③ 《饮河集》卷下《宿黄梅庵》《投三祖寺》《皖山杂咏》《皖山除夜示众》等皆为此时之作。次年春，石头如愚离开皖公山，作有《丁酉春日皖山解制一首》。

钱谦益称石头如愚"自负才藻，薙染后，使性重气"。揆诸文献，亦可验之。《饮河集》卷下《自解二首》序云："余未出家时，心怀大志，视取世上青紫，如俯首拾遗穗耳。而父母早世，生死情深，窜身染服以销闲岁月，观一切荣贵如过雀，名闻如浮沤，岂争此寻常尺寸腐鼠招提为地狱因耶？念之亦可耻也。"可见，石头如愚年轻的确心气甚高，清净之佛门亦难以消之。又《饮河集》卷下《九月十六夜丘长孺招同石城河下泛月各述所怀因而赋赠》

---

① 释如愚：《与郭明龙大司成》，载《止啼斋集》，第 18 页。

② 释如愚：《自解二首》，载《饮河集》卷下，第 81 页。

③ 释如愚：《为吴念郁给谏书归来辞于渊明小像跋》，载《止啼斋集》卷下，第 13 页。

云："三袁与丘生，次第成相知……念我同桑梓，方外尤相喜。狂诞率心情，本色征操履……我虽出家儿，少年多意气。足迹遍四方，交游满天地。无人服道德，何况怜才艺。不惟不相怜，从而增妒忌。"① 石头如愚因任诞、使气，故招致不少僧人之"妒忌"，唯有乡人"三袁"和丘长孺为"相知"而已。又，《石头庵宝善堂诗集》卷一《赠唐君平孝廉》"有引"云："余方外人也，时人皆以性气目之，众口铄金，君平独中流砥柱，可谓好恶必察，赋以赠之。"②

钱谦益称石头如愚："为雪浪受法弟子，思篡其讲席，谮于郭祭酒，使之噪而逐之。"兹事在《列朝诗集小传·闰集》"雪浪法师恩公小传"所记更为详细：

> 江夏郭文毅公为南祭酒，僧徒谮公于郭公，伪为公批抹郭公诗集，衔袖以示之。郭公大怒，逐公，仅而得免。先是憨大师在长安，郭公以诗就政，大师信笔评定，多所是正，郭公心弗善也。已而闻雪浪嗤点之语，顿足曰："何物二老秃，皆有意揶揄我！"其怒益不可解。憨公为余言如此。③

郭正域（1554—1612），字美命，江夏人。万历十一年

---

①　释如愚：《九月十六夜丘长孺招同石城河下泛月各述所怀因而赋赠》，载《饮河集》卷下，第82—83页。

②　释如愚：《赠唐君平孝廉》，《石头庵宝善堂诗集》卷一，载《禅门逸书》第8册，第11页。

③　钱谦益：《列朝诗集小传·闰集》，第704页。

（1583）进士。著有《合并黄离草》存世。《明史》卷二二六有传。郭正域逐雪浪洪恩的具体时间，亦不可详考。廖肇亨以为是在雪浪六十岁前不久，即万历三十二年（1604）甲辰前不久。① 据《明史·郭正域传》说："（万历）三十年（1602）征拜詹事，复为东宫讲官，旋擢礼部右侍郎，掌翰林院。"② 又据张光莉《明代南京国子监祭酒表》，郭正域升任南国子监祭酒的时间是万历二十六年（1598）八月一日③，可见"逐雪浪事"必定发生在万历二十六年至万历三十年间。笔者略考订了石头如愚诗集的诗歌系年，以为兹事更可能发生在万历二十六年至万历二十七年间。④

石头如愚策划驱逐雪浪洪恩之事，晚明文献很少记载。沈德符《万历野获编》载："或云雪浪曾背诽郭诗，为其同侪缁徒所谮，以致郭切齿。未知然否？"⑤ "同侪"即"同辈"之意，石头如愚乃雪浪洪恩门徒，所以这个"幕后推手"似乎不应是石头如愚。但沈德符也表示"未知然否"。钱谦益在叙述这件事时，末后特别强调"憨公为余言如此"，也表明了他并非亲历此事。但既是憨山德清所说，故此事可能性极大。我们目前所及文献，还不能直接证明这个伪为雪浪批抹郭正域诗集的"僧徒"就是"石头如愚"；但从石头如愚的诗集看，主要收入他撰于万历二十七年（1599）至万历二十九年（1601）间的诗作的《石头庵集》中，就很少有与雪浪洪恩相关的文字；而在此前的《饮河集》《止啼斋

---

① 廖肇亨：《中边·诗禅·梦戏：明末清初佛教文化论述的呈现和开展》，第 210 页。

② 张廷玉等：《郭正域传》，载《明史》卷二二六，第 5944 页。

③ 张光莉：《明代国子监研究》，硕士学位论文，河南大学，2006 年。

④ 详见下文考证。

⑤ 沈德符：《万历野获编》卷二十七，第 693 页。

集》《空华集》，与雪浪洪恩相关的文字很多。这似乎说明，自万历二十七年（1599）后，石头如愚和雪浪洪恩一系僧人的关系已逐渐疏远。又，《石头庵宝善堂诗集》卷五中有一篇《与雪浪和尚书》云：

　　别慈严，走穷谷，虽曰应供，其实受苦。陡闻往事，身心俱陨。和尚世出世间，人品千古自有定论，非一人毁誉可进退出入者。比即欲躬诣问讯，奈松萝之期未解，愚见时不良，制解又于黄山结庐。意庐就，接和尚同为终老计，埋白骨于青山，不将有数光阴，俾不知己者诟厉，造无穷业。奈何庐几成，又为高淳韩乡宦拉请住庵，遂至淹迟，寒暑有失修候，罪何容声。至石头，无论缁白，即当路诸大老，皆以曲直在彼，于和尚无愧，欲和尚还长干者十九。愚得此实，敬遣小徒来达，奉请杖锡还白门。且外方信美，终非吾土，愿象驾旋归。若吾师资是非，日久黑白自见，不必衔亦不必辨，勿令佛法骨肉转敌锋棘，当审掇尘惑孔颜，拾蜂灭天性，可也。外具路费，小徒来达，充走役。不尽。①

《石头庵宝善堂诗集》，大抵收入石头如愚撰于万历三十年（1602）至万历三十四年（1606）所撰诗文。此篇书信应是写于雪浪洪恩被逐之后。石头如愚当时在黄山、高淳一带竖席讲法，拟

---

①　释如愚：《与雪浪和尚书》，《石头庵宝善堂诗集》卷五，载《禅门逸书初编》第 8 册，第 57—58 页。

接雪浪洪恩返归白门（南京）。字里行间，透露出石头如愚确有一种"居高临下"之感，似乎他真的已"篡其（雪浪）讲席"。又，郭正域《璞僧诗文序》云："今之僧雏善为旷荡圆通之说，轻言行而厌言苦矣。瓢笠家风化作富贵气象，令人可憎，实无忌惮，敢言无畏，实无戒律，敢言无碍。夫诗文不苦不深，戒律不苦不严，真心不苦不现。蕴上人苦行久矣，真诚爽朗，不落禅家近套。吾老矣，它年与上人同归里中，共讲无生之学，'苦'之一字，更相与努力。"① 味其文意，郭正域所批评的"今之僧"，或即雪浪洪恩。值得注意的是，郭正域《合并黄离草》中很少能看到他与雪浪洪恩及其系下僧人的交往文字，当然除石头如愚之外。石头如愚与郭正域有乡梓之谊，他的诗文集中呈给郭正域的作品很多，而且颇尽阿谀之态。

钱谦益评"石头七言诗吊太白、东坡诸篇，不徒为野狐外道，直是牛头阿旁波波叱叱口吻"。吊太白、东坡诸篇，即《石头庵集》卷一中的《采石吊李太白先生》《宿赤壁吊苏东坡先生》。此二首皆为怀古诗。试举前首以观之：

> 言不奇，不足以赠先生；心不同，不足以名后进。
> 愧我乎释子，吊先生乎玄圣。何遭时乎靡臧，遇力士乎
> 善谮，不怨天而尤人，敢安心而听命。前席宣室，授简
> 梁园，调羹赐锦，异代同恩。伯阳函谷，方朔金门，宫
> 中蜀道，同心异言。辞不枝兮性亦闲，不居廊庙即深山。

---

① 郭正域：《璞僧诗文序》，《合并黄离草》卷十八，载《四库禁毁书丛刊》集部第 14 册，第 118 页。

百年穷达皆归尽，何似名悬天地间。矶头流水声潺湲，
亭上清风日往还。不辞浊酒邀明月，吾将与而破愁颜。
千秋万世诚知己，我何曾生君何死。江山略无古今殊，
愿君心地常欢喜。一代文章有数奇，清新豪大敢相师。
孤帆明日别君去，万里烟波无尽悲。[①]

　　此首歌行，句式稍显凌乱，实为追求太白歌行之洒落气势；
意脉亦显不畅，但显是追怀太白之精神，并表达了知音之求。此
诗总体上难称佳构，但尚不至于如钱谦益所评乃"野狐外道"也。
钱谦益所评，确实过于峻烈。

　　小传又称："吾师傅文恪公，学佛作家也，叙《石头庵集》，
拈出此中末后一句云：'去，去，石头路滑'。"傅文恪公，指南京
国子监司业傅新德，其序《石头庵集》末云："尝戏谓上人，此中
末后一句谓'何肯容学人同参否？'上人听，然而笑曰'去，去，
石头路滑。'"[②] 傅氏所云，意谓石头如愚之诗颇为高妙，并问"何
肯容学人同参否"？石头如愚以马祖道一和百丈怀海著名的"石头
路滑"公案答之，充满机锋。然而，钱谦益却引申为"石头毕竟
死此句下"，意味石头如愚一生累系于诗事，所论明显过于牵强。

　　钱谦益称："存石头诗，仍附雪浪门徒之后，为渠末后发露忏
悔。"今检《石头庵集》卷四《与耶溪兄》云："兄念与弟旧交，
能垂一臂作苦海浮囊耶？抑坐视而不顾如路人耶？"[③] 耶溪兄，即
耶溪志若，年二十六，闻雪浪洪恩开法南都，乃瓢笠而往，依雪

_____

① 释如愚：《采石吊李太白先生》，载《石头庵集》卷一，第98—99页。
② 傅新德：《蕴璞上人石头庵集叙》，载《石头庵集》卷首，第92页。
③ 释如愚：《与耶溪兄》，载《石头庵集》卷四，第152页。

浪洪恩座下，执业十二载，生平见憨山德清所撰《耶溪若法师塔铭》。石头如愚在这封书信中，只是请求耶溪志若帮助他，但未言自己究竟深陷何种困境，不知是否就是钱谦益所云"发露忏悔"？

### 二、石头如愚的著述

石头如愚的著述颇多，内学、外学皆备。其内学著作，今所存者有《妙法莲花经知音集》。此集实为《妙法莲花经》之注解。据其序称，此注"历地凡三郡一邑。始于南京应天府碧峰寺之石头庵注两品，次于镇江府之焦山寺注一品，次于徽州府之松萝庵注四品，次于高淳县之淳西庵及韩乡官止庵精舍注十五品，末复于石头庵注六品也。历年凡三载有奇，始于万历三十年壬寅夏六月十五日，讫于三十三年乙巳秋七月十五日也"①。此书今已收入《卍新纂续藏经》中。又，黄虞稷《千顷堂书目》著录了"僧如愚石头和尚《阴符经解》一卷"②，今未见存。又，刘侗、于奕正《帝京景物略》卷一载："方僧争宇以讼，桐城诸绅迎蕴璞住之。蕴璞，同省南师雪浪者，雪浪具大辩才，讲经四十年，然不着一字。蕴璞居此八年，则著《金刚筏喻》《心经钵柄》等书。"③则石头如愚还著有《金刚筏喻》《心经钵柄》。关于《心经钵柄》，姚旅说："蕴璞著《心经》注，名之曰'钵柄'。钵不宜柄，喜之者

---

① 释如愚：《妙法莲花经知音集序》，《妙法莲花经知音集》卷首，载《卍新纂续藏经》第 31 册，第 339 页。

② 黄虞稷：《千顷堂书目》卷十六，瞿凤起、潘景郑整理，上海古籍出版社，2001 年，第 435 页。

③ 刘侗、于奕正：《金刚寺》，载《帝京景物略》卷一，古典文学出版社，1957 年，第 6 页。

或以便于把捉，今世为之钵柄者多矣，其喜钵柄者亦多。"① 又，郭正域《石头庵蕴璞上人诗文序》还提到他曾著《心经正论》，亦未见传本。

石头如愚的诗集亦有数种。《四库全书总目》"石头庵集"提要云："是集凡四种，初曰《空华集》，诗二卷；次曰《饮河集》，诗二卷；次曰《止啼集》，文一卷；次曰《石头庵集》，诗三卷、文二卷……据《自序》，最后有《宝善堂集》，今亦未见。"②

《空华集》前有张民表撰于万历二十一年（癸巳，1593）、袁宏道撰于万历二十五年（1597）序、于若瀛撰于万历三十年（1602）序。集中可系年的诗作有《戊子（万历十六年，1588）长安除夜》《巳丑（万历十七年，1589）春雨》《辛卯（万历十九年，1591）春日奉内旨饭僧南海乐石帆广文雨中来别赠余以剑赋以纪之》《壬辰（万历二十年，1592）元日》《壬辰小年夜归静海寺》。此集盖收录石头如愚撰于万历十六年（1588）至万历二十年（1592）间的诗作，涉及的事迹主要是他在京师与人唱和，以及奉旨饭僧南海，往来京师、江南途中之作，应是他最早结集的诗集。

《饮河集》前有阮自华撰于丁酉（万历二十五年，1597）序、周应宾撰于辛丑（万历二十九年，1601）秋日的序，可明确系年诗作有《甲午（万历二十二年，1594）春日咏怀二十二首》《乙未（万历二十三年，1595）春日留别松萝山忠上人》《丙申（万历二十四年，1596）春日投华山赠雪浪师》《丁酉（万历二十五年，1597）春日皖山解制一首》《戊戌（万历二十六年，1598）春日同

---

① 姚旅：《露书》卷七，第162页。
② 永瑢等：《四库全书总目》卷一八〇，第1626页。

莲宇应供陈明府斋中赋赠》。所收之诗当为万历二十二年（1594）春至万历二十六年（1598）冬所作之诗，所涉及的事迹主要是石头如愚参雪浪洪恩学法，至皖山等地讲法之事。此为诸集中涉及雪浪洪恩文字最多的诗集。

《止啼斋集》所收皆文，无序，题"石霜山僧如愚著，公安袁宏道选、夷陵刘戡之校梓"。内中可系年的作品有：《刘王君和游仙词五十首序》（内有"今年丁酉仲夏语"，故系于万历二十五年，1597）、《跋书溪上落花诗卷尾》（末署"丁酉岁五月"）、《碧峰寺募造参金佛像补遗序》（丁酉八月试日），盖收石头如愚丁酉前后之文。

《石头庵集》情况比较复杂。今存《石头庵集》，前有郭正域序（未明确系年）、傅新德序（未明确系年）、汤宾尹序（末署"辛丑佛降生日"，即万历二十九年，1601）、颜素序（万历己亥夏端阳，万历二十七年，1599）、曹学佺序（未明确系年）、祝世禄题词（末署"万历辛丑重阳后三日"，万历二十九年，1601），题"石霜山僧江夏如愚著"。集中可系年之作有：《己亥（万历二十七年，1599）元日答刘昆邪试笔之作》《己亥初度前一夜四首》《己亥冬夜两闻雷电有感》《己亥黄州除夜》《庚子（万历二十八年，1600）初度二首》《辛丑（万历二十九年，1601）》。盖此集所收，为万历二十七年（1599）至万历二十九年（1601）间的作品。但颇为蹊跷的是，于若瀛《空华集序》中称："久之成集曰《空华》，岁丙申（万历二十四年，1596）曾以叙属不佞，逾六年矣。俄见公于北固山下，始了夙诺，公更有《石头庵集》行于世，世争诵之。"① 据此，《石头庵集》较《空华集》结集的时间更早。我们以为，今存《石头庵集》与于若瀛所说的《石头庵集》，并非同一书，很可能石头如愚最早结集的诗集亦名为"石头庵集"，后来一仍其名，但内容已完全不同。傅新德序中称："上人籍江夏，尝游衡山，山故有石头庵，顷自江夏来金陵，所居寺又近石头城，则总而名其集曰石头庵集。"② 则"石头庵集"又是石头如愚诗集之总称。因此，万历三十六年（1608），刘戡之刻《石头庵宝善堂诗集》时，不仅全部搬了《石头庵集》诸家之序，而且版心上方亦记"石头庵集"。值得注意的是，今《石头庵集》中已绝少涉及雪浪洪恩的文字，殆雪浪洪恩被逐之后，石头如愚已逐渐疏远和他的关系。

从以上所考来看，四库馆臣以为此四种诗集，刊刻的先后顺序为《空华集》《饮河集》《止啼斋集》《石头庵集》，大体正确。但是，《四库全书存目丛书》在影印此书时，不知何故，将《止啼斋集》置于最前，盖未能仔细辨清它们刊刻的时日。

四库馆臣未能见到的《石头庵宝善堂诗集》，实际今仍见存于国家图书馆，《禅门逸书初编》亦有影印本。此本为万历丙午（万历三十四年，1606）刘戡之南京刊本，每半页9行，行18字，左右双栏，白口，单白鱼尾，上方记"石头庵集"。此一版式与前几集完全相同，盖皆刘戡之所刻，只是所刻时日不一。《石头庵宝善堂诗集》前有曹学佺、傅新德、汤宾尹、颜素、郭正域、祝世禄

① 于若瀛：《空华集序》，载《空华集》卷首，《四库全书存目丛书》集部第191册，第19页。

② 傅新德：《蕴璞上人石头庵集叙》，载《石头庵集》卷首，第91页。

等序，均与《石头庵集》诸人之序完全相同，只是多出了刘戡之
序。刘序末署"万历丙午夏（万历三十三年，1605 年）"，序中
称："余之所以知师者止此，若师之所以自知者，自有师之文在。
余实不文，余又安能尽余之情？故尽授师之文于梓。"① 此集明确
系年的作品有：《壬寅（万历三十年，1602 年）春住焦山枯木堂》
《壬寅小年为立春前一夜同孤云养中慎诺诸门人咏怀二首》《万历
癸卯七夕前一夜与湛若交芦虚静完因订住匡山之盟》《癸卯高淳县
西庵除夕篇有引》《甲辰冬立春前两夜对月》《丙午夏日宿王月松
庵赠松屏上人》。可见此集所收大抵是石头如愚万历三十年
（1602）至万历三十四年（1606）所撰诗文，涉及的事迹主要是如
愚石头在焦山、松萝山、黄山、高淳等地讲法之事。

《千顷堂书目》卷二十八还著录了"《四悉稿》四卷"②，未
见。不知是否为他后来至京师传法时所撰之诗文集。

### 三、石头如愚诗之评议

钱谦益因人废诗，直斥石头如愚诗为"野狐外道""鄙俚秽
杂"。但是，石头如愚各种诗集的诸家序言，对他的诗却予以了极
高的评价。例如，傅新德读其诗，以为"若置身于陶、韦诸人之
前，而厌世之工于藻者"③；袁宏道更说："余谓愚公于诗为伯，于
禅为宗，于人天为眼，于义学为虎。"④ 这些撰序的文人，大多与
石头如愚交往甚密，当然也难免揶揄、推奖之嫌。此外，清初著

---

① 刘戡之：《刻石霜和尚宝善堂诗文集序》，《石头庵宝善堂诗集》卷首，
载《禅门逸书初编》第 8 册，第 7 页。
② 黄虞稷：《千顷堂书目》卷二十八，瞿凤起、潘景郑整理，第 699 页。
③ 傅新德：《蕴璞上人石头庵集叙》，载《石头庵集》卷首，第 91 页。
④ 袁宏道：《空华集序》，载《空华集》卷首，第 20 页。

名遗民杜濬、邢昉对他的诗也评价很高。杜濬说："吾楚诗僧五十年前，有江夏愚公蕴璞，才气纵横，发为篇章，如关河放溜。所著《空华》《饮河》诸稿，同时闻人如郭美命宗伯、汤嘉宾祭酒，皆极口称许，于是诗名噪宇内。"① 邢昉则有诗追怀："髫岁逢师早，题诗在此山。钱刘堪纵步，郊岛正同班。黠鼠窜余烬，灵蛇伏故关。徘徊空佛火，追想泪成斑。"②

平心而议，石头如愚的诗，既不似钱谦益所指斥的那样不堪，亦无须像晚明诸子那样过分拔高。他的诗，在僧诗中自有特色，颇能反映当时的丛林风气；但置于文人诗中，则总体仍显稀松平常。

晚明诸家之序，大多提及石头如愚诗歌的"真情""至情"。例如，周应宾《饮河集序》称："愚上人亦喜言诗，其为诗也，必极其情之所之，才之所至，见之者皆以为风云月露之致语，而不知其于禅教固甚精也。"③ 张民表《空华集序》云："江夏愚公神悟机发，思纬通长，奉任天真，寄心玄，胜释典，故自淹思庄叟，尤能宿契清谈，奇进操行，简拔兼之，文不加点，思不经时，可谓受记之法器，般若之上根也。故其为诗，清蔚令达，弘润恬和，遇境遣意，缘质披文。"④ 刘戡之《石头庵宝善堂集序》亦云：

---

① 杜濬：《十笏斋诗序》，载《变雅堂遗集》文集卷一，清道光年间黄冈沈氏刻本。

② 邢昉：《览蕴璞和尚旧题彰教寺诗凄然赋此》，《石臼前集》卷四，载《四库禁毁书丛刊》集部第 51 册，第 116 页。

③ 周应宾：《饮河集序》，《饮河集》卷首，载《四库全书存目丛书》集部第 191 册，第 51 页。

④ 张民表：《空华集序》，《空华集》卷首，载《四库全书存目丛书》集部第 191 册，第 21 页。

"余所礼之师石霜和尚得此至情，故能妙悟三乘，归根一义，谭尘之余，内外典谟、诸子百家，以至稗官小说，恢谈俚语，寓目即穿，拈笔即成，写情写景，凛凛生气而如画，此其故何哉！盖本于一念慈悲，真实不二，情而得其正者也，安有发之文辞，发之声歌，倏而变态而不风岚雾縠，牛鬼蛇神，倏而正色而不景星卿云。"① 可见，石头如愚诗歌最大的特点在于直抒胸臆，是其真情、至情的流露，可归于晚明的"性灵派"。事实上，他的诗歌创作颇受"公安三袁"的影响。袁中道就指出：

> 石头初作诗，步趋唐律。已晤中郎，始稍变其故习，任其意之所欲言，而不复兢兢尽守古法，世之誉者半，毁者大半，而石头不屑也。予闻而叹曰：石头真不朽人也。天下之传者皆有意于传者也，一有意于传，则避世讥弹之念重而精光不出矣。今石头之集具在，其精光烁人目睛者，岂文人学士所可及耶？彼其视世间之毁誉，如飞蚊之过于前，而不能为之动也。岩头云：一一从自己胸臆中流出，盖天盖地。有旨哉！②

石头如愚早期的诗歌，"步趋唐律"，盖受复古思潮的影响，是时流所向也。但在结识袁宏道后，则去除古法，摒弃世间毁誉，摅一己之胸臆。袁宏道论诗，最核心的观念就是"独抒性灵，不

① 刘戡之：《刻石霜和尚宝善堂诗文集序》，《石头庵宝善堂诗集》卷首，载《禅门逸书初编》第8册，第6页。
② 袁中道：《石头上人诗序》，《珂雪斋前集》卷十，载《四库禁毁书丛刊》集部第181册，第370页。

拘格套，非从自己胸臆流出，不肯下笔"。这对石头如愚产生了重要的影响。

石头如愚与袁宏道之交接，颇为密切。袁宏道撰于万历二十五年（1597）八月二十四日的《空华集序》云："余往住京邸，闻家伯修（袁宗道）与愚公谈禅，心窃喜之。然余于禅本不甚解，亦不知作何语也。今秋过白门，访愚公于碧峰，复见愚公……"①袁宏道所说"余往住京邸"，或为他万历十七年（1589）入京会试时，抑或是万历二十年（1592）再入京会试时。时石头如愚亦在京师，袁宏道听石头如愚谈禅，"心窃喜之"。万历二十五年（1597）秋，袁宏道、袁中道同丘坦、僧无念、潘景升、袁中夫等游金陵，专门至碧峰寺访石头如愚。《饮河集》卷下《同袁中郎潘景升袁中夫丘长孺袁小修摄山纪游作》《九月十六夜丘长孺招同石城河下泛月各述所怀因而赋赠》《读〈锦帆集〉赠袁中郎明府》，盖皆为此一事而作。其中，《读〈锦帆集〉赠袁中郎明府》云："读君《锦帆集》，知君高世志。凤鸟岂毛群，麒麟非虫类。龙性果难驯，兔罝徒见制。千古得若人，佛法有灵气。"② 袁宏道的《锦帆集》由方子公刻于万历二十四年（1596），内中正收入了著名的《叙小修诗》。石头如愚此诗，虽未能直接评议袁宏道的诗学，但对袁宏道之不拘羁绊、卓尔不群的个性，尤为敬佩。

袁宏道倡导的性灵诗学，除了突破诗法、格套的束缚，更强调摆脱礼法、俗套之牢笼，强调诗歌应反映诗人的真性情、真面目。今读石头如愚之诗，印象最深刻者，即他基本不受僧人身份

---

① 袁宏道：《空华集序》，载《空华集》卷首，第20页。
② 释如愚：《读〈锦帆集〉赠袁中郎明府》，载《饮河集》卷下，第82页。

的制约，敢于在诗中抒写一己之情。石头如愚本就胸怀大志，心气甚高，皈依佛门，本非初志；故当他踟蹰山林，有志难骋，郁闷愁思，遂一倾于诗中。此类诗作，最典型的无过于《空华集》卷上所收之《怀净国诗七首》。试举其中的第二首：

> 伯阳之戎狄，仲尼居蛮貊。矧伊遭乱世，游盘思自适。何如火宅中，不离忧患索。穷劫受艰辛，甘心虚抱责。天地有倾颓，山川多改折。无情最坚强，败坏犹难革。况我风波民，业惑将何释。宁无怀归志，流落肯自划。仰止法藏师，悲号心呜咽。自吾离乡井，飘零已十冬。烟霞怀所赏，泉石隔音容。目击人间世，憎爱烦心胸。客亭独延伫，忽忽日下春。颓阳逐归鸟，深渊自潜龙。鼹鼠穴神丘，鸣鹤恋乔松。安得久忘归，伶俜疏自佣。①

"怀净国诗"，实为佛门盛行的"怀净土诗"，所作一般为劝学人念阿弥陀佛，或表达对净土世界之祈望。但石头如愚《怀净国诗七首》，完全突破了此类诗作的陈套，只是抒写一己之悲愁，这的确堪称古代怀净土诗的特例。又如，万历二十二年（1594）所作《甲午春日咏怀十二首》，应是他投华山雪浪洪恩后所作，内中"乙锥徒有地，八口岂无身。狡兔惭营窟，饥鹰耻就人"②句，剖露出他不甘寄人篱下的愿望；"安心空有术，托业竟无涯。绕指刚

---

① 释如愚：《怀净国诗七首》其二，载《空华集》卷上，第26—27页。
② 释如愚：《甲午春日咏怀十二首》其一，载《饮河集》卷上，第55页。

虽在，悲丝色已加"①句，表达了对前途的悲观；"渊鱼难脱水，泽雉敢辞樊。念尔凌霄鹤，荣生岂在轩"②，则将自己比拟为渊鱼、泽雉，难以奋志而进。又《祖堂山中咏怀二首》云："我本烟霞姿，移根托市井……已占潜龙爻，更足沧浪咏。无道圣人生，余将全所秉。"③"潜龙爻"表明自己的志向。"万事吾心定，浮生不可欺……寿陵失故步，墨子悲素丝。更衣嫌犬吠，鞭后恐羊迟。时阴不我待，形与老相期。碌碌浮沉者，终焉将胡为。"④"寿陵"两句，是说自己受到世俗熏染，慨叹不可自拔；"更衣"后四句，则是感慨自己碌碌无为，时不待我，老之将至，弥漫的皆是悲观的情调。曹学佺所选《石仓历代诗选》虽颇受世人非议，但他评石头如愚诗说"愚公诗古体有气力，五言律奇而险，顾多慷慨悲愤之句，不作禅语，所以为佳"⑤，还是颇具慧眼的。

　　石头如愚在诗中坦陈的心迹，固然不是僧衲应有的本色。但从诗家的角度看，倒是颇为难得。诗者，缘情而发，诗人之真性情、真志趣，乃是其艺术魅力的根本。石头如愚完全抛开了佛门戒律的束缚，既没有依傍佛门的清净庄严以掩饰对功名的渴求，更没有移录禅语、佛典来标榜自己的身份，所以读来反而令人觉得真实。他的《难为诗二首》其二，更像是"人生宣言"：

　　　　富须极侯王，贫当如丐子。贵贱形有殊，快活心相

---

① 释如愚：《甲午春日咏怀十二首》其五，载《饮河集》卷上，第55页。
② 释如愚：《甲午春日咏怀十二首》其六，载《饮河集》卷上，第55页。
③ 释如愚：《祖堂山中咏怀二首》其一，载《饮河集》卷上，第58页。
④ 释如愚：《祖堂山中咏怀二首》其二，载《饮河集》卷上，第58页。
⑤ 曹学佺：《石头庵集序》，载《石头庵集》卷首，第94页。

似。莫作中样人，高低两不是。体面存朝夕，肝肠时彼此。①

拒绝平庸，要不富如侯王，要不贫如乞丐，决不作"中样人"！或许正是这样强烈的功名之心，使石头如愚铤而走险，篡乃师之法席，直使世人笑骂。

石头如愚大概还是明代摄入绮语、艳词最多的僧人。《饮河集》卷下有《百六诗四首为长孺赋》，风格极哀婉顽艳。例如第二首云："明知妾薄命，偏爱尔多才。记得生前曲，都成死后哀。玉环虽在手，破镜已空台。云雨巫山隔，千秋梦不来。"②此诗本意虽或是借妇人之口吻，抒写他对丘坦（字长孺）的怀念，但通篇绮丽哀婉，几同艳词。又，《空华集》卷下《估客乐仿齐僧宝月体四首》，是拟作南齐释宝月的艳情诗，亦是极绮丽之词：

> 莫作估人妻，欢乐难久携。昨朝来江东，明晨去辽西。
>
> 三岁与郎别，一夜与郎交。怕闻司晨鸡，唤郎与侬抛。
>
> 送郎出郭门，再送向前村。四顾执郎手，愿郎保寒温。
>
> 郎为侬辛苦，侬为郎思忆。身心莫相忘，有便寄消息。③

---

① 释如愚：《难为诗二首》其二，载《饮河集》卷下，第84页。
② 释如愚：《百六诗四首为长孺赋》其二，载《饮河集》卷下，第83页。
③ 释如愚：《估客乐仿齐僧宝月体四首》，载《空华集》卷下，第46页。

　　显然，石头如愚不会不清楚，这样的"绮语"是佛门之禁忌，那他何以要造此"业"呢？这除了内中或别有寄托外，也体现了他对佛门戒律的蔑视。

　　石头如愚的诗歌，情感丰富，除了以上提到的抒写个人情志之外，颇为难得的是，他也经常表达对时局的关切。例如《石头庵集》卷二《时艰》云："陨星动地怯时艰，更报平原出五山。妖孽岂容传户口，祯祥犹望格天颜。此时乡国愁将别，他日兵戈苦欲还。却笑一身同海鸟，行藏不合向人间。"① 又如，《饮河集》卷下《炎热行》：

　　　中天悬烈曜，大火司南辰。金石焦且流，通衢绕炎尘。三农无荫庇，六月何苦辛。所嗟富贵者，谁念贱与贫。绮罗盈下服，冰纨互相陈。阿阁启北窗，金罍会嘉宾。娇娥卷湘帘，清讴半含嚬，伏事靡恓怀，动辄生憎嗔。焉知负与担，求苏气未伸。②

　　万历年间，旱灾连年，今日有学者甚至以为明代的灭亡即源于自然环境之恶化，但这其实仍只是诱因，根本还在于人为因素。石头如愚这首诗，除描写了夏日流火，万木焦枯，农夫之悲辛，更运用了对比的手法，揭示出了贫富悬殊的社会现象，而此正是社会动荡的根本原因。

　　明清之际，很多人在评价石头如愚的诗时，常将他和贾岛相

①　释如愚：《时艰》，载《石头庵集》卷二，第113页。
②　释如愚：《炎热行》，载《饮河集》卷下，第81页。

比。例如袁宏道《送蕴璞之通州》云："谭诗宗岛瘦，运笔想怀颠。"① 袁中道《别蕴璞往通州访司马顾公》云："八法惊神手，五言见苦心。"② 邢昉《览蕴璞和尚旧题彰教寺诗凄然赋此》亦云："钱刘堪纵步，郊岛正同班。"③ 他们都指出其愁思苦绪，颇近于贾岛"苦吟"一派。但实际上，石头如愚的诗风前后变化很大，早岁因志气难舒，故多愁苦之思；而中年之后，在佛禅的作用下，他"使性重气"性格略有改变，抑或是他在篡得雪浪洪恩法席后，个人所欲基本实现，故而在《石头庵宝善堂诗集》中，很少再有类如《饮河集》《空华集》中的苦闷和愁思，而更多的是描写他行游江南丛林的感悟。例如《松萝杂咏三首》其一云：

> 暑色挥难去，松阴可就凉。心灰溪共冷，形倦鸟同藏。烟际人如豆，草间石似羊。藤花幽处落，风送欲沾裳。④

"心灰""形倦"两句，颇反映了石头如愚在松萝山时的心态。又同卷《中秋松萝顶看月同孤云交庐善权慎诺诸门人作》云：

---

① 袁宏道：《送蕴璞之通州》，载《袁宏道集笺校》卷一二，钱伯城笺校，上海古籍出版社，2008 年，第 535 页。

② 袁中道：《别蕴璞往通州访司马顾公》，载《珂雪斋集》前集卷二，万历四十六年刻本。

③ 邢昉：《览蕴璞和尚旧题彰教寺诗凄然赋此》，《石臼前集》卷四，载《四库禁毁书丛刊》集部第 51 册，第 116 页。

④ 释如愚：《松萝杂咏三首》其一，载《石头庵宝善堂诗集》卷一，第 19 页。

中天孤月晶，秋色最宜人。桂晕流千壑，蟾光满一

轮。山河俱到眼，星斗不离身。松顶微云霁，菁华绝

点尘。①

诗风清新，如寒蝉冷月，沁人耳目，充满着法喜禅悦。

钱谦益称石头如愚"后入燕京，居七指庵，遭恶疾，舌根眼

根及手足皆烂坏，号呼狼狈而死。愚为人，才辩纵横，笔舌掉厉，

以诗游宰官族姓，摇笔数千百言，观者争吐舌相告"。我们目前还

没有看到相关材料证实这一说法，也没有见到他晚年在京师所撰

之诗。倒是憨山德清在《雪浪法师恩公中兴道法传》中说："南北

法席师匠，皆出公（雪浪）门。除耶溪三、明明宗已往，现前若

巢松浸，一雨润，大唱于三吴；蕴璞愚，晚振于都下；若昧智，独

揭于江西；心光敏，宣扬于淮北。海内凡称说法者，无不指归公

门。"② 可见，石头如愚晚年的确至京师，只是境况似不像钱谦益

所说那么悲凄。

总之，根据目前所能见到的史料，石头如愚的确在人品和僧

品上皆有可指斥之处，尤其是他策划驱逐乃师雪浪洪恩之事，无

论以世间法还是出世法看，皆非道义之行。但是，石头如愚的诗

歌敢于抒写自己的真性情，坦陈心迹，展现自家面目，在晚明丛

林中亦堪称卓异之僧。

---

① 释如愚：《中秋松萝顶看月同孤云交庐善权慎诺诸门人作》，载《石头庵
宝善堂诗集》卷一，第 20 页。

② 释德清：《雪浪法师恩公中兴道法传》，载《憨山德清梦游集》卷三十，
莆田广化寺佛经流通处影印本。

## 第三节 "近代诗僧之领袖"：雪山法杲

钱谦益《列朝诗集小传·闰集》"雪山法师杲公小传"云：

> 法杲，字雪山。出家吴门之云隐庵。以舞象之年，修瑜伽法，及长悲悔，遂弃去，修出世法。与一雨润公、巢松浸公，同参雪浪大师于无锡之华藏寺。浪师法道烜赫，学人慕膻因热，辄思炷香，为荣名利养之计。师与巢、雨，矢心执侍。金陵之华山、京口之焦山，江山高秀，云水孤清，往来栖息，历十余夏，相依如形影。憨老闻而叹曰："好学人，吾兄一网打尽矣。"师深究大乘，高操独行，见世衰法微，深自保护。雪浪迁化，师亦继之，而巢、雨之法席始盛。读师赠巢、雨二章，知其为法门义虎，横绝众流者也。诗集八卷，为润公所辑，王百谷极称之。以诗言之，亦当为近代诗僧领袖，巢、雨辈远不逮也。[①]

雪山法杲的生平亦未见碑传，这已是所见最为详尽的小传了。据雪山法杲《雪山草》前海虞慧秀所撰之序云："惜乎神骏先徂，芳兰易萎，死生预定，失我良朋。卒之载明年，昭阳故人李无竞沮修暨洞庭润公哀集手录若干卷，总付诸梓，以永其传……时万

---

① 钱谦益：《列朝诗集小传·闰集》，第712页。

历庚戌四月佛降诞日海虞友弟慧秀撰。"① 万历庚戌，为万历三十八年（1610），则雪山法杲卒年当为万历三十七年（1609），雪浪洪恩卒年是万历三十五年（1607），故钱谦益说"雪浪迁化，师亦继之"。雪山法杲的生年不可具考，《雪山草》卷五《甲辰除夕》有"半世行藏半啸歌，自怜樗散自摩娑"②。若"半世"系指五十的话，则雪山法杲的生年当为 1545 年，即嘉靖二十四年。但颇为奇怪的是卷五竟有《丁巳除夕五首》，丁巳为万历四十五年（1617），则此时雪山法杲圆寂已 10 年之久。

雪山法杲今存撰述唯有《雪山草》。是集由昭阳李思睿初刻于万历三十八年（1610），此版本今仍见存，收入《禅门逸书续编》中。《雪山草》共 9 卷，前有慧秀、无名氏和王穉登序，各卷前皆题"吴门释法杲著，新都潘之恒选，震泽释通润编，昭阳李思睿校"。版式为每半页 9 行，行 18 字，中缝题"雪山草"，上鱼尾，白口，左右双边。卷一为四言古诗（11 首）、卷二为五古（13 题，132 首）、卷三为七言歌行（47 首）、卷四为五律（71 题，105 首）、卷五为七律（32 题）、卷六为五绝、卷七为六绝、卷八为七绝，皆是以山居为题的大型组诗。卷九为"赞铭杂类"，收偈颂像赞类作品 16 题 26 篇。

《雪山草》是以诗体编排的，作品很难系年，故雪山法杲的行履也比较模糊。与性躁性褊的石头如愚相比，雪山法杲显然属本分之僧，亦是忠孝之僧。他一生基本随侍雪浪洪恩，直到雪浪洪恩去世。慧秀谓其"生平相羊泉石，遇物春融，愁不挂眉，嗔不

---

① 释慧秀：《雪山草序》，《雪山草》卷首，载《禅门逸书续编》第 3 册，第 2 页。

② 释法杲：《甲辰除夕》，载《雪山草》卷五，第 70 页。

入面，慈爱之心油然满腹。当毒疠盛行之日，恒手斋汤剂，扶掖病僧数十辈，饮而活之庑下，此尤人所难能者"①。王穉登也说他"尤能养父，父老不能自食，僦屋以居，躬爨汲以为养。父病，昼夜视匕箸刀圭惟谨，中裙厕牏，皆手自浣涤，以其间膜拜礼佛，击额投地，额坟起不休，人以是称其孝"②。其忠孝之心历然可见。

雪山法杲的行迹主要是在江南丛林，而且交游也远不如石头如愚广泛。《雪山草》中可见及的著名士人唯有王穉登等人，其余皆是同门法兄弟，像一雨通润、湛怀钦义、巢松慧浸。颇令人奇怪的是，在《雪山草》中，我们竟没有看到任何与雪浪洪恩相关的文字。按说，雪山法杲追侍雪浪洪恩十余年，又恪守本宗家风，理应有与雪浪洪恩唱和的文字。

雪山法杲的诗歌，最令人瞩目的就是他的山居诗。《雪山草》卷二有五言古诗《山居杂咏一百首》、卷四五言律诗有《山居杂咏四十首》、卷五七言律诗有《山居五首》、卷六五言绝句有《山居一百六首》、卷七有六绝《山居七十六首》、卷八有七言绝句《山居一百六十七首》，总共达到了五百余首，应是僧诗史上写作山居诗最多的诗僧。

雪山法杲的山居诗，除律体稍弱之外（仅33首），其他体式都达百首以上。在古诗《山居杂咏一百七首并引》前，雪山法杲有一段"小引"云：

藤井坐啮枯之鼠，肉眼奚憎；花茎伏蠚螫之蛇，金

---

① 释慧秀：《雪山草序》，载《雪山草》卷首，第1页。
② 王穉登：《雪山诗草序》，载《雪山草》卷首，第5页。

夫愿摘。白既变彩，红随染尘，迷珠泣岐，捕风逐块，
则又乌知阳焰之波，滕沸不堪；夜壑之舟，密移可惧者
乎？况今义天岁暮，法苑秋凉，象驾轮摧，鹿衣衽接，
苟未获盲色聋声之效，曷得逃断灰死水之讥。乃云世固
泪心，山殊助道。岩赠女萝之气，或可清肌；溪摇帝草
之光，岂不溢目？会须排云选石，量土诛茅，青峰一朵，
仁身翠岭，万支缄足。若夫恋兹蛙井，匿彼禽门，则临
流捉泡，黄童蠢蠢可怜，而混物偷兰，朱昏淹淹虚掷。
以致隋侯失玩，耆婆是珍，化垒竟捐，逝川匪惜。故我
车惩后戒，旌辀中摇，抽宝日之三余，作镜头之一
唤耳。①

　　"世固泪心，山殊助道"，是雪山法杲写作山居诗的宗旨。丛
林榛莽，象驾轮催，虽不至于使他"盲色笼声"，却难逃"断灰死
水"之讥，故他选址诛茅，岩边篱下，遥峰寒潭，率直承当，吟
哦不辍，无顾于隋侯之珠、逝川之叹，而尽得山林隐幽之趣。此
种心态，决定了雪山法杲在构思山居诗时，常以世间之凡尘浮华
对比山林之勃勃生趣，以凸显前者之空幻和后者之永恒。这在五
言古诗《山居杂咏一百首》中显得特别突出，例如第五首：

　　　　浮生若露光，亦是朝菌质。露景不逾时，菌质宁终
　　夕。敢将金石音，愿托晨风翼。锐志盍归来，冥栖有

---

① 释法杲：《山居杂咏一百首》并引，载《雪山草》卷二，第10页。

真益。①

　　浮生如露光、朝菌，易逝难驻，空幻不实；唯有冥栖山林，
翼托晨风，方能与金石永恒。再如第二十八首：

　　　　既匪金石躯，浮生易延促。不及野草根，年年一回
　　绿。东皋寒可怜，热焰摇春木。一片明霞光，斜阳在
　　山麓。②

　　形骸匪如金石，浮生易促；而野草虽荣枯有时，但终究能重
焕生机。所以世人珍重的形骸、浮生，其实不及那山间的野草。
山麓的一抹斜阳，似无言地诉说着永恒。再如第三十七首："白日
尘网深，西风鬓丝短。形难五石支，心匪三江浣。"③ 第五十五首：
"人离浊世清，日到空山永。笑问隔窗云，汝能还过岭。"④ 第六十
七首："浮华若唾遗，乐境真在此。"⑤ 第六十八首："灵台日荒芜，
龌龊徇所私。何不策高足，斯言当及时。"⑥ 第七十一首："浮骸匪
金石，俯仰空徘徊。白日不相惜，奄忽朱颜颓。"⑦ 第八十三首：
"世尘汩已深，灵光宁复睹。欲寄同心言，修途险且阻。"⑧ 五言绝

---

　　①　释法杲：《山居杂咏一百首》其五，载《雪山草》卷二，第10—11页。
　　②　释法杲：《山居杂咏一百首》其二十八，载《雪山草》卷二，第13页。
　　③　释法杲：《山居杂咏一百首》其三十七，载《雪山草》卷二，第14页。
　　④　释法杲：《山居杂咏一百首》其五十五，载《雪山草》卷二，第16页。
　　⑤　释法杲：《山居杂咏一百首》其六十七，载《雪山草》卷二，第17页。
　　⑥　释法杲：《山居杂咏一百首》其六十八，载《雪山草》卷二，第17页。
　　⑦　释法杲：《山居杂咏一百首》其七十一，载《雪山草》卷二，第18页。
　　⑧　释法杲：《山居杂咏一百首》其八十三，载《雪山草》卷二，第19页。

句《山居》第十四首："世态不禁看，萧萧双眼冷。"① 第十九首"满世都迷醉，幽怀谁复开。青山不相远，向晚逐云来。"② 第四十四首："人生一宿客，天地如空亭。亡羊与得鹿，此梦何时醒""觉今是而昨非"③"弃尘网而返重渊"。这不仅是佛教山居诗也是古今隐逸诗一般的写作思路，它所昭示的无非就是对浊世的深刻鞭挞和对山居生活的无限向往。雪山法杲的山居诗中，除了对俗世生活的批判，更经常咏叹个人形骸和生命的无常，这显然是佛禅精神浸润下雪山法杲对生命真谛的真切体悟。佛教以为万法皆空，念念虚妄，面前"似真而假"的形骸、物质，犹如镜中之相，皆虚幻不实。例如七言律诗《山居》第三：

> 眼前幻境徒云云，人到断桥形自分。客座寒飘古崖藓，绳床夜湿清溪云。落花游丝岂相扰，莺啼燕语如不闻。有问生公几门弟，点头顽石犹成群。④

此首不仅言浮生如梦，尽所闻见，亦如幻境。人到断桥，依然忘我，形神俱离，虽落花游丝、莺啼燕语，亦不能撩动其空寂之心，更何况世间之纷扰？读这样的诗，的确能令人形神俱泯。

雪山法杲的山居诗，还经常塑造诗人自我的形象。例如以下三首：

---

① 释法杲：《山居》其十四，载《雪山草》卷六，第77页。
② 释法杲：《山居》其十九，载《雪山草》卷六，第78页。
③ 释法杲：《山居》其四十四，载《雪山草》卷六，第79页。
④ 释法杲：《山居》其四，载《雪山草》卷五，第75页。

山木何槎牙，冷云凄石窟。借问窟中谁，一尊近死客。饮啄都未知，谁存鼻端白。夜半万峰明，豁然孤月出。①

有僧白云端，清昼萝房敞。九天风伯声，万壑松子响。不惜身树枯，但俾心苗长。面壁竟忘年，此情非勉强。②

一尊岩上人，几寸阶头藓。世路隔苍江，云山满青眼。③

此三首诗中的"近死客""僧""岩上人"，显然都指雪山法杲本人，塑造的是一个孤寂空灵、超越尘俗的禅者形象。廖肇亨曾说："对主体性的充分体认可说是《山居诗》最重要的本质。"④诗人在诗中反复描摹自我形象，一方面是砥砺自我心性，以建立睥睨世间万物的强大信念；另一方面则是以突出这一形象与世俗形象的差别，从而凸显山居生涯中"自我"的怡然自在，去除世俗形象的"他性"。

雪山法杲的山居诗也经常阐述生命哲理，这在七言绝句和六言绝句中显得尤为突出。

来日苦短去日多，寸阴尺晷无蹉跎。乌江最是尽头

---

① 释法杲：《山居杂咏一百首》其五十，载《雪山草》卷二，第15—16页。

② 释法杲：《山居杂咏一百首》其二，载《雪山草》卷二，第10页。

③ 释法杲：《山居》其六十六，载《雪山草》卷六，第80页。

④ 廖肇亨：《晚明僧人〈山居诗〉论析：以汉月法藏为中心》，载《中边·诗禅·梦戏：明末清初佛教文化论述的呈现和开展》，第286页。

处，白发为人吹楚歌。①

　　磨砖作镜人非我，缘木求鱼我笑人，一自见桃闻竹后，方知不隔一星尘。②

　　谁家儿女笑哓哓，一片寒烟四野飘。黄棘丛中最奇事，金钱换得纸钱烧。③

　　举世东南复西北，折柳攀花送朝夕。此心流浪不知乡，恰是天涯未归客。④

　　形是死生逆旅，心为天地邮亭。人智露盘汉武，吾贤荷锸刘伶。⑤


　　这些诗作，纯粹说理。第一首用项羽乌江兵败，四面楚歌，告诫人们不应沉溺于世间功名，蹉跎光阴。第二首，"磨砖作镜"，用南岳怀让和马祖道一公案，表明坚定向佛的志趣；"缘木求鱼"，讽刺了芸芸众生，追名逐利，背道而驰；"见桃""闻竹"亦是禅宗公案，喻示悟道后佛法、心性圆融不二，犹如"不隔一星尘"。第三首末句"金钱换得纸钱烧"，意谓世人未能看破生死，执着于死生。第四首，世人攘攘，南北东西，不仅为形所役，心灵亦无有归所。第五首谓人生犹如天地之过客，形骸无非是生命短暂的寄托，世人都珍重汉武帝武功战伐，而我却以为荷锸饮酒的刘伶才是真正的圣贤。雪山法杲的这些说理诗作，很少有生动之形象

---

① 释法杲：《山居》其一六四，载《雪山草》卷八，第96页。
② 释法杲：《山居》其一五一，载《雪山草》卷八，第95页。
③ 释法杲：《山居》其一二五，载《雪山草》卷八，第94页。
④ 释法杲：《山居》其一五三，载《雪山草》卷八，第95页。
⑤ 释法杲：《山居》其三十八，载《雪山草》卷七，第85页。

描写，更接近于王梵志、寒山的劝讽类诗歌，但是读后却颇令人警醒。

雪山法杲山居诗最为突出的成就，是对山间景物的描写，以及由此而透显出来的空灵、明净的法喜禅悦。读他的山居诗，你会讶异于他怎能将原本单调的山居生活，描写得如此充满生趣，似乎他有着汩汩无尽的、如清泉般的诗思，能够捕捉到山林的一切声响和色彩。例如，五言古诗《山居杂咏一百首》中，写"风"的诗句："木叶落还穷，天风吹不歇"① "巨壑一朝风，颓门丈余叶"② "凉风起暮天，碧云流缓缓"③ "日迥苍鸽啼，风疏绿猿叫"④ "遥天瀑花洒，竟日松风哀"⑤ "风娇石藓明，雾醒溪花艳"⑥ "日晚天风吹，山花击萝帐"⑦ "天风自西来，吹此明霞色"⑧ "秋风落叶鸣，杖拥庞眉叟"⑨ "初日满山溪，谷风来习习"⑩ "西风响天末，乘闲拾松子"⑪ "刁刁霜木音，切切凉风悲"⑫ "隆寒改芳景，风木有余音"⑬ "对兹风木音，因伤岁时感"⑭ "惠日丽游丝，孤风

---

① 释法杲：《山居杂咏一百首》其三，载《雪山草》卷二，第10页。
② 释法杲：《山居杂咏一百首》其六，载《雪山草》卷二，第11页。
③ 释法杲：《山居杂咏一百首》其七，载《雪山草》卷二，第11页。
④ 释法杲：《山居杂咏一百首》其十，载《雪山草》卷二，第11页。
⑤ 释法杲：《山居杂咏一百首》其十六，载《雪山草》卷二，第12页。
⑥ 释法杲：《山居杂咏一百首》其二十一，载《雪山草》卷二，第12页。
⑦ 释法杲：《山居杂咏一百首》其三十三，载《雪山草》卷二，第14页。
⑧ 释法杲：《山居杂咏一百首》其三十四，载《雪山草》卷二，第14页。
⑨ 释法杲：《山居杂咏一百首》其三十六，载《雪山草》卷二，第14页。
⑩ 释法杲：《山居杂咏一百首》其五十七，载《雪山草》卷二，第16页。
⑪ 释法杲：《山居杂咏一百首》其六十七，载《雪山草》卷二，第17页。
⑫ 释法杲：《山居杂咏一百首》其七十六，载《雪山草》卷二，第18页。
⑬ 释法杲：《山居杂咏一百首》其八十一，载《雪山草》卷二，第19页。
⑭ 释法杲：《山居杂咏一百首》其九十二，载《雪山草》卷二，第20页。

引桐叶”① “回风自天起，遗我飞瀑音”② “朝风暴且厉，摧我庭中
兰”③ “临风诉远衷，遥天瀹孤况”④ “天云振孤鹄，海隅鸣断
风”⑤，等等。“风”在僧侣诗歌中，显然不及水、云、月等意象那
样有着十分丰富的宗教内涵，但很明显雪山法杲的五言古诗《山
居杂咏》对风的描写无疑比后者更多。这一方面表明雪山法杲的
山居诗，并不刻意袭用一些禅门的经典意象，以提升自己诗作的
宗教韵味，而更多地借景物抒写自我的真实体悟；另一方面，
“风”，寒暑皆有，昼夜亦来，随物赋形，遇物辄响，既可闻之于
耳，复又可见其形，实际是最能触发诗人诗情的自然现象之一。
因此，雪山法杲纵身于山林，以其极为细腻敏锐的诗笔，捕捉到
了各种形态的风，既有萧瑟之秋风，亦有娇软之春风；既有习习
谷风，亦有峰顶天风；既有暴厉之朝风，亦有温和之晚风。同时
雪山法杲笔下的“风”，又多带有明显的感情色彩，格调普遍伤感
悲沉，体现出一种浓烈的悲悯情怀。

　　雪山法杲的五言律诗《山居杂咏》二十八首，则主要是描写
禅悦风致的作品。例如第十四首：


　　　暮投岩下寺，路失问潺湲。月出翻嫌树，云归不辨
　　山。石桥临水断，茅屋映溪关。别有高栖者，钟声杳
　　霭间。⑥

———————

① 释法杲：《山居杂咏一百首》其九十四，载《雪山草》卷二，第20页。
② 释法杲：《山居杂咏一百首》其九十六，载《雪山草》卷二，第21页。
③ 释法杲：《山居杂咏一百首》其一百，载《雪山草》卷二，第21页。
④ 释法杲：《山居杂咏一百首》其一百一，载《雪山草》卷二，第21页。
⑤ 释法杲：《山居杂咏一百首》其一百六，载《雪山草》卷二，第22页。
⑥ 释法杲：《山居杂咏一百首》其十四，载《雪山草》卷四，第45页。

诗人暮投荒寺,寻着潺潺的溪流而行,这时,新月初上,云气渐合,茂密的树林掩盖着月华,远方的山峦也因云团而模糊不辨;再仔细看看临水的断桥和溪边的茅屋,一切都显得如此的清幽和静谧。中间两联,动静结合,充满禅意,尤其一"嫌"字,最为有趣。这个"嫌"字显然不是"嫌弃"之意,反而是在一种俏皮的口吻中,透显出诗人对自然万象的无限喜爱。尾联,韵味空灵、悠远,在这幽寂的山林中,更有高蹈的隐者在缥缈钟声中独自漫步。再如第二十五首:

> 窈窕珠林下,清秋万叶空。断烟山路紫,初日草亭红。峰影添衣上,溪光洗座中。莲花六时漏,不赞古人风。①

此首极富色彩美和构图美。首联中"珠林",指很美的林木,又以"窈窕"修饰,美至无以复加,但下句用"空"描写秋天万叶落尽,实如山水画中的空白意象。颔联,用"紫"描写云烟,用"红"描写旭日,使本显空寂的山林增添几分明媚的色彩。颈联写峰峦的阴影映在身上,倒映在溪水中,日光似乎又反映到了石座上,"洗"实是虚写。这两句虽未有王维"空翠湿人衣"那样富有禅意,但亦体现出诗人极为细腻和敏锐的诗情。再如第十六首:

> 独犬吠云影,村家无四邻。草生当断路,花发待闲

---

① 释法杲:《山居杂咏》其二十五,载《雪山草》卷四,第46页。

人。芳树桥边尽，春山雨后新。野翁居自僻，不是为逃秦。[1]

一犬吠影，既是以动写景，反衬出山村之静谧，更表达诗人孤高的品格。谚曰："一犬吠影，十犬吠声。"诗人唯写"一犬"，即表明他无意随声附和，随波汩没。"中间"两联是入禅之作，山间的花草树木随缘而发，随缘而尽，一切都如此的自然，读之真能令人身世两忘，万念俱寂。王穉登评雪山法杲诗曰："如寒潭印空，遥峰积雪，清可彻人骨，绝无一火食语。读之如餐霞吸露，仙仙欲轻举。"[2] 可谓知者之言。

雪山法杲的诗歌，除山居题材之外，还有两个特点比较突出：

其一，他的诗亦颇具本宗特色，不避绮语。例如，卷二《所思二首（并引）》说："《三百篇》则以夫妇之昵托于禽兽草木间，而《古十九首》又以君臣睽违之私寄托于夫妇，今之企慕圣谛者，独无所寄寓哉！读者幸勿以相思别离作情会也。"[3] 雪山法杲明确说明了他以俗世之离情，托寓对佛祖圣谛之企慕，绝非是文字之游戏，更非怡情浪思。试举第二首以分析之：

> 贱妾委空房，曷不霜与霰。良人天一方，颜面寡相见。岂无机杼劳，终岁不成绢。岂无室家私，徒抱衾绸恋。睇彼女牛星，一夕犹欢宴。咄嗟夫与妻，永隔平生面。一苇信可航，勿曰阻河汉。秋风幸旋归，曷辞繁露

---

① 释法杲：《山居杂咏》其十六，载《雪山草》卷四，第45页。
② 王穉登：《雪山诗草序》，载《雪山草》卷首，第4页。
③ 释法杲：《所思二首（并引）》，载《雪山草》卷二，第22页。

泫。思悴故人心，肠似车轮转。悲思夜未央，目断变飞

雁。河汉莫可涉，故情中道裂。惜哉不见知，已矣劳中

热。吁嗟复吁嗟，蕙帐空凉月。①


除了"一苇信可航"外，通篇皆与佛教无涉，若非雪山法杲

事先声名，相信很多人都会将它等同于汉魏古诗。雪山法杲在诗

中以贱妾独守空房，苦盼知己，来托喻自己对彼岸世界的企盼。

虽然这两者在情感的特质和形式上都毫无共通之处，但雪山法杲

如此构思，自有他的道理。古代诗僧，像这样拟作乐府、古诗的

还有很多，或许也都可以从雪山法杲的提示中获得另一种解释。

其二，雪山法杲的诗才比较全面，长篇短制，皆得心应手。

例如卷三《秋日一雨润兄还洞庭赋笠泽歌送之》洋洋洒洒，长达

近千言，上天入地，想象奇伟瑰丽，描写笠泽"三万六千顷"之

水域，七十二座山峰，或"摩青插紫殊岩峣，上有苍茫不尽之云

霄，下有接天激滟之波涛"。接着，又描写湖面的波涛，时而"崩

涛如雷捣山麓"；时而"日出浪平"；时而又"喧轰激山山欲颓"，

若雪片横空，浪花从天而来，"马牛无分涯涘失"，犹如气势恢宏、

壮丽无比的交响曲。接下来，笔锋一转，如乐曲中轻快的行板，

描写两峰之间的桃坞、人家，"男三女四犹成市，犬吠鸡鸣隔水

光，武陵之源只如是"②。雪山法杲在专力渲染笠泽风物时，亦未

忘记此诗的主题，而是留有更多的篇幅写一雨通润此去的角头湾，

并表达了对润公的真挚祝福。此诗铺排有致，笔法灵动，体现出

---

① 释法杲：《所思二首（并引）》其二，载《雪山草》卷二，第22页。

② 释法杲：《秋日一雨润兄还洞庭赋笠泽歌送之》，载《雪山草》卷三，第
27页。

雪山法杲极为富赡的诗才，这在僧诗中是不可多得的长篇歌行佳构。钱谦益《列朝诗集》亦不吝篇幅，首选此诗，所看重的或许正是此诗的艺术价值。

其三，雪山法杲的诗才，更为突出地体现在他对组诗的结撰能力。除了以上所举的各种体式的山居诗外，他还有《乐府杂曲二十八首》《杂诗四十首》《焦山与湛兄夜坐十首》《寄润兄十二首》等，而那些三、四首的组诗更多。组诗的题材相近，若非才思丰富者，往往难以驾驭，很容易重复诗意，读之令人生厌。同时，组诗中每一首诗既可单独成章，又必须互相关联，围绕同一题材，从不同侧面、不同角度予以展开。此正如清人朱庭珍所说："合观之，连章若一章，分观之，各章又自成章，其先后次第，自有一定不紊之条理。"① 故而必须有敏锐的眼光和高超的驾驭能力。雪山法杲对组诗的驾驭，在他的山居诗中已得到充分的展现。

总之，雪山法杲的诗歌在晚明丛林诗坛确实有其自身的特色，王穉登、钱谦益皆推之为近代"诗僧领袖第一"，并非尽是阿私之辞。

## 第四节　滇南诗僧苍雪读彻江南的法缘和诗缘

苍雪读彻是明末清初著名诗僧，与之交谊甚深的吴梅村评曰："其诗苍深清老，沉着痛快，当为诗中第一，不徒僧中第一也。"②

---

① 朱庭珍：《筱园诗话》卷二，载《清诗话续编》，上海古籍出版社，1983年，第2353页。

② 吴伟业：《梅村诗话》，载王夫之等撰《清诗话》，上海古籍出版社，1978年，第76页。

王士禛亦云:"近日释子诗,以滇南读彻苍雪为第一。"① 这样的评价,是否有过誉之嫌呢?我想,对于这位我们还颇为"陌生"的诗僧,首先应在了解其人其诗的基础上,然后再将其置于明季清初吴中诗坛考察其对文士的影响,方能做出较为准确的评价。

## 一、苍雪读彻的生平事迹

现存关于苍雪读彻生平事迹的资料较多,其中以《吴县志·苍雪传》、《滇释记·苍雪传》、《贤首宗乘苍雪传》、钱谦益《苍雪法师塔铭》等较为重要。此外,近人陈乃乾《苍雪大师行年考略》一卷,抉幽发微,对其一生经历考订甚确。本节对苍雪读彻生平的叙述即基于以上资料。

苍雪(1588—1656),俗姓赵,原名读彻,初字见晓,号南来,云南呈贡人。七岁即随父祝发出家于昆明妙湛寺。十二岁,至鸡足山寂光寺,拜滇南高僧水月为师,职掌书记。万历三十五年(1607),十九岁的苍雪始"发志参方",离开鸡足山,孤筇万里,慨然远游。其履至峨眉、天台、雁荡、黄山诸名山,遍访国清、清凉、普陀等大刹,所到之处皆虚心求法于四方名宿,"叩印《楞严》于天衣,受十戒于云栖,受满分戒于古心律师"②,正式成为一名虔诚的佛家弟子。是年冬,苍雪读彻至金陵,适逢雪浪洪恩于望亭接众说法,深为雪浪洪恩说法所折服,遂跟随其参禅礼佛,学习华严精义。次年十一月,雪浪坐化,他又先后参雪浪的高足巢松慧浸、一雨通润为师,学习唯识、华严诸家义谛,并渐

---

① 王士禛:《渔洋诗话》卷上,载王夫之等撰《清诗话》,第178页。
② 钱谦益:《苍雪法师塔铭》,载《钱牧斋全集》第6册,第1264页。

露诗才。万历三十七年（1609）的除夕夜，其赋诗有句云："一岁若教无此夜，百年那得暂闲人。"① 令友人拍案称奇，从此，内外皆传其诗名。

从万历三十八年（1610）至天启四年（1624），苍雪读彻随一雨通润四方行道，凡居藤溪、天界寺、婆峰、凤山、铁山等地。一雨通润因善讲《楞伽经》《楞严经》两经，且曾疏论之，故时人誉其为"二楞大师"。苍雪读彻承师学习，融通《楞伽经》《楞严经》义理，并逐渐使之成为其佛学思想的核心。同时，他又奉止观双修法门，力求自证自悟。万历三十八年一个寒冬，他"十昼夜对卷痴坐，双目逼如赤桃，及听三自性章，恍若枷锁堕地，种种憎爱欣怖，莫不帖然……"② 刹那间，尘障涣然冰释，心中湛然一片光明海。此后，对于一切经论，读彻都能触目旁通，圆融无碍，行住坐卧均能获得无限的法喜禅悦。

天启四年（1624），一雨通润坐化，读彻始独立竖席讲法，往来于苏州、常熟、松江等地，随缘接引，传播佛法。由于他学养深厚，研修有得，故其讲说颇得时人推崇。崇祯二年（1629），董其昌、陈继儒邀其至松江郡白龙潭讲《楞伽经》。当时，前来听法者络绎不绝，"及解制出门，执香前道者数千人，有尾追不及一见者，从来讲师之盛所未有"③。这次的讲法使读彻声名远播，奠定了他在吴中佛门的地位。同时，为力振宗风，读彻于崇祯三年（1630）还广化佛缘，住持募修中峰寺。至崇祯七年（1634），中峰大殿终告落成，文人雅士和香客来往者甚众，成为当时吴中名

---

① 释苍雪：《南来堂诗集》卷首《苍雪大师行年考略》，石印本，1940 年。
② 释苍雪：《贤首宗乘·苍雪传》，载《南来堂诗集》附录卷二。
③ 释苍雪：《贤首宗乘·苍雪传》，载《南来堂诗集》附录卷二。

刹。崇祯十年（1637）后，他与一雨通润的另一高足汰如明河分讲《华严经疏钞》，一岁两期，互为主宾，共同宣讲师法，吸引了大批佛教徒和文人居士，"东南法席，于斯为盛"①。苍雪读彻和汰如明河亦为世人尊称为"苍汰"。

甲申、乙酉事变后，清兵迅速攻占苏州。读彻辗转流离，寓避于喝狮窝。冬乃归中峰。由于战争流弊，吴中法席寝息。读彻虽亦努力弘法，整顿宗门，但境况已大不如前。顺治十三年（1656），读彻应金陵宝华山见月大师之邀，强支病体疏讲《楞严经》，"至第二卷末，命弟子代讲。无何，遂不起"②。是年五月坐化于宝华山，世寿六十九岁。

纵观苍雪读彻一生阅历，从七岁入佛门，至六十九岁圆寂，其行止总不出于佛门的藩篱。虽然世人多以诗僧目之，但事实上他首先是以僧立于世的。陈垣《明季滇黔佛教考》中就说："人知苍雪者多以诗，鲜知其为华严宗匠，诗特余事耳。"③ 推其原因，大概有二：一者，诗名太盛，掩其僧名；二者，苍雪为讲僧，佛法著作较少，不像明末四大高僧那样有丰富的著作传世，故后人难以详尽其佛学思想。不过，从他的佛教活动中，我们还是可以略知其佛学旨趣。他早年参律学、唯识、天台、禅宗等诸家义谛，最终皈依于华严宗雪浪一系，成为明季清初华严宗重要代表之一。明季清初的华严宗，随诸宗合流之趋，亦融通他宗义理，以他宗思想诠释经义，出现了比较明显的禅化倾向。如雪浪洪恩、一雨通润就不墨守一家之言，多融通禅教疏讲经书。苍雪读彻承其师

---

① 钱谦益：《苍雪法师塔铭》，载《钱牧斋全集》第 6 册，第 1264 页。
② 钱谦益：《中峰苍雪法师塔铭》，载《钱牧斋全集》第 6 册，第 1265 页。
③ 陈垣：《明季滇黔佛教考》卷二，第 18 页。

说，亦以《楞伽经》《楞严经》二经疏解华严《大钞》。钱谦益云："师于《贤首》《清凉》诸书，专门讲演，淹通纯熟，大乘经论，如肉贯串，处处同其义味。自《大钞》外，讲《楞伽》一，讲《楞严》《唯识》二，讲《法华》及《中》《百》《门》三论一，千灯一镜，交互映彻。他宗别子，函矢纷如，靡不推为鲁灵光也。"[①]《清稗类钞》中亦说他"贯穿内典"。由此看来，作为讲僧的苍雪读彻，其佛学思想其实是十分丰富的。此外，他一生遍开讲席，弘传佛法，力振宗风，极大地推动了吴中佛教的发展，在当时产生了广泛的影响。因而，在明季清初的佛教史上，苍雪读彻应有重要一席。

## 二、苍雪读彻的诗歌创作

苍雪读彻的诗歌流传下来的有 1 000 余首，均保存于《南来堂诗集》中。然据陆汾《〈南来堂诗集〉凡例》序所说："公（苍雪）生平著作极富，随处漂没，不无玉碎珠沉之慨，兹集约得其半。"[②] 可见，苍雪读彻实际创作的诗歌当远不止目前所见之数量。苍雪读彻的诗集最早由其徒孙行敏搜罗付梓，后陆汾据此于康熙十七年（1678）又刊刻四卷本《南来堂诗集》；另外，吴江顾茂伦亦编其诗集选刊本。我们所见的《南来堂诗集》是 1940 年王培孙依据陆汾本、顾茂伦选刊本和云南刊本等抄本比勘校订而成，共 4 卷、补编 4 卷、附录 4 卷。

苍雪读彻诗众体皆备，尤长于五、七言律体。从内容上看，

---

①　钱谦益：《中峰苍雪法师塔铭》，载《钱牧斋全集》第 5 册，第 1265 页。

②　陆汾：《〈南来堂诗集〉凡例》，载《南来堂诗集》附录卷一，1940 年石印本。

其诗多为表现其佛徒生活和佛道禅心的禅境诗。此外，由于他亲历南明弘光政权的亡覆，忠孝节义每直抒于胸臆，故亡国之思、黍离之悲常流于笔触，这类诗，我们且称为兴亡诗。下面试分而述之。

## （一）禅境诗

前面我们说过，苍雪读彻不仅是名诗僧，而且是名高僧，他有着僧人鲜明的自我意识以及高深的佛学造诣。而这无疑会主导其诗歌创作。苍雪读彻曾说："生平于此证入不二法门，禅机、诗学总一参悟。"以禅喻诗，本是传统的诗学命题，但这也是这位具有禅魂诗魄的僧人亲身证悟所得。在苍雪读彻看来，诗禅相通之处就在于都发于"性灵"。所谓"性灵"，即是真性情，即心灵本色和当下情感的自然流露。对僧人而言，此种"性灵"就是其禅僧之本色。

当然，作为一名诗僧，苍雪读彻的诗并不是对佛禅义理的直接图解，而是多通过对自然景物的描写来体现其禅悦风致。苍雪读彻一生游历广泛，所见山川流云、月明烟霞、鸢飞鱼跃，皆采撷入诗，语语均成妙趣。如卷二《秋夕游山》：

> 手携三尺杖，随步入深松。水落涧边涧，云含峰外峰。临桥将见月，近寺忽闻钟。坐到清凉处，苍烟起万重。[1]

---

[1] 释苍雪：《秋夕游山》，载《南来堂诗集》卷二，石印本，1940 年。

秋天的黄昏，诗人拄杖入万山重中，盘桓于青松下、溪涧边、古桥上，心旷怡然，悠然自适。当新月初升，秋意渐深，近处的寺钟悄然响起时，山中瞬间笼罩在一片苍翠的暮霭之中，诗人的心中亦升腾起无限的法喜禅悦。又如卷四《怀尼则二首》之一：

> 扫尽苍苔叶，敬亭人不来。鸟飞云散处，流水与花开。[1]

读罢此诗，顿觉身世两忘，心中无纤毫客尘之染，意绪唯入落叶花开、流云溪水所营构出的空灵、清冷之境界。此种禅悦之趣所得主要源于飞鸟、流水、花开等特定意象的呈现。众所皆知，飞鸟是佛经中经常出现的喻象。如《增一阿含经》卷十五云："彼云何名为'神足教化'，尔时世尊……或结跏趺坐，满虚空中，如鸟飞空，无有挂碍"[2]；《道行般若经·守空品》云："譬若飞鸟飞行空中，无所触碍，菩萨行甫欲向空，至空向无想；不堕空中，不堕无想，悉欲具佛诸法。"[3] 佛经中用飞鸟之来去无迹喻示"不见来时，亦不见去时，亦不见住处，亦不中边见"的般若空观。而"水流花开"更是被许多学者认为是佛家禅境之一，这是"一个无欲非人的声色之境，水正流，花正开，非静心谛视无以观，观者正可以借此境以悟心"，"喻示了对我执法执已经破除的消

---

① 释苍雪：《怀尼则二首》其一，载《南来堂诗集》卷四，石印本，1940年。

② 僧伽提婆译：《增一阿含经》卷十五，载《大正藏》第 2 册，第 622 页。

③ 支娄迦谶译：《道行般若经·守空品》卷七，载《大正藏》第 8 册，第458 页。

息"①。在这里，鸟飞云散、流水花开，既是诗人寓目直观的客观物象，同时又是诗人彻悟般若空观后，从意识深处的自然流露，诗境和禅境在此得到了融通。苍雪读彻诗中还有多处写到"空"，如"月晓空山寂，霜清一鸟啼""满院无声飞白蝶，空山何处叫黄莺""内外不异空，谁来问安否"。在华严宗教义的观法中，就有"真空观"一法，主要言"会色归空""明空即色""空色无碍""泯绝无寄"四种义旨。② 易言之，此种"空观"，即是指不执着、黏滞于声色外相，而以明镜澄水般的心去涵容万事万物，从而通向空幻圆融之境。苍雪读彻在诗歌中如此频繁地出现"空"，当不会和此无关。尤其是卷四的《秋声阁》中"所向空诸有，无声不夜秋"一句，将"空"和秋夜的各种声色联系起来，即表现了这种非断灭之空，亦表现了非离色之空。

## （二）兴亡诗

吴梅村《哭苍雪法师二首》其一云："得道好穷诗正变，观心难遣世兴亡。"③ 甲申、乙酉事变，明王朝和弘光残明政权在民众叛乱和清兵的双重打击下崩析倾垮。苍雪读彻亲历了这场激越动荡的变革，"于兴亡之际，感慨泣下"④，情凝于中，发而为诗，因而诗歌中多了沉深的黍离麦秀之音。在苍雪读彻的思想深处，有着挥之不去的"朱明"情结，如他在《徐元叹五十初度拙句亦如

---

① 张节末：《禅宗美学》，浙江人民出版社，1999 年，第 19 页。
② 黄忏华：《佛教各宗大意》，福建莆田广化寺，1992 年，第 230 页。
③ 吴伟业：《哭苍雪法师二首》其一，载《吴梅村全集》卷十六，上海古籍出版社，1990 年，第 424 页。
④ 吴伟业：《梅村诗话》，载王夫之等撰《清诗话》，第 79 页。

数赠》中就有"爰及我明兴，王业冠百史"①的诗句，因而后来的全祖望直目之为"僧中遗老"，是为确论。邓之诚《清诗纪事初编》中亦载："是时玉琳、道忞被特征为王者师，礼部行文取天下高僧二十余人入直万善殿，读彻独不与，可谓远于势利者也。"②据考，玉琳、道忞被征召为国师实为顺治十四年（1657）后之事，而此时苍雪读彻已卒年余，不知邓氏此说何据？但苍雪读彻在国变后拒不与新朝合作、保全晚节，却是不争之事实。如卷二的《次韵吴骏公见寄》即云："国破家何在，山深犹未归。不堪加帛帽，宁可著缁衣。"③这首诗作于顺治十年（1653）吴梅村被清廷征召之际，其目的本是劝慰梅村归隐山林，但从中也表明了他忠于前明的节士品格。

鼎革之后的苍雪读彻，更像"安史之乱"的杜甫，在诗中真切地表现其亡国之思和悲天悯人的情怀。如《乙酉积雨纪事一百三十字》中的"老农望天嗟，抱手坐枵腹。人头尽葫芦，柳发剪来秃。烟薪湿难炊，妇灶掉头哭。小儿不解事，犹自索糜肉"④，写兵灾水患给百姓造成的痛苦；《乙酉之变避迹喝狮窝临年仍归一把茅度岁》中的"兵戈无定堪逃避""惊魂未定是何天"⑤，写清兵攻占苏州后，诗人流离的惨状以及劫后余生之惊悸；《寄怀贵阳

----

① 释苍雪：《徐元叹五十初度拙句亦如数赠》，载《南来堂诗集》补编卷一，石印本，1940年。

② 邓之诚：《清诗纪事初编》卷八，中华书局，1965年，第953页。

③ 释苍雪：《次韵吴骏公见寄》，载《南来堂诗集》补编卷二，石印本，1940年。

④ 释苍雪：《乙酉积雨纪事一百三十字》，载《南来堂诗集》卷一，石印本，1940年。

⑤ 释苍雪：《乙酉之变避迹喝狮窝临年仍归一把茅度岁》，载《南来堂诗集》补编卷三，石印本，1940年。

谢君采》中的"白头犹作飘零客，况复时危感不胜"①；《次答淳
之自荆溪见寄》中"秋归只觉床头近，促织连绵到五更"等诗句，
表现了他对于动荡时局的关注和忧虑；"老病摧残霜气后，故交零
落雁声中"② 则写他凄凉之晚境；《夜雨吴中怀古》中的"千秋血
食谁堪祀，一剑雄心恨未消"③、《丙戌元旦次答王彦平》中"老
骥长驱嗟伏枥，壮心向往欲空群"④ 等诗句，是抒发亡国之辱和异
族压迫在诗人内心积郁的浓厚悲愤。在这些诗歌中，苍雪读彻仿
佛褪去了袈裟，禅僧的本色被亡国新恨消解得荡然无存，我们所
看到的是一位忧国忧民的爱国文士，充满着悲愤昂扬的基调。这
种基调在他著名的《金陵怀古》组诗中表现得尤为明显，如其中
一首云：

> 倚楼何处听吹笙，二十四桥空月明。岸断青山京口
> 渡，江翻白浪石头城。长生古殿今安在，饿死荒台枉受
> 名。最是劳劳亭上望，不堪衰柳动秋声。⑤

在清凉的月夜下，瑟瑟的秋风中，二十四桥、京口渡、石头
城、劳劳亭等极富沧桑感的金陵古迹，更显悲凉静穆。诗人独倚

---

① 释苍雪：《寄怀贵阳谢君采》，载《南来堂诗集》卷三，石印本，1940
年。
② 释苍雪：《次答淳之自荆溪见寄》，载《南来堂诗集》卷三，石印本，
1940 年。
③ 释苍雪：《夜雨吴中怀古》，载《南来堂诗集》卷三，石印本，1940 年。
④ 释苍雪：《丙戌元旦次答王彦平》，载《南来堂诗集》卷三，石印本，
1940 年。
⑤ 释苍雪：《金陵怀古》其一，载《南来堂诗集》卷三，石印本，1940 年。

楼台，俯仰天地，在历史和现实的悲凉境遇中徘徊、悲吟，以此
来抒发亡国所带来的郁闷和痛苦。《金陵怀古》中的其余三首同样
充满着这种凝重的兴亡沧桑之感。如第二首的"青草天涯无限路，
白头宫禁有归僧"，第三首中"浪打山根断铁绳，降帆曾见出金
陵"等，均是鼎革之际社会大裂变在这位身处世外的僧人心中的
回响。苍雪读彻的这些兴亡诗虽不像吴梅村具有"诗史"性质的歌
行体那样描述宏大广阔的社会现实，但其中流露出来的深沉的亡国
之思和悲天悯人的情怀亦能折射出当时僧人的心态。清初的诗僧
多以遗民自居，如著名的函可、澹归、大错、天然等。在这些诗
僧的思想中，既有僧人之超脱意趣，又有儒者的积极入世之精神，
故他们在诗中歌哭悲吟，忠孝节义之心昭然若揭。

　　苍雪读彻诗的风格，前人多以"清""劲"评之。如陆汾评之
曰"气盛骨劲，想幽语隽"①，陈眉公评之曰"严劲有力"②，吴梅
村评之曰"苍深清老，沉着痛快"③，等等。细绎其诗，可知这些
品论大致不差。其诗中常出现如寒泉、落叶、钟声、霜月诸意象，
与之相关的则是"清""寒""冷"之类的语词。如《月下残梅》：
"笛里不知花落尽，月中仍自影孤清。"④ 写月华之下残梅空幻、清
冷之影；《竹间月》："碧玉千竿碎，秋光一境寒。"⑤ 写清秋之夜
摇碎月华的千竿碧竹；《送友》："怅望秋色暮，寒空木叶飞。"⑥

---

　　① 　陆汾：《南来堂诗集序》，载《南来堂诗集》附录卷一，石印本，1940
年。

　　② 　陈继儒：《白石樵真稿》，载《四库禁毁书丛刊》集部第66册。

　　③ 　吴伟业：《梅村诗话》，载王夫之等撰《清诗话》，第76页。

　　④ 　释苍雪：《月下残梅》，载《南来堂诗集》卷三，石印本，1940年。

　　⑤ 　释苍雪：《竹间月》，载《南来堂诗集》卷四，石印本，1940年。

　　⑥ 　释苍雪：《送友》，载《南来堂诗集》卷二，石印本，1940年。

写诗人暮秋望远，唯见清寒的空中，落叶纷飞。这些意象的重叠和提示性语词的反复出现，无疑昭示其诗歌风格的主导特征——孤清、幽静。至于前人所说的"劲"则当是指其后期的兴亡诗了，这从以上所举的诗句我们已略有了解。再如《金陵怀古》之四：

> 石头城下水淙淙，水绕江关合抱龙。六代萧条黄叶寺，五更风雨白门钟。凤凰已去台边树，燕子仍飞矶上峰。抔土当年谁敢盗，一朝伐尽孝陵松。[①]

此诗借古抒怀，兴亡沧桑感浓墨重彩，尤其是末句"抔土当年谁敢盗，一朝伐尽孝陵松"，借崇祯年间，内官伐孝陵乔木之史实，来追问明朝二百多年基业倾颓的原因，给人以深刻的警醒。从艺术角度看，此诗格调昂扬顿挫，铿锵劲健，气势雄浑苍茫。如仅以此诗而论，吴梅村"当为诗中第一，不徒僧中第一"的至评，或许并不为过。

总的看来，苍雪读彻的诗中始终贯穿着一股清气，如果说，早期的诗歌偏重于孤清幽冷的话，那么鼎革之后，则显得清老沉深，沉郁顿挫间时时透露出悲凉慷慨。当然，苍雪读彻的诗亦存在艺术独创性不足（如卷一的《春江花月夜》，诗题、内容、意境都是模仿唐人张若虚之作）、缺乏宏大叙述、题材狭仄等缺陷。尽管如此，对于一名身处世外的僧人来说，我们并不能过于苛求，其鼎革之后的真情抒发仍值得称道。

---

① 释苍雪：《金陵怀古》其四，载《南来堂诗集》卷三，石印本，1940年。

### 三、苍雪读彻在明季吴中诗坛的影响

明季清初，士大夫逃禅之风炽盛，士僧交往频繁，而这又以吴中地区为最。对此，钟惺就不无讽刺地说："金陵吴越间……士大夫利与僧游，以成其为雅；而僧之为诗者得操其权，以要取士大夫。"[1] 钟惺指出了吴越士僧交游的盛况，但将附庸风雅和攀权附贵归结为大多数士僧交往的主要目的，似嫌片面。其实，在当时亦不乏一些出于道合而发展为知己的例子，如汤显祖和达观、廖燕和澹归，以及我们将要讨论的苍雪读彻和钱谦益、吴梅村等人。

今检《南来堂诗集》，曾与苍雪读彻来往唱和的文士中，既有如陈眉公、董其昌、钱谦益、吴梅村等执一时文坛牛耳的人物，亦有如顾扈芷、章青莲、万寿祺、徐元叹、方以智、周文斗、胡清鏊、钱础日等失意文人。其人数之多，交游之广，于当时吴中僧人中恐无出其右者。对于吴中文士，苍雪读彻多是通过诗会唱和、竖席讲法来影响。如前举的崇祯二年（1629），董其昌、陈眉公邀其至松江白龙潭讲《楞伽经》，当时的文士便"尾追不及"。再则，苍雪读彻和汰如分订讲法，钱牧斋、毛子晋、文祖尧辈便是座上常客。比如自称"老归空门，粗涉内典"的钱谦益，李果的《游支硎中峰记》中称："苍公博涉内外典……虞山钱尚书（牧斋）至愿居弟子之列。"[2] 崇祯十年（1637）钱谦益撄圣怒还乡里和顺治十年（1653）的绛云楼大火，苍雪读彻均有诗见赠，前者如

---

[1]　钟惺：《善权和尚诗序》，载《隐秀轩集》卷十七，第251—252页。

[2]　李果：《游支硎中峰记》，《在亭丛稿》卷九，载《清代诗文集汇编》第244册，上海古籍出版社，2010年，第509页。

《访钱虞山北归》其一："惊心往事过风雷，梦说前身是辩才。白社几人悬问讯，青山无恙独归来。三生相见犹存石，多劫因缘莫辨灰。岂是谢公招不得，莲花空有漏声催。"① 寓意昭然，无非就是规劝钱谦益于惊劫后宜投身于华严莲花藏世界。钱谦益晚年精研内典，尤注重《华严经》，此种佛学倾向和苍雪读彻应有很大的关系。钱谦益对苍雪读彻亦极为推崇，将其列为明季清初华严宗五大高僧之一，他说："贤首之宗，弘于雪浪，其后为巢、雨，为苍、汰。"② 并且还为其撰写塔铭和诗序。由此可见苍雪读彻、钱谦益二人关系之密切。再如韩芹城、侯记原等人于乙酉事变后干脆削发出家，礼苍雪读彻为师；还有如"国变后，僧冠僧服"的万寿祺亦于顺治三年（1646）拜访过苍雪读彻。

在所有的文士中，和苍雪读彻关系最为密切的当属吴伟业。下面将略述他们交游的历程，以从这位清初诗坛盟主身上凸现苍雪读彻对吴中文士的影响。关于苍雪读彻与梅村交往的初始时间，查考二人诗文集及其他史料，均无特载。《南来堂诗集》中有题为《海印庵解制赋谢吴太史骏公》一诗，据同集卷三《甲申春娄东海印庵法华讲期解制》一诗，可知苍雪读彻至太仓海印庵讲《法华经》是在甲申春。另《梅村家藏稿》中有梅村作于甲申年的《文学博以苍公招同住中峰》一诗。文学博即文祖尧，时为太仓州学，鼎革后以僧服寓居中峰寺，梅村此诗正是写那时的事。这是苍雪读彻、吴梅村诗集中最早提及二人交往的两首诗，故可知，他们的交往盖始于鼎革之际。

① 释苍雪：《访钱虞山北归》其一，载《南来堂诗集》卷三，石印本，1940 年。

② 钱谦益：《汰如法师塔铭》，载《钱牧斋全集》第 3 册，第1577 页。

　　苍雪读彻、吴梅村二人的交往，尤其值得提及的是"西田赏菊"和"夜雨联诗"二事。《梅村集》中有一则诗题称："丁亥之秋，王烟客招予西田赏菊，逾月，苍雪师亦至。"① 丁亥即顺治四年。此次西田之会，梅村先以菊为题赋诗，尔后众文士和之。苍雪读彻的和诗得到了吴梅村的嘉赏，《梅村诗话》中云："师有和余《西田赏菊》诗，有'独擅秋容晚节全'，全字落韵，和者甚众，无出师上者。"② 二人的诗作均是借菊言志，寄托他们高洁超迈的品格。如吴梅村有"未堪醉酒师彭泽，欲借餐英问首阳""坐来艳质同杯泛，老去孤根仅瓦全"之句，苍雪读彻有"好看傲色严霜后，独耐秋寒晚节全。耻向西风斗红紫，避人终不受人怜"之句。"夜雨联诗"一事在《梅村诗话》中记载颇详："（苍公）以壬辰腊月过草堂……是夜，风雪大作，师语音伧重，撼动四壁，痰动喉间，咯咯有声。已呼茶复话，不为倦。漏下三鼓，得数十篇，视阶下雪深二尺矣。"③ 壬辰为顺治九年（1652）。此年，苍雪读彻至太仓重征旧檀，拜访了吴梅村。时值大雨，苍雪读彻留宿吴宅。吴梅村所载即当夜之事。他们交谈的内容与唱和的诗句现已失考，但从梅村凝重的叙述中，我们还是能想见二位知交剪灯夜话、对诗联句的感人情景。

　　顺治十年（1653），吴梅村因直隶总督马同柱疏荐，被清廷征召。在恪守遗民之节气和权势逼迫的两难境遇中，举棋不定。苍雪读彻作《次韵吴骏公见寄》（见前文所引）以劝之。从诗题和内容来看，梅村极有可能在此之前作了一诗以征询苍雪读彻关于应

　　① 吴伟业：《吴梅村全集》卷五，第154页。
　　② 吴伟业：《梅村诗话》，载王夫之等撰《清诗话》，第76页。
　　③ 吴伟业：《梅村诗话》，载王夫之等撰《清诗话》，第76页。

诏之意见，可遍查《梅村家藏稿》均不得此诗。在这首诗中，苍雪读彻流露出对吴梅村痛苦遭遇的"同情"，并极力劝阻其北行。然而，在朝廷的严诏下，吴梅村还是心怀悲怨北上，从一个前朝遗民变为顺应新朝的臣民，并很快得到了升迁，终至国子监祭酒。顺治十三年（1656）五月，苍雪读彻卒。不久，梅村随帝南巡，至吴中闻之，大悲，作《哭苍雪法师二首》和《过中峰礼苍公塔四首》以祭之，其中有"白社老应空世想，青山我自哭诗人"①"凄凉看笔冢，遗墨满江湖"②等诗句，表达了失去故交的凄凉和哀恸。

苍雪读彻和吴伟业，一个是置身事外的僧人，一个是在世俗沉浮的文士，他们能够走到一起而成为患难之交，个中原因究竟何在？我想，除了他们均能诗悦禅外，更多的还是源于他们相类的人格追求和情感倾向，即内心饱蘸着深沉的故国之思和誓不与清廷合作的节士品格。梅村后虽出仕清廷，但他却是在痛苦嗟怨之中度过余生，这从其作于康熙十年（1671）的临终遗言，便可明知："吾一生遭际，万事忧危，无一刻不历艰难，无一境不尝辛苦，实为天下大苦人。吾死后，敛以僧装，葬吾于邓尉灵岩相近，墓前立一圆石，题曰：'诗人吴梅村之墓'。"③寥寥数言，诗人自怨自艾、凄凉悲苦的心境表露无遗。他痛悔当年没有遁隐空门，离开充满矛盾的尘世，故而唯希望死后"敛以僧装"，以一个僧人

---

① 吴伟业：《哭苍雪法师二首》其二，载《吴梅村全集》卷十六，第425页。

② 吴伟业：《过中峰礼苍公塔四首》，载《吴梅村全集》卷十三，第346页。

③ 顾湄：《吴梅村先生行状》，载《吴梅村全集》附录，第1406页。

的身份离开人世，以此来聊慰内心的矛盾和痛苦。联系到《吴梅村全集》中有《谢苍雪赠叶染道衣》一诗有句云："一笠支郎许，安禅向石傍。"[①] 或许梅村在弥留之际，依稀想起了苍雪读彻赠其袈裟的情形。

据以上考述，苍雪读彻和吴中文士的交往已略见一斑。他通过竖席讲法、诗会唱和等形式，以佛教之教义接引饱含亡国之辱的遗民文士，或多或少地为他们提供了精神的庇护所。故而郑敷教诗序中云："诸方悟禅谨律、见性明心者……咸谓'苍公存而法存，苍公亡而法亡'，而海内文章之士又谓'风雅之寄系存亡于一老'。"[②] 将风雅之存亡系于一位僧人，这恐怕在历史上亦不多见。郑氏此言或有夸饰之意，但滇南诗僧苍雪读彻于吴中诗坛之影响当引起我们足够的重视。

---

① 吴伟业：《谢苍雪赠叶染道衣》，载《吴梅村全集》卷四，第106页。
② 郑敷教：《中峰苍雪微公诗序》，载《南来堂诗集》补编卷末，石印本，1940年。

# 第八章  明末禅宗文学

除嗣法未详之万历三大师外，晚明禅宗中曹洞宗和临济宗并兴。曹洞宗以湛然圆澄（1561—1626）开创的云门系和无明慧经（1548—1618）开创的寿昌系为主。晚明禅僧之佛教艺文，属于较为典型的高僧之作，抒写禅理感悟，传达禅宗境界。受明清鼎革影响，他们目睹世人在天灾人祸侵袭下的生活，发挥杜诗的诗史传统，表现出较强的社会关怀，在"蔬笋气"外别开一面。

## 第一节  晚明曹洞宗佛教文学

晚明曹洞宗之发展，主要以湛然圆澄开创的云门系和无明慧经开创的寿昌系为主。其中无明慧经的两大高足无异元来和永觉元贤，一在江西，一在福建，为曹洞宗的发展和海外传播贡献至伟。无异元来的弟子雪关智誾，亦为后辈中佛教文学之佼佼者。湛然圆澄及其弟子石雨明方、瑞白明雪，皆擅长诗文。他们的诗文构成了晚明曹洞宗佛教文学的主体。

### 一、无明慧经及其弟子的佛教文学

无明慧经因参"大好山"公案而开悟，其诗属典型的高僧之诗，皆言宗门之事。其第一高足无异元来之诗亦以阐释禅理为主，理胜于辞，同时具有浓郁的亲情。永觉元贤因其出家前的儒学背景，志救儒禅，其诗亦以大乘菩萨的入世情怀，带有较强的社会关怀。雪关智訚是寿昌系佛教文学殿军，论诗贵语词清新，不饰雕琢，其诗多烟霞之气和风云之思，以清新洗练之笔，抒写禅思感悟。

### （一）"天然透过大好山"：寿昌系开山祖师无明慧经

慧经（1548—1618），号无明，俗姓裴，抚州崇仁人，蕴空常忠禅师法嗣，晚明曹洞宗寿昌系开山祖师。他十七岁有志向道，二十岁阅《金刚经》决定出家，依常忠禅师执事 3 年，因参"大好山"公案而开悟，生平喜住山，性格亦如山般坚韧、沉稳。他住持宝方寺期间，24 年影不出山，后亦住持寿昌寺 20 年。前后长达 40 余年住山清修，在晚明丛林中可谓罕见。与密云圆悟、湛然圆澄等个性鲜明的禅僧不同，无明慧经一生除了认真修行、随众作务之外，似乎乏善可陈。在相对浮泛的丛林风气中，无明慧经践行"神通妙运，即是运水搬柴"的禅林祖训，将禅法贯彻在平凡的日常修行实践，可谓独树一帜。他的禅风广播江西、福建、广东等地，乃至远播日本、越南，真正实现了晚明曹洞宗的中兴。[①] 万历四十六年（1618）正月，无明慧经去世，世寿七十一，著有《无明慧经禅师语录》4 卷。

无明慧经不以诗歌名世，偶有诗作，皆言宗门事，属于典型的高僧之诗。他参"大好山"话头而悟道，其《述悟》云："欲参

---

① 廖肇亨：《突出大好山：曹洞宗寿昌派开山祖师无明慧经》，载《巨浪回澜：明清佛门人物群像及其艺文》，法鼓文化出版社，2014 年，第 67 页。又按：《明末禅宗文学》一章参考是书者良多，特此说明，以致谢意！

无上菩提道，急急疏通大好山。知道始知山不好，翻身直出祖师关。"① 可以说，山是他悟道的机缘，是他打开禅宗宝库的钥匙，也是修行的根本。在临终前一年所作《七旬自庆文》中，他对昔日开悟因缘一直念念在心："廓值元来，天然透过大好山，如匙开锁。"② 可以说，"无明慧经已然透入'大好山'公案无上密义，安静、坚定，涵养万物而不居功"③。在诗歌中，时时流露出对山的感悟："大地山河绝渗漏，横身宇宙总虚头"④，"处处皆为般若场，山山自有白云藏"⑤。山山水水正是宇宙间的一大道场，随时随处安住其中，静享悠然自得之乐，也就无须另寻妙湛觉天，"山重重也水重重，何水何山不可容。妙湛觉天谁不爱，老僧视作破帆篷"⑥。无明慧经因"山"而开悟，不仅体悟到"山"的禅理，也形成了如"山"般坚毅、沉稳的品性。他先后在宝方寺和寿昌寺两次住山达44年，沉浸在数十年如一日的清修中，独享山居的清幽与孤独。如《山居》云："师子游行无眷属，老僧平昔爱孤独。山中种粟活残庚，一入宗门不入俗"，"万松影里三间屋，枯木岩前一个人。三二十年如此过，肯将幽趣博虚名"⑦。山中花开花谢，芳菲凋荣。在时序的变迁中体悟自性的永恒，无明慧经践

---

① 释慧经：《寿昌无明和尚语录》卷四《述悟》其一，载《卍新纂续藏经》第72册，第209页。

② 释慧经：《七旬自庆文》，载《寿昌无明和尚语录》卷四，第213页。

③ 廖肇亨：《突出大好山：曹洞宗寿昌派开山祖师无明慧经》，载《巨浪回澜：明清佛门人物群像及其艺文》，第67页。

④ 释慧经：《与邓征君论宗乘》，载《寿昌无明和尚语录》卷四，第209页。

⑤ 释慧经：《与袁曦台孝廉》，载《寿昌无明和尚语录》卷四，第208页。

⑥ 释慧经：《自叙》，载《寿昌无明和尚语录》卷四，第209页。

⑦ 释慧经：《山居》，载《寿昌无明和尚语录》卷四，第209页。

行着佛教转物哲学的精髓，体悟到"有物先天地，不逐四时凋"的妙谛，臻于自然造化真宇，所谓"得有因由悟有时，青山一岁一芳菲。但能不为时辰使，自自如然合化机"①。漫长的山居生活，难免遭遇物质生活匮乏，缺粮少菜，忍饥受冻，无不考验着山居者的品性。《山居》云："贫居山野绝余粮，明月清风伴草床。榾柮一炉蘸满钵，安闲不较世炎凉""破单风雪透衣冷，袖手围炉对死灰。岂是苍天偏苦我，法身冻不杀如来"②。一堆炉火，一钵腌菜，一席草床，清贫困苦的山居生活在清风明月的陪伴下，更增几分超脱的幽趣和内心的安闲。

借由"大好山"而开悟，如大山般扎实稳健，又谨小慎微，时时自我警醒，成为寿昌法系盛行寰宇的重要内因。

## （二）"演畅真宗"：寿昌法系第一功臣无异元来

晚明曹洞宗寿昌系的开创者无明慧经深居简出，社会影响力自然有限，"真正具有强烈的活动能量，风靡一时，能言善道、著作宏富，不但能代表曹洞宗挺身与临济宗直接抗衡，声名且远播于后世、异国者，除无异元来之外，不作第二人想"，不仅是寿昌法系的第一健将，也是第一功臣。③

元来（1576—1630）又名大舣，字无异，舒城人，俗姓沙。出生7个月丧母，十六岁矢志出家，至金陵瓦官寺听雪浪洪恩讲《法华经》，不满其寻章摘句，至山西五台山礼静庵通法师剃度出

---

① 释慧经：《示元著关主》，载《寿昌无明和尚语录》卷四，第210页。
② 释慧经：《山居》，载《寿昌无明和尚语录》卷四，第210页。
③ 廖肇亨：《独有归家路一条：曹洞宗寿昌派第一健将无异元来》，载《巨浪回澜：明清佛门人物群像及其艺文》，第138—145页。

家，修习天台止观。后谒无明慧经，为其嗣法弟子，充任首座。万历三十年（1602）住持博山能仁寺，望风而至者数以千计，曹洞宗风一时大震。其后住持仰山宝林寺、鼓山涌泉寺、南京天界寺等，为寿昌法系的传播做出了重要贡献。崇祯三年（1630）九月，无异元来去世，寿世五十六，僧腊四十一，著有《无异禅师广录》35 卷、《博山无异大师语录集要》6 卷、《博山参禅警语》2 卷等，嗣法弟子有雪关智誾、宗宝道独等。①

无异元来五十六岁去世，享年不永，却聪颖早慧。他曾自言"出世太早，谢世亦应尔"，几类谶语。他"自谓英杰"，是晚明佛教难得的英年才俊，一时佛教尊宿如憨山德清等皆称赏有加，袾宏亲书"演畅真乘"四字相赠。在《自赞》中，无异元来自称"舌根谦让如线，脊梁刚硬若铁"②。又称："者汉子，没来由。担阎浮重担，结众生深仇。破鹅湖戒律，灭寿昌宗猷。心毒如砒，口甜如蜜。狞恶若虎，暴躁若猴。""有时一喝，大海水也著干。有时一脚，须弥山也著倒"③，可谓生平行藏的自我抒写，尽显禅门龙象的雄豪之气。

无异元来之诗属于较为典型的高僧之诗，以阐释禅理为主，理胜于辞。本着"大地山河经一卷，无文无字最分明"的观照视域，无异元来笔下的景物描写，带有浓郁的佛教化色彩。如过紫

---

① 无异禅师生平，参刘日杲《博山和尚传》、吴应宾《中兴信州博山能仁禅寺无异大师塔铭并序》等。（载《续藏经》第 125 册，第 388—397 页）

② 释元来：《自赞》，《无异禅师广录》卷十二，载《续藏经》第 72 册，第 292 页。

③ 释元来：《自赞》，《无异禅师广录》卷十二，载《续藏经》第 72 册，第 292 页。

霞关时，他看到的是"石磴跏趺老惧寒"①；松下行走，感受到的是"一个无依道人，自笑非真非俗"②；看到放生池中的金鲫，想到的是"颠倒轮回路上，不知谁是真人"③。他的写景诗，直述眼前景，眼前境，语浅而境幽，如"怪松遮道处，细雨湿衣时。石磴净如洗，柴门曲转迟"④，尽显清幽之境，颇合自然之趣。无异元来认为居山的初衷是禅修，山中之景亦为参禅助缘。他的诗歌，带有僧诗天然的清幽、适意。如《偶成七首》其七云："谁识山中境象培，山居助我乐心斋。笋芽初出和云取，荳荚高时带雨栽。枕石忘缘眠古榻，杖藜乘便步新苔。经行懒折塘边柳，留与黄莺飞去来。"⑤ 云中取笋，雨中栽荳，枕石忘缘，经行步苔，自然适意的山居生活，为其参禅悟道提供了重要帮助。又《畲山二首》其一云："畲山唱罢紫芝歌，几片烟云挂绿萝。竹径有婆偷笋去，横溪无水看猿过。松花带蕊烹新茗，荷叶连丝补破蓑。自是道人知见别，万年一念任消磨。"⑥ 徜徉在烟云绿萝之间，看横溪猿跃，烹新茗，补破蓑，平凡质朴的僧人生活中，历史的时空消融在当下的一念之间。《偶成》一诗层层转折，颇见炼字之功："山居深羡虎溪踪，有客多从笑里逢。挂杖挑残红日影，芒鞋踏破紫云封。烹茶敲箸酬弥勒，颠酒狂歌骂志公。稍觉清风来谷口，梳翻松桧若飞龙。"诗名《偶成》，实类山居诗。首联化用慧远法师"虎溪

① 释元来：《过紫霞关》，载《无异禅师广录》卷三十四，第377页。
② 释元来：《松下行》，载《无异禅师广录》卷三十四，第377页。
③ 释元来：《放生池》，载《无异禅师广录》卷三十四，第377页。
④ 释元来：《访东源晦台上人》，载《无异禅师广录》卷三十四，第376页。
⑤ 释元来：《偶成七首》其七，载《无异禅师广录》卷三十四，第375页。
⑥ 释元来：《畲山二首》其一，载《无异禅师广录》卷三十四，第375页。

三笑"的故事，展现出僧俗关系之融洽。颔联兼用贯休"芒鞋竹杖寒冻时"与苏轼"竹杖芒鞋轻胜马，谁怕？一蓑烟雨任平生"等名句，以竹杖芒鞋喻指弘法利生之宏愿。颈联抒写怀抱，茶香与书香同时袅绕，却不认同神僧宝志"颠酒狂歌"的看似毁戒坏律的行径，暗含其高视八方之意。尾联化用"薰风自南来，殿阁生微凉"之公案，以飞龙自喻，突显佛教抱负。诗中用典颇多而不落痕迹，结尾动人心魄却意在言外，体现出无异元来良好的艺文素养和字句雕琢之功。①

无异元来的诗歌也充盈着浓浓的亲情。他十六岁辞亲出家，30 余年间与家人绝无联系。天启四年（1624），茂才杨淳之知其父尚在，时年已七十，撮合父子二人在博山会面。无异元来早年远离素来严毅之父，一度隐瞒俗姓、里籍。父子相见后，根植于内心的亲情日益强烈。后闻知父丧之讯，积聚心头的伤痛之情喷薄而出："亲坟在咫尺，何事苦羁留？夜雪飘无歇，寒鸡叫不休。非思惊坐寝，血泪染溪流。天问缌衣孝，青山尽白头。"② 夜雪飘飞，寒鸡哀鸣，夜坐惊起，泪染溪流，哀伤之情，于焉可见。

（三）"老僧虽在洪流外，日望洪流不尽愁"：志救儒禅的永觉元贤

元贤（1578—1657），字永觉，俗姓蔡，建阳人，无明慧经法嗣。他在未出家前受到良好的儒家教育，"嗜周、程、张、朱之学"，是典型的以儒入释的禅师。二十五岁，他到寺院听《法华

---

① 廖肇亨：《独有归家路一条：曹洞宗寿昌派第一健将无异元来》，载《巨浪回澜：明清佛门人物群像及其艺文》，第 144—145 页。
② 释元来：《雪夜哭父》，载《无异禅师广录》卷三十四，第 376 页。

经》，转而奉佛，研习《楞严经》《圆觉经》等流行佛典。万历三十一年（1603），随无明慧经习禅，万历四十五年（1617）正式出家。一年后，无明慧经去世，转而追随师兄无异元来习禅。四十六岁时闭关3年，饱阅藏经。五十七岁以后，先后住持鼓山涌泉寺、泉州开元寺、杭州真寂禅院、剑州宝善庵等。顺治十四年（1657）十月去世，世寿八十，僧腊四十。永觉元贤一生著述宏富，为霖道霈称其"平生说法语录及诸撰述共二十种，凡八十卷，盛行于世"，永觉元贤自述"凡二十种，计一百余卷"。除了《鼓山永觉禅师语录》30卷外，尚有《泉州开元寺志》《鼓山志》《建州弘释录》等著述传世。永觉元贤与无异元来并称无明慧经门下两大弟子，是继无异元来之后曹洞宗寿昌系影响最大的禅师，为霖道霈称元贤"四坐道场，大做佛事，言满天下，道被域中"。

永觉元贤本为儒生出家，更兼明末清初战事频仍，生灵涂炭，世人蒙灾。他积极发扬佛教的入世传统，认为佛教不再是隐遁深山、离群索居的出世佛教，而应与时俱进，入世救民。元贤自称"老僧虽在洪流外，日望洪流不尽愁"①，目睹饱受天灾、人祸侵扰的苦难现实，他率领僧徒，从事赈济灾民、葬埋死者等慈善活动。如顺治七年（1650），他率众"收无主遗骸千余瘗之"。顺治十二年（1655）春，兴化、福清、长乐一带，"罹民变，饥民男妇流至会城南邻……师乃敛众遣途，设粥以赈。死者具棺葬之，凡二千余人，至五十日而止"。为此，他先后写下了《饥馑行》《福城叹》《重阳有感》《设粥赈饥》《山中闻警》《世难》等作品，以真实的

---

① 释元贤：《丁亥夏五月，霪雨如注，江流大涨，芝城为之半淹，至七日始退，赋以志灾》，《永觉和尚广录》卷二十五，载《卍新续藏》第72册，第529页。

笔触，再现妻离子散、民不聊生的社会现实，庶可称之为佛门中的一代诗史。如《饥馑行》云："去年河伯大为灾，青秧荡尽田如海。蝗虫继起势遮天，掠地伤苗数千里。涕泣号呼不暂停，祀天祷鬼终莫已。更加春雪大如拳，半月霏霏不肯止。流离无地可容身，沟壑僵尸数难纪。鬻妻贸子强支持，又质自身充下使。麸糠泥土是家常，草根树皮亦称美。弱者舍命入鬼乡，强者攘夺各蜂起。"① 刚刚度过水灾、蝗灾，又遭受雪灾的侵袭，沟壑僵尸纵横，民众鬻妻贸子，以麸糠、泥土、草根、树皮充饥，流离失所，争斗不休。又如《福城叹》展现出福州城在清兵围困之下，饥馑疾病肆虐，尸首盈城，三山血流成池，世人自相戕害，"呜呼！福城苦，最堪悲！无限深殃集此时！兵围十月犹未解，人家十万总难支。三灾并起天弗厌，尸首盈城数莫知。见说昔贤曾有谶，三山流血可成池。果腹遍寻池上草，沟中割肉亦疗饥。人既相食同禽兽，市中有虎语非欺。几见朱门路行乞，妻儿一旦任披离"②。本为福地的福城罹此灾祸，他在诗末再次慨叹"呜呼！福城苦，最堪悲"！永觉元贤以入世济民的大乘菩萨道精神，诗歌呈现出强烈的现实关怀。如《设粥赈饥》云："莫道披缁万事休，流离满目孰无忧？田园荒尽口犹在，妻子散来身亦愁。进食每怀漂母惠，弃家岂学子长游。自惭未是忘情者，饶舌丰干劝普周。"面对国破家亡、妻离子散之现实，永觉元贤虽为出家人，亦泪流满面，不能忘情，不能置民生于不顾。他发扬中国佛教传统的赈灾方式，施粥济贫，呼吁丛林有志者一同入世济民，开近世人间佛教之先声。

---

① 释元贤：《饥馑行》，载《永觉和尚广录》卷二十四，第 521 页。

② 释元贤：《福城叹》，载《永觉和尚广录》卷二十四，第 522 页。

永觉元贤忧心民生疾苦，当与其师无明慧经有关。如《山居》云："青山老去发长松，种树栽禾学野农。信中诗成多自喜，横肩杖出少人逢。"① 种树栽禾，发挥农禅本色，实得益于无明慧经之教导。无明慧经先后住山40余年，不开化主，不募外缘，终生不离锄头边事。山中农耕之苦，也深深地影响着元贤等弟子。其《麦羹坵》云："寿昌脊梁硬似铁，六月开田日如爇。岁荒只取麦为羹，枵腹挥锄不肯辍。至今田有麦羹名，山中故老能传说。禾黍离离屯绿云，尽是我师汗流血。"② 无明慧经带领弟子亲自参加农业劳作，感受农人之苦，在永觉元贤心中打下了深深的烙印。他以同情、悲悯之心，书写家国忧难，传达社会关怀，实得益于无明慧经之言传身教。

永觉元贤自云"拔草登山独探奇，江风松月自成诗"③。身为中兴曹洞宗之晚明高僧，诗中不乏清新明丽之作。如《小塘》云："窗前闲半亩，开作小方塘。云过暂留影，月来时有光。灌花春借色，洗砚墨流香。唯有塘中水，澹然却自忘。"④ 半亩闲田开作小塘，塘中之水清澈晶莹，云过留影，月来映光，塘边春花片片，塘内墨香盈盈，可谓出语天然，境界清新，颇得诗家三昧。在遣词用字上，永觉元贤也是颇费经营。永觉元贤喜用"净"字，营造出纤尘不染之诗境，暗喻禅者之心界。如云："碧天净如洗，乘

---

① 释元贤：《山居》，载《永觉和尚广录》卷二十五，第527页。
② 释元贤：《麦羹坵》，载《永觉和尚广录》卷二十五，第527页。
③ 释元贤：《杨复自居士登山见赠，用韵奉答》，载《永觉和尚广录》卷二十五，第527页。
④ 释元贤：《小塘》，载《永觉和尚广录》卷二十四，第523页。

兴探灵源"①，"日照山容净，举杖陟崔嵬"②，"几重翠嶂隔尘埃，野寺岚深净绿苔"③。其诗中亦有清闲空寂孤明之境。如"境闲云寂寂，帘卷月明初"④，"云廓千岩秋正清，长空如洗月孤明"⑤。

可以说，在明末清初颠沛流离的社会现实面前，出身于儒生的永觉元贤志救儒禅，发扬大乘菩萨道的入世普济情怀，带有强烈的社会关怀。同时，身为曹洞宗寿昌系高足，他的诗歌清新明丽，出语天然，带有浓浓的禅趣。

### （四）"舌头原是肉生成"：寿昌系佛教文学之殿军雪关智誾

智誾（1585—1637），俗姓傅，江西上饶人。父名傅崇俭，母郑氏。雪关智誾八岁丧父，郑氏送其至景德寺，依长老传公为童子。后见《坛经》"火烧海底"之语，生疑，参无异元来。得法后，崇祯二年（1629），雪关智誾应瀛山请，在郑方水等人襄助下复兴瀛山古刹。崇祯三年（1630），无异元来去世后，雪关智誾为其处理后事，继任博山法席。崇祯五年（1632），应曹学佺等人邀请，他前往鼓山弘法，期满后重返博山。崇祯九年（1636）春，应余大成、黄端伯邀请，雪关智誾至杭州虎跑寺弘法，"环座而听

---

① 释元贤：《中秋夕，仝郑汉奉司空、林得山农部步月石门，因坐水云亭》，载《永觉和尚广录》卷二十四，第525页。
② 释元贤：《行》，载《永觉和尚广录》卷二十四，第525页。
③ 释元贤：《登黄杨山》，载《永觉和尚广录》卷二十五，第525页。
④ 释元贤：《坐》，载《永觉和尚广录》卷二十五，第525页。
⑤ 释元贤：《七石山中秋对月，浑朴上人请赋》，载《永觉和尚广录》卷二十五，第526页。

法者万指"①。崇祯十年（1637）十月去世，享年五十三，僧腊三十一。②

雪关智闇的修学开悟，主要在博山无异元来处完成。雪关智闇初入博山之门，无异元来让其参船子翻身公案。雪关智闇来到槽厂，见磨鼻拽脱有省，作开悟偈云："直下相逢处，由来绝覆藏。舌头元是肉，不用更商量。"③ 无异元来甚喜，称其具备参禅悟道之资质。后见无明慧经法衣，雪关智闇连作五颂请正。无异元来阅后，置于案上，称"据子见处，天下人把你不住，我者里未肯点头在"，"汝偈皆佳，但患风骨太露。知须宗门语句，如满口含冰，不曾道出水字"④。为磨炼心性，雪关智闇闭关谢客，苦参6年，后作《雪关歌》呈无异元来。无异元来称赏不已，亲自为他开关，如《为六雪禅人出关》云："始行大事六年雪，顿入圆明一片冰。今日幸亲无缝塔，掣开关锁万千层。"⑤ 观二人先后之偈，颇有相通之处。舌元是肉，雪、冰元是水，生佛一如，佛性本具。

雪关智闇论诗贵语词清新，独抒胸臆，出语天然，不饰雕琢。如《和相国张二水白毫庵韵》云：

---

① 曹学佺：《博山雪关智闇禅师传》，《雪关禅师语录》卷末，载《嘉兴藏》第27册，第532页。

② 按：智闇生平，参曹学佺：《博山雪关智闇禅师传》、黄端伯：《信州博山能仁寺雪关大师塔铭》，《嘉兴藏》第27册，第532—533页。

③ 曹学佺：《博山雪关智闇禅师传》，载《雪关禅师语录》卷末，《嘉兴藏》第27册，第532页。

④ 释超永：《广信府瀛山关智闇禅师》，《五灯全书》卷六十三，载《卍新纂续藏经》第82册，第280页。

⑤ 释元来：《为六雪禅人出关》，载《无异禅师广录》卷十九，第309页。

　　余读相国二水居士《庵居偈》，其吐词不带烟火，脱去筌蹄，妙拔无思关捩。譬画师画水，以能尽谙水法，故信笔一挥，如风涛怒作，波澜荡折。至观壁间悄然，初无动静掀涌之相。居士性海澄清，得此心水之法，故有时滔天不有，有时湛碧非无，初未尝求工于翰墨，然笔端自莫能秘其天巧。陶歠庵居士亦云："人胸中有无限好诗好字，特以此窍不开，所以壅而不泄。"余谓读白毫庵主人诗，当别具一只眼，始可打关破寨，通其梗塞，渐入坦夷真境。不然，非但被此老笔端热瞒，即雪关舌头亦瞒人不少。或谓："得底人，何烦纸墨？"余曰："得底人虽终日打葛藤，都是巧心妙手，亦能令人证入无声三昧，文字奚赘哉？"[①]

　　张瑞图（1570—1641），字无尽，号二水，晋江人。《无声诗史》称其"书法奇逸，于钟王之外辟一蹊径，亦颠素之支仍也。画山水，苍劲有骨"[②]。雪关智誾以《庵居偈》为例，认为作诗如作画，画师性海清澄，成竹在胸，随手一挥，即可尽情展现水之情态，无意求工而自工。其《复和张相国二水居士》亦云："字学无心诗偶工，个中活句难思议"，"读公诗，无义味，空空洞洞欺边笱。舌头原是肉生成，挥洒千篇无一字"[③]。诗贵活句，忌死语，

---

　　① 释智誾：《和相国张二水白毫庵韵》，载《雪关禅师语录》卷十一，第515页。

　　② 姜绍书：《无声诗史》卷四，载周骏富《明代传记丛刊》第72册，明文书局，1991年，第222页。

　　③ 释智誾：《复和张相国二水居士》，载《雪关禅师语录》卷十二，第525页。

看似平淡寡味中阐释禅家本然之理。他进而认为，禅悟有助于诗
文创作，读者也可借助文字体悟禅家三昧。因此，他推崇自然而
然、信手拈出的写作态度，"赋草随时得，心花信手拈"①，倡导诗
文创作应随心应口，抒写真情。又《读寒山诗作》云："我爱寒山
诗，不入时人调。句句洗尘情，安在事华藻?"② 寒山之诗妙在迥
出尘俗，脱略情尘，而非徒事藻绘。诗歌内容之重要性，远超出
于辞藻文饰之外。

从此诗学理念出发，雪关智訚之诗偈多烟霞之气和风云之思，
绝少俗语、绮语，以清新洗练之笔，描摹生活情境，抒写禅理感
悟。他从佛教徒的视域出发，认为大千世界的一切景事，均是悟
道的机缘，"大千无蕴界，触目寓玄因。花鸟传心印，烟霞裏法
身"③。雪关智訚笔下的景物，自然清新，生机盎然。如"石笋倒
抽绿竹，豆棚乱引瓜藤"，"树密多藏幽鸟，荷动决戏游鱼"，"泉
眼水流接笕，石边笋进成鞭"，"竹径夏怜蔽日，茅堂冬爱迎阳"，
"水漾晓霜如镜，花开碧峤欲然"④ 等，极具天然之趣。在雪关智
訚看来，眼前的山色溪声，无不宣扬着禅理禅意，指引其亲到祖
庭，证悟禅家三昧，"山色面门指示，溪声耳畔丁宁。返顾不曾移
步，果然亲到祖庭"⑤。他的羁旅行役诗，无刺刺可怜之情，亦无
依依惜别之意，转而以禅者豁达的心胸坦然面对，"我任虚舟泛，

① 释智訚：《上樊山主》，载《雪关禅师语录》卷十二，第525页。
② 释智訚：《读寒山诗作》，载《雪关禅师语录》卷十二，第524页。
③ 释智訚：《答所上人》，载《雪关禅师语录》卷十二，第525页。
④ 释智訚：《和相国张二水白毫庵韵》，载《雪关禅师语录》卷十一，第516页。
⑤ 释智訚：《和相国张二水白毫庵韵》，载《雪关禅师语录》卷十一，第515—516页。

君随旅泊间"①。鸡犬随时收放，舟车自由往返，尽情享受自由、闲适的生活状态，"自由既得自在，优哉更亦游哉"②。舟车送别，兴至即往，兴尽而返，旅途也就成为他禅修的又一道场，"一棹烟江水，天寒溯上流。帆冲凫雁影，雪点鹡鸰裘。兴为参禅发，情非舐犊游。因君聊指示，月满待中秋"③。独坐孤舟之上，在山水间自由漂荡，山间的薄雾，淡远的寒空，林中喧嚣的宿鸟，溪边风中的红叶。舟不系，心亦不系，和光同尘，随世尘浮，不惊不怖，无喜不忧。④

　　山居生活及由此引生的山居诗偈，是雪关智訚的另一题材。对于山居，其《赠禅者居山》云："山居清绝处，万境喧嚣息。此时道人心，相与同岑寂。涧水响如琴，猿啸下石壁。风柯作梵音，岩花吐幽色。俯拾橡栗餐，闲煨魁芋吃。乐此烟霞情，触目心境即。见山若忘道，依旧重关隔。见道忘却山，逢渠不相识。两忘复居存，此见真殊特。君能了斯旨，动静随意适。"⑤ 雪关智訚认为，清寂的山居环境犹如禅者岑寂的心境，心与境相即相融，山与道合二为一，山中景物和山居生活，是禅者山居心境的外化，是参悟禅理的助缘。如舌头本是肉生成，"我"之心性、世间万境与禅宗至理，本为一体，无须强作分别。在《山居杂咏》中，雪

---

　　① 释智訚：《送吴山人道甫归华亭》，载《雪关禅师语录》卷十二，第525页。

　　② 释智訚：《和相国张二水白毫庵韵》，载《雪关禅师语录》卷十一，第516页。

　　③ 释智訚：《三华宗侯访子出家至博山赋赠》，载《雪关禅师语录》卷十二，第525页。

　　④ 释智訚：《瓶窑舟中》，载《雪关禅师语录》卷十二，第525页。

　　⑤ 释智訚：《赠禅者居山》，载《雪关禅师语录》卷十二，第524页。

关智訚书写山居之景和山居生活，借以展现山居之理。他静观水底游鱼、空中鸟迹，雨珠在荷叶上翻滚，风中夹杂着禅鸣，雁阵、蜂群秩序井然，"水底鱼群画影，空中鸟迹旋风"①，"雁阵遥分兄弟，蜂窠不乱臣王"②，"雨过荷翻翠盖，风来蝉送瑶琴"③，在自然中感悟禅理。红艳的桃萼，凄迷的柳丝，在满眼春光中，他体悟到禅满世间。冬天万峰积雪，他想到了禅宗二祖慧可求法的史事。林中漫步的麋鹿，他感受到一种幽趣与清狂，"真懒几分幽趣，天放一种清狂"④。三间茅屋，千株松树，泥抽石笋，洞吼松风，山间清幽的泉声，夹杂着滩头的篙声和悠扬的牧笛，淡淡的喧闹中，映衬出禅者沉寂的心境。菜熟饭饱后，品清茗，斗旗枪，在石床上或坐或倚。偶有远客来访，笑问客从何来，随口所谈，无非禅宗妙理。诸如"饭熟不经烟火，茶香别展枪旗。信口道将一句，轻轻动着唇皮"⑤，"滩下篙声乱刺，牛背笛韵横吹。柴门白昼自掩，石床或坐或欹"⑥，"茆屋三间稳住，千株松树闲栽。菜熟饭香吃饱，笑看何处客来"⑦，素描淡写中充盈着浓浓的禅趣。眼前之景是其参悟禅理的助缘，也是其禅者心性的外化。清静，素雅，闲适、恬淡，充满禅意与诗意的生活，构成了雪关智訚山居体验的主体。

---

① 释智訚：《山居杂咏》其十五，载《雪关禅师语录》卷十一，第517页。
② 释智訚：《山居杂咏》其十八，载《雪关禅师语录》卷十一，第517页。
③ 释智訚：《山居杂咏》其二十二，载《雪关禅师语录》卷十一，第517页。
④ 释智訚：《山居杂咏》其二，载《雪关禅师语录》卷十一，第517页。
⑤ 释智訚：《山居杂咏》其九，载《雪关禅师语录》卷十一，第517页。
⑥ 释智訚：《山居杂咏》其五，载《雪关禅师语录》卷十一，第517页。
⑦ 释智訚：《山居杂咏》其四，载《雪关禅师语录》卷十一，第517页。

同时，雪关智闇认为，参禅者须身怀勇猛刚烈之志，以顶天立地的男儿大丈夫之气，挺起刚利之脊梁，心肠坚如钢铁，"顶天立地志何雄，要解拿烟更捉风"①，"若个男儿不丈夫，脊梁挺起须刚利"②，"参禅志向须刚烈，一副心肠刚似铁"③。其诗偈中的禅者，或爪牙狰狞如戴角虎，以勇猛无畏之力，推倒须弥山，吸干沧溟海，"须弥推倒势何雄，沧海吸干犹未在"④。或如巨鲸般掣断千尺丝，或伫立须弥山巅，双手轮转日月，"藏身处，没踪迹，华鲸掣断丝千尺。没踪迹，莫藏身，双手扶回日月轮。分明踏上毗卢顶，倒跨横趋不见人"⑤。其诗偈便时常流露出雄豪之气和阔大之境，如"踢开万丈澄潭水，一串穿来透网鳞"⑥，"万仞须弥推得倒，笑骑铁马上长安"⑦。又如《山居杂咏》其十三云："口阔吞干沧海，胆大裂破虚空。炼就铜头铁额，穿过虎穴魔宫。"⑧ 口吞沧海，胆裂虚空，铜头铁额，穿虎穴，过魔宫，以刚猛之气勇往直前，无坚不摧。

诚如初参博山时所悟，"舌头元是肉生成"，雪关智闇以挥洒自如、不饰雕琢的诗学理念，集清空素雅与勇猛刚烈之风于一身，诗文造诣远超其祖、其师之上，成为晚明曹洞宗寿昌系佛教文学中的最后殿军。

---

① 释智闇：《寿除景阳居士六十》，载《雪关禅师语录》卷十一，第518页。
② 释智闇：《嘱在惨静主》，载《雪关禅师语录》卷十二，第521页。
③ 释智闇：《冰轮禅人乞警语》，载《雪关禅师语录》卷十二，第522页。
④ 释智闇：《冰轮禅人乞警语》，载《雪关禅师语录》卷十二，第522页。
⑤ 释智闇：《示履微上座》，载《雪关禅师语录》卷十二，第522页。
⑥ 释智闇：《送悦众玄镜兄》，载《雪关禅师语录》卷十一，第518页。
⑦ 释智闇：《示观一上人》，载《雪关禅师语录》卷十一，第518页。
⑧ 释智闇：《山居杂咏》其十三，载《雪关禅师语录》卷十一，第517页。

## 二、湛然圆澄及其弟子的佛教文学

湛然圆澄深悟"无用之用，方为大用"，其散木禅风行一时，成为曹洞宗云门系之中兴者，其诗出语天然、信口成章，呈现出口语化、民歌化的风格。其弟子石雨明方酷爱山居、饮茶、赏月，诗境清幽空明，带有文人化诗僧的生活习气，论诗贵在独创，反对模拟。瑞白明雪以游山玩水做佛事，注重发掘自然山水之美，颇具韵致。

### （一）"无用之用，方为大用"：晚明曹洞宗云门系湛然圆澄

圆澄（1561—1627），字湛然，别号散木道人，又号没用，俗姓夏，会稽东关人，曹洞宗慈舟方念禅师法嗣。他出家前是送公文的邮卒，因投错公牒，惧罪投江自杀。被人所救后，出家为僧，嗣法曹洞宗慈舟方念，曾亲炙云栖袾宏、紫柏真可等禅林尊宿。湛然圆澄历主云门广孝寺、径山万寿禅寺、云门山显圣寺、嘉兴东塔寺等。天启七年（1627）十二月卒，享年六十六，僧腊四十三，嗣法弟子为明怀、明盂、明方、明濩、明有、明雪等，著有《宗门或问》《慨古录》《思益梵天所问经简注》《楞严经臆说》《法华经意语》《涅槃经会疏解》等，门人明凡编辑《会稽云门湛然澄禅师语录》8 卷。

晚明临济宗密云圆悟在浙东大行其道，湛然圆澄的出现，足以与其分庭抗礼。他与密云圆悟弟子汉月法藏、破山海明等交好，也得到了黄辉、公安三袁、陶望龄、周汝登、祁骏佳等外护的支持。紫柏真可因"妖书案"狱中坐化，他冒天下之大不韪为其荼

毗，自此声誉日隆。他倡导的"散木禅"风行一时，成为中兴曹洞宗云门系的功臣。①

　　湛然圆澄自号没用，实际上真正体悟到"无用之用，方为大用"的境界，其《自号没用》云："溪边一腐块，其形若沉檀。取之无所用，刻之无所长。弃水不之去，付火不之然。能死盗贼心，善却世人贪。日夕三光下，优游天地间。都云没用物，我道得安闲。"② 此诗以"腐块"统领全篇。"腐块"当为腐朽的树根，它散落在溪边，形貌丑陋，看似一无是处，正如孔子所谓"朽木不可雕也"。腐朽的表象背后，质地实为旃檀，香闻千里，弃水不去，付火不燃，具有刚强不屈的意志和坚贞的节操，时刻持守着圆明的本性而无迁改。它悠游在天地之间，消弭世人的贪、盗等诸种妄心、妄执，真正达到了自由闲适、无修无证的境界。显然，湛然圆澄的"无用"，针对的正是"有用"。他曾著《慨古录》，批驳现行混滥的佛教秩序，解构现有佛教传统，这与紫柏真可等万历三大师的佛教革新理念同出一辙。他又自号"散木"，借独立于天地之间的大树，突显出不随时流的禅僧品格："商丘有乔木，其木阔百围。其顶冲霄汉，其年不可知。全身佩荆刺，到底皆虬枝。嗅气令人狂，嚼味烂唇皮。世人不之谙，识尔者子期。多能复多役，致我长相思。"③ 与圆悟个性鲜明、锋芒毕露的临济宗禅法不同，"散木"有凌云之志，历千载而不移，"没用"意味着春

　　① 廖肇亨：《不妨腰膝软如泥：晚明曹洞宗云门系湛然圆澄》，载《巨浪回澜：明清佛门人物群像及其艺文》，第70—78页。
　　② 释圆澄：《自号没用》，《会稽云门湛然澄禅师语录》卷八，载《卍新续藏》第72册，第832页。
　　③ 释圆澄：《又号散木》，载《会稽云门湛然澄禅师语录》卷八，第832页。

风化雨、润物无声，为弘传佛法、利益众生。其《山居杂咏》可谓两者的契合，"丈夫志气欲冲虚，才有施为便不如。只有山田堪屈节，不妨腰膝软如泥"①。将冲虚之气纳入无施无为，正所谓"随缘不变，不变随缘"，外圆内方，以柔克刚，践行着沩山灵祐"欲为佛门龙象，先作众生马牛"的禅林祖训。②

湛然圆澄为一代禅林宗匠，诗文本为余技。他自称"我诗无奇特，一味老实头"③，"我诗无造作，素性懒穿凿"④。又云："我诗有便宜，终不费心机。信口道短长，适意无是非，"⑤"我诗无巧句，模写实功夫。"⑥倡导出语天然、信口成章的创作理念，反对苦吟雕琢，呈现出口语化、民歌化的诗歌风格。其诗属于典型的高僧之诗，借山林景物与田园风光抒写与世无争的处世哲学，尤喜营造幽独之诗境。如"幽林独坐疑求伴，忽见猿猴挂树梢"⑦，"独坐竹林幽，超然得自由"⑧，"麀麋知我忘机者，驯绕左右伴幽

---

① 释圆澄：《山居杂咏》其九，载《会稽云门湛然澄禅师语录》卷八，第836页。

② 廖肇亨：《不妨腰膝软如泥：晚明曹洞宗云门系湛然圆澄》，载《巨浪回澜：明清佛门人物群像及其艺文》，第70—78页。

③ 释圆澄：《同陶石篑伯仲诸友夜游》，载《会稽云门湛然澄禅师语录》卷八，第834页。

④ 释圆澄：《同陶石篑伯仲诸友夜游》，载《会稽云门湛然澄禅师语录》卷八，第835页。

⑤ 释圆澄：《山居杂咏》其二，载《会稽云门湛然澄禅师语录》卷八，第836页。

⑥ 释圆澄：《山居杂咏》其十七，载《会稽云门湛然澄禅师语录》卷八，第836页。

⑦ 释圆澄：《登西台》，载《会稽云门湛然澄禅师语录》卷八，第832页。

⑧ 释圆澄：《显圣寺二首》其二，载《会稽云门湛然澄禅师语录》卷八，第834页。

独"①，"题诗寄寂寥，乘兴步前廊"②，"芟草街除下，闲吟几句诗"③，诗歌成为他消遣寂寥的产物，也成为他孤高、幽寂禅境的写照。

（二）"发不剪除真抖擞，诗非摸拟旧文章"：石雨明方的山居艺文

明方（1593—1648）字石雨，嘉兴嘉善人。俗姓陈，父名文锦，业儒，为乡人所尊，石雨明方弟子净柱所作《行状》称"进礼退义，以型其躬，一乡儒者为之下"④。石雨明方幼年"气宇俊逸，如独鹤摩霄"⑤。入私塾后，不屑句读，不慕儒冠。十八岁时遵从父命，娶妻。后陪父游双塔寺，慕僧人仪制有序，决计出家。因父亲年老，未遂其志。二十二岁父亲去世后，石雨明方依杭州法相寺西筑宗禅师剃染，随静安法师习净土。万历四十三年（1615），在嘉兴石佛寺参云门湛然圆澄。因见同修参禅者"多弄口头，擎拳竖指者满堂"⑥，飘然舍去。后至承天寺，阅《楞严经》，拥有了第一次修证体悟。万历四十四年（1616），石雨明方参无异元来禅师。无异元来教其作死工夫，遂到衡岳毗佛洞刀耕

---

① 释圆澄：《登香炉峰》，载《会稽云门湛然澄禅师语录》卷八，第835页。

② 释圆澄：《山居杂咏》其十二，载《会稽云门湛然澄禅师语录》卷八，第836页。

③ 释圆澄：《山居杂咏》其十四，载《会稽云门湛然澄禅师语录》卷八，第836页。

④ 净柱：《（石雨明方）行状》，《石雨禅师法檀》卷末，载《嘉兴藏》第27册，第153页。

⑤ 净柱：《（石雨明方）行状》，《石雨禅师法檀》卷末，第153页。

⑥ 净柱：《（石雨明方）行状》，《石雨禅师法檀》卷末，第154页。

火种，策励苦修。万历四十六年（1618），至庐山五乳峰参憨山德清，酬唱甚洽。天启二年（1622）春，石雨明方辞别湛然圆澄，至天目山再次苦修，"枯槁淡薄，倍于南岳"①。天启三年（1623），再归云门，约众持不语戒，后因参赵州话头有悟，呈偈云："家家有幅遮羞布，放下便能当雨露。独怪当年老赵州，摘却头巾顶却裤。"② 得到湛然圆澄印可，付断拂一枝，自号断拂子，嗣为曹洞宗三十三代。自此之后，石雨明方开启弘法之旅，先后住持绍兴天华禅寺、云门显圣寺、杭州宝寿山光孝寺、福州西禅寺、福州雪峰寺、嘉兴东塔寺、杭州佛日寺等。顺治五年（1648）正月初八去世，世寿五十六，僧腊三十五，嗣法弟子有大鼎净新、远门净柱、即念净现等 10 余人。

石雨明方出于禅者的自觉，倡导诗文贵在独创，反对模拟。其《访盘铭弟掩关古庙适闻昨夜破关入小天荒噉笋去矣》云："发不剪除真抖擞，诗非模拟旧文章。"③ 他进而认为，和诗贵在超出原作，否则不如不和。就山居诗而言，他认为只有拥有山居体验，方可写出真正的山居诗。如无山居经验，徒以模拟为事，则无异矮人观场，随人啼笑而已。《和栴堂诗序》云：

> 凡和诗者，不超原唱，不若无和。此余于《栴堂山居》，几构而几阁笔也。兹读鸳湖兄所和，如啜萝苧于酪酊，令人眼目一新，实称老手。近代禅讲，集必有诗，

---

① 净柱：《（石雨明方）行状》，《石雨禅师法檀》卷末，第 154 页。
② 净柱：《（石雨明方）行状》，《石雨禅师法檀》卷末，第 154 页。
③ 释明方：《访盘铭弟掩关古庙适闻昨夜破关入小天荒噉笋去矣》，载《石雨禅师法檀》卷十五，第 134 页。

诗必有山居，多屣不食丘壑，杖不饱烟云，纵描写十分，何异矮子观场，而因人啼笑哉。鸳兄一生肥遁，全节避名，故自比于龙山之菜叶，黄牛之橘皮，其高卧何惭哉。急付剞劂，以代招隐。[1]

可见，修证经验与生活体验是其诗歌关注的焦点。为此，他提出了诗禅一如的理念。《严无救居士山居诗序》云：

> 诗中有禅者，唯奇幻绝人，非有关于性命也。道人之诗不真妙悟，必多杂蔬笋气，易令人作呕。无救老居士因病得闲，日叩大事因缘，融文心为禅思，《和俺噬山居诗》语语道迈，复多警人心意。如"流水细听看念断"，非老于林下听水二三十年者，乌能至是哉！此真诗禅也。[2]

道人之诗，若非出自真心妙悟，则多杂蔬笋气，令人作呕。文人之诗，若能发自真实的修行经历，则融文心禅思为一体，禅与诗融合无间，是为真诗，亦为真禅。

石雨明方的诗偈，收录在卷十三至卷十五，凡近三卷，分四言、五言、五言律、五言古、七言绝、七言律等。石雨明方喜欢山居，好饮茶，好赏月，充满了诗僧的生活情趣。

石雨明方素有居山之愿，以"活埋"喻山居之志。其《住绍

① 释明方：《和楠堂诗序》，载《石雨禅师法檀》卷十六，第137页。
② 释明方：《严无救居士山居诗序》，载《石雨禅师法檀》卷十六，第138页。

兴府天华禅寺语录》云："山僧也不知佛，也不知法，只晓得游山玩水，啸月眠云，与猿猴为伍，麋鹿为群，誓不出山，活埋为计。所以自志偈有'翻转杜园还杜田，那管十年廿年三十年'之句"①。《活埋社言志》云："但得团圞志不迁，蒲团破烂补教坚。开转杜园还杜田，那管十年廿年三十年。"② 展现出僧人抖擞精进的一面，足见山居志愿之坚。他的山居，也是出于避免战争的纷扰，如《居山》云："虽则深山亦不宁，草衣木食尚堪撑。古人为道尊清寂，我独偷安避战征。"③ 其明清之际的作品，如《甲申除夕》《乙酉人日》《春杪得曹白僧居士诗札依韵答之》《中秋苦雨（乙酉）》等，透露出时局动荡下僧人生活的困苦。如《春杪得曹白僧居士诗札依韵答之》云："世路穷鱼涩，难禁海亦枯。山空一病叟，蓝载几门徒。春月云非净，晨灯影欲孤。寥寥长梦里，子得独醒无。"④《中秋苦雨（乙酉）》亦云："一雨逼中秋，况当多难日。湿烟挥涕眦，薄粥委饥质。鼓战轰溪声，兵交迸岩石。月淹霄汉间，僧亦误良夕。"⑤ 世路艰辛，战争交迫，山岩间夹杂着战鼓之音，打破了僧人平静的生活。他们以薄粥充饥，在烟霞中挥泪伫立。良辰美景，也在荒凉寂寥中淹没无余。

石雨明方喜饮茶，诗中亦见禅茶之风。如《游五洩初渡》云：

---

① 释明方：《住绍兴府天华禅寺语录》，载《石雨禅师法檀》卷一，第78页。

② 释明方：《活埋社言志》，载《石雨禅师法檀》卷十五，第135页。

③ 释明方：《居山》，载《石雨禅师法檀》卷十五，第135页。

④ 释明方：《春杪得曹白僧居士诗札依韵答之》，载《石雨禅师法檀》卷十四，第128页。

⑤ 释明方：《中秋苦雨（乙酉）》，载《石雨禅师法檀》卷十四，第129页。

"日暮肩舆归，说法因茶故。茶醉人心醒，达者妙于悟。"① 因茶说法，茶可通人心，达妙悟。关涉禅茶之作，在其与居士的酬赠诗中表现良多。中秋月夜下对谈饮茶，在空濛清寒的月光下，鼓励居士精进修行，如《同陈五台希节二居士中秋夜话》："爽雨三日后，对客当中秋。不语朗天性，或言消茗瓯。澹烟摹月去，清露逼人流。徙倚更珍重，千峰峰上头。"② 石雨明方喜赏月，尤其喜咏残月，自云"月当圆处难为话"③。残月虽然没有满月完美，对他而言，或许更能体现禅者的心境。如《祁德公季超止祥世培冒雨入山》云："交驰棒喝空山里，竹影敲窗月又残。"④ 空山残月，也就成为深夜谈禅时枯寂之境的写照。又如《答天目友人问行脚》中云："别来君独隐松关，愧我瓢囊曾未闲。先煮瀑花浇渴想，漫移残月照颓颜。"⑤ 残月颓颜，便成时光流逝的象征。《立秋听月》中营造出清寂空明之禅境，乃其典型的禅境诗。诗云："寂寂先秋声，杂以微虫鸣。绕砌听何极，转转成凄清。仰天发孤啸，怒者其谁生。扣所以听者，月击空潭明。"⑥ 寂寂的秋声中夹杂着微虫凄清的鸣叫，仰天孤啸，与月击空潭时的空明之境遥相应和。大音希声，大象无形，成为此境的最佳说明。

　　"发不剪除真抖擞，诗非模拟旧文章"，石雨明方不仅葆有僧

　　① 释明方：《游五泄初渡》，载《石雨禅师法檀》卷十四，第130页。

　　② 释明方：《同陈五台希节二居士中秋夜话》，载《石雨禅师法檀》卷十四，第128页。

　　③ 释明方：《话月轩》，载《石雨禅师法檀》卷十五，第132页。

　　④ 释明方：《祁德公季超止祥世培冒雨入山》，载《石雨禅师法檀》卷十五，第132页。

　　⑤ 释明方：《答天目友人问行脚》，载《石雨禅师法檀》卷十五，第134页。

　　⑥ 释明方：《立秋听月》，载《石雨禅师法檀》卷十四，第128页。

人抖擞精进的山居之愿，同时强调诗文贵在独创，反对模拟。他酷爱山居、饮茶、赏月，诗境清幽空明，带有文人化诗僧的生活习气，为晚明文学的革新助推一臂之力。

### （三）"游山玩水作佛事"：瑞白明雪的崆峒家法

随着晚明旅游之风的盛行和佛教固有的游方参学传统，僧侣游方蔚为一时之盛。它不仅拜谒名师，助益禅修，也促进了佛教文学地理的有效拓展。瑞白明雪就是其中的代表。他不仅以游山玩水作佛事，注重发掘自然山水之美，甚至将其作为崆峒家法，作为后代弟子参学的指南。

明雪（1584—1641），字瑞白，号入就，桐城人，俗姓杨。幼孤，事母至孝。二十岁，父母葬毕，礼九华山聚龙庵慧公剃发出家，参紫柏真可、云栖袾宏、憨山德清、无异元来等人。至云门，参湛然圆澄，为其嗣法弟子。先后驻锡云门显圣寺、绍兴延庆寺、蕺山戒珠寺、弇山龙华寺、湖州白雀寺等。崇祯十四年（1641）三月去世，世寿五十八，僧腊三十八。著有《入就瑞白禅师语录》18 卷，生平参余大成《塔铭（并序）》、唐世济《传》、大音《（瑞白明雪）行状》、寂蕴《（瑞白明雪）行状》等。①

瑞白明雪喜游赏山水，弟子大音称其"或时游山玩水作佛事，则遇景而颂，皆以第一义谛示人"②，寂蕴亦称其"或示语言三昧，

---

① 释明雪：《入就瑞白禅师语录》卷十七至十八，载《嘉兴藏》第 26 册，第 815—823 页。

② 释大音：《（瑞白明雪）行状》，载《入就瑞白禅师语录》卷末，第 821 页。

以歌咏为佛事也"①。瑞白明雪认为，自然山水是佛性的外化，游赏山水也就成为参悟禅理的另一门径，所谓"空王元无形迹，微尘堆里藏身。今日分明指出，青山绿水白云"②，"说法青松吼，谈禅翠竹扬"③。他甚至将山水悟道写作崆峒家法，"崆峒家法绝连纤，雨过青山色更鲜。万象无情能说法，何劳病朽口重宣"，"崆峒家法绝连纤，风舞清香袭法筵。只为老僧心力倦，也来助我一谈禅"④。他以山水作佛事，在游山玩水中挖掘自然美景。如《崆峒诸景·缘起》中，瑞白明雪道出崆峒诸景的发现过程：

> 丙子秋七月廿六日，予到山时，蓁莽蓊郁，藤萝绊腰。遂令拨云辟径诛茅，始缚箬屋、结草龛以居之。既居矣，犹未穷此山中诸景，既而过南云山。丁丑秋，再上崆峒，稍阔其居，渐开四野。不觉佳景天然露现，始名五位山、宝盖峰等八景。至戊寅春游之，又立飞龙岗等四景名。初夏之时，梅雨绵沥，古路从蜡烛园过坂，因田塍窄，来往者未便。予偕隐虚等八人从水口下新开一横径，又得罗汉之名。举目远瞻，危峦怪石罗列屏几，烟霞满岫，苍翠森然，则又有奇峰、纱帽石、观音岩、清凉岩之名。至秋，游历群峰，又睹有眠牛石、一脉泉。己卯春，偕诸子再登奇峰，又见石铲、石鲤等耸然而立，

---

① 释寂蕴：《（瑞白明雪）行状》，载《入就瑞白禅师语录》卷末，第823页。

② 释明雪：《空王坟》，载《入就瑞白禅师语录》卷十三，第800页。

③ 释明雪：《大智塔》，载《入就瑞白禅师语录》卷十三，第801页。

④ 释明雪：《崆峒家法十偈》，载《入就瑞白禅师语录》卷十三，第800页。

宛有参天之势，故尔名之。然景无前后，前后在人。自
劫初成之时，诸景一时罗列。虽后有探幽赋咏者，年远
亦无所考。今或山灵有在，老僧有缘，自到山渐诛草莽，
取景题名，总为崆峒山之诸景。固是钵盂安柄，亦可存
于后贤，知此则有佳咏志之不朽也。①

从崇祯九年（1636）至崇祯十二年（1639），4 年之内，瑞白
明雪五游崆峒，寻芳探胜，命名诸景 20 余处，足见对山水游赏之
热忱。为使山水之名传之后世，他与同游者诗歌唱和，所谓“余
养病之余，咏颂八首，俟诸文翰共咏精华，以壮崆峒胜概”②，“诸
子各呈诗，老僧亦占拙偈”③。为此，他创作了《游云门十咏》
《龙华八境》《崆峒诸景》《题百丈诸景》《洞山即景五绝》等组
诗，记游赏路线，写观览见闻，以简洁晓畅之笔，抒写出尘之思。
他的写景诗，紧扣景物特点，或境界辽远，雄阔苍劲，如“发脉
须弥起弁峰，飞腾形势若游龙。层层鳞甲松妆就，慈氏宫藏眉睫
中”④，“岩似金毛踞弁丘，未伸牙爪绝狐游。口从天地同开起，吼
到而今声未休”⑤，腾空欲飞的青龙峰，张牙怒吼的狮子岩，苍劲
的老松，均显雄豪刚劲之气。或境界清新明丽，如“古涧清流入
帝基，粼粼花石缀新枝”⑥，“甘泉常喷碧云开，玉色澄明何处

---

① 释明雪：《崆峒诸景·缘起》，载《入就瑞白禅师语录》卷十三，第 799 页。
② 释明雪：《崆峒即景》，载《入就瑞白禅师语录》卷十三，第 799 页。
③ 释明雪：《又题四景》，载《入就瑞白禅师语录》卷十三，第 799 页。
④ 释明雪：《青龙冈》，载《入就瑞白禅师语录》卷十二，第 796 页。
⑤ 释明雪：《狮子岩》，载《入就瑞白禅师语录》卷十二，第 796 页。
⑥ 释明雪：《花石涧》，载《入就瑞白禅师语录》卷十二，第 796 页。

来"①，涧水涓涓静流，花石点缀其中，又显雅静之意。或枯寂清
幽，如"天台高卧白云多，那识全身入薜萝。坐断烟霞心梦寂，
故人未到奈如何"②，高卧白云，身入薜萝，坐断烟霞，心梦具寂。
瑞白明雪的诗，在枯寂的同时，也带有活泼的动。他喜咏春景，
如"春花艳艳体全彰，冠月披云镇八荒"③，春花烂漫，彰显一片
生机。又如"刘阮仙何在，胡麻迹未灰。晓花迎日媚，野鸟带云
回"④，仙踪已逝，陈迹未灰，晓花迎日，野鸟穿云，沉寂中充满
生命的律动。他善于调动眼、耳等各种感官，营造出多元化的诗
歌世界。沉寂中的一丝清音，亦带有雅洁之清韵。如"卓尔冲霄
汉，幽微云雾关。松风常不昧，清韵落人间"⑤，"峭壁闻清响，天
关对白云"⑥，松风清韵，峭壁清响，清韵绵长。又如"雨花飞瑞
色，双涧吼清波"⑦，"囤地一声吼，沙界悉皆闻。催去三冬冷，惊
回大地春"⑧，"野花近笑语，翠蔼露清容。爆竹运天吼，欢呼满坞
雍"⑨，涧水怒吼，爆竹巨响，宁静与嘈杂并融，又显阔大之境。
诗中音声的运用，亦与观世音耳根圆通相关。如"趺坐忽闻清籁

---

① 释明雪：《六和泉》，载《入就瑞白禅师语录》卷十二，第796页。
② 释明雪：《师登天台护国寺，祈远居士以六绝送行，师用原韵以复之》，
载《入就瑞白禅师语录》卷十二，第796页。
③ 释明雪：《弥勒峰》，载《入就瑞白禅师语录》卷十二，第796页。
④ 释明雪：《游桃源洞》，载《入就瑞白禅师语录》卷十二，第796页。
⑤ 释明雪：《紫霞峰》，载《入就瑞白禅师语录》卷十二，第796页。
⑥ 释明雪：《登高明寺》，载《入就瑞白禅师语录》卷十二，第797页。
⑦ 释明雪：《游国清寺兼赠不讹禅者》，载《入就瑞白禅师语录》卷十二，
第797页。
⑧ 释明雪：《闻爆竹声》，载《入就瑞白禅师语录》卷十二，第797页。
⑨ 释明雪：《清明日偕诸子游奇峰》，载《入就瑞白禅师语录》卷十三，第
800页。

响，谁知大士启圆通"①，"一带溪流下碧岑，喷珠击石响清音。常年似唱胡笳调，不许眼观闻在心"②。在此理念下，山中画眉的啼鸣声中，亦在宣说着佛法，"空山有画眉，时向窗前语。问渠何所言，报云柏树子"③。色彩运用上，瑞白明雪的诗歌中不仅有苍、碧、白等冷色调，亦有红、绿等暖色调，呈现出一个色彩斑斓的世界，如"铁壁花开三月春，桃红柳绿乱莺鸣"④，"红日争奇媚，香风遍界周"⑤，"钟声敲月落，红日又东升"⑥，"崆峒景色自奇哉，红白枝枝间错开"⑦，桃红柳绿，乱莺啼鸣，红日初升，红白交错。即使在白色映衬下的清寒之境中，因红色的出现更添一丝生气，如"一树红花覆白雪，通身却似玉妆成。寒凝不露真机骨，惟有清香到处闻"⑧。大量暖色调的涌现，使其诗歌更添一种明丽的色彩。瑞白明雪的诗歌不仅有冰天冻地的清寒，也有饱含情谊的温暖。如"忙把枯柴信手烧，通身和暖路非遥。姜汤到口寒衰解，暂且安单竹篢寮"⑨，烧柴取暖，姜汤祛寒，对远道而来的客人，充满了人情的关怀。瑞白明雪的诗歌中，亦呈现出香气四溢

---

① 释明雪：《观音岩》，载《入就瑞白禅师语录》卷十三，第800页。
② 释明雪：《崆峒水口》，载《入就瑞白禅师语录》卷十三，第800页。
③ 释明雪：《闻画眉声》，载《入就瑞白禅师语录》卷十三，第801页。
④ 释明雪：《山居杂咏》其一，载《入就瑞白禅师语录》卷十二，第795页。
⑤ 释明雪：《莲花池》，载《入就瑞白禅师语录》卷十二，第796页。
⑥ 释明雪：《宿慈云寺》，载《入就瑞白禅师语录》卷十二，第797页。
⑦ 释明雪：《春游崆峒》，载《入就瑞白禅师语录》卷十三，第800页。
⑧ 释明雪：《新正雪覆绛桃》，载《入就瑞白禅师语录》卷十三，第800页。
⑨ 释明雪：《丙子季冬祈远居士浼知到崆峒接师回弁岳以五绝送行师和原韵以慰竹知辛勤云》，载《入就瑞白禅师语录》卷十二，第797页。

的境界，如莲香，"天生香馥郁，妙德个中彰"①；如栀子花花香，"桃红已褪芰荷新，栀子清香亦爽襟"②。因香悟道，借香彰理，成为其内在理据。

瑞白明雪的山居诗虽然不多，也颇具韵致。其《山居杂咏》共12首，前5首作于绍兴铁壁山山居时，后7首作于潜山、皖山习静时。诗中的山居之景，清寂而幽闭。如"人鸟不来消息断，个中谁许话禅工"③，"自构茅庵万仞峰，四时烟雾祝门封"④，"山居多野趣，松竹锁云霞"⑤，"径幽人迹少，竹密鸟声多"⑥ 等，独处深山，人迹罕至，难免给人孤独寂寞之感。瑞白明雪身处其中，怡然自得。春来桃红柳绿，莺鸟啼鸣，千峰竞秀。冬季雪拥茅舍，天寒地冻，百无聊赖，也可饮泉自乐。没有世俗尘缘的困扰，山居生活随缘自适，闲散自如。有白云做伴，世间毁誉了然不挂于心，"自适常居铁壁岩，脚踪曾不到人间"⑦，"荣辱无干意自如，飘囊高挂隐山墟。终朝独适非为寂，喜有闲云伴我居"⑧。山居粥饭之余，林中漫步，石上跏趺，一缕清泉沁人心脾，山花野鸟足

---

① 释明雪：《天生莲》，载《入就瑞白禅师语录》卷十二，第798页。

② 释明雪：《初夏挽春》，载《入就瑞白禅师语录》卷十二，第798页。

③ 释明雪：《山居杂咏》其三，载《入就瑞白禅师语录》卷十二，第795页。

④ 释明雪：《山居杂咏》其六，载《入就瑞白禅师语录》卷十二，第795页。

⑤ 释明雪：《山居杂咏》其九，载《入就瑞白禅师语录》卷十二，第795页。

⑥ 释明雪：《山居杂咏》其十，载《入就瑞白禅师语录》卷十二，第795页。

⑦ 释明雪：《山居杂咏》其五，载《入就瑞白禅师语录》卷十二，第795页。

⑧ 释明雪：《山居杂咏》其七，载《入就瑞白禅师语录》卷十二，第795页。

资野趣，世间富贵存亡，早已超然于身世之外。山居真味，尽在此中。

## 第二节　晚明临济宗佛教文学

晚明临济宗的佛教文学，以幻有正传及其门下弟子密云圆悟、天隐圆修、雪峤圆信为主，包含再传弟子汉月法藏等。

### 一、幻有正传及其弟子的佛教文学

幻有正传"绍笑岩而起临济"，堪称晚明临济宗中兴初祖。其弟子密云圆悟以自然洒脱之创作理念，抒写自然天成之禅理，表达随缘任运之生活，展现清幽空寂之禅境，有时或充满豪壮之气局；天隐圆修"生平偏爱住深山"，注重抒写山居之乐和随缘任运的生活样态，其山居诗别具一格；雪峤圆信天生傲骨，诗书兼善，倡导人我俱遣的无我之境。此外，汉月法藏因密汉之争饱受争议，其山居诗借诗歌申述禅学思想，传达一己感悟，颇为文士所重。

#### （一）"绍笑岩而起临济"：晚明临济宗中兴初祖幻有正传

晚明佛教诸宗并兴的进程中，临济宗无疑是其中最引人注目的一股力量。在晚明临济宗的传承历史中，幻有正传具有承上启下的重要作用，时人称其"绍笑岩而起临济"[①]。他上承笑岩德宝，接续临济宗法脉，下启密云圆悟、天隐圆修、雪峤圆信等嗣法弟子，称其为晚明临济宗中兴初祖，殆不为过。

---

① 吴达可：《龙池幻有禅师语录序》，《龙池幻有禅师语录》卷首，载《乾隆大藏经》第 153 册，第 457 页。

正传（1549—1614）字幻有，俗姓侣，溧阳人，笑岩德宝法嗣。二十岁（一说十九岁）往荆溪投静院（一说显亲寺）善权乐庵和尚剃度。后参"父母未生前"话头，闻琉璃灯华煇爆声有省。至京师，参笑岩德宝于观音庵，因笑岩禅师踢履、翘足而豁然开悟，后往台山，缚茅于秘魔岩。万历二十三年（1595），驻锡荆溪龙池，万历三十年（1602）北上京师，住普照寺。万历三十八年（1610）重返龙池，万历四十二年（1614）二月去世，世寿六十六，僧腊四十四，著有《龙池幻有禅师语录》12卷。

龙池幻有的山居诗现存4首，见《龙池幻有禅师语录》卷八，分别题作《山居二首》《山居》，颇有清虚自然之风。如云：

> 月色玲珑夜未央，竹摇清影到虚堂。老僧兀兀蒲团坐，忽想人生有底忙。
>
> 千峰壁拱蓝如靛，万壑泉声响似雷。不是为伊声色转，自惭如兀又如呆。①
>
> 谁谓山居不自然，细推物物总堪怜。夜遥月映玲珑树，昼寂风传鸣噎泉。
>
> 山偃白云低露顶，鹤翘修竹翠联翩。野人非是多饶舌，要比如来无垢禅。②

龙池幻有在诗中畅述山居自然之理，书写山居清幽空寂之境。山中的月色、竹影、山峰、鸣泉、白云诸种景物，或喧或寂，或静

---

① 释幻有：《山居二首》，《龙池幻有禅师语录》卷八，载《乾隆大藏经》第 153 册，第 632 页。

② 释幻有：《山居》，载《龙池幻有禅师语录》卷八，第 629 页。

或动。作者在山中独坐，参悟禅理，感悟人生。任凭外境如何迁变，身心寂然不为所动，真正实现了转物而不被外物所转。山中的自然之景，也就具有了脱离俗尘的清幽之美，堪比佛教所说之无垢禅。①

### （二）"万聚丛中我独尊"：晚明临济宗第一猛士密云圆悟

晚明禅宗丛林中，密云圆悟高举临济正宗的大旗，自称"赤手条条无一物，横拈竹棒打儿孙"，以高扬的主体精神和刚猛峻烈之禅风，一条白棒接尽天下学人。他以"充满战斗的方式，护卫临济正脉"，连同门下十二嗣法弟子，"成为晚明清初佛教界一支立场鲜明的战斗部队，一时之间，大江南北似乎尽为所有"②，甚至与弟子汉月法藏掀起一股"密汉之诤"的禅林风暴，庶可称得上晚明临济宗第一猛士。

圆悟（1567—1642）字觉初，号密云，俗姓蒋，宜兴人，幻有正传法嗣。二十六岁阅《坛经》，发心参究。三十岁弃妻子，依幻有正传脱白。三十三岁纳僧服，后过铜棺山顶，豁然开悟。五十二岁开堂说法，传临济宗法，道誉日隆，被称为铁中之铮铮者，成为晚明禅宗的著名宗师，先后驻锡龙池山禹门禅院、天台山通玄禅寺、金粟山广慧禅寺、黄檗山万福禅寺、鄞山育王广利禅寺、天童山景德禅寺等。崇祯十五年（1642）七月去世，世寿七十七，僧腊四十四。著有《密云禅师语录》等。

---

① 祁伟：《佛教山居诗研究》，第288—289页。
② 廖肇亨：《满肚无明火：晚明临济宗巨擘密云圆悟》，载《巨浪回澜：明清佛门人物群像及其艺文》，第78—85页。

密云圆悟自云"野老欲吟诗，偶得天真趣"①，"自得忘机趣，诗成为假言"②。他的诗偈，以自然洒脱之创作理念，抒写自然天成之禅理，表达随缘任运之生活，展现清幽空寂之禅境。密云圆悟倡导随缘任运的修持理念，自称"了然无事自由人"③，自由的背后，是渴饮困眠的生活状态，也是来去无踪、了无挂碍的行者之境。如《和杨居士捕鱼歌》云："没丝牵，争有住，赤体条条任来去。腾腾任运用无功，放旷逍遥浑大费。"④又如《龙池和尚送天隐掩关偈命师和》云："也无门进无门出，只么堂堂任运间。"⑤《次同参慧毂韵》云："月落树无影，风清云不驰。去来一片地，任运复谁之。"⑥密云圆悟在其诗偈中时时抒写随缘任运、不执去住的生活状态，所谓"山僧尽日茆堂睡，长梦毗耶多口翁"⑦，"扶筇直上到峰颠，破衲和云就石眠。睡到不知红日落，醒来搔首问青天"⑧。饥餐困眠，随心随性，自由自在，在一"睡"字中，将闲散的生活状态展现得淋漓尽致。随缘任运的背后，是对自我修行境界和主体地位的肯定，唯有大彻大悟之人，方有迥然独立的个性和雄视禅林的自信，如《偶成》云："十方世界恣横眠，那管

---

① 释圆悟：《次尽我居士韵》，《密云禅师语录》卷十一，载《嘉兴藏》第10册，第61页。

② 释圆悟：《静中偶成》，载《密云禅师语录》卷十一，第61页。

③ 释圆悟：《示出尘上人》，载《密云禅师语录》卷十一，第61页。

④ 释圆悟：《和杨居士捕鱼歌》，载《密云禅师语录》卷十一，第60页。

⑤ 释圆悟：《龙池和尚送天隐掩关偈命帅和》，载《密云禅师语录》卷十一，第60页。

⑥ 释圆悟：《次同参慧毂韵》，载《密云禅师语录》卷十一，第60页。

⑦ 释圆悟：《寄石梁陶居士》，载《密云禅师语录》卷十一，第60页。

⑧ 释圆悟：《同史省庵登山顶为示》，载《密云禅师语录》卷十一，第60页。

东西南北天。唯我独尊全体现，人来问着只粗拳。"①

　　同时，密云圆悟被时人称为铁中之铮铮者，以禅风峻烈著称，尤以棒喝出名，自云"赤手条条无一物，横拈竹棒打儿孙"②。他认为，禅者贵持浩然壮志，"志大不吾欺，浩然塞天地"③，不可作为名利所困的庸碌之辈。又云："浩然之气势旋盘，充塞乾坤绝窄宽。"④ 其写景咏物诗，喜咏雄阔壮美之景，时常充满雄豪之气。如《登金山》云："波中卓出始昂头，裂破长江两道流"⑤，"裂"字突显金山在滔滔江水中拔地而起、巍然独立的气势。又如《莲花峰》云："旱地莲开势插天，经冬过夏未尝迁。只因性禀坚刚质，纵使焚烧逾洞然。"⑥ 凸显莲花峰拔地而起，气势冲天，禀性刚坚。他的山居诗只有 4 首，却体现出禅者包揽万象之心量，如《居山》云："乾坤一个故茅庐，极目寥寥四壁虚。但识此身为住计，了无归路自如如。"⑦ 茅庐包含大千世界，颇有芥子纳须弥之意，表现禅者广大的心胸和阔大的气局。又云："野衲横身四海中，端然迥出须弥峰。举头天外豁惺眼，俯视十方世界风。"⑧ 此诗霸气凌人，视自身若须弥山，横身四海之中，超出十界之上，世界在我脚下，宇宙任我遨游，充分展现出睥睨六合、超尘拔俗

---

① 释圆悟：《偈成》，载《密云禅师语录》卷十一，第 63 页。

② 释圆悟：《北京普炤寺中秋夜韵》，载《密云禅师语录》卷十一，第 59 页。

③ 释圆悟：《示徒》，载《密云禅师语录》卷十一，第 59 页。

④ 释圆悟：《黄檗山观叶相国诗區以偈次韵》，载《密云禅师语录》卷十一，第 62 页。

⑤ 释圆悟：《登金山》，载《密云禅师语录》卷十一，第 59 页。

⑥ 释圆悟：《莲花峰》，载《密云禅师语录》卷十一，第 62 页。

⑦ 释圆悟：《居山》，载《密云禅师语录》卷十一，第 61 页。

⑧ 释圆悟：《山居》，载《密云禅师语录》卷十一，第 62 页。

的豪雄气概。又《示聚我居士》云："万聚丛中我独尊，独尊那怕聚纷纭。头头色色非他物，大地乾坤一口吞。"[①] 我为世间万事万物之主宰，傲然独立之势，溢于言表。这不仅展现出一代宗师的胸襟，也体现出禅林猛士的高度自信。

（三）"生平偏爱住深山"：懒散头陀天隐圆修的山居诗

圆修（1575—1635），号天隐，江苏宜兴人，俗姓闵，幻有正传法嗣。幼丧父，事母至孝。二十岁听《楞严经》，感生死事大，遂参幻有正传，萌生出家之念。万历二十六年（1598），因相士言其不寿，在母亲支持下，正式剃度出家。万历二十九年（1601），幻有正传北游，天隐圆修掩关龙池，阅古人语录，苦究 2 年，后闻驴叫大悟。万历三十二年（1604）四月出关，同密云圆悟等人至京师参幻有正传。幻有正传去世后，在石磬山诛茅弘法，数载便成一方丛林。先后驻锡湖州上柏报恩禅院等。崇祯八年（1635）九月去世，世寿六十六，僧腊三十七，嗣法弟子有玉林通琇、山茨通际等。天隐圆修著有《天隐和尚语录》20 卷，由玉林通琇编集传世。

天隐圆修自称"懒散头陀"，生平爱居深山，成就最高的首推山居诗。他先后创作了《山居二十首》（五律）、《山居四十首》（七律）、《山居二十首》（七绝），共 80 首，可谓晚明专意于山居诗创作者。从个人角度来说，天隐圆修喜欢山居，"生平偏爱住深

---

① 释圆悟：《示聚我居士》，载《密云禅师语录》卷十一，第 62 页。

山，古路松门竟不关"①，"生平兴趣在青山，无事人间去往还"②，
"年来落魄懒居廛，得意幽林翠竹轩"③，"幻躯多病好安闲，不喜
人间只住山"④。从禅修理念上说，他重视现量境，善以眼前境缘
开示学人，如《示印中授徒》云："空劫寥寥，即是目前之法法，
要以见在机先，意超言外。飞泉落涧，清韵长吟，空谷行风，玄
音和雅。汝欲颂之，岂非颂也？云起青山，如鸾如象，鸟啼翠竹，
若瑟若琴。汝欲诗之，岂非诗也？"⑤ 眼前之景，可以助发悟道机
缘。诸如飞泉落涧，空谷行飞，云起青山，鸟啼翠竹，如诗如颂，
亦非诗非颂，贵在从音声色相中体悟禅理。机前荐取，立地成真，
是其反复倡导的修学理念，也是他选择山居的重要理据。同时，
他也倡导在日用中修行，"修证工夫，不离日用。在世出世，无有
一毫留滞"⑥，倡导随缘任运，不被境缘所拘，"无论山林城市，随
寓而安，随方以化，不被境缘顺逆得失之所拘碍"⑦。《五灯全书》
本传称其"初入磬山，值雪深，五十余日炊烟几绝。师于饥禽野
兽中，安之晏如"⑧，可谓生平行事之写照。

① 释圆修：《山居四十首》其八，《天隐和尚语录》卷十九，载《乾隆大藏经》第 154 册，第 376 页。
② 释圆修：《山居四十首》其十七，载《天隐和尚语录》卷十九，第 377 页。
③ 释圆修：《山居四十首》其十九，载《天隐和尚语录》卷十九，第 378 页。
④ 释圆修：《山居二十首》其十九，载《天隐和尚语录》卷十九，第 386 页。
⑤ 释圆修：《示印中授徒》，载《天隐和尚语录》卷十三，第 283 页。
⑥ 释圆修：《示贤道人》，载《天隐和尚语录》卷十三，第 284 页。
⑦ 释圆修：《慧林范徒住东禅请示》，载《天隐和尚语录》卷十三，第 284 页。
⑧ 释超永：《常州磬山天隐圆修禅师》，《五灯全书》卷五十五，载《卍新纂续藏经》第 82 册，第 295 页。

在山居诗中，天隐圆修注重抒写山居之乐和随缘任运的生活样态，甚至提出了"一日闲兮一日新，不知谁是个知音"的生活理念。① 他喜以"闲"字入诗，善于描绘悠闲适意的山居生活。如"一个蒲团心境闲，千峰环绕薜萝间"②，"闲看竹节知形瘦，倦倚松根觉老侵"③，"自怜计拙能疏懒，闲卧松阴枕石头"④，"闲题拂石清风起，长坐临溪白鸟还"⑤，"茅屋三间碧涧旁，闲来兀坐对斜阳"⑥，"薜萝空掩径萧萧，闲倚荆扉赏寂寥"⑦，"憎爱两忘无取舍，贪瞋俱泯得安闲"⑧，"闲开窗户笑春风，几树华敷白间红"⑨，"饭罢经行涧水边，心空衲破道人闲"⑩，"凝眸终日对青山，石几炉烟意自闲"⑪，"输我磬山闲长老，半生无事入尘中"⑫，"闲居无事可安排，半种青松半种梅"⑬。又如《山居二十首》（五律）开篇即云"懒散羡山居，忘缘境自如"⑭，奠定了组诗懒散、清闲的

① 释圆修：《茅庵歌》，载《天隐和尚语录》卷十八，第370页。
② 释圆修：《山居四十首》其三，载《天隐和尚语录》卷十九，第375页。
③ 释圆修：《山居四十首》其八，载《天隐和尚语录》卷十九，第376页。
④ 释圆修：《山居四十首》其七，载《天隐和尚语录》卷十九，第375页。
⑤ 释圆修：《山居四十首》其八，载《天隐和尚语录》卷十九，第376页。
⑥ 释圆修：《山居四十首》其十三，载《天隐和尚语录》卷十九，第376页。
⑦ 释圆修：《山居四十首》其二十三，载《天隐和尚语录》卷十九，第378页。
⑧ 释圆修：《山居四十首》其二十六，载《天隐和尚语录》卷十九，第378页。
⑨ 释圆修：《山居四十首》其三十一，载《天隐和尚语录》卷十九，第379页。
⑩ 释圆修：《山居二十首》其四，载《天隐和尚语录》卷十九，第385页。
⑪ 释圆修：《山居二十首》其七，载《天隐和尚语录》卷十九，第385页。
⑫ 释圆修：《山居二十首》其九，载《天隐和尚语录》卷十九，第385页。
⑬ 释圆修：《山居二十首》其十，载《天隐和尚语录》卷十九，第385页。
⑭ 释圆修：《山居二十首》其一，载《天隐和尚语录》卷十八，第371页。

基调。其闲心闲趣，在诗中得到了充分抒写，如"白发谁能染，青山我自闲"①，"云来伴我闲，月到照我宿"②，"山窗梅半笑，堪笑老僧闲"③，"忽遇儿童戏，看他闲聚沙"④，"清夜孤猿啸，闲庭幽鸟还"⑤，"溪平涵野色，林邃养闲心"⑥。因此，天隐圆修可谓是"天容老谷一闲僧"⑦，是晚明僧诗中善用"闲"字之第一人。除"闲"之外，他还道出山居之"懒"，如"杖藜懒探青谿碧，欹枕横眠浩月辉"⑧，"懒散头陀久住山，柴门终日未尝关"⑨。"闲"与"懒"的背后，是随缘任运的禅修理念。如《和憨山大师山居》云："自笑山中人，懒散奚为趣。闲时两顿粥，困来一觉睡。细草作蒲团，碎衲为盖被。忘读东鲁书，不识西来意。"⑩ 又如《觉洪弟新构玉峰题赠》云："新开玉峰一片地，构得数椽蔽风雨。竹窗明映日月新，对坐盘桓发幽趣。不将禅道挂齿牙，垦土掘地终无

① 释圆修：《山居二十首》其六，载《天隐和尚语录》卷十八，第 372 页。
② 释圆修：《山居二十首》其七，载《天隐和尚语录》卷十八，第 372 页。
③ 释圆修：《答汰如讲主》，载《天隐和尚语录》卷十九，第 387 页。
④ 释圆修：《山居二十首》其十五，载《天隐和尚语录》卷十八，第 372 页。
⑤ 释圆修：《山居二十首》其十七，载《天隐和尚语录》卷十八，第 373 页。
⑥ 释圆修：《山居二十首》其十九，载《天隐和尚语录》卷十八，第 373 页。
⑦ 释圆修：《山居二十首》其十六，载《天隐和尚语录》卷十九，第 386 页。
⑧ 释圆修：《山居四十首》其十二，载《天隐和尚语录》卷十九，第 376 页。
⑨ 释圆修：《山居四十首》其二十六，载《天隐和尚语录》卷十九，第 378 页。
⑩ 释圆修：《和憨山大师山居》，载《天隐和尚语录》卷十八，第 367 页。

虑。山田米饭扑鼻香，一念万年心不易。"① 再如 "此事天真莫浪修，饥餐渴饮睡来齁"②，"年来一事也无求，饥则餐兮睡则齁"③。开山种田，诛茅安居，粥饭自给，饥餐渴饮，困时即眠，无忧无虑，山居生活之自由适意，展现无余。

天隐圆修的闲心闲趣，与自然、和谐的山居生态圆融如一，"草丰常睡虎，波静不惊鸥。漫步乘风急，徐歌待月流"④ "披云石上坐，得月涧边吟。仰看青山老，孤行黄叶深"⑤ "云开孤月皎，雨过万山青。林邃禽忻集，溪深鱼自沉"⑥ "杖挑千障月，襟带百川波。半偈传千古，全身养太和"⑦ "一笠随风雨，单瓢挂落霞。山青云自断，草嫩路偏赊"⑧。可以说，其内心之闲与外境之闲交融如一，心与境冥，物我一如。他徜徉于山水之间，听山鸟啼鸣，观山禽往还，石上静坐，涧边轻吟，间与野老作伴，与麋鹿为侣，自由自在，自得其乐。鸟语松风，无不宣扬着禅家的至理，"鸟语翻诗律，松风说梵言"⑨。由于全身心融入青山绿水之间，山居生活变得不再枯燥，反增加了不少幽趣。在此，他消弭了时间的差

---

① 释圆修：《觉洪弟新构玉峰题赠》，载《天隐和尚语录》卷十八，第 369 页。

② 释圆修：《山居四十首》其七，载《天隐和尚语录》卷十九，第 375 页。

③ 释圆修：《山居四十首》其三十三，载《天隐和尚语录》卷十九，第 379 页。

④ 释圆修：《山居二十首》其五，载《天隐和尚语录》卷十八，第 371 页。

⑤ 释圆修：《山居二十首》其四，载《天隐和尚语录》卷十八，第 371 页。

⑥ 释圆修：《山居二十首》其九，载《天隐和尚语录》卷十八，第 372 页。

⑦ 释圆修：《山居二十首》其十，载《天隐和尚语录》卷十八，第 372 页。

⑧ 释圆修：《山居二十首》其十五，载《天隐和尚语录》卷十八，第 372 页。

⑨ 释圆修：《山居二十首》其十一，载《天隐和尚语录》卷十八，第 372 页。

异，"春秋虽不涉，梅放一年除"①，"适得山居趣，蹉跎不计春"②，"腊尽一灯前，空生已度年"③，日出而作，日落而息，春秋代谢，岁去岁来，时光变得迅疾而悠久。世间的是非荣辱，生死病死，也就变得无足轻重，"浮生纵满百，归去把空拳"④，"呆呆一头陀，任他荣与辱"⑤，成为山居达者的生活体悟，也是对人生终极问题的哲思。

### （四）"傲骨生如铁更坚"：青狮翁雪峤圆信

同为幻有正传弟子，密云圆悟如禅林猛士，高举临济正宗的大旗，大有晚明禅林唯我独尊之雄心霸气；天隐圆修以懒散头陀之姿，志居深山，静享闲适自如之山居生活；雪峤圆信则以近似狂狷之姿，傲然遗世，在临济、云门二宗的抉择中，似乎与密云圆悟进行着一场无声的抗衡。最终以断崖了义自比，以隐忍避让之态成就了密云圆悟的禅林伟业。他自称"大明国里第一等偷懒沙门"，"不但指肉体的逸惰，也说明了缺乏与传统或客观环境持久抗衡的毅力"。⑥ 或许，略带自嘲语气和狂狷行迹的背后，难掩青狮翁与生俱来的傲骨。

---

① 释圆修：《山居二十首》其一，载《天隐和尚语录》卷十八，第371页。
② 释圆修：《山居二十首》其二，载《天隐和尚语录》卷十八，第371页。
③ 释圆修：《山居二十首》其十三，载《天隐和尚语录》卷十八，第372页。
④ 释圆修：《山居二十首》其六，载《天隐和尚语录》卷十八，第372页。
⑤ 释圆修：《山居二十首》其七，载《天隐和尚语录》卷十八，第372页。
⑥ 廖肇亨：《第一等偷懒沙门：雪峤圆信与明末清初的禅宗》，载《中边·诗禅·梦戏：明末清初佛教文化论述的呈现与开展》，第240—272页；廖肇亨：《第一等偷懒沙门：孤高散圣雪峤圆信》，载《巨浪回澜：明清佛门人物群像及其艺文》，第257—263页。

　　圆信（1571—1647），字雪峤，一字雪庭，俗姓朱，浙江鄞人，幻有正传禅师法嗣。万历二十七年（1599）舍俗出家，截发上天台，自号不空。遍参憨山德清、云栖袾宏、笑岩德宝等佛教名家，后至龙池参幻有正传，万历四十二年（1614）受正传记莂，先后住锡径山兴圣万寿寺、绍兴云门寺等。顺治四年（1647）八月去世，世寿七十七，僧腊四十九，著有《雪峤禅师语录》等。雪峤圆信是晚明临济宗禅僧中颇具个性者。他迁居径山后，结千指庵于东坡池上，清真孤赏，傲然自得，每震吼曼啸，不被沙门威仪束缚，人称雪狮子，晚年自号青狮翁。《自赞》云："双髻峰独宿一十二载，壁立千仞，吟风啸月，旁若无人，袒胸露臂，气宇如王。"① 可以想见其傲然遗世独立之状。

　　雪峤圆信能诗善书，艺文素养远在密云圆悟之上。他的诗歌，现存《雪峤禅师语录》收录不多，然从当时诗论家的口中，不难窥探其影响之大。如刘献廷称"近代尊宿之能诗者，无逾老人，恐无可、齐己不是过也"，李郐嗣称雪峤圆信之诗"独妙今古"，"即在诗人口中，亦是王维、常建极佳处"。朱彝尊称其诗"潇洒有致"，查为仁亦称其诗"出笔奇峭，无蔬笋气"。从现在作品来看，最具特色者是其山居诗。

　　雪峤圆信倡导人我俱遣的无我之境，其《性相偈》云："有性及无性，人境二俱遣。即今说性人，了了无自性。"② 他的《山居四时偈》，在物与我的视角转换中，泯灭二者之差别："帘卷春风

---

　　① 释圆信：《自赞》，《雪峤禅师语录》卷五，载《乾隆大藏经》第 153 册，第 767 页。

　　② 释圆信：《性相偈》，载《雪峤禅师语录》卷五，第 773 页。

啼晓鸦，闲情无过是吾家。青山个个伸头看，看我庵中吃苦茶。"①
与密云圆悟的"悠然独坐无人会，掀起松窗待月明"不同，雪峤
圆信改变了以往由庵中眺望远山的模式，赋予了山以人的行为和
视角。禅僧坐在庵中，青山仿佛透过窗户来观察悠闲吃茶的僧人。
主动看山时，僧人带有主观的意念，存在物我的差别。被山观看
时，物与我已经泯灭了差异。观察视角的转换，体现出心境的超
越。雪峤圆信的诗歌，也时常抒写山中生活的清苦。如："古人树
下居无屋，我有山居胜得多。雷雨尽时苦亦尽，奇云影里笑呵
呵。""秋光一度正将残，野菊无香木叶干。入骨半窗寒雨过，愁
人不在布衣单。""半天红日照青峦，草荐封门睡正酣。莫道老僧
真个懒，起来炊火怕风寒。"② 僧人山居时，由于物质生活的匮乏，
难免遭受风雨、寒冷的侵扰。禅僧依然以乐观的心态坦然面对，
不惊不怖，从容不迫。他的山居诗中，时时充满野趣，如"居山
道者如何说，天际云无月上竿。老兔地边偷菜喫，齿寒嚼嚼又看
看"，天机乌云，皓月当空，野兔在地边偷菜，边嚼边看，时刻保
持警觉，充满生机与活趣。③

（五）"身到已忘山势高"：饱受争议的临济宗三峰派祖
师汉月法藏

在晚明禅宗史抑或文学史上，谈及临济宗三峰派祖师汉月法
藏，似乎都会卷入是非毁誉的旋涡。他曾是密云圆悟的爱徒，亦

---

① 释圆信：《山居四时偈》，《雪峤禅师语录》卷九，载《乾隆大藏经》第
154 册，第 45 页。
② 释圆信：《山居四时偈》，载《雪峤禅师语录》卷九，第 45 页。
③ 祁伟：《佛教山居诗研究》，第 291—292 页。

是其亲择的嗣法弟子，后来掀起"密汉之诤"的禅林风暴，入清后一度惊动雍正帝以国家政权的力量干预平息。他的山居诗一度饱受晚明东林党魁、文坛盟主钱谦益的盛赞，后又被其视为"海内三妖"之一，是祸国殃民的邪魔外道。"身到已忘山势高"，是非毁誉的背后，源自他对自己宗教境界的自信和纲宗原则的坚持，乃至背负"背叛师门"的恶名也在所不惜。①

法藏（1573—1635），字于密，号汉月，俗姓苏，常州无锡人，密云圆悟法嗣。他十五岁出家，后从云栖祩宏受沙弥戒，得新刻《高峰语录》后，甚契其心，专参高峰"万法归一"话头。万历三十八年（1610），游常熟东塔寺，后至三峰寺。万历四十二年（1614），得觉范之《临济宗旨》，"如对面亲授于五百年前"。万历四十八年（1620），在三峰寺结夏，读《智证传》，"对众日提一则，既而病，或越四日五日一提，甚或越月。至庚申，痛念法门，强为卒业。自言：'收觉范狼藉之夜光，复胎明月'"②。可见，在其修学历程中，汉月法藏以高峰原妙的话头为修行门径，以惠洪觉范的临济宗旨为修行典范，以临济义玄为嗣法源头。

天启四年（1624），五十二岁的汉月法藏来到金粟山广慧禅寺，拜密云圆悟为师，成为临济宗法嗣。天启五年（1625），汉月法藏著《五宗原》，梳理禅宗五家源流和修学宗旨，以临济宗三玄

---

① 关于汉月法藏佛教文学的研究，参廖肇亨：《晚明僧人〈山居诗〉论析：以汉月法藏为中心》，载《中边·诗禅·梦戏：明末清初佛教文化论述的呈现与开展》，第274—300页；廖肇亨：《目前何地不均平：临济宗三峰派开山祖师汉月法藏》，载《巨浪回澜：明清佛门人物群像及其艺文》，第86—93页；祁伟：《佛教山居诗研究》，第274—288页。

② 弘储：《三峰藏和尚年谱》，载《三峰藏和尚语录》卷尾，《嘉兴藏》第34册，第207页。

三要、沩仰宗圆相、法眼宗六相、曹洞宗君臣偏正、云门宗三句为五宗法印。这引起了其师密云圆悟的不满，先后作《辟妄七书》《辟妄三录》批驳汉月法藏。汉月法藏去世后，弟子谭吉弘忍作《五宗救》维护师说，密云圆悟再作《辟妄救略说》回击，成为轰动一时的禅林僧诤。"密汉"之诤一直延续到清代，雍正帝出面干涉，撰《拣魔辨异录》驳斥汉月法藏，并下诏销毁《五宗原》《五原救》的书版，严禁刊刻流通。

除《三峰藏和尚语录》《五宗原》《弘戒法仪》等佛教著述外，汉月法藏著有《山居诗》1 卷 40 首，万历刊本，现存上海图书馆。《高僧山居诗续编》存其诗，附钱谦益、文震孟序文。文氏序末尾题云"丙辰新秋竺坞学人文震孟题于筼圃"，知作于万历四十四年（1616）秋，时法藏结夏三峰。翻检全诗，知为追和栯堂益之作，抒写山居幽情。

汉月法藏《山居诗》的主题，首先是祖师禅的重视与回归。汉月法藏自称"以天目为印心"，参话头而悟道。《三峰藏和尚年谱》载万历四十年（1612）悟道始末云："二月朔，与朗泉大德相期，入百日不语死关。才上蒲团，忽眩晕，呕痰一斗。遂放身熟睡，如坠千尺井中求出相似，手足都无攀揽。至第五日巳间，方深睡，窗外二僧夹篱，拗折大竹，声若迅雷。顿见虚空粉碎，大地平沉，人法俱消，一真不立，尽大地觅纤毫过患，了不可得，无有譬喻能喻。揭开从前文字，但见纸墨，义理了不关思。端坐终夜，如弹指顷。无思惟中，触着赵州云：'我在青州做领布衫重七斤。'凡古柏树子、干矢橛、新妇骑驴阿家牵、八角磨盘空里走，至云门扇子踔跳上三十三天，种种三昧，一时现前。因勘破向来横说竖说，行棒行喝，总未是向上全提在。①

在明代祖师禅积弊丛生，憨山德清与天隐圆隐等人倡导祖师禅、如来禅合流之时，汉月法藏因参话头开悟，全力倡导祖师禅。如《三峰藏和尚语录》卷六辨祖师禅、如来禅之别云："参禅贵先决择如来禅、祖师禅。祖师禅者，透十法界之外，不堕如来之数，故曰出格。如来禅者，超于九种法界，堕在十法界之顶，犹是格内。欲知格内格外之分，须在一事一物上分清。十法界诸种之见，直到极顶，方是如来地位。祖师禅又从佛顶上透出，出格之外，又越两种祖师外道。若是真正祖师禅，则末后一句始到牢关。"②所谓"十法界"，指地狱、饿鬼、畜生、阿修罗、人、天、声闻、缘觉、菩萨、如来，分别对应我见、贪见、盗见、瞋见、仁见、施见、灭见、缘见、空见、即空即有见十见。而"格"，即思量分别之意。汉月法藏认为，如来禅虽处十法界之巅，犹处格内。祖师禅则超越如来禅，高处格外。法藏重祖师禅而轻如来禅的取向，在山居诗中也得以展现。如云：

觅得青山好卜栖，三峰擎屋海环溪。朝阳入户水光远，凉月到阶松影齐。

一念何须分起灭，双轮那复计东西。昼长独爱闲如岁，卧听隔林啼竹鸡。

又云：

_____

① 弘储：《三峰藏和尚年谱》，《三峰藏和尚语录》卷尾，载《嘉兴藏》第34册，第205—206页。

② 释法藏：《三峰藏和尚语录》卷六，载《嘉兴藏》第34册，第154页。

寂寂一心融法界，寥寥万境绝思量。树深竹箪卧云冷，花落瓦瓶分涧香。

炉冻好寻灰里火，世炎难烁鬓边霜。不知回首黄昏近，犹向西窗爱夕阳。

诗中所云念无起灭、心融法界、境绝思量的境界，正是汉月法藏所称祖师禅之境界。任由时光消逝、世态炎凉变化，超越思量分别的自由洒脱之境。

其次是禅宗传统的回归。晚明禅林流弊丛生，汉月法藏对此深有感触，《答西空居士》云："法道可怜极矣！不可不救也！可怜者何？盖以文字禅没溺于语言，一棒一喝没溺于无言。无言则颠顶乱统，有言则摘句寻章。摘句寻章但堕外而未易堕魔，颠顶乱统易堕魔又复堕外。"① 为了改变日益形式化的禅宗现状，汉月法藏希望回归禅宗传统，探明五宗旨归，顿悟自性。其《五宗原》等佛教著述的编撰，已呈现出回归禅宗传统的趋向。

汉月法藏"穷流溯源"的禅宗传统回归路径，在其山居诗中多有展现。如："原知此道不离位，法法亲呈在在存。一句截流全竭海，千波当处各归源。""事合忘机随处了，悟来何物更堪齐。有时信手推窗看，一片海光涵百溪。""雾蔚霞蒸近海门，小窗代谢几明昏。阿谁见月便忘指，若个穷流直到源。""收拾多途向一途，闲忙随地是工夫。无心便得了生死，此事何须论智愚。"上述诗文带有明显复归禅宗传统的意愿。如"一句截流"是著名的云

---

① 释法藏：《答西空居士》，《三峰藏和尚语录》卷十四，载《嘉兴藏》第34册，第193页。

门宗三句（涵盖乾坤、截断众流、随波逐浪）之一，也是法藏《五宗原》追溯的云门宗宗旨，指破除学人的烦恼妄执，破除对语言名相的执着，盖借云门宗旨强调对五家宗旨的回归。"千波当处各归源"，禅宗五家宗旨虽然不同，然其旨趣却是相同的，即明心见性，回归宗源。其他如"一片海光涵百溪""若个穷流直到源""收拾多途向一途"，均体现出回归传统的愿望。这也成为改革禅宗流弊、兴复佛道的必要途径。

最后是世事如梦的空幻感。基于大乘佛教空观，世事如梦如幻是山居诗的重要主题。与此前山居诗重在理论劝导不同，汉月法藏的山居诗显得华丽雕琢，悠游不迫。如云："电影空花去不留，青山一卧便无求。石云满屋不知晓，江月到门应是秋。弄玉浪传乘彩凤，绿珠曾见堕青楼。清歌妙舞霎时梦，谩说人间万户侯。"极写他对世事的虚幻感。弄玉相传为秦穆公之女，嫁萧史，日与其作凤鸣，穆公为其作凤台以居之，后夫妇乘凤飞天，见刘向《列仙传》。绿珠为石崇爱妾，为白州梁氏女，美艳动人，善吹笛，后为孙秀所逼，坠楼而死。汉月法藏借此二人喻指传说中美丽的女子，"彩凤""青楼""清歌妙舞"的背后，极度渲染世间的声色犬马、富贵荣名。"浪传""曾见"，昭示出美好事物的虚幻性和悲惨结局的真实性。两相对比之下，方知人间万户侯不足钦羡，唯有石云满屋、江月到门的山居清修生活，才可体悟世间永恒的真理。又如："午月才移万景斜，片时得意不须夸。已知怪石非真虎，一任妖松巧幻蛇。林熟秋霜连树果，草经春雨压庭花。往来不管功名事，打扫石床留晚霞。"首联借月与影的变化说明时间的无常变迁。颈联中"怪石非真虎"化用李广射石的典故，"妖松"典出《林间录》，其云："（谷泉）又尝夜坐融峰顶，有大蟒绕盘之。泉解衣带缚其腰，中夜不见。黎明，策杖遍山寻之，带缠枯松之上，盖松妖也。"① 诗中"已知""一任"二语，阐明作者已经看破世间幻象而不为其迷惑，故而能葆有超脱于世间功名之外的生活态度和坚定的山居志向。

汉月法藏的山居诗，得到了当时文士的赞许。钱谦益评云："藏公死心学道，读山居诗，想见其根性猛利，机锋自溢出也。心死如灰，根利如火，无火宁复有灰乎？火之种性，生而有光，千年之幽谷，破于一灯，果然在于用光也。是诗也，以征诸藏公之种性，其亦千灯之一枝也。"② 钱谦益为吴中文坛主将，其评价较好地概括了汉月法藏山居诗的价值，亦见其山居诗在文坛的反响。

## 二、晚明其他临济宗禅僧的佛教文学

除了幻有正传法系之外，受禅林艺文之风的熏染，晚明临济宗其他法系也出现了一波较有代表性的禅僧，其中最为突出的当属吹万广真和颛愚观衡。

### （一）"艺苑何如法苑长"：诗书画兼善的吹万广真

吹万广真（1582—1639），俗姓李，宜宾人。万历四十一年（1613）七月，礼月明联池禅师出家受具，为其法嗣。后游吴越、闽粤，还蜀后驻锡忠州聚云禅院。崇祯十二年（1639）七月去世，世寿五十八，僧腊三十。吹万广真著述宏富，据至善《行状》载，有《一贯别传》《楞严梦释》《恣夏草》《圆觉解》等近 20 种，现存《一贯别传》5 卷，《古音王传》1 卷，《吹万禅师语录》20 卷，

---

① 释惠洪：《林间录》，载《卍新纂续藏经》第 87 册，第 264 页。
② 钱谦益：《山居诗引》，载《牧斋杂著》，第 865 页。

《聚云吹万真禅师语录》3 卷等，生平参至善《行状》、田华国《吹万禅师塔铭》。①

吹万广真艺苑、法苑并重，自谓"解蓝著皂最为良，艺苑何如法苑长"②，雅好诗文、书法、戏曲、小说，具有较好的文学素养。他自称"余独偏爱书，又复偏爱字"③，从大乘空观出发，对书法艺术进行了佛教化解读，"幻人写幻字，幻人作幻书。遗与幻人读，读之成幻佛。幻佛既属真，法王大地身"④。他也爱好小说、戏曲，内容一度涉及艳情。他写下了《读花神三妙记》《读红梅记二首》《读花神三妙记（乐府）》等诗歌，记录阅读感受，认为读者应以无碍之心读之，"文章艳丽虽挑眼，眉底忘机却自如"⑤。读者应从此中彻悟欲色之害，断除恶念，"又不见，徒死苾刍细腰舞，挑目招心住江渚。可怜如剑复如蛇，螫我灵根戕我家。只须恶慧勤三作，不肖景云长联赋"⑥，表现出较为通达的态度。他喜读书，认为读书贵与古人会通，"所以读古书，则与古人居。所以颂古诗，则与古人期"⑦。同时，从法脉传承上说，他是大慧宗杲十四世孙，好文字禅，曾著有《文字禅那》5 卷，被人称为"黄山谷后身"。他喜游山玩水，每见佳景则留恋不已："性嗜山水，

---

① 参《吹万禅师语录》卷末附录，载《嘉兴藏》第 29 册，第 553—555 页。

② 释广真：《途中感怀五首》其二，载《吹万禅师语录》卷十一，第 514 页。

③ 释广真：《简古人书字偈》，载《吹万禅师语录》卷九，第 506 页。

④ 释广真：《简古人书字偈》，载《吹万禅师语录》卷十一，第 506 页。

⑤ 释广真：《读红梅记二首》其二，载《吹万禅师语录》卷十一，第 514 页。

⑥ 释广真：《读花神三妙记（乐府）》，载《吹万禅师语录》卷十二，第 520 页。

⑦ 释广真：《简古人书字偈》，载《吹万禅师语录》卷十一，第 506 页。

潇洒绝尘。龙崖之左，迤岭而下，松桧交加，即疏松岭也。岭间之石如龟文，每当松风晚落，蟾辉泻影，翁尝挥麈于中，名曰洛书。傍有小涧，雨久则瀑布作声，罗以卷石三座，因呼为小小蓬莱，恒以古之十二龙宾，面山石而阅焉，乃著《蓬莱》《雨花》二集。"①

他好吟诗，爱写诗，认为"杜甫无诗不说话，李白无酒不肯诗"②，感慨晚年诗思匮乏，"年来老大无诗思，坐卧深山寡兴头"③，"年来老大无诗思，慢却婵娟笑短才"④。他继承了"诗言志，歌咏言"的诗学理念，强调抒写真性情。其《自序》云："卜子夏曰：诗者，志之所之也，在心为志，发言为诗，情动于中而形于言，言之不足故嗟叹之，嗟叹之不足故咏歌之，咏歌之不足，不知手之舞之、足之蹈之也。山野逃诸法苑久矣，策杖风尘，栖迟岩薮，果独无言乎？言且出而不觉成句，句成而不觉带有咏焉，或长或短，或歌或叹，吾莫知其所以然。"⑤ 从创作实际看，除了上堂、普说、颂古、偈等佛教传统文体外，诗、词、歌、赋诸体皆备，尤以诗见长，可谓着意于文学撰制者。

吹万广真在诗歌中，充分调动六根的感知功能，以佛教徒的眼光观照世界。他笔下的景物，带有明显的佛教化色彩。如观桃花，发挥眼根之妙，颇带娇媚之气，"因缘乍结胭脂嫩，谨守香唇

---

① 释至善：《（吹万广真）行状》，载《吹万禅师语录》卷末，第555页。

② 释广真：《启居社友歌》，载《吹万禅师语录》卷十三，第524页。

③ 释广真：《午日山雨》，载《吹万禅师语录》卷十二，第518页。

④ 释广真：《明月歌》，载《吹万禅师语录》卷十三，第524页。

⑤ 释广真：《自序》，载《吹万禅师语录》卷十一，第512页。

不敢开"①，"娇颜露出非干色，叶上轻红岂是烟"②。又如咏雨中之梅，娇媚中不乏佛教色彩："梅稍香满雨珠来，湿染娥眉粉黛开。不是小蛮轻堕泪，却缘性水入灵台。"③ 观竹，发挥眼根、耳根圆通，体悟圆明之心："竹叶青，竹叶绿，青青绿绿观不足。风舞动，敲我耳，梵音海潮和烟起……一颗圆明只者是，任运潇洒四时新。"④ 观兰，则发挥鼻根圆通："兰花香，兰花清，清清气息香满亭。我过阶前若不识，无端鼻孔又通神。"⑤ 他善咏物，咏物诗中带有清雅明丽之风。如咏月下之梅，"风竹林间挺一枝，脱尽尘烟入品奇。惊眼乍逢香满袖，黄昏邀月上东篱"⑥，梅、月结合，视觉、嗅觉并重，尽显月下竹间梅花之出尘与清雅。吹万广真喜咏月，先后写作了《中秋无月》《禅僧月》《农僧月》《渔僧月》《诗僧月》等诗。诗中月与白云等意象组合使用，借以展现云散月现的空明之境，如"晚来风扫浮云散，影落孤明万象空"⑦，风扫云散，月映世间，尽显空明之境，亦即禅家所云之禅境。又如"月明空外境，心定有余师"⑧，则近乎纯粹的说理。

吹万广真能诗善画，自云："静观野寺山如画，闲点丹青画似山。个里总无分别处，月随流水在人间。"⑨ 景如画，画如景，禅、

---

① 释广真：《观桃花十首》其三，载《吹万禅师语录》卷九，第507页。
② 释广真：《观桃花十首》其四，载《吹万禅师语录》卷九，第507页。
③ 释广真：《雨梅》，载《吹万禅师语录》卷十一，第513页。
④ 释广真：《观竹》，载《吹万禅师语录》卷十，第507页。
⑤ 释广真：《观兰》，载《吹万禅师语录》卷十，第507页。
⑥ 释广真：《月梅》，载《吹万禅师语录》卷十一，第513页。
⑦ 释广真：《团峰得月》，载《吹万禅师语录》卷十一，第513页。
⑧ 释广真：《拟瞿孝廉来韵》其一，载《吹万禅师语录》卷十二，第517页。
⑨ 释广真：《早步四首》其三，载《吹万禅师语录》卷十一，第514页。

诗、画本无分别，也无须刻意分别。他借鉴了绘画的创作技巧，其诗在色彩、意象布置上别具匠心。

吹万广真诗中设色素雅，或单色平铺，或多色圆融，别具匠心。以单色结构全诗者，如《题蟾影禅人》云："千江片月满中流，一色霜华遍地秋。白鹭未垂双舍利，芦花飞入带林幽。"[1] 江水、明月、霜华、白鹭、芦花等白色意象的组合使用，使得全诗呈现出空明洁白之境。为了避免单色调的枯淡寡味，他通过各种色调的有机配合，呈现出明丽多彩之特点。如黄、绿二色之组合，"数片黄金落，徘徊绿树中"[2]。红、黄、绿三色的搭配，又呈现出生命的律动："山色飞红水色黄，葱葱野马乱针秧。举头即识天腰线，故显高皇诗半章。"[3] 吹万广真诗歌的意象布置清疏爽朗，巧妙发挥留白等绘画技法，呈现出疏朗明丽的特点。他爱咏疏星、疏林、疏山等，稀疏的意象暗寓其闲散自由的心态。如："早出林阴野色辉，疏星几点焰如飞。娥眉月上东方白，宛转松间益翠微。"[4] 朦胧的夜色，三三两两的疏星，东方月光下的片片留白，苍翠的松影，宛如一幅疏朗淡素的风景画。又如："塌上主人飞锡外，清光犹自映疏山"[5]，"流水有声湍嶂石，温风无恙扫尘沙。香罗密室茶烹焰，影过疏林月落华。"[6] 潺潺溪流、淡淡茶香与疏林月落相映成趣，作者内心之闲适、自由也得以显露。

---

[1] 释广真：《题蟾影禅人》，载《吹万禅师语录》卷十一，第515页。

[2] 释广真：《日影早照》，载《吹万禅师语录》卷十一，第512页。

[3] 释广真：《晚眺虹晚二首》其一，载《吹万禅师语录》卷十一，第513页。

[4] 释广真：《早步四首》其一，载《吹万禅师语录》卷十一，第514页。

[5] 释广真：《秋日宿胡滩兰若》，载《吹万禅师语录》卷十一，第514页。

[6] 释广真：《山中即事》，载《吹万禅师语录》卷十一，第516页。

　　吹万广真善以音声入诗，诗中充满清音清韵。如《午坐松石二首》云："解衣独坐清凉上，数阵宫商绿影排"，"野寺岭头风扇和，清音偏向树稍多。"[①] 松声、风声和合而成的自然清乐，回荡在山寺之间。又如《宴如严畔》云："翠碧苍岩侧径通，磷烟如画座如空。到来谁识山翁趣，竹语松声一笑中。"[②] 竹语、松声与苍岩、磷烟交相映衬，空有得以圆融。静夜钟声中静静开放的梅花，辽远、深沉而又宁静，"夜静钟声禅客远，殷勤犹献一枝开"[③]。自然界的虫鸟走兽等各种动物的声音，在吹万广真的笔下也呈现出别样的韵致。如夏秋之际碧竹丛中蝉的清吟，带来一丝清凉，"碧影竹光射，清吟蜩语吹"[④]。即使是密集型意象中，因为声音的融入，也显得清雅疏旷，如："花径晓斑人影密，石林清颂水声湍。净名既了参军醉，绝顶凌霄仔细看。"[⑤] 在自然界各种声音中，吹万广真尤喜溪水溪声。涓涓滴滴的溪流，谱写出大自然和谐的乐章。如"小竹摇风敲梵响，疑是笙歌鹫岭回"[⑥]，清澈的溪流透过山谷，涓涓水声与竹声应和，宛若鹫岭梵音。又如"小石堤边流水送，羽声留我醉忘归"，"我引沙童流水过，清音恒染旧袈裟"[⑦]，俨然沉浸在小溪流水的清音中流连忘返。滔滔江水，亦如迦陵频伽鸟之妙音，夹杂着江风缓缓而来，"是处迦陵恒伴我，清音遥落

---

① 释广真：《午坐松石二首》，载《吹万禅师语录》卷十一，第513页。

② 释广真：《宴如严畔》，载《吹万禅师语录》卷十一，第513页。

③ 释广真：《拙度禅人晚献芳梅》，载《吹万禅师语录》卷十一，第513页。

④ 释广真：《竹林清坐》，载《吹万禅师语录》卷十一，第514页。

⑤ 释广真：《春山野望羽霄居士共集》，载《吹万禅师语录》卷十一，第516页。

⑥ 释广真：《小溪流水》，载《吹万禅师语录》卷十一，第513页。

⑦ 释广真：《与众学人集溪边》，载《吹万禅师语录》卷十一，第514页。

带风讴"①。风声与溪声圆融，更显清幽和美之境，如："野径栖衰草，清音带晚霜。云岑幽卧里，是处有羲皇。"②"山翠松烟古，云苍月影凄。数声幽谷里，落木响清溪。"③ 幽谷清音，自然而又和美。

## （二）"自来诗胆壮，名战喜逢场"：伞居大士颛愚观衡

在晚明禅僧中，颛愚观衡颇为值得关注。他是憨山德清的第一高足，却将嗣法未详的憨山德清纳入临济宗之内，自己也就俨然成为临济宗法脉中的一员。他的五言自传体叙事古诗《拟古长诗述志》，长达 4 440 字，堪称前无古人的鸿篇伟制。不管是从佛教抑或文学的角度来说，颛愚观衡都是不容忽视的。

观衡（1579—1646），字颛愚，别号伞居，顺天霸州人。俗姓赵。七岁始入乡馆读书，质越群童。十二岁奉观音大士，欲出家，父母不许。十四岁离家外出，遇见台山惠仁，请求出家，惠仁不许，遂自己引刀剃发。惠仁不得已而为其剃度，取字命名。十八岁时，听闻五台山狮子窟月川镇澄（1547—1617）之名④，产生拜师之念。然进路无门，只好"叩伽蓝背师夜走直四十里，黎明息肩，竟不知身何在也"⑤。后经 10 余日，果至五台山拜见北方华严学大师月川镇澄。万历二十八年（1600），随月川镇澄入京赴明因

---

① 释广真：《夜发小江驲》，载《吹万禅师语录》卷十一，第 514 页。
② 释广真：《秋兴四首》其二，载《吹万禅师语录》卷十二，第 518 页。
③ 释广真：《秋兴四首》其四，载《吹万禅师语录》卷十二，第 518 页。
④ 按：镇澄（1547—1617），字月川，别号空印，金台宛平人，俗姓李，为晚明北方华严学代表人物。
⑤ 释正印：《（颛愚观衡）行状》，《紫竹林颛愚衡和尚语录》卷末，载《嘉兴藏》第 28 册，第 770 页。

寺讲席，受具足戒。在京期间，得到了晚明高僧紫柏真可的称誉，也为其由华严义学至禅学的转变起到了重要作用。此后，他放弃经教文字，一意禅学修持，到南方参禅访道："初参雪浪和尚，次谒云栖大师。凡属当代宗匠，莫不访见，恣决心疑。"① 雪浪洪恩与月川镇澄同为华严宗人，为南方华严学大师。颛愚观衡南下首参雪浪洪恩，当与其师月川镇澄相关。而云栖袾宏为万历三大师之一，以持律精严著称，专意弘扬净土。故此二人，均与南下参禅的初衷有一定距离。为此，他参礼南海普陀，至天台华顶峰王经洞习静。万历二十九年（1601），颛愚观衡获得了生平第一次较为重要的宗教体悟。由于没有名师指点，更兼功利心太强，他不仅没有取得预期的功效，反而因诸念杂陈而被迫停止。在金陵休夏后，游历九华山、匡山，最终在乾罡岭金沙盆习静，获得了第二次宗教体悟。

万历三十四年（1606），他离开乾罡岭，礼阿育王舍利塔，至天台休夏，后游武夷山，参礼曹溪祖庭。万历三十七年（1609），颛愚观衡在端州遇到了憨山德清。二人机锋对决，甚得憨山德清称赞。后因误中乌药之毒，至云阳调养。万历四十四年（1616）三月，颛愚观衡在湖东随侍憨山德清达半月之久，憨山德清以病为例，劝其放下身病与禅病，以天下众生之病为病，情法两忘，做大无碍解脱之人，显然有付法之意。在颛愚观衡心目中，确实以憨山德清法嗣自称，如《与云居明月堂法玺印西堂》其二云："曹溪憨山先师一脉，至我后而未得其人，子既担荷此事，当自努

---

① 释正印：《（颛愚观衡）行状》，载《紫竹林颛愚衡和尚语录》卷末，第770页。

力向前。"① 在弟子及时人的心目中，颛愚观衡亦为德清嫡传。如李仙根《颛愚禅师语录序》云：

> 既而闻憨山老人智慧闻识，为黑白之所推仰。乃于承先属后之际，若不胜其难且慎者。问其法嗣阿谁，则止称曾于柳巷亲见笑岩和尚。其后"花发异时"之句，亦必往复再四而乃付之颛大师，何其峻也！②

施博《颛愚禅师语录叙》云：

> 颛愚和尚师资，正与龙池、天童共出支手，中兴济上一脉也。……第愿尽大地众生见闻随喜，知憨老人为柳巷真子，莫被它瞒过。③

真璨《云居颛老和尚语录后叙》云：

> 先云居颛老和尚，再来古佛应化，踏翻沧海，竖立精幢，一字一句，又安可与诸方并例？信乎架长虹而吞巨浪，辄义学而吐玄津。今观吾师，上溯憨老人柳巷之

---

① 释观衡：《与云居明月堂法玺印西堂》其二，载《紫竹林颛愚衡和尚语录》卷六，第690页。

② 李仙根：《颛愚禅师语录序》，载《紫竹林颛愚衡和尚语录》卷首，第657页。

③ 施博：《（颛愚禅师语录）叙》，载《紫竹林颛愚衡和尚语录》卷首，第658页。

见笑翁，机缘契合，所自来矣。①

在此叙事模式下，颛愚观衡的法系传承发生了微妙的变化，憨山德清师承笑岩德宝，为临济宗第 29 世，与幻有正传同辈。如此一来，颛愚观衡也就成为临济宗第 30 世，实与密云圆悟同辈，亦即施博所云："颛愚和尚师资，正与龙池、天童共出支手，中兴济上一脉也。"其实，这或许是颛愚观衡及其门人的一厢情愿，未必符合憨山德清本人的意愿。

颛愚观衡自云："我虽不知书，点点触破太虚。我虽不知诗，字字不落悟迷。"②自谦的背后，反衬出他于诗、书自得其趣。正印《（颛愚观衡）行状》称："师之字，铁画银钩，笔锋刚劲，点画间缺，自成一家，得之者争相宝重。"③见其书法刚劲有力，自成一家，颇为时人所重。

颛愚观衡自称"自来诗胆壮，名战喜逢场"④，他的诗歌收录在《紫竹林颛愚衡和尚语录》卷十八至二十，凡 3 卷。其中卷十八为古诗（含四言古诗、五言古诗），卷十九为律诗（含五言律诗、七言律诗）、绝句（七言绝句、五言绝句），卷二十专收百首组诗《云居雪狮子韵》。其中成就最为突出的当属自传体五言拟古长诗《拟古长诗述志》。

─────────────

① 释真璨：《云居颛老和尚语录后叙》，载《紫竹林颛愚衡和尚语录》卷末，第 774 页。
② 释观衡：《程乾初音荔请》，载《紫竹林颛愚衡和尚语录》卷十一，第 717 页。
③ 正印：《（颛愚观衡）行状》，载《嘉兴藏》第 28 册，第 773 页。
④ 释观衡：《赠孝则车公行李》，载《紫竹林颛愚衡和尚语录》卷十九，第 760 页。

他的五言古诗《拟古长诗述志》，长达 4 440 字，实为五言古诗之杰构，抑或为中国文学史上最长的自传体叙事诗。诗中自云："吾今四十五，道行一未就"①，知作于天启三年（1623）颛愚观衡四十五岁时。诗中按照时间先后，详述其出家、参学、悟道经历，可谓前半生自传。

作为长篇叙事古诗，该诗呈现出如下特点。

一是生动传神的人物刻画。诗中汲取乐府古诗人物形象塑造手法，以赋笔刻画人物形象，极尽铺叙描摹之能事。如写空印镇澄之形貌："兹师紫金色，伟然不等闲。目深秋海碧，眉秀双翼翩。耳长厚有轮，齿密白且坚。鼻直双垂瓜，血丝圈盈颜。平坦无墙堑，慎独与人宽。"② 颛愚观衡分别从肤色、眼睛、眉毛、双耳、牙齿、鼻子等进行了仔细描摹，凸显其仁和宽厚的人物性格。又如颛愚观衡出家后归省父母，母亲夜梦女子绰约而至：

> 绰约一妇女，丰姿世无二。上服垂过膝，下裙拖覆趾。上下纯白绫，绫花壮碗式。白帕罩云鬐，玉环为耳坠。形色衣未分，眉目更殊懿。眉湾似初月，目湛等秋水。丹朱点重唇，葱白露纤指。璎珞网肩颈，天香随身起。超超趣中轩，盈盈面微喜。③

---

① 释观衡：《拟古长诗述志》，载《紫竹林颛愚衡和尚语录》卷十八，第759 页。

② 释观衡：《拟古长诗述志》，载《紫竹林颛愚衡和尚语录》卷十八，第756 页。

③ 释观衡：《拟古长诗述志》，载《紫竹林颛愚衡和尚语录》卷十八，第757 页。

举凡衣裙、头帕、耳环、眉、目、唇、指等，无不细致入微，随处可见宫体诗繁缛之风。若非璎珞覆肩、天香随身点明人物身份，几近有绮语之嫌。

二是细致入微的心理描写。颛愚观衡以第一人称自述生平，对人物内心之心理波动体察入微。如初出家时，逃离父母而私自外出，担心父母追赶，亦恐路人认出，只好避开大道，循芦苇丛中而行："十四背父母，出外任浮沉。路行恐人识，潜行窜苇阴。惟怕父母逐，不畏虎狼临。白日走芦苇，夜宿傍人音。"① 一路上忧心恐惧、小心谨慎之情貌，跃然纸上。又如出家后，听闻五台山空印镇澄德高望重，心生仰慕，意欲前往依止而其师不从，只好借着月色，背师半夜逃窜。然又想到师恩难忘，泪流连连。内心的矛盾挣扎，油然可见。又如述其在乾罡岭结庵隐居时云："正月下九江，持钵早至晏。乞米足十斗，所须将米换。市一小土锅，又贸二瓦罐。换碗换刀锄，米乃去一半。剩米四五斗，归山如奔电。一日竟至山，心胜不知倦。"② 颛愚观衡在久经奔波之后，终于寻找到理想的山栖幽居之所，苦于衣食无着。隐者留其度岁后，新年伊始，便迫不及待地来到九江持钵行乞，并将所得之米换成生活必需品，随即奔赴隐居之所。"一日竟至山，心胜不知倦"，其中的欣喜之情，溢于言表。

三是出色的环境烘托。颛愚观衡出家后至五台山参拜空印镇澄，后又南下吴越，遍游江浙、武夷，参礼南海普陀山观音道场，

① 释观衡：《拟古长诗述志》，载《紫竹林颛愚衡和尚语录》卷十八，第756页。
② 释观衡：《拟古长诗述志》，载《紫竹林颛愚衡和尚语录》卷十八，第758页。

远赴岭南参拜曹溪祖庭，足迹遍及半个中国。所到之处，留意山水美景，这在诗中多有呈现。如初到五台山时，他写道：

> 风猛暑犹淡，山深古可征。洞藏千载雪，石掩万年冰。岸峦挂星斗，五峰摩天青。日月光可揽，云雷奔下陉。幽壑霞缥缈，崇阿岫杳冥。异花不可计，细草亦难名。长松杂万木，参差接羽翎。离离光艳艳，郁郁气馨馨。异境与异人，变幻多异灵。摄身光如镜，金灯若飞萤。琼楼挂金缕，玉殿悬金铃。供从天上来，人向定中惺。微妙数不尽，一见轻身形。①

五台山以清凉著称，山高暑淡，洞藏冰雪，五峰耸入云天，幽壑云霞缥缈。山中长松古木参天，奇花异草遍地，光怪陆离，郁郁勃勃，变化万千，不愧是佛教名山，丛林圣地。又如南海普陀山观音道场：

> 飘海礼洛伽，慈誓圣中王。摄人游水际，身心入苍茫。粪壤木中虫，安能远翱翔。灶突鸡肋处，宁知海汪汪。潮声响暴雷，浪起立如墙。云接山岳动，日映玻璃光。瀛渤渺无涯，进退妙有常。造化二仪髓，容冶百宝藏。生机活如神，消长观阴阳。水中标拳石，石坚如金刚。梵刹倚玄崿，净宇生清香。水晶映碧殿，琉璃悬灯

---

① 释观衡：《拟古长诗述志》，载《紫竹林颛愚衡和尚语录》卷十八，第756页。

煌。岩岩有隐士，林林有竹房。应身三十二，圣凡俱
莫详。①

颛愚观衡为土生土长的北方人，初次渡海朝礼观音道场，见
潮声如雷，浪起如墙，气震山岳。他观海中日出，水天一境，观
音道场矗立于海天空濛之中，静如琉璃，顿感自然造化之奇，观
音神通妙用之广。

四为修证历程的再现。或许受其师憨山德清《年谱自叙实录》
的影响，颛愚观衡在诗中尤为注重抒写修证经历。此中既有修道
的艰辛，师友砥砺奋进的情谊，亦有个人悟境。颛愚观衡辞别剃
度师南下参学，恰值山东等地遭遇饥馑，物质困乏，饱受磨难：

是时十月初，清晨有寒霜。头上无竹笠，身下无绳
床。手中无杖策，腰间无钵囊。孤孤叉手行，乞食借碗
装。食罢还人碗，随途不厌长。初道经齐鲁，齐鲁逢年
荒。乞食人告苦，竟日不沾汤。两日或一食，食不论温
凉。冢边拾杜梨，粪堆拣枣尝。口干带舌苦，乏食兼乏
浆。行有一月余，乃出饥馑方。②

南下参学，身无囊资，甚至连钵盂都没有，借碗乞食。在一
个多月的时间里面，汤饭不继，甚至捡拾坟冢、粪堆中的蔬果，

① 释观衡：《拟古长诗述志》，载《紫竹林颛愚衡和尚语录》卷十八，第
757 页。
② 释观衡：《拟古长诗述志》，载《紫竹林颛愚衡和尚语录》卷十八，第
757 页。

所历艰辛，可想而知。又如在南岳修行隐居时，隐者将自己食用的草乌送给颛愚观衡，颛愚观衡食后中毒，隐者"问我知药误，失颜悔唉唉。与我煎汤粥，事我无昼夜。送乌还自吃，载吃载自骂。药自甘心死，误人罪难赦。事我三月余，病深不见瘥。汗多血气衰，皮骨如枯草。大死去七次，小死不可考"[1]。事情虽因隐者而起，却也出于一片好心。见颛愚观衡中毒后自责不已，昼夜不离侍奉3个月，足见僧团内部同修情谊至深。当然，身为僧人，颛愚观衡《拟古长诗述志》中值得关注的是个人修证经验的书写。如乾罡岭悟道：

　　一夜踏空行，虚空忽尔释。乃见大觉心，土木与瓦石。有生还有灭，有损还有益。损益非亏盈，生灭无今昔。明明大圣心，何为堕偏僻。不因此夜行，几乎成死癞。[2]

南岳悟道：

　　极目天水际，苍黄谁先觉。悬崖偶自崩，石落如雷暴。毛羽都惊慑，巨木辄摧剥。自觉山作恶，冥心自超擢。[3]

---

① 释观衡：《拟古长诗述志》，载《紫竹林颛愚衡和尚语录》卷十八，第758页。

② 释观衡：《拟古长诗述志》，载《紫竹林颛愚衡和尚语录》卷十八，第758页。

③ 释观衡：《拟古长诗述志》，载《紫竹林颛愚衡和尚语录》卷十八，第758页。

　　颛愚观衡的两次修证体悟，共同之处为心、物同体，世间万物均为心性的外在显现，外物有生灭而佛性无损益。为此，他在听到悬崖崩落时，才会感到如暴雷般的巨大声响。

　　最后尚需提及的是，颛愚观衡的大型组诗《云居雪狮子韵》，共计100首。组诗大致形成了较为稳定的结构模式。从用韵上来说，首联第一句末用"台"字，第二句末用"胎"字，颔联第二句末用"裁"字，颈联第二句末用"来"字，尾联末用"猜"字，整首组诗结构、用韵整饬严密。如此一来，使得诗歌在内容表达上也形成了一定的模式化。首联以"胎"字为中心，明雪狮子秉性之高贵；颔联紧扣"裁"字，明雪狮子相状之威猛；颈联紧扣"来"字，明雪狮子的大机大用；尾联紧扣"猜"字，劝诫世人切勿对雪狮子妄加猜疑。颛愚观衡诗中的雪狮子，来自灵鹫峰，片片天花结成圣胎，品性高洁，体性尊贵。它表里如一，纯白无瑕，威猛刚烈，孤高自傲。它的怒吼震撼山岳，摄伏百兽，摧伏魔外，大机大用远非世人智识所测。凡此足以说明，雪狮子实际就是自性的象征，颛愚观衡借此展现禅者的心境与悟境。

# 第九章　云栖袾宏的宗教实践
# 及其创作风貌

万历三大师中，云栖袾宏身后声誉最隆。从世俗层面而言，清朝历代皇帝对他青睐有加。如康熙二十八年（1689），清圣祖康熙帝南巡，在参访禹陵途中，亲诣云栖寺。雍正七年（1729），清世宗雍正赐谕重修云栖寺；雍正十三年（1735），追赠云栖袾宏为"净妙真修禅师"，并御制像赞。乾隆十六年（1751）、乾隆二十二年（1757）、乾隆二十七年（1762）和乾隆三十年（1765），清高宗乾隆皇帝四次南巡，必参访云栖寺，亲赐藏经、匾额、对联等，缅怀云栖袾宏遗德。嘉庆十七年（1812），云栖寺失火，清仁宗嘉庆帝亲颁内帑并诏谕募缘重修。在佛教内，云栖袾宏被推为净土宗自东林寺慧远之后的第八祖。这显示出他在明清佛教史、佛教文学史，乃至中国文化史上独特的地位。

## 第一节　云栖袾宏的佛教生涯

云栖袾宏在经历 30 余年的世俗生活后，感世间无常而出家参学，后驻锡云栖，重视戒律、净土，形成了平实稳健的宗风，完成了由普通僧侣向一代高僧的蜕变。

### 一、世俗生活

袾宏（1535—1615），字佛慧，别号莲池，因长年驻锡于杭州云栖寺，又称云栖袾宏。此外，尚有莲池袾宏、莲池大师等别称。① 俗姓沈，世为古杭仁和人。其父沈德鉴（1491—1561），字用昭，号明斋，沈智次子，曾在京师经商。沈德鉴博闻强记，善真书、草书，兼涉阴阳、医卜、稗官、方技等诸子学说，具有一定的文化素养。

沈德鉴生子多不育，直到四十五岁方得云栖袾宏，"得子秋暮"，自然疼爱有加。五六岁以前，他过着无忧无虑的童年生活。七岁开始，云栖袾宏学诗论文，接受私塾教育。九岁时通晓儒家经义。十六岁时，在黄泥坂之田舍"殚精文事"，发愤读书，致力科举。其《先考妣遗行记》回忆道："不孝犹忆年十六时，发愤读书于黄泥坂之田舍。先府君觉其勤苦，以书来云：'功名富贵，亦有天命，不可太执。'不孝捧读流涕，报书曰：'儿负重行远，诚万不及人。至于殚精文事，殊不困，幸大人无虑。'呜呼！言犹在吾耳也。"② 父亲之语，既表现出对科举名利的淡泊，又暗示出生子不育而带来的忧虑。十七岁，云栖袾宏成为诸生，更加勤奋，立志三十岁之前举于乡，四十岁之前高中进士，若不能如愿便隐居山林。随着科举的失意和父母的离世，云栖袾宏最终放弃科举

---

① 按：关于云栖袾宏的生平，除《自伤不孝文》等本人记载外，较重要者尚有憨山德清的《古杭云栖莲池大师塔铭》、俗家弟子吴应宾（法号广瀹）的《莲宗八祖杭州古云栖寺中兴尊宿莲池大师塔铭并序》、弟子广润的《云栖本师行略》。今人研究成果，可参荒木见悟：《近世中国佛教的曙光：云栖袾宏之研究》，周贤博译，慧明文化事业有限公司，2001 年；释见晔：《明末佛教发展之研究——以晚明四大师为中心》，法鼓文化事业股份有限公司，2007 年；吴晃昌：《由士人走向高僧：云栖袾宏之生平与交谊》，台湾"清华大学"2011 年硕士学位论文，等等。

② 释袾宏：《先考妣遗行记》，载《莲池大师全集》，上海古籍出版社，2011 年，第 1599 页。

尽孝之路，归向佛教。

从七岁入学至三十二岁出家，云栖祩宏从事举业长达 25 年，具有良好的文学素养，为其文学创作奠定了基础。翻检《莲池大师全集》，他对戏曲、小说的喜爱贯穿字里行间。借助《琵琶记》《三国志通俗演义》等小说、戏曲弘扬佛法之例，亦复不少。他钟爱李东阳的《拟古乐府》，对白居易、王安石、苏轼等人的诗文创作也非常熟悉。"庠校名士"的身份，成为构建文人社交网络、扩大社会影响力的重要助缘。董其昌《重建云栖禅院碑记》云："师庠校名士，始欲以禄养为孝，既以弘法报恩为孝。骐骥壮盛而龙象超忽，最初发念，固已卓然名闻利养之外矣。"[1] 释广润《云栖本师行略》称其"十七岁为诸生，即啧啧有声，德行文章俱极一时之选"[2]。

与紫柏真可、憨山德清相比，云栖祩宏三十多年的世俗生活阅历，积累了丰富的生活经验。嘉靖三十三年（1554），二十岁的云栖祩宏娶妻张氏。张氏世居仁和，岳父张文赞"简直朴茂，以古德重乡闾间"[3]，在当地颇有声望。张氏是张文赞第三女，聪明颖异，稳重干练，才识远超寻常女子。张氏十四岁时母亲去世，痛苦之余，处理家政，深受其父喜爱。十九岁嫁给云栖祩宏，五年后生子沈祖植，却不幸早殇。二十九岁时，她染疾身亡。在共同生活的十余年间，二人感情笃挚。张氏去世，加之沈祖植早殇，后嗣之虞迫在眉睫。在母亲强烈要求下，云栖祩宏续娶与其志同道合的汤氏。

---

① 董其昌：《重建云栖禅院碑记》，载《莲池大师全集》，第 1867 页。
② 释广润：《云栖本师行略》，载《莲池大师全集》，第 1927 页。
③ 释祩宏：《张内人志铭》，载《莲池大师全集》，第 1601 页。

母亲在世时，云栖袾宏虽有出家之念，却无法舍亲出家。随着母亲的去世，云栖袾宏出家的愿望更加强烈，阻力也逐渐减弱。嘉靖四十四年（1565），在丧母后的第一个除夕之夜，随着茶杯的破裂，云栖袾宏正式决定出家。憨山德清《古杭云栖莲池大师塔铭》载："嘉靖乙丑除日，师命汤点茶。捧至案，盏裂。师笑曰：'因缘无不散之理。'明年丙寅，诀汤曰：'恩爱不常，生死莫代。吾往矣，汝自为计。'汤亦洒然曰：'君先往，吾徐行耳。'师乃作《一笔勾》词，竟投西山无门洞天性理和尚祝发。"① 纵观云栖袾宏出家前后之过程，"盏裂"实为关键。②

## 二、游方参学

嘉靖四十五年（1566），云栖袾宏出家受戒，成为一名真正的佛教徒。此后，他历经 6 年参学，饱受艰辛。憨山德清《古杭云栖莲池大师塔铭》云：

师乃作《一笔勾》词，竟投西山无门洞性天理和尚祝发，乞昭庆寺无尘玉律师就坛受具。居顷，即单瓢只

---

① 释德清：《古杭云栖莲池大师塔铭》，载《莲池大师全集》，第 1915 页。

② 按：云栖袾宏因盏裂而出家，首出于憨山德清《古杭云栖莲池大师塔铭》之记载。同时吴应宾《塔铭》和释广润《云栖本师行略》，均未载。受憨山德清影响，后世僧传如喻谦《新续高僧传》卷四十三《明梵村云栖寺沙门释袾宏传》、释印光重修《清凉山志》卷三《莲池大师传》均从之。在县志中，此事则稍有差异。如清龚嘉儁《光绪杭州府志·方外》中载："（袾宏）三十二岁阅慧灯传，失手碎茶瓯有省，乃于世相作《一笔勾》歌，辞家祝发。"不仅岁数有异，而且打碎茶盏者为云栖袾宏而非汤氏。《康熙仁和县志》中云："婢误触其瓶坠地，宏微责之。其室曰：'万物有数，是青瓶破亦数也。'宏憬然悟逸，出，落发为僧。"则差异尤大。值得注意的是，在清初僧人智达所作戏曲《归元镜》中，云栖袾宏因"盏裂"而出家之事被搬上了戏剧舞台，大加渲染。

杖游诸方，遍参知识。北游五台，感文殊放光。至伏牛，随众炼魔。入京师，参遍融、笑岩二大老，皆有开发。过东昌，忽有悟，作偈曰："二十年前事可疑，三千里外遇何奇。焚香掷戟浑如梦，魔佛空争是与非。"①

憨山德清此文简而要，大致梳理出云栖袾宏出家、参学、开悟的经过。云栖袾宏的出家剃度之师，憨山德清称"西山无门洞性天理和尚"，吴应宾称"南五台性天理和尚"，释广润《云栖本师行略》与吴应宾同。云栖袾宏剃度后，在昭庆寺无尘玉禅师处受具足戒。

剃度受戒后，其师性天理和尚离杭远去，云栖袾宏也离开杭州北上。他到五台山，感文殊菩萨放光。又到伏牛山，随众坐禅、念佛。其后来到京师，参访遍融真圆和笑岩德宝。由于身体羸弱，他在京师身患重疾，搭载官船南返。途经山东东昌时，他借居谢居士家，作偈云：

　　二十年前事可疑，三千里外遇何奇？焚香掷戟浑如梦，魔佛空争是与非。②

此偈亦见于《云栖大师山房杂录》中，题为《宿东昌谢居士家有感》，诗题后注云："憨山大师拈作悟道偈。"③ 小注实为后人所加。观诗偈之意，盖自谓青少年时即将"生死事大"书于案头，

---

① 释德清：《古杭云栖莲池大师塔铭》，载《莲池大师全集》，第 1915 页。
② 释德清：《古杭云栖莲池大师塔铭》，载《莲池大师全集》，第1915 页。
③ 释袾宏：《宿东昌谢居士家有感》，载《莲池大师全集》，第1645 页。

苦苦寻求而不得解。如今经过千里行脚，遍参诸方师长，发现此事并无奇特处。焚香礼佛也好，降伏邪魔外道也罢，抑或世间/出世间法、佛/魔，如今看来，均如梦中之事。只要悟得本心所在，也就不必执着于其中的是非对错。

## 三、驻锡云栖

隆庆五年（1571），三十七岁的云栖袾宏在杭州梵村一带游化时，见云栖风景秀丽幽寂，决定驻锡山居，开启了云栖弘化之路。

云栖寺坐落在杭州五云山西麓云栖坞，乾德五年（967）伏虎禅师在此开山，吴越王钱氏建寺。天禧年间（1017—1021），赐额真济院，辟云栖、三池二院，共为三刹，其中云栖以幽绝著称。治平二年（1065），改名栖真。弘治七年（1494）遭遇洪灾，殿宇经像随水漂荡，寺僧离散，寺院逐渐荒废。袾宏初到云栖时，仅存一僧。在《重修云栖禅院记》中，他回忆道：

> 隆庆五年，袾宏行脚南还，爱其岑寂，孤形只钵趺坐圮壁间。太学生陈如玉、李绣等，为之构静室三楹。而宏昼与野鹿主宾，夜与鸣泉唱和，悠然若将终身。①

云栖袾宏称寺院幽绝之态曰："独以荒僻寥落，人迹罕至，非忘形死心者莫能居焉。"② 足见其地之荒凉与偏僻，亦见其选择此地驻锡时的决心与勇气。在陈如玉、李绣、杨国柱等人帮助下，

---

① 释袾宏：《重修云栖禅院记》，载《莲池大师全集》，第 1592 页。
② 释袾宏：《重修云栖禅院记》，载《莲池大师全集》，第 1592 页。

云栖袾宏修建了三楹静室，昼与野鹿为主宾，夜与鸣泉相唱和，开启了云栖寺历史上崭新的一页。

若想长期驻锡于此，必须得到当地民众的拥护和支持。云栖袾宏通过一系列涉俗利生举措，与原住居民建立了良好的关系。首先是消除虎患。云栖自古虎患严重，开山祖师志逢禅师因之被世人称为伏虎禅师。云栖袾宏初驻锡云栖，通过诵经、瑜伽施食等佛教仪式，消除了虎患："环村四十里，岁伤于虎者不下二十人，而鸡犬不与焉。宏乃发悲恳，讽经千卷，设瑜伽施食津济之。自是，虎不伤人。"[①] 其次是旱灾祈雨。云栖袾宏初到之年，恰巧赶上云栖大旱。云栖袾宏"祷于山，偶时雨霁，村之民又大悦，而庆其得安居也"[②]。通过两次善举，云栖袾宏赢得了民众的爱戴："相与累累然肩材而至，曰：'兹吾祖所植也。'荷锄镵，发其尘垄之礐礵而指之曰：'兹云栖寺之故物也。禅师福吾村，吾愿鼎新寺之遗址，以永吾一境之香火。'由是不日而成兰若。"[③]

## 四、云栖弘化

自隆庆五年（1571）开始，至万历四十三年（1615）七月去世，袾宏在云栖弘化四十余年。他组建僧团，培育僧才，完成了由普通僧人到一代高僧的蜕变，也使云栖寺成为晚明丛林的典范。

首先是戒律的持守与弘传。明初设立僧官，试经度僧，动用国家权力，干涉、约束和管理佛教。景泰年间（1450—1456），僧官鬻爵的现象开始出现，屡因贪污而遭弹劾。土木堡之变后，国

① 释袾宏：《重修云栖禅院记》，载《莲池大师全集》，第 1592 页。
② 释袾宏：《重修云栖禅院记》，载《莲池大师全集》，第 1592 页。
③ 释袾宏：《重修云栖禅院记》，载《莲池大师全集》，第 1592 页。

家财政空虚。为增加国库收入,景泰二年(1451)七月,刑部左侍郎罗绮奏请朝廷施行鬻牒。至明宪宗成化年间,鬻牒数量多达37万。僧人数量激增,僧团素质却急剧下降,不守戒律的情况屡见不鲜。汉月法藏沉痛地批判道:

> 自禁之后,老师宿德终其身焉卷怀不讲。万历已来,后进知识自不受戒,不见坛仪授法,通谓戒不应自授,须候国家开禁,遂置律藏于无用之地,但习讲经以展胸臆。俾后生晚学沿袭轻华,公行犯戒。既不知心地,甚致谤及参禅返非正法,肆行邪说,禅宗正法欲灭。循流既久,致令四民之外无赖之徒,以出家无戒防制,遂以剃头为藏垢容恶之府。稍不为世法所容者,即便自行剃落,阑入法门。种种不肖,既无真法住持教诫,则无从驱摈浮滥既习,使白衣见其荤酒淫污,亦不为奇特,无复讥嫌。官法收摄不到,佛法无人举扬。设或举扬,翻以为犯,禁而排之。藏窃抱杞忧,恐将来或有不测,使佛法与国法两敝,未可晓也。①

朝廷不开戒坛,僧团无人讲戒,新出家者无人受戒,僧徒不知戒法,不守戒律。不法之徒自行剃度后混入佛门,佛教遂成藏污纳垢之地。陋弊沿袭成风,官法佛法无人制止,佛教每况愈下。陈垣《释氏疑年录》云:"盖明自宣德以后,隆庆以前,百余年

---

① 释法藏:《弘戒法仪》卷下,载《卍新纂续藏经》第60册,第612页。

间，佛教式微已极。"① 可谓定论。

　　鉴于僧人不守戒律，僧风日下，云栖祩宏首倡戒律。他认为戒律是众生的本源心地，是一切佛教修习法门的根本。为改变佛教积弊，复兴佛教戒律，同时避免和朝廷政令发生冲突，他倡导半月诵戒。据《梵网经》等菩萨戒经典记载，戒律必须师资传授，受戒法师必须具备持戒清净、持戒十腊、通解律藏、通达禅思、慧通穷玄五德，"此五德者，贵乎兼备。或戒具而腊卑，或腊高而解寡，或解通经法而定力荒芜，或见落枯禅而慧心不朗，皆非全德也。"为此，云栖祩宏提出以戒德取人、以佛法慧解取人的权宜之策。除受戒师外，受戒者亦有上、中、下三品之分。上品戒在诸佛菩萨前受，中品戒在菩萨法师前受，下品戒无师时可于诸佛菩萨像前受，亦可自誓受戒。尤其是自誓受戒的提出，不仅避免了与朝廷政令的冲突，亦有助于提升僧团的戒学水准。

　　此外，云栖祩宏通过建立严格、规范的丛林规制，约束管理僧众。从《云栖共住规约》来看，云栖寺设置大堂、西堂、律堂、法堂、老堂、病堂等职能部门，各堂均有堂主等僧职负责，明确僧人职责，并设立了严格的考核、奖惩制度，违反者受到相应处罚，直至摈除出院。《云栖共住规约》实现了寺院僧团的规范化管理，为晚明僧人出世修行提供了一方净土。

　　其次是戒杀放生和净土法门的弘扬。晚明以来，随着手工业和商品经济的发展，世人物质生活日渐奢靡，杀生食肉沿袭成风。在此情形下，佛教同体大悲、尊重生命的呼声日渐高涨。云栖祩宏未出家前持不杀戒，岁时祭祀亦易牲畜为蔬果，表现出移风易

---

　　① 　陈垣：《释氏疑年录》，天华出版社，1983 年，第 370 页。

俗之决心。驻锡云栖后，为方便世人戒杀放生，云栖袾宏在上方寺和长寿庵开凿放生池。其戒杀放生之举，得到了僧俗两界的支持。当时文学名士诸如屠隆、汤显祖等人为其写作了《戒杀放生文序》，多次参与戒杀放生仪式，助推了佛教信仰的传播。

最后是平实稳健的修持风格。云栖袾宏一生以平实稳健著称，自称："瘦若枯柴，衰如落叶。呆比盲龟，拙同跛鳖。无道可尊，无法可说。问渠趺坐为何，但念阿弥陀佛。"① 在《画像自赞》中，他又自称"顽如石""守痴呆""没伎俩""坚以实"，颇带自嘲自讽语气的背后，尽显平实稳健之态。为帮助学人参禅悟道，万历二十八年（1600），他受《高峰语录》启发，搜集了古德悟道机缘中的关键话头加以评述，编选完成了《禅关策进》。如《诸祖法语节要第一》所云："诸祖法语，今不取向上玄谈，唯取做工夫吃紧处。又节其要略，以便时时省览，激动身心。"② 在禅林诸祖语录的选取及简评中，均体现出反对空谈、重视实修的特点。作为稳健之风的另一表现，云栖袾宏极力反对宗教神通。他初到云栖时，曾通过降虎、祈雨等类似神通事件，获取云栖居民的尊重与拥戴。同时，为避免佛教误入歧途，云栖袾宏反对烧身、燃指等修行方式，反对宗教神通。如《往生集·智钦》中，他批评了智钦燃臂以求往生之举，认为佛教经典所说的烧身、燃臂是修道证果者所为，非初心求道者所能效仿。

云栖袾宏在幼年时接受其父沈德鉴远离官府之教诲，参学行脚时认同遍融真圆"无贪利，无求名，无攀援贵要之门"之行事

---

① 释袾宏：《画像自赞》，载《莲池大师全集》，第 1630 页。
② 释袾宏：《禅关策进》，载《莲池大师全集》，第 772 页。

风格，终生刻意与官府保持距离。在风云变幻的晚明时局中，李贽、紫柏真可先后罹难，憨山德清被贬岭南，唯有云栖袾宏与云栖僧团，如中流砥柱般屹立在时代洪流中，岿然不动。在他去世后，云栖僧团依然持守宗风不坠，历百年而不衰。入清后，汉月法藏等人遭受清廷封禁，云栖寺却声誉日隆，教内、教外称赏不绝。"心欲大而胆欲小"，云栖袾宏有囊括十界、弘度万灵之心，小心谨慎，平实稳健，事无巨细，持之唯谨，可谓其行事风格的最佳写照。

## 第二节　云栖袾宏的文学思想

云栖袾宏自幼接受科举教育，出家前致力举业，文学才名颇为显著。出家后游方参学，对僧人从事外学、艺文深感不满，禁止初学僧从事艺文创作。同时，他也认识到文字般若是弘法利生的重要助缘，肯定艺文弘法的合理性，倡导重道贵德的文学理念。

### 一、禁止僧徒创作艺文

晚明僧人写诗作文、学书作画已成常态。钟惺云："金陵吴越间，衲子多称诗者，今遂以为风。大要谓僧不诗，则其为僧不清；士大夫不与诗僧游，则其为士大夫不雅。士大夫利与僧游，以成其为雅。"僧俗各取所需，僧徒尚诗蔚为一时风尚。然外学杂务终非僧徒本业，云栖袾宏对此颇为反感：

> 僧又有作地理师者，作卜筮师者，作风鉴师者，作医药师者，作女科医药师者，作符水炉火烧炼师者，末

法之弊极矣。①

　　地理堪舆、卜筮、相面、医药等世间杂术，尤其是女科医师接触女性，似有破戒之嫌。外学杂务靡然成风，佛门积弊日重。故而，云栖袾宏认为僧人出家修行，当集中精力制心一处以求解脱。攻乎异端、从事外学，只会损其正智："夫沙门者，志求解脱，当制心一处，岂得攻乎异端，损减正智？"② 云栖袾宏倡导学贵专精，当学古人一心办道，不可以世事扰乱心智。《竹窗二笔·学贵专精》云："古人为学，有三年不窥园者，有闭户不踰槛外者，有得家书见'平安'二字即投水不展视者，庶几乎专精不二者矣。而为僧者学出世法，反以世事乱其心乎？吾辈观此，当汗颜悚骨而惕于中矣。"③ 在《竹窗二笔·光阴不可空过》中，云栖袾宏认为光阴有限，人的能力亦有限。古人惜时如金，唯恐虚度寸阴。佛教徒出家修学，更应如此。若致力外学，耽着赏玩、诗赋、博弈，虚度光阴，实可悲叹。在他看来，除老实念佛等佛教实践之外，其他一切事务均在摒除之列。

　　为此，云栖袾宏动用佛教戒律规约的力量，禁止僧徒从事外学。他制定的《云栖共住规约》是管理云栖僧团制定的典章制度，亦为僧团弟子必须遵守的行为准则。凡是违反僧约规定，均要受到相应处罚。其《省缘务本约》云：

　　　　无故数游人间数还俗舍者出院，习学应赴词章、笙

---

① 释袾宏：《竹窗三笔·僧务杂术一》，载《莲池大师全集》，第1483页。
② 释袾宏：《佛遗教经论疏节要》，载《莲池大师全集》，第584页。
③ 释袾宏：《竹窗二笔·学贵专精》，载《莲池大师全集》，第1494页。

管等杂艺者出院，习学天文、地理、符水、炉火等外事者出院，习学闭气坐功、五部六册等邪道者出院，好兴无益工作者出院。①

所谓"出院"，即将犯错僧人驱逐出僧团。如《景德传灯录》卷六附《禅门规式》云："摈令出院者，贵安清众也。或彼有所犯，即以拄杖杖之，集众烧衣钵道具，遣逐从偏门而出者，示耻辱也。"② 与《敦尚戒德约》《柔和忍辱约》相比，僧人学习艺文所受处罚，实际上与破坏根本大戒、不孝父母、欺师灭祖、打架斗殴、武力欺人等相等，亦见云栖袾宏对僧人从事诗文创作的高压态势。

## 二、艺文弘法之合理存在

禁止僧徒从事外学的同时，本着佛教悠久的艺文传统，云栖袾宏意识到诗歌、音乐、戏剧在传教弘法过程中的重要作用，肯定艺文弘法之合理存在。

首先，他肯定僧人观赏戏剧、伎乐的合理性，但对所观内容提出了严格限定。如《竹窗随笔·伎乐》云：

> 或曰："不作伎乐，及不往观听。此沙弥律，非菩萨道也。古有国王大臣以百千伎乐供佛，佛不之拒，则何如？"愚谓此有三义：一者，圣凡不可例论；二者，邪正

---

① 释袾宏：《云栖共住规约》，载《莲池大师全集》，第1810页。
② 释道原：《禅门规式》，《景德传灯录》卷六，载《大正藏》第51册，第251页。

不可例论；三者，自他不可例论。我为法王，于法自在，逆行顺行，天且不测。大圣人所作为，非凡夫可得而效嚬也。一也。编古今事而为排场，其上则《香山》《目连》，及近日《昙花》等，以出世间正法感悟时人。其次则忠臣、孝子、义士、贞女等，以世间正法感悟时人。如是等类，观固无害。所以者何？此不可观，则书史、传记亦不可观。盖彼以言载事，此以人显事，其意一也。至于花月欢呼，干戈斗哄，诲淫启杀，导欲增悲。虽似讽谏昏迷，实则滋长放逸。在白衣犹宜戒之，况僧尼乎？二也。偶尔自观犹可，必教人使观则不可，三也。慎之哉！①

"不作伎乐及不往观听"，是《梵网经》和《沙弥律仪要略》的要求，云栖袾宏在此进行了融通。他从圣凡、邪正、自他三个层面进行区分。圣凡者，盖指此条戒律主要针对沙弥而非菩萨道。此与憨山德清所论受具戒者可以观剧，恰有相通之处。邪正者，戏剧内容有别。罗懋登《观世音修行香山记》、郑之珍《目连救母劝善戏文》、屠隆《昙花记》等宣扬出世间法的佛教戏剧。其次是以忠臣、孝子、义士、贞女为题材的宣传忠孝节义的戏剧。此二类题材通过舞台表演显事说理，与书史、传记借言载事是相通的。至于风花雪月、战争杀戮等题材的剧作，虽有讽谏之意，实劝百讽一，观者徒增放逸之心。在家者尚且不观，出家者更不应观。自他者，自己偶尔观赏可以，但不可劝人观看。三者中，邪正为

---

① 释袾宏：《竹窗随笔·伎乐》，载《莲池大师全集》，第 1420 页。

其强调的核心所在，体现出以德为主的戏剧理念。

寓理于戏，借戏弘法，在《谚谟曲典序》中得以展现。此文是云栖袾宏《谚谟曲典》[①] 一书的序言，其云：

> 至于排场戏曲，古诗古乐府之余音也。盛行于元，流通于今日。慧业文人与庸夫孺子，所共传唱而愉情者也，奈何淫荡猥媟之语杂于其间？人祇以侑壶觞供笑谑，而不知反而后和。被围而援琴，是日哭而不歌，歌固宣尼平日所不废矣。乃摘其有裨风化者约为三科：一曰忠孝节义，二曰感慨悲歌，三曰警悟解脱。庶几旁敲暗击，亦娑婆世界以音声为佛事，先以欲钩牵后令入佛智之一端也。噫！抱七年之沈疴者俟黄于牛喉，割胆于蚺腹，采云母于广连之阴谷，凿空青于越巂之铜阿，不胜其得之之难，而疗病者顾昭昭乎目前。古所谓善为医者，遍地皆良药也。宝训日陈于闹市，金诺时播于梨园，孰为谚乎？孰为曲乎？吾于是谟之典之。[②]

云栖袾宏从文体流变的角度，认为戏剧系乐府诗歌之余绪，自元至明，深受世人喜爱。然而，世人对戏剧功用的认识，却产生了极大的偏差。他们重视戏剧的娱乐性，淫荡猥媟之语杂厕其间，忽视其教化之功。故而，云栖袾宏选取有关忠孝节义、感慨悲歌、警悟解脱的作品汇集成书，以音声作佛事，使观者、听者

---

① 按：《云栖法汇凡例》云："《山堂漫稿》《谚谟曲典》，单本别行。"知云栖袾宏尚著有《山堂漫稿》和《谚谟曲典》二书，然未见，俟后补入。

② 释袾宏：《谚谟曲典序》，载《莲池大师全集》，第 1582 页。

感于心而归于佛。

其次，重视诗歌的弘法功用。在僧人阅读、创作诗文问题上，云栖袾宏表现出明显的双重性。一方面，他严禁初学僧徒阅读、从事诗文创作。另一方面，出于艺文弘法的考虑，他允许僧徒阅读以宣扬佛道为主的作品。作为佛教文学书写传统的重要分支，云栖袾宏对净土诗表现出极大的兴趣。在《山房杂录·中峰禅师净土诗序》中，云栖袾宏认为除了净土经典、疏论之外，赋、辞、偈颂、诗歌，均在弘扬净土中起到了辅翼之功。其中，净土诗感发人心之妙用，使人谢绝尘寰喧嚣，栖神净土妙境，居功甚伟："诗也者，又偈颂之和声协律，委婉游扬，俾人乐而玩，感慨而悲歌，不觉其情谢尘寰而神栖宝域者也，诗之为益于净土亦大矣。"①中峰明本的《净土百咏》，尤为其中佼佼者："自古怀净土诗相望后先，而惟中峰大师《百咏》事理兼带，性相圆通，息参禅念佛之哓净，定即土即心之平准。涂毒于文鼓，倾耳则五内崩；伏砒于旨肴，染指则命根断。美哉洋洋乎，其诸阳春一曲响穷百代者乎！"② 云栖袾宏极为推崇中峰明本《净土百咏》，正是基于其"五内崩""命根断"的教化之功。

## 三、重道贵德：温柔敦厚与风雅传统

云栖袾宏禁止僧人阅读、创作艺文的同时，肯定了戏剧、诗文在弘法中的积极作用。其文学思想在继承儒家温柔敦厚的传统上，呈现出重道贵德的价值取向。

---

① 释袾宏：《山房杂录·中峰禅师净土诗序》，载《莲池大师全集》，第1577 页。

② 释袾宏：《中峰禅师净土诗序》，载《莲池大师全集》，第1577 页。

　　云栖袾宏认为德行为成道之本。在《山房杂录·缁门崇行录》中，他为了纠正晚明禅林沉迷外学、妄逞知解、不贵实修等流弊，开清素、严正、尊师、孝亲、忠君、慈物、高尚、迟重、艰苦、感应十门以为规劝。其序言中开篇即云："僧问：沙门奚事？曰：事道。事道孰为本？曰：德行为本。"① 沙门以道为本，道以德为本，先成人道而后成佛道，重道贵德之风于焉可见。在文学思想中，云栖袾宏所说道德，是对儒家温柔敦厚和《诗经》风雅传统的继承和引申。如《山房杂录·重刊净土善人咏序》云："是咏也，约而该，质而不俚，褒而核，温厚和平，优优乎有风人之遗焉，诵之能使人兴起也。"② 净土宗倡导以音声为佛事，《净土善人咏》选录的净土诗约而该、褒而核、质而不俚、温厚和平，可起到感化人心之功。又论山居诗云：

　　　　永明、石屋、中峰诸大老皆有山居诗发明自性，响振千古；而兼之乎气格雄浑，句字精工，则梅堂四十詠尤为诸家绝唱。所以然者，以其皆自真参实悟，溢于中而扬于外，如微风过极乐之宝树，帝心感乾闼之瑶琴，不搏而声，不抚而鸣，是诗之极妙而又不可以诗论也。不攻其本而拟其末，终世推敲则何益矣。愿居山者学古人之道，毋学古人之诗。③

　　---

　　① 释袾宏：《山房杂录·缁门崇行录》，载《莲池大师全集》，第 1574 页。
　　② 释袾宏：《山房杂录·重刊净土善人咏序》，载《莲池大师全集》，第 1577 页。
　　③ 释袾宏：《梅堂山居诗》，载《莲池大师全集》，第 1412 页。

文中首论永明延寿、石屋清珙、中峰明本的山居诗发明自性，响振千古，气格雄浑，句字精工。而栯堂的山居诗，更是超越古人，为诸家绝唱。山居诗融汇作者的实践体悟，"不搏而声，不抚而鸣"，具有感化人心之效。他进而提出，学习山居诗者当学古人之道，而非古人之诗。不学古人之真参实悟而学其声文字句，即使终世推敲也无济于事。

此外，师古与师心、复古与革新，可谓中晚明文坛论争的焦点。前后七子、唐宋派、公安派、竟陵派等相继而起，争论不休。云栖袾宏从重德贵道、德为艺本的角度出发，反拨复古之风。如《直道录·唐文》中，他对时俗所说的"唐诗晋字汉文章"，予以明确反驳：

> 俗有恒言："唐诗晋字汉文章"，近似而未确也。字无关于世道，古人云"心正则笔正"足矣，奚以工为？置弗论。夫子曰："诗可以兴。"今之诗去三百篇甚远，安望其能兴乎？王弇州之言曰："诗真无益于世哉？"置弗论。至于文，汉最近古，其文浑厚朴茂，则诚然矣。然文贵有大议论，驰骋上下，足以抗折百家，辨驳是非，畅快心目者，则唐为胜。文贵有大理致，崇正辟邪，可以继往圣而开来学，则宋为胜。斯二者，汉所不及也。孰曰汉独擅文章乎？子瞻赞退之曰："文起八代之衰。"确论也，通之百世而不易也。晦庵之赞西铭曰："某有此意，无子厚笔力。"确论也，质之先圣而不虚者也。今之文何如？曰："今文如示儿之晬盘中所示，有价值数文钱

者，有价值百千两金者，无定也。"亦置弗论。"①

云栖袾宏认为汉唐两宋诗文各有所长。诗歌贵在兴，不必刻意学唐。汉代文章虽浑厚朴茂，然驰骋上下，抗辩百家，以唐文为胜；崇正辟邪，继往开来，以宋文为胜。唐宋文章之优点，远非汉文可及。苏轼称韩愈文起八代之衰，可谓贯通古今、百世不易之论。至于明代的诗文，则真假参半，良莠不齐。很明显，云栖袾宏对"文必秦汉，诗必盛唐"的复古派文论持怀疑态度。

## 第三节　云栖袾宏的佛教散文

云栖袾宏素有"文龙义虎"之称，吴应宾称其"文龙义虎，载潜载赉"②，又称其"解脱宗通，不离文字，法乳衣珠，辩才无碍"③，对其著述的文学性予以充分肯定。在其30余种著作中，文学性最强的是诗文，其次为释经。其散文中，最应关注的是佛教随笔、净土文和戒杀放生文，其他如叙记碑传等，亦有可圈可点者。

### 一、佛教随笔

《竹窗随笔》是云栖袾宏晚年的一部佛教类随笔，分《竹窗随笔》《竹窗二笔》《竹窗三笔》三部。其中《竹窗随笔》收录147题161则，《竹窗二笔》收录128题141则，《竹窗三笔》收录112题125则。据《竹窗三笔序》，《竹窗随笔》的写作体例，仿效洪

---

① 释袾宏：《直道录·唐文》，载《莲池大师全集》，第1555页。
② 吴应宾：《大智颂》，载《莲池大师全集》，第1935页。
③ 吴应宾：《大悲颂》，载《莲池大师全集》，第1936页。

迈的《容斋随笔》。云栖袾宏写作该书，有着非常明确的目的，即"整饬行门，平治心地"①。为此，他不顾年老体迈，不顾绮语之嫌，以平实精炼的语言，深刻展现出晚明佛教的种种病态，提出对治之方。云栖袾宏精通诗文掌故，熟稔教外文献，《竹窗随笔》不失为一部颇具文学特色之作。

首先是寓理于事，借事显理。作为佛教类学术随笔，《竹窗随笔》大量借用佛教故事、寓言及民间传说，融理于事，借事显理，颇具禅宗机趣。如《好名》阐述好名、恋慕虚名之害："昔一老宿言举世无有不好名者，因发长叹。坐中一人作而曰：'诚如尊谕，不好名者惟公一人而已。'老宿欣然大悦解颐，不知已为所卖矣。名关之难破如是哉。"② 故事中老宿看似已经深深体会到好名的害处，为之大发感慨。当别人称赞他不好名时，不知不觉间流露出的笑容，已将老者的好名之心显露无遗，让人在莞尔一笑中再次感叹"名关之难破"。云栖袾宏喜欢在故事中通过穿插人物对话，展现人物心理，突出人物特征。如《孚遂二座主》云：

> 太原孚上座于扬州孝先寺讲《涅槃经》，广谈法身妙理，有禅者失笑。孚讲罢，请禅者茶，白云："某甲狭劣，依文解义，适蒙见笑，且望教诲。"禅者云："不道座主所说不是，然只说得法身量边事，实未识法身在。"孚曰："既如是，当为我说。"曰："座主还信否？"曰："焉敢不信！"曰："请座主辍讲旬日，端然静坐，收心摄

---

① 释袾宏：《竹窗三笔序》，载《莲池大师全集》，第 1471 页。
② 释袾宏：《好名》，载《莲池大师全集》，第 1341 页。

念，善恶诸缘一时放却。"孚一依所教，从初夜至五更，闻角声，忽大悟。[1]

座主是佛教中对德高望重的一寺之主的尊称。孚上座在讲解《大般涅槃经》时被不知名姓的禅者所笑，他非但没有生气，反而虚怀雅量，请益禅修之道，在鼓角声中恍然开悟，成为名闻诸方的禅者。云栖袾宏通过二人的对话详细展现了孚上座由迷到悟、由讲到禅的修行转变历程，又凸显其"虚心下贤，不存我慢"的僧人品格，在晚明禅林中自然富于教育意义。

《竹窗随笔》篇幅短小精悍，云栖袾宏亦惜字如金。他善于通过关键字之转换，展现人物性格。如《鼓乐》云：

秋榜出，新举子有鼓乐而过上方之门者，二僧趋而往觇之。甲云："善哉，不亦乐乎！"乙云："善哉，不亦悲乎！"甲问故。乙曰："子徒知今日之鼓乐，而不知有后日之鼓乐也。"甲不解，叹羡如故。[2]

二僧同观庆祝中举之鼓乐，甲僧以为"乐"，乙僧以为"悲"，一字之差，点出二人出处之异。"今日""后日"鼓乐说，劝告甲僧勿为尘世富贵迷惑。甲僧"叹羡如故"，再次揭示出二僧志趣的天壤之别，作者的劝诫之意也随之跃然纸上。

受小说证禅之禅林风习影响，云栖袾宏以小说阐释佛理。他

---

[1] 释袾宏：《孚遂二座主》，载《莲池大师全集》，第1387页。
[2] 释袾宏：《鼓乐》，载《莲池大师全集》，第1394页。

所引述的小说情节，大多源出《三国演义》。此恰与李小荣所论相符。[1] 如《竹窗二笔·杀罪》云：

> 孔明藤甲之捷，烧诸洞蛮悉成煨烬。其言曰："吾虽有功于国，损吾寿矣。"世人咸知杀人为罪矣，而于牛羊犬豕等，日就庖厨，则恬然不知怪，宁思薄乎云尔，乌得无罪。[2]

诸葛亮火烧藤甲，见《三国演义》第九十回《驱巨兽六破蛮兵，烧藤甲七擒孟获》，孟获六次被擒，请乌戈国主兀骨突出兵相助，诸葛亮在蛇盘谷巧设埋伏，火烧三万藤甲兵，"孔明垂泪而叹曰：'吾虽有功于社稷，必损寿矣。'左右将士，无不感叹"[3]。云栖袾宏借此说明诸葛亮在战争中不得已火烧敌军，尚且为之悲叹流泪。今人知杀人有罪，却不反思杀生亦为罪过。此类小说，多为世人习知。云栖袾宏借以说法，自然警策有力。

其次是借用比喻、排比等修辞手法。云栖袾宏饱读三藏，对佛教的比喻说法自然十分熟悉。在《竹窗随笔》中，他巧借比喻以明佛理。如《去障》以五重衣喻五障，五衣尽去方得清净法身。同时，云栖袾宏善用群喻、排喻，极大地增强了理论说服力和批判力。如《颂古拈古二》连用无孔铁锤、太虚空等七个比喻说明宗门问答机缘不可轻下拈颂。《道讥释》通过比喻惟妙惟肖地描绘

---

① 李小荣：《明清禅宗之小说证禅举隅》，载《福州大学学报》（哲学社会科学版）2016 年第 6 期。
② 释袾宏：《竹窗二笔·杀罪》，载《莲池大师全集》，第 1436 页。
③ 罗贯中：《三国演义》第九十回，人民文学出版社，2016 年，第 746 页。

出僧人募缘的种种丑态，增强了对晚明佛教弊端的批判力度。云栖袾宏的某些比喻，实有出人意料者，如《二客对弈》将专注于弈棋之士喻为"肉柱"，"二客方对弈，有哂于傍者曰：'吾见二肉柱动摇耳。'客曰：'何谓也？'曰：'二君形存而神离，神在黑白子中久矣，相对峙者非肉柱而何？'客默然"①。盖喻其精力过度集中而形与神离也。

最后，善用翻案法，喜作增上语。如《东门黄犬》对李斯临终前与其子所言在上蔡东门外打猎一事，云栖袾宏认为李斯并非仅是反省"富贵而死不若贫贱而生"，恰是"至死不悟者"。《韩淮阴》为韩信以德报怨而遭杀之事鸣不平，《梁武帝》为世人诋毁梁武帝而翻案。云栖袾宏不仅善作翻案文字，而且喜作翻案诗。如《换骨》翻陈师道《次韵答秦少章》"学诗如学仙，时至骨自换"为"学禅如学仙，时至骨自换"，易"诗"为"禅"，一字之换，足见他对禅宗修持的重视。《王介甫》将王安石"我曾为牛马，见草荳欢喜。又曾为女人，欢喜见男子。我若真是我，祇合常如此。区区转易间，莫认物为己"翻转为"我曾闻谀言，入耳则欢喜。又曾闻谠言，喜灭而瞋起。我若真是我，祇合常如此。区区转易间，莫认物为己"②，有意增上一层，突出劝诫之意。

## 二、净土愿文

净土愿文指云栖袾宏以弘扬净土思想为中心的佛教发愿文。云栖袾宏一生以弘扬净土为职志，除疏释《阿弥陀经》等净土经

---

① 释袾宏：《二客对弈》，载《莲池大师全集》，第1393页。
② 释袾宏：《王介甫》，载《莲池大师全集》，第1448页。

典外，他还创作了大量的净土愿文，影响最大的首推《新定西方愿文》。

对于佛教愿文，云栖袾宏认为要词义双美，文质并重。如《新定西方愿文》跋云："前净土文理得而义未周，后净土文义周而辞太简。义未周则往生之意不显，辞太简则悲恳之情不伸。"①可见，义周辞备是其愿文创作的理想状态，也是追求的目标。他的《新定西方愿文》，正是理得、义周、辞备之作，其文曰：

　　　　稽首西方安乐国，接引众生大导师。

　　　　我今发愿愿往生，惟愿慈悲哀摄受。

　　　　弟子（某甲众等）普为四恩三有法界众生，求于诸佛一乘无上菩提道故，专心持念阿弥陀佛万德洪名，期生净土。又以业重福轻，障深慧浅，染心易炽，净德难成。今于佛前翘勤五体，披沥一心，投诚忏悔：我及众生旷劫至今，迷本净心，纵贪瞋痴，染秽三业无量无边，从作罪垢无量无边，所结冤业，愿悉消灭。从于今日立深誓愿，远离恶法，誓不更造，勤修圣道，誓不退惰，誓成正觉，誓度众生。阿弥陀佛以慈悲愿力，当证知我，当哀悯我，当加被我。愿禅观之中梦寐之际，得见阿弥陀佛金色之身，得历阿弥陀佛宝严之土，得蒙阿弥陀佛甘露灌顶，光明照身，手摩我头，衣覆我体。使我宿障自除，善根增长，疾空烦恼，顿破无明，圆觉妙心，廓然开悟，寂光真境，常得现前。至于临欲命终预知时至，

① 释袾宏：《新定西方愿文》，载《莲池大师全集》，第684—685页。

身无一切病苦厄难，心无一切贪恋迷惑，诸根悦豫正念分明，舍报安详如入禅定。阿弥陀佛与观音势至诸圣贤众，放光接引，垂手提携，楼阁幢幡，异香天乐，西方圣境，昭示目前。令诸众生见者闻者，欢喜感叹，发菩提心。我于尔时，乘金刚台随从佛后，如弹指顷生极乐国，七宝池内胜莲华中华开见佛，见诸菩萨，闻妙法音获无生忍，于须臾间承事诸佛，亲蒙授记。得授记已，三身四智，五眼六通，无量百千陀罗尼门，一切功德皆悉成就。然后不违赡养，回入娑婆，分身无数，遍十方刹。以不可思议自在神力，种种方便，度脱众生，咸令离染还得净心，同生西方入不退地。如是大愿，世界无尽，众生无尽，业及烦恼一切无尽，我愿无尽。愿今礼佛发愿，修持功德，回施有情，四恩总报，三有齐资，法界众生，同圆种智。①

此愿文的结构科判，云栖袾宏在《西方愿文解》中进行了详细剖析。他将愿文全文分为总序归敬、正述愿文两部分。总序归敬为文首偈语，细分为标主、明愿、请加三部分。正述愿文为愿文主体，分求生西方正因、得生西方明验、已生净土大用。其中求生西方正因从"弟子某甲等众"至"寂光真境，常得现前"，细分发起大心、忏除业障、立愿自要、求佛冥加、净业成就。得生西方明验从"至于临欲命终"至"生极乐国七宝池内胜莲花中"，又分临终正念、感佛来迎、往生极乐。已生净土大用从"华开见

---

① 释袾宏：《新定西方愿文》，载《莲池大师全集》，第684—685页。

佛"至愿文结束，分见佛得记、蒙记具德、成德利生、普皆回向。① 从发愿往生至回向众生，愿文主体以三大部分十二小部分的科判结构，展现出发愿者由初发愿、往生净土及回向救度众生的过程，突出念佛即得往生之理，此盖理得而义周之谓也。作为宗教仪式类文体，愿文在保留其仪式性的同时，也带有深沉的宗教情感。云栖袾宏曰"辞备"，曰"精诚"，盖即谓此。如解释"甘露灌顶，光明照身，手摩我头，衣覆我体"云："所云金色、宝严、甘露、光明、手摩、衣覆，精诚之极，感应自然。或不精诚，与精诚未极，则不能也。"② 若专注于神通境界的观想，可引发妄想妄念，故又诫曰："行人但须一心精诚，不必因此生著，作意求现。"③ 同时，对身罹重病者来说，诵读愿文带有心理安慰或曰临终关怀之用，使人暂时从心理上克制病痛折磨："傥遭病厄，当知念佛人死此往生，如脱敝衣得换珍服，如出牢狱得还故家，不亦乐乎？"④ "然后不违安养，回入娑婆"一段，则体现出佛教自利利人、自度度他的慈悲情怀，亦为愿文宗教情感的体现："然后者，古所谓既生西方得无生忍已，还来此世救苦众生也。不违而入者，常居九品，常在十方，时时堪忍度众生，刻刻西方入正定也。"⑤

## 三、戒杀放生文

云栖袾宏凿放生池，结放生社，倡导戒杀放生。冯梦祯、虞淳熙等奉佛居士参与其中，可谓轰动一时。《戒杀放生文》是其着

---

① 释袾宏：《西方愿文解》，载《莲池大师全集》，第 696—701 页。
② 释袾宏：《西方愿文解》，载《莲池大师全集》，第 698 页。
③ 释袾宏：《西方愿文解》，载《莲池大师全集》，第 698 页。
④ 释袾宏：《西方愿文解》，载《莲池大师全集》，第 699 页。
⑤ 释袾宏：《西方愿文解》，载《莲池大师全集》，第 701 页。

力撰著的另一名篇，屠隆、汤显祖等文坛名宿纷纷为其作序，足见影响之大。此文由《戒杀文》《放生文》两篇构成。《戒杀文》列述生日、生子、祭先、婚礼、宴客、祈禳、营生等七事不宜杀生，言辞恳切，哀婉苦劝，每事之后均以"可为痛哭流涕者也"作结，由一至七，铺陈渲染，反复规劝，情真意切。行文中，他善于推己及人，以己之心推及万物之心，从而达到震撼人心的劝诫效果。如为说明生子不宜杀生，将人得子后的欣喜之情普遍推及于一切禽兽，世人不能庆祝生子而危害别人之子："二曰生子不宜杀生。凡人无子则悲，有子则喜，不思一切禽畜亦各爱其子。庆我子生，令他子死，于心安乎？夫婴孩始生，不为积福而反杀生造业，亦太愚矣。此举世习行而不觉其非，可为痛哭流涕长太息者二也。"[①]《放生文》亦是云栖袾宏精心构撰的文字。细品此文，写作方式与《戒杀文》又异。如果说《戒杀文》以劝诫为主的话，《放生文》则广引儒、释、道三教事例，正面宣扬放生之功。其文曰：

> 盖闻世间至重者生命，天下最惨者杀伤。是故逢擒则奔，蚊虱犹知避死；将雨而徙，蝼蚁尚且贪生。何乃网于山，罟于渊，多方掩取？曲而钩，直而矢，百计搜罗？使其胆落魂飞，母离子散。或囚笼槛，如处囹圄；或被刀砧，则同临剐戮。怜儿之鹿，舐疮痕而寸断柔肠；畏死之猿，望弓影而双垂悲泪。恃我强而陵彼弱，理恐非宜；食他肉而补己身，心将安忍？由是昊天垂悯，古

---

① 释袾宏：《戒杀文》，载《莲池大师全集》，第1277页。

圣行仁。解网著于成汤，畜鱼兴于子产。圣哉流水，润枯槁以囊泉；悲矣释迦，代危亡而割肉。天台智者，凿放生之池；大树仙人，护栖身之鸟。赎鳞虫而得度，寿禅师之遗爱犹存；救龙子而传方，孙真人之慈风未泯。一活蚁也，沙弥易短命为长年，书生易卑名为上第。一放龟也，毛宝以临危而脱难，孔愉以微职而封侯。屈师纵鲤于元村，寿增一纪；隋侯济蛇于齐野，珠报千金。拯已溺之蝇，酒匠之死刑免矣。舍将烹之鳖，厨婢之笃疾瘳焉。贸死命于屠家，张提刑魂超天界；易馀生于钓艇，李景文毒解丹砂。孙良嗣解矰缴之危，卜葬而羽虫交助；潘县令设江湖之禁，去任而水族悲号。信老免愚民之牲，祥符甘雨；曹溪守猎人之网，道播神州。雀解衔环报恩，狐能临井授术。乃至残躯得命，垂白璧以闻经；难地求生，现黄衣而入梦。施皆有报，事匪无征。载在简编，昭乎耳目。普愿随所见物，发慈悲心；捐不坚财，行方便事。或恩周多命，则大积阴功。若惠及一虫，亦何非善事？苟日增而月累，自行广而福崇。慈满人寰，名通天府。荡空冤障，多祉萃于今生；培渍善根，馀庆及于他世。傥更助称佛号，加讽经文，为其回向西方，令彼永离恶道，则存心愈大，植德弥深，道业资之速成，莲台生其胜品矣。①

云栖袾宏此文以四六为主，融情、事、理于一体，体现出理

---

① 释袾宏：《放生文》，载《莲池大师全集》，第 1281—1288 页。

得、义周、辞备的文学理念。所谓情者，文首道出好生恶死为万物自然品性，乃至如虮虱、蝼蚁之辈，尚知趋吉避凶，远离自然祸患。母鹿怜儿而柔肠寸断，猿知将死而落泪，物我同具此心而同有此情。恃强凌弱，食他补己，于情于理，皆非其宜。他以佛教同体大悲之心，感化世人尊重生命，远离杀戮、戕害。以己心忖度彼心，以彼情比己情，正为其情感性之根基。严讷《戒杀放生文序》对此有很好的体会："以血气之属莫不有知，蜎蠕之伦无非同与。充吾恶死之心，岂宜戕物？体帝好生之德，用导昏衢。夫恻隐之心人所同具，刲燔之惨世所易明。绸缪种族，古今之致常然；踯躅丧群，禽鸟之情何异？乃蚊蚋嘬肤而生烦，砧刀加物而靡恤，刳彼膏臀，充兹口腹，反之于心，予仁安在？"① 所谓"事"者，从"由是昊天垂悯，古圣行仁"至"载在简编，昭乎耳目"，广举儒、释、道三教圣人放生之事，宣扬放生之德，体现出云栖袾宏学养之富。儒家者，如成汤解网、子产畜鱼。佛教者，如流水长者子水润枯鱼、佛陀舍身救鸽、智顗凿放生池、延寿官钱放生等。道教者，如孙真人买蛇放生。与简单的典故罗列不同，云栖袾宏通过事理结合，借佛教的因果报应学说，多角度、全方位地展示出放生所受善报，如延寿、科第、脱难、封侯、得财、免刑、解毒、度亡、愈疾，凡诸世人渴望或远离之事，皆因放生而得。由人及物，放生得救者以其微弱之力与真挚之情，回报全命之恩。雀知衔环报恩，狐能临井授术，物与人之间，有着和谐、融洽的互动。至于"理"者，文末在放生事例的基础上，倡导放生与念佛结合，便成往生净土之因。

---

① 严讷：《戒杀放生文序》，载《莲池大师全集》，第 1276 页。

由于《戒杀放生文》情、事、理允协圆融，理、义、辞兼备，情文双妙，在教内外流传广泛，影响颇大。吴应宾称："戒杀放生之篇，情文双妙，把卷者额有泚焉。"① 云栖袾宏《戒杀》云："予昔作《戒杀放生文》劝世，而颇有翻刻此文，不下一二十本。善哉斯世，何幸犹有如是仁人君子在也！"② 其《戒杀炯戒序》亦云："曩予有《戒杀放生文》行世，一时崇善诸君子喜传而乐就之。"③ 诚如云栖袾宏所言，《戒杀放生文》的流播，与文人士大夫的喜爱密切相关。公安派著名文人黄辉在写给云栖袾宏的信中提道："犹忆己丑（1589）秋，梦登一宝塔，同年友焦弱侯氏手持一卷见示，乃吾师戒杀放生文也。梦中乞之，遂以见赠。是日遂断杀生，见生物即为赎放，或稍有余力，即斥买生物放之。"屠隆、汤显祖、严讷等人，均为《戒杀放生文》作序。文人的倡导，成为其文学传播的重要渠道。

## 四、其他散文

除佛教笔记、净土发愿文、放生戒杀文外，云栖袾宏尚有序跋、论、记诸种文体，大都发挥前述笔记文之风格，简而有法，质朴凝练，颇有警策之力。如《题杀生炯戒》，细分《论禽》《论兽》《论鳞介》《论虫》四篇，倡导戒杀放生。此四篇短文短小精悍，逻辑严密，议论警策，反映出云栖袾宏佛教议论性短文的特点。如《论禽》云：

---

① 吴应宾：《莲宗八祖杭州古云栖寺中兴尊宿莲池大师塔铭并序》，载《莲池大师全集》，第1924页。

② 释袾宏：《戒杀》，载《莲池大师全集》，第1396页。

③ 释袾宏：《戒杀炯戒序》，载《莲池大师全集》，第1578页。

　　鸡之育其雏也，鹰隼下于空，则奋翼而号呼以护其子。今人爱子亦然。乃日俟其雏之肥以腯也而杀食之，可乎？鸡特力不能敌人，而恨可知矣。况复食鸡之不足而食鹅鸭，食鹅鸭之不足而食及于飞空之雀鸽。人生食止一饱，何无厌一至于是？悲夫！①

　　鸡之育雏，见鹰隼而奋翼呼号以护之，此概人情常见之生活细事，却反映出爱子之天性。人与鸡同具爱子之心，却俟鸡之子长而后食之，又食鹅、鸭、雀、鸽等。以彼之心度我之心，理应戒而勿杀。《论兽》中则采用了对比手法，人皆知虎善捕兽，殊不知尚有经旬月而不得食者，人则日日捕兽而食之，可谓更甚于虎者。《论鳞介》则采用递进法，由龙至普通水族，层层递减，突出人类之恃强凌弱。

　　云栖祩宏所作记体文虽然不多，却颇有文学韵味。如《重修云栖禅院记》首叙云栖的地理形势和历史渊源，后叙云栖之景。其中景物描写清新自然，颇得山林幽寂之趣，其云：

　　云栖居五云之西，径曲林幽，四山围合，苍翠枞然。东冈而上有壁观峰，峰下出泉，名青龙泉。迤逦下中峰之傍复出一泉，名圣义泉。又下而西冈之麓复出一泉，名金液泉。笕引涓涓，洁冽甘芳，汲灌不竭。独以荒僻寥落，人迹罕至，非忘形死心者莫能居焉。②

---

① 释祩宏：《论禽》，载《莲池大师全集》，第 1587 页。
② 释祩宏：《重修云栖禅院记》，载《莲池大师全集》，第 1592 页。

其后详细记载了云栖袾宏在隆庆五年（1571）之后重建云栖寺的过程。云栖寺在重建之后，规模不大，禅堂用于僧人起居，法堂用于供奉经律。云栖袾宏僧团在云栖的宗教修持也简单直接，真参实修，拒绝名利，以净土为主，坐禅、讲诵并进，日程安排有条不紊，有章可循。《重修上方寺凿放生池记》《北门长寿庵放生池记》《嘉善沈定凡放生池记》皆倡导放生戒杀之旨。《北门长寿庵放生池记》写景状物，颇有幽趣。文中记北门长寿庵之放生池，显然不同于上方寺放生池之狭促，因地较宽广，可植茂林修竹于其侧，间有幽径处其中，听虫鸣鸟语，品世外之幽："上方苦隘，仅为池，余少丛竹，羽虫之获逭其生者聊以依止。兹颇闲旷，池联比，扩之则瀁然成浸，水涵而土出，垒之则嶻然成山，循而界之则幽然成径，相其宜而树之竹木，则郁然荫而成林，将使嘤嘤洋洋，乐而相忘。虽无由拟飞泳亭之万一，而犹冀想象其遗踪，则上方所不逮也。"① 凡此之类，亦有时下流行的小品文写景状物清新自然、不拘格套之趣。

云栖袾宏回忆、追溯出家前家庭生活之序记、志铭，叙事谨严有法，带有平淡而绵长的温情。如《先考妣遗行记有序》追忆其十六岁致力举业云："不孝犹忆年十六时，发愤读书于黄泥坂之田舍。先府君觉其勤苦，以书来云：'功名富贵亦有天命，不可太执。'不孝捧读流涕，报书曰：'儿负重行远诚万不及人，至于殚精文事殊不困，幸大人无虑。'呜呼，言犹在吾耳也。"② 读书刻苦用功，一心致力于科举，对于父母而言，本为期盼不得之事。或

---

① 释袾宏：《北门长寿庵放生池记》，载《莲池大师全集》，第1874 页。
② 释袾宏：《先考妣遗行记有序》，载《莲池大师全集》，第1599 页。

许出于生子多夭的忧虑，其父沈德鉴劝诫云栖袾宏不可太执，流露出父亲对儿子的关爱呵护。云栖袾宏的回信，在表露立志科举的决心之外，亦传达出对父亲的宽慰、感激之情。妻子张氏去世后，云栖袾宏撰写了《张内人志铭》，追忆二人的共同生活：

居士追惟十年间事，恍焉一梦。顾梦中种种，大得力于硕人。今虽钟鸣漏尽，而梦境具存，乌得无述乎？思居士少褊介，颇恣无明。硕人善为周旋，大能当居士意。亦复观居士颜色，时进锥札，有韦弦之功。居士素懒，摈世事，不以过眼。硕人乃身任劳瘁，无细大，百不以扰居士。居士遂以四大轻安，门生故旧宴坐清谈，参请熏修随心自在，不识有人间内顾之虑。居士平居礼佛，硕人躬制幢幡，舍奁资为供养具，不吝。居士平居斋食，硕人每膳必留心蔬品，口不及自奉。居士平居爱购内典，有持至者，不俟居士知，买而进曰："知君所重者此也。"呜呼！是居士不可无硕人也。至于用值空匮，则脱簪珥解衣，无几微见言面。而出纳盈缩势得自由，未尝畀居士私毫发于母党，尤为人所难者。所憾则居士欲忘情顺递，照了诸幻，行忍辱行。而硕人妍媸白黑，据理折衷，不能无不平之气。居士欲勤行慈忍，刊落绳矩。而硕人家法严明，罕有所假借。以故宽急相形，人多惴之者，居士每不满焉。今乃知其为居士任怨也，怨归己，恩归居士。硕人虽道眼未明，可谓家之贤妻也。①

①　释袾宏：《张内人志铭》，载《莲池大师全集》，第1601—1602页。

如前言，张氏二十岁嫁给云栖袾宏，二十九岁去世，育有一子沈祖植早夭。在此期间，张氏任劳任怨，一生操劳、处理家庭琐事，为其制作幡幢，施舍奁资供养佛教，为云栖袾宏准备斋食，甚至在不知情的情况下为其购买佛书，全心全意为云栖袾宏及其家庭考虑。张氏精明强干、家法严明的行事作风，与云栖袾宏温柔敦厚的忍辱之行，存在一定差异，甚至对其有所不满。然而，云栖袾宏最终对张氏任劳任怨的良苦用心感激不已，称其为贤妻，盖不为过。云栖袾宏的此段文字，通过对张氏生活细事的描摹展现其性格特征，看似平淡的叙事中带有委婉绵长的深情，为其传记类散文佳作。

## 第四节　云栖袾宏的佛教韵文

云栖袾宏的佛教韵文，主要收录在《云栖大师山房杂录》卷二，包括偈颂、赞铭、诗歌三种文体，其中偈颂 25 篇，赞铭 15 篇，诗歌 91 首。其韵文以阐释佛理为主，语言清新自然，文风质朴简洁，属较为典型的高僧之作。

### 一、诗歌

云栖袾宏的诗歌，包含佛事诗、咏怀诗、咏史诗、赠答诗等，以五言为主，兼有七言、杂言之作。现以佛事诗、咏怀诗、咏物诗为主，略做分析。

云栖袾宏的佛事诗以佛教生活实践为题材，抒写修持感悟，反思佛教现状。佛教生活包含范围甚广，诸如斋僧、佛会、讲经、说戒、行脚、自恣，乃至于佛寺修造、佛教造像、僧人日常管理等，均为僧人日常生活的组成部分。此类作品，大概分为两类。

一是从佛教普遍存在的问题出发，提出批评性意见。如不可挪用其他财物斋僧（《斋僧》），兴办佛教法会不可贪求利益（《起会》），戒腊未明不可枉然说戒（《说戒》），讲经者应充分考虑听众的年龄与接受程度（《讲经》），自恣时不发露、忏悔已过却论争不休（《自恣有感》）。二是描写自身修持经历，展现修行感悟，传达对当下佛教风习的不满。如《行脚歌》讲述其行脚路过安山驿时的见闻：

> 挑包顶笠辞乡曲，才出门时又愁宿。长伸两脚旅邪眠，梦醒惟思一瓯粥。粥罢抽单问路行，午斋念念生饥腹。从朝至暮只如斯，不知身是沙门属。安山风雨阻征途，千佛楼前憩劳足。饱饭嬉然百不忧，时闻笑语声相续。问渠行脚事如何，面面相看口如木。生死事大非等闲，瞎走狂游恐非福。莫道平生止自知，阖家老眼明如烛。一朝打算草鞋钱，只恐笑声翻作哭。①

僧人背井离乡，参方行脚，衣食住行倍经辛苦。因受风雨所阻，云栖袾宏至安山驿千佛阁暂时安歇，却发现行脚者粥饭之后言谈嬉笑之声不绝。问及行脚感悟，皆面面相觑，懵然不知。为此，云栖袾宏感慨颇深：僧人行脚一意瞎走狂游，不参佛道，虚度光阴，丝毫不为道业忧虑，实为可悯可恨可警。由于以自身见闻感悟为基础，是诗融叙事、议论、说理于一体，具有较强的针对性。

---

① 释袾宏：《行脚歌》，载《莲池大师全集》，第 1636 页。

身处明代佛教日益衰微之时，云栖袾宏严持戒律，单提念佛，在晚明佛教中独树一帜。云栖袾宏的咏怀诗，直抒胸臆，实为僧人个性的写照。为保持自身修持的纯粹性，云栖袾宏严守远离官府的庭训，不愿屈服奔走于权贵之间，不愿涉入太多的俗事应酬，如《即事》云：

> 沉痾惮应酬，颓龄倦趋步。蓬门深谷中，高车忽相顾。非敢傲王侯，不欲为妾妇。知我必见原，罪我则生怒。知我与罪我，如电亦如露。劳他介绍人，切切怀忧怖。君不见衔花岩下老古锥，无暇抬头拭涕吐。[①]

年老多病，云栖袾宏疲于世俗应酬。他没有傲视王侯的狂妄之态，亦无刻意媚俗之心。世俗的是非毁誉，如露电般幻而非真。他唯愿如牛头法融感百鸟衔花般不辞老病，株守着安宁的清修生活。此首作品，透显出独特的修行品格和处世原则。

云栖袾宏的写景诗，境界清新自然，语言平易浅显，绝少典故堆砌。如出家前所作《西湖晚渡》云："买棹入平隍，翩翩万柳傍。乱烟迷野色，残照映湖光。骇鹿呼群切，寒鸦择树忙。诗成天欲暝，新月下前塘。"[②] 翩翩的柳枝、凄迷的野色，散落在湖面的夕阳残照，惊骇的野鹿急于归群，寒鸦忙于寻找栖息的树木。凄迷略带慌乱的景象，渐渐消失在东升的新月中，笼罩在清明空寂的夜色中。出家后所作《云栖积雪》，可谓云栖袾宏写景诗的代

---

① 释袾宏：《即事》，载《莲池大师全集》，第 1639 页。
② 释袾宏：《西湖晚渡》，载《莲池大师全集》，第 1652 页。

表。诗前小序云："云栖四面皆山，积雪之后，真银色世界也。有禅者谓：'今居秽土求净邦，还许出秽韵求净偈否？'予可之，因出韵云'狗丑韭酒纽'。偈毕，禅者大悦，合掌曰：'善哉，诚然乎！不越娑婆，是名安养。'"其诗云：

> 万山无人纵鹰狗，顽石高低尽遮丑。糁遍苔痕白似毡，压翻菁叶青如韭。寒膏时煮竹炉茶，洁体不陪金帐酒。水晶城外一声梆，玉关顿地开银纽。①

诗中描述了云栖积雪之后的景象静谧圣洁，晶莹剔透，迥绝于尘世喧扰之外，实为人间的净土世界。

袾宏《云栖六景》组诗，集中描摹云栖山景，自云："山前后约景可纪者六，偶成六偈，为大雅弄引。"② 云栖六景分别为回耀峰、宝刀巇、壁观峰、青龙泉、圣义泉、金液泉，每景一诗，共成6首组诗。诗中将景名、景况和禅理融合为一，借景抒理，展现出写景诗的另一特点。云栖袾宏俗家之兄沈淮《和云栖六景》序云："莲池坐禅之暇，游戏翰墨，即景有言，无非禅理。诗成，可以歌矣。闻歌而善，能无和答？载诵一记，恍若在山中与禅师晤谈也。"③ 盖诗为禅余之物，景为禅理载体，实与云栖袾宏之艺文观相合。除沈淮外，张元忭、柳濲、沈澜、虞淳熙、陈光赞、张位、宋守一、湛然圆澄、董汉策、董友松、董师植、汪文桢等人纷纷属和，足见影响之大。

---

① 释袾宏：《云栖积雪》，载《莲池大师全集》，第 1639 页。
② 释袾宏：《云栖六景》，载《莲池大师全集》，第 1883 页。
③ 沈淮：《和云栖六景》，载《莲池大师全集》，第 1884 页。

最后值得关注的是，云栖袾宏的咏物诗时常充盈着一股雄杰之气。如《题灵隐寺前老松》写老松为北海苍龙谪来世间，雄豪之气蟠结在宇宙之间，有朝一日必能冲天而去，化为甘霖普润九天。此松雄豪独立、不甘居人下的品格，成为自我人格的化身。其《题牛头山庵》亦有雄浑的境界和阔大的气局："峥嵘头角入青云，尾激东南大海浑。背上无人吹牧笛，老僧聊借作蒲茵。"[1] 牛头山为禅宗著名祖庭，云栖袾宏以"牛"字入诗，塑造出头入青云、尾激沧溟的巨牛，成为宗教抱负的象征。无人可牧的背后，凸显出无人继承祖庭宗风的悲凉，云栖袾宏"聊借作蒲茵"，展现出振兴祖庭的志愿。

## 二、偈颂像赞

云栖袾宏的偈颂，现存 25 首，收录在《云栖大师山房杂录》卷二，其中四言偈颂 8 首，五言 5 首，六言 1 首，七言 2 首，杂言 9 首。题材以弘法偈为主，兼及生日偈（《五十初度自咏》）、节日偈（《七夕》）、佛事偈（《僧自恣日偈》《放螺蛳易得歇息有感》《为恶口比丘忏罪》）等。内容以阐释佛理为主，亦不乏诙谐生动、富有机趣者，体现出较为鲜明的特色。如《七夕》是云栖袾宏在七夕节（亦称乞巧节）写作的禅偈。七夕是牛郎织女相会之日，也是世俗青年男女表达爱情之时。对佛教徒而言，此时破除生死情执，自有独特的意义。云栖袾宏在此时此际笑倒生铁梨头，打破生死关隘，露出狮子儿堂堂本来面目，展现出勇猛峻烈的一面。《走马灯》借走马灯阐发佛理：走马灯的外形是由因缘和合成青黄

---

[1] 释袾宏：《题牛头山庵》，载《莲池大师全集》，第 1648 页。

赤白等各种颜色，灯中一点光亮圆满自足，无亏无欠，借喻本自
灵明的心性。它隐藏在走马灯内，圆融行布，首尾交参，轮转不
息，犹如世人经历生死轮回，永远没有还家之时。突然间灯光熄
灭，灯也停止了转动，身心内外沉寂在永恒的黑暗中。若能将黑
暗彻底打破，发挥心地本有的自性之光，定能打破向上关隘，大
彻大悟，内外通彻。《答台州王敬所侍郎》系由禅宗机锋问答而衍
生出来的偈颂，其中颇带禅宗机趣。"问：'夜来床头老鼠唧唧，
说尽一部《华严经》。'师云：'猫儿突出时如何？'王无语。师自
代云：'走却法师，留下讲案。'因书颂曰：老鼠唧唧，《华严》历
历。奇哉王侍郎，却被畜生惑。猫儿突出画堂前，床头说法无消
息。无消息，《大方广佛华严经》，世主妙严品第一"①。

　　云栖祩宏的像赞现存 16 首，包含佛赞、经赞、僧赞（含自
赞）、居士赞等类型，其中佛赞、经赞各一首，僧赞（含自赞）6
首，居士赞 7 首。与憨山德清等人以佛赞、祖师赞为主不同，云栖
祩宏以居士赞为主，包括冯梦祯、吴本如、许元真、陈养源等人，
反映出他与佛教居士的密切交往。

　　当然，云栖祩宏像赞最为突出的要数自赞。自赞是自我形象
的文字描摹，也是其精神风貌的文字阐释。纸上的图像展现人物
的形貌，却无法充分显现其精神品格。对僧人而言，肉体形貌尚
在摒除之列，何况是纸墨上的影像？对此，他有较为清楚的认识。
如《又柳篆法幢上人请题》云："依肉像，出纸像。纸像故不真，
肉像还成妄。那个是云栖和尚？"② 换而言之，云栖祩宏之真精神

---

①　释祩宏：《答台州王敬所侍郎》，载《莲池大师全集》，第 1625 页。
②　释祩宏：《又柳篆法幢上人请题》，载《莲池大师全集》，第 1630 页。

远远超出色声形貌之外。在图像缺失的情况下，像赞文字的出现，为精神层面的诠释增添了助缘。图像与文本的有机结合，呈现出别样的蕴致。如《画像自赞》云："瘦若枯柴，衰如落叶。呆比盲龟，拙同跛鳖。无道可尊，无法可说。问渠趺坐何为，但念阿弥陀佛。"① 瘦与衰，无疑是形体的文字塑造；呆与拙，则为精神状态的展现；盲龟与跛鳖，略带自嘲语气的背后，显露出对所谓的不盲与不跛者的微讽；末句"问渠趺坐何为，但念阿弥陀佛"，可谓对其一生致力弘扬净土法门的概括。

---

① 释袾宏：《画像自赞》，载《莲池大师全集》，第 1630 页。

# 第十章　紫柏真可的宗教实践
# 及其创作风貌

　　紫柏真可以豪侠气概，终生修持不倒单，兴复寺院 15 所，组织刊刻《嘉兴藏》（亦称《径山藏》），以"三大负"拯救世法与丛林。终因涉世过深，弘法罹难，狱中坐化，与李贽并称"二大教主"。身为晚明致力弘扬文字禅之第一人，他极为重视经教文字，倡导心统性情和以理折情，重视宗教实践的文学书写。其作品在表现烟霞之思和转物哲学的同时，亦流露出雄豪之气。

## 第一节　紫柏真可的佛教生涯

　　真可（1543—1603），字达观，自号憨憨子、憨道人、皮毬子、皮毬道人、憨憨可禅人、潭柘先生等，晚号紫柏，江苏吴江人，为沈连第三子。嘉靖二十二年（1543）六月十二日生。憨山德清《达观大师塔铭》云：

　　　　师讳真可，字达观，晚号紫柏，门人称尊者，重法故也。其先句曲人，父沈连季子，世居吴江太湖之滩缺。母梦异人授以附叶大仙桃，寤而香满室，遂有娠。师生五岁不语，时有异僧过其门，摩顶而谓其父曰："此儿出

家当为天人师。"言讫，忽不见，师遂能语。先时见巨人
迹下于庭，自是不复见。①

　　自幼年起，紫柏真可表现出异于常人的品格，颇有豪侠之气。
憨山德清云："师髫年性雄猛，慷慨激烈，貌伟不群。"② 紫柏真可
也以"杀猪屠狗之夫"自称："某本杀猪屠狗之夫，唯知饮酒啖
肉，恃醉使气而已，安知所谓佛知见耶？"③ 此外，紫柏真可早年
厌恶女性，至亲也不例外。憨山德清《达观大师塔铭》载："生不
喜见女人，浴不许先。一日，姊误前就浴，师大怒。自后至亲戚妇
女，无敢近者。"④ 出家后，此态度依然未变。《示法灯》云：

　　且地狱之苦不为极苦，女身之苦最为极苦。虽贵为
天子之母，自谓受福无上。殊不知访道名山，参禅佛海，
不若贫贱男子多矣。何者？女人障碍无量，嫌疑多种，
一动一静，一出一入，凡百所为，受人禁缚，不得如意。
贫贱男子则不然。但发肯心，访道名山亦由我，参禅师
海亦由我，游行千万里亦由我，深山静坐亦由我，高声
念佛亦由我，欢喜乐道大笑几声亦由我。纵横自在，去
来随意。以此言之，则极贵女人不如贫贱男子明矣。⑤

① 释德清：《达观大师塔铭》，载《紫柏大师全集》，上海古籍出版社，
2013年，第11页。
② 释德清：《达观大师塔铭》，载《紫柏大师全集》，第11页。
③ 释真可：《礼石门圆明禅师文》，载《紫柏大师全集》，第331页。
④ 释德清：《达观大师塔铭》，载《紫柏大师全集》，第12页。
⑤ 释真可：《示法灯》，载《紫柏大师全集》，第100页。

紫柏真可反复阐述女身最苦，认为她们受世间礼法的束缚太深，无法如男子般自由地参禅访道。佛教对女色的禁忌，使女性参加佛事时，更容易遭到世人非议，成为"天下猜疑之本，毁谤之媒"。①

## 一、出家参学

紫柏真可的出家，颇带偶然性与戏剧性。憨山德清《达观大师塔铭》云：

> 年十七，方仗剑远游塞上。行至苏州阊门，天大雨，不前。偶值虎丘僧明觉，相顾盼。觉壮其貌，知少年不群，心异之。因以伞蔽之，遂同归寺。具晚飧，欢甚相得。闻僧夜诵八十八佛名，师心大快悦。侵晨，入觉室曰："吾两人有大宝，何以污在此中耶？"即解腰缠十余金授觉，令设斋，请薙发，遂礼觉为师。是夜即兀坐达旦，每私语，三叹曰："视之无肉，吃之有味。"②

紫柏真可本怀远游之志，因明觉一伞之接而蓦然遁入佛门，终生"胁不至地，修行不倒单"。知明觉欲募铁万斤造钟，他只身前往平湖，募铁万斤而后食。紫柏真可虽为初出家的沙弥，已显示出非凡的魄力。其后闭门读书，半年不出，疾恶如仇之性格依然如故。见出家僧众饮酒食肉，他怒斥"出家儿如此，可杀也"，

---

① 释真可：《法语》，载《紫柏大师全集》，第115页。
② 释德清：《达观大师塔铭》，载《紫柏大师全集》，第12页。

众僧为之忌惮万分。嘉靖四十一年（1562），紫柏真可跟随讲师受具足戒，受戒师情况不明。后至武塘景德寺闭关3年，返回吴门，辞别剃度师明觉，参方游学。

万历元年（1573），紫柏真可来到京城，先后在张家湾谒暹法师，在千佛寺谒礼法师，在西方庵访宝讲主。上述诸人生平不详，从称谓来看，以法师、讲师为主，并非禅师。紫柏真可初参遍融真圆即云"习讲"，知入京参学本意所在。由讲至禅的转变过程中，遍融真圆起到了关键作用。二人见面后，机锋问答相得甚欢，他在遍融之门受益良多。万历二年（1574），紫柏真可结束了9年的参学生涯，重返虎丘看望明觉。① 后至吴县，结识县令傅光宅父子；至天池，与管志道结为莫逆之交。这为日后《嘉兴藏》的募缘刊刻奠定了基础。万历三年（1575），紫柏真可与巢林、戒如等人，前往少林寺参叩大千润公，"见上堂讲公案，以口耳为心印，以帕子为真传"②，甚为鄙夷，愤而南下，开启了佛教复兴之旅。

## 二、佛教复兴

游方参学让紫柏真可深感晚明佛教纲宗不振、道法凌迟，他毅然以担荷大法为己任，投入到晚明佛教复兴。概而言之，主要有三。

一是重兴道场。晚明佛教衰微，既有丛林本身的弊病，也有朝廷政策不当。寺院田产被非法侵占，僧人被辱，佛教的合法权

---

① 按：憨山德清《达观大师塔铭》云："去九年，复归虎丘省觉。"陆符《紫柏尊者传略》云："参证所得，乃归省觉，去辞觉时已九年。""九年"者，盖指紫柏真可自嘉靖四十五年（1566）外出参学，至万历二年（1574）省觉，恰为九年，非依遍融九年。

② 释德清：《达观大师塔铭》，载《紫柏大师全集》，第13页。

益无法得到有效保护，是其重要原因。对此，湛然圆澄说道：

> 高皇帝于各寺院，赐有额，曰三千五千，少至三五百，僧无乏食之忧。凡僧内牒已，终身优免，官府待为上宾。一切关津，无容阻滞。如俗人讴辱者，轻则笞罚，重则斩手。所有田产，法不许卖，法不许买，与者受者各罪。用强侵占者流，一如钦录所载。人所以乐为内度者，盖为有利故也。今也不然。田产为势豪所占，而官府不之究。僧为俗人所辱，而官府不之护。产罄寺废，募缘度日，将何内牒？倘有俗置新产，有田当役，有人当丁，原同百姓，何更要内牒耶？况乎内牒之后，祈晴请雨，集仪拜牌，迎官接府，反增其累。如点名不到，则罚同有禄，列二七祖。若为俗人所辱，不若猪狗。①

为保持僧徒的独立性，构建佛教的经济基础，使僧徒有安身之所，紫柏真可先后复兴寺院 15 座。憨山德清《达观大师塔铭》云："秉金刚心，独以荷负大法为怀。每见古刹荒废，必志恢复，始从楞严，终至归宗、云居等，重兴梵刹一十五所。"② 其中最重要的当属楞严寺、径山寺、寂照庵，这也为后来的藏经刊刻提供了场所。

二是刊刻藏经。《嘉兴藏》又称《径山藏》，由紫柏真可及其弟子组织实施、民间募资刻印的大型佛教藏经，包括正藏、续藏、

---

① 释圆澄：《慨古录》，载《卍新纂续藏经》第 65 册，第 375 页。
② 释德清：《达观大师塔铭》，载《紫柏大师全集》，第 17 页。

又续藏三部分，收录佛教典籍 2 195 部，10 332 卷，为历代刻本《大藏经》之最。在《嘉兴藏》刊刻之前，明代已有《南藏》《北藏》，宋元刻藏经版也有遗留，为何要另刻藏经？紫柏真可、密藏道开等人的《刻藏缘起》做了解释。首先是传世藏经版本虽多，然难请难见，流通不易。如密藏道开云："今宇内所行，惟南北两藏。北藏既在法宫，请施非易。南藏虽行诸郡，印造犹艰。僻壤幽岩，何以取办？苾蒭蒲塞，每自兴嗟。"① 北藏是永乐官版，藏于宫中，请造刊刻需得官方准许。南藏虽广行诸郡，然印造工程浩大。其次，旧有藏经文字错讹颇多，质量参差不齐。密藏道开《募刻大藏发愿文》云："开等滥被田衣，稍窥海墨，尝以宋刻校兹二藏，鲁鱼之讹互有，潦鹤之舛递彰。"② 最后，易梵笑装为方册装，不仅节约刻藏成本，而且便于阅读流通。如冯梦祯云："念梵笑烦重，愿易方册，可省简帙十之七，而印造装潢之费，不过四十余金，即穷乡下邑、山陬海隅之人，可以酬终年不见之叹。"

《嘉兴藏》的发起，始于袁黄。万历元年（1573），他与幻余法本在武塘塔院习静，与诸友人诘难辩论，感慨佛经流传不广，遂萌生易梵笑为方册、刊刻藏经之念。考虑到刻藏耗资 3 万，所需资金难以募集，法本徒有其愿，并未实施。万历七年（1579），紫柏真可在大云寺遇法本。语及刻藏之忧，紫柏真可表示愿意承担。万历十年（1582），紫柏真可遇到了素有刻藏之愿的密藏道开。自万历十二年（1584）起，紫柏真可师徒会同冯梦祯、袁黄等人，

---

① 释道开：《募刻大藏文》，《密藏开禅师遗稿》卷上，载《嘉兴藏》第 23 册，第 7 页。
② 释道开：《募刻大藏发愿文》，载《密藏开禅师遗稿》卷上，载《嘉兴藏》第 23 册，第 7 页。

正式谋划刻藏，拉开了《嘉兴藏》刊刻的序幕。

经过较为充分的前期准备，万历十七年（1589）十月，《嘉兴藏》在五台山妙德庵开始刊刻。由于五台山气候酷寒，交通不便，加上刻藏人员、物资等均源自南方。在持续刻经 4 年后，主刻者决定南迁。冯梦祯云：“刻经之缘，始于清凉之妙德庵，地寒而峻，远役南匠，转输工力费倍功半，不得已有径山之迁。径山为东天目正干，五峰攒回，中开佛界，我东南胜道场，无踰于此。而云雾笼罩，十日而九，藏板其中，最易朽腐。又不得已有化城之议。化城踞径山之东麓，去双溪数里，地坦平无云雾，既便藏板，而转输工力，事事皆宜。”① 自万历二十一年（1593）至崇祯初年，在 40 余年的时间里，《嘉兴藏》的刊刻地址经历了径山主寺、径山别院寂照庵和径山化城寺三处变迁。在此过程中，紫柏真可、密藏道开、法本是核心人物，“紫柏真可以自己的威望和影响居于核心的指导地位；密藏道开则以自己的精心策划和具体的操作而成为实际的主持人；法本是刻方册大藏的创议者，而后则配合密藏道开成为密藏道开的副手”②。

三是入世弘法。明代嘉靖、万历以来，尤其是张居正去世、明神宗亲政后，朝纲废弛，政事日非，国势日下，教内外危机重重。佛教的复兴不仅是教内的复兴，也呈现出救世色彩。陈永革云：“社会转型与时代变化，使正处于‘天崩地解’之际的晚明社会，普遍弥漫着一种末世感或末法意识。晚明佛教丛林面临双重危机意识，即面对世法的末世感与面对佛法的末法感。这正是晚

---

① 冯梦祯：《快雪堂集》卷二十六，第 378 页。
② 李富华、何梅：《汉文佛教大藏经研究》，宗教文化出版社，2003 年，第 477—478 页。

明佛学复兴的现实处境之所在。如何重兴末世时代的末法佛教，佛教丛林必须担当起现实救世与出世解脱的双重使命，才能真正实现佛教的全面复兴。"① 只有通过佛教的内部革新和社会革新的有机融合，才能真正实现晚明佛教的全面复兴。佛教不仅是追求自我解脱的山林佛教，也要具有利生济世的社会担当。

紫柏真可刊刻藏经、复兴寺院，注重从佛教内部革新的同时，亦波澜世法、出世法之间，承担起救世之责。其《与李君实》云："因时布政之弊生，则仁信之治救焉。仁信之治弊生，则智勇之治救焉。智勇之治弊生，则莫得而救者，若干年矣。至汉明兆梦，摩竺西来，则以一出世之法，救莫救之弊，此理势然也。盖世法变极，不以出世法救之，则变终莫止。出世法变极，脱不以世法救之，则其变亦终不止。"② 世法之变当以出世法救之，出世法之变当以世法救之。由山林佛教的为己之学转向经世救世的为人之学，是充满荆棘之难行道。如智旭云："佛法中行佛法，非难也。世法中行佛法，乃为难事。又佛法仍不坏世法，名难中之难。"③ 可谓确论。

紫柏真可不仅从理论上倡导以世法救佛法，且付诸实践，最突出者为三大负。万历二十八年（1600），南康太守吴宝秀因反对税使而被捕入狱，紫柏真可矢志往救，临行前曾言："老憨不归，则我出世一大负；矿税不止，则我救世一大负；传灯未续，则我

---

① 陈永革：《经世佛教与出世解脱：论晚明佛学复兴的困境及其反思》，载《佛学研究》2002 年第 1 期。

② 释真可：《与李君实》，载《紫柏大师全集》，第 545 页。

③ 释智旭：《示朝彻》，载《灵峰宗论》卷二之四。

慧命一大负。若释此三负，当不复走王舍城矣。"①"三大负"虽经德清移花接木②，却不失为紫柏真可晚年以世法救出世法，融世法、出世法为一体的具体实践。

万历年间宁夏、朝鲜、播州的三次战争，加上皇室日常开支骤增，朝廷经济一度陷入危机。为解决财政亏空，万历二十四年（1596），明神宗重开矿税，甚至设置店租、珠榷、船税等众多税名，税使一时四出。他们假借征税之名强取豪夺、鱼肉百姓，有识者纷纷上疏陈奏。如河南巡按姚思仁云："开采之弊，大可虑者有八。矿盗哨聚，易于召乱，一也。矿头累极，势成土崩，二也。矿夫残害，逼迫流亡，三也。雇民粮缺，饥饿噪呼，四也。矿洞遍开，无益浪费，五也。矿砂银少，强科民买，六也。民皆开矿，农桑失业，七也。奏官强横，淫刑激变，八也。"③吴宝秀案，就是在此背景下发生的。

吴宝秀（？—1600），字汝珍，浙江平阳人，万历十七年（1589）进士，万历二十六年（1598）冬出任南康知府。此前七月，神武卫千户朱仁等奏湖口船税每年可得万金，明神宗派遣内臣李道和朱仁同往湖口，设卡肆意盘剥商民，祸及官船。万历二十六年（1598）十一月，九江府经历樊圃切责李道，反遭其以阻碍税务之名弹劾。十二月底，李道遣牙使拦截南康府漕运粮船。恰逢风急浪恶，牙使舟覆，李道迁怒于漕卒，派人前往抓捕，吴宝秀拒不发。李道盛怒之下，飞章弹劾吴宝秀等人。次年正月，

---

① 释德清：《达观大师塔铭》，载《紫柏大师全集》，第16页。
② 王启元：《紫柏大师晚节与万历间佛教的生存空间》，载《世界宗教研究》2015年第1期。
③ 张廷玉等：《明史·食货志》，第856页。

明神宗不顾众臣反对，下旨逮吴氏入诏狱。二月十八日，逮捕吴宝秀时，其妻陈氏投缳自尽，酿成惨案。群情激愤，几致民变。

吴宝秀案发生时，紫柏真可正在庐山讲道。他闻知后义愤填膺，大呼："时事至此，倘阉人杀良二千石及其妻，如世道何？"于是策杖入京，全力救助。《达观大师塔铭》云："吴入狱，师至多方调护，授吴公毗舍浮佛半偈，嘱诵满十万，当出狱。吴持至八万，蒙上意解，得末减。吴归，每念师辄涕下。"① 当然，事情远非憨山德清描述得如此轻巧。据王剑所考②，吴宝秀入狱后，赵志皋、沈一贯、陈英、熊应凤等人均上书求救，书数十上而无果。最终，紫柏真可依靠素信佛教且与其渊源颇深的李太后，以及司礼监太监田义从中斡旋，万历二十七年（1599）九月，吴宝秀被褫职为民。遗憾的是，吴宝秀身体素来羸弱，在狱中饱受折磨，出狱后大病不起，万历二十八年（1600）六月去世。可见，吴宝秀最终得救，紫柏真可贡献最多。

### 三、紫柏真可晚节

吴宝秀获救后，紫柏真可停留在京师，为营救德清和废除矿税而奔走。紫柏真可素来爱憎分明，得罪了不少朝中权贵，此时的京师已成是非之地。曹学程《紫柏老人囧中语录序》云："道人内大慈悲，外严戒律，世拟为临济尊宿复出云。于人无贵贱大小，持平等心待之。故贱者小者喜其容，贵者大者目为傲。得其门而入者，靡不归依；不得其门而入者，间为排诋。道人故以此得名，

---

① 释德清：《达观大师塔铭》，载《紫柏大师全集》，第 16 页。

② 王剑：《从吴宝秀案看紫柏大师的经世原因》，载《求是学刊》2001 年第 3 期。

亦以此贾祸。"① 紫柏真可入京后，憨山德清、汤显祖、冯梦祯、董其昌等人劝其归隐，密藏道开血书劝师不成后悄然遁去。紫柏真可依然态度坚决："且仆一祝发后，断发如断头，岂有断头之人怕人疑忌耶？"② 此时有意亲近紫柏真可之人，也避而远之。陶望龄云："余久向紫柏师。辛丑入都，而师住西山，忻然欲以瓣香见之。会同学数友皆短师，心疑而止。"③ 在此形势下，紫柏真可似乎成为京师物议的中心，他依旧以"断发之日已断头"的大无畏之心，坚守着佛教操守与救世理想，终罹祸患。

万历三十一年（1603），妖书案发。厂卫搜查沈令誉家中时，查获他与紫柏真可的往来信件。其中，紫柏真可谈到憨山德清入狱时说："劳山海印之复，为圣母保护圣躬香火。今毁寺戍清，是伤圣母之慈，妨皇上之孝也。"语涉讥嫌，神宗大怒。十一月二十九日，紫柏真可在潭柘寺被捕，十二月五日入狱，十五日刑部宣布定罪。紫柏真可感慨"世法如此，久住何为"④？遂于十七日坐化于狱中。

当晚明佛教日衰、纲宗不振之时，紫柏真可以勇猛刚烈之禅者品格，锐意于佛教改革与复兴，在晚明佛教史乃至于中国佛教史上占有重要位置。贺烺称"有明自楚石以后，惟有紫柏大师一人而已"⑤，可为定论。

---

① 曹学程：《紫柏老人圜中语录序》，载《紫柏大师全集》，第 23 页。
② 释真可：《与汤义仍》，载《紫柏大师全集》，第 543—544 页。
③ 陶望龄：《紫柏大师像赞》，载《紫柏大师全集》，第 9 页。
④ 释德清：《达观大师塔铭》，载《紫柏大师全集》，第 16 页。
⑤ 贺烺：《紫柏大师集跋》，载《紫柏大师全集》，第 6 页。

## 第二节　紫柏真可的文学思想

紫柏真可以"续石门之血脉"自任，成为晚明弘扬文字禅之第一人。他将文字禅引入言意象之辨，倡导心统性情与以理折情，重视宗教实践的文学书写，形成了独具特色的文学思想。

### 一、"续石门之血脉"：文字禅的倡导和重视

达摩东来初创禅宗，以不立文字、见性成佛相尚，历代禅宗祖师在不立文字与不离文字的矛盾中互相纠葛。至宋代，形成了独具一格的文字禅，推动了禅学和佛教文学的发展。明中叶以来，佛教日渐式微，紫柏真可毅然以传承惠洪觉范（1071—1128）的文字禅自认。其《礼石门圆明禅师文》云："不谓吴门枫桥雨中，承轮道人一伞之接，雨渐而为甘露，甘露渐而续石门之血脉，石门之血脉幸而续之，则饮光之笑声，或将传于龙华会上，未可知也。"① 他也成为晚明大力弘扬文字禅之第一人。

为了弘扬文字禅，他将般若分为文字般若、观照般若、实相般若三种。《释心经》云："般若有三种，如实相、观照、文字是也。实相般若，即人人本有的心；观照般若，即心上光明，能悟达则心光发朗；凡吐一言一句，长篇短什，足为万古灯明，用除痴暗，故称文字般若。"② 文字般若作为三种般若之一，成为开发观照般若、证悟实相般若的先导。同时，紫柏真可认为，不论是不立文字抑或执迷文字，均有所偏颇。其《石门文字禅序》说：

---

① 释真可：《礼石门圆明禅师文》，载《紫柏大师全集》，第331页。
② 释真可：《释心经》，载《紫柏大师全集》，第246页。

"夫自晋宋齐梁，学道者争以金屑翳眼。而初祖东来，应病投剂，直指人心，不立文字。后之承虚接响，不识药忌者，遂一切峻其垣，而筑文字于禅之外。由是分疆列界，剖判虚空。"① 换言之，尊崇经教与不立文字，都是佛教特定发展时期的产物。达摩首倡不立文字，却以 4 卷《楞伽经》传佛心印，历代祖师以佛教经典而发悟者代不乏人。片面地弃经教文字于禅之外，并不符合禅宗发展实情。

为形象地说明经教文字与禅宗心性的关系，紫柏真可借用了春花之喻、水波之喻、薪火之喻等颇富文学性的比喻。如《石门文字禅序》云："盖禅如春也，文字则花也。春在于花，全花是春；花在于春，全春是花。而曰禅与文字，有二乎哉？故德山临济棒喝交驰，未尝非文字也；清凉天台疏经造论，未尝非禅也。而曰禅与文字，有二乎哉？"② 在此，他以花喻语言文字，以春喻禅宗心性。水波之喻与春花之喻有异曲同工之妙。其《礼石门圆明禅师文》云："即文字语言而传心，如波即水也；即心而传文字语言，如水即波也。波即水，所谓极数而穷灵；水即波，所谓穷灵而极数。极数而穷灵，则法相、法性之波也；穷灵而极数，而法性法相之水也。故石门以文字禅名其书。文字，波也；禅，水也。如必欲离文字而求禅，渴不饮波，波欲拨波而觅水，即至昏昧，宁至此乎？"③ 凡此妙喻的背后，均体现出他对经教文字的重视，亦为刊刻、流通藏经提供了理据。其《书某禅人募刻大藏卷后》云："夫大藏，佛语也；而大藏之所诠者，佛心也。佛语如

---

①　释真可：《石门文字禅序》，载《紫柏大师全集》，第 313—314 页。
②　释真可：《石门文字禅序》，载《紫柏大师全集》，第 314 页。
③　释真可：《礼石门圆明禅师文》，载《紫柏大师全集》，第 331 页。

薪，佛心如火。薪多则火炽，薪尽则火不可传，火不可传则变生为熟，破暗张明之用，几乎息矣。故传火必待于薪而火始有用，传心必合于佛语而心始无疑。"① 可以说，紫柏真可的文字禅，为《嘉兴藏》的刊刻奠定了理论基础，也间接为晚明佛教的经教复兴搭建了平台，具有重要的理论价值。

与三种般若密切相关的是言意象之辨。自庄子"得鱼忘筌"之论提出后，言、意、象成为儒释道三家共同关注的话题，也是中国文论的重要命题。对此，紫柏真可认为："圣人以为书不尽言，言不尽意，故设象以寓其意。"② 圣人设象之目的在于寓意，学者由象得意，得意忘象。紫柏真可所谓之"意"，明显带有禅宗心性论的特点："学者玩象积久，智讫情枯，意得而象忘，则书与言不能尽者，我得之矣。一得永得，千古无疑，死生迭更，是非交错，而我所得者光洁坚固，了无汗染损坏也。"③ 同时，他认为"象"与"表"非一非二，"表即象也，象即表也。表则借事显理，故意得则无象非意，理显则无事非理。无象非意，我不欲忘象而象自忘；无事非理，我无心会理而理自冥。象忘则意难独存，理冥岂事能碍者乎"④？他将"表""象""意"与佛教止观学说联系起来，认为观象得意即由观入止，得意忘象即由止用观，"始因观而入止，终则即止而用观。因观而入止，功在玩象而得意；即止用观，功在意忘而象无待故也"⑤。进而，紫柏真可在《寄聚光洞

---

① 释真可：《书某禅人募刻大藏卷后》，载《紫柏大师全集》，第353页。
② 释真可：《法语》，载《紫柏大师全集》，第59页。
③ 释真可：《法语》，载《紫柏大师全集》，第59页。
④ 释真可：《法语》，载《紫柏大师全集》，第59—60页。
⑤ 释真可：《法语》，载《紫柏大师全集》，第60页。

微作时文说》中提出，文章之妙在于可见处寻其不可见者，在文章背后寻其内蕴，不可以人就我，随波逐流。紫柏真可此论，旨在突出创作主体的独立性与文章内蕴的真情真意，为反驳晚明文坛复古之风注入了新的活力。

## 二、心统性情与以理折情

性、情之辨是晚明文学思想的重要命题。紫柏真可从禅宗心性论出发，辨析"心""性""情"三者之关系，提出心统性情。如《法语》云：

> 夫理，性之通也；情，性之塞也。然理与情而属心统之，故曰心统性情。即此观之，心乃独处于性、情之间者也。故心悟则情可化而为理，心迷则理变而为情矣。若夫心之前者则谓之性，性能应物则谓之心，应物而无累则谓之理，应物而有累始谓之情也。①

《义井笔录》亦云：

> 又有心统性情之说。世皆知有此说，知其义者寡矣。夫情，波也；心，流也；性，源也。外流无波，舍流则源亦难寻。然此说不明，在于审情与心、心与性忽之故也。应物而无累者谓之心，应物而有累者谓之情，性则应物不应物、常虚而灵者是也。由是观之，情即心也，以其

---

① 释真可：《法语》，载《紫柏大师全集》，第34页。

应物有累，但可名情，不可名心。心即情也，以其应物

无累，但可名心，不可名情。然外性，无应与不应，累

与不累耳。①

可见，紫柏真可认为"性"为"心"之源，本无应物不应物之
理，亦无真妄之别。"心"为"性"之流，是"性"应物后之具体
显现。"心"之用分"理""情"两端，悟后应物无累称为"理"，
迷时应物而有累称为"情"。"理"为"性"之通，"情"为"性"
之塞。圣人亦有情，只不过其情"通而不昧，情而无累"②。圣与
凡心性本同，唯率情、率性有别，"夫众人之与圣人，初非两人
也。圣人人也，众人亦人也。然圣人则无往而非率性，众人则无
往而非率情。率性则惺寂双流，率情则昏散齐骋。惺寂双流，则
根尘空而不废能所之用；昏散齐骋，则根尘障而昧一真之体"③。

从佛教的角度而言，紫柏真可认为"情关"须破。其《法语》
云："盖法性不明则情关不破，情关不破则身心执受终不能消释。
以执受未消释，故于饮食男女之欲根，断不能拔。"④ 贪爱为情之
根："情本于爱，爱滋贪疾。贪而不足，遂生不悦。好恶无常，互
生互灭，于如意境如醉如痴。"⑤ 为破除情爱之羁绊，紫柏真可提
出达本忘情，认为达本自可忘情，不可以情遣情："梦悟醒迷，圣
凡途隔，究其所自，不过未达本源。故曰：'达本忘情，知心体

---

① 释真可：《义井笔录》，载《紫柏大师全集》，第220页。

② 释真可：《法语》，载《紫柏大师全集》，第53页。

③ 释真可：《法语》，载《紫柏大师全集》，第44—45页。

④ 释真可：《法语》，载《紫柏大师全集》，第70页。

⑤ 释真可：《法语》，载《紫柏大师全集》，第77页。

合.'即此而观，情未忘时不必以情忘情。何以故？情终不忘故。如一达本，情不待忘而自忘矣."① 由情忘进而情死，情死而性活，洞明自心，转识成智："然欲洞明自心，贵在情死。盖情不死，性不活，则于博地凡夫，欲其直下转识成智，心径圆通，安有是处？"②

在晚明物欲横流之大背景下，紫柏真可认为饮食男女为欲之大者。他指出："饮食男女，众人皆欲，欲而能反者终至于无欲。嘻！谁无欲者可以劳天下，可以安天下？"③ 同时，紫柏真可又从禅宗心性论出发，认为障道者并非外在的声色物欲，而是世人之自心："夫饮食男女，声色货利，未始为障道。而所以障道者，特自身自心耳."④ 又云："声之与色，果障道乎？果不障道乎？说者以为聪明凿而真知丧矣。殊不知风鸣万松，月照千峰，声乎？色乎？障道乎？不障道乎？此既不障，则艳姬清唱，岂独障道哉？声色恶能障道，人自障耳。人障而反诬声色，何异张翁吃酒李翁醉也？"⑤ 此"自心"专指妄心，"饮食男女声色货利非障道也，障道者，惟此妄心也"⑥。为此，他以"隔壁闻钗钏声即为破戒"的公案为例，申述欲中解脱之理。其《与方幼舆》云："古德问僧：隔壁闻钗钏声即为破戒，且道作么生持？其僧云：好个入路."⑦ 究此公案，所谓"好个入处"，意在破戒与否在于是否生心。如闻钗钏声而心念不起，闻如无闻，自无破戒之说。如闻之心动，则

---

① 释真可：《法语》，载《紫柏大师全集》，第 153 页。
② 释真可：《法语》，载《紫柏大师全集》，第 157 页。
③ 释真可：《长松茹退》，载《紫柏大师全集》，第 197 页。
④ 释真可：《法语》，载《紫柏大师全集》，第 79 页。
⑤ 释真可：《墨香庵常言》，载《紫柏大师全集》，第 231 页。
⑥ 释真可：《法语》，载《紫柏大师全集》，第 79 页。
⑦ 释真可：《与方幼舆》，载《紫柏大师全集》，第 535 页。

不仅钗钏声，一切音声皆不可闻。得戒与否贵在戒体而非戒相，贵持无相戒。钗钏之音为蛊惑人心之至深者，最易使人起心动念，生诸妄相。然而，此境亦为勘验修行境地之关键。于此心无所动，其他境界自然无足动念。

### 三、宗教实践的重视与书写

紫柏真可认为，佛教衰微的原因之一，是佛教徒修持实践的缺失。故而，他终生恪守戒律、精进不懈，以勇猛刚烈之品格而蜚声禅林。他所倡导的文字禅，已超出禅宗文字之外，延伸至一切经教文字，最终归结到修持实践。若仅靠文字知解而不付诸宗教实践，无异画饼充饥："缘生无生之旨，稍通于文字般若者，率皆能言之。殊不知，知缘生无生，特画饼充饥耳，曷能劫生死贼哉。惟知而能行，行而能战，战而能胜，胜则证之矣。"[1] 在《登那罗窟有感》中，他再次感叹知易行难："明道易，履道难，习水情潭岂易干？不是一番拼命做，说时似悟用时瞒。"[2]

紫柏真可认为禅修的目的在于破除身心之执，了生脱死，悟明本心，最为直接有效的方法是诵持《毗舍浮佛偈》。其《释毗舍浮佛偈》云："毗舍浮佛，此言自在觉。盖此佛于身与心，皆觉了解脱故。身解脱则无生死之碍，心解脱则无烦恼之碍。解脱即自在意也。而一切众生不能觉了身之与心，所以不能解脱生死烦恼之碍。若能觉破身心执受，众生与佛无殊。若不能觉破身心执受，即诸佛亦安得自在哉？"[3] 他终生受持《毗舍浮佛偈》，并从中得

---

① 释真可：《法语》，载《紫柏大师全集》，第51页。
② 释真可：《登那罗窟有感》，载《紫柏大师全集》，第699页。
③ 释真可：《释毗舍浮佛偈》，载《紫柏大师全集》，第54页。

益。吴应宾云："紫柏大师持此半偈，普印众生若干种心，四十年胁不至席，手不停挥，为初学人谈法相义，为久习辈开般若门，为利智根指涅槃心，显法界藏。有时雷轰电掣，截断众流；有时带水拖泥，四轮著地。随机赴感，未曾一针锋许，出得半偈道场。谓法友憨山师道：'吾持此偈，已得句半现前。了了常知，自许一生参学事毕。'"① 憨山德清《达观大师塔铭》亦云："师常以《毗舍浮佛偈》示人，予问曰：'师亦持否？'师曰：'吾持二十余年，已熟句半。若熟两句，吾于死生无虑矣。'"② 紫柏真可最终在狱中安然坐化，可谓生平修持的最后勘验。如智旭《达大师赞》云："破尽流俗知见，豁开宗教眼睛。不是门庭施设，极力劝绝识情。契心印于觉范，救暗证之生盲。法道是重，一身为轻。试验圜中瞑目地，始知半偈已功成。"③

　　作为一个行解并重、名重禅林的高僧，紫柏真可之佛教文学，蕴含着修持实践和修证体悟。憨山德清所言"称性冲口，曾无刻意为文"已暗寓此意。他将紫柏真可的作品命名为《紫柏老人集》，与惠洪之《石门文字禅》相提并论："昔觉范禅师妙悟超绝，语工典则，其所著述自目之曰'文字禅'。故予题之曰'紫柏老人集'，盖非堕于俗数也。观者当具金刚正眼，视之于言外则思过半矣。"④ 贺烺认为，紫柏真可的不离文字与禅宗初祖达摩的"不立文字，直指人心"，归趣相同，"有文字，有未始有文字，学者由文字悟未始有文字，则妙膳上味，人人充满。如但作文字会也，

---

① 吴应宾：《紫柏大师全身舍利塔颂》，载《紫柏大师全集》，第21页。
② 释德清：《达观大师塔铭》，载《紫柏大师全集》，第16—17页。
③ 释智旭：《达大师赞》，载《蕅益大师全集》第14册，第206页。
④ 释德清：《紫柏老人集序》，载《紫柏大师全集》，第4页。

何异指馔说饱，岂疗枵虚"①? 故而，紫柏真可之文学创作实为修证体悟的文字呈现，实有别于妄逞口舌之徒。

## 第三节　紫柏真可的佛教文学

紫柏真可的佛教文学，成就最突出者当属诗歌。他借诗歌抒写烟霞之思，传达禅理感悟，展现澄明清寂的禅者心境。受《楞严经》启发，紫柏真可强调创作主体的独立精神，抒写六根互用的自由境界。

### 一、"月满寒空秀水深"：紫柏真可的诗歌创作

紫柏真可的诗歌主要收录在《紫柏大师全集》中。全集编撰者有意将赞、偈、颂古（收录于卷十七至二十）与诗歌分列，表现出较强的辨体意识。其中诗歌5卷（卷二十五至卷二十九），分五言古诗（58题61首）、五言律诗（58题64首）、五言排律（1题1首）、七言古诗（8题8首）、七言律诗（65题72首）、五言绝句（51题56首）、七言绝句（293题335首）、歌（82题82首）等8类②，总计616题679首，不失为晚明僧诗中的大家。

紫柏真可之诗以抒写禅理为主，兼具诗僧气象。其诗善写烟霞之思，描摹山居清境。紫柏真可一生好游名山，颇为川岳灵气所钟。他自云"紫柏老，紫柏老，一枝筇杖探奇奥。但除中国未

---

① 贺烺：《紫柏大师集跋》，载《紫柏大师全集》，第6页。

② 按：此依上海古籍出版社2013年版《紫柏老人集》卷二十五至二十九统计。其中范佳玲在《紫柏大师生平及其思想研究》中亦有一统计，与此所异者二：一为五言古诗62首，二为七言绝句337首。

经封，胜水佳山无不到"①。举凡普陀、峨眉、曹溪、五台等名山
大川，紫柏真可游历殆遍。名山胜川幽静寂美的自然环境，恰与
其闲适淡泊的心境相契。紫柏真可悠游其中，息心禅那，静悟妙
理，深得川岳胜境之助。他在写给冯梦祯的信中颇有感触地写道：
"浔阳水山高胜，非他者可并（比）。盖嶓湖盆其前，岷山带其后，
波光空翠，交映之中，而汉阳诸峰装憨作痴，争奇吐秀，万态非
一。如使嗜欲深而天机浅者能一登之，则直下亦未必匆习染爆落，
灵府廓然，况天机深者乎？贫道抱疾长松之下几百余日，而寒热
交攻之际，药石逆治之时，常识骇飞，本明忽露。所谓波光空翠
者，亦首尾腾换耳。"② 山川奇秀之气，熏染身心习气，助人断绝
嗜欲。山居生活，自然助益佛教观想："莫测深林虎豹居，道高何
事费驱除。危峰环列听禅观，流水滢洄学梵书。"③ 坐石听泉，使
人脱略身心羁绊，忘却言意分别："喜尔到山中，云门一破封。听
泉身世尽，坐石意言空。明月东生海，焚香礼大雄。来朝今日路，
杖屦出千峰。"④ 山中的云水幽月，亦可助发禅思："地僻无邻并，
同来日已暝。穿云惊宿鸟，带月到幽亭。近水堪资观，虚窗可写
经。渔舟催早渡，风冷夜波腥。"⑤ 碧溪抱竹、枫树花香，亦可诱
发骚人墨客之诗文创作："孟修别墅碧溪抱竹，枫树萦藤，春深花
香空翠交映。有禅思者寓之，则彼皆无生资也，设骚人墨客来游，
亦皆彼为之梯矣。"⑥ 山林烟霞之思与诗文创作交相融汇，成为其

① 释真可：《登径山歌》，载《紫柏大师全集》，第703页。
② 释真可：《又（与冯开之）》，载《紫柏大师全集》，第757页。
③ 释真可：《结冬永慈寺赠芦芽主人妙公》，载《紫柏大师全集》，第658页。
④ 释真可：《喜于中甫再入潭柘》，载《紫柏大师全集》，第588页。
⑤ 释真可：《偕诸居士登墨光亭》，载《紫柏大师全集》，第588页。
⑥ 释真可：《东梵川说》，载《紫柏大师全集》，第729页。

诗的重要特征。

身为解行并重之晚明高僧,紫柏真可往往借物喻理,借境言禅。长期的修持实践和禅观体验,加之丛林特定的书写传统和象喻体系,使其诗歌之意象内涵、诗歌意境,呈现出独特的宗教特征。故而,紫柏真可时常借用松、云、竹、月、泉、水等意象和意象组合,构建空明澄澈之境,象征禅者空明、清澄与湛寂之心境,实现了象、意、境的圆融统一。紫柏真可喜咏月,例如:

> 黄昏停棹问尸林,月满寒空秀水深。(《冬夜泊漏泽寺寄梅禅人》)①
>
> 静夜无云月正中,清光何处不相同。(《月下偶成》)②
>
> 独有月明流不去,蓬窗此夜照幽人。(《杂吟》)③
>
> 后夜空山坐入禅,那知明月照寒泉。(《夜坐》)④
>
> 一片青天月,先生万古心。(《过多宝寺吊元庵穆居士》)⑤

在此,明月成为禅者心性的象征。月满寒空,秀水清澄;静夜无云,满月普现;时光流逝如水,明月依然如故。在一片空明澄寂的境界中,脱落根尘,泯除身心,万古一瞬,时间与空间、身与心,也就没有彼此、物我之差异。镜之清澄无染、随物映现,

① 释真可:《冬夜泊漏泽寺寄梅禅人》,载《紫柏大师全集》,第623页。
② 释真可:《月下偶成》,载《紫柏大师全集》,第645页。
③ 释真可:《杂吟》,载《紫柏大师全集》,第627页。
④ 释真可:《夜坐》,载《紫柏大师全集》,第634页。
⑤ 释真可:《过多宝寺吊元庵穆居士》,载《紫柏大师全集》,第586页。

亦可象征澄明的心性："风尘齐水月，染净但唯心。试看匣中镜，澹然光静深。好丑纤不昧，未尝烦沉吟。予心得如此，宁畏风尘侵"①；"方寸高明千古镜，万缘空寂一声钟"②；"镜上无尘光自满，云边有路鹿常行"③；"若能心水常如镜，处处清光在眼前。"④寒泉澄潭以其空明湛寂之态，象征着禅者心性的空澄、淡泊与安宁。紫柏真可爱访名山，喜寻清泉。在《名二泉诗》序中，紫柏真可认为欢喜、禅悦二泉形态不同，动静各异，在引生禅思、助发禅悦方面，并无二致："余游广慧寺，见一泉湛然明莹，欢喜心生，热恼自消，因名之曰欢喜泉。复见一泉淙淙然泻诸龙吻，若枯禅大龙，神游觉海，慧涛汹涌之中，而不挠乎澄洁之性，有即动而静，仿佛乎禅定之象，名之曰禅悦泉。后之高人胜士过广慧者，皆生欢喜，入禅悦，庶无负乎二泉之心乎？"⑤泉边石上静坐观心，可以荡除胸中烦虑，尽情感悟泉石之乐："岩端待月一天静，石上听泉万虑空。笑问同来二三子，是谁行乐有无中。"⑥他以清潭喻心，感岁月之变迁，悟人生之如幻："闲中无个事，铁钵贮清泉。镜面浮天色，禅心空世缘。人生既不久，幻影岂常坚？"⑦由泉即心，因泉悟理，泉之澄湛，也象征着心性本寂："石缝泻流水，见之心湛然。是谁掬嗽齿，吸尽空中天。"⑧与泉相比，潭则

---

① 释真可：《风尘通观》，载《紫柏大师全集》，第574页。
② 释真可：《绀圙即事》，载《紫柏大师全集》，第597页。
③ 释真可：《墨香庵即事示元广》，载《紫柏大师全集》，第601页。
④ 释真可：《别如晓》，载《紫柏大师全集》，第642页。
⑤ 释真可：《名二泉诗》，载《紫柏大师全集》，第578页。
⑥ 释真可：《日暮龙潭即事》，载《紫柏大师全集》，第626页。
⑦ 释真可：《溧阳庄结夏念开侍者》，载《紫柏大师全集》，第586页。
⑧ 释真可：《本湛泉》，载《紫柏大师全集》，第613页。

更添几分湛然之态，因潭喻心，突出清冷澄寂之趣："树老宁知岁，潭清喻此心"①；"因厌风尘此闭关，寸心清冷喻寒潭。"②

紫柏真可的禅理诗，受《楞严经》影响较深，尤其是转物理念与六根互用思想，对其文学创作产生了一定影响。

转物见《楞严经》卷二，其云："一切众生从无始来，迷己为物，失于本心，为物所转，故于是中观大观小。若能转物则同如来，身心圆明不动道场，于一毛端遍能含受十方国土。"③ 如何才能由迷到悟，由"为物所转"到"转物"？紫柏真可《圜中语录·警大众》评述道：

> 虽然性既变情，则自无待而为有待，有待则物我宛然，顺习则喜，逆习则瞋，此情为政则性隐矣。性则智周万物而不劳，形充八极而无累，故能会万物为一己。一己则己外无物，物外无己。以物外无己，故我用即物用也；以己外无物，故物用即己用也。知周不劳，形充无累，复何疑耶？经又曰："若能转物，即同如来。"由是论之，我能转物谓之如来，则我被物转，谓之如去。④

紫柏真可指出，一要不可忽时，不可怠习，以免气为主而心为奴；二要变情为性，转有待为无待，达到物外无己、己外无物、物我一如的境界。前者是"为物所转"的迷失过程，后者是"转

---

① 释真可：《题玉女潭》，载《紫柏大师全集》，第586页。
② 释真可：《山中偶成》，载《紫柏大师全集》，第604页。
③ 般剌密谛：《楞严经》卷二，载《大正藏》第19册，第111页。
④ 释真可：《圜中语录·警大众》，载《紫柏大师全集》，第26—27页。

物"的解脱过程。他借用老庄无待、有待之论和万物齐一之境界，与以理折情、超情复性结合，着力突出无分别之理，暗示禅者不为外物役使的独立精神。在《法语》中，他将转物理念与根尘之辨结合起来，其云：

> 然尘之与根，必相资而有，相资而无。故因境生心，谓之粘妄发光，不因境生而孤明圆照，始谓之无待之光。无待则内外之情空，有待则内外之情封。情空性复，情生性迷。故物能转物者，物为入路之资，所以情不烦遣而空也。①

"物能转物"在于破除根尘外境之困扰，发挥心性本有无待之光。在《长松茹退》中，他以明暗为例，说明根、尘、识三者之关系："明则能见，暗则不能见，是谓尘使识。若识能使尘，则明暗在此则不在彼矣。故曰：'若能转物，即同如来。'"②《书东坡诗后》亦云："若能转物，即同如来。且道转物一句，孰能吐得？荣辱交加分主客，根尘暂唤作常光。"③ 不难看出，他将"转物"理念转而引入了《楞严经》中的根尘之辨与六根互用。

紫柏真可将诸佛菩萨描绘成六根互用的典范。其《观世音赞》云："音可以观，色可以听。二根如是，余则皆然。是以菩萨，六尘圆通，六根互用。"④ 其实，"观世音"三字本身带有以眼观音、

---

① 释真可：《法语》，载《紫柏大师全集》，第36页。
② 释真可：《长松茹退》，载《紫柏大师全集》，第196页。
③ 释真可：《书东坡诗后》，载《紫柏大师全集》，第350页。
④ 释真可：《观世音赞》，载《紫柏大师全集》，第733—734页。

六根互用之意。既然音可以眼观，则色亦可以耳听。眼、耳二根可以互用，其他诸根亦可互用。唯有摆脱六根对六尘的依赖，超脱六尘的束缚，六根才能互用。如香不可以鼻根识："万木冻欲死，枯槎衔春色。禅房午夜寒，明月挂枝侧。仿佛暗香浮，鼻根不可识。"① 以花开花落、蜂蝶飞舞体察春天，难免为眼根遮障："未见花时已落花，雨前雨后两无差。纷纷蜂蝶来还去，一段春光被眼遮。"② 以耳根领悟花香，则可显发菩提心性，证悟生死之理，"去年花落开今年，今年花落开明年。花开花落知几回，有谁能究未生前。未生前，痛究竟，死生憎爱登时净。觉花开遍菩提树，香满十虚耳根领"③。因此，六根互用不仅是其佛教思想，也对其文学创作产生了重要影响。

## 二、精悍决裂与清新明快：紫柏真可的佛教散文

除诗歌外，《紫柏大师全集》亦包含法语、疏、序、像赞、偈语等各种文体，尽显其精悍勇猛之风，也呈现出清新明快之趣。

首先是精悍刚烈之风。紫柏真可个性耿直，勇猛刚烈，有古侠者之风。陆符评云："师生有异征，雄猛不可羁绁。稍长，志益大，饮酒恃气，慕古游侠之行。他日自言：'吾本杀猪屠狗之夫'，盖道其实也。"④ 憨山德清亦云："师髫年性雄猛，慷慨激烈，貌伟不群，弱不好弄。"⑤ 紫柏真可本人也说："予受性豪放，习亦粗

---

① 释真可：《题骨香庵隆公静室画梅》，载《紫柏大师全集》，第572页。
② 释真可：《北园见紫薇花有感》，载《紫柏大师全集》，第633页。
③ 释真可：《示觉旛居士歌》，载《紫柏大师全集》，第666页。
④ 陆符：《紫柏尊者传略》，载《紫柏大师全集》，第786页。
⑤ 释德清：《达观大师塔铭》，载《紫柏大师全集》，第11—12页。

懑，一言不合，不觉眥裂火迸。"① 紫柏真可魁梧雄壮，时显雄豪之气，且以此慑受学人。李日华记载其参访紫柏真可时的真实感触："予尝披历代祖图于少室，其人无不魁杰有奇表，心窃异之。既而遇紫柏大师，见其旋尺之面，合围之腰，坐若熊蹲，行如象步。士大夫得晋接者，不言而意已消；学徒瞻依者，未施棒喝而魂虑已摄。与向所见图中诸宿，若或睹之，盖真人哉。"②

受此个性影响，紫柏真可的禅风以峻烈著称，文风亦精悍决裂，有刚毅勇猛之气。蕅益智旭在写给韩茂贻的信中云："今观其法语，精悍决裂，犹足令顽夫廉，懦夫立，柔情魅骨不觉冰消瓦解。"③ 憨山德清亦云："末法降心，力拔生死之根，如一人与万人敌者，予独见师其人也。睹其发强刚毅勇猛之气，往往独露于毫端。如巨灵挥斤，真所谓与烦恼魔、欲魔、死魔共战，竟能超越死生如脱敝屣，可谓战胜有功者也。故其所吐，岂可以文字语言音声色相求之者耶？"④ 这种文风，在其法语中多有显现。以战喻禅，以猛将喻禅人，是其勇武之风的典型体现。如《跋宋圆明大师邵阳别吴强仲叙》云："未战谁不勇，临战谁不恐。惟置死生于不可得之地者，如师子游行，孤踪绝侣。然此不可得之地，非独石门安乐场，实一切圣凡所共，唯临境不惑得受用之。不然，纵见道精深，决非将种。"⑤ 未战之前，皆言勇不可挡，临战之时惊恐退却，此非勇者所为。唯有置生死于度外，方为真勇，则战争

----

① 释真可：《祭法通寺遍融老师文》，载《紫柏大师全集》，第332页。
② 李日华：《紫柏大师集序》，载《紫柏大师全集》，第4页。
③ 释智旭：《简韩茂贻》，载《蕅益大师全集》，第326页。
④ 释德清：《紫柏老人集序》，载《紫柏大师全集》，第4页。
⑤ 释真可：《跋宋圆明大师邵阳别吴强仲叙》，载《紫柏大师全集》，第346页。

亦能勇者之安乐场。观其一生行事，紫柏真可又何尝不是晚明丛林中征战杀伐的一员猛将？

其次是情景圆融、清新明快的文风。在疏、记等文中，紫柏真可也有情景圆融、清新明快之作，《长松馆记》堪为代表：

> 长松馆在浔阳城中，其地有隐然隆然之势。馆去庐岳不远，故山岚潭雾，每轻笼迟回而不灭，灭而忽明，明灭无常焉。昔山谷谓招隐风概，湖光山色，朝莫（暮）万态，能阴而善晴，若有鬼神假之作奇供，以徼福于有道之士。今是馆之岚雾阴晴，于前后左右之松，似亦不逊招隐也，顾予非有道者耳。往年抱疴松云间，来慈偕其弟匡石多方调治。予性不耐服药，复恣情所爽口者，故疴鬼得肆焉。既而予疴稍瘳，遂有曹溪之役。曹溪还，复偿牢山之盟，奄忽三易寒暑。至戊戌，结夏襄之隆东华严寺。时庐岳黄龙潭名修洁者，赍来慈书至，则匡石已有净土之游矣。叹息久之。于是复还浔阳，一悼匡石。淹留累日，复坐长松轩下，经行庭除，见山岚潭雾，变态恍惚，不觉追惟过现交游聚散之情，与夫死生之变，并不可以思惟心定其凶吉。若岚雾之幻化，可见而不可执捉者也。夫名与利，众人之所争者也；身与心，众人之所执者也。然有变化密移之君握其机权，而我人间世，无论智愚贵贱，皆不敢不遵其命者也。惟未穷而知变者，能弃众人之所争，空众人之所执，则密移之君始不得逞其权耳。即过现之机局既然，则六合之内，六合之外，种种升沉情状，

何异乎馆之前后左右山岚潭雾去来之无常哉?①

　　紫柏真可与长松馆颇有渊源,憨山德清《紫柏老人集序》云:
"师每至匡庐,必主于江州孝廉邢君来慈长松馆,多有所说。"②
《长松茹退》是他在长松馆为邢懋学所说法语的汇编,《达观大师
塔铭》云:"时江州孝廉邢懋学,礼师延居长松馆,执侍最勤。师
为说法语,集名《长松茹退》。"③ 除《长松茹退》外,《紫柏大师
全集》尚有《长松馆雪偈》(卷二十)、《长松馆夜坐》(卷二十
五)、《长松馆西风吟》(卷二十五)、《往曹溪暂憩长松馆》(卷二
十六)、《卧病长松馆有怀》(卷二十七)、《长松馆遇雪》(卷二十
七)、《长松馆》(卷二十七)等诗偈作品。紫柏真可的《长松馆
记》首先写景,描绘出长松馆的地理位置,突出它在烟雾笼罩下
明灭变化无常之态。其次为叙事,道出他在长松馆养病的旧事,
揭示他与邢氏兄弟的浓浓法谊。最后述理,为追悼匡石,他再次
来到长松馆,追思往事,感慨万千。长松馆烟岚的变化无常与友
朋的交游聚散交相参证,不可执着身心名利。不管是六合之内抑
或六合之外,一切犹如长松馆烟岚潭雾般无常变迁。全文以长松
馆为主线,写景、叙事、抒情、明理交相融合,由景悟理,以事证
理,理事圆融,不失为散文佳作。

---

① 释真可:《长松馆记》,载《紫柏大师全集》,第 321 页。
② 释德清:《紫柏老人集序》,载《紫柏大师全集》,第 4 页。
③ 释德清:《达观大师塔铭》,载《紫柏大师全集》,第 14 页。

# 第十一章 憨山德清的宗教实践及其创作风貌

　　无论是从晚明佛教史抑或文学史上，憨山德清均是一位重量级人物。他和紫柏真可是生死相托的法门挚友，终生致力于佛教革新。同时，他又与同门雪浪洪恩开启晚明丛林尚诗之风，推动了晚明佛教文学的繁盛。作为行解并重的一代高僧，一生拥有五次重要的修证体悟，并真切翔实地展现在世人面前。遵循情真境实和诗乃真禅的文学理念，他将宗教体悟融贯在诗文创作中，形成了幽寂、清寒、澄明的诗歌境界，成为考察诗境与禅境的极佳个案。他的塔铭、像赞、颂古等文体创作，绳狂贬伪，阐释佛理，不失为融宗教性、文学性于一体的佳作。

## 第一节 憨山德清的佛教体悟

　　德清（1546—1623），字澄印，号憨山，安徽全椒人。他不仅是行解相应、观行并重的一代高僧，且对五次修证体悟进行了详细的记录。憨山德清的修证体悟，一是见于他本人的记载，以《憨山老人自序年谱实录》为主，其他序跋法语偶有涉及；二是见于时人的记载，以弟子福徵《憨山老人年谱自叙实录疏》、吴应宾《大明庐山五乳峰法云禅寺前中兴曹溪嗣法憨山大师塔铭》、陆梦龙《憨山大师传》、钱谦益《大明海印憨山大师庐山五乳峰塔铭》

等为主。现以《憨山老人自序年谱实录》为主，结合相关史料，对其五次重要的修证体悟略做梳理。

憨山德清的第一次修证体悟发生在 19 岁时。嘉靖四十三年（1564），他听无极守愚讲《华严玄谈》，遂有第一次修证体验："随听讲至十玄门海印森罗常住处，恍然了悟法界圆融无尽之旨。"① 陆梦龙《憨山大师传》云："十九从无极聆《华严玄谈》，至十玄门海印森罗常住处，悟法界圆融无碍之旨。"② 钱谦益《大明海印憨山大师庐山五乳峰塔铭》亦云："十九，祝发受具于无极某公，听讲《华严玄谈》，至十玄门海印森罗常住处，悟法界圆融无尽之旨。慕清凉之为人，字曰澄印。"③ 除悟华严法界圆融无碍之旨外，他萌生了对清凉之境的向往与企慕，"因见'清凉山有冬积坚冰，夏仍飞雪，曾无炎暑，故号清凉'之语，自此行住冰雪之境，居然在目，矢志愿住其中，凡事无一可心者。离世之念，无刻忘之矣"④。

憨山德清的第二次修证体悟发生在京师盘山千像峰。隆庆五年（1571）冬，憨山德清受无极守愚影响，钦慕五台山清凉之境，决计北游。隆庆六年（1572）十一月，他在北京遇到了此前在报恩寺相识的妙峰福登。万历元年（1573）春，憨山德清游五台山，喜憨山奇秀无比，遂自号憨山。因不禁苦寒，他返回京师，寓居

① 释德清：《憨山老人自序年谱实录》，《憨山老人梦游集》卷五十三，载《中华大藏经》第 84 册，第 265 页。
② 陆梦龙：《憨山大师传》，载《憨山老人梦游集》卷五十五，第 293 页。
③ 钱谦益：《大明海印憨山大师庐山五乳峰塔铭》，载《初学集》，上海古籍出版社，2003 年，第 1560 页。
④ 释德清：《憨山老人自序年谱实录》，载《憨山老人梦游集》卷五十三，第 265 页。

盘山千像峰，见到了不语僧，与之同修。福徵《憨山老人年谱自叙实录疏》转引颢衡《盘山实录》云：

> 一夜，师经行，忽然顶门响一声，轰如乍雷，山河大地身心世界豁然顿空，境非寻常目前空可喻。如是空定有五寸香许，渐觉有身心，渐觉脚下踏实。开眼渐见山河大地，一切境相还复如故。身心轻快，受用亦无可喻，举足如风轻。归岩中，隐者曰："今夜经行，何其久耶？"师具告所得境相，隐者曰："此色阴境耳，非是本有。我住此岩三十余年，除阴雨风雪，夜夜经行此境。但不著，则不被他昧却本有。"师深肯其语，作礼致谢。①

正如不语僧所说，此为色阴境而非本有发悟之境。蕅益智旭也有类似的修证体悟，《八不道人传》云："次年夏，逼拶功极，身心世界忽皆消殒。因知此身从无始来，当处出生，随处灭尽，但是坚固妄想所现之影，刹那刹那，念念不住，的确非从父母生也。"② 对此，圣严法师认为："尽管已经得到这么贵重的宗教体验，但并不就等于是圣位菩萨的证悟，只是于性相融会见解的发端而已。因此，就这证悟的情况，并未向任何人提起，但在自己的胸中却没有留下什么疑问，这是当时的情形。"③ 与蕅益智旭"绝不语一人"相似，此次修证体悟，憨山德清在《憨山老人自序

---

① 释德清：《憨山老人年谱自叙实录疏》，福徵疏，嘉禾谭氏遗书1911年承启堂刻本。

② 释智旭：《八不道人传》，载《蕅益大师全集》第15册，第10页。

③ 圣严：《明末中国佛教之研究》，第309页。

年谱实录》中仅以"复入京东游，乞食至盘山千像峰，见一僧不语，予亦不问，即将相与拾薪汲水行乞"一语带过，钱谦益、吴应宾、陆梦龙等人略而不载。

憨山德清的第三次体悟发生在山阴王朱俊栅处阅《物不迁论》时。万历二年（1574）九月，在妙峰福登的引荐下，他帮助山阴王校阅僧肇的《物不迁论》，遂有第三次体悟：

> 时太守陈公延妙师及予意甚勤，为刻《肇论中吴集解》。予校阅，向于《不迁论》"旋岚偃岳"之旨不明，窃怀疑久矣。今及之，犹罔然。至"梵志自幼出家，白首而归。邻人见之曰：'昔人犹在耶？'志曰：'吾似昔人，非昔人也。'"恍然了悟，曰："信乎！诸法本无去来也。"即下禅床礼佛，则无起动相，揭帘立阶前，忽风吹庭树，飞叶满空，则了无动相，曰："此旋岚偃岳而长静也。"至后出遗，则了无流相，曰："此江河竞注而不流也。"于是去来生死之疑，从此冰释。①

悟后作偈曰："死生昼夜，水流花谢。今日乃知，鼻孔向下。"此偈得到妙峰福登印可，吴应宾称其"得宗通之相一"，钱谦益、陆梦龙所记略同。此次体悟的重心在于佛性寂然不迁之旨，他在《物不迁论跋》中说："若也于此见得，方知道旋岚偃岳本来常静，江河竞注元自不流。"② 与妙峰福登不同，憨山德清对《物不迁论》

---

① 释德清：《憨山老人自序年谱实录》，载《憨山老人梦游集》卷五十三，第268页。
② 释德清：《物不迁论跋》，载《憨山老人梦游集》卷三十二，第15页。

的阐释是建立在修证实践的基础上，"僧肇'物不迁'之义实在于言外，须经由禅悟实践方能证之。由此，憨山又一次实现僧肇'物不迁'义旨与禅悟实践的融合，进而突出禅悟实践对僧肇'物不迁'理论的印证"①。

憨山德清的第四次修证体悟发生在五台山时期。万历三年（1575），他再次与妙峰福登来到五台山，卜居北台之龙门。《清凉山志》卷二载：龙门在北台南麓，"裂石如崩，涛声若雷。北有藏云谷，下有留云台，云出为雨，云入为霁"②。外界声音如此嘈杂，或许并非理想的禅修之地。③ 正是在此，憨山德清拥有了第四次证悟经历：

　　时见万山冰雪，俨然凤慕之境，身心洒然，如入极乐国。未几，妙峰往游夜台，予独住此，单提一念，人来不语，目之而已。久之，视人如杌，直至一字不识之地。初以大风时作，万窍怒号，冰消涧水，冲激奔腾如雷。静中闻有声，如千军万马出兵之状，甚以为喧扰。因问妙师，师曰："境自心生，非从外来。闻古人云：'三十年闻水声不转意根，当证观音圆通。'"予因溪上一独木桥，日日坐立其上。初则水声宛然，久之动念即闻，不动即不闻。一日坐桥上，忽然忘身，则音声寂然，自此众响皆寂，不复为扰矣。予日食惟以麸和野菜，以合

---

① 洪燕妮：《理不迁、物不迁与心不迁——憨山德清对僧肇"物不迁"义旨的诠释》，载《法音》2014 年第 5 期。
② 释印光：《清凉山志》，第 56 页。
③ 江灿腾：《晚明佛教改革史》，第 101 页。

米为汤送之。初，人送米三斗，半载尚有余。一日，粥罢经行，忽立定，不见身心，唯一大光明藏圆满湛寂如大圆镜，山河大地影现其中。及觉，则朗然，自觅身心，了不可得，即说偈曰："瞥然一念狂心歇，内外根尘俱洞彻。翻身触破大虚空，万象森罗从起灭。"自此内外湛然，无复音声色相为障碍。从前疑会，当下顿消。"①

悟后无人请益，"乃展《楞严》印证。初未闻讲此书，全不解义，故今但以现量照之，少起心识即不容思量。如是者八阅月，则全经旨趣，了然无疑"②。憨山德清《示双轮照禅人》云："老人初住五台龙门时，万丈寒岩之下，冰雪堆里如埋死人，彻骨严寒，五内俱透。唯有微微一息，视从冰中出入。至此返观，觅自心一念起处了不可得，此境正是助道之缘。又大风时作，万窍怒号，日夜不休。及雪消涧流，响若奔雷，又如千军万马奔腾之状。如此杂乱境界，初最难当。因思古人有言：'听水声三十年不转意根，可许入道。'老人遂即发愤于独木桥上坐立，终日听水声。始则聒聒难消，久则果尔忽然寂灭，自此一切境界皆寂灭矣。所谓万境本闲，惟人自闹。此又是道人住山第一着工夫也。"③ 若干年后，他在《径山杂言》中回忆道："住五台山中，喧声如百万鏖战，无有一息能安者。一日，听泉极冲激处，顷之忽然不闻，才

① 释德清：《憨山老人自序年谱实录》，载《憨山老人梦游集》卷五十三，第 269 页。

② 释德清：《憨山老人自序年谱实录》，载《憨山老人梦游集》卷五十三，第 269 页。

③ 释德清：《示双轮照禅人》，载《憨山老人梦游集》卷五，第 737—738 页。

举念何故又闻，乃向极沸处坐若干日。坐久之，水声寂然。自此水声不断，如不闻也。此后安住山中，不复为喧嚷动矣。"① 陆梦龙《憨山大师传》载憨山德清借《楞伽经》印证，实为误记。② 憨山德清所悟"唯一大光明藏圆满湛寂如大圆镜，山河大地影现其中"，与《楞严经》卷四富楼那所问"若复世间一切根尘阴处界等，皆如来藏清净本然，云何忽生山河大地诸有为相"的问答相应。③ 故吴应宾《大明庐山五乳峰法云禅寺前中兴曹溪嗣法憨山大师塔铭》云："台山之悟，四顾无所咨决，而以现量寓目首楞严王，八阅月无用心处，其在那罗延窟则《楞严悬镜》半烛而就，亦无用心处。"④ 福徵《憨山老人年谱自叙实录疏》中亦云："徵闻卢祖以《楞伽》四卷印心，今憨祖以《楞严》全部印心，先圣后圣，其揆一也。"⑤

憨山德清的第五次修证体悟，发生在隐居东海牢山时期。万历十一年（1583）春，憨山德清因五台山时期声名太盛，据澄观《华严纲要》载，那罗延窟在东海牢山，于是决定隐居东海。万历十四年（1586），海印寺建成以后，憨山德清得以安居，静心禅修，引发了第五次修证体验。《憨山老人自序年谱实录》云：

　　一夕静坐夜起，见海湛空澄，雪月交光。忽然身心

---

① 释德清：《憨山老人梦游集》卷四十六《径山杂言》，第 174 页。

② 陆梦龙：《憨山大师传》，载《憨山老人梦游集》卷五十五，第 294 页。

③ 般剌蜜谛：《楞严经》卷四，《大正藏》第 19 册，第 119 页。

④ 吴应宾：《大明庐山五乳峰法云禅寺前中兴曹溪嗣法憨山大师塔铭》，载《憨山老人梦游集》卷五十五，第 287 页。

⑤ 释德清：《憨山老人年谱自叙实录疏》，福徵疏，嘉禾谭氏遗书 1911 年承启堂刻本。

世界当下平沉，如空华影落，洞然一大光明藏，了无一物。即说偈曰："海湛澄空雪月光，此中凡圣绝行藏。金刚眼突空华落，大地都归寂灭场。"即归室中，取《楞严》印正。开卷即见"汝身汝心，外及山河虚空大地，咸是妙明真心中物"，则全经观境，了然心目。①

憨山德清的此次发悟，在五台山所悟"大光明藏如大圆镜"的基础上，更加真切地体悟到原本空澄圆明的如来藏心。其《首楞严经悬镜序》明确写道："而其所谈，直指一味清凉如来藏真心为体。盖此心体，本自灵明廓彻，广大虚寂，平等如如，绝诸名相，圣凡一际，生佛等同。迷之则生死无端，悟之则轮回顿息。"②在某种程度上讲，憨山德清的此次发悟标志着禅修体验的最终完成，具有重要的意义。正如何孝荣所论，隐居牢山 12 年期间，"德清完成了个人的佛学证悟"，"把振兴晚明佛教视为己任，从一名高僧成长为佛教大师"。③

憨山德清的五次证悟，是他前半生禅修经历的集中体现，见证了他由普通僧侣成长为一代大师的修学过程，也是他日后弘法、注经、佛教文学创作的基点。憨山德清能够把自己的修证体验，如此详细而具体地展现在世人面前，实属可贵。圣严法师论道："憨山德清由于有其《自序年谱》可据，读来犹如现代银幕的景

---

① 释德清：《憨山老人自序年谱实录》，载《憨山老人梦游集》卷五十五，第 294—295 页。

② 释德清：《首楞严经悬镜序》，载《憨山老人梦游集》卷四十一，第 114 页。

③ 何孝荣：《从高僧到大师：憨山德清的崂山生涯》，载《江苏社会科学》2014 年第 10 期。

观，生动、活泼，充满了真实感的撼人力量。姑且不论憨山大师的悟境究竟有多深，对于一位禅者的定境、悟境的叙述，能有如此细微而明朗者，在中国禅宗史上，当可推为第一。"①

## 第二节　憨山德清的创作历程和文学理念

憨山德清一生笔耕不辍，著述宏富。除了《憨山老人梦游集》外，尚有儒释道三教经典注疏著作 20 余种。与不立文字、不离文字的修证观念相应，他的创作历程和文学理念也明显呈现出前后期的转变。前期以禅学修持为主，弃绝经典文字，文学创作多缺而不存。自弘法罹难后，他才着意于文学创作。《憨山老人梦游集》所存诗作，多作于被贬岭南后。身经岭南时期的漂泊征戍生活，他对文学有了重新认识，提出了情真境实和诗乃真禅的文学理念，成为其诗文创作的一大转变。对此，《憨山老人梦游集自序》云："僧之为诗者，始于晋之支远，至唐则有释子三十余人。我明国初，有楚石、见心、季潭、一初诸大老，后则无闻焉。嘉隆之际，予为童子时，知有钱塘玉芝一人而诗无传。江南则予与雪浪创起……予以躭枯禅，早谢笔砚，一钵云游。及守寂空山，尽唾旧习，胸中不留一字。自五台之东海，二十年中时或习气猛发，而稿亦随弃。年五十矣，偶因弘法罹难，诏下狱，濒九死，既而蒙恩放岭海。予以是为梦堕险道也，故其说始存。"② 作为晚明江南丛林诗风的开创者，憨山德清的文学创作及其影响自然非小。

---

① 圣严法师：《明末佛教研究》，第 58 页。
② 释德清：《憨山老人梦游诗集自序》，载《憨山老人梦游集》卷四十七，第 195 页。

## 一、憨山德清的文学历程

憨山德清七岁入社学，十二岁"读书通文义，乡族咸重之"。后慕西林永宁之名，前往报恩寺修学，兼习举子业，"初即以四书一齐读之，次习五经、子、史、古文、辞赋，即能赋诗述文，一时童子推无过者"①。二十岁剃度出家后随云谷法会在天界寺习禅，从此决意抛弃世间语言文字，专事禅修。隆庆元年（1567），寺中设义学，请憨山德清为教师，在教习行童之余，温习诸子及古文辞赋。

隆庆五年（1571）十一月，憨山德清北上参学，到京师后寄宿汪道昆家中。万历二年（1574），文坛名家汪道昆、汪道贯、王世贞、王世懋、欧大任等齐聚京师，与之往来颇密。王世贞为后七子领袖，执掌文坛牛耳20余年，名满天下。憨山德清拜访时始终以平等身份相视，保持了一个禅者应有的独立品格。其《憨山老人自序年谱实录》云："一日，访王长公凤洲。相见，以予少年，易之。予傲然宾主，公即谆谆教以作诗法。予瞠目视之，竟无一言而别。公不怪，乃对次公麟洲言之。明日，次公来访，一见即曰：'夜来家兄失却一只眼。'予曰：'公具只眼否?'公拱曰：'小子相见了也。'相与大笑。归谓其兄曰：'阿哥输却维摩了也。'因以诗赠予，有'可知王逸少，名理让支公'之句。"②他与汪道昆兄弟的交往，则要平和很多："一日，汪次公与予同居，看《左

---

① 释德清：《憨山老人自序年谱实录》，载《憨山老人梦游集》卷五十三，第264页。

② 释德清：《憨山老人自序年谱实录》，载《憨山老人梦游集》卷五十三，第267页。

传》，因谓予曰：'公天资特异，大有文章气概。家伯子当代文宗也，何不执业以成一家之名乎？'予笑而唾曰：'留取老兄膝头，他日拜老僧受西来意也。'次公大不悦，归告司马公。公曰：'信哉。予观印公道骨，他日当入大慧、中峰之室，是肯以区区文字为哉。第恐浮游为误耳。'一日，见予与次公扇头诗，有'身世蜗双翼，乾坤马一毛'之句，乃示次公曰：'此岂文字僧耶？'"[1] 万历四年（1576），应胡来贡之请，为开府高公家中园亭题咏，"予曰：'我胸中无一字，焉能为诗乎？'力拒之。高公再三，胡公亦无奈，苦求之，乃取古今诗集置几上，发予之思。予偶揭之，方构思，忽机一动，则诗句迅速不可遏捺。胡公出堂回，则已落笔二三十首矣。予忽觉之曰：'此文字习气魔也。'即止之。取一首以塞白，余不敢发。然机不可止，不觉从前所习诗书辞赋凡曾入目者，一时现前，逼塞虚空。即通身是口，亦不能尽吐，更不知何为我之身心也。"[2] 虽被憨山德清视为禅病，熟睡后被胡来贡以击子猛然惊醒。这从另一个侧面说明了禅悟对诗文创作的助益之功。万历二十三年（1595），憨山德清受人诬告，拘押京师狱中，坐私创寺院罪遣戍雷州，此间诗文创作遂多。

## 二、憨山德清的文学理念

与诗文创作经历相应，憨山德清提出了情真境实和诗乃真禅的文学理念。在《憨山老人梦游诗集自序》中，憨山德清在简要

---

① 释德清：《憨山老人自序年谱实录》，载《憨山老人梦游集》卷五十三，第 267 页。

② 释德清：《憨山老人自序年谱实录》，载《憨山老人梦游集》卷五十三，第 269—270 页。

总结僧诗发展历程后，提出了情真境实的创作理念：

> 偶因弘法罹难，诏下狱，滨九死。既而蒙恩放岭南，
> 予以是为梦堕险道也，故其说始存。因见古诗之佳者，
> 多出于征戍羁旅，以其情真而境实也。且僧之从戍者，
> 古今不多见。在唐末则谷泉而宋则大慧、觉范三人，在
> 明则唯予一人而已……顾余道愧先德，所遭过之。而时
> 且久，所遇亦非昔比也……故其所说，若法语偈赞多出
> 世法，而诗则专为随俗说也。①

他在亲身经历了羁旅贬谪之后，深感情真境实是评判诗歌的
重要准则。诗歌成为憨山德清真实境遇的写照，是军中弘法生活
的记录。与法语、偈、赞诸文体不同，他认为诗歌以随俗为主，
是沟通僧俗的重要媒介。其《从军诗有引》亦云："余以弘法罹
难，蒙恩遣雷阳。丙申春二月入五羊，三月十日抵戍所，时值其
地饥且疠已三岁矣。经年不雨，道殣相望，兵戈满眼，疫气横发，
死伤蔽野，悲惨之状，甚不可言。余经行途中，触目兴怀，偶成
五言律诗若干首。久耽枯寂，不亲笔砚，其辞鄙俚，殊不成章。
而情境逼真，谅非绮语。聊纪一时之事云。"②

由"情真境实"出发，憨山德清在评论陶渊明、李白、王维
三人诗作时，尤其推崇陶渊明的诗歌，认为其诗境暗合禅境。王
维素以崇佛名世，其诗仅为文字禅而已。其《杂说》云："昔人论

---

① 释德清：《憨山老人梦游诗集自序》，载《憨山老人梦游集》卷四十七，
第 195 页。

② 释德清：《从军诗有引》，载《憨山老人梦游集》卷四十七，第 203 页。

诗，皆以禅比之，殊不知诗乃真禅也。陶靖节云：'采菊东篱下，悠然见南山'，'山气日夕佳，飞鸟相与还'，末云'此中有真意，欲辨已忘言'。此等语句把作诗看，犹乎蒙童读上大人丘乙己也。唐人独李太白语自造玄妙，在不知禅而能道耳。若王维多佛语，后人争夸善禅。要之，岂非之耶？特文字禅耳。非若陶、李超乎文字之外。"①憨山德清"诗乃真禅"论的提出，既是对传统诗禅关系的系统总结，也为晚明禅林尚诗之风的形成，起到了推动作用。

## 第三节 憨山德清的诗歌创作

情真境实与诗乃真禅的文学思想，促成了憨山德清诗歌中的两种类型。前者以征戍诗为代表，抒写从军生活感受，反映民生疾苦。后者以禅境营造与禅理抒发为主，重在抒写禅修境界，是较为典型的禅理诗。

### 一、征戍诗

本着情真境实的写作理念，憨山德清以其真实的笔触哀叹民生艰辛，展现下层百姓在瘴疫、矿税等天灾人祸侵扰下的悲惨生活，抒写个人的贬谪生涯和征戍生活的真实感受。

### （一）哀民生之多艰

被贬雷州后，憨山德清的佛教理念发生了重要的转变，由株守枯禅、自我解脱转为深入世间，弘法利生。其《与陈剑南贰师》

---

① 释德清：《杂说》，载《憨山老人梦游集》卷三十九，第90—91页。

云："贫道自出家以来，凡所称谓，与人未尝言兄弟二字，何也？其心志在于独步独行，不与世俗为伍，此乃向上出世志也。今三年之内，方与交游，称兄弟，正是混俗和光，得力最初一步工夫……此则贫道自知，向皆住于偏枯空寂之地，即若世人住于烦恼海中，无二致也。"① 在五羊期间，遭逢旱灾，瘴疠横发，饿殍遍野。憨山德清收拾遗骨，大作法事。《憨山老人自序年谱实录》云："时岁大饥，疫疠横发，经年不雨，死伤不可言。予如坐尸陀林中，以法力加持，晏如也"，"秋七月，予与孝廉柯时复劝众收拾埋掩骸骼以万计。乃作济度道场，天即大雨，平地水三尺，自此疠气解"。② 万历二十五年（1597），他又组织收拾会城遗骨，"时会城死伤多，骸骨暴露，予因令人收拾埋掩，亦数千计，乃建普济道场七昼夜"③。当地民众在天灾人祸侵袭下的生活境遇，憨山德清感同身受。他在寄给雪浪洪恩的信中写道："值岁饥异常，米谷涌贵，民不聊生。从去秋七月至今不雨，野无农夫，户有盗贼，而雷阳尤甚。会城到戍所，路经千五百里，雷地已凶三年，民物凋残。今复瘴疠大作，死伤过半，道路枕籍，悲惨彻心。"④

憨山德清的同情悲切之心，在诗歌中得以显现。此类作品以《感时诗十五章章四句》为代表，序云："顷闻四方连年水旱，加以蝗灾，民生惶惶，朝不待夕。有司请告皇慈愍之，内外公府齐

---

① 释德清：《与陈剑南贰师》，载《憨山老人梦游集》卷十五，第852页。
② 释德清：《憨山老人自序年谱实录》，载《憨山老人梦游集》卷五十四，第277页。
③ 释德清：《憨山老人自序年谱实录》，载《憨山老人梦游集》卷五十四，第277页。
④ 释德清：《又（与雪浪恩兄)》，载《憨山老人梦游集》卷十三，第822页。

发金谷出赈。百僚仰德，各捐俸一年以助。昔所未有，感之以诗。"① 此组四言诗真切描绘出百姓在旱灾、蝗灾等自然灾害中遭受的苦痛。如其五描绘蝗灾曰："蝗飞蔽天，胡为而然。嗟膏食脂，使民眊眊。"② 灾害之后，人们易子而食，足见灾情之重，民生之惨，如其六云："民之所亲，食逾父母。易子而食，斯言良苦。"③ 他以大悲之心，希望百姓能够生活在轩皇之时，地肥自足，衣食无忧，如其十三云："安得地肥，不劳民力。安在轩皇，任其食息。"其十四亦云："康衢之民，无时不有。陶唐之化，孰云匪久。"④《采珠行》则借用象征手法，道出朝廷采珠之举对百姓造成的侵扰："灼灼明月珠，产向深渊底。从空捞拢之，鱼龙尽惊起。鲛人相抱泣，洒泪忽成雨。腥风扑远岸，鲸波奔万里。密网垂天云，轻帆展鹏翼。一擘川后愁，再击海若徙。尽剖蚌蛤腹，不补苍赤髓。"⑤ 他希望能够获取佛教中所说如意宝珠，满足天子之愿，利乐天下苍生："安得如意珠，持归报天子。神光发中夜，龙颜大欣喜。七宝随所求，四事尽丰美。展转济孤贫，利乐无穷已。"⑥《乌夜啼》通过乌在鸱枭、猎人双重围捕下的悲惨经历，暗示出他对上层官僚的批判和对百姓生活的同情，希望猎人死、鸱枭歼，

----

① 释德清：《感时诗十五章章四句》，载《憨山老人梦游集》卷四十七，第196页。

② 释德清：《感时诗十五章章四句》其五，载《憨山老人梦游集》卷四十七，第196页。

③ 释德清：《感时诗十五章章四句》其六，载《憨山老人梦游集》卷四十七，第196页。

④ 释德清：《感时诗十五章章四句》其十四，载《憨山老人梦游集》卷四十七，第196页。

⑤ 释德清：《采珠行》，载《憨山老人梦游集》卷四十七，第197页。

⑥ 释德清：《采珠行》，载《憨山老人梦游集》卷四十七，第197页。

天道昭明，百姓生活复归安乐："寒林积雪白日西，慈乌哑哑枝上啼。鸥枭在巢未敢栖，饥不得食情惨凄。虞人网罗亦何密，饥乌之肉不足食。何事绸缪日夜求，返哺不遂情何极。母子分飞两不全，况复母死归黄泉。啼声不绝如杜鹃，令子抱恨遗终天。啼乌啼乌真可怜，虞人忽死鸥枭歼，明明天道何昭然。"①

## （二）感征戍之漂泊

万历二十三年（1595），憨山德清入狱，羁押 8 个月后，以私创寺院的罪名流放岭南。十月南行，江上别母，晤别紫柏真可。次年二月，度大庾岭，礼慧明夺袈裟处，参礼曹溪祖庭。三月十日，到达雷州贬所，寓居城西天宁寺。八月，寓居演武场，作《从军诗二十首》。万历二十六年（1598）夏，仿大慧宗杲冠巾说法之例，在军中构禅堂，召集以前旧徒如性融、如乾、通岸、超逸等人，讲诵《法华经》，开始弘法。《憨山老人梦游诗集自序》云："居垒壁间，思效大慧冠巾说法，构丈室于穷庐，时与诸来弟子作梦幻佛事，乃以金鼓为钟磬，以旗帜为幡幢，以刁斗为钵盂，以长戈为锡杖，以三军为法侣，以行伍为清规，以诸魔为眷属，居然一大道场也。"②

从京师到岭南，憨山德清历经艰难险阻。面对陌生而严酷的自然环境和人文环境，羁旅漂泊之感油然而出，《从军诗》堪为代表。此组诗歌共 17 首，叙写憨山德清游走于瘴疠之乡的见闻。诗中描绘了瘴疠之乡严酷的自然环境。诸如："瘴烟千嶂黑，宿草四

---

① 释德清：《乌夜啼》，载《憨山老人梦游集》卷四十七，第 202 页。
② 释德清：《憨山老人梦游诗集自序》，载《憨山老人梦游集》卷四十七，第 195 页。

时青。飓触秋涛怒，人蕲历鬼灵"，"万山岚气合，一锡瘴烟迷。末路随蓬累，残生信马蹄"，"毒雾熏心醉，炎风透骨蒸"，"潮吞丹凤日，山吐毒龙云"，等等。酷热、瘴疠、毒雾、炎风，严酷的自然环境，是其首要面临的难题。语言的隔阂，又增几分困扰，所谓"乞食愁蛮语，安禅喜俗僧"。基于此，他对行役之苦体验得更加深切，"始知行役苦，多在戍儿边"。孤独、漂泊之感随之而生，"从来皆浪迹，今是更漂苹萍"，"谁知逃世客，临老学从军"。《征途述怀十章》是他漂泊生活的又一写照。诸如："矫矫冥鸿，载飞且鸣。哀哀求侣，悲此远征"，"谁云滴水，可以穿石。孰云忘忧，我心如织"，"日亦可冷，风亦可系。忧从中来，不知所自"①，反复借用比兴手法，以孤鸿自喻，抒写远征之悲，可谓深得《诗经》风雅之旨。

憨山德清又是了知世事如幻的高僧，他慨叹行役之苦，并未陷入痛不可拔之哀吟，反而多了一丝豁达。如《从军诗》其九云："烟霞行李少，冰雪眼中稀。莫问前途事，家山到处归。"② 其十四亦云："一钵从师旅，孤征任转蓬。形骸乘野马，心事托冥鸿。"③又如其十七云："幻迹元无住，逢山即当归。因看前路窄，转见此生微。时抱桑间饿，常怀漂母饥。所欣无腊月，不望寄寒衣。"④身世等浮沤，缘生如大梦，大乘佛教的空观思想，成为自我排解

---

① 释德清：《征途述怀十章》，载《憨山老人梦游集》卷四十七，第195页。

② 释德清：《从军诗》其九，载《憨山老人梦游集》卷四十七，第203页。

③ 释德清：《从军诗》其十四，载《憨山老人梦游集》卷四十七，第204页。

④ 释德清：《从军诗》其十七，载《憨山老人梦游集》卷四十七，第204页。

的精神理据："空水连天一叶舟，即看身世等浮沤。雁声叫破缘生梦，明月芦花古渡头"①，"湘水通巴汉，孤帆入楚天。片云低远树，晴日照斜川。处世常如寄，浮生莫问年。纵遵归去路，亦似渡头船"②。身心如幻化，外在的虚名浮誉自然不值得烦忧，"世界等浮沤，身心类尘滓。幻化秪如斯，荣辱何忧喜。颠倒任空华，吾视此而已"③。可以说，随缘任运，纵浪大化，无住生心，适意而行，成为排解征成之苦的方便法门。

## 二、禅理诗

憨山德清在系统梳理诗禅关系后，提出了"诗乃真禅"的文学理念。他又是一个行解并重、以行为主的晚明高僧，一生拥有数次禅悟体验。重新审查憨山德清的诗歌可以发现，幽寂、清寒、澄明的诗境，正是基于禅修体验的文学书写，禅理、悟境、诗境融而为一，成为憨山德清佛教文学的一大亮点，也为研究宗教实践与文学创作的关系提供了参照。

### （一）幽寂

憨山德清随云谷法会习禅后，专以禅修为事。万历二年（1574）九月，他在山阴王朱俊栅处阅《物不迁论》，悟心性本寂、无去来之相。在五台山龙门，于众响喧嚣处静心禅修，"自此众响皆寂，不复为扰"。两次修证体验，憨山德清真切感悟到法身常寂

---

① 释德清：《舟中即事》，载《憨山老人梦游集》卷四十九，第221页。
② 释德清：《舟行》，载《憨山老人梦游集》卷四十八，第209页。
③ 释德清：《咏怀·园中作》，载《憨山老人梦游集》卷四十七，第196页。

之理，并在山居诗中表现得尤为突出。

憨山德清一生喜山林之清幽，偏爱山居生活。《山居二十八首》序云："余生平抱烟霞之癖，早年行脚，三十住五台冰雪中者八稔，及居东海一十二载，知命之年乃被业风吹堕瘴乡将二十年……草草苟完，从此一片身心，始得休息之地。如久客还家，以释重负。其逍遥洒落，何快如之。随有口占，命侍者录之以志幽怀，非言诗也。兴来即笔，略无次第云耳。"[①] 隐居山林，清静禅修，成为他的理想和志趣。《游方广寺》云："岩峣一径深，千峰锁幽秘。俨坐青莲华，顿入清凉地。流泉和松声，如对谈不二。但绝世间心，莫问西来意。安能结枝栖，以满居山志。"[②] 憨山德清热衷山居，原因有二。首先是山居能够隔绝外界红尘的喧扰，获得清寂幽静的禅修生活。其《山居二十八首》云："青山不动自如如，朝暮云霞任卷舒。纵有红尘深万丈，曾无一点到茅庐。"[③] 又云："平湖秋水浸寒空，古木霜飞落叶红。石径小桥人迹断，一菴深锁白云中。"[④] 没有世俗生活的袭扰，山中静坐谛观，在动静诸相中感悟心性的真谛："兀坐谛观心，来源未易寻。动时分朕兆，起处绝幽深。寂寂敲空响，绵绵出戞音。应知离念相，总不属浮沉。"[⑤] 其次是当机荐取、立处即真的禅修理念，成为他选择

①　释德清：《山居二十八首》，载《憨山老人梦游集》卷四十九，第226页。

②　释德清：《游方广寺》，载《憨山老人梦游集》卷四十七，第198页。

③　释德清：《山居二十八首》，载《憨山老人梦游集》卷四十九，第227页。

④　释德清：《山居二十八首》，载《憨山老人梦游集》卷四十九，第227页。

⑤　释德清：《壁观》，载《憨山老人梦游集》卷四十八，第210页。

山居的另一重要原因。《山居十首》其一云："闲从绝壑看云起，坐倚千峰听鸟啼。不必更拈言外句，现前声色是全提。"① 其五亦云："松风时说无生法，流水长鸣太古琴。入室何劳重竖拂，当机荐取在知音。"② 眼前的绝壑高峰、云起鸟鸣、松风流水，乃至一切山中声色，均是佛性的外在显现。当机荐取，立处即真，声色现前，便可体悟佛教心性。山居的目的在于独处山林，斩断情想，扫除妄念，独享寂寞："山林多寄兴，寂莫几能甘。不到真休处，终成落口谈。"③ "一片闲田地，多为芜草侵。但能时铲却，便是出尘心。"④ 若歇却万缘，念虑不生，前后际断，彻悟第一义，方能体会山居之乐，如《居山偈》云："借问山中人，居山有何趣。日饱三顿粥，长伸两脚睡。磐石作禅林，云霞为盖被。微风吹幽松，发明西来意。拨落云里华，刮除眼中翳。一念绝中边，了无前后际。觉来双眼空，回视梦中事。捞摝水底月，却翻成钝滞。凡圣一齐抛，方脱娘生累。一物不将来，犹是第二义。透出无事关，始遂居山计。"⑤ 山居生活的乐趣恰在于粥饭常饱，困时即眠。山中的磐石、云霞、微风、幽松，无不传达出佛教的真意。

山居禅修的宗教体悟，表现在山居诗中，首先是幽静山居生活的抒写。山居者独处深山，摒除外缘。没有世俗的纷扰与尘世的牵绊，山居生活充满了幽静、寂寥。如《忆山居六首》其六云：

---

① 释德清：《山居十首》其一，载《憨山老人梦游集》卷四十八，第213页。

② 释德清：《山居十首》其五，载《憨山老人梦游集》卷四十八，第214页。

③ 释德清：《山居示众》，载《憨山老人梦游集》卷三十七，第73页。

④ 释德清：《山居示众》，载《憨山老人梦游集》卷三十七，第73页。

⑤ 释德清：《居山偈》，载《憨山老人梦游集》卷三十七，第70页。

"身在千岩里，门前路不通。寂寥谁是伴，唯有数声松。"① 身处千岩万壑，幽深的山路阻隔了外界红尘的袭扰，也阻断了山中人与外界的勾连。时隐时现的松声，装点着空山的寂寥。又如《山居二十八首》其五云："身心放下有余闲，垂老生涯在万山。不许白云轻出谷，好随明月护柴关。"② 放下身心的牵系，在万山深处享受悠闲，尽情度过人生晚景。他甚至希望缥缈无定的白云不要轻易从山谷中溜走，与明月一起，静静地守护着柴关，守护着山中的安宁。其次是幽寂心境的阐述。山居的初心在于悟道，幽静的山居生活为其提供了助缘。憨山德清的山居诗反复陈述心境的莹澈、宁静，实现了由物至心的转变。《山居二十八首》其九云："地炉无火石床寒，瓦鼎香消坐夜残。万籁声沉心更寂，却疑身在镜中看。"③ 其十二亦云："夜深独坐事枯禅，拨尽寒灰火不燃。忽听楼头钟磬发，一声清韵满霜天。"④ 地炉无火，石床清寒，瓦鼎香消，夜深更残，独坐枯禅，静虑体悟，顿感外物与身心俱融摄入一片深寂。当此之时，反观自身如镜中像，洞然明了。又《山居十三首》其六云："雪老苍松古，僧闲水石清。坐来忘百虑，眼见一身轻。"⑤ 静观古松苍雪、水清石现，恰与悠闲的心境合若符

---

① 释德清：《忆山居六首》其六，载《憨山老人梦游集》卷四十八，第214页。

② 释德清：《山居二十八首》其五，载《憨山老人梦游集》卷四十九，第226页。

③ 释德清：《山居二十八首》其九，载《憨山老人梦游集》卷四十九，第226页。

④ 释德清：《山居二十八首》其十二，载《憨山老人梦游集》卷四十九，第226页。

⑤ 释德清：《山居十三首》其六，载《憨山老人梦游集》卷四十九，第220页。

契。《山居十首》其二云："依岩结构草为庵，乍可容身止一龛。但得心源归湛寂，任从世事付痴憨。"① 结草诛茅，依岩构庵。庵只容一身一龛，然心若湛寂，亦可涵盖太虚。其三是幽静心境下的外物观照。心性的湛寂、莹澈、安宁，实为山居修道的直觉体悟。以此观照外物，任凭风起云涌、江河竞注，花开花谢、时序迁变，尘世的荣辱得失、是非毁誉，乃至山居的寂寥，均在澄寂的禅心中消殒无遗。如《山居二十八首》其七云："寒微入骨千峰雪，怒气冲入万窍风。衲被蒙头初睡醒，不知身在寂寥中。"② 纵然千峰积雪寒彻骨，狂风怒号响彻天，作者衲被蒙头，安眠高卧，外在严酷的自然环境已悄然消逝在安宁的心境中。花开花谢引生的时间迁流，亦消殒在身心之外。《山居二十八首》其十五云："雪拥柴扉独坐时，寒林寸寸折琼枝。晓来顿失青山色，开尽梅花总不知。"③ 雪中拥柴扉独坐，晓来梅花开放，山色顿改。时序虽变，而我之内心依然如如不动。众响嚣嚣，对禅者而言，依然无起灭去来之相："风从何处来，众响动岩穴。静听本无声，如何有起灭。"④ 以寂然之心反观世事，如翳眼空华，如梦事浮沤，自然不执着于世间的忧喜荣辱。如《山居十首》其四云："堪嗟往事梦中游，瞖眼空花不可求。心迹信如云散月，形骸任似水浮沤。生

---

① 释德清：《山居十首》其二，载《憨山老人梦游集》卷四十八，第213页。

② 释德清：《山居二十八首》其七，载《憨山老人梦游集》卷四十九，第226页。

③ 释德清：《山居二十八首》其十五，载《憨山老人梦游集》卷四十九，第227页。

④ 释德清：《忆山居六首》其五，载《憨山老人梦游集》卷四十八，第214页。

存一息余三寸，老入千峰胜十筹。从此人间踪迹断，更无忧喜上眉头。"① 忘虑忘言，放却身心，此中所得唯在自知，更无一物示人。如《山居示众》云："寂寂忘缘处，心心放下时。西来无别意，只在自知之。"②

憨山德清酷爱山居，认为山居有助于悟道。山居诗中，他反复描摹幽静的山居生活，阐发幽寂的心性体验，并以此反观世间事物，外境虽变而寂然之心不改。幽寂心境的呈现，实际上是他阅《物不迁论》和五台山龙门悟道的延续，是修证经验的诗歌书写。

### （二）清寒

憨山德清生于南方，长于吴地，历经五台山冰雪之境的锤炼，持续葆有清凉心地。即使被贬岭南、遭遇酷暑，心境依然如故。表现在诗歌中，他喜用寒语营造寒境，借以展现清寒心境，完成了由宗教悟境到禅者诗境的转变。

憨山德清初随无极守愚听《华严经》，感清凉山"有冬积坚冰，夏仍飞雪，曾无炎暑，故号清凉"之语而北上参学，屡受酷寒之境考验。钱谦益《憨山大师庐山五乳峰塔铭》记载了憨山德清在北台冰雪之境苦修之事："师为予言，居北台，大雪高于屋数丈，昏夜可鉴毛发，坚坐待尽，身心莹然。迟明，塔院僧穴雪以入，相携行雪洞中，里许乃出。"③ 福徵《憨山老人年谱自叙实录

---

① 释德清：《山居十首》其四，载《憨山老人梦游集》卷四十八，第214页。
② 释德清：《山居示众》，载《憨山老人梦游集》卷三十七，第73页。
③ 钱谦益：《大明海印憨山大师庐山五乳峰塔铭》，载《牧斋初学集》卷六十八，第1563—1564页。

疏》引颛愚之记曰："是岁大雪经旬，各台顶雪，悉吹龙门，静室覆深十余丈。师与彻师闭门兀坐，日一拨火煨茶饭。北台、白马寺、中台三处大众二三百人，发心执锄钁筐箸探竿下台顶，觅龙门路。随探随掘，随往随来。大众勇猛，经两昼夜，探竿始抵静室。欢呼进门，咸云山中经此大难有火，此佛天护佑。师与彻师称谢，已而曰：'也要经过始得。'因融雪汤，欢饮大众。"[1] 颛愚所作《传》虽多舛误，与钱谦益《憨山大师庐山五乳峰塔铭》相参证，当为可信。如此雪灾与酷寒，对憨山德清来说实属莫大之考验。他后来反复强调冰雪之境的影响。如《促小师大义归家山侍养》云："故予自知有向上事以来，此心翩翩负超世之思，即处樊笼、游廛市，未尝不置身冰雪、千岩万壑中也……明年，余同妙师入清凉，置身万年冰雪中，严寒彻骨，几死者数矣，时予幸有自信之地。"[2] 《书元旦大雪歌后》亦云："予昔同黄龙潭彻空师，居五台叶斗峰前之龙门，时冬大雪风卷埋屋积丈余，拥衲对坐，只觉夜长。及起开门，则雪堵矣。急拨火取灯，相视而嘻，将谓活埋。适北台主人探而知之，乃领行者数十，操作具裹干粮而来救，除隧道而入。入门相见，其乐融融，如在黄泉之下也。自予放岭外二十年中，每一思之，顿破炎蒸毒热者，仗此一念冰心也。"[3] 在遭遇炎热酷暑时，憨山德清能够时时观想身处冰雪之境，进而保持心地的清冷。如《归匡山》序云："余少志远游，三十住

---

① 释德清：《憨山老人年谱自叙实录疏》，福徵疏，嘉禾谭氏遗书1911年承启堂刻本。

② 释德清：《促小师大义归家山侍养》，载《憨山老人梦游集》卷二，第696页。

③ 释德清：《书元旦大雪歌后》，载《憨山老人梦游集》卷三十二，第19页。

山，倏二十年，忽被业风吹入幻海二十余年，而此一念未离寒岩冰雪中也。"①《军中吟二首》其二云："纵使炎天如烈火，难消冰雪冷心肠。"②《寄河东妙峰师》亦云："忽忆龙门千丈雪，猛然提起彻心寒。"③ 即便炎天如火，饱餐毒雾炎风，憨山德清回忆起龙门悟道的经历，依然不改心境之寒。

表现在诗歌中，憨山德清喜用寒语营建寒境，以寒入诗遂为其诗的一大特色。首先是咏物之寒。憨山德清的咏物诗，所咏之物带有深深的寒气。揆其诗外之旨，无非象征着清寒的禅境。如《咏梅》云："独有寒梅树，飞来雪里香。"④ "雪色春先到，寒香夜更清。"⑤ 寒梅怒放，阵阵清香装点着冰天雪地。一丛清竹，使人洗却尘心。如《咏竹》云："寒飞千尺玉，清洒一林霜。纵是尘心重，相看亦顿忘。"⑥ "霜雪不知年，真吾岁寒友。"⑦ "霜干寒如玉，风枝响似琴。"⑧ 一丝细雨，在酷暑中带来了清凉，《喜雨》云："山空泉更寒，暑气无来往。飒飒风雨生，毛骨更清爽。"⑨ 其次是山居之寒。在山居诗中，空寒之境往往与居住环境相合，暗示出禅修时万虑不生的心境。如《山居二十首》抒写其在空寒之境中体悟到世事如幻如梦、身如水洗、心似冰清的境界："满面清

① 释德清：《归匡山》，载《憨山老人梦游集》卷四十七，第199页。
② 释德清：《军中吟二首》其二，载《憨山老人梦游集》卷四十九，第223页。
③ 释德清：《寄河东妙峰师》，载《憨山老人梦游集》卷四十九，第222页。
④ 释德清：《咏梅》，载《憨山老人梦游集》卷四十八，第216页。
⑤ 释德清：《咏梅》，载《憨山老人梦游集》卷四十八，第216页。
⑥ 释德清：《咏竹》，载《憨山老人梦游集》卷四十八，第216页。
⑦ 释德清：《咏竹》，载《憨山老人梦游集》卷四十八，第216页。
⑧ 释德清：《咏竹》，载《憨山老人梦游集》卷四十八，第216页。
⑨ 释德清：《喜雨》，载《憨山老人梦游集》卷四十八，第216页。

霜冽冽，盈头白发萧萧。世上空花影落，目中幻翳全消。"① "云散长空雨过，雪消寒谷春生。但觉身如水洗，不知心似冰清。"② 《山居二十八首》更为寒境的集中展露，如其六云："寒灯独照影微微，疏屋风吹雪满衣。忽忆五台跌坐处，万年冰里一柴扉。"③ 其十三云："雪满乾坤万象新，白银世界里藏身。坐来顿入光明藏，此处从来绝点尘。"④ 其二十四云："万峰深处独跏趺，历历虚明一念孤。身似寒空挂明月，唯余清影落江湖。"⑤ 寒灯照影，风雪满衣，他在五台山跏趺独坐，在万年冰雪中守护着柴门。在满天飞雪的白银世界里独坐，身心悟入佛教大光明藏，皎无纤尘。万峰深处独坐，历历虚明的孤念，如寒空孤月，只余清影散落江湖。凡此，不仅是五台山冰雪之境的写照，亦是悟境的诗歌呈现。其三，赠答之寒。在寄赠酬答之作中，憨山德清也将其所悟清寒之境回馈师友，指引后学。他一生游历颇广，由吴越至京师，五台山盛名之下，转徙东海牢山，遭遇贬谪后迁徙岭南，赦免北归后弘法吴越江浙。不论身在何处、所遇何人，五台山冰雪酷寒之境，时时萦绕心田。如《南岳逢何玄圃》云："相逢南岳前，坐对中秋

---

① 释德清：《山居二十首》其五，载《憨山老人梦游集》卷四十九，第221页。

② 释德清：《山居二十首》其九，载《憨山老人梦游集》卷四十九，第221页。

③ 释德清：《山居二十八首》其六，载《憨山老人梦游集》卷四十九，第226页。

④ 释德清：《山居二十八首》其十三，载《憨山老人梦游集》卷四十九，第226页。

⑤ 释德清：《山居二十八首》其二十四，载《憨山老人梦游集》卷四十九，第226页。

月。清光彻夜看，疑是燕山雪。"① 南岳中秋夜的月光遍洒大地，在他眼中犹如燕山之雪清寒明澈。金沙遇于润甫，他以清凉之境相示，《过金沙于润甫云林》云："咫尺云林望不遥，到来寒爽气萧萧。闭门不放烟霞出，多少尘心亦易消。"② 在酬赠教内弟子的诗歌中，依然如此。如《示仁安法师》云："身心一片似冰壶，试看其中是有无。妄想不来消息断，何须此外觅工夫。"③ 他认为清寒之境能够消除尘世的热恼，斩断内心的妄念，顿悟人人本具的清澄的自性。若能一念心如冰雪，便能除却根尘热恼，奠定悟道之基。如《示眉子》云："火宅炎炎不易清，六根消烁可怜生。但能一念如冰冷，便是超凡第一程。"④ 因此，雪夜心寒，破梦霜钟，孤峰明月，清寒空明之境中，象征着大彻大悟的禅境。寒空中皎洁的明月，清凉而空明，成为禅境最好的象征，也成为赠答诗反复呈现的意境。如《宿九峰方丈贻闻圆长老》云："九峰夜月侵人白，万壑松风入骨寒"⑤；《过曲阿喜逢王东里明府》云："空花镜像尘何寂，孤月寒江意更深"⑥；《送刘贻哲还乡兼柬诸故人三首》其三云："君归独载秋江月，彻底寒波思更深。"⑦ 憨山德清诗中寒

---

① 释德清：《南岳逢何玄圃》，载《憨山老人梦游集》卷四十九，第 220 页。

② 释德清：《过金沙于润甫云林》，载《憨山老人梦游集》卷四十九，第 227 页。

③ 释德清：《示仁安法师》，载《憨山老人梦游集》卷三十八，第 83 页。

④ 释德清：《示眉子》，载《憨山老人梦游集》卷三十八，第 85 页。

⑤ 释德清：《宿九峰方丈贻闻圆长老》，载《憨山老人梦游集》卷四十八，第 212 页。

⑥ 释德清：《过曲阿喜逢王东里明府》，载《憨山老人梦游集》卷四十八，第 212 页。

⑦ 释德清：《送刘贻哲还乡兼柬诸故人三首》其三，载《憨山老人梦游集》卷四十九，第 223 页。

语充栋，寒境盈目，清寒的背后崭露出其禅者心境，亦见其悟境、诗心圆融一体之特色。

## （三）澄明

憨山德清在五台山与东海牢山均悟心地莹澈澄明，标志着佛教证悟的最终完成。如他描述五台山悟境时云："一日，粥罢经行，忽立定，不见身心，唯一大光明藏，圆满湛寂如大圆镜，山河大地影现其中。"① 描述东海牢山悟境时亦云："一夕静坐夜起，见海湛空澄，雪月交光。忽然，身心世界当下平沉，如空华影落，洞然一大光明藏，了无一物。"② 两次悟境的共同特点是所悟心性本体的澄明圆寂。苦无明师勘验，他只好取《楞严经》印证。见所悟境界与经中所言相契，遂以理观解经，并将自己的修证经验融贯其中，后来著成《楞严悬镜》《楞严通义》等书。《楞严经》称人人本具的如来藏心，多以妙明明妙称之。如佛陀向阿难等讲述颠倒之义时说："汝身汝心，皆是妙明真精妙心中所现物。云何汝等遗失本妙圆妙明心宝明妙性，认悟中迷晦昧为空？……不知色身，外洎山河虚空大地，咸是妙明真心中物。"③ 又云："殊不能知生灭去来，本如来藏常住妙明，不动周圆妙真如性。性真常中，求于去来、迷悟、死生，了无所得。"④ 基于证悟与经典印证，憨山德清对心体的澄明圆妙多有说明。如《观心铭》云："观身非

---

① 释德清：《憨山老人自序年谱实录》，载《憨山老人梦游集》卷五十三，第 269 页。

② 释德清：《憨山老人自序年谱实录》，载《憨山老人梦游集》卷五十五，第 294—295 页。

③ 般剌密谛译，赖永海译注：《楞严经》卷二，第 43 页。

④ 般剌密谛译，赖永海译注：《楞严经》卷二，第 77—78 页。

身，镜像水月。观心无相，光明皎洁。"① 《示邹生子胤》其四云：
"妙性圆明自本真，从来皎洁绝纤尘。不教妄染轻遮障，便是超凡
大力人。"② 他认为自性本心清净光明，人们因妄念一生而流转生
死之海："清净光明藏，俄然一念兴。无边生死海，尽向此中
生。"③ 唯有抛却了尘世的妄想与执着，休歇万缘，放下身心，明
净的心性犹如皓月当空，全体呈露。其《众粥罢经行因示》云：
"粥罢慢经行，沿流不问程。脚如丝线断，身似片云轻。踏去山光
透，归来月色明。无劳重入室，听取夜钟鸣。"④ 饭后沿小溪经行，
随意而至，不问归程。"踏去山光透，归来月色明"，不仅仅是经
行环境的抒写，更彰显出休歇万缘后的空澄的心境体验。

　　为了避免枯燥的理论宣教，憨山德清往往通过具体意象，营
造空明之境。境与心合，为其诗歌更增一层空灵之美。这在山居
诗中表现得尤为明显。清寂的山居环境可以助发悟道机缘，体悟
心境的澄明。深山中的一轮明月皎洁澄明，成为禅者心境的象征，
也是憨山德清诗中常见的意象。如《山居二十首》其十四云："清
净涵空宝镜，春来水满彭湖。照彻庐山面目，月如额上明珠。"⑤
其十九亦云："世界光如水月，身心皎若琉璃。但见冰消涧底，不
知春上花枝。"⑥ 空中月轮犹如宝镜，照彻心性本体，身心世界犹

　　① 释德清：《观心铭》，载《憨山老人梦游集》卷三十六，第 66 页。
　　② 释德清：《示邹生子胤》其四，载《憨山老人梦游集》卷三十八，第 81 页。
　　③ 释德清：《山居示众二十五首》其四，载《憨山老人梦游集》卷三十七，
第 72 页。
　　④ 释德清：《众粥罢经行因示》，载《憨山老人梦游集》卷四十八，第 210 页。
　　⑤ 释德清：《山居二十首》其十四，载《憨山老人梦游集》卷四十九，第
221 页。
　　⑥ 释德清：《山居二十首》其十九，载《憨山老人梦游集》卷四十九，第
221 页。

如琉璃，晶莹通脱，不容纤尘。又如《山居示众二十五首》云："寂寂离知觉，昭昭泯见闻。三更天外月，一片岭头云。"① 诗中营造出的清寂孤明之境，清寂喻万虑不起、尘念不生之状态，孤明喻彻悟心源、清明圆澄之心境，前者为因，后者为果，因果相生，乃达此境。株守山中寂修枯禅，然而心地是光明的，更能体悟到心如水月交光，如寒空挂月。《山居二十八首》其八云："百千世界空华影，一片身心水月光。伎俩穷时消息断，可中无处着思量。"② 寒雨潇潇，莲花漏永，暗夜虽长，光明莹澈的般若本心呈露无遗。他在《山居二十八首》其十一写道："寒雨潇潇风满林，莲花漏永夜沉沉。谁知举世难醒梦，尽是光明般若心。"③ 上下均同，内外一如，无物我彼此之别。月挂寒空，光彻潭底，方可显发自我心地的本性风光，恰如《忆山居六首》其三所云："明月挂寒空，光彻寒潭底。上下本自同，看来无彼此。"④

综上可见，憨山德清通过五次宗教体悟，由普通僧人成长为晚明一代高僧。作为江南僧诗的开创者，他以禅者遗世独立之姿平交文坛名宿，倡导情真境实、诗乃真禅的文学理念，并在诗歌创作中得以贯彻。他的征戍诗哀民生之多艰，感征戍之漂泊，取材现实体验，感情真挚。他的禅理诗融禅理体悟与诗学转述为一

---

① 释德清：《山居示众二十五首》其二，载《憨山老人梦游集》卷三十七，第 72 页。

② 释德清：《山居二十八首》其八，载《憨山老人梦游集》卷四十九，第 226 页。

③ 释德清：《山居二十八首》其十一，载《憨山老人梦游集》卷四十九，第 226 页。

④ 释德清：《忆山居六首》其三，载《憨山老人梦游集》卷四十八，第 214 页。

体，借诗言禅，重在营造幽寂、清寒、澄明之境，可谓禅境、悟境与心境的诗化，为考察僧人宗教实践与文学创作提供了极佳个案。

## 第四节　憨山德清的其他文学创作

除了诗歌外，憨山德清尚有塔铭、像赞、颂古等诸种文体。他的塔铭，形成了序文、正文、简评、铭文结合的模式，通过传主生平勾勒，树立僧人修行榜样。他的像赞，将叙事、说理、抒情融为一体。他的颂古，借事明理，展示生活经验，暗寓佛禅义理。

### 一、塔铭

憨山德清的塔铭，从写作结构来看，已形成了固定的程式。一篇完整的塔铭，一般由序文、正文、简评、铭文四部分组成。当然，憨山德清所作塔铭四者全具者少而缺略者多，最为常见的是序文部分的缺失，即开篇省略序文，直接叙述传主生平履历，如《云栖莲池宏大师塔铭》《普济庵始祖宝藏成公塔铭》等。而简评部分除了附于文末，也多穿插在传主生平之中，间叙间评，如《敕赐清凉山竹林寺空印澄法师塔铭》等。

序文作为塔铭篇首的一段文字，大多通过佛教思想史的梳理，突出传主的人物品格或佛教史贡献，引出正文。在序文中，憨山德清往往以简练的文字，突出传主的人物性格。如《径山达观可禅师塔铭》开篇即云：

> 夫大地生死，颠暝长夜，情关固闭，识锁难开。有
> 能蹶起一击碎之，掉臂独往者，自非雄猛丈夫具超世之

量者，未易及也。历观传灯诸老，咸其人哉。余今于达

观禅师见之矣。①

在此，他对紫柏真可的个性品格和佛教史地位进行了精确简

要的概括。在正文中，他结合紫柏真可的生平践履展开记述，突

出其勇猛大丈夫气概。如记其少年情状时说："髫年性雄猛，慷慨

激烈，貌伟不群，弱不好弄。生不喜见妇人，浴不许先。一日，姊

误前就浴，师大怒。自后，至亲戚妇女，无敢近者。"②出家后，

"见僧有饮酒茹荤者，师曰：'出家儿如此，可杀也。'僧咸畏惮

之"。因日行二十里足痛，"以石砥脚底，至日行二百里乃止"③。

凡此诸种，足见其末法救弊之心和大丈夫勇猛之气。

正文是塔铭的主体部分，一般以时为序，详细梳理传主的出

生、出家因缘、佛教修行、开悟经历、建寺讲经等弘法利生实践，

以及临终解脱、荼毗安葬、请铭经过等末后因缘，突出生死解脱

和宗教实践。生死一着实为勘验僧侣佛教修行的重要节点。对生

而言，憨山德清着意突出传主与佛教的宿缘。如空印镇澄是其母

梦僧人持锡入室而生；无明慧经生时难产，其祖父诵《金刚经》

得安然无恙，后见《金刚经》"欣然如获故物"；耶溪志若其母初

祷白衣观音有孕，后梦跣足头陀而生，"幼喜跌坐念佛"。凡此带

有宗教神异成分的叙写，显示出传主特定的信仰情结，成为日后

---

① 释德清：《径山达观可禅师塔铭》，载《憨山老人梦游集》卷二十七，第
974 页。

② 释德清：《径山达观可禅师塔铭》，载《憨山老人梦游集》卷二十七，第
974 页。

③ 释德清：《径山达观可禅师塔铭》，载《憨山老人梦游集》卷二十七，第
974 页。

皈依佛门的心理暗示。临终解脱是佛教徒修行高下的最后勘验。如《耶溪若法师塔铭》称耶溪志若："生平清节自守，应世矙然，三衣之外无长物，临终脱然无罣碍。盖般若根深，人未易察识也。"①《新安黄山掷钵庵寓安寄公塔铭》云："若公之于生死，神往形留，化臭腐为神奇，岂非戒定熏修精心融贯而然耶？即佛祖之金刚不坏，常住不朽，亦由是而致，否则不崇朝，若豚子之食于死母也。"②《径山化城寺澹居铠公塔铭》云："其视利养如空花水月，死生之际，超然如脱弊屣。噫！非大丈夫夙根披露，心契无生，寝处于有形之外者，曷能如此哉！"③ 临终之际超然洒脱，是憨山德清塔铭正文中着意突出之笔。紫柏真可临终前侍者哭泣，被他痛斥一番。紫柏真可安然而逝后，御史曹学程抚之曰"师去得好"，真可复"开目微笑而别"④。云栖袾宏临终前半月入城向弟子告别，让云栖寺直院僧代其追荐沈氏宗亲，其后示微疾，"面西念佛，端然而逝"⑤，一切显得从容不迫。憨山德清多以淡然之笔描绘出传主临终时的心态，隐含着他对晚明禅林玄虚化描写的批评，强调世间修行、世间解脱的意蕴。如云栖袾宏临终前反复叮嘱弟子，"大众老实念佛，毋捏怪，毋坏我规矩"，"师素诫弟子贵

---

① 释德清：《耶溪若法师塔铭》，载《憨山老人梦游集》卷二十八，第988页。
② 释德清：《新安黄山掷钵庵寓安寄公塔铭》，载《憨山老人梦游集》卷二十八，第993页。
③ 释德清：《径山化城寺澹居铠公塔铭》，载《憨山老人梦游集》卷二十九，第995页。
④ 释德清：《径山达观可禅师塔铭》，载《憨山老人梦游集》卷二十七，第976—977页。
⑤ 释德清：《云栖莲池宏大师塔铭》，载《憨山老人梦游集》卷二十七，第980页。

真修，勿显异"。① 这也彰显出憨山德清塔铭的一番苦心。

同时，憨山德清希望通过塔铭的撰写，展现传主的修行实践和佛教品格，树立正面的修行榜样。仔细梳理憨山德清的塔铭可以发现，他对传主形象的塑造，无外乎入世与出世两端。入世在于发挥大乘菩萨道弘法利生的精神品格，突出传主的救世深心。这在紫柏真可身上表现得尤其突出。紫柏真可作为晚明佛教四大师中激进派的代表人物②，最为人称道者莫过于"三大负"。憨山德清在塔铭中如是写道："法门无人矣！若坐视法幢之摧，则绍隆三宝者当于何处用心耶？老憨不归，则我出世一大负；矿税不止，则我救世一大负；传灯未续，则我慧命一大负。若释此三负，当不复走王舍城矣！"③ 此三大负，兼含教内与教外、入世与出世两个层面，实为紫柏真可救世、出世性格的集中体现。以稳健著称的云栖袾宏，时时不忘救世利生。在《云栖莲池宏大师塔铭》中，憨山德清——叙写其施食退虎患、为村民祈雨救灾、化缘持咒修桥等利生事业。在《古镜玄公塔铭》中，憨山德清写其中年学成后归乡："广作佛事，结饭僧缘，不以数计。造渗金像，庄严佛土。绘水陆以拔幽冥，修桥梁以济厉揭，建窣堵以标人天，跪诵往生咒三十六万遍以资净业。凡在利益，靡不精心竭力，以导利多人。"④《宝藏成公塔铭》重点描述他以一人之力而力退房酋数千

---

① 释德清：《云栖莲池宏大师塔铭》，载《憨山老人梦游集》卷二十七，第980页。

② 释见晔：《明末佛教发展之研究——以晚明四大师为中心》，法鼓文化事业有限公司，2007年。

③ 释德清：《径山达观可禅师塔铭》，载《憨山老人梦游集》卷二十七，第976页。

④ 释德清：《古镜玄公塔铭》，载《憨山老人梦游集》卷二十八，第988页。

骑的胆略:"师以一身当虏一面,指麾谈骂,所全活者数万。是即现天大将军身而为说法,岂直一大将摧之力哉。"① 凡此类事迹,皆与憨山德清生平行实出处相契,虽为晚明复兴中的一股暗流,未若今日人间佛教之彰行海内外,亦可管窥当日佛教有识之士用世救世的苦心深愿,对于发掘人间佛教思想的源头,展现中国佛教的优良传统,不无裨益。

与入世利生相比,憨山德清在塔铭中更为看重佛教内部秩序的重建。老实修行,真参实修,不故弄玄虚,是他倡导的重点,也是塔铭着意突出之处。在戒定慧三学中,戒为根基,亦为首要之事。在《云栖莲池宏大师塔铭》中,憨山德清写道:"且佛设三学以化群生,戒为基本,基不利,定慧何依?思行利导,必固本根。"② 然朝廷禁私立戒坛,于是半月诵《梵网经》,讲戒。且云栖袾宏"以精严律制为第一行,著《沙弥要略》《具戒便蒙》《梵网经疏发隐》以发明之"。以戒律众,布萨羯磨依律而行,"举功过,行赏罚,凛若冰霜。即佛住祇桓尚有六群扰众,此中无一敢诤而故犯者,不尽局百丈规绳而适时救弊,古今丛林未有如今日者"③。紫柏真可同样持戒精严,《径山达观可禅师塔铭》中记载了一则小事:"师在潭柘,居常礼佛后方食。一日客至,误先举一食,乃对知事曰:'今日有犯戒者,命尔痛责三十棒,轻则倍之。'知事愕,不知为谁。顷,师授杖,自伏地,于佛前受责如数,两股如墨。乃

---

① 释德清:《宝藏成公塔铭》,载《憨山老人梦游集》卷二十九,第1000页。
② 释德清:《云栖莲池宏大师塔铭》,载《憨山老人梦游集》卷二十七,第979页。
③ 释德清:《云栖莲池宏大师塔铭》,载《憨山老人梦游集》卷二十七,第979页。

云：'众生无始习气，如油入面，牢不可破。苟折情不痛，未易调伏也'。"① 紫柏真可因客至而在没有礼佛的情况下先举食，故痛责三十棒。此等生活细事中，见其一生持律精严，甚至到了几近苛刻的程度。

简评中，憨山德清对传主的佛教思想、修行品格、佛教史贡献等做出评价，多附于正文之末，抑或穿插于正文传主生平履历中，借以批判禅林弊病，凸显传主扶法救弊之功，树立修学榜样。如在《径山达观可禅师塔铭》中，他首先梳理了禅宗五家的发展兴衰史迹，认为除了临济宗一脉独盛，其他四宗皆隐而不彰。就临济宗来说："五十年来，狮弦绝响。近则蒲团未稳，正眼未明，遂妄自尊称临济几十几代。于戏！邪魔乱法，可不悲乎？予以师之见地，诚可远追临济，上接大慧。以前无师派，未敢妄推。若据尧舜之道，传至孔子孟轲，轲死不得其传，至宋濂洛诸儒遥续其脉。以此证之，师固不忝为转轮真子矣。"② 晚明佛教四大高僧，包括憨山德清本人在内，没有明确的师承关系，饱受非议。为此，憨山德清借儒家遥承统系说反对时论，凸显紫柏真可在宗风日衰形势下的救弊之功，认为"正法可无临济德山，末法不可无此老也"③。

铭文附于文末，采用典雅庄重的四言句式，对传主的修学品格进行正面的颂扬，结语则以空明圆澈之境，道出去而非去，显

① 释德清：《径山达观可禅师塔铭》，载《憨山老人梦游集》卷二十七，第976。

② 释德清：《径山达观可禅师塔铭》，载《憨山老人梦游集》卷二十七，第977 页。

③ 释德清：《径山达观可禅师塔铭》，载《憨山老人梦游集》卷二十七，第977 页。

发传主之永恒。如《空印澄法师塔铭》云："塔影撑空，法身独露。风动水流，圆音弥布。千尺寒岩，万年冰雪。日月无穷，光明不灭。"① 除了禅理抒发，憨山德清的塔铭也颇有机趣。如《径山达观可禅师塔铭》云："鹫岭拈花，少室面壁。只道快便，翻成狼籍。黄梅夜半，老卢窃逃。谁料岭南，有此獦獠。南岳青原，擦脓涕汉。多少痴人，被他诓赚。"② 以俗语入铭辞，诙谐戏谑中展现禅宗的传承史迹。

## 二、像赞

憨山德清所作像赞，主要类型有：一是佛赞（含过去、现在、将来诸佛），如《燃灯古佛赞》《雪山苦行赞》《舍那如来法身赞》《无量寿佛赞》；二是菩萨赞，如《三大士赞》《普贤大士赞》《普贤洗象图赞》《宝掌菩萨赞》《准提菩萨赞》《日光菩萨赞》等；三是罗汉尊者赞，如《十八尊者赞》《十六尊者应真图赞》《十四尊者赞》《十二尊者厉揭图赞》等；四是祖师赞，如《三十三祖道影赞》《达摩大师渡江赞》《诸祖道影略传赞》等；五是其他类型像赞，包括教外圣人赞，如《三教图赞》《文昌帝君赞》等，宰官居士赞，如《胡中丞像赞》《王宗伯像赞》等。在具体写作形式上，则是以韵文像赞为主，兼含序赞结合。序赞结合中，受佛经韵散结合特点影响，出现了序赞内容重复的现象。如《旃檀毗卢佛赞》序中叙述栴檀毗卢佛雕像是曲阿孙云翼为官南海时购得旃檀香木雕成毗卢佛雕像，后请比丘通漆建阁并迎请大藏经供奉。

① 释德清：《空印澄法师塔铭》，载《憨山老人梦游集》卷二十七，第982页。
② 释德清：《径山达观可禅师塔铭》，载《憨山老人梦游集》卷二十七，第978页。

在赞文中，他将此事重新复述一遍，并赞叹供奉佛像之功德："凡有归依，顿空诸有。法身常住，国土丰乐。鳞甲羽毛，俱蒙解脱。草芥微尘，同归华藏。"①《刺绣大士赞》序中讲述了刺绣观音的来历：范氏素奉佛，后患瘘疾，其女冯氏至孝，刺绣观音大士，愿以身代，绣成二十余幅后，母疾痊愈而冯氏病死。在赞文中，憨山德清又重新复述此事，凸显观音的无缘大慈。

按其表现功能的不同，憨山德清像赞可略分为以下几种。

一是单纯赞叹类。如《阿弥陀佛赞》中突出阿弥陀佛画像本身的特点及称名解脱的愿力："心似寒空，面如满月。坐宝莲华，出广长舌。水流风动，炽然常说。六道四生，无机不摄。但有称名，即得解脱。只为当初愿力深，十方尽是无生国。"②《释迦佛赞》赞叹佛陀降生世间随缘度世、利益人天之德："唯我世尊，妙功德聚。如空中华，随缘应世。法音若雷，听者心碎。不是王宫割舍来，谁作利益人天事。"③

二是赞颂说理结合。此类多先述像主之功德，次由像主出发，引申宣扬与之相关涉的佛教思想。如《西方三圣赞》云："稽首寂光主，无量寿大师。能以寂灭心，现形十方界。遍入有情身，而作生死宰。辟如日月光，无心而成照。蒙光照烛者，无不遂其生。又如慈乳母，能达婴儿心。饥饱各适时，不以乳为病。我观世间人，病痛必呼母。以母为自心，不呼不自解。是故三有中，凡在有情者。苦乐不自释，适然念我师。以师慈力光，先入众生心。故能一照间，必出生死苦。况复有大势，而复得大悲。相比而化

---

① 释德清：《栴檀毗卢佛赞》，载《憨山老人梦游集》卷三十三，第31页。
② 释德清：《阿弥陀佛赞》，载《憨山老人梦游集》卷三十三，第30页。
③ 释德清：《释迦佛赞》，载《憨山老人梦游集》卷三十三，第30页。

物，物无不化者。刀山并剑树，忽变作宝林。镬汤及炉炭，偶成八德水。皆以自心为，转变一念中。如酵入奶酪，醍醐不外求。何况荆棘林，不为清净土。是故念我师，必若子忆母。子母相忆时，无不相见者。念极诸想灭，身心顿脱空。寂光忽现前，照用一时发。即此苦秽躯，便成极乐国。始知日月中，无不极乐者。"①赞中称颂西方三圣慈悲情怀，阐述唯心净土之理，赞颂与说理融为一体。

三是叙事说理圆融。此又分几种情况。一是赞中叙事与说理结合。如《雪山苦行佛赞》首先概要式叙述佛陀兜率天降生王宫，既而不恋王宫，立志前往雪山苦行六年，后在尼连禅河边睹明星悟道的经历："不恋王宫，不住兜率。脱却珍御衣，埋身千丈雪。瘦骨如柴，刚肠似铁。六年冻饿口难开，几度思量心未瞥。一朝蓦地睹明星，从前妄想都休歇。便欲挨身入闹蓝，满目风尘徒蹩蹙。"②其中"瘦骨如柴，刚肠似铁"两个比喻更是鲜活地说明了佛陀苦修之勤，立志之坚。其后从禅宗的立场出发，认为佛陀所悟之理非语言所能表达，即使浑身是口也难以分说："返惹时人话短长，谁知弄巧反成拙。直至而今怨未申，通身是口难分说。休分说，费周折，肝肠沥尽空饶舌。无限春光百鸟啼，杜鹃叫彻空山血。"③《三十三祖道影赞》可谓融叙事与说理于一体的代表。赞中叙述了由摩诃迦叶至菩提达摩的禅宗西天二十八祖，以及由初祖达摩至六祖慧能的禅宗传承谱系，见其对此之重视。二是序赞结合，序以叙述为主，赞以说理为主。《无量寿佛赞》序中述无量

---

① 释德清：《西方三圣赞》，载《憨山老人梦游集》卷三十三，第27页。
② 释德清：《雪山苦行佛赞》，载《憨山老人梦游集》卷三十三，第28页。
③ 释德清：《雪山苦行佛赞》，载《憨山老人梦游集》卷三十三，第28页。

寿佛画像之缘起，赞中着重说明诸苦是因世人迷失自心，若能消除诸想，则真常妙地不假外求。《大悲观音像赞》反复称颂观世音大士随类化身、救拔众生的愿力与功德，进而说明若能了知世间诸苦之源，便能即苦而返，此时我即观音，观音即我。三为序赞结合，融叙事、描摹、赞颂、说理于一体。如《舍那如来法身赞》序言详细描绘出舍那如来画像的形制特点，赞文重在赞叹如来法身之德。

## 三、颂古

颂古是"以韵文对公案进行赞誉性解释的语录体裁"①，憨山德清的颂古，不仅包含了对祖德公案的解释，也包括对佛教经典的禅化解析。本着不立文字与不离文字的禅宗语言观，憨山德清往往通过绕路说禅的方式，借用大量的比喻、象征等艺术手法，展现他对古德公案及佛教经典的理解。对于不可言说之禅理，憨山德清往往通过生活经验、历史典故和景物描写加以阐发，通俗晓畅，于文字之外别有一番风味。

首先是以生活经验阐释禅理。正如他在《金刚经颂》中颂"世尊著衣持钵"一段时所说："著衣持钵只如斯，饭食经行有甚奇。何故空生叹希有，令人特地更生疑。"② 其实，看似深奥的禅理并不玄妙，它就在日常生活的点点滴滴。诸如穿衣吃饭等生活细事，无不蕴含着禅的真义。因此，憨山德清往往借用浅易明了的生活经验，阐释佛陀言教旨趣。作为大乘空宗的代表性经典，

---

① 周裕锴：《"文字禅"的用例、定义与范畴》，载《传统文化与现代化》1997 年第 5 期。

② 释德清：《金刚经颂》，载《憨山老人梦游集》卷三十六，第 62 页。

破除四相、降伏妄心,成为《金刚经》的主旨之一。如何才能降伏妄心,憨山德清颂道:"壁间灯影弄孩儿,黑夜翻疑有鬼随。试到天明亲看破,许多惊喜向谁提。"① 黑夜中以灯影与孩童嬉戏,孩童怀疑有鬼。等到天亮时亲自前往查看后始知无鬼,心中的惊喜自然无法向人细说。此一生活体验旨在说明,世间之人执取声、色等六尘及人、我等四相为真实,沉湎于中,心生忧喜,如孩童夜间所视墙上之影。觉后恍然发现,此前执着的一切均虚而不实,方可不再产生妄想。

其次是借用史事典故以明禅理。世人执肉身为真我,沉迷声色场中百般执着。在佛教看来,"我"只是四大假合而成,一旦四大分离之后,"我"又在哪里?《金刚经》中歌利王破除人相、我相、众生相、寿者相等四相执着,割截身体,便成为破除我执的最好例证。对此,憨山德清以偃师为周穆王造歌舞艺人的典故,说明"我"之非真。《金刚经》中所说歌利王因为没有人相、我相、众生相、寿者相之分别,故割截身体而心无嗔恨。这与《列子·汤问》所载偃师事旨趣颇同,故憨山德清颂云:"穆王心爱偃师人,歌笑欢娱当是真。一怒顿教支解后,始知胶漆合成身。"② 黄帝神游华胥国,成为人生如幻的象征。《列子·黄帝》载:"(黄帝)昼寝而梦,游于华胥氏之国。华胥氏之国在弇州之西,台州之北,不知斯齐国之千万里,盖非舟车足力之所及,神游而已。"③ 憨山德清借此说明世事如梦,本无去来之分,"梦向华胥国里游,

---

① 释德清:《金刚经颂》,载《憨山老人梦游集》卷三十六,第62页。
② 释德清:《金刚经颂》,载《憨山老人梦游集》卷三十六,第63页。
③ 杨伯峻:《列子集释》,中华书局,1979年,第41页。

到时欢喜转时愁。一声鸡唱霜天晓，枕上空华落两眸"①。

最后，借景物描摹以阐释佛理。禅宗崇尚直觉体验，反对理性思索，对于文字，也是随立随扫，不留痕迹。因此，憨山德清往往借用景物描写来暗寓佛事。如颂"应无所住而生其心"时说："鸟迹鱼踪莫浪寻，电光石火岂容心。时人但听春禽噪，谁信频伽鷇里音。"② 鸟迹鱼踪、电光石火，随现即失，转瞬即灭。与其苦苦寻求踪迹，不如珍视眼前之景，当机荐取。如春来鸟鸣，迷者以为噪，悟者以为宣说佛理之妙音，差异在于听者境界之高低。又颂"三心不可得"时说："寒空落落雁孤征，望眼昏迷里数生。自是本来踪迹断，劝君不必计途程。"③ 在憨山德清看来，三心犹如万里寒空的孤雁，空中遗留的踪迹随飞随灭，渺不可寻，自然没有思索追寻的必要。

① 释德清：《金刚经颂》，载《憨山老人梦游集》卷三十六，第 63 页。
② 释德清：《金刚经颂》，载《憨山老人梦游集》卷三十六，第 62 页下。
③ 释德清：《金刚经颂》，载《憨山老人梦游集》卷三十六，第 63 页。

# 第十二章　蕅益智旭的宗教实践及其创作风貌

蕅益智旭是晚明四高僧的最后一位，且与前三人存有较大的年龄差距。他出生时，云栖袾宏六十五岁，紫柏真可五十七岁，憨山德清五十四岁。他出家时，云栖袾宏、紫柏真可已经去世，憨山德清已七十七岁高龄，次年随即去世。从师承上看，他是憨山德清的再传弟子。他以继承万历三大师遗志自任，一生著述不休，成为继云栖袾宏、憨山德清、紫柏真可之后的又一高僧，世人遂统称为晚明四高僧。

## 第一节　蕅益智旭的佛教生涯

智旭（1599—1655），自号蕅益，别号西有、八不道人等，俗姓钟，名际明，又名声，字振之，先世汴梁人，后迁居苏州木渎。[①] 蕅益智旭以其特立独行的佛教品格和集大成的思想特色，在晚明佛教史乃至于中国佛教史上占有重要地位。

---

① 按：蕅益智旭之生平史料，主要见于五十四岁所作《八不道人传》及弟子坚密成时所作《八不道人续传》、彭希涑《净土圣贤录》及《新续高僧传四集》卷九《清青阳九华山华严庵释智旭传》、弘一法师《蕅益大师年谱》等，详参圣严：《明末中国佛教之研究》，第156—158页。

又：智旭别号颇多，计有大朗优婆塞、释大朗、际明禅师、金阊逸史、方外史旭求寂、素华、八不道人等，详见圣严：《明末中国佛教之研究》，第162—164页。

## 一、出家前的修学

蕅益智旭出生在一个奉佛之家，他的父亲钟之凤生平奉佛，修持《大悲咒》10余年。万历二十七年（1599）五月三日，母亲梦观音送子而生，预示着他与生俱来的佛教缘分。基于家庭信仰的影响，蕅益智旭7岁开始茹素。

同时，江南也是人文荟萃之地，晚明历史上鼎鼎有名的东林书院代表人顾宪成与高攀龙，就是蕅益智旭的乡人。蕅益智旭自幼年时，便受儒家学说尤其是程朱理学的耳濡目染。十二岁，他正式入学，接受儒家传统教育，以发扬千古圣学为己任。他誓灭佛老，开荤酒，作《辟佛论》10余篇。如《示范明启》云："予少时，亦拘虚于程朱。"①《惠应寺放生莲社序》亦云："余昔拘虚程朱之学，不惟望洋，复兴斥鹦。"② 在《八不道人传》中，蕅益智旭写道："十二岁就外傅，闻圣学，即千古自任，誓灭释老。开荤酒，作论数十篇辟异端，梦与孔颜晤言。"③

十七岁时，蕅益智旭阅读云栖袾宏的《自知录序》和《竹窗随笔》，思想发生了重要转变。他一改此前的辟佛理论，将《辟佛论》径行焚弃。二十岁，他注释《论语》"天下归仁"时，苦苦不能下笔，废寝忘食三昼夜，大悟孔颜心法精髓所在。《性学开蒙自跋》云："年二十，看'颜渊问仁'章，窃疑'天下归仁'语，苦参力讨，废寝忘餐者三昼夜，忽然大悟，顿见孔颜心学真脉，

---

① 释智旭：《示范明启》，载《蕅益大师全集》第15册，第80页。
② 释智旭：《惠应寺放生莲社序》，载《蕅益大师全集》第16册，第37页。
③ 释智旭：《八不道人传》，载《蕅益大师全集》第15册，第10页。

因识孔子闻知之传诚待其人，非汉宋诸儒能拟议也。"① 蕅益智旭
将此次体悟比作王阳明的龙场悟道，为后来融会儒释奠定了远因。
其《示李剖藩》云："王阳明奋二千年后，居夷三载，顿悟良知，
一洗汉宋诸儒陋习，直接孔颜心学之传。予年二十时所悟，与阳
明同。但阳明境上炼得，力大而用广。予看书时解得，力微而用
弱。由此悟门，方得佛法阶渐。"②

　　万历四十六年（1618）十一月五日，蕅益智旭的父亲钟之凤
去世。他听讲《地藏菩萨本愿经》，深受地藏菩萨发心救母的孝亲
事迹感动，激发了他离俗出家、报答亲恩之心。二十二岁，蕅益
智旭开始专注念佛，将此前的文稿全部焚弃。天启元年（1621），
二十三岁的蕅益智旭听《楞严经》"世界在空，空生大觉"一语，
对"大觉"之意苦苦不解，出家修行的决心愈加坚定。七月三十
日，他以"大朗优婆塞"之名，写下了《四十八愿》，决意出家。

　　可见，蕅益智旭出家学佛，一方面是基于对《楞严经》义理
的疑惑，希望通过出家修行来彻悟佛法真意；另一方面，蕅益智
旭自感因父持诵《大悲咒》、母梦观音送子而生，他的出家与《地
藏菩萨本愿经》的孝道思想密切相关，希望借此报答父母的养育
之恩。观世音、地藏菩萨与《楞严经》《地藏菩萨本愿经》，也就
成为他佛教信仰与修持的重心。

## 二、以禅为主的出家初期

　　天启二年（1622），蕅益智旭在一个月内三次梦见憨山德清，

---

① 释智旭：《性学开蒙自跋》，载《蕅益大师全集》第 16 册，第 89—90 页。
② 释智旭：《示李剖藩》，载《蕅益大师全集》第 15 册，第 146 页。

"哭恨缘悭，相见太晚"。他误以为憨山德清远在岭南，不能前往剃度，就找到了憨山德清的弟子雪岭峻师剃度出家。从一月三梦来看，蕅益智旭在择师上进行了反复考量。万历三大师中，紫柏真可万历三十二年（1604）坐化狱中，云栖袾宏也在万历四十三年（1615）圆寂。憨山德清名满天下，却因师承不明而为世诟病。蕅益智旭依其弟子剃度，表现出对其佛教志业的景仰，也为他成为继三大师之后的晚明佛教集大成者奠定了前因。

剃度后，蕅益智旭没有遵循雪岭峻师作务三年的明训，而是一心参禅悟道，克期证果。他来到云栖寺，听古德法师讲《唯识论》，疑与《楞严经》宗旨不合。在听完"性相二宗不许和会"的回答后，他心中的疑惑日增，于是离开云栖寺，前往径山坐禅。他终身钦慕并视为理想之师的紫柏真可的遗骨即葬于此。天启三年（1623）春，蕅益智旭拜访天台宗幽溪传灯，身堕禅病，并无丝毫得益处。夏秋间，他在径山修禅，了知性、相二宗本无矛盾，只不过是邪说误人罢了。十二月初八，他来到云栖，请古德贤法师为阿阇黎，在云栖袾宏遗像前受四分戒。次年冬，他再到云栖受菩萨戒，此间所作《受菩萨戒誓文》云："如是戒品，我今于一切三宝前誓愿受持修学，尽未来际不复舍离。假使持戒因缘百千万劫恒受困苦，誓不以苦故退失今日道心。假使破戒因缘百千万劫恒受安乐，誓不以乐故退失今日道心。"① 天启五年（1625），蕅益智旭在古吴研读律藏，深知世间佛法错讹，寄书剃度师雪岭峻公和古德贤公，痛陈佛教之弊。天启六年（1626），母亲金大莲病重，蕅益智旭剜股救母不成。母亲去世后，他"焚弃笔砚，矢往

---

① 释智旭：《受菩萨戒誓文》，载《蕅益大师全集》第 13 册，第 303 页。

深山"①，与道友鉴空掩关松陵。崇祯元年（1628），蕅益智旭前往南海普陀珞珈山朝觐，途中遇到雪航檝公。他们在龙居寺结夏，二阅律藏，述《毗尼事义集要》《梵室偶谈》，与惺谷道寿、归一受筹等结冬安居。

蕅益智旭出家初期以禅宗修持为主，由于证果心切，难免堕入禅门流弊。受戒后两阅律藏，深知佛门弊病，促成了后来的佛教转向。

### 三、戒教并弘的中年时期

崇祯二年（1629）正月，蕅益智旭和归一受筹送惺谷道寿前往博山无异元来处剃度，后追随无异元来至金陵，盘旋百余日，"尽谙宗门近时流弊，乃决意宏律"②。对此，圣严法师认为："从三十一岁到三十九岁，历经八年，蕅益智旭的思想特色，一方面鼓吹小乘律仪；另一方面，致力于大乘菩萨戒。"③ 为弘扬律学，他三阅律藏，撰述《毗尼事义集要》《重定授菩萨戒法》《梵网经忏悔行法》《占察经行法》《大小持戒键度略释》《消灾经略释》《盂兰盆经新疏》《梵网经合注》等著作。崇祯三年（1630）三月，蕅益智旭请季贤师为和尚，新伊师为羯磨阿阇梨，觉源师为教授阿阇梨，为惺谷寿公和如是昉公在龙居寺受比丘戒。蕅益智旭参加了此次受戒仪式，深知律学之非："予三阅律，始知受戒如法不如法事。彼学戒法，固必无此理。但见闻诸律堂，亦并无一

---

① 释智旭：《八不道人传》，载《蕅益大师全集》第 15 册，第 11 页。
② 释智旭：《八不道人传》，载《蕅益大师全集》第 15 册，第 11 页。
③ 圣严：《明末中国佛教之研究》，第 415 页。

处如法者。"① 借夏安居，他集结同人精研律学："不意或寻枝逐叶，不知纲要；或东扯西拽，绝不留心；或颇欲留心，身婴重恙，听不及半。其余缘众，无足责者。"② 崇祯六年（1633），蕅益智旭在金庭西湖寺夏安居，结毗尼社，宣讲《毗尼事义集要》，听者九人中唯彻因、自观、幻缘三比丘能够稍稍留心。安居期间，蕅益智旭作八阄供佛像前，安居结束后拈得菩萨沙弥阄，蕅益智旭执意由比丘戒退为菩萨沙弥戒。崇祯七年（1634）冬，他在吴门幻住庵宣讲《毗尼事义集要》，听者五六人中，只有自观等能践行律仪要求。崇祯八年（1635）秋，归一受筹背盟而去，他以五比丘共住复兴律学的愿望彻底落空。《绝馀编序》云："乙亥仲秋，复遇一友背盟，而此志遂不啻如槁木死灰矣。"③ 崇祯九年（1636）所作《十周愿文》亦云："伏愿受筹比丘痛念正法之衰，尽革疑癖之病，舍其偏执，重修旧盟。"④

复兴律学屡屡受挫，加上身体多病，崇祯九年（1636）三月，他来到九华山遁迹清修。此间，他在地藏像前再次抓阄问佛，拈得"阅藏著述"，从此由弘扬律学转向了义学研究。

重视佛教经典，其实也是蕅益智旭一贯秉承的佛教理念。出家初期专意参禅，虽无意于著述，却也坚定地认为"离经一字，即同魔说"。崇祯三年（1630），他准备疏释《梵网经》，抓阄问佛，拈得天台宗阄。其《八不道人传》云："三十二岁拟注《梵网》，作四阄问佛，一曰宗贤首，二曰宗天台，三曰宗慈恩，四曰

---

① 释智旭：《退戒缘起并嘱语》，载《蕅益大师全集》第 16 册，第 4 页。
② 释智旭：《退戒缘起并嘱语》，载《蕅益大师全集》第 16 册，第 4 页。
③ 释智旭：《绝馀编序》，载《蕅益大师全集》第 14 册，第 257 页。
④ 释智旭：《十周愿文》，载《蕅益大师全集》第 14 册，第 261 页。

自立宗。频拈得台宗阄，于是究心台部，而不肯为台家子孙，以近世台家与禅宗、贤首、慈恩各执门庭，不能和合故也。"[1] 此次在九华山拈得"阅藏著述"，可以说实现了他期待已久的心愿。其《绝馀编序》云："丙子春，本拟遁迹万山深处，甘与野兽同死。途中大病，逗留九华，哀祷地藏本师，仍得'阅藏著述'之决，乃不复与文字般若为仇。"[2] 其《大悲坛前愿文》亦云："切惟智旭，向于九华拈得'阅藏著述'一阄，遂复安心重理笔砚。"[3] 崇祯十一年（1638）至顺治四年（1647），蕅益智旭不断往返于新安、温陵、漳州、湖州、灵峰、槜李、石城之间，阅藏著述始终没有停滞。如顺治二年（1645）秋，蕅益智旭在祖堂、石城期间，"共阅藏经二千余卷"[4]。据圣严法师《著作年代明确者一览表》，1641—1649 年期间，蕅益智旭著述 28 部（含重定），这还不包括那些可能作于此期却又无法明确纪年的著作。[5]

## 四、专意净土的晚年时期

五十岁以后，蕅益智旭的思想可称为"集大成"时期，修持上则专意净土。《灵峰蕅益大师宗论序说》记载了成时与时年五十岁的蕅益智旭会面时的情景："不肖戊子岁始晤大师，师一日顾予曰：'吾昔年念念思复比丘戒法，迩年念念求西方耳。'"[6] 成时虽

---

[1] 释智旭：《八不道人传》，载《蕅益大师全集》第 15 册，第 11 页。
[2] 释智旭：《绝馀编序》，载《蕅益大师全集》第 14 册，第 257 页。
[3] 释智旭：《大悲坛前愿文》，载《蕅益大师全集》第 15 册，第 74 页。
[4] 弘一：《蕅益大师年谱》，载《蕅益大师全集》第 18 册，第 299 页。
[5] 圣严：《明末中国佛教之研究》，1988 年，第 332—343 页。
[6] 释智旭：《灵峰蕅益大师宗论序说》，载《蕅益大师全集》第 15 册，第 5 页。

有不解，后来终于明白了他的苦心。原来蕅益智旭在以戒、教拯救禅门流弊而不可得后，"遂一意西驰，冀乘本愿轮，仗诸佛力，再来与拔"①。庶可称得上蕅益智旭晚年佛教修持的真实写照。

蕅益智旭的净土修持发端甚早，他二十二岁曾专注于念佛，四十九岁撰写了《阿弥陀经要解》。蕅益智旭中年时期禅、戒、教诸宗并弘，净土修持自然是他非常重视的法门。五十岁以后，他放弃了参究念佛，更加重视以称名念佛为主的他力往生，西方净土信仰的色彩更加浓郁。故而，圣严法师认为："在智旭本身，虽亦致力于念佛三昧的鼓吹，但在五十岁以前，他是以禅、教、律合一的立场来主张的，到了晚年，他于净土教的色彩，则更超浓厚，完全是献身于他力往生的横出三界的胜异方便。"②

晚年的蕅益智旭，在病痛交加之余，仍然笔耕不辍。他以律救禅之心不改，重新整理了《毗尼事义集要》，笺疏了《菩萨戒本经》，对《法华经》《占察经》《楞伽经》《阿弥陀经》《大乘起信论》等进行了疏释，删选《宗镜录》，编集完成了《净土十要》，并将自己一生阅藏的心血凝结成《法海观澜》《阅藏知津》。顺治十二年（1655）正月，蕅益智旭重病复发，"二十一日晨起病止，午刻，趺坐绳床角，向西举手而逝"③，世寿五十七岁。

蕅益智旭著述宏富，《八不道人传》自述著作 23 部，凡 113 卷。弟子成时记载其著述 40 部，凡 198 卷。圣严法师考证为 58

---

① 释智旭：《灵峰蕅益大师宗论序说》，载《蕅益大师全集》第 15 册，第 5 页。

② 圣严：《明末中国佛教之研究》，第 444 页。

③ 释智旭：《蕅益大师全集》第 15 册，第 13 页。

种，其中 8 种缺本，仅释论部分就有"五十种一百九十卷"。<sup>①</sup> 而苏州弘化社自 2001 年开始重新整理《蕅益大师全集》，总共搜集著作 56 种 235 卷 350 余万字<sup>②</sup>，是目前见到的搜罗蕅益智旭作品最全的了。

## 第二节　蕅益智旭的文学理念

蕅益智旭在继承紫柏真可文字般若的基础上，将文字的内涵扩展为世间万象，重视现前一念心在文学创作中的重要作用，提出的文最说、性灵说和文章天性论构成了其文学思想的主体。

### 一、文字禅的继承与延展

达摩入华，首标"不立文字""见性成佛"之禅宗修学理念，遂在禅宗乃至中国佛教史上掀起了一场关于经教文字的大变革。禅宗虽以"不立文字"相高，然而历代祖师大德留下了大量语录话头，拈古颂古也层出不穷。流风所及，同一语句，"谓出于某经论则弃之如怨敌，谓出于某语录则爱之如珍宝"<sup>③</sup>，由此走上了另外一个极端。蕅益智旭早年出入禅林，熟稔禅林弊病。他对经教文字的态度，也发生了数次转变。少时就外傅，以儒家千古圣学自任，作论数十篇以辟佛老，兼作科举文字 2 000 余篇。后阅云栖袾宏的《自知录序》和《竹窗随笔》，打消谤佛执念，焚弃笔砚。出家之初，弃绝文字著述，苦志参禅。在九华山拈得"阅藏著述"

① 圣严：《明末中国佛教之研究》，关世谦译，学生书局，1988 年，第 345 页。

② 释智旭：《蕅益大师全集》第 1 册，"序"第 3 页。

③ 释智旭：《梵室偶谈》，载《蕅益大师全集》第 18 册，第 25 页。

后，他笔耕不辍，著述宏富。从个人经历而言，他对佛教之文字观念，可谓深有体悟。其《寄剃度雪岭老师》云："自别慈颜，忽将三载。始则弃捐笔砚，既复疲于书写，宛转蹉跎，竟不及通一音问，罪歉可知。"①《绝馀编序》亦云："文字性空，性空即是实相。实相离一切相，即一切法，岂离文字而解脱哉？追思昔年焚弃笔砚，绝而不绝，今也不绝而绝矣。"②

文字性空，"离经一字，即同魔说"，不可脱离文字而别求解脱实相，是其真实体悟，也是在梳理中国佛教各宗派经教文字观基础上的总结。《祖堂幽栖禅寺藏经阁记》云：

> 依文解义，三世佛冤，离经一字，即同魔说，宗教
> 不容两分，彰矣！摩诃迦叶，西土初祖也。佛示寂，不
> 供养舍利，惟事结集法藏。菩提达磨，东土初祖也，力
> 扫依文解义之习，仍以《楞伽》印心，岂似后世僭窃位
> 号，争去王室典籍，恣其吞并暴虐哉？③

从禅宗立场来看，西土初祖摩诃迦叶在佛陀圆寂以后，不急于供养舍利而以结集佛教经典为急务，东土初祖菩提达摩倡言不立文字，仍以四卷《楞伽经》传佛心印。故而，蕅益智旭认为禅宗所言"不立文字"，并非弃绝文字，而是因时制宜，应机设教，破除教家依文解义的陋习。禅讲诸家对待文字的态度，是佛教发

---

① 释智旭：《寄剃度雪岭老师》，载《蕅益大师全集》第 14 册，第 115 页。
② 释智旭：《绝馀编序》，载《蕅益大师全集》第 14 册，第 257 页。
③ 释智旭：《祖堂幽栖禅寺藏经阁记》，载《蕅益大师全集》第 15 册，第 363 页。

展过程中特定历史阶段的产物。究其实际，庶可以"不执"二字概之。《示如母》云：

> 道不在文字，亦不在离文字。执文字为道，讲师所以有说食数宝之讥也。执离文字为道，禅士所以有暗证生盲之祸也。达摩大师以心传心，必借《楞伽》为印，诚恐离经一字，即同魔说。智者大师九旬谈妙，随处结归止观，诚恐依文解义，反成佛冤。少室天台，本无两致，后世禅既谤教，教亦谤禅，良可悲矣。①

在他看来，禅者不应抛却经典而别求解脱，教家理应结归止观实践，不应一味依文解义。禅教两家，皆应不执迷于语言文字，不为经教文句束缚。

对于文字般若，蕅益智旭在继承紫柏真可的基础上，予以延伸和拓展。他在诠解三种般若的同时，对三种般若的关系进行了辩证性论述。如《金刚般若波罗蜜经破空论》云："此实相者，即是般若波罗蜜体。体自寂照，不可思议，如理而照，照不异寂，即名观照般若；如理诠寂，寂诠即照，是名文字般若。夫实相者为观照体，为文字体。夫观照者，照于实相，照于文字。夫文字者，诠于实相，诠于观照。此一非一，举一即三；此三非三，言三即一。为令众生顿悟诸法自体性故，但举实相冠三般若。"② 三种般若中，实相般若为体，观照般若为宗，文字般若为用。三者间

---

① 释智旭：《示如母》，载《蕅益大师全集》第 15 册，第 164 页。

② 释智旭：《金刚般若波罗蜜经破空论》，载《蕅益大师全集》第 5 册，第 2 页。

非一非异，举一即三，举三即一，相融相即。又三种般若象征着圆融三德，其《积如开士刻般若照真论跋》云："世有欲借语言绝语言而显般若者，皆未达甚深般若圆融三德者也。何谓圆融三德？一实相般若名法身德，二观照般若名般若德，三文字般若名解脱德。此三非三，亦非定一，以一切皆实相，皆观照，皆文字故。"①悟此般若三德，则 600 卷《大般若波罗蜜经》非多，260 余字的《般若波罗蜜多心经》非少，了知则字字解粘，不了则字字加缚。同时，蕅益智旭将三种般若纳入"现前一念心"中，其《示闵大飞二则》其二云："故善学般若菩萨，莫贵观察现前一念心之实性。此心体本离过绝非，不堕诸数，至尊至贵，名实相般若。譬如金刚，为无价宝。此心觅之了不可得，灵明洞彻，泛应曲当，名观照般若。譬如金刚，坚利不坏。此心炳现根身器界，百界千如，森罗昭布，名文字般若。譬如金刚，普雨众宝。"②

## 二、现前一念心

蕅益智旭重视文字般若，将其纳入现前一念心中，极大扩充了文字般若的内涵，并由此强调诗文创作有助宗教实践。他对佛教文学的态度，也深深地沾染上了一代高僧的独特个性。他不再斤斤计较声律辞采等外在形式，而是追求自由、洒脱、随心、随性的创作境界，重在自我性情的真实抒写。其《戊辰新正出关留别吴江诸友八首》序云：

---

① 释智旭：《积如开士刻般若照真论跋》，载《蕅益大师全集》第 16 册，第 81 页。

② 释智旭：《示闵大飞二则》其二，载《蕅益大师全集》第 15 册，第 161 页。

予久杜口谢笔矣！今将长往深山，与诸友言别，后
会杳无定期。一点道情，脉脉不容自已。爰刺舌端血，
权搦管城公，留此八偈相赠，既不修辞，并未知叶韵与
否。譬如草头单方，不贵药味直钱，但愿诸友服之除
病耳。[①]

可知，他关注的是诗偈内容是否对道友有所助益，而非声律
修辞。他认为诗歌贵在达意，而非对艺术技巧的追求，如《曹谿
行呈无异禅师》云：　"敬赋俚言以表仰信，非敢饰辞，聊取
达意。"[②]

进而言之，蕅益智旭追求内在性情的真实抒写，追求事切情
真的创作理念。其《卜居十八事》序云：

予性懒拙，不能作住山主人。十年行脚，知我寥寥。
迩来并二三盟友，亦复凋零大半，益厪法门远忧，乃顺
归师雅癖，奉大士慈命，诛茅西湖，为结伴潜修计。而
障重缘悭，人财两散，遂以一身充众役。有生之苦，谁
能自讳？然衡虑困心，劳筋苦骨，未必非磨礲真性之具，
由是不敢自暴自弃。触境逢缘，增益不能，随事拈一偈，
用作同行资粮。词俚意浅，非所计也。事切情真，庶几

①　释智旭：《戊辰新正出关留别吴江诸友八首》，载《蕅益大师全集》第 14
册，第 215 页。
②　释智旭：《曹谿行呈无异禅师》，载《蕅益大师全集》第 14 册，第 219
页。

有焉。①

随着惺谷道寿和璧如广镐先后辞世，蕅益智旭五比丘共住弘
扬戒律的努力屡屡受挫。崇祯六年（1633），在归一受筹的促请
下，蕅益智旭卜居金庭山西湖，诛茅建寺，安居结夏。随众作务，
身婴重役。这对儒生出身的蕅益智旭来说，困苦之态可想而知。
基于借困境磨砻性情、借逆境锤炼身心的理念，他在诗中记录下
了摘蔬、做饭、燃火、洗碗的生活场景，借以阐发佛理，希望对
安居同修诸友有所帮助。诗歌"词俚意浅"，却"事切情真"，正
与其诗歌理念相符。

在文学思想上，蕅益智旭将三种般若纳入现前一念心中，重
视心性在文学创作中的作用，提出了性灵说、文最说和文章性
天说。

所谓"性灵"，蕅益智旭指真如本心，是在《楞严经》"真如
本心，妙净明体"基础上提出来的。他在《示吴而上》中进行了
具体阐释：

性灵不可以有无求，断常取。由无始妄认四大为自
身相，六尘缘影为自心相，所以耽着有常。及闻非有非
常，又转计断无而生恐怖。不思恐怖断无者，毕竟能断
无否？又恐怖者，念念生灭，无体无隔，毕竟可唤作常
有否？由是观之，终日在妄之性灵，即终日恒真之性灵。
一向迷己为物，认物为己，曾未觉耳。试思假借四大以

---

① 释智旭：《卜居十八事》，载《蕅益大师全集》第 14 册，第 244 页。

为身，则身非实我。心本无生因境有，则心亦非我。无始妄计之身心既俱非我，更有何物可为我者。此超常有邪见也。而知此无我者，毕竟不可断灭，此超断无邪见也。然但除常有我执，则不断不无之性灵法尔现前，更不劳以心觅心。如以眼觅眼，设可见者，决非己眼，设可得者决非己心。但尽凡情，别无圣解。有除翳法，无与明法也。①

在此，蕅益智旭认为性灵不可以有无断常求取。世人之所以由悟转迷，正在于为物所转而不能转物，迷己为物，认物为己，以四大为身，以六尘缘影为心，耽着有常，闻听非有非常则心生恐怖。可见，蕅益智旭的"性灵说"是即妄即真、即迷即悟的。性灵之迷与悟，关键在于如何取舍。若能破除我、法二执，就能转迷为悟。其《蕴谦书法华经跋》以书写为例做了进一步阐释：

均一纸笔墨也，一手腕也，以此写婬辞艳曲成三涂因，写世间典籍成人天因，写《阿含》三藏成出世因，写大乘、方等成菩萨因，写《妙法莲华》则惟是佛因。倘纸墨笔手不能妙法者，亦必不能写婬辞艳曲以溺人也。……嗟嗟！手腕功能一也，纸笔墨缘助一也，性灵知觉一也。十界非此俱不成，十界因此遂互俱，既成而互具矣，则必有如是相性体力等，百界千如，炳然在一纸墨间，一手笔间，一性灵间。性德三因，性修相成，

---

① 释智旭：《示吴而上》，载《蕅益大师全集》第 15 册，第 116 页。

性修不二，可洞然于实相渊府矣。①

蕅益智旭认为，笔墨纸砚和手腕本来没有什么区别，用来书写"淫辞艳曲"则造就三途恶因，用来书写佛教经典则造就成佛正因，真正起决定作用的还是人人本具的性灵。若能悟知十界乃至百界千如皆为本具性灵的外在影现，可以通过笔墨纸砚、手腕等显露出来，则可了知性修不二，洞晓实相渊府。

与书写、绣字一样，蕅益智旭极为重视心性在诗文创作中的重要作用。他认为古今奇绝诗文，皆为良知变现，也为自心影现。如《题邵石生集陶近体三则》其一云："古今奇绝诗文，无非各从良知变现，而昧者以为定属古今，不知皆吾自心影也，故为诗文所用，不能善用诗文。"② 基于对"性灵说"和心性学说的重视，蕅益智旭提出了文章性天说：

　　此方之机以文字为教体，故儒号文宣，佛号迦文。由性天垂文章，文章可闻，即性天可闻也。由文章达性天，性天不可闻，即文章亦岂可闻哉？法入支那，渐事义解。达摩初来，直指人心，见性成佛，一洗文字习气，可谓灸病得穴。然仍以《楞伽》印心，文章性天未始判为二明矣。③

---

① 释智旭：《蕴谦书法华经跋》，载《蕅益大师全集》第 16 册，第 82 页。
② 释智旭：《题邵石生集陶近体三则》其一，载《蕅益大师全集》第 16 册，第 101 页。
③ 释智旭：《募刻憨山大师全集疏》，载《蕅益大师全集》第 16 册，第 131—132 页。

蕅益智旭认为文章乃是性天所垂，文章可闻即是性天可闻。由文章可达性天，文章不可闻则性天也不可闻，儒释两家并无二致。蕅益智旭所谓的"性天"，也即前面所言即真即妄之性灵。换而言之，文章乃作者本心的自我流露，是自我性情的真实写照。只有创作主体之心性纯一无杂，悟而不迷，所作之文方称至文。故而，蕅益智旭又提出了"文最"说：

> 今之文学，吾惑焉。不求于自心，不合于圣学，惟趋时袭取科甲为志。苟遂厥志，则恣其人欲之私而莫知返，无怪乎世道人心大坏而不可救也。虽然，非文之咎，文不知其最者之咎也。出世之文，迦文为最；治世之文，文宣为最。迦文舍身求得半偈，文宣遇难曰：'文王既没，文不在兹乎？'此皆于文而知其最者也。文之最者，始于大圣大贤，极于诸佛菩萨，诚以圣贤佛菩萨自厚。举凡道德文章功名富贵，皆非五霸假之，皆非义袭而取。吾所以勖文最者无他，惟以文最厚自期待而已。"①

所谓"文最"，盖指文章之极致。出世间之文，以佛陀所作为最；世间之文以孔子为最。他从佛教徒的立场出发，认为文之最者始于世间的圣贤，终于出世间的诸佛菩萨，源于他们身上舍生取义的精神，在于他们心明且正，大行不加，穷居不损，淡漠功名利禄，而非专为一己之私利，故其文能起到正人心、救世道、平治天下之功用。

---

① 释智旭：《文最说》，载《蕅益大师全集》第 15 册，第 277 页。

## 第三节　蕅益智旭的文学创作

据蕅益智旭序文可知，蕅益智旭共有 8 种文学著述，即《净信堂初集》《绝馀编》《闽游集》《净信堂续集》《西有寱馀》《西有寱馀续编》《幻游杂集》《幻住杂编》。成时将蕅益智旭"七部稿总以宗论收之，合十大卷，分三十八子卷"①，总名《灵峰宗论》。至于文集的单行本，除了《净信堂初集》（8 卷）、《绝馀编》（4 卷）以外，大多散逸无存。

蕅益智旭的弟子成时在编辑《灵峰宗论》时，总体遵循文类和文体兼顾的原则。其《宗论序》云："诸疏外稿有七部，今辑为全书，以文为类。原在稿外别行者，亦以次收入。"②《宗论序说》亦云："文以类出，取便耳，非以文体也。见文则昧道，因文则明道，达文则证道，证道而后知文无体也。"③ 也就是说，成时一方面照顾到了文体的区别，分为愿文、法语、答问、普说、茶话、说、文、偶录、解、书、论、辩、议、记、缘起、序、题跋、疏、传、寿序、塔志铭、祭文、颂、铭、箴、词、赞、诗偶等 28 类，另一方面也遵循以类相从的原则，照顾到实际功用的不同，如愿文中兼收回向文、告文、荐拔启、回向偈、忏文等多种文体。此类文体虽与愿文有别，却同样具有发愿的意味，总体归入愿文之中。

---

① 按：成时称"七部稿"者，圣严法师认为"可能是在编成其最后的遗作《幻住杂编》以后，不久，智旭即已示寂，因而便未能印版，依此原因，成时才未及见此智旭既成的文集。"（参圣严：《明末中国佛教之研究》，第 366 页）

② 释智旭：《宗论序》，载《蕅益大师全集》第 15 册，第 2 页。

③ 释智旭：《宗论序说》，载《蕅益大师全集》第 15 册，第 5 页。

就上述诸种文体而言，最能展现其修行品格和文学特性的，当属愿文、诗偈、像赞、塔铭僧传及颂古。此外，以记录见闻为主的《见闻录》和《梵室偶谈》等笔记小品，短小精悍，暗蕴佛教隐忧，颇具警策之意，亦值得关注。

## 一、愿文

蕅益智旭感观世音、地藏、阿弥陀佛的大悲大愿而发心出家，愿文写作是蕅益智旭佛教文学的重心。《净信堂初集》《绝馀编》《灵峰宗论》首列愿文，收录愿文 80 篇，足见愿文在其佛教文学中的重要位置。蕅益智旭的愿文全面展现其宗教理想和修行愿望，凸显其特立独行的修持品格，可谓慈悲双运，忏愿并举，在四高僧佛教文学中别具一格。

### （一）愿文类型与写作模式

蕅益智旭的愿文，主要以修持愿文为主，包括以下几种类型：一是修忏持咒愿文，是为修持金光明忏、大悲忏、净土忏等各种忏法及持诵《大悲咒》《灭定业真言》等咒所作的愿文，如《礼金光明忏文》《结坛礼大悲忏文》《礼净土忏文》《占察行法愿文》《持准提神咒愿文》《为道友持灭定业真言偈》《楞严坛起大悲咒偈》《结坛持往生咒偈》等。二为追严荐亲愿文，主要以追荐父母、师友为主，如《为母三周求拔济启》《为母燃香发愿回向文》《为父母普求拯拔启》《为归兄乃翁礼忏疏》等。三为讲经弘法愿文，是他为讲经、写经、阅藏等佛教弘法活动而作的愿文，诸如《庚午安居论律香文》《讲金光明忏香文》《完梵网香文》《阅藏毕愿文》等。四为其他类型的佛教修持愿文，如受戒愿文（《受菩萨戒誓愿文》)、礼塔愿文（《礼拜大报恩寺塔偈》)、安居愿文（《西湖寺癸酉夏安居疏》)、拈阄愿文（《西湖寺癸酉夏安居疏》）等。

作为仪式性、功用性很强的文体形式，蕅益智旭愿文的写作，基本遵循着固定的写作模式。按照韵散句式的不同，可以分为三种类型：偈体式愿文、韵散结合式愿文和散文式愿文。偈体式愿文是以偈语的形式展现自己的修持愿望，根据每句字数的不同又可以分为五言偈体式愿文和七言偈体式愿文。五言偈体式愿文有《为惺谷持咒发愿偈》《楞严坛起大悲咒偈》《为道友持灭定业真言偈》《为新伊法主持咒偈》《为五人持咒偈》等，主要包含开篇赞佛、发愿缘起、正文述愿、修持方式、篇末回向五个部分。韵散结合式愿文是蕅益智旭愿文写作中的主要类型。此类愿文先以五言或七言偈语开篇，其次以散文抒写发愿缘起、发愿内容、修持方式，共同组成愿文的主体。愿文篇末则与前举愿文一样，将自己及同修的发愿修持功德回向众生，希望共同脱离苦海，离苦得乐。散文式愿文则纯粹以散文形式构成，篇首或以散文称赞诸佛菩萨之功德，或直陈发愿缘起。愿文正文则以发愿内容和修持方式为主，篇末的回向部分也时有省略，可以视为韵散结合式愿文的节略。

（二）独特的修行品格

蕅益智旭在愿文中详细记录了他为实现修行愿望而采用的修行方式，展现出独特的修行品格。蕅益智旭愿文中的修持方式包含礼忏、持咒、血书、烧身、卜筊等，诚如圣严法师所论，经历了由民间信仰向正信佛教的转变过程。

首先，从礼忏愿文来看，根据圣严法师的统计①，他的忏法修持集中在三十四、三十五岁两年之间，所修忏法以《大悲忏》为主，其次分别为《占察经行法》和《金光明忏法》。其中《占察经行法》是蕅益智旭撰述的忏法，修持次数比《大悲忏》少，在佛教实践的比重上却最为重要。如圣严法师云："他是依据《占察经》的忏法，才获得比丘戒的清净轮相，所以他主张末世的佛教徒，如不依奉《占察经》的忏法，是不可能得到清净比丘戒的。因此，他于《占察经行法》的修行次数，虽比《大悲忏》来得少些，但在蕅益智旭实践佛教生活的比重上，依然还是《占察经行法》较为殊胜。"②

持咒也是蕅益智旭的主要修持方式。蕅益智旭经常受持的密咒约有8种，其中以《地藏灭定业真言》、观音菩萨《大悲咒》及《大佛顶首楞严咒》为主。蕅益智旭持咒极为虔诚，动辄数十万上百万遍。如三十一岁为复兴佛教，蕅益智旭持《地藏灭定业真言》100万遍；为毗尼实义、修治大藏受持《准提咒》150万遍；三十三岁为诸檀护受持《地藏灭定业真言》320万遍；三十四岁为消灭自他定业，诵持《地藏灭定业真言》468万遍，等等。如此虔诚的宗教修行，目的就是消除业障。对此，圣严法师认为："智旭先是由菩萨所显现的《地藏咒》和《观音咒》，作为他的信仰基础。并且以释尊自说的《大佛顶首楞严咒》，认定是其持咒思想的最高理论依据。"③ 同时也可看出，蕅益智旭在四十岁以后便不再鼓吹持

①　圣严：《明末中国佛教之研究》，关世谦译，第220—221页。
②　圣严：《明末中国佛教之研究》，关世谦译，第231页。
③　圣严：《明末中国佛教之研究》，关世谦译，第240页。

咒，原因是由民间佛教渐次移向单纯的修行。[①]

通过愿文可以发现，为了实现修行志愿，蕅益智旭经常采取一些颇为激进的修持方式，最典型的当属血书和燃香。血书是以血为墨书写经典的修行方式。它的经典依据，蕅益智旭《寄南开士血书华严经跋》云："血书一法，摄归普贤行海，条例《梵网》戒章。特所以然之故，未有揭示，致狂慧之徒荐为有相。夫无始生死根本，莫甚身见。出世妙法，莫先摧破萨迦耶山。萨迦邪见破，则生死轮永息，是名尊重正法，是名以法供养如来。《法华》《楞严》，深叹燃臂指及燃香功德，亦以此耳。"[②] 也就是说，蕅益智旭认为血书信仰源出40卷本《华严经·入不思议解脱境界普贤行愿品》"刺血为墨，书写经典"和《梵网经》卷上"刺血为墨，以髓为水，书写佛戒"，这与《法华经》《楞严经》记载的燃臂、燃指、燃香等修行方式相通，都是为了尊重正法。

蕅益智旭偏爱血书。如二十六岁燃臂香、刺舌血写书报母；三十岁刺舌血写书留别诸友，刺舌血书写大乘经律，刺舌血、燃臂香供师伯；三十一岁为雪航檝公讲律，刺血书写愿文；三十二岁燃臂香、刺舌血致书惺谷道寿。与佛教徒血书写经不同，蕅益智旭仅有一次刺血写经，其他以书写愿文、书信为主，恰恰表现出他复兴佛教的虔诚和坚决。

此外，蕅益智旭经常燃臂香、顶香。根据圣严法师考察，蕅益智旭燃臂香28次，燃顶香6次。如蕅益智旭燃臂香最多的一次是三十二岁时，为忏悔发愿，燃臂香28炷。其次是同年为供养本

---

① 圣严：《明末中国佛教之研究》，关世谦译，第241页。

② 释智旭：《寄南开士血书华严经跋》，载《蕅益大师全集》第16册，第78页。

师释迦牟尼，燃臂香 25 炷，其他则燃臂香几炷至十几二十炷不等。从佛教史的角度来看，蕅益智旭的修行方式并非极端，仅将供香点燃后放在手臂或头顶上，并非以火烧身或者燃臂、燃指等。蕅益智旭的燃香与《楞严经》有关。该经卷六云："若我灭后，其有比丘发心决定修三摩提，能于如来形像之前身燃一灯，烧一指节，及于身上爇一香炷，我说是人无始宿债一切酬毕，长揖世间，永脱诸漏。"① 可见，蕅益智旭的燃香与持咒一样，都是为了消除旧业。

对于占卜等民间信仰，蕅益智旭在出家前就深信不疑。三十一岁，蕅益智旭为惺谷道寿的出家参访而抓阄卜筮。三十二岁，蕅益智旭在注释《梵网经》时抓阄问佛。可见，他每当遇到难以抉择的事件时，往往抓阄问佛以定取舍，且对结果深信不疑。如三十五岁时，为检验戒律持守，他以八阄问佛，最终抓得菩萨沙弥阄。他在大众前公布结果，宣布自己由比丘戒退为菩萨沙弥戒。又三十八岁，蕅益智旭在九华山按《占察经》第三种轮相的占卜方法，最终占得"著述宏经，先修观智"阄，开始了著书立说、经典疏释之路。四十六岁，他依《占察行法》获得清净轮相，恢复了比丘戒体。对于蕅益智旭的占卜行为，圣严法师总结道："智旭在选择为母延命，为盟友的出家与参访，为经典的注释方法等场合，在决疑判断身份的位置上，或是决定著述宏经的生活方式，甚至恢复比丘身份，都是凭卜筮信仰决定。像这样的佛教学者，在中国佛教史上，相信该是极端的异例。"②

---

① 般刺密谛：《楞严经》卷六，《大正藏》第 19 册，第 132 页。
② 圣严：《明末中国佛教之研究》，关世谦译，第 250 页。

## 二、诗偈

蕅益智旭的诗偈,主要集中在《净信堂初集》卷八、《绝馀编》卷四及《灵峰宗论》卷十一至卷十四,凡6卷,可谓晚明丛林中的一大家。他的诗歌抒写佛教隐忧,叙写山居生活与净土境界,呈现修行心境与悟境。

### (一) 隐忧与病痛

蕅益智旭的诗歌始终带有深沉的忧虑。此中既有对佛教衰微的批判和隐忧,对时局的感伤,也有克期证果而不得的焦虑与苦闷。

前已言及,蕅益智旭不满佛教现状,勇于揭露和批评包含禅、教、律等宗派在内的晚明佛教流弊。这在诗歌中得以延续。如《吁嗟篇》序云:"弘戒学曰律师,果以般若解脱、严显法身乎?弘定学曰禅师,果以法身、般若成就不思议解脱乎?弘慧学曰法师,果以解脱、法身趣归般若乎?"[①] 在一连串反问乃至质问的背后,显示出他对当下佛教律、禅、教的强烈不满。晚明佛教僧伽数量的激增,却无法遮掩内在的危机。占晚明佛教主体的禅宗,表现得尤为明显。如崇祯元年(1628)所作《过檇李东塔见禅师上堂有感》云:

> 树杪声声泣露衰,岸舟鱼背漫相猜。宗乘顿逐东流下,触目难禁泪满腮。

---

① 释智旭:《吁嗟篇》,载《蕅益大师全集》第16册,第303页。

一滴狐涎澉体腥，那堪拈向法王庭。却惭普眼能弘
护，犹使天人掩耳听。

聋人听曲哑人歌，跛躄相将共伐柯。今日已成冥暗
界，不知向后又如何？①

开示上堂，机锋棒喝，宗门指示学人彻悟自心的教学方式，
流为师徒间的漫相猜测。丛林风气日下，教界昏冥，如聋人、哑
人跛躄相将。佛教命运岌岌可危，蕅益智旭毅然以程婴、公孙杵
臼自任，存孤救赵，承担起扶危救弊的重担。

蕅益智旭一生体弱多病，他所说的病，不仅是身体上的疾病，
更有晚明佛教之病：

宣文伎俩愧迦文，吹散青云附白云。堪叹缁林名杰
士，落花流水乱纷纷。②

谁将鸦臭立当阳，惹得儿孙日夜狂。灭却本宗无实
法，几多热闹一时凉。③

宗庭独力除荒草，教律谁能共执柯。雨露重时恩念
光，钳锤辣处怨情多。④

──────────

① 释智旭：《过檇李东塔见禅师上堂有感》，《灵峰蕅益大师宗论》卷十，载《嘉兴藏》第36册，第418页。
② 释智旭：《病中写怀十偈》其四，载《蕅益大师全集》第16册，第265页。
③ 释智旭：《病中写怀十偈》其七，载《蕅益大师全集》第16册，第266页。
④ 释智旭：《病中写怀四绝》其二，载《蕅益大师全集》第16册，第277页。

怀着同体大悲的精神，佛教之病有如自己之病，他以大无畏的担当精神与勇气，愿为佛教复兴，拼尽最后一丝心力："魔军邪帜三洲遍，孳子孤忠一线微。梦断金河情未尽，醒来犹自泪沾衣。"①

在蕅益智旭看来，与佛教命运一样，整个国家也处于风雨飘摇之中。朝廷政局动荡不安，家国内外刀兵四起，社会民生极其艰难。他的《偶成》，将目光投射到了苦难的现实世间："指端翻覆为云雨，世人抱负轻如羽。谋臣战士日纷纷，朝欲之秦暮欲楚。百万长城血未干，始皇骸骨归荒墅。丧家之狗悲绝粮，依稀马麦聊堪偿。所以颜陋融复懒，明诏宣时芋正香。道人有语止如此，取譬空疑端木氏。欲识妫姚两病翁，问取巢居沛泽双竖子。"② 家国大势如此，外加种种自然灾害的侵袭，百姓的生活无疑雪上加霜。在《士民失德亢旱不雨野人忧之赋四月》中，蕅益智旭真实抒写出百姓在遭受旱灾之后的悲惨生活，希望通过卜筮等种种手段，祈愿天降甘霖，救民于水火："四月炎暑，忧心如杵。嗟此农夫，不遑安居。晓拭其眉，爰卜其础。庶几油油，甘露湑湑。"③ 对此，作者将批判的目光转向了那些所谓的"达士"，他们不明去取之理，舍乳而取水，致使病症日增："亦有美乳，聿杂于湑。饮乳则乐，饮水则瘦。嗟彼达士，罔识去取。静言思之，不如群

---

① 释智旭：《梦感正法衰替痛哭而醒写怀》，载《蕅益大师全集》第 14 册，第 343 页。

② 释智旭：《偶成》，载《蕅益大师全集》第 16 册，第 282 页。

③ 释智旭：《士民失德亢旱不雨野人忧之赋四月》，载《蕅益大师全集》第 16 册，第 284 页。

羽。"① 在晚明四大高僧中，云栖袾宏与蕅益智旭本以稳健、保守
著称。此组诗歌的出现，流露出蕅益智旭激进的一面。在看似稳
健、保守的表象下，实则隐含着一颗忧国忧民之心，一份同体大
悲之感。

## （二）净土与山居

蕅益智旭极为重视修持实践在宗教生活中的重要作用，认为
佛教之要首在实践。其《示戒明》云："慢为功德贼，勤为善法
王。福水慧舟楫，无水舟不进。欲求真实慧，莫从口耳商。苦志
劳筋骨，大任乃克将。福至心忽开，妙义能顿彰。深造既自得，
世智谁可量。"② 在《山居六十二偈》其四十五中，蕅益智旭指出
佛教之要首在修行实践："芒鞵弃屋后，钵袋挂茅庵。非敢滥无
学，坐访同行参。石蜜味中最，食乃知其甘。见月良赖指，宁复
捞深潭。"③ 基于此，蕅益智旭在诗偈中对宗教实践生活进行了全
面叙写，彰显出苦参实修的一代高僧本色。除了描写结夏、解夏、
安居、阅藏等日常修持实践外，蕅益智旭诗歌的重点有二：一是
净土修持、净土世界图景的描摹，二是山居生活的叙写。

净土信仰是蕅益智旭一生宗教信仰的归结。他先后创作了
《净土偈六十首》《净土偈十四首》《大病初起求生净土六首》等
诗，以净土经典为据，对净土世界图景进行了铺叙与描摹。首先
是七宝池与八功德水。《佛说阿弥陀经》云："极乐国土有七宝池，

---

① 释智旭：《士民失德亢旱不雨野人忧之赋四月》，载《蕅益大师全集》第
16 册，第 284 页。
② 释智旭：《示戒明》，载《蕅益大师全集》第 16 册，第 265 页。
③ 释智旭：《山居六十二偈》其四十五，载《蕅益大师全集》第 16 册，第
274 页。

八功德水充满其中；池底纯以金沙布地；四边阶道，金、银、琉璃、玻璨合成。上有楼阁，亦以金、银、琉璃、砗磲、赤珠、玛瑙而严饰之。"① 对于七宝莲池及八功德水，蕅益智旭诗中有着如下描绘："西方即是惟心土，八德池中宝水盈。一滴饮人成净种，六根都摄悟无生。"② "西方即是惟心土，八德珍池彻底清。入浴顿令尘垢净，堂堂独露法王身。"③ 其次是众鸟和会，天乐常鸣。《佛说阿弥陀经》说："彼国土中常作天乐，黄金为地，昼夜六时雨天曼陀罗华。""彼国常有种种奇妙杂色之鸟，白鹤、孔雀、鹦鹉、舍利、迦陵频伽、共命之鸟。是诸众鸟，昼夜六时，出和雅音。"④ "彼佛国土，微风吹动，诸宝行树及宝罗网，出微妙音。譬如百千种乐，同时俱作。闻是音者，自然皆生念佛、念法、念僧之心。"⑤ 蕅益智旭在诗中如是写道："西方即是惟心土，无熟无寒乐事稠。况得妙音常历耳，时同胜友共遨游。"⑥ "西方即是惟心土，水鸟风柯向上机。无待百城烟水过，宝楼弹指自无疑。"⑦

山居生活是蕅益智旭诗歌的另一题材。他先后写作了《山中乐志偈四首》、《卜居十八事》（金庭山西湖寺安居期间作）、《食腐滓二首》、《病中写怀三十首》（九华山山居期间作）、《入山四首》、《山居百八偈》、《山居六十二偈》（实前诗选 62 首）、《入山五首》、《入山二偈》等作。在山居诗中，蕅益智旭首先展现出山

① 释智旭：《净土十要》，于海波点校，中华书局，2015 年，第 18 页。
② 释智旭：《净土偈》，载《蕅益大师全集》第 14 册，第 226 页。
③ 释智旭：《净土偈》，载《蕅益大师全集》第 14 册，第 227 页。
④ 释智旭：《净土十要》，于海波点校，第 21 页。
⑤ 释智旭：《净土十要》，于海波点校，第 25 页。
⑥ 释智旭：《净土偈》，载《蕅益大师全集》第 14 册，第 227 页。
⑦ 释智旭：《净土偈》，载《蕅益大师全集》第 14 册，第 227 页。

居乐道之意。蕅益智旭在无力改变佛教现状的情况下，利他无望，转而自利，入山隐遁精苦修行。《入山二偈》其一云："斗净喤喋不忍闻，蟭螟眉里尽浮云。宗风断续何关我，教网驰张一任君。蚀芥便窥空界迥，剖尘方信大千文。如来慧命同真际，笑杀从前河饮分。"①"宗风"句背后隐含的是他入山的无奈。他自谦染习难忘，调心无术，只好斩断浮名，入山清修。这样既可远离鱼龙混杂的佛教现实，也可在逆境中自我锤炼。在幽静的山居生活中，蕅益智旭远离了尘世的烦嚣。他澄观宇宙变迁，静悟人事浮沉，和道友商讨请益，体悟禅理，互相精进。他也珍爱着山中的一切，享受着山居的乐趣。如《山中三首》其一云："幻境冥无定，菩提志自坚。已知身世累，宁被利名牵。宴寂笺书后，谈经受食前。懒从商四事，一钵是良田。"②清静的山居生活，坚定了他的佛教修行志趣。山居中忘却身世之累，不被世间名利所牵，笺释佛教经典，畅谈经中妙理，一钵而往，简约而自然。山中的一草一木，在蕅益智旭看来都是那样的亲切，一举一动，无不体现出欣喜之情。珍禽孤猿相伴，白云时出时没，清泉流水潺潺，忘却了世间的得失与时间的流逝，生活虽显枯寂，却也符合他的本性。如《山居百八偈》其六云："我性耽枯寂，爱此山中山。珍禽晓破梦，孤猿夜伴闲。白云时出没，流水亦潺潺。得失永无虑，有门常不关。"③

　　山居虽可乐志，也会遭遇各种困难。随着律学复兴的失利，蕅益智旭在病痛交加之时，来到九华山隐居。食物的短缺和药物

---

① 释智旭：《入山二偈》其一，载《蕅益大师全集》第 16 册，第 308 页。
② 释智旭：《山中三首》其一，载《蕅益大师全集》第 16 册，第 262 页。
③ 释智旭：《山居百八偈》其六，载《蕅益大师全集》第 14 册，第 317 页。

的匮乏，成为山居最大的困难。如《遣病歌》所言，三四月间，本应温暖如春，然而在九华山却依然是浓雾高锁，犹如寒冬。病中的蕅益智旭也只能裹着厚厚的棉被、布袍高卧，依然感受不到一丝暖意。此种艰苦生活，在其相关诗文中也得以印证。虽然在肉体上忍受了极大的痛苦，物质生活也极度贫乏，思想境界却得到了提升，圣严法师对此论道："他忘却了肉体的存在，摒离了世事，因为了无一切思虑与妄念，同时体悟到一切儒教、道教，乃至于佛教的禅、教、律等的思想距离，都不过是权巧的方便而已。"①

　　山居修持，对蕅益智旭而言，根本目的在于体悟佛理。清静幽寂的环境，从容自得的心态，自然有助于对佛理的体悟。眼前的各种境缘，也就成为悟道的机缘。在世俗人眼中，鹊报喜而鸦鸣忧，在达者眼中，又何尝不是鹊鸣忧而鸦报喜呢？两者之声相同，人之闻性非殊。若能忘却外在音声的差别，破除外境对自心的影响，便能破除无明，踏上始觉之路。如《山居百八偈》其七十云："鹊噪困无忧，鸦鸣亦报喜。声性本非殊，闻机宁异二。一耳听两音，两亡一便止。无明从此无，始觉从此始。"② 其实六根六尘与六识，本来皆空，无须执着，也无须被其遮却本有之明。《山居百八偈》其八十五云："六尘本太平，六根亦非娆。问取六识身，踪迹尤杳杳。谁为结使源，细觅终难了。试看瓶内空，倾

---

① 圣严：《明末中国佛教之研究》，第 310 页。
② 释智旭：《山居百八偈》其七十，载《蕅益大师全集》第 14 册，第 330 页。

出知多少。"① 世人迷而不悟，正是出于对兼含真妄的现前一念心的执取。若能体悟到前际后际不可把握，现前一念难以测识，唯有以勇猛力挥金刚拳，方可打碎虚空，无执无碍。

总而言之，作为一个佛教徒，明理是其诗歌创作的最终归趣，眼前的种种境缘乃至于诗歌吟咏、写景状物作为文字般若之一种，只不过是其助缘而已。正如他在《杨辅之读破空论》中所说："般若离微绝悟迷，还将五度作阶梯。法元无法何烦扫，空若耽空亦有倪。秋至共看桐叶落，春深时听子规啼。道人读罢《金刚论》，臂抉裂劳更觅鞞。"② 梧桐叶落，子规啼鸣，是悟入般若性海的必经阶梯。

## 三、其他文体

除愿文、诗偈外，蕅益智旭还写作了颂古、像赞等，成为其佛教文学的有机构成。

### （一）颂古

蕅益智旭的颂古主要收录在《净信堂初集》卷七、《灵峰宗论》卷九之一、卷九之二。他在颂古中融入了实践体悟。其《大方广佛华严经颂一百首》序云："分凡圣，较深浅，大似邀空华结果；扫语言，讳修证，无端禁石女生儿。睹明星而了悟，栽成眼上两径眉；遍众会以敷扬，绘出空中千色彩。然虽今事门头，觅

---

① 释智旭：《山居百八偈》其八十五，载《蕅益大师全集》第 14 册，第 333 页。

② 释智旭：《杨辅之读破空论》，载《蕅益大师全集》第 16 册，第 289 页。

一尘而无朕；不妨实际理地，炳万法以齐彰。"① 可见，其《大方广佛华严经颂一百首》等颂古，不仅阐释一多相即、大小相容等华严宗教理，而且不扫语言，不讳修证，以实际理地彰显万法。

从颂古的内容来看，蕅益智旭重视宗教实践的意义。如《普贤行品第三十六》云："一念无瞋即普贤，说时容易用时难。世间多少弄潮客，不解撑船浅水滩。"② 普贤菩萨的行愿，似乎成为诸佛菩萨重视实践的代称。蕅益智旭认为一念无瞋即为普贤行愿，实则说易行难用更难。那些自诩弄潮儿的禅林名家，只会说食数宝，忽略了最基本的修行实践。佛教修学当以实践为主，以慧解为辅。其《赞礼地藏菩萨忏愿仪后序》云："盖末世之中，笃言于大乘甚易，而躬行于僧行实难。宁知废小谈大，并其大而亦非，悟大用小，并其小而亦大。故《法华》诚弘经者必依四安乐行，《涅槃》极谈常住佛性，尤扶戒律。今大士之功德独盛，得非亦在此乎？"③ 禅家独特的修证经验，只可自知而无法说与别人，所谓"身经百战定封疆，遍界成平返故乡。马上几多惊险事，不堪说向夜郎王"④。为此，他采用了借景寓理、借戏寓理、借事寓理种种方式绕路说禅，抒写修证体验与禅修境界。

---

① 释智旭：《大方广佛华严经颂一百首》，载《蕅益大师全集》第 16 册，第 177 页。

② 释智旭：《普贤行品第三十六》，载《蕅益大师全集》第 16 册，第 183 页。

③ 释智旭：《赞礼地藏菩萨忏愿仪后序》，载《蕅益大师全集》第 18 册，第 270 页。

④ 释智旭：《大方广佛华严经颂一百首》，载《蕅益大师全集》第 16 册，第 191 页。

### （二）像赞

蕅益智旭的像赞，主要见于《净信堂初集》卷七，《绝馀编》卷四，《灵峰宗论》卷九之三、卷九之四，以诸佛菩萨为中心，兼及历代佛教圣贤、当代（明代）高僧及其本人自作像赞。

像赞属于典型的图文结合的文学样式，由图画内容到读者接受，文本起了关键作用，它是沟通图画形象、画者、观者、读者间的重要媒介。同时，它又是观像、观想结合的产物，由心理层面的观想转化为具体的图像，由对图像内容之观想转化为文字，再由阅读像赞文本助益于观想。在此过程中，图像、观者、作者、读者间进行了数次转换，内容也经历了二次乃至多次阐释，其中起主导作用的是"观"。《阿弥陀佛像赞》云："观常作佛，佛常在观。心想遍知，同条共贯。"① 因此，蕅益智旭在像赞中试图通过图像内容的具体描述，深入揭示图像内蕴，引导读者契悟图像作者之心，体悟像赞主体之心。他认为仅仅依靠画面内容的观赏与知解，不去寻求图像背后的内蕴，是舍本逐末，难得旨趣。

蕅益智旭最突出的是自赞。《自像赞三十三首》对其一生的修学得失进行了总结。最显著者有二：一为修学旨趣之阐发，二为革新精神之坚守。

诚如《自像赞三十三首》其一所云："漫云宪章紫柏可，祖述永明寿。仔细检点将来，不免万年遗臭。"② 他对于净土信仰的坚守，对念佛法门的崇信，始终如一。《自像赞三十三首》其九云：

---

① 释智旭：《阿弥陀佛像赞》，载《蕅益大师全集》第 16 册，第219 页。
② 释智旭：《自像赞》其一，载《蕅益大师全集》第 16 册，第246 页。

"信得是心是佛，乃信是心作佛。所以枯坐喃喃，专念阿弥陀佛。偏要记串记千，不学瞒顸鹘突。无论专心散心，声声灭罪八十亿劫。假使众生界尽，虚空界尽，我此持名，终无休歇。"① 为修行净土法门，他或独自徜祥于竹石之间，泉声助发西方观想。或跏趺独坐，坐观日落；或高声颂佛号，期望着心与佛感，理与佛通。修行信仰之坚定，甚至远超须弥，矢志不移。如《自像赞三十三首》其十八云："野性懒且癖，独与竹石宜。泉声演佛号，助我西方思。有时瞑目坐，遥随落日驰。有时高声呼，悬想母忆儿。颇信感应理，宁复惑他歧。须弥或倾动，我志不可移。哀哉生死梦，痼疾谁能医。庶几一丘壑，聊免蝇蜗痴。"② 他坚信，只要信愿行三者结合，定能往生安养国土。任凭世人讥笑讽刺，他依然坚守着自己的修持理念，不谈玄说妙，不参禅学教，不随波逐流，只有一句佛号，昼夜称名，念念不断。《自像赞三十三首》其二十云："不参禅，不学教，弥陀一句真心要。不谈玄，不说妙，数珠一串真风调。由他讥，由他笑，念不沉兮亦不掉。昼夜称名誓弗忘，专待慈尊光里召。悬知莲蕚已标名，请君同上慈悲舻。"③

除了持名念佛外，蕅益智旭践行着禅净双修的理念。他在《枯树入禅像》中自述参禅经历，自认为属于枯寂一路，远非时下上堂说法、逞棒喝、弄机锋者相比："径山楼下，迷却父母生身。永庆堂中，依稀指鹿为马。九华静室，曾吃腐滓粃糠。灵峰藏堂，

① 释智旭：《自像赞三十三首》其九，载《蕅益大师全集》第 16 册，第 247 页。
② 释智旭：《自像赞三十三首》其十八，载《蕅益大师全集》第 16 册，第 247 页。
③ 释智旭：《自像赞三十三首》其二十，载《蕅益大师全集》第 16 册，第 248 页。

又复违于时夏。而今向此枯树里，胡思乱想作么？咄！忽愚树倒藤枯，且喜相随来也。"① 蕅益智旭一生著述弘富，倡导佛教义学，以义解救禅宗非经非教之弊，成为他追求的目标。如其二十六《著述相》云："胸中没半个字脚，笔下有万卷诗书。肚里无分毫芥蒂，舌头有多少毁誉。好像一科（棵）大树，只是其名曰樗。"②

蕅益智旭在四高僧中以稳健著称，却以勇猛之力改革佛教流弊。他没有追随时流开宗立派，也不愿升堂说法，扬名于世，而是坚守自己的理念："不愿一日卖得千担假，但愿千日卖不得一担真。"他的坚守与执着，希望彻底打破积弊丛生的佛教现状，为佛教的良性发展带来一股新鲜空气。

---

① 释智旭：《枯树入禅像》，载《蕅益大师全集》第 16 册，第 248 页。
② 释智旭：《著述相》，载《蕅益大师全集》第 16 册，第 248—249 页。

# 第十三章　明代佛教史传文学

明代佛教史传文学，主要包括编年体史传、僧传体佛教史传和灯录体佛教史传三种类型。编年体史传以时为序，以人物为中心，纪事记言并重。僧传体佛教史传延续佛教高僧传传统，以人物为中心，以纪事为主，分门别类，依次编排。灯录体佛教史传是禅宗独有的僧传形式，以记言为主，专收禅宗僧人传记，带有明显的宗派化特点。

明代佛教史传文学，有意接续前贤，裨补已有史传缺失，阐明佛教源流，辨别传承统序，具有重要的史料价值和文献价值。同时，亦能结合佛教实际，在内容、体例上有所变通，甚至出现了区域性佛教史传，庶可视为一地佛教之史。由于史传作者的宗派各异，编撰过程中难免带有宗派性特点。

鉴于明代佛教史传众多，加之时间有限，故重在借鉴已有成果，摄述成书、体例，其他有待来日再补。

## 第一节　编年体佛教史传

编年体佛教史传，当源自隋代费长房的《历代三宝纪》。是书卷一至卷三始于周庄王十年（公元前687），终于隋开皇十七年（597），记录了佛陀诞生、出家、成道、入灭及佛教东流、佛典传译之史事。受宋代传统史学的激发，佛教史传得以复兴。祖琇隆兴二年（1164）撰写的《隆兴编年通论》，始于汉明帝永平七年(64)，终于五代后周显德四年（957），凡894年。陈垣《中国佛教史籍概论》"《佛祖历代通载》二十二卷"条下云："本书为编年体。先是有隆兴府石室沙门祖琇撰《僧宝正续传》，又撰《隆兴佛教编年通论》廿八卷，附一卷。始自汉明帝，终于五代。曰隆兴者，作书之时地；曰佛教者，书之内容；曰编年者，书之体制；曰通论者，每条之后，多附以论断也。其书采摭佛教碑碣及诸大家之文颇备。编纂有法，叙论娴雅，不类俗僧所为。然不甚见称于世，遂为《佛祖通载》所掩袭。"① 观陈垣之意，编年体僧传之祖，当为祖琇在隆兴二年（1164）编辑所书的《隆兴佛教编年通论》。咸淳六年（1270），本觉根据59种佛书、44种儒书和3种道书梳理编次而成的《释氏通鉴》，始自周昭王甲寅（公元前1027），终于后周恭帝庚申（亦即宋太祖建隆元年，960），凡1930年。是书每年必录，无释事可载者列出甲子、帝年，文中多注明史实来源，考辨史实正误。该书对道教编年体史书的撰写，诸如元代赵道一的《历世真仙体道通鉴》等，起到了促发之功与借鉴之例。②

元代的编年体佛教史籍，则有闽宸峰沙门熙仲的《历朝释氏资鉴》、念常的《佛祖历代通载》和觉岸的《释氏稽古略》。熙仲的《历朝释氏资鉴》撰于至元十二年（1275），"是一部结构比较松散、有点杂集性质的著作"③。其后念常（1282—?）的《佛祖历

---

① 陈垣：《中国佛教史籍概论》卷六，第146—147页。

② 陈士强：《南宋元明清佛教史撰作评述》，载《复旦学报》（社会科学版）1987年第3期，第61—63页。

③ 陈士强：《南宋元明清佛教史撰作评述》，载《复旦学报》（社会科学版）1987年第3期，第65页。

代通载》，撰于至正元年（1341），记事上溯传说中的盘古氏，下至元统元年（1333）。陈垣称是书阴掠《隆兴编年通论》之美而多不明言，体例上亦有疏失之处，"《通论》编年，悉依'正史'本纪之法，《通载》则改之，只以甲子二字标题，而不尽著年号及年数，每条起始，多以'某月'或'是岁'等字冠之。欲知其事在何年，辄翻数叶或十数叶而未得其确数，此本书之大病也"①。此外，人物生平及作品系年，如元好问之《紫微观记》及吽哈啰悉利、无著妙聪等人，亦多有失当之处。继《佛祖历代通载》之后的编年体僧传，则有元释觉岸（1286—?）的《释氏稽古略》。是书撰于至正十四年（1354），初名《稽古手鉴》，后改今名。它以历代帝统为纲，佛家世次行业为纬编撰而成。每朝初叙述帝王生世、年号等，较为注重帝王与佛教之关系，是历代佛教史著作中辑录王朝政事最多的一部，约占全书的1/3。②"书亦编年体，后出于《通载》十余年，其中且有引《通载》者，如卷三贞元九年条是"③，"惟此书本为释子之欲稍通世史者而作，故于列朝兴废盛衰，无关释氏者，亦复条分摘列，参杂成文。《提要》讥其伤于枝赘，未中此书之失"④。

　　明代的编年体佛教史传，则有朱时恩的《佛祖纲目》《居士分灯录》、幻轮的《释鉴稽古略续集》等，在继承已有编年体佛教史传的同时，也呈现出一些新的特点。

---

　　① 陈垣：《中国佛教史籍概论》卷六，第 147 页。
　　② 陈士强：《南宋元明清佛教史撰作评述》，载《复旦学报》（社会科学版）1987 年第 3 期。
　　③ 陈垣：《中国佛教史籍概论》卷六，第 151 页。
　　④ 陈垣：《中国佛教史籍概论》卷六，第 152 页。

## 一、朱时恩的编年体佛教史传

朱时恩（1563—?），字我沾，号心空居士，浙江秀水人。早年秉承父母师教，立志学儒。母亲去世后转而奉佛，自称"当其步趋乎儒也，几欲效颦而攻乎佛。及其归依乎佛也，又因尝鼎而薄乎儒。皆缘不汇大圣之渊源，遂致下同流俗之轨辙"①。万历三十五年（1607），时年四十四岁的朱时恩发愤参学，"晨夕参叩，不敢怠遑，梦寐之间，默蒙印可"②。据憨山德清《云栖大师了义语序》载，"心空居士朱君为入室弟子，所录此语，目曰了义，诚禅宗之圆鉴，一心之指南，直抉末法瞖眼之金篦也"③。知其为云栖袾宏入室弟子，且辑录有《云栖大师了义语》。王元瑞《居士分灯录叙》亦云："惟我友朱我沾氏，学兼华梵，情泯智凡，心为般若之灯，足厕云栖之席，繙研释典，弘愿度人。"④ 万历三十八年（1610）四月八日，朱时恩"照依历代年号，编辑《佛祖纲目》，意仿乎孔子，名同乎紫阳。须以十年，或可卒业"⑤。然而，原本预计 10 年编撰完成的书籍，最终至崇祯四年（1631）方得完成，前后历时 21 年，"是书草创于万历三十八年之庚戌，卒业于崇祯四年之辛未，呕心枯发者，历二十有一年，遂成《佛祖纲目》四

---

① 朱时恩：《附刻原疏》，《佛祖纲目》卷首，载《卍新纂续藏经》第 85 册，第 556 页。
② 朱时恩：《附刻原疏》，载《佛祖纲目》卷首，第 556 页。
③ 释德清：《云栖大师了义语序》，载《憨山大师梦游全集》卷十九，第 898—899 页。
④ 王元瑞：《居士分灯录叙》，《居士分灯录》卷首，载《卍新纂续藏经》第 86 册，第 573 页。
⑤ 朱时恩：《附刻原疏》，载《佛祖纲目》卷首，第 556 页。

十一卷"①。

《佛祖纲目》是编年体佛教史传，记事始于周康王二年（公元前1019）甲子，迄明太祖洪武十六年癸亥（1383），凡2 460年。全书41卷，卷帙安排上别出心裁，"今不论篇数多寡，以一甲子周为一卷。起周康王二年甲子，止洪武十六年癸亥，总计四十一甲子，成四十一卷"②。每卷之下，标以千字文编号，如卷一后标"天字号"，以此类推，即其所云"仍编字号以便查考"。每卷之首，"先将此土年号注入甲子内"，标明甲子起止和帝王年号变迁。如卷一标云："甲子周康王二年起己丑周昭王元年癸亥周昭王三十五年止"③，盖本卷起迄时间为周康王二年甲子至周昭王三十五年，其中己丑改元为周昭王元年。如此处理之结果，便于读者稽考佛教史事，但造成了诸卷之间篇幅的失衡。如卷一（周康王二年至周昭王三十五年）至卷二十四（晋惠帝永兴元年至晋哀帝兴宁元年）每卷篇幅极少，仅千余字。自卷二十五（晋哀帝兴宁二年至刘宋文帝景平元年）渐长，唐代诸卷如卷三十三（唐武宗会昌四年起至唐昭宗天复三年止）已达3.1万余字。至若卷三十七（宋神宗元丰七年至宋高宗绍兴十三年），长达5.1万余字，不得不分作上、下两卷。

书题"佛祖纲目"，"佛"盖专指佛陀释迦牟尼，"祖"指禅宗诸祖，含西天二十八祖与东土六祖。《佛祖纲目凡例》曰："福慧两足，正觉无上，故名为佛。明佛心宗，行解相应，故名为祖。现在贤劫第四尊佛号曰释迦，王此五浊大千世界。释迦传迦叶，

---

① 朱时恩：《佛祖纲目序》，载《佛祖纲目》卷首，第555页。
② 朱时恩：《佛祖纲目凡例》，载《佛祖纲目》卷首，第556页。
③ 朱时恩：《佛祖纲目》卷一，第561页。

二十八传至达磨，是谓西天二十八祖。达磨传慧可，六传至惠能，是谓东土六祖。嗣后五宗继兴，法法相传，无忝祖位。教门则有瑜伽宗、南山宗、天台宗、慈恩宗、贤首宗。"① 题目首标"佛祖"，表明是书以禅宗为主纲、以教门诸宗为辅翼的编撰特点。《佛祖纲目凡例》"宗教"条下释云："教是佛语，宗是佛心。但愁心不作佛，不愁佛不解语。然通宗不通教，开口便乱道。故是书以传法正宗为主，而教尤不可不看。"② 朱时恩师承云栖祩宏，除禅宗外，于净土学说着力颇多。董其昌《佛祖纲目序》称："略化迹而重机缘，合宗乘而归净土"③，意即在此。《佛祖纲目凡例》"净土"亦云："佛开净土一门，实救世之良方，亦参禅之捷径。达磨未来，远公始创莲社，教人一心念佛，要其归极与直指单传，毫发无异。近世云栖宏师古佛再来，俨然德山临济。而不用棒喝，单提念佛话头，可谓善学柳下惠，不师其迹。读纲目者，直须识得此意。"④

"纲目"者，标明是书受传统编年体史传尤其是朱熹《通鉴纲目》之影响。与朱氏原书褒贬并重不同，是书并不刻意褒贬佛教史迹之优劣高下："纲者大纲，目者细目。儒书纲目为世间法，善恶俱陈，以备法戒，故有褒有贬。佛祖纲目为出世间法，专为托彼已成之佛祖，显我自性之佛祖，故无褒无贬。"⑤ "纲"者以时为纲，"目"者拟立标题以示内容。如卷一云：

---

① 朱时恩：《佛祖纲目凡例》，载《佛祖纲目》卷首，第 556 页。
② 朱时恩：《佛祖纲目凡例》，载《佛祖纲目》卷首，第 557 页。
③ 董其昌：《佛祖纲目序》，载《佛祖纲目》卷首，第 555 页。
④ 朱时恩：《佛祖纲目凡例》，载《佛祖纲目》卷首，第 557 页。
⑤ 朱时恩：《佛祖纲目凡例》，载《佛祖纲目》卷首，第 556 页。

　　癸未释迦牟尼佛示现成道

　　佛示六年苦行，自念非正解脱，我当受食而后成佛。即沐浴于尼连河，天为偃树挽之而出。时彼林外有二牧牛女，一名难陀，二名波罗，见地中生千叶莲花，上有乳糜，取奉菩萨，即便受食……①

　　小字"癸未"，概以时为纲；标题"释迦牟尼佛示现成道"，盖此时纪事之主题。正文述佛陀 6 年苦行，在尼连河菩提树下悟道，与标题相应。书中亦有一题下兼含数事，标题概述数事之主题。如卷二"释迦牟尼示现说法"下，则包含初说《华严经》、龙王受戒、初转法轮、学成归国、为父说法、创建竹园精舍与祇园精舍、富楼那等十大弟子拜师出家、收徒尼僧、创立戒坛等事，其中在罗睺罗出家时，插入佛陀买花献佛、与耶输陀罗共结夫妻的本生故事。凡此数事，朱时恩均以"释迦牟尼示现说法"概之。因此，是书以时为序，以编年体形式展现佛教初创乃至流播东土的历史，将编年体与纪事本末体有机结合，一事下兼括数事，较为集中地展现出传主生平，较单纯条目化的佛教编年，增添了文学性与可读性。

　　该书记言纪事并重，言为禅宗历代祖师悟道机缘，事为诸人生平行迹。然记言不拘泥于言，典型反映出禅宗不立文字、不离文字的语言观，如"机缘"云："教外别传，才出母胎便已漏逗，何待拈花纲目于涅槃后？纯录机缘者，良有深意。上流之士若于

---

　　①　朱时恩：《佛祖纲目》卷二，第 563 页。

此处觑得破时，一千七百则公案不消一捏。"① 纪事兼带宗教神通，然不主张刻意夸大宗教神通，与其师云栖袾宏持论颇相契合。如"化迹"云："神通变化，虽佛祖亦时蛰伏魔外，实则正法不系乎此。如沩山、云门道满天下，未闻以三世国王失通之故而少贬其宗风。故《纲目》虽不削化迹，亦不滞化迹。"②

此外，朱时恩又著有《居士分灯录》。他在崇祯四年（1631）撰写的《自叙分灯录缘起》云："余故略采内典，既成《佛祖纲目》四十一卷。复辑居士中师承有据及应化再来者七十二人，为《分灯录》二卷。分灯者，乃余结集时梦见舍利弗尊者之所标也。"③ 是书共二卷，卷首收录宋濂的《夹注辅教编序》《重刻护法录题辞》和云栖袾宏的法语9则。正传收录佛教居士72人，附传37人，始于维摩诘，终于宋濂。书中收录诸人既有苏轼、白居易、宋濂等世所共知的奉佛居士，亦有朱熹、周敦颐、程颐、程颢等理学名家。卷末《分灯录补遗》中，又将道教人物吕岩（字洞宾）补入，列为黄龙诲机禅师法嗣。此种编排之目的，盖充分彰显居士在佛教弘传过程中的辅助之功。为此，他在《自叙分灯录缘起》中提出主化、分化之说，其云："然考当时法道盛行，有主化者必有分化者。主化者如上所述，具载传灯。分化者则有如维摩诘、庞道玄、张无尽、宋景濂辈，秘大现小，带水拖泥，不坏假名而谈实相，斯亦悲愿弘广，混俗利生。"④ 他认为，在佛教的弘传过程中，主化者即佛教僧徒起到了主体作用，分化者即佛教

---

① 朱时恩：《佛祖纲目凡例》，载《佛祖纲目》卷首，第556—557页。
② 朱时恩：《佛祖纲目凡例》，载《佛祖纲目》卷首，第557页。
③ 朱时恩：《自叙分灯录缘起》，载《居士分灯录》卷首，第574页。
④ 朱时恩：《自叙分灯录缘起》，载《居士分灯录》卷首，第574页。

居士的辅翼之功亦不可没。

## 二、释幻轮的《释鉴稽古略续集》

释幻轮的生平事迹不详。其《释鉴稽古略续集》是续补元末觉岸《释氏稽古略》之作，从体例上说是编年体佛教史传。在《续集稽古略叙》中，他简要梳理了编年体佛教史籍之发展源流：

> 然古今传记之作，各有所专。国史则遗佛教，禅编则略世缘。无怪乎二宗学者之非博非通也。有元名衲华亭念常所集《佛祖通载》，兼系历朝纲纪。继此职里高僧宝洲《释鉴稽古》一书，备列皇王政治贤圣风规，佛祖源流法门轨则，编年叙世一贯无遗。俾夫简阅之者，其犹瞻象阙而躔度详明，探龙宫而珠玑毕聚。富哉此书，无分儒释，宜家贮而户蓄，枕宝而袖珍者焉，奚特名山藏为哉。①

若从考史的角度而言，幻轮此语显然有失偏颇。然细绎其意，重在融通传统史籍与佛教史籍，历朝纲纪与佛教源流并重兼载，编年叙事合二为一。故而，诸如念常的《佛祖历代通载》和觉岸的《释氏稽古略》，已经树立了典范。严尔珪亦称其"约而不遗，核而有则"，堪为后世师法。崇祯十一年（1638），严尔珪在古杏溪构建庵庙，延请释幻轮住持，其间严氏出资刊刻觉岸的《释氏

---

① 释幻轮：《续集稽古略叙》，载《释鉴稽古略续集》卷首，载《大正藏》第49册，第903页。

稽古略》，释幻轮负责校订，遂产生了续补之念。严尔珪《续刻释氏稽古略序》中云：

> 戊寅春王，构小庵于古杏溪，延幻师主之。雨晨月夕，相与沈吟。梵册寄怀，恺乐陶陶如也。一日偶理前说，幻师谓："宜重加绣戢，以待来者。"初以传述旧闻，已乃兼举未备，附以胜国暨皇明法苑事迹，勒成一书。宝洲之业，复光著若发蒙矣。[1]

释幻轮亦云：

> 杏溪大参蘧庵严翁，乘大愿轮，不忘付嘱弘通之蓟，抽资重刻，冀广流传。不慧寓幻其庐，备员校订，因并缉辑元世、熙朝两代事迹，缵承其后。庶见古今上下之道脉，连持世与出世之宗猷，踵接拟兹续貂之尾。盖不欲为最后断佛种之人绘空摹影，以俟来哲观感兴起，联辉续焰，以无穷焉耳。[2]

可知，严尔珪曾阅觉岸之《释氏稽古略》，深感其叙事约而不遗，核而有则。又忧其书流传未广，收录有限，后贤之事迹湮没无闻。崇祯十一年（1638）春，构庵院于杏溪，延请释幻轮住持，

① 严尔珪：《续刻释氏稽古略序》，载《释鉴稽古略续集》卷首，载《大正藏》第49册，第903页。
② 释幻轮：《续集稽古略叙》，载《释鉴稽古略续集》卷首，载《大正藏》第49册，第903页。

间商谈前忧。释幻轮亦有同感，遂搜集旧闻，增补元、明佛教事迹，续补而成。

《释鉴稽古略续集》共 3 卷，其中卷一纪元朝事，卷二、卷三纪明朝事，"始自元世祖甲子，至此熹宗丁卯，计三百六十四年，共僧四百三十余人"①。为了"连持世与出世之宗猷"，在具体编撰时，先以编年展现朝廷政事，再将相关佛教史事应机编入其中。为使编年与叙事相应，涉及僧侣时，往往将其生平传略，附于卒年条下。

## 第二节　僧传体佛教史传

据《四库全书总目提要》卷一百四十五"《宋高僧传》三十卷"条，高僧传始于惠敏，成于慧皎，道宣、赞宁轨迹前辙，遂成大观。② 明代的僧传体佛教史传，则有汰如明河的《补续高僧传》、如惺的《大明高僧传》、云栖袾宏的《皇明名僧辑录》等，现择要概述如下。

### 一、汰如明河的《补续高僧传》

明河（1588—1640），号汰如，一号高松道者，通州人，俗姓陈，一雨通润（1565—1624）法嗣。十余岁时，因病，父母送至东寺，依一天法师剃度。寺院属瑜伽，汰如明河则究心经典，兼习词翰。十九岁外出行脚参访，遇一雨通润（1565—1624）后，礼其为师，持侍左右。因江南华严宗少讲《华严经大钞》者，遂

---

① 释幻轮：《释鉴稽古略续集》卷三，载《大正藏》第 49 册，第 953 页。
② 永瑢等：《四库全书总目》卷一四五"《宋高僧传》提要"，第 1237 页。

与苍雪读彻约定互讲。每讲，听者万人，感群鹤飞空。后于崇祯
十三年（1640）十二月四日去世，世寿五十三，僧腊三十余。著
有《华严十门眼》《法华楞严圆觉解》《补续高僧传》等书。

汰如明河身为雪浪洪恩徒孙，一雨通润弟子，承袭江南华严
宗尚诗之风，深谙艺文之道。钱谦益《汰如法师塔铭》称"师究
心大成方等诸经，兼工词翰"，"藏海演迤，词峰迥秀，遮照圆融，
道俗交摄，识者以为真雪浪之玄孙也"①，毛晋《补续高僧传跋》
称"贯通内外之典，领袖龙象之林"②，见其具有较好的外学修养。

汰如明河素有编撰僧传之愿。万历三十九年（1611），二十四
岁的汰如明河着意于寻访史料，编撰僧传。③至崇祯十三年
（1640）去世，是书前后历经30余年，可以说是其一生心血所系。
从诸家序跋来看，《补续高僧传》在材料搜集过程中，呈现出以下
几个特点。首先是实地考察，注重搜集金石文献。如范景文《补
续高僧传序》云："河公枯筇所指，游遍名山古刹，搜剔碑版，攀
藤萝，摹剥蚀，次第汇集。"④毛晋《补续高僧传跋》称："担囊
负笈，遍游山岳。剔荒碑于薜径，洗残碣于松岩。嘉言懿矩，会
萃良多。"⑤马弘道更是明确写道："华山河公起而忧之，自堕僧
数，即以续传高僧为任。思欲该悉遗踪，莫如取信于金石，乃不
惮千里云山，单瓢椰栗。每逢残碑断碣卧烟委莽者，必躬自刷摸，

---

① 钱谦益：《汰如法师塔铭》，载《初学集》卷六十九，第1577—1578页。
② 毛晋：《补续高僧传跋》，《补续高僧传》卷末，载《卍新纂续藏经》第
77册，第541页。
③ 金建峰：《明僧释明河〈补续高僧传〉成书考》，载《南昌师范学院学
报》（社会科学版）2016年第4期。
④ 范景文：《补续高僧传序》，载《补续高僧传》卷首，第363页。
⑤ 毛晋：《补续高僧传跋》，载《补续高僧传》卷末，第541—542页。

考核遗事，穷搜幽讨。载罹寒暑，沐雨栉风，顾所不惜。"① 为了取信后世，汰如明河不远千里考察佛教遗迹，注重寻访金石碑传，可谓历尽艰辛。其次，在传世文献层面，他得到了晚明著名藏书家曹学佺的帮助。范景文《补续高僧传序》云："曹学宪能使复出邺架所藏，倾篋佐之。"② 苍雪读彻《补续高僧传序》云："忆甲寅春，于湖上送公为八闽游，吾亦将振策两粤，取道臧阿，以还故山。"③ 曹学佺（1575—1646）是晚明闽诗派代表人物，著名藏书家。④ 自万历二十六年（1598）秋冬间，曹氏调南京，添注大理寺正，至万历三十六年（1608）冬，迁四川右参政，离开南京，前后金陵为官凡 10 年，且组织金陵诗社，结集社友诗集为《金陵社集诗》，影响颇巨。汰如明河当于此时与其结识。万历四十一年（1613），曹学佺之父去世，他由四川回到福州。居丧期间，为父重修福州法海寺弥陀殿。考虑到曹学佺一生崇奉佛教，且与雪关智訚、觉浪道盛等人友善。汰如明河选择在其父丧期间入闽，或受曹氏之邀，亦未可知。然不论如何，他借此入闽之机，饱阅曹氏藏书，为编撰僧传提供了史料。

汰如明河晚年感慨《华严经疏钞》无人讲解，与同门苍雪读彻约定，先后分开宣讲。钱谦益《汰如法师塔铭》云："从上诸师，未讲《大钞》，苍、汰二师有互宣之约。师首唱一期，群鹤绕

---

① 马弘道：《补续高僧传跋》，载《补续高僧传》卷末，第 543 页。
② 范景文：《补续高僧传序》，载《补续高僧传》卷首，第 363 页。
③ 释苍雪：《补续高僧传序》，载《补续高僧传》卷首，第 363 页。
④ 按：曹学佺之生平，可参陈庆元：《曹学佺年表》，载《福州大学学报》（哲学社会科学版）2012 年第 5 期；陈庆元：《曹学佺生平及其著作考述》，载《福州大学学报》（哲学社会科学版）2016 年第 2 期。

空，飞鸣围绕。订来春为三期，与苍践更。未几示疾，怡然化去。"① 由于汰如明河晚年将主要精力放在《华严经疏钞》的讲演上，僧传的编撰稍有松懈，加之年寿不永，是书亦称未全之书。苍雪读彻《补续高僧传序》云："惜乎！此后两人皆堕讲肆窠臼，无暇及此。若夫人之今古，采之得失，列之诠次，尚俟商确，可称未全之书。"② 临终之前，汰如明河将书稿托付给弟子道开自扃（1601—1652），最终将其补充修订而成书。毛晋《补续高僧传跋》云："（明河）嘱付扃公，补缀成编。扃公以鹜子之多闻，兼茂先之博物，既唧师命，遂毕前功。"③ 钱谦益《道开法师塔铭》亦云："汰师至华山，命为监院。及其顺世，开讲堂，建塔院，刻《续高僧传》，覆视遗嘱，若操券契。"④

自汰如明河去世后，宗门内部发生变故，外加明清国变，可谓历经磨难。自扃《补续高僧传跋》云：

> 不肖以椎鲁无文，确怀固守。当纷纷转徙之时，予惟脚跟牢踮，故蒙先师嘉愍厥志，别贻青盼，山斋寂闃，手授净瓶，摩顶至三，记莂亦再，曰："转相传授，流注不绝。"俨如黄梅半夜信衣初付，非任力斗智所可力攘者也。其次不肖住山，则曰："不独山门有幸，实喜法脉得人。"诗篇志喜，启札相延，手迹犹存，墨痕未燥，此阖郡护法所共同心，不能偏废者也。至若拈华微笑，末后

① 钱谦益：《汰如法师塔铭》，载《初学集》卷六十九，第 1578 页。
② 释苍雪：《补续高僧传序》，载《补续高僧传》卷首，第 364 页。
③ 毛晋：《补续高僧传跋》，载《补续高僧传》卷末，第 541—542 页。
④ 钱谦益：《道开法师塔铭》，载《有学集》卷三十六，第 1268 页。

机缘，则简端六字，掷笔神游，曰"《高僧传》托道开"
是也。若不肖果有一念参商，其能蒙始终护念如此乎？
孰谓示寂之后，异议纷然，变端遽起。所以退让名山，
躬先剞劂，负书行耳，遑及戈矛。扃抱书之白门，饥荒
两值，变乱相仍，海宇更张，人心鼎沸，遂不能卒业杀
青。彷徨无措，归而谋诸隐湖居士，乐成先志，助襄厥
功，始克告竣。其艰难困苦之状，未易以一言遍告也。①

　　道开自扃善承师门遗绪，诗画兼通，钱谦益称："长身疏眉，
风仪高秀。能诗，好石门。能画，宗巨然。"② 此段文字声情并茂，
足见钱谦益所云，并非过誉。汰如明河在临终前，亲自将《补续
高僧传》托付道开自扃。其后师门内部出现了争议，所谓"一念
参商"者，盖指道开自扃有背叛师门之嫌。据钱谦益《道开法师
塔铭》，"师事苍雪澈、汰如河，通贤首、慈恩二家旨归"，"求名
未了，世缘系牵"。③ 或许是道开自扃游走于苍雪读彻、汰如明河
二师之间，且求名心切，招致同门讥嫌，不得已奔赴金陵。恰值
明清国变，饥寒交迫，战乱频仍，民不聊生。道开自扃无奈之余，
来到虞山，找到了晚明著名藏书家、刻书家毛晋。最终在毛晋的
帮助下，是书得以最终完成。可谓不负师恩，继承师志，进而消
弭师门之诮。

　　此外尚需提及的是，毛晋曾经亲自参与汰如明河讲席，听其
讲解《华严经疏钞》。入清后，汰如明河弟子对钱谦益撰写的《汰

　① 释自扃：《补续高僧传跋》，载《补续高僧传》卷末，第 542 页。
　② 钱谦益：《道开法师塔铭》，载《有学集》卷三十六，第 1268 页。
　③ 钱谦益：《道开法师塔铭》，载《有学集》卷三十六，第 1268—1369 页。

如法师塔铭》不满，认为"寥寥数言，不足以称道德业"，希望他重新修改。钱谦益覆视旧文，觉实无可改之处。顺治十四年（1657），作《书汰如法师塔铭后》一文，申明原委，正告汰如明河弟子。3年后，钱谦益作《又书汰如塔铭后》，对崇祯十二年（1639）汰如明河在华山讲《华严经疏钞》时石鼓有声、白鹤飞舞的神异之事加以补充，并云："戊戌（1658）冬，毛子晋过村庄，备道其亲闻于讲席者，乃知此。"① 在《汰如法师塔铭》的修改补记过程中，毛晋从中斡旋，"备道"汰如明河说法神异。由此可见，道开自扃在毛晋的帮助下，最终完成《补续高僧传》，实非无因。当然，在此过程中，苍雪读彻也起到了促发之功。他在《补续高僧传序》中写道："此书拟庋之高阁，公一生苦心竟成乌有。将质之海内，则又多所未逮。三复不已，与其无也宁存。遂与毛居士子晋相商而付诸梓。倘见罪于诸方，则吾实亦不得辞其责也。"② 其付梓时间，从诸家序跋来看，当在顺治四年（1647）左右。

《补续高僧传》之"补"，是补赞宁《宋高僧传》中失收的唐末五代僧人，诸如龟洋慧忠、佛手岩行、瑞龙幼璋等人。"续"者，指续补宋（辽、金）、元、明时期的高僧。在体例上接踵《宋高僧传》，以十科分类记叙僧人史迹，不同之处在于将《宋高僧传》中的"读诵"改为"赞颂"。具体而言，卷一为译经篇，正传13人，附见3人；卷二至卷五为义解篇，正传102人，附见27人；卷六至卷十六为习禅篇，正传243人，附见2人；卷十七为明律

---

① 钱谦益：《又书汰如塔铭后》，载《有学集》卷五十，第1624页。
② 释苍雪：《补续高僧传序》，载《补续高僧传》卷首，第364页。

篇，正传 10 人，附见 2 人；卷十八为护法篇，正传 15 人，附见 6
人；卷十九为感通篇，正传 34 人，附见 4 人；卷二十为遗身篇，
正传 13 人，附见 4 人；卷二十一为赞颂篇，正传 6 人；卷二十二
为兴福篇，正传 13 人；卷二十三至二十六为杂科篇，正传 99 人，
附见 13 人。总计正传 548 人，附见 72 人。其中习禅篇比重最大，
约占全书的 2/5。收录僧人最早者为卷六的龟洋禅师，卒于唐僖宗
广明至光启年间（880—887），最晚者为卷十六的明律，卒于万历
四十三年（1615），前后时间跨度约 730 年。①

　　与《宋高僧传》不同，《补续高僧传》在各科之末并没有论，
正传中有记叙一人事迹的单传，也有记录两人以上事迹的合传。
合传中的僧人，多为并列关系，没有主次之分。如卷一《宋天息
灾法天施护三师传》《法护惟净二师传》等，传中天息灾、法天、
施护及法护、惟净，均为译师，以翻译经典为主，功绩相当，故
合而述之。诚如陈士强先生所云，可称之为僧传的一种新体式。②
此外，《补续高僧传》在人物传末间或附以作者评语，或称"系
曰"，或称"明河曰"，共计 32 则，全部为人物品评之语，突出传
主佛教功绩。在叙事上，则充分汲取了已有僧传的叙事手法和叙
事模式，除顺叙外，倒叙、插叙等多种叙事手法并用，叙议结合，
夹叙夹议，亦取得了一定的成就。③

　　汰如明河深谙艺文之道，在僧传中注重阐明文人、僧人之互

---

① 陈士强：《大藏经总目提要·文史藏一》，上海古籍出版社，2008 年，第
329—330 页。
② 陈士强：《大藏经总目提要·文史藏一》，第 330 页。
③ 金建锋：《论释明河〈补续高僧传〉的叙事特点》，载《宜春学院学报》
2017 年第 4 期。

动，注重著录僧人的诗文创作，兼评僧人诗作之特点。如卷二《惟巳传》称："乡人胡惟岳者，高世之士，与巳游处甚厚，以诗相往来。巳尝以诗见邑宰祕书丞胜乔。""事外遇物感兴时亦作诗，其句度夷澹精粹，与人语和软，未尝辄违人。"① 同卷《有严传》云："二十年中专事净业，以安养为故乡，作《怀净土诗》八章，辞情凄切，人多乐诵。"② 卷二《智圆》云："于讲道之外，以诗文自娱，有杂述五十卷，题曰《闲居编》。"③ 卷四《季蘅若法师传》云："师风度简远，暮年神气完固。刘伯温称其诗文古雅峻洁而有奇风，故一时名公卿咸倾倒焉。"④ 凡此之类甚多，均为佛教文学之研究提供助益。

## 二、释如惺的《大明高僧传》

释如惺（生平籍贯不详）是象先真清（1537—1593）法嗣，住持天台山慈云寺。他博学多闻，偏爱史乘。万历四十五年（1617）所作的《大明高僧传叙》，追溯佛教东传历史，认为僧传主要有两类：一是以道宣《续高僧传》为代表的僧传体，"故六朝庐山远公、唐宣律师、宋赞宁辈乃修僧史及《高僧传》"⑤；二是以道原《景德传灯录》为代表的灯录体，"首以道原禅师、杨大年、附马李遵勖辈作传灯诸录若卷"⑥。明朝出现的诸如居顶的《续传灯录》等著作，他略而未提，或未见其书。据《大明高僧传叙》

---

① 释明河：《惟巳传》，载《补续高僧传》卷二，第376页。
② 释明河：《有严传》，载《补续高僧传》卷二，第381页。
③ 释明河：《智圆》，载《补续高僧传》卷二，第381页。
④ 释明河：《季蘅若法师传》，载《补续高僧传》卷四，第392页。
⑤ 释如惺：《大明高僧传叙》，载《大正藏》第50册，第901页。
⑥ 释如惺：《大明高僧传叙》，载《大正藏》第50册，第901页。

载，释如惺编撰僧传的初衷主要有二。

首先是借僧传以重兴佛教，其云：

> 夫孔子作《春秋》而乱臣贼子惧，太史公作史传天下不肖者耻。今吾释氏而有是书，则使天下沙门非惟不作师子身中虫，而甚有见贤思齐，默契乎言表，得免亡罴者，讵可量哉。①

释如惺鉴于传统史籍中《春秋》作而乱臣贼子惧，《史记》作而不肖者耻，进而认为通过编撰僧史，可以避免僧徒危害佛教，使其见贤思齐，以前贤的嘉言懿行为榜样，开悟心性，彻悟佛法。

其次是借僧传以存史，其云：

> 然僧史始于汉明，传灯远溯七佛，皆终于宋，惟《神僧传》迄于元顺而止。明兴，太祖高皇帝开国以来，国家之治超于三代，佛法之兴盛于唐宋，独僧史传灯诸书尚寥寥无闻，良可叹也。然吾侪有力者不以为念，有志者无以为缘，而我国朝人物其果不若唐宋乎？②

在释如惺看来，前代僧传灯录皆止于宋、元，明兴以来之佛教史事皆付诸阙如，寥寥无闻，良可慨叹，故有志编撰僧传，以存僧史。

---

① 释如惺：《大明高僧传叙》，载《大正藏》第 50 册，第 901 页。
② 释如惺：《大明高僧传叙》，载《大正藏》第 50 册，第 901 页。

《大明高僧传》的编撰，始于万历二十八年（1600）释如惺校刻《佛法金汤编》之后。《大明高僧传叙》中云："予于庚子校刻前代金汤编，今岁又辑国朝护法者以补其缺，间于史志、文集，往往有诸名僧载焉，因随喜录之，自南宋迄今，略得若干人，命曰《大明高僧传》，以备后之修史者采撫云尔。大明万历丁巳仲夏吉旦书于嘉兴楞严之般若堂。"① 从尾题来看，是书完成于万历四十五年（1617），地点在嘉兴楞严寺的般若堂。楞严寺本为《嘉兴藏》后期刊刻的重要场所，亦印证了其校刻《佛法金汤编》之事。可以说，释如惺在校刻辑补《佛法金汤编》的过程中，已经开始了《大明高僧传》的材料收集。是书所收者始于南宋，终于明朝，分译经、解义、习禅三类。卷一首载译经篇，收录正传1人，附见2人，共3人。卷一至卷四为解义篇，目录中正传70人，实收44人，附见38人，共108人。卷五至卷八为习禅，正传67人，附见30人，共97人。三篇正传收录138人，附见70人，总计208人。因释如惺为象先真清法师法嗣，系天台宗僧人，故从《大明高僧传》收录僧人来看，明显带有重教略宗之倾向。而天台、华严两家中，重天台而轻华严。如卷一"义解篇第二之一"正传中收录华严宗3人，天台宗10人。

## 三、云栖袾宏的《皇明名僧辑录》

云栖袾宏的《皇明名僧辑录》一卷。是书辑录明代以来名僧，其中生于元而卒于明者录，卒于元者则不录。书分正传、附录、又附三部分，其中正传10人，附录8人，又附1人，总计19人。

---

① 释如惺：《大明高僧传叙》，载《大正藏》第50册，第901页。

正传每人分行实、上堂、普说、示众、开示、诗文诸部分分类节选辑录，盖从诸人文集中来。如《皇明名僧辑录凡例》云："楚石以下十家，各有语录，不能悉具全书。其上堂、示众、普说、拈颂、题咏诸杂著等，皆录少分。"① 其中"行实"多以寥寥数十字概述传主生平，不枝不蔓，简繁得当，与《竹窗随笔》一脉相承，体现出云栖袾宏一贯的简洁凝练之文风。上堂、普说等辑录诸人说法要语一则至数则不等，不仅符契云栖袾宏行事风格与思想旨趣，且多以诗句作结，关注到佛教艺文的辑录，如《楚石琦禅师》中辑录其《净土诗》10首，《性原明禅师》中辑录《龙山次韵》2首、《净慈次韵》1首等，颇具文学意味。正传中，云栖袾宏每人之末或附有短评，揭示传主修持特性。如《楚石琦禅师》辑录净土诗10首，并附语曰："本朝第一流宗师，无尚于楚石矣。筑石室，扁（匾）曰西斋，有《西斋净土诗》一卷行世。今止录十首，以见大意。彼自号禅人而浅视净土者，可以深长思矣。"② 借辑录楚石梵琦之《西斋净土诗》为净土宗张目，实与云栖袾宏专弘净土之旨趣契合。正传中所收禅师行实、开示诸语，多与云栖袾宏生平持论相契，见其拣择入传时颇费苦心。如辑录毒峰善禅师上堂诸语，突出参念佛禅、重苦行的特点。《行实撮略》亦突出其闭关苦行、不坐不卧之行迹，并著语云"关内行持，可谓大强勇猛精进矣！乐闲逸而坐关者惕诸"③，实为其禅净合一、平实稳健之宗教风格张目。《空谷隆禅师》中，所收《示圆鉴堂》，重在念佛；《答问》中阐释永明延寿"有禅有净土，犹如带角虎"，重在禅净

① 释袾宏：《皇明名僧辑录凡例》，载《续藏经》第84册，第358页。
② 释袾宏：《皇明名僧辑录凡例》，载《续藏经》第84册，第361页。
③ 释袾宏：《皇明名僧辑录》，载《续藏经》第84册，第363页。

双修;《示坐关、安清二上人》中反复叮嘱珍惜寸阴,刻苦修行。《楚石琦禅师》中突出念佛禅,评云:"所云以提起话头之日为始事,一年不悟参一年,乃至十年、二十年、三十年、尽平生不移此志,直至大悟方名罢参,至哉言也。"① 《古音琴禅师》中收录《念佛警众》六言诗,首重净土念佛。凡此,亦与云栖祩宏持论相允。

此外,"附录"所收 8 人,是云栖祩宏从宋濂文集中辑录而出,文多概述生平,以存史事。云栖祩宏自云:"宋景濂学士集中诸师碑铭,祩宏采其少分,以纪圣朝盛事,不致淹没故。"② "又附"中收录《高丽普济禅师答李相国书》,系许元真从朝鲜得来,亦见其时域内外文化交流之盛迹:"祩宏曰:此语录,万历丁酉福建许元真都阃东征得之朝鲜者,中国未有也。元真携原本还闽,仅录。"③

除了上述介绍的较有代表性的僧传外,尚有明成祖组织编撰的《神僧传》、夏树芳辑录的《名公法喜志》等。《神僧传》专收僧传中以神异著称者,始于汉代竺摩腾,终于元代胆巴,共 208 人。陈垣《中国佛教史籍概论》卷六云:"是书专采僧传中之有神迹者,辑以为传,不注出典,所采皆习见之书。自汉摩腾,至元胆巴,凡二百八人。"④ 四库馆臣认为:"大旨自神其教,必有灵怪之迹者乃载,故以神僧为名。而诸方古德谈禅持律者,则概不录

---

① 释祩宏:《皇明名僧辑录》,载《续藏经》第 84 册,第 371 页。
② 释祩宏:《皇明名僧辑录》,载《续藏经》第 84 册,第 375 页。
③ 释祩宏:《禅关策进》卷一,载《大正藏》第 48 册,第 1104 页。
④ 陈垣:《中国佛教史籍概论》卷六,第 153 页。

焉。"① 夏树芳②的《名公法喜志》，从《顾端文公年谱》所载顾宪成《法喜志叙》的写作时间来看，当作于万历三十四年（1606）。是书专收历代名儒宰官、奉佛居士之崇佛、奉佛事迹，始于汉武帝时的东方朔，终于元末明初的杨维桢，凡 208 人。顾宪成称其为"从儒用禅者"，即站在儒家立场上选取有关佛教之人物，从中可以概见历代奉佛名士之风采，问世后颇受世人喜爱，亦为清代彭绍升《居士传》的取材来源之一。③

## 四、永觉元贤的《建州弘释录》

《建州弘释录》为明末清初名僧永觉元贤（1578—1657）编撰。永觉元贤为福建建阳人，是书亦以收录建州僧侣和护法居士为主，为区域性佛教史传著作。建州为永觉元贤出生地，不仅为理学渊薮，亦为佛教重镇。万历四十五年（1617），永觉元贤弃儒皈佛后，随寿昌慧经禅师（1548—1618）参禅，对佛教先贤如数家珍。为弘扬先贤、奖掖后进，并经同门无异元来多次催促鼓励，崇祯二年（1629）冬，永觉元贤编撰完成该书。从滕之宋、李槐等人跋语来看，此书是永觉元贤在隐居荷山时所作，前后历经 5 年。如滕之宋云："和尚之隐荷山，凡五寒暑矣。不务外缘，不谒豪贵，唯日向残编断碣中，采诸师之行而传之。"④ 李槐云："为是

① 永瑢等：《四库全书总目》卷一四五"《神僧传》提要"，第 1240 页。
② 夏树芳（生卒年不详），字茂卿，号冰莲道人，江阴人，万历十三年（1585）中举人，著有《名公法喜志》四卷，《栖真志》四卷，《茶董》二卷，《奇姓通》十四卷，等等。
③ 陈士强：《大藏经历代总目提要·文史藏二》，第 610—614 页。
④ 滕之宋：《〈建州弘释录〉跋》，载《建州弘释录》卷末，载《卍新纂续藏经》第 86 册，第 572 页。

建州有如许人品，如许榜样，竟沉埋于荒榛烟谷、残编断碣之中，而不惜五冬，令他千载耶？师曰然。"①书成后，永觉元贤寄给无异元来。无异元来（1576—1630）撰写了《建州弘释录序》，交代了是书编撰的始末：

> 丁巳春，吾弟永觉师初弃儒入释，从寿昌先师学枯禅，因与道其乡之先正甚悉，皆粹若珙璧，逸若凤鸾，多余所未及知者。余喜甚，指其胸曰："此是一部僧史记。"师曰："吾将志而传之。"无何，先师没，师来博山同居者五载。余间索其旧诺，师曰："俟识鼻孔后为之。"后归闽隐山，未通消息。戊辰春，余自鼓山还博山，道经建州，师迎于开元寺。余一见而识之，曰："今可志建州僧也。"师笑而不答。余乃问曰："寿昌塔扫也未？"师曰："扫即不废，祗是不许人知。"余曰："汝偷扫祛也。"师曰："和尚又作么生？"余曰："扫即不废，祗是不曾动着。"师曰："和尚不偷扫那？"遂相笑而别。至己巳冬，以书来博山。则《建州僧志》成，寄以相示，且征序焉。②

可见，永觉元贤参访无明慧经时，与无异元来谈及家乡佛教

---

① 滕之宋：《〈建州弘释录〉跋》，载《建州弘释录》卷末，载《卍新纂续藏经》第 86 册，第 573 页。

② 释元来：《建州弘释录序》，载《建州弘释录》卷首，第 813 页。按：在林之蕃撰写的《福州鼓山白云峰涌泉禅寺永觉贤公大和尚行业曲记》中，亦有类似的记载，当从此段材料化用而来，兹略之。

史迹，即有编撰僧录之意。后经多次督促，最终在无异元来临终前一年成书，并寄其索序。是书之编撰目的，举其要者有二。首先，《建州弘释录》作为地方性佛教史传，记录乡贤史迹，保存一代之史，是其编撰初衷。温陵何乔远在崇祯四年（1631）秋所作《叙弘释录》云："迩乃建大法幢于荷山，谓建州古称法窟，而纪（记）载多所缺略。爰考群籍，成一种畸史，曰《弘释录》，志达本，志显化，志崇德，志辅教，而建州法灯得觉公复炳之。"① 其次，借存史再现先贤遗芳，彰显佛教盛况，奖掖鼓励后学。永觉元贤《建州弘释录叙》自云：

> 其在我建，则六朝以前概未有闻。唐兴，始建梵刹。自马祖入关，肇化于建阳之佛迹岭，而禅学始大行焉。厥后虽禅教殊宗，性相异旨，共能使玄化风飞，法泉箭涌，皆我释之津梁也。逮明兴以来二百余载，宗灯绝焰，教海亦湮，间有二三亦落落如晨星，则弘道之责将属之何人乎？贤，潭邑之鄙人也。滥入缁流，幸投法窟，虽萤火难照，鼯技俱窘，而好古一念每切愚悰，谛仰先标辄至挥涕。因思古此溪山也，此日月也。今亦此溪山也，此日月也。今之人岂独异于古之人哉？夫何法门寥寂，今古相悬乃尔？其无乃前踪既没则观感之无藉欤？狃于近习则激发之无人欤？用是不揣颟愚，博探群籍，取诸师之产于建者，或开法显化于建者，悉录而传之。俾晚学之士得见古人如是之辛苦，如是之严慎，如是之博大，

---

① 何乔远：《叙弘释录》，载《建州弘释录》卷首，第552页。

如是之远到。倘能翻然易辙而趋望标而进，则唐宋之盛
庶几再见于今日，亦未可知也。呜呼！人皆可为尧舜，
子舆氏决非诳语在，有志者事竟成耳。①

在此，永觉元贤对建州佛教的发展历史进行了梳理，自唐代
马祖道一入关以来，佛学盛极一时。然自明以后，暗寂无闻。溪
山日月如旧，佛教形势已非昔日可比，弘道之责无人肯担。因此，
永觉元贤编撰是书，使后学得见先贤参学之辛苦、严慎、博大、
远到，效法先贤，努力修持，庶可再现当日佛门盛况。

从体例看，是书分达本、显化、崇德、辅教四类。关于"达
本"，无异元来释云："首曰达本，重明宗也。"②永觉元贤释云：
"识心达本，始号沙门。心非可识，眼不见眼。绝解绝证，强立斯
号。入诸佛海，此为第一。志达本。"③盖收录绝解绝证、明心见
性之禅师为主，凡32人。"显化"者，无异元来释云："次曰显
化，彰祷应也。"④永觉元贤释云："积诚旋湛，灵应自彰。实唯本
具，匪藉外来，圣凡叵测，隐显无方。摄化有情，此为最广。志显
化。"⑤盖记以神感灵应普施济众者，如"唐松溪中峰行儒禅师"
云："景福元年，庵居中峰。时有虎啮人，乡人集众捕之，师乃骑
虎出迎。众大惊异，因号伏虎焉。"⑥又"五代崇安瑞岩院扣冰澡

---

① 释元贤：《建州弘释录叙》，载《建州弘释录》卷首，第552—553页。
② 释元来：《建州弘释录叙》，载《建州弘释录》卷首，第552页。
③ 释元贤：《建州弘释录》卷上，第554页。
④ 释元来：《建州弘释录序》，载《建州弘释录》卷首，第552页。
⑤ 释元贤：《建州弘释录》卷下，第562页。
⑥ 释元贤：《建州弘释录》卷下，第562页。

光禅师"末，永觉元贤评云："扣冰神异物著，为辟支再来无疑。"① 凡收僧侣 17 人。"崇德"者，无异元来释云："三曰崇德，录众行也。"② 永觉元贤云："多闻寡益，践实有功。目足更资，乃造其微。体睿含淳，履仁翔慧。瞻之仰之，千载典型。志崇德。"③ 盖收录真参实悟、僧品高尚者凡 14 人。"辅教"者，无异元来云："四曰辅教，备金汤也。"④ 永觉元贤云："佛日亘天，魔云作障。日何所损，人失其照。休哉硕人，为金为汤。启导群迷，永益来学。志辅教。"⑤ 盖收录佛教护法居士凡 14 人。

　　是书以编集为主，卷首目录每人名后注明材料来源，诸如《传灯录》《高僧传》《五灯会元》《林间录》《径山志》《宗门统要》等，凡数 10 种。每人传记之后，间附按语，约有数类。一为彰显先贤圣德，堪为后学典型。如"五代建安白云寺约禅师"传后曰："国师如鹏，搏白云如太空，国师如龙，骧白云如大海。观者徒知赏国师之骏逸，而不知其被白云活埋，迨今犹未起在。"⑥ 盖喻指约禅师自由洒脱、俊逸超俗之气概。又如"宋瓯宁竹源宗元庵主"传后云："垂语数句，真切痛快，大有醒人处。凡为僧者，宜写一通置座侧。"⑦ 二为针砭时弊，警戒后学。如"宋建阳澄湜禅师"传后曰："禅学晚进妄意高远，辄谓戒律不足持，三藏

① 释元贤：《建州弘释录》卷下，第 563 页。
② 释元来：《建州弘释录序》，载《建州弘释录》卷首，第 552 页。
③ 释元贤：《建州弘释录》卷下，第 565 页。
④ 释元来：《建州弘释录序》，载《建州弘释录》卷首，第 552 页。
⑤ 释元贤：《建州弘释录》卷下，第 568 页。
⑥ 释元贤：《建州弘释录》卷上，第 556 页。
⑦ 释元贤：《建州弘释录》卷上，第 559 页。

不足阅。傲然自恣，以为身在三界之外，而不知已落泥梨之中矣。"①"明寿宁虎皮庵金汉道人"传后评烧身之举云："世复有为魔所著，或有贪身后之名者，或有激而为之者。正念既失，必招恶果，轻入鬼伦，重沉阿鼻，可弗禁欤？兹集若哀公化后得舍利数合，金道人于空中掷下僧舄，其为可烧无疑矣。第恐无知之徒，妄相效仿，则余未见其可也。"② 为避免传中所载烧身等举贻误后学，妄加效仿，特书诸语以警示之。凡此之类，均体现出永觉元贤编撰此书的良苦用心。

## 第三节　灯录体佛教史传

灯录与僧传之区别，陈垣《中国佛教史籍概论》云："灯录为记言体，与僧传之记行不同……灯录又为谱录体，按世次记载，与僧传之传记体不同。且僧传不限于一科，灯录则只限于禅宗。"③ 明代的灯录编撰十分兴盛，圣严称"明末仅仅 60 年间，竟比任何一个时期所出的灯录更多"④。明代的禅宗灯录，既有五灯系统的续作，也有自成体系的新作。在宗派纷争之外，受明末政治局势的影响，明代的灯录也呈现出明显的存史意识。

### 一、居顶的《续传灯录》

居顶（？—1404），号圆庵生，台之黄岩人，俗姓陈。十五岁能诗文，入台州净安寺为沙弥，依迪元瑀禅师。后从恕中无愠禅

---

① 释元贤：《建州弘释录》卷上，第 556 页。
② 释元贤：《建州弘释录》卷下，第 565 页。
③ 陈垣：《中国佛教史籍概论》卷四，第 92 页。
④ 圣严：《明末中国佛教之研究》，第 5 页。

师剃度，为侍者，洪武十六年（1383）住翠山，次年延其师居于此，奉养送终，营塔安葬，以孝名闻一时。洪武二十七年（1394）诏选为僧录司僧官，次年，明太祖诏入京师。洪武二十九年（1396）正月，补僧录司左讲经，继住灵谷寺，后升左阐教。永乐二年（1404）二月二日去世，葬于翠山空寄塔右。①

居顶自幼能诗善文，释文琇《增集续传灯录》卷六本传称"年十五，能诗文"②，出家前曾受过良好的诗文训练，出家后为无愠禅师侍者，随其寓慈溪永乐，得到元末明初文学名家宋禧的指点，尽得作文之法。本传记云：

> 空室退寓慈溪永乐，师随侍之，因得从庸庵宋先生妙尽作文之法。已而，金华宋潜溪、天台朱云巢见师著作，皆共称赏。蜀王殿下亦尝赐诗叹美，有"僧中班马是何人"之句。③

宋禧（生卒年不详，元末明初人），初名元禧，字无逸，号庸庵，浙江余饶人。元至正中乡荐，补繁昌教谕，后弃职归。洪武初，诏修《元史》，《外国传》即出其手。书成，不受职，乞还山，

---

① 居顶生平参释文琇：《增集续传灯录》卷六《应天府灵谷圆极居顶禅师》，载《卍新纂续藏经》第142册，第346页；释超永：《五灯全书》卷五十一《台州瑞岩空室恕中无愠禅师》。
② 释文琇：《增集续传灯录》卷六《应天府灵谷圆极居顶禅师》，载《卍新纂续藏经》第83册，第346页。
③ 释文琇：《增集续传灯录》卷六《应天府灵谷圆极居顶禅师》，载《卍新纂续藏经》第83册，第346页。

后典福建乡试。著有《庸庵集》十四卷。① 宋禧曾学诗于杨维桢，然舍其奇艳诡谲、奇谲兀臬，转以自然为宗，为诗清和婉转。朱彝尊《静志居诗话》卷二称："对法流转，颇饶自然之趣。"② 张其淦《元八百遗民诗咏》卷二称："廉夫好奇谲，庸庵尚清绮。善学柳下惠，无如鲁男子。位置白陆间，高人合如此。牛鬼诮文妖，漫以一例视。"祁武垣注中称："禧学问源出杨维桢。维桢才力横轶，所作诗歌以奇谲兀臬，凌砾一世，效之者号为铁体。而禧诗乃清和婉转，以自然为宗，颇出入香山、剑南之间，文亦详瞻明达，不诡于理，可谓'善学柳下惠，莫如鲁男子'矣。"③ 居顶从其受学，尽得作文之法，并得到有明初第一文臣之称的宋濂等人的赞赏，蜀王亦誉为"僧中班马"。见其擅文，已声驰丛林内外，引起朝野重视。明太祖诏入京师补任僧官，当非无因。

在《续传灯录》之前，已有道原的《景德传灯录》等禅宗灯录著作，居顶亦对此前之灯录进行了梳理点评，其云：

> 吴僧道原于宋景德间，修传灯录三十卷，真宗特命
> 翰林学士杨亿等裁正而序之，目曰《景德传灯录》。自是

---

① 关于宋禧之生平，参朱彝尊：《静志居诗话》卷二，第49—50页；杜荫棠：《明人诗品》卷一，载《明代传记丛刊》第16册，第13页；张其淦：《元八百遗民诗咏》卷二，载《明代传记丛刊》，第71册，第93页；王鸿绪等：《明史稿列传》卷一六一，祁武垣注，载《明代传记丛刊》第97册，第415页；张廷玉等：《明史》卷二八五，祁武垣注，载《明代传记丛刊》第100、103页，等等。《庸庵集》现存十四卷，收入《文渊阁四库全书》集部第1222册。

② 朱彝尊：《静志居诗话》卷二，黄君坦校点，人民文学出版社，1990年，第50页。

③ 张其淦：《元八百遗民诗咏》卷二，载《明代传记丛刊》第71册，祁武垣注，第93—94页。

禅宗寝盛，相传得法者益繁衍。仁宗天圣中，则有驸马
都尉李遵勖著《广灯录》。建中靖国初，则有佛国白禅师
为《续灯录》。淳熙十年，净慈明禅师纂《联灯会要》。
嘉泰中，雷庵受禅师述《普灯录》。宋季，灵隐大川济公
以前五灯为书颇繁，乃会粹成《五灯会元》。窃谓《景德
传灯录》至矣，继此四灯之录，宁免得此而遗彼乎。《会
元》为书，其用心固善，然不能尊《景德传灯》为不刊
之典，复取而编入之，是为重复矣。①

　　禅宗灯录的编撰，在居顶看来，始于《景德传灯录》。② 法眼
宗道原的《景德传灯录》（1004）以七佛（毗婆尸佛至释迦牟尼
佛）、天竺诸祖（摩诃迦叶至般若多罗二十七祖）、中华五祖（达
摩至弘忍）等明之，其后详记弘忍、慧能之后的法嗣传承，并无
五家七宗之目。临济宗李遵勖（988—1038）的《广灯录》，编撰
时距景德年间尚近，各宗世次增加不多，章次略有更易，人数略
有扩充，故名以"广"。云门宗惟白的《建中靖国续灯录》
（1101），志在追续道原《景德传灯录》，故名为"续"。是书分正
宗门、对机门、拈古门、颂古门、偈颂门五类，"依禅门法脉相续
的次第，集录师资略历、机缘语句、古则公案及偈颂等，而特别

---

　　①　释居顶：《续传灯录序》，载《续传灯录》卷首，载《卍新纂续藏经》第
83 册，第 1 页。

　　②　按：《景德传灯录》之前，已有《付法藏因缘传》《楞伽师资记》《传法
宝纪》《历代法宝记》《宝林传》《祖堂集》等数种禅宗史传灯录问世。然囿于
时、地因缘，或藏于敦煌文献，或成书后远播异国，居顶无由得见，故以《景德
传灯录》为始。

偏重云门宗禅者语录的揭载"①，其中正宗门"叙述印度、中国五十一位师祖的契悟缘由"，对机门"记述临济、云门两宗诸师的应机说法的情形"，拈古门"集录雪窦重显以下二十八师所拈举的古则公案"，颂古门"编录雪窦重显以下十九人的颂古诗偈"，偈颂门"收录法泉佛慧以下三十九人的唱道偈颂"②。因惟白为云门宗人，书中尤其偏重云门宗。虽未分宗别派，已然带有一定的宗派意识。临济宗悟明的《联灯会要》为南宋淳熙十年（1183）所撰，距《建中靖国续灯录》约80年，故其书志在合北宋三灯为一书，续其未略，故以"联灯"名之。其中一二两卷收录过去七佛、文殊以下应化圣贤、迦叶至菩提达磨西天二十八祖、慧可以下东土诸祖、四祖道信傍出法嗣牛头道融以下至七世等9人。卷三收录五祖弘忍傍出的北宗神秀以下至四世等9人，六祖慧能法嗣15人。卷四至卷十八收录慧能法嗣南岳怀让以下至第十八世共计306人，卷十九至卷二十九收录青原行思以下至第十五世291人。盖自慧能以后，分南岳怀让与青原行思两派支脉展开叙述。宋宁宗嘉泰年间（1201—1204），云门宗雷庵正受（1147—1209）的《嘉泰普灯录》分示众机语、圣君贤臣、应化圣贤、广语、拈古、颂古、偈赞、杂著8类，其中示众机语收录六代祖师至南岳以下十七世、青原以下十六世诸师的示众机要，分南岳、青原两支分类收录。由于有意补充《景德传灯录》《广灯录》《建中靖国续灯录》等书之不足，内容普及王侯、士庶、女流、尼师等，故以"普灯"名之。临济宗杨岐派大川普济（1179—1253）的《五灯会元》（1253），

---

① 《禅宗全书》第4册卷首《解题》。
② 《禅宗全书》第4册卷首《解题》。

显系汇集前述五灯而成，"于史料搜集一层，全不费力，所费力者，特编排联缀之工而已"①。最为显著者，卷九为南岳下二世至八世沩仰宗，卷十为青原下八世至十二世法眼宗，卷十一、十二为南岳下四世至十五世临济宗，卷十三、十四为青原下四世至十五世曹洞宗，卷十五、十六为青原下六世至十六世云门宗，卷十七、十八为南岳下十一世至十七世黄龙派，卷十九、二十为南岳下十一世至十七世杨岐派，即在已有宗派世次的基础上，别分五家七宗展开记叙，在世系凡杂、禅僧辈出之时，自然支脉分明，有条不紊，便于学者观览。故陈垣先生论云："五灯向以南岳、青原分叙，以下不复分宗。世次既多，支派繁衍，大宗难于统摄，自应分立小宗，以为之枢纽，庶阅者沿流溯源，易得要领。《普灯录》于南岳、青原之下，复注小宗，较为明晰。然每于一卷之内，南岳、青原间出，转觉迷离。《会元》后《普灯》约五十年，各卷宗派分明，其法更为进步，故内学外学，均喜其方便，元、明以来士大夫之好谈禅悦者，遂无不家有其书矣。"②自《五灯会元》后，以五家七宗分叙禅宗灯录，相沿相风。如希叟绍昙的《五家正宗赞》（1254），卷二载临济宗 26 位禅师之传略，卷四收录曹洞宗 14 位禅师之传略，卷四收录云门、沩仰、法眼等三宗 22 位禅师传略，明显承袭《五灯会元》之体例。明代如卺（1425—?）的《禅宗正脉》（1489），鉴于《五灯会元》卷帙浩繁难读，节略删减为 10 卷，体例一依其旧。明代郭凝之（1571—1647）的《教外别传》卷八至卷十三、卷十五，分叙五宗禅师。此类不胜枚举。

---

① 陈垣：《中国佛教史籍概论》卷四，第 104 页。
② 陈垣：《中国佛教史籍概论》卷四，第 100—101 页。

以五家七宗划分禅宗法脉，分类叙述，自然有其优势。然而，由于禅师法脉归属不当而引起的宗门僧诤，亦多因之而起。为此，在编撰体例上，《续传灯录》舍弃了已有灯录五宗分门别派的体例，统一以大鉴下若干世名之："其世则专揭大鉴于上，而不敢以五家宗派分裂之。盖五家宗派互相激扬，同出大鉴。故此续录统而合之，以一其归也。"① 故《续传灯录》之"续"字，显然带有接续《景德传灯录》之意。是书在道原《景德传灯录》的基础上，以大鉴下第十世汾阳善昭（946—1023）为首，截至大鉴下第二十世天目文礼（1167—1250），共收两宋期间十一世禅宗法脉。从卷首目录来看，第十世收录160人，其中见录73人，失录87人；第十一世收录329人，见录117人，失录212人；第十二世收录485人，见录179人，失录306人；第十三世收录584人，见录220人，失录364人；第十四世收录602人，见录221人，失录381人；第十五世收录341人，见录129人，失录212人；第十六世收录210人，见录106人，失录104人；第十七世收录217人，见录92人，失录125人；第十八世收录85人，见录23人，失录62人；第十九世收录58人，见录25人，失录33人；第二十世收录39人，见录16人，失录23人。故三十六卷总计收录第十世至第二十世间十一世禅宗法脉传人，总计3 110人，其中见录1201人，失录1909人。从收录人数来看，呈现两头少、中间大的趋势，大致反映出此间禅宗发展的大势，尤其是自十八世以后，收录人数锐减，当为成书仓促所致。《续传灯录》的史料来源，则以《五灯会元》《僧宝传》等禅宗灯录和诸祖语录为主，略加取舍而不过度润

① 释居顶：《续传灯录序》，载《续传灯录》卷首，第1页。

饰，以存真为主。居顶序中云："其采取之书，则用《五灯会元》《佛祖慧命》《僧宝传》《分灯录》，与夫禅门宗派图、诸祖语录等。集其文则仍其旧，略加取舍，而不苟为芟润，以失其真。"①

自达摩东来初创禅宗，即以不立文字相高，灯录却借文字记录诸祖行实与开悟历程，读者亦可借其勘验悟境，此亦成为灯录编撰的初衷："嗟夫！心法无形，匪从人得，贵在默契而自证悟也。达摩东来直指心原，不立文字悟心成佛，则于语言奚以哉？然心法遍一切处，大地山河草木瓦砾，莫非自心所现，皆是发机悟门，况语言文字乎？盖无上妙道虽不可以语言传，而可以语言见。语言者，指心之准的也，故学者每以语言为证悟浅深之候。是故佛祖虽曰传无可传，至于授受之际，针芥相投，必有机缘语句。与夫印证偈颂，苟取之以垂后世，皆足为启悟之资，其可废而不传乎？是则从上诸师汲汲于传灯一书者，岂非有补于宗教哉"？② 因此，注重记载历代禅师的开悟、教学过程及其语录，成为《续传灯录》的重要内容。在叙事艺术、情节结构、语言修辞诸方面，亦呈现出一定的文学性。

## 二、释文琇的《增集续传灯录》

释文琇（1345—1418），字南石，俗姓李，崐山人，行中至仁

---

① 释居顶：《续传灯录序》，载《续传灯录》卷首，第 1 页。
② 释居顶：《续传灯录序》，载《续传灯录》卷首，第 1 页。

禅师（1309—1382）法嗣。① 洪武五年（1372），住苏州普门，后迁灵岩。永乐七年（1409），住径山万寿禅寺。永乐十六年（1418）九月二十四日示寂，世寿七十四，僧腊六十七。著有《南石文琇禅师语录》二卷、《增集续传灯录》六卷。汰如明河《南石文琇禅师传》称其"儒释兼修，宗说俱妙，负超卓之才"②。洪武十一年（1378），明太祖颁旨，令佛教徒讲习《心经》《金刚经》《楞伽经》，释文琇以偈七首赞之，其一云："圣皇亲受灵山记，手执金轮御万方。诏谕僧徒令讲习，丛林顿觉有辉光。"其七云："穷通教典与参禅，是大因缘非小缘。幸遇圣君能注意，吾徒何事不加鞭。"③ 诗虽歌功颂德，明白如话，知其颇爱艺文，亦有意向皇权政治靠拢，且引起明朝皇帝之注目。永乐初年，诏修《永乐大典》，释文琇身遇其事，后参与朝廷组建之报恩大斋会。净柱（1602—1655）《五灯会元续略》卷二下载："永乐初，诏天下儒释道流之深通文义者，纂修《永乐大典》。师应诏而起，留京三载。"④ 释明河（1588—1640）《补续高僧传》卷十四亦载："逮我明圣天子即位，诏天下儒释道流深通文义者，纂修大典。和尚应

---

① 关于释文琇生平，可参释净柱《五灯会元续略》卷二下《杭州径山南石文琇禅师》，载《卍新纂续藏经》第80册，第488页；释明河《补续高僧传》卷十四《南石文琇禅师传》，载《卍新纂续藏经》第77册，第472页；释通容《五灯严统》卷二十二《杭州径山南石文琇禅师》，载《卍新纂续藏经》第81册，第282页；释超永《五灯全书》卷五十六，载《卍新纂续藏经》第82册，第209—210页。

② 释明河：《南石文琇禅师传》，《补续高僧传》卷十四，载《卍新纂续藏经》第77册，第472页。

③ 释明河：《南石文琇禅师传》，《补续高僧传》卷十四，载《卍新纂续藏经》第77册，第472页。

④ 释净柱：《杭州径山南石文琇禅师》，《五灯会元续略》卷二下，载《卍新纂续藏经》第80册，第488页。

诏而起，留京三年。书完，值国家建报恩大斋会，和尚预焉。"①

　　释文琇不仅雅好艺文，且留心佛教史乘，"先德有善不能昭昭于世者，后学之过也"②，见《五灯会元》未收妙峰、北磵、松源、破庵诸人事迹，遂萌生撰述灯录之志。每见禅宗典籍、塔铭、行状等，便有意辑录自宋至元以来硕德言行超卓者，前后凡30余年。永乐十三年（1415），在灵谷幻居、天童即庵、吴道玄等人帮助下，辗转搜寻禅宗史迹，编撰诠次，略有所成。后见居顶《续传灯录》于大鉴十八世至二十世之间，尤为简略，遂萌生增集续补之意。《增集续传灯录序》云：

　　　　窃观《续传灯录》，于《五灯会元》后，若大鉴第十八世至二十世，曾收三世。奈收之未尽，已收者亦言行太略。今于所收外，又增入之，故云《增集续传灯录》。③

　　在《增集续传灯录凡例》中，释文琇更为明确地写道：

　　　　宋景德中，沙门道原所集《景德传灯录》者，其立名甚当，况有所据。后来诸师所集，或名《续灯》，或名《联灯》《普灯》《广灯》，虽各有意趣，然终欠纯一。大报恩寺重刊大藏经，新收《续传灯录》，其立名亦甚定当。但此书成于仓卒，所收太略，自大鉴第十八世至二

　　① 释明河：《南石文琇禅师传》，《补续高僧传》卷十四，载《卍新纂续藏经》第77册，第472页。
　　② 释文琇：《增集续传灯录序》，载《卍新纂续藏经》第83册，第257页。
　　③ 释文琇：《增集续传灯录序》，载《卍新纂续藏经》第83册，第257页。

十世，三世止收得四十一人有机缘语句，其他皆空名而已。况四十一人中，差误又多。今于《续传灯录》所收外，又增集之，故名《增集续传灯录》。①

释文琇素有搜集编撰禅宗史乘之志，着意搜集禅宗史料，除《景德传灯录》外，对其他灯录均有异辞。鉴于居顶《续传录灯》大鉴以下第十八世至二十世收录过简，缺略繁多，于是增集补充，撰制《增集续传灯录》。

释文琇的《增集续传灯录》显系续补居顶的《续传灯录》，仅有6卷，然而编撰之初即确立了比较严密的编撰体例，采集收录入传标准以宗旨为主，兼收"行业超卓、堪为世范，及传宗宗师、略载出处，以为后人矜式，他具不录"②。宗脉世次上，借鉴了《景德传灯录》与《续传灯录》列世次不列宗派的特点，以免五家支离，徒增纷争："传受世代，但据大鉴，不言南岳青原者，其有意也。盖吾宗本一祖所出，何须分作五派？徒涉支离，曾无意谓。今之所收，故不分也。"③ 鉴于旧有灯录失收、误收、过简等病，释文琇分别用旧传、续传、增正、增补等注语以示源流区别。旧传者，"大鉴第十八世内有二十一人已见于《五灯会元》，今复列于传次者，贵便于披阅也，各于目录下注云旧传"；续传者，"《续传灯录》中有传者，于目录名下注云续传"；增正者，"《续传》中

---

① 释文琇：《增集续传灯录凡例》，载《卍新纂续藏经》第83册，第257页。

② 释文琇：《增集续传灯录凡例》，载《卍新纂续藏经》第83册，第257页。

③ 释文琇：《增集续传灯录凡例》，载《卍新纂续藏经》第83册，第257页。

差误者，今考而正之，目录名下注云增正"；增备者，"《续传》中
太略者，今复补入，目录名下注云增备"①。对于仅知其名而生平
不详者，释文琇特意标注"此后无传"，以待后人寻访增补，"据
各处祖图及与前辈讲明，止得其名，不见机缘语句及塔铭行状者，
今但列名于目录中，庶见传流有自，后之好事者能搜访补入为
幸"②。此外，由于收书增补对象以大鉴以下十八世至二十世为主，
大鉴下第十七世中《五灯会元》失收者，别作一编为《会元补
遗》，未详法嗣者，附列于传末。

　　晚明禅林内外编撰灯录之风盛行，已有灯录自然成为其寻访
对象。从钱谦益等晚明藏书大家之语来看，是书流传似乎不广。
如钱谦益知觉浪道盛有意编撰灯录后，曾专门致书嘱其搜访《续
传灯录》。其《又答觉浪和尚》云："又本朝宣德间，径山有《增
补续传灯录》一书，详列大慧以后诸家宗派，此亦宗门要典，诸
方未有谈及者，亦应访求。"③顺治十七年（1660），钱谦益将《增
集续传灯录》转赠灵岩继起弘储，三年后经其手而得以付梓，可
见是书流传之绪。继起《增集续传灯录序》云："庚子，虞山钱宗
伯惠我二书，一曰《增集续传灯录》，出南石和尚，一曰《山庵杂
录》，出恕中和尚……书止四世，虽文献未备，典则可征。后学宗
之，足起支离泛滥之习，今世禅殻子其有瘳哉。后三年，以《增
集续传灯录》先付诸梓而序之。"④是书收录仅四世，文献未广，

---

① 释文琇：《增集续传灯录凡例》，载《卍新纂续藏经》第 83 册，第 257
页。

② 释文琇：《增集续传灯录凡例》，载《卍新纂续藏经》第 83 册，第 726
页。

③ 钱谦益：《又答觉浪和尚》，载《牧斋有学集》卷四十，第 1378 页下。

④ 释弘储：《增集续传灯录序》，载《增集续传灯录》卷首，第 257 页。

收录未丰。然在晚明佛教盛行，灯录编撰日炽，却因之引起的宗派纷争不断的情势下，释文琇承接居顶《续传灯录》确立的灯录编撰体例，尤其是改宗派为世次，引起了后学的重视。清代智楷（生卒年不详）在《正名录》卷四中云："迨明永乐年间，金陵报恩净戒刻《续传灯录》，古杭径山南石出《增集续传灯录》，皆以《会元》乱伦，不足取法，乃直遵皇藏传灯为祖，以续其后，故曰《续传灯》，曰《增集续传灯》。著书立名，皆得其体，则《会元》乱伦之书不废而废矣。"①

## 三、释如卺的《禅宗正脉》

释如卺（1425—1489），号密庵，嘉禾人，俗姓姜。生而秀异，不乐俗处，依真如衡宗继公为师。景泰元年（1450），参空谷景隆（1393—1470）于修吉山。成化六年（1470），空谷去世后，专修净土法门，数米念佛，至200斛。后编修《禅宗正脉》时有悟，自云："至唐杜鸿渐无住禅师庭树鸦鸣时，遂有省。所谓得个入头，非悟也。"② 沕如明河《补续高僧传》称其"素有琢磨静行，无浮滥之习，虽年老而进道益力，不以略有所见便自休歇"③。著有《缁门警训》10卷，成化六年（1470）空谷禅师为序，见《大正藏》第48册，《中华藏》第79册；《禅宗正脉》，见《卍新纂续藏经》第85册，为10卷本，又见《嘉兴藏》第9册，为20卷本。

---

① 释智楷：《正名录》卷四，载《大藏经补编》第24册，第457页。

② 释如卺：《禅宗正脉引》，载《禅宗正脉》卷首，载《卍新纂续藏经》第85册，第373页。

③ 释明河：《如卺传》，《补续高僧传》卷二十五，载《卍新纂续藏经》第77册，第533册。

释如卺的《禅宗正脉》，是在大川普济《五灯会元》的基础上节略而成。关于是书之编撰缘起，他在《禅宗正脉引》中写道：

> 顷在杭时，尝阅《五灯会元》，弗果终帙。今偶获展读，谓是空谷先师亲加点句者，何幸遇之，感悌交至。第以此书机缘峻险，篇帙浩繁。粤有上根，当头便领，十日并照，所谓高晖之临幽谷，长风之游太虚者也。自余中下之流，银山铁壁，丝毫万里，钝置己躬，妄生知解，以为成立。为此发心抄录简集，以便观览。①

释如卺《叙古启明读禅宗正脉法》"古今例同"下亦注云：

> 余之简集无他，每见同学惧繁弗览，正恐大法湮微，故强为是编。俾易览易精而得入悟门者，则不以我为非欤。正鲁庵所谓："知我罪我，其唯此集矣。"②

换而言之，与《五灯会元》相比，单独从保存禅宗史料文献的角度来说，是书价值不大。然释如卺另辟蹊径，从其阅读经历出发，感觉《五灯会元》卷帙繁多，文意深奥，下根初学之士难有所契，半途而废者时亦有之，于是抄录精简，便于初学观览，这就体现出其编撰价值与意义。邹幹《禅宗正脉序》亦云："宋时有僧济者，患五灯之浩瀚，作《五灯会元》以惠来学，甚盛心也。

---

① 释如卺：《禅宗正脉引》，第373页。
② 释如卺：《叙古启明读禅宗正脉法》，载《禅宗正脉》卷首，第374页。

然而后人犹以未易通究为病者，是其中间机缘语句，峻险者壁立万仞，浅近者鼻孔半边，或入海而算沙，或追羊而感岐，此国朝嘉兴府僧如卺《禅宗正脉》之所有作也。"①

由于是对《五灯会元》的精简，该书"一依《五灯会元》，并不敢有所更改也。间有生缘神异参谒问话，繁者不敢备录，然亦有束而简之之处"②。同时，为了启蒙后昆，引导初学，释如卺增以评唱、颂古、增收诸条目："凡机缘上安'评'字，则指圆悟禅师的评唱。若安'颂'字，则《颂古联珠》有此。或机缘颂古有及《会元》无出者，意句圆妙，则'增收'。释如卺鹤望俊流，当立大志，亦草率不得。须将诸祖《颂古通集》《碧岩录》《人天眼目》彼此寻究，相助显发。"③ 此外，在编撰体例上，亦进行了精简微调："且如《会元》本集中，牛头山法融禅师若干人，则总题'四祖大翳禅师旁出法嗣'于其前。今《正脉》中，各以'四祖旁出'标干上，他可类推。上堂示众，甚有切于人者，辄以愚意略加标首，如《史》《鉴》然，以便寻讨。"④

释如卺抄撰《禅宗正脉》，始于成化二十二年（1486）十一月，成于弘治二年（1489）十一月，前后整3年。其间昼则抄录，夜则检阅，间有体悟，乃至《禅宗正脉》之名，亦于梦中所得："丙午仲冬一之日，始昼则抄录，夜则检阅。至唐杜鸿谒无住禅师庭树鸦鸣时，遂有省，所谓得个入头，非悟也。由是益坚其志，自言若无先师存日提激，何有今日事哉？复自念言：'简集果符佛

---

① 邹幹：《禅宗正脉序》，载《禅宗正脉》卷首，第372页。
② 释如卺：《叙古启明禅宗正脉读法》，载《禅宗正脉》卷首，第5页。
③ 释如卺：《叙古启明禅宗正脉读法》，载《禅宗正脉》卷首，第5—6页。
④ 释如卺：《叙古启明禅宗正脉读法》，载《禅宗正脉》卷首，第5页。

意，集成当以何名？'是夜若闻神语曰：'禅宗正脉。'觉而异之。"①

### 四、释净柱的《五灯会元续略》

释净柱（1602—1655）字远门，别号鼃关，龙溪人，俗姓陈。宿怀出世志，二十五岁，依碧岩山性赋和尚剃染，至樵云律师处受戒，侍奉一年，精研律藏。后诸方参学，谒圆通寺觉浪道盛（1593—1659），深蒙激励。后参翠岩山午星净炯（生卒年不详），有所省悟。最后于宝寿寺石雨明方禅师（1593—1648）处深得要旨，为其嗣法弟子。先后驻锡支提寺、杭州龙塘寺等。顺治十一年（1654）腊月十三日示寂，世寿五十四，僧腊二十二。著有《五灯会元续略》八卷，见《卍新纂续藏经》第 80 册。此外，编辑其师石雨明方的语录为《石雨禅师法檀》，见《嘉兴藏》第 27 册。

释净柱青少年时受到了良好的传统教育，曾补为博士弟子员。《支提寺志》卷三载："慧根宿植，志在出尘。虽卯角补博士弟子员，屡试冠诸生，非其好也。"② 其良好的文学素养，在目前所见有限的上堂法语诸文中得以显露。如住龙唐寺上堂时云：

携筇选胜入唐昌，最爱鹫峰古道场。翠绕松杉山色古，穿云石乳落微茫。若以色见声求，总是认奴作郎。不以色见声求，又逐春风过短墙。明历历，绝覆藏。竿

---

① 释如卺：《禅宗正脉引》，载《禅宗正脉》卷首，第 3 页。
② 谢肇淛等：《支提寺志》卷三，释照微增补，载《中国佛寺志丛刊》第 105 册，第 141 页。

头如进步，便是古龙唐。归去好，归去好，免教子规鸟，
啼血五更霜。①

首四句描绘出龙唐寺苍翠清幽之境，颇得诗文三昧。他又善
以诗句引导开悟学人，试引问答一则如下：

问：如何是正中偏？师曰：闭户藏春色。曰：如何
是偏中正？师曰：开轩纳晚凉。曰：如何是正中来。师
曰：黑漆昆仑上钓台。曰：如何是兼中至？师曰：蓦地
相逢全意气。曰：如何是兼中到？师曰：鱼沉雁杳无
音耗。②

僧人所问正中偏、偏中正、正中来、兼中至、兼中到等语，
为曹洞宗五位君臣之旨。释净柱所答，全为极具意韵之诗句。虽
为禅宗所谓绕路说禅，亦见其颇具文学素养。

释净柱素有搜集禅宗逸闻、编撰灯录之愿。释超永《五灯全
书》载："因读《五灯》，见宋元明以来诸祖机缘事迹，漫无所考，
焚香誓曰：'某若发明大事，当续此书。'"③ 释净柱生逢明末动荡
之际，典籍多遭毁坏。通过史书编撰保存一代史迹，成为有识者
的共同追求。对此，马嘉植在顺治二年（1645）春暮所作《五灯

---

① 释超永：《五灯全书》卷一〇九《杭州龙唐远门净柱禅师》，载《卍新纂
续藏经》第 82 册，第 675 页。

② 释超永：《杭州龙唐远门净柱禅师》，载《五灯全书》卷一〇九，第 675
页。

③ 释超永：《杭州龙唐远门净柱禅师》，载《五灯全书》卷一〇九，第 675
页。

会元续略序》中云：

> 痛闽孽凭陵，蔑我图书。闻披垣充栋，荡然瓦砾，后之人将焉依？故余切切，与宰执高砬老及之，亦与书同忧，以纂史力请，兼以操访遗文题属，而它者不之急。中彻报罢，诚千古恨事也。尔时浪迹武夷，适传远门禅师书续灯元之举。余废展而叹曰："事固相符，其有坠书，举者天也。禅师精神寂莫，能该乎？能无滥乎？能辨泾渭而旁正丝丝不棼乎？若然是亦选佛场之龙门班橼也，宁止步大川轨躅而已哉。①

释净柱在《（五灯会元续略）叙》中亦云：

> 柱生也晚，适丁末造，目击先觉遗言，仅存洞、济二宗散行宇内，未经收聚。神庙间，紫柏大师每念斯举，终未获遂。即迩来明眼宗师征修有年，未见刊出。柱何人斯，而敢与夫述者之列？第恐世愈久而名愈湮，名愈湮而脉愈紊，授受不明，旁正不分，闲之不可不取诸豫也。故缵大川老人之绪，略续四册，梓以问世。②

在时局纷乱、典籍焚毁之时，净柱通过编撰灯录来保存一代禅宗史迹，避免因年代日久、史实湮没而造成的法脉传承日加紊

---

① 马嘉植：《五灯会元续略序》，载《五灯会元续略》卷首，载《卍新纂续藏经》第80册，第443页。

② 释净柱：《（五灯会元续略）叙》，载《五灯会元续略》卷首，第443页。

乱之失。可以说，较此前以正宗脉、争统绪为主，净柱《五灯会元续略》的编撰，更兼保存一代僧史之意。

释净柱素有编撰灯录之愿，然《五灯会元续略》的编撰，始于崇祯十五年（1642），顺治元年（1644）冬成书。为此，释净柱多次辞别其师石雨明方，四处寻访史料。如石雨明方《远门以〈续灯元〉辞游嵩岳搜求诸祖遗言偈以付之》云："继祖续宗，贵子眼通。纯金璞玉，野鹤孤鸿。千里万里，踏倒能峰。还乡一曲，善为道中。"① 又《壁观石影像》序云："大师面壁九年，影射入石，俨如墨迹。远门首座以《续灯元》走少室，用纸描归。"② 知释净柱为编是书，不辞辛苦，曾远至嵩山等地寻访史料。

时值明清鼎革，国家多故，书成后藏之石室，未敢流通。四年后，顺治五年（1648），其师石雨明方禅师去世后，方补入录中，梓行于世。《（五灯会元续略）凡例》中云："是书罗辑多年，而载笔从事则始崇祯壬午，至甲申冬季，烂然成编。会四方多故，藏之石室，未敢通行。更历四载，遭先师石雨和尚示寂，乃叹曰：'是书之出其有待乎？'爰是举先师末后数语附入，亦续经而书孔丘卒之意也。"③ 其师石雨明方禅师，收录在卷一下青原下三十六世云门澄禅师法嗣中。既名《五灯会元续略》，是书在体例上以《五灯会元》为尊，《（五灯会元续略）凡例》云："《会元》合五为一，连珠编贝，良工心苦，今犹见之。是书旁搜博采，去似存

---

① 释明方：《石雨禅师法檀》卷十三《远门以〈续灯元〉辞游嵩岳搜求诸祖遗言偈以付之》，载《嘉兴藏》第 27 册，第 125 页。

② 释明方：《石雨禅师法檀》卷十四《壁观石影像》，载《嘉兴藏》第 27 册，第 129 页。

③ 释净柱：《五灯会元续略＜凡例＞》，第 443 页。

真，未敢以千金募诸咸阳，亦将举苦心商之天下。"① 同时，释净柱也进行了调整，重要者有二：一是先尽者先续，后竟者后书，先续曹洞宗而后续临济宗，改变了《五灯会元》先临济宗而后曹洞宗的编排次序。《〈五灯会元续略〉凡例》云："《会元》所载曹洞，终于十四卷，临济终于二十卷。先尽者宜先续，后竟者宜后书。故以洞宗置第一卷，不敢紊绝续之次也。"② 二是师出同门之法嗣，以得法先后为次，非以开堂先后为次："近代同门昆季，并以嘱付后先，循序编列。先得法者居前，次得法者居后。迩有不遵古训，欲以先开堂者为长，于义未洽。"③ 具体而言，卷一收曹洞宗青原下十五世至三十六世法嗣；卷二收临济宗南岳下十六世至二十三世，不出于世或法嗣未详者附之；卷三、卷四收临济宗南岳下十八世至三十四世法嗣。收录禅僧始于青原下十五世净慈晖禅师法嗣华藏慧祚禅师，终于磐山修禅师法嗣山次通际禅师。全书目录中收录禅僧409人，其中正传（即有传者）370人，不列章次（即目录中有而正传无者）39人。

## 五、通问的《续灯存稿》

通问（1604—1655）字箬庵，自号旅泊老人。俗姓俞，吴江人。其父俞安期，初名策，字公临，后改安期，字羡长，博学著书，有名于时，曾得王世贞盛誉。著有《翏翏集》四十卷（见《四库全书存目丛书》集部第143册），编集有《唐类函》（见《四库全书存目丛书》子部第207—210册）、《诗隽类函》（见

---

① 释净柱：《五灯会元续略〈凡例〉》，第443页。
② 释净柱：《五灯会元续略〈凡例〉》，第443页。
③ 释净柱：《五灯会元续略〈凡例〉》，第444页。

《四库全书存目丛书》子部第 211—213 册)、《启隽类函》(《四库
全书存目丛书》集部第 349—351 册)等。钱谦益《列朝诗集小
传》称:"羡长尝以长律一百五十韵投赠王元美,元美为之倾倒。
已而访汪伯玉于新安,访吴明卿于下雉,皆与结社。后门韦布,
颇依诸公以起名。才气蘯涌,晚亦知厌薄其窠臼,而声调时时阑
出,不能自禁。"①朱彝尊亦称:"羡长之名,由元美、明卿、伯玉
而成。诗亦兼综三家,原本李献吉,长于獭祭。赋景有余,言情
不足。"②可见,俞安期为诗宗前后七子,声名亦赖之而起。钱、
朱批评之声不断,亦由此引发。无论如何,俞氏为当日诗坛名士,
当无疑义。通问生此艺文之家,理应自幼饱受家学熏染。通问自
幼身体羸弱,好饮酒。十六岁发奋读书,因《楞严经》生疑,随
至磐山拜谒天隐圆修禅师(1575—1635),教参话头。二十四岁,
因世俗婚事逼迫,至杭州,投南涧理安寺佛石落发。后在北禅寺
参密云圆悟,复上磐山参天隐圆修,为嗣法弟子。崇祯八年
(1635)天隐圆修去世,通问缚茅山后,榜曰死心,期毕心丧。晚
年移居金山,自号旅泊老人。顺治七年(1650),应嘉禾请,住西
河古漏泽寺,力为兴复。顺治十二年(1655),卒于吴江应天寺,
世寿五十二,坐夏二十九。③著有《箬庵禅师语录》10 卷,《磬室
后录》1 卷,《续灯存稿》12 卷,编有《天隐和尚语录》15 卷。

　　《续灯存稿》12 卷,是通问在施沛已有材料的基础上,搜集编

---

①　钱谦益:《列朝诗集小传》,载《明代传记丛刊》第 11 册,第670 页。

②　朱彝尊:《静志居诗话》卷十六,载《明代传记丛刊》第 9 册,第648
页。

③　通问之生平,参木陈道忞《南涧箬菴问禅师塔铭》、聂先《续指月录》
卷十九、喻谦《新续高僧传》卷九等。

撰而成。据其弟子行昱（1627—1705）康熙五年（1666）所作
《续灯存稿叙》，是书之编撰，具有明确的存史意识，其云：

> 自宋季阅元而明，迄今圣代四百余年，虽沩仰、法
> 眼、云门三宗不幸后先相继无传，而临济、曹洞二支绳
> 绳不绝，联芳并茂，代有其人。奈何阒然未有继其作者，
> 致使大方宗匠湮没无闻，残碑断碣沉埋于荒榛腐莽中。
> 祖祖慧命，何翅一丝之悬九鼎哉？先南涧为此深惧，留
> 意捃摭搜罗有年。每出访求，不远千里。崇祯壬午夏，
> 适云间晤施别驾笠泽居士，得其所纂，不谋而同。于是
> 浩然而归，载笔从事，又数年编集，始得成书。正谋命
> 工镂板，遭时抢攘，复秘而藏之，标曰《续灯存稿》。①

通问慨于宋季元明以来，禅宗史迹湮没无传，有意搜罗史料
编撰灯录，甚至不远千里。直至崇祯十五年（1642）夏，与施沛
会晤后，见其有感于紫柏真可三大负中"传灯未续，则我慧命一
大负"之叹，不仅有续写灯录之愿，且已搜集部分史料。二人不
谋而合，通问当携其材料而归，又经数年编辑，始成《续灯存
稿》。从施沛崇祯十五年（1642）五月所作《广求皇明禅师语录塔
铭备续传灯小札》来看，他因年迈不能外出寻访，只好向社会有
识之士公开征集。除《嘉兴藏》现已刊刻流通所收资料之外，禅
宗语录、传记、塔铭、寺志等所有关涉明代禅师的资料，均在征

---

① 释行昱：《续灯存稿叙》，《续灯存稿》卷首，载《卍新纂续藏经》第84
册，第651页。

集范围之内。换而言之，在与通问会晤之前，他已将刻入《嘉兴藏》的相关材料搜集完成，为通问《续灯存稿》的编撰奠定了材料基础。《续灯存稿》的成书时间，从释行昱"又数年编集，始得成书。正谋命工镂板，遭时抢攘，复秘而藏之"来看，当为崇祯十七年（1644）明清鼎革前后。

《续灯存稿》系续《五灯会元》之作，在具体世系安排上，又呈现出一定的变通。释行昱在《凡例》中云：

> 按大川辑《会元》，列大慧居虎丘先，翠峰居顶《续传灯》，列虎丘居大慧先，远公《会元续略》置洞宗于首卷。议者谓各尊自出之祖，恐非作者至意。揆之事义，各得其宜。盖传灯非一家书，何可作自他尊抑之见？今临济、曹洞率由其旧，总标大鉴第几十几世，不与《会元》之世次间列者，以适两宗之便阅，亦非有所自外也。未详法嗣，因附于末。①

通过编撰灯录抑彼扬己，暗寓宗派意识，已成通病，不管有意无意，均会招致后人批判。普济的《五灯会元》、居顶的《续传灯录》、释净柱的《五灯会元续略》，概莫能外。有感于此，是书特意取消了《五灯会元》中"南岳下"某世和"青原下"某世，统一以"大鉴下"某世标之。由于是书只收临济宗、曹洞宗二宗禅师，且通问为临济宗禅师，故曹洞宗的世代渊源，以曹洞宗僧人净柱的《五灯会元续略》为准，《（续灯存稿）凡例》中云：

---

① 释行昱：《凡例》，载《续灯存稿》卷首，第652页。

"曹洞宗世代渊源，悉从远公《续略》。远为云门之子若孙，谅无冒滥祖宗之咎。"① 也是有意摆脱宗门论诤之讥。

　　是书收录僧人，临济宗始于大鉴下十八世，终于三十四世，曹洞宗始于大鉴下十六世，终于三十六世。具体而言，卷一至卷十收录临济宗禅师，正传412人，不列章次40人，补遗6人，总计458人。卷十一收录曹洞宗，其中正传46人，不列章次1人。卷十二收录未详法嗣45人，包含云栖袾宏、紫柏真可、憨山德清等晚明高僧。如前所言，作者标榜消除宗派抑扬之见，然从目录中所统计的僧人来看，临济宗十七世收录僧人458人，曹洞宗二十一世收录僧人46人，重临济宗而轻曹洞宗的倾向依然十分明显。

## 六、瞿汝稷的《水月斋指月录》

　　瞿汝稷（1548—1610），字元立，号洞观，江苏常熟人。他自幼好佛，万历三年（1575）师从管志道，学通内外，精通佛理。每读禅籍，至会意处便抄录下来，日积月累，至万历二十三年（1595）书稿初成，取名《水月斋指月录》，友人陈孟起抄录二部。严澄见后，亦赞赏不已，请求刊印，瞿汝稷不许。万历二十九年（1601），瞿汝稷辞官归里，严澄坚请不已，遂刊刻流通。书名《水月斋指月录》者，瞿汝稷自云："水月幻也，而云指月，果有如盘山所云'心月孤悬，光吞万象'者乎？吾不可得而知也。"② 观其意，盖出于《楞严经》等佛典所云因指月见之意，希望读者通过本书体悟禅宗法要。

---

　　① 释行昱：《〈续灯存稿〉凡例》，载《续灯存稿》首卷，第652页。
　　② 瞿汝稷：《水月斋指月录原序》，《水月斋指月录》卷首，载《卍新纂续藏经》第83册，第397页。

《水月斋指月录》共 23 卷，其中卷一收录七佛，卷二收录应化圣贤，卷三收录西天二十八祖，卷四收录东土六祖。卷五至卷三十收录六祖下第一世至第十六世，卷三十一、三十二分上下两卷收录《临安径山宗杲大慧普觉禅师语要》。与以往灯录不同的是，该书卷八后每卷卷首大字标明"六祖下第某某世"，第一位禅师名后小字标注"南/青某，某某嗣"，或小字标明五宗传承，如卷八标云："六祖下第三世上 洪州百丈山怀海禅师 南二，马祖嗣。"又如卷二十一标云："六祖下第八世 吉州资福贞邃禅师 南七，沩仰宗资福宝嗣。"在标明五宗归属的同时，特意大字标明六祖世系，或有意统合五宗之别，使其汇归于六祖慧能。另外，对于禅宗史上争论颇多的天王道悟、天皇道悟，瞿汝稷在"南""青"外别立"天"字法系，如卷十二"澧州龙潭崇信禅师"后小字标"天一"，卷十五"鼎州德山宣鉴禅师"后标"天二，龙潭嗣"，却并未说明"天"字确指何人，显系有意避免将道悟归入南岳系或青原系所引发的禅林纷争。[1] 作为一部奉佛居士编辑的禅宗灯录，《水月斋指月录》问世后颇为流行，聂先《续指月录凡例》称："虞山瞿幻寄先生《指月录》一书，先是严天池先生水月斋初刻，为禅林秘宝，海内盛行。板经数易，后如破山禅师翻刻东塔禅堂，具德禅师两镌天宁、灵隐，甚至斗大茅庵，亦皆供奉，腰包衲子无不肩携。儒者谈禅之书，未有盛于此本者也。"足见禅林内外对其重视程度。[2]

---

① 陈士强：《大藏经总目提要·文史藏一》，第 566 页。
② 陈士强：《大藏经总目提要·文史藏一》，第 568 页。

## 七、郭凝之的《教外别传》

郭凝之（生卒年不详，约晚明崇祯时人），字正中，一字大来，号黎眉居士，浙江海宁人。天启四年（1624）举乡试，崇祯十年（1637）谒选，得四川广安州，因同官马乾得山西代州，不愿赴任，郭凝之上书代之。崇祯十一年（1638）抵代州，"为置义仓，抚流民，筑城堡，且修学校，士民争爱颂"①，颇有政声。因失监司意，弃官归。后经廷臣举荐，备兵东兖："单车就道，振刷纲目，训厉士卒。时中原多盗，无敢犯东兖境内者。"② 后调邳宿，因权臣柄国，解职还里。

郭凝之早年刻苦攻读，涉猎极广，"自经史外，天官兵法占验，无所不穷究"③。然时与愿违，仕宦波折，转而避世隐遁，"去今且三十年，卒莫知其处"。据其好友张次仲载："黎眉甫婚冠，已有出世志。师云栖莲池，友径山雪峤，纂述宗乘数百万言。顾今方袍员（圆）顶之徒，争立门户，标宗旨支别，诡以嗣法，重其执著霑泥，视士大夫不啻过之。而黎眉脱屣富贵，军持不借，飘然于山巅水涯，鸿飞鹄举，不可踪迹。世不得以士大夫尽其生平，又宁得以逃禅学佛竟其指趣也。"④ 郭凝之婚冠即有出世之志，礼云栖袾宏为师，对禅宗侵染颇深。汉月法藏称其"从河洛一派

---

① 李桓：《国初耆献类征初稿》卷四六五，载《清代传记丛刊》第188册，第6页。
② 李桓：《国初耆献类征初稿》卷四六五，载《清代传记丛刊》第188册，第6页。
③ 李桓：《国初耆献类征初稿》卷四六五，载《清代传记丛刊》第188册，第6—7页。
④ 李桓：《国初耆献类征初稿》卷四六五，载《清代传记丛刊》第188册，第5—6页。

接续子舆氏，传性命之宗，为长者折枝处，顿证拈花一脉"①，雪峤圆信亦云："居士久探禅宗，深穷旨趣，祖佛机缘，分清理路，古今拈颂，贯串源头。"② 他与雪峤圆信（1571—1647）、密云圆悟（1567—1642）、汉月法藏（1573—1635）等一时江南禅林名宿过丛甚密。《雪峤大师拈古颂古序》中称"扣礼法席，参印有年"，"自叩筹室，于师有水乳之契"③，并为雪峤圆信作《赞》，二人共同编撰《先觉宗乘》《优婆夷志》等书，足见交往之深。此外，《密云禅师语录》卷八载《复黎眉郭居士》书信一封④，为郭氏写作了《先觉宗序》⑤《五家语录序》⑥《教外别传序》⑦ 等文，亦见二人关系颇密。

郭凝之佛教撰述颇多，计有《教外别传》16 卷，见《嘉兴藏》第 20 册，《卍新纂续藏经》第 84 册等；雪峤圆信校订，郭凝之汇编《先觉宗乘》5 卷，见《卍新纂续藏经》第 87 册，《嘉兴藏》第 23 册；雪峤圆信校订，郭凝之汇编《优婆夷志》1 卷，见《卍新纂续藏经》第 87 册，《嘉兴藏》第 23 册；郭凝之编《帝王问道录》1 卷，《嘉兴藏》第 23 册；唐慧然辑，郭凝之重订《五家语录》5 卷，见《嘉兴藏》第 23 册，见其对禅宗用力之深。

---

① 释法藏：《教外别传序》，《教外别传》卷首，载《卍新纂续藏经》第 84 册，第 157 页。

② 释圆信：《教外别传序》，《教外别传》卷首，载《卍新纂续藏经》第 84 册，第 157 页。

③ 郭凝之：《雪峤大师拈古颂古序》，《雪峤禅师语录》卷首，载《乾隆藏》第 153 册，第 776—777 页。

④ 释圆悟：《复黎眉郭居士》，《密云禅师语录》卷八，载《嘉兴藏》第 10 册，第 45 页。

⑤ 释圆悟：《先觉宗序》，载《密云禅师语录》卷十二，第 69 页。

⑥ 释圆悟：《五家语录序》，载《密云禅师语录》卷十二，第 69 页。

⑦ 释圆悟：《教外别传序》，载《密云禅师语录》卷十二，第 69 页。

　　《教外别传》16卷，卷首分别有汉月法藏的《教外别传序》（写作时间不详）、崇祯六年（1633）雪峤圆信的《教外别传序》，崇祯四年（1631）密云圆悟的《教外别传序》，对其推奖倍至。如汉月法藏《教外别传序》云："乃集释迦而下金色庆喜，已至大鉴振起五宗，迢迢千古格外之英，汇其语而付之梨，各各现千百亿身，处处说法。俾人人证而了之，方见黎眉通身手眼，根根毛孔，放光说法，为先觉宗乘诸大老中杰出之英，照映末世。"① 是书卷一载佛陀传记，卷二叙自初祖摩诃迦叶至二十七祖般若多罗等西天祖师，卷三叙达摩至慧能东土六祖，卷四叙四祖道信、五祖弘忍、六祖慧能傍出法嗣，卷五至卷七叙南岳下一世至九世，卷八至卷十叙临济宗，卷十一叙沩仰宗，卷十二叙云门宗，卷十三叙法眼宗，卷十四叙青原下一至六世，卷十五叙曹洞宗，卷十六叙过去六佛、西天东土应化圣贤及未详法嗣者。观其书篇章结构之意，盖延续《五灯会元》以来五宗分派之例，南岳下出临济、沩仰、云门、法眼四宗，青原下出曹洞一宗。

　　是书以记言为主，纪事为辅。如卷一《释迦牟尼佛》简要摘录佛陀生平出家成道经历，带有禅宗化色彩。其后大量列举相关机缘问答，并辑录禅师话头及拈古颂古于其下，以为附注。其后附有"诸师拈颂诸经语句"，摘取《华严经》《圆觉经》《楞严经》语句，附录诸师拈古颂古之语。

---

　　① 释法藏：《教外别传序》，载《教外别传》卷首，第157页。

# 第十四章　明代佛教戏剧<sup>①</sup>

　　明代佛教戏剧以明孝宗弘治元年（1488）、明穆宗隆庆元年（1567）为界，可分为前、中、后三个时期。它与明代佛教、戏剧的发展相适应，带有明显的阶段性特征。明代前期的佛教戏剧继承元杂剧的题材特点，以佛教度脱剧为主，出现了朱有燉等戏剧名家。受佛教衰微的影响，明代中期以佛教讽喻杂剧为主，出现了李开先、冯惟敏、徐渭、陈沂等戏剧作家。明代后期（下称晚明），随着佛教的全面复兴和居士佛教的兴起，文人和佛教的关系空前密切，佛教戏剧也达到了顶峰。佛教传奇异军突起，涌现出屠隆、汤显祖等戏剧名家。佛教杂剧也得到了较大的发展，出现了湛然圆澄等佛教徒戏剧作家和《鱼儿佛》等成熟的戏剧作品。晚明僧徒雅好戏剧，他们准许寺院演剧，亲自率领徒众观剧。在继承音声悟道、借戏说法等佛教传统的基础上，以虚实、迷误之辨作为沟通佛教与戏剧的内在桥梁。他们认为尽大地是一场戏，佛陀是最好的演员。为保持佛教戏剧的神圣性，他们对演员、观众、演出场所等提出了严格的要求，标志着中国佛教戏剧理论的成熟。

---

　　①　本章由江西科技学院于素祥撰写，王彦明修订。

## 第一节　明代佛教杂剧

明代前期的佛教杂剧，深受元代宗教度脱剧影响，出现了以朱有燉、刘君锡为代表的戏剧作家，以阐述禅宗思想为主。明代中期，随着佛教的衰微，出现了以李开先的《打哑禅》为代表的佛教讽喻剧。受狂禅风习和阳明心学的影响，徐渭的《玉禅师》以"心猿"为中心，委婉地传达出他对禅学、心学的体认。陈沂的《善知识苦海回头》，倡导居士在家修行，可谓晚明居士佛教兴起的先声。晚明的佛教杂剧，度脱与讽喻并存，戏剧呈现出多元化的旨趣。此外，明代还出现了无名氏的以佛魔斗法为题材的《猛烈那吒三变化》《释迦佛双林坐化》等佛教杂剧。

### 一、明初的佛教杂剧

明初政权稳定后，明太祖对佛教采取了控制、利用的政策，将其严密掌控在世俗权力之下。同时，他在《御制大明律》中专门设立《禁止搬做杂剧律令》，禁止艺人装扮历代帝王后妃、忠臣烈士、先圣先贤。鉴于明初宫廷互相倾轧，为全身远祸，以朱有燉为代表的宫廷剧作家创作了《李妙清花里悟真如》《惠禅师三度小桃红》等佛教度脱杂剧，开启了明代佛教戏剧创作的先声。刘君锡的《庞居士误放来生债》，演述了禅宗史上著名居士庞蕴举家修佛的故事，展现出与世俗截然不同的财富观。

### （一）朱有燉的佛教度脱杂剧

朱有燉（1379—1439），号诚斋，又号锦窠老人、全阳子等，周定王朱橚长子，袭封周王，卒谥"宪"，又称"周宪王"。朱有燉生于宗藩世家，身为天子贵胄，政治上却屡遭波折。建文年间，朱橚被废为庶人，朱有燉也被流放蛮荒。永乐十八年（1420），朱橚遭丁俺三告发，周藩失去兵权，势力再次受到削夺。洪熙元年（1425），朱橚去世，朱有燉袭封周王，全面主持周藩，又遭到弟弟汝南王朱有爋的弹劾陷害。屡经仕宦波折，朱有燉日益以声伎自娱，全身远祸，在复杂的宗藩斗争中安享晚年。

在明太祖"佛仙之幽灵，暗助王纲，益世无穷"的理念下，为远离明初朝政纷争，朱有燉汲取佛、道二教思想，以求明哲保身。他的诗文也不乏参禅悟道之作，诸如《学佛》《礼佛》《持经》《参禅》《悟性》等篇，较为生动地展现出参禅悟道的过程。尤其是"揽造化兮戏剧""截众流兮一空"，认识到万物皆空，造化如戏，体现出他的佛教化戏剧观。

朱有燉一生创作杂剧 31 种，涉及英雄剧、家庭婚姻剧、庆赏剧、文人剧、度脱剧等诸种类型。其中《惠禅师三度小桃红》《李妙清花里悟真如》《降狮子》属于较为典型的佛教度脱剧。剧本以禅宗思想为主，兼带密教色彩，呈现出多元化的佛教内涵。

1. 妓女参禅：《李妙清花里悟真如》

《李妙清花里悟真如》现存《奢摩他室曲丛》本，题目"古峰师接引来娼院，茶三婆赞叹到花衢"，正名"哈元善酒中成正觉，李妙清花里悟真如"。剧前小序尾题"永乐岁在壬寅仲春良日书"，当作于永乐二十年（1422）春。剧本演述莲花童子和散花天女因在金粟如来法会上相视一笑，凡心暗动，纷纷下凡。莲花童子转生为左丞相哈不花长子哈舍，散花天女转生为烟花柳巷娼妓段山秀。为避免段山秀在丈夫去世后沉沦风尘，佛陀派毗卢尊者化身古峰禅师前来点化。丈夫去世后，段山秀与婆婆、四个儿女相依为命。为改变家庭困境，婆婆请媒婆任锦儿说媒，将段山秀嫁给哈舍，遭到了段山秀的强烈反对。后来，她与哈舍遇见了古峰禅师，心心相契，遂拜古峰为师，法名妙清。在古峰禅师指点下，段山秀最终证果，八十四岁安然坐化，被十六罗汉接入天界。

作为一部佛教度脱剧，带有浓郁的佛教意蕴。首先是自性禅思想。剧中古峰禅师上场诗即云："慈悲为雨法为航，心是莲花性是香。"以出淤泥而不染的莲花比喻禅宗心性，也预示着段山秀虽然身为娼妓，若能顿悟心性，亦可参禅证悟。禅宗中广为流传的牧牛图和牧牛喻，以牛喻心，形象地说明了心性迷悟解脱的过程。剧中段山秀唱道："我向那青山中独步归，将一个白牛儿自在骑，调伏的他性儿纯粹，顺西风一曲羌笛。"自由自在的牛儿，不再需要牧牛人外在苦苦的约束，全然是心性解脱的外在呈现。无位真人，是禅宗心性的另一隐喻，红炉点雪是泯除烦恼而超凡入圣的形象阐释："耳听三唱报晨鸡，再进步竿头百尺。黄梅雨后有一个能明继，赤肉团上有一个真人位，红炉焰里有一点雪花飞。我若是跳出这圈作谁姓李？"① 剧中认为，自我心性本来无垢无染，澄净圆明，烟花门户自然成为修行开悟的障碍。剧中喻之为粪堆上生出的灵芝，"积善的多存阴骘，似灵芝生于粪堆，常行好事福相随"，"必然脱离了烟花名籍，便似粪堆上长出一棵灵芝瑞草"。② 打破心底的漆桶，捅破物欲的薄纸，不追随识神而流浪生死，便可悟明心性，顿悟成佛。段山秀身为娼妓修成正果，成为明心见性、顿悟成佛的禅宗心性论的最佳说明。

---

① 朱有燉：《李妙清花里悟真如》，《奢摩他室曲丛》本。
② 朱有燉：《李妙清花里悟真如》，《奢摩他室曲丛》本。

其次是机锋棒喝与临济家风的呈现。剧中段山秀自称临济宗门人，在与古峰禅师谈禅论道、点化开悟的过程中，对临济宗机锋、棒喝等教学方式进行了戏剧化的呈现。

为引导学人参悟心性，禅宗祖师们往往采用非语言的手势动作接引初学，临济义玄与德山宣鉴的棒喝成为临济宗经典的教学方式。在剧本中，古峰禅师为引导段山秀彻悟其散花天女的原初身份，也采取了手势、棒喝结合的教学方式。如：

[旦四人拜云]请师傅指示。[外用手向空画一圆像云]咄！这是去来之门！[外又用手在地上画一圆像用脚踏住云]咦！能跳出这个么？[旦又拜云]徒弟认着了。[外云]认着依前还不是。[外又喝一声云]咄！不得错会。

[外云]如今夜深了，无凡人俗客，我一发题与你。昔日金粟如来之前相看一笑者，你可记得？[孤、旦云]俺不记得。[外云]将锡杖来。[做递锡杖科][外拿锡杖在旦、孤头上连打三下][卜慌叫云]救人！救人！古峰师傅禅魔了，打人哩！[孤、旦猛醒科][孤旦拜云]师傅好似毗卢尊者，徒弟原来不是妙清。①

第一则中，古峰禅师以所画天空之圆像和地上之圆像分别象征解脱之门与缠缚之因，外加大喝一声，段山秀依然不解其意。第二则中，古峰禅师锡杖敲头的动作，顿使哈舍、段山秀悟明本

---

① 朱有燉：《李妙清花里悟真如》，《奢摩他室曲丛》本。

有。此类本具戏剧色彩的禅宗动作，形象地展现出禅宗传法付法的过程，也增加了舞台动作的丰富性和多样化。

2. 色中解脱：《惠禅师三度小桃红》

《惠禅师三度小桃红》为永乐六年（1408）作，《今乐考证》著录，《奢摩他室曲丛》据宣德宪藩本校印。刊本题目"天魔女音乐奏东风，佛如来慈悯救迷踪"，正名"刘员外一心贪酒色，惠禅师三度小桃红"。① 剧本讲述了飞仙会上，二圣听闻天魔音乐后迷失证道，降生凡间。其中女子转生为烟花柳巷陶妈妈之女小桃红，男子转生为家室富裕的刘景安。惠禅师接受佛陀法旨，化作风魔和尚，在刘员外与小桃红相遇时，初劝二人出家修行，二人不从。后借刘员外生辰，二劝刘员外、小桃红出家修行，反被二人打出。一年后，惠禅师借刘景安察看城外庄园时，显发神通，变成渡船和艄公，三劝刘员外。刘员外心生歹意，试图将惠禅师推入河中，反被惠禅师引入梦境，见小桃红与江西茶客私通后幡然醒悟，跟随惠禅师出家修行。又一年后，惠禅师在江都县广德寺升堂说法，小桃红带领众舞女在寺中表演歌舞，试图使刘员外回心转意，被惠禅师召集来的十六天魔舞打败。二人顿悟前世因缘，三人功德圆满，同生天界。

与李妙清一意参禅悟道、出家清修不同，剧中的妓女小桃红是尘世情欲的沉迷者，剧本的主题也就偏重于借色言禅与色中解脱。剧中刘员外与小桃红因听天魔音乐而迷失，降生凡间后刘员外一意钟情于小桃红，惠禅师先后两次以佛教色空观反复苦劝，不要为"一生狂花酒误了前程"。刘员外置若罔闻，将惠禅师大打

---

① 朱有燉：《惠禅师三度小桃红》，《奢摩他室曲丛》本。

出门。迫不得已，惠禅师假借宗教神通，将刘员外引入梦中，让其目睹小桃红移情别恋，与江西茶客卿卿我我，恣行非礼。刘员外伤心欲绝，气愤不已，推开窗子，跳入房内，在与江西茶客撕打中戛然而醒，追随惠禅师出家修行。也就是说，刘员外在亲身经历了沉醉痴情、移情背叛、伤心绝望后，才真切体会到情色之空，萌生出家之意。出家一年后，心中依然对小桃红念念不忘："只是徒弟慧性不明，不得悟道。这几日来，但睡中合眼，便梦见小桃，不知业障几时消除的清静也。"① 当小桃红带领舞女来到广德寺法会上存心捣乱时，惠禅师道出："感谢小桃厚意，我出家人色即是空，空即是色，便看一会也何妨。""小桃，你便待舞低杨柳楼头月，歌尽桃花扇底风，也动不得我一分情兴。"② 此时的刘员外依然心存疑忌，拒绝观看，"徒弟不看他歌舞，恐被他引动了"③。惠禅师认为观看也无妨，"你不索推辞，一任他门掩闲枸肆，撇罢了相思，再怎好鞋踏臭屎"④。最终在十六天魔舞中彻悟本因，三人同赴龙华会。

可见，朱有燉在剧本中有意通过惠禅师的言行和刘员外的经历，认为不可刻意杜绝情色，应在情色中获得解脱。这与《维摩诘所说经》"先以欲钩牵，后令入佛智"和佛教中的"秽解脱"理念是相契合的，也与他在《书夏氏赞法华经偈序》所说"大乘经典深远浩繁，教喻众生，欲使一切有情皆归于善道，诚一视同仁之心"的理念相通。既然一切众生皆可成佛，妓女自然不在摒除

---

① 朱有燉：《惠禅师三度小桃红》，《奢摩他室曲丛》本。
② 朱有燉：《惠禅师三度小桃红》，《奢摩他室曲丛》本。
③ 朱有燉：《惠禅师三度小桃红》，《奢摩他室曲丛》本。
④ 朱有燉：《惠禅师三度小桃红》，《奢摩他室曲丛》本。

之列。

### （二）钱财害人与居士参禅：刘君锡的《庞居士误放来生债》

刘君锡①的《庞居士误放来生债》，现存《元曲选》本，题目作"灵兆女点化丹霞师"，正名作"庞居士误放来生债"②。该剧一本四折，前有楔子，演述著名奉佛居士庞蕴散尽家财、参禅悟道的故事。剧中庞蕴借给李孝先二锭银子经商，在其本利无归、惊恐生病的情况下，庞蕴焚烧借贷文书，免除已借钱款，再次赠送银两用作盘缠。庞蕴见磨博士罗和磨麦辛苦，赠予金银让他做个买卖，睡个好觉。谁知磨博士将银子拿回家后，害怕银子被抢，彻夜无眠，次日即将金钱送还。晚间烧香时，庞蕴听家中驴、牛、马说话，原来它们生前借庞蕴的钱无力偿还，后世变为牲畜还债。庞蕴深感借贷初衷本为行善，却成就了恶果。他不顾妻子劝阻，焚烧借贷文书，遣散奴仆，放生牲畜，将所有财宝沉入东海，携家眷在鹿门山隐居，靠编笊篱为生。其女灵兆在云岩寺门前卖笊篱时，点化丹霞禅师悟道。其后在注禄神（即李孝先）、增福神（曾信实）的引领下，庞居士一家四口升入天宫，证果朝元。

庞居士即庞蕴（？—807？），字道玄，史有其人。作为禅宗人

---

① 刘君锡（生卒年不详，当为元末明初人），燕山人，官至故元参省，性格方介，人或有短，正色责之，人称"白眉翁"。所作乐府行世者多，杂剧仅存《来生债》一种。

② 剧本见臧晋叔：《元曲选》，中华书局，1958年，第294—314页。下文剧本引文，同此不赘。刘君锡的《庞居士误放来生债》虽收录在《元曲选》中，庄一拂认为他"与贾仲明等交往，约明洪武中前后在世"（参庄一拂：《古典戏曲存目汇考》，上海古籍出版社，1982年，第389页），故放入明前期佛教题材戏剧中略加探讨。

物的戏剧演绎，剧本展现出与世俗截然不同的财富观。剧本第一折，庞蕴所唱"富极是招灾本，财多是惹祸因"，奠定了基调。剧中以磨博士罗和为例，充分展现出钱财之害。庞蕴见罗和劳作辛苦，将一锭银子交给他，希望他做个生意。罗和回家后从一更开始，分别把银子放在怀里、灶窝里、水缸里、门限底下，一直折腾到鸡叫天亮，也没能安安稳稳睡上一觉。次日，他将银子归还庞蕴，并云："蒙与了我这个银子，到的家里，没处放着。我揣在怀里，梦见人来抢我的；放在灶窝里，梦见火来烧我；放在水缸里，梦见水来淹我；放在门限儿底下，梦见人拿着锹锄撅我的，擎刀来砍我，枪来扎我。为这一个银子，整定害了我一夜不曾得睡。"① 罗和的插科打诨让人不禁发笑，却再次印证了钱财害人的理念。佛教的无常观，成为庞蕴钱财害人的理论基础。他在剧中反复强调"无常迅速，生死事大"，"万般将不去，唯有业随身"，"对面儿高车驷马，转回头可早衰草荒坟"。② 钱财犹如"小儿在那刀尖上食蜜，贪其甜味，岂防有截舌之患也"③。为此，庞居士超越了世俗价值理念，最终散尽万贯家财，修成正果，完成了由凡至圣的度脱过程。

## 二、明代中期（1488—1566）佛教杂剧

明代佛教自代宗景泰年间开始衰微，弘治嘉靖年间到达顶峰。陈垣《释氏疑年录》云："盖明自宣德以后，隆庆以前，百余年

---

① 刘君锡：《庞居士误放来生债》，载《元曲选》，第294—314页。
② 刘君锡：《庞居士误放来生债》，载《元曲选》，第294—314页。
③ 刘君锡：《庞居士误放来生债》，载《元曲选》，第294—314页。

间，佛教式微已极。"① 受佛教现状影响，明代中期的佛教戏剧，诸如李开先《打哑禅》《皮匠参禅》，徐渭《玉禅师》等，以揭露批判佛门流弊的讽喻剧为主，兼受狂禅和心学影响。

## （一）屠夫参禅：李开先《打哑禅》院本

李开先（1502—1568），山东章丘人。他是嘉靖七年（1528）举人，嘉靖八年（1529）进士，任职户部。早年仕途颇顺，后因子女早夭，身体多病，李开先开始参禅访道，而长达27年的闲居生活，思想上渐受佛教、道教等影响。面临日渐衰微的佛教现状，李开先借院本《打哑禅》进行了揭露与讽刺。

《打哑禅院本跋语》尾题嘉靖四十年（1561）九月十日，而剧本的实际写作时间为嘉靖三十九年（1560）。② 剧本演述了汴梁相国寺中真如长老为了度化众生，命徒弟撒空贴出哑禅招帖，若有人能打得出，赠送十两黄金。屠夫贾不仁与真如长老打了一番哑禅，最终大获全胜。撒空不服，找真如禅师理论，真如禅师按照他理解的禅宗义理进行了解释。然而，在贾不仁眼中，只不过是就买猪杀猪与真如禅师讨价还价罢了。因此，从《打哑禅院本跋语》来看，此剧有着明确的批判意识：

> 若其健羡难除，聪明未黜，纵琐营之无已，忘己身之至亲，践不测之畏途，狗无端之炽欲，内胶为识想，外妄为饰名，则虽削发披缁，出家居寺，与禅宗为罪人，

---

① 陈垣：《释氏疑年录》，中华书局，1964年，第370页。
② 刘铭：《李开先文学研究》，博士学位论文，复旦大学，2011年。

在释家为大盗。此又在小乘禅野狐禅之下，面命耳提犹且不省，况可打哑禅乎哉？无（按：当为"吾"）有二宝焉，持二宝以参禅，无不了了得证果者，哑禅不待打而自无不中矣。一曰如意净明珠，既圆且朗，能破一切昏暗而珠无染着；一曰降魔金刚杵，既利且坚，能破一切障碍而杵无损亏。但有志禅学者，吾先赠之以二宝，而后继之以院本刻本焉。①

剧本虽然不长，然其中暴露出来的禅门问题却十分严重。作者通过剧本对禅修进行了反思。初祖达摩创立禅宗，不立文字的祖训便在禅林广为流播。为破斥初学者对文字经典的依赖，禅宗祖师应机使用动作手势语指引学人参禅，各种各样的动作手势在禅林中历代相传，层出不穷。同时，非语言的教学方式为禅宗流弊的产生埋下了伏笔，俱胝童子的故事无疑为动作化、形式化的修学方式提出了警戒。明代中叶以来，禅林弊端日趋严重，湛然圆澄、四高僧及其他教内外人士均提出了尖锐的批判。所谓"打哑禅"，无非本着不立文字的原则，通过肢体语言、动作展示禅理体悟，勘验悟境高下。剧本对此进行了极富讽刺色彩的舞台搬演：

（老）舒出一个指头来。（屠）舒两个指头。（老）舒三指。（屠）舒出五指。（老）点一点头。（屠）将老僧指一指，又将自己指一指。（老）把眼唧一唧。（屠）把胡须摸一把。（老）舒出十个指头，拳回三个。（屠）

---

① 李开先：《李开先集》，中华书局，1959 年，第 868 页。

也照样。（老）把手往地下拍两拍。（屠）往空中指两指。（老）腰两边摸两摸。（屠）把双手缠几缠。（老）舒出三个指头来，拳回一个。（屠）舒手掐算道：可是？（老）往城墙上指一指，回身向地上坐着。（屠）也照样。①

在一连串动作之后，打哑禅也随之完成。真如禅师甘拜下风，输给贾屠夫十两金子。真如禅师对双方动作的禅宗内涵有着合理的解释，至于是否契合贾屠夫的原意，他自然无由得知。在贾屠夫看来，他的动作与佛教没有丝毫关系，不过是买猪卖猪过程中惯常使用的伎俩罢了。如"你师傅往腰两边摸两摸，说道：'把那两个腰子送来，与山僧解馋。'我把双手缠几缠，我说道：'休说是这两个腰子，就是这副猪肠，都抖搂与你罢。'"② 在解释真如禅师伸出三个指头拳回一个时说："你师傅平日认的三个妇人，止有一个好的。"③ 在解释师傅往墙上一指，回身向地上坐着时说："你师傅吃了猪肠和腰子，饱暖生闲事，把这妇人从城墙上引过来，地下同坐着，任意所为罢！"④ 此中全然不同的阐释，揭露出动作手势的多义性，凸显出禅宗教学方式的流弊。换而言之，在作者看来，此时的禅宗教学方式与法脉传承，已经严重堕入了形式化的弊症。真如禅师徒有弘法济人之心而无勘验学人之力。其"慧眼"所识之"英"，也就昭示出禅宗颓势已不可挽回。

---

① 李开先：《李开先集》，第 864—865 页。
② 李开先：《李开先集》，第 867 页。
③ 李开先：《李开先集》，第 867 页。
④ 李开先：《李开先集》，第 867 页。

### （二）"没影的猢狲不好降"：徐渭的《玉禅师》

徐渭（1521—1593）字文清，后改字文长，号天池山人，别号田水月、青藤道人等，山阴（今浙江绍兴）人。在《自为墓志铭》中，徐渭自述道："山阴徐渭者，少知慕古文词，及长益力。既而有慕于道，往从长沙公究王氏宗，谓道类禅，又去扣于禅。久之，人稍许之，然文与道终两无得也。"① 可见，徐渭的参学经历了一个由文及道、由道及禅的过程。"人稍许之"，透露出他对佛教颇有心得。他与玉芝法聚、北庵、月洲、祖玉、少颠、长啸上人、空上人等佛教僧侣，往来密切。师友之间参禅访道，互相砥砺，为徐渭的佛学知识与信仰打下了基础。同时，他又是浙中王门季本的子弟，思想中亦有晚明心学的烙印。

《玉禅师翠乡一梦》是《四声猿》最早完成的作品，从题材内容到剧本主旨，明显受到佛教的熏染，蕴含着徐渭对禅宗及心学的个性化理解。戚世隽《〈四声猿〉发微》提道："要解开《四声猿》定名之谜，最重要的一点，是要正确理解徐渭所说的'猿'。"② 周群认为："徐渭自己是在通过本剧宣示着对佛法的理解。"③ 他们均意识到《玉禅师》与佛教的交涉。题名"西子湖滨颠头陀"的题跋更为直接："《四声猿》好处却被澂园居士一口说尽，惹得天华纷纷欲坠，那许余人饶舌。以我看来，演旧案为新，就迷途起觉者，都是禅机……读《西厢记》可悟道，读《四声猿》

---

① 徐渭：《徐渭集》，中华书局，1983 年，第 638 页。
② 戚世隽：《〈四声猿〉发微》，载《戏曲研究》第 6 辑，1998 年，第 97 页。
③ 周群、谢建华：《徐渭评传》，南京大学出版社，2006 年，第 283 页。

不更可悟道耶？我尝谓澂园居士不爱逃禅，种种行事暗合如来心地。"① 直接凸显出"禅悟"主题，突出剧本受佛教尤其是禅宗浸染的一面。

作为三教兼通之人，徐渭在此剧中反映出来的思想主旨，其实早在第一出玉通上场时已经点出："南天狮子倒也好提防，倒有个没影的猢狲不好降。"整出剧亦是围绕如何降伏"没影的猢狲"（心猿）而展开，整个故事大致可分为"修心""放心""证果"三个阶段。

从故事开始到红莲上场前，为故事的第一个阶段：修心。剧中的玉通与月明本为西天古佛，因修地未证，来竹林峰水月寺禅修，"住过二十余载，越觉得光景无多，证果不易"②。剧中认为《楞严经》菩萨修行五十五位，犹如"宰官位的阶梯"和"宝塔上的阶梯"，从一二层到八九层，要循级而上，修行过程亦非一帆风顺。这一过程，是徐渭对佛教渐修的通俗性解说。"有一辈使拳头喝神骂鬼，和那等盘踝膝闭眼低眉，说顿的，说渐的，似狂蜂争二蜜，各逞两下酸甜；带儒的，带道的，如跛象扯双车，总没一边安稳。"③ 看似一句漫不经心的插科打诨，实际上暗含着他对三教的态度：主张顿悟也好，渐修也罢，无论是儒家还是道教，"各逞两下酸甜""总没一边安稳"。在对禅宗一番批判后，他介绍了故事起因。玉通和尚专注禅修，"二十年闭门不出"，对于新来的柳宣教，"也不去随众庭参，也不去应名受点。似这等清闲自在，

---

① 西子湖滨顽头陀：《四声猿原跋》，载《徐渭集》，第1359页。
② 徐渭：《玉禅师》，载《徐渭集》，第1186页。
③ 徐渭：《玉禅师》，载《徐渭集》，第1186页。

正好俺打坐安心"①。在此，作者虽意识到渐修证果不易，但对玉通的清修至少持肯定态度。

从红莲上场到月明和尚度化柳翠前，为故事的第二个阶段：放心。作为性欲的暗示，红莲上场便说"胭粉腰间软剑盘"。她交代柳宣教因玉通未来参拜，派红莲前往破其戒体。后红莲花言巧语，巧设骗局，诱使玉通入其彀中，"数点菩提水，倾将两瓣中"。破戒后的玉通唱道："我在竹林坐了二十年，欲河堤不通一线。虽然是活在世，似死了不曾然。这等样牢坚，这等样牢坚，被一个小蝼蚁穿漏了黄河堑。"②红莲随即颇带戏谑地质疑道："你何不做个钻不漏的黄河堑。"③苦修了20年的黄河堑，在红莲并不高明的伎俩下，"走马行船，满帆风到底难收，烂缰绳毕竟难拴"，显示出徐渭对渐修的否定。心怀嗔恨的玉通，临终作偈云："红莲弄得我似猢狲，我且向绿柳皮中躲一春。浪打浮萍无有不撞着，则恐回来认不得旧时身。"④云猢狲躲向绿柳皮中，借柳翠之身，表现出自我心性完全解缚。柳翠最终在月明的引导下顿悟前生，说明纯任自然也无法修成正果。

从第二出月明上场到本剧结束，为故事的第三个阶段：顿悟证果。月明和尚以悟者的姿态上场宣说佛门大意，"（俺法门）象荷叶上露水珠儿，又要沾着，又要不沾着；又象荷叶下淤泥藕节，又不要龌龊，又要些龌龊"。学界历来视作对佛门的批判，其实也不尽然。他使用的赵州猫儿、打杀如来等话头，"俺也不晓得脱离

---

①　徐渭：《玉禅师》，载《徐渭集》，第1187页。
②　徐渭：《玉禅师》，载《徐渭集》，第1188页。
③　徐渭：《玉禅师》，载《徐渭集》，第1188页。
④　徐渭：《玉禅师》，载《徐渭集》，第1191页。

五浊，仅丢开最上一乘，刹那屄的三生，瞎帐他娘四大"等语，在看似非佛非圣、插科打诨般的通俗语言中，透露出对执着的破斥。与第一出玉通上场反复哀叹证果不易相比，显然是觉者的感悟。他奉祖师之命，前来点化柳翠，"哑谜相参，机锋对敌的妙法"，"猛可的照见这柳翠"。[①] 即通过禅宗动作，使其顿悟前生，识取本来面目，彻底证悟。柳翠出场自云"画船不记陪游数，但见桃花断妄肠"，昭示放任心性的心路历程。柳翠等待徽客凤朝阳时，在寺中遇见月明。柳翠问月明"从那（哪）里来"，月明不答，且"三问三不应"，却"举手指西又指天"，意在引导柳翠，顿发疑情，将其引入月明制造的特定的参禅情境中。柳翠果然起疑，猜出其来自"西天"，进而到"投胎"，将前揭玉通之事——展现出来。到最后紧要关头，柳翠理解出现差错。不得已，月明大笑，将玉通的临终偈高声念一遍，念完后"呸！（大喷旦一口介）"[②]。通过"呸！"这一喝，加上"大喷旦一口"的动作，给百思不得其解的柳翠当头一击。她疑情顿去，洞彻本来面目，"早知灯是火，饭已熟多时"。然后脱下红装，穿上僧衫，与月明相认，在二人的交替唱曲中证果。"霎时到西方故乡"，整出戏到此结束。

玉通与柳翠本为一人，经历了由"修心""放心"到"证果"的过程。玉通苦修 20 年的黄河堑，在红莲这一小小蝼蚁面前不堪一击，表现出徐渭对渐修的否定。既然"修心"难以得果，自破戒后的玉通至顿悟前的柳翠，心性得到了彻底的解放，却依然是"久迷不悟"。久迷于尘世的柳翠，在月明的引导下大起疑情，终

---

① 徐渭：《玉禅师》，载《徐渭集》，第 1193 页。
② 徐渭：《玉禅师》，载《徐渭集》，第 1196 页。

于在他"呸"的一声痛喝之下，洞见前生。徐渭以降伏那"没影的猢狲"贯串始终，借玉通经两世修习终证佛果的经历，表达他对当时流行的"心学""禅学"的个人体悟。

### （三）选官与选佛之间：陈沂《善知识苦海回头》

陈沂（1469—1538），字宗鲁，后改字鲁南，号石亭居士，又号小坡，浙江鄞县人。弘治辛酉（1501）举人，正德十二年（1517）进士，改庶吉士，参与《武宗实录》的编撰。嘉靖中，出为江西参议，历山东参政。后因忤张璁、桂萼，改山西太仆寺卿致仕，于家筑遂初斋，杜门著书，绝意世事，著有《遂初斋集》《拘墟馆集》等。[①]

《善知识苦海回头》现存脉望馆校《古名家杂剧》本，题目"丁公言奸邪谮谤，胡仲渊贬窜雷州"，正名"圣天子赐还官职，善知识苦海回头"。[②]剧本演述胡仲渊进士及第，授秘阁修撰，与同年李迪、丁谓同赴慈恩寺宴会，赋诗登塔题名，因言语不和得罪丁谓。丁谓勾结内臣郑端向皇帝进谗，胡仲渊被贬雷州团练副使，顿感宦海如梦，世事无常。一年后，中书省差官报信，胡仲渊官复原职。此时，胡仲渊心灰意冷，执意辞官回乡。经过仕途波折，胡仲渊看破红尘，拜访黄龙禅师找寻出路。在黄龙禅师的指点下，"再不向是非窝胡厮混，再不向利名场歪厮滚"[③]，得天龙

---

① 顾璘：《山西行太仆寺卿陈先生沂墓志铭》，载《明代传记丛刊》第114册，第382—383页。

② 陈沂：《善知识苦海回头》，《古本戏曲丛刊四集》，北京图书馆藏《脉望馆钞校本古今杂剧》影印本。

③ 陈沂：《善知识苦海回头》，《古本戏曲丛刊四集》，北京图书馆藏《脉望馆钞校本古今杂剧》影印本。

八部接引，最终归向佛教。

剧本以胡仲渊为例，详细展现了文人士子由尽忠报国至归向佛门的心路历程。胡仲渊本是忠正刚直的知识分子，数十年寒窗苦读，年过半百方中进士。慈恩塔宴会上，他赋诗言志，针砭奸佞，无意间得罪了同年进士丁谓，被贬雷州团练副使。本想为国尽忠，却遭小人陷害，此时已有人生如梦之感，然报国忠心尚存："分明是白首功成，黄粱未熟，一场春梦，世事转头空。才出春明，咫尺天涯，万里飘蓬。去时节，惟有恋阙孤忠。"① "用舍行藏，惟师圣孔；愚臣纳忠，非是敢沽忠。"② 一年后，中书省的劄子来，复胡仲渊官职，贬丁谓于雷州，他毅然辞官回乡。在经历九死一生的贬谪生涯后，胡仲渊对官场生活彻底失去了希望，佛教空观转而成为他思想的主导，"我想起从前之事，一切皆空，都被幻境空华误了"③。于是前往霍山访黄龙禅师，参悟心性，在天龙八部护持下，顿悟正果。

胡仲渊形象，实际上是陈沂自身经历的戏剧搬演。他四十八岁方中进士，嘉靖六年（1527）因忤张璁而出为江西参议。顾璘《山西行太仆寺卿陈先生沂墓志铭》载："丙戌持节册封楚王，踰年出为江西布政司参议。先生素抱经济，乐于惠民。于是备设科

___

① 陈沂：《善知识苦海回头》，《古本戏曲丛刊四集》，北京图书馆藏《脉望馆钞校本古今杂剧》影印本。
② 陈沂：《善知识苦海回头》，《古本戏曲丛刊四集》，北京图书馆藏《脉望馆钞校本古今杂剧》影印本。
③ 陈沂：《善知识苦海回头》，《古本戏曲丛刊四集》，北京图书馆藏《脉望馆钞校本古今杂剧》影印本。

条，以杜奸完赋，同官惊服。"① 任职山东左参政期间，巡察山东诸县，赈济灾民，消除赋税，遣散盗民，表现出一定的政治才干，造福一方人民。后因上书得罪权臣，改迁陕西行太仆卿，愤而归家隐居著书，兼与耆旧大夫共修净社，走向奉佛之路。② 两相比较可见，《善知识苦海回头》中的胡仲渊，已经成为陈沂出处形藏的写照。面临日益衰杇的政治形势，在入世与出世、选官与选佛之间，文人的价值取向和宗教信仰发生了转变，最终隐居遁世，归向佛教。这似乎开启了晚明居士佛教的先声。

### 三、晚明（1567—1644）佛教戏剧

随着晚明佛教的复兴和居士佛教的兴起，文人奉佛日趋常态化，佛教戏剧作品日趋繁富，题旨趋于多元化。佛教杂剧在继承明初度脱剧的基础上，出现了以佛理禅趣为主的戏剧作品，如陈汝元的《红莲债》、徐复祚的《一文钱》、叶宪祖（1566—1641）的《北邙说法》等。值得注意的是，此时出现了佛教徒湛然圆澄创作的佛教杂剧《鱼儿佛》。这些作品属于佛教度脱剧，又一改明初以度脱为主的写作模式，度脱与讽喻并重，展现出更为广泛的社会内涵。

### （一）破悭破吝：徐复祚的《一文钱》

徐复祚（1560—?），原名笃孺，字阳初，号暮竹，江苏常熟

---

① 顾璘：《山西行太仆寺卿陈先生沂墓志铭》，载《明代传记丛刊》第 114 册，第 382 页。

② 顾璘：《山西行太仆寺卿陈先生沂墓志铭》，载《明代传记丛刊》第 114 册，第 382 页。

人，博学能文，工于词曲，卒于崇祯三年（1630）以后，著有
《三家村老委谈》三十卷等。

《一文钱》系佛教讽喻度脱剧，现存《盛明杂剧初集》本，正
名作："两卢至谁真谁假，一瓢酒孰醉孰醒。乔家私合积合散，证
西天是果是因。"① 署破悭道人编，栩庵居士评。剧中卢至家藏万
贯，却贪吝成性，连妻儿都要饱受饥寒。时值阿兰节会，为节省
一顿饭，卢至外出郊游，捡到了一文钱。后来，他听到城中四门
的乞丐聚集谈论，认为卢至富比王侯，却不舍得吃穿，因此最富
裕和最贫穷的都是卢至。卢至没有拾到乞丐的残渣剩饭，只好狠
下心用捡到的一文钱买了一些芝麻，躲到山上密林中偷吃。为度
化卢至，帝释天奉如来法旨，以建造宝塔为由，向其募化 3 000 两
银子。卢至不肯，却兴冲冲地喝下帝释天假称化缘得到的一壶村
酒，大醉十日。在此期间，帝释天变幻成假卢至，来到卢至家中，
将其财产施舍殆尽。真卢至醒来后，发现众人"夺走"他的家产，
愤恨不已。回到家后，被家人误认为悭鬼，痛打出门。有心找国
王告状，结果被如来广施神通，拦在城门之外。无奈之下，卢至
来到佛前讨个说法。佛陀让众弟子变幻成假卢至，引导他追寻本
来面目，最终顿悟证果，与妻子同归西方极乐世界。

此剧虽以度脱为主，讽喻的比重远在度脱之上。剧中卢至是
守财奴的典型，也是作者讽刺的对象。他家产万贯、富比王侯，
却嗜财如命，悭吝无比。不仅本人衣衫褴褛，而且规定妻儿奴婢
每人给米二合，其余一概不管。因为被小孩偷吃一个李子，他要
扣除一日之米。为了不让妻子吃芸屑饭，他宁可忍饥挨饿。他每

---

① 徐复祚：《一文钱》，《盛明杂剧初集》本。

日煞费苦心地盘算着如何省钱："我平生不肯嫌铜臭，通宵计算把牙关扣。就使扬子江潮变酒浆，心中只是还不勾（够）。"① 在卢至看来，"财便是命，命便是财，从来财命两相当"②。他外出参加阿兰节会，目的却非游赏，"或撞见相熟朋友，吃他一碗饭，可不省了自家的"③。拾到一文钱，因衣裳太过破旧："藏在袖子里，恐怕洒掉了。藏在袜桶里，我的袜又是没底的。藏在巾儿里，巾上又有许多窟笼。"④ 只好牢牢地攥在手里。这与《庞居士误放来生债》中的磨博士罗和如出一辙。在乞丐看来，卢至的生活甚至远在他们之下，"卢员外虽是日招财，夜进宝，不舍得穿，不舍得喫，妻子日日冻馁，那里有这等酒肉，可是不如我们"⑤。可谓讽刺至极！

（二）"红莲争似白莲香"：陈汝元的《红莲债》

陈汝元，字太乙，号太乙山人，又号燃藜仙客，书斋署曰函山馆，会稽人。其《红莲债》收录于《盛明杂剧二集》，正名为："戒禅师偶犯如来色戒，悟和尚同走阎浮世界。苏学士沉迷五戒后身，印上人提醒红莲前债。"⑥ 红莲故事最早见于宋代张邦畿的《侍儿小名录拾遗》，后被《古今诗话》及《古今闺媛逸事》等转

① 徐复祚：《一文钱》，《盛明杂剧初集》本。
② 徐复祚：《一文钱》，《盛明杂剧初集》本。
③ 徐复祚：《一文钱》，《盛明杂剧初集》本。
④ 徐复祚：《一文钱》，《盛明杂剧初集》本。
⑤ 徐复祚：《一文钱》，《盛明杂剧初集》本。
⑥ 陈汝元：《红莲债》，《盛明杂剧二集》本。

引。明代话本小说如《清平山堂话本》中的《五戒禅师私红莲记》①，《古今小说》中的《明悟禅师赶五戒》等，均演述五戒、红莲之事，足见流行之广。陈汝元的《红莲债》讲述五戒禅师在雪地中发现了弃婴红莲，送予清一禅师抚养。十六年后，红莲长大成人，容貌出众。五戒禅师凡情萌动，让清一将红莲私自送到禅房，行破戒之事。五戒的师弟明悟知道后，借赏白莲为名，以诗相劝。五戒心知犯戒之事已经泄露，留下辞世偈后坐化。明悟为避免五戒来世毁僧谤佛，再造恶业，也追随而去。后来，五戒禅师转生为宋代文人苏轼，与小妾朝云、娼妓琴操沉迷于男欢女爱、诗酒风流，对僧人、道士、尼姑、道姑概加讽刺。明悟转世为佛印，找到苏轼等三人后，以诗相劝，晓以前世之因。琴操、朝云、苏轼最终看破红尘往事，修学悟道。

　　与徐渭《玉禅师》借高僧破戒传达禅学、心学感悟不同，《红莲债》重在反思僧人的生理欲望与佛教戒律的矛盾，进而转向朱有燉度脱剧中的妓女成佛与色中解脱一路。五戒本是杭州净慈寺大行禅师的上首弟子，其师圆寂后继任住持，算得上是得道高僧。他每日与师弟明悟"打坐参禅，燃灯翻卷"②，虔心修习佛法。然而一念之差，凡心萌动，"到不如拈花弄柳，讨个燕侣莺俦，管甚么碎骨粉身，撞着牛头马面"③。猛然想起十六年前交给清一抚养的红莲，趁着夜深人静送到他的房中。在短暂而焦急的等待中，

---

　　① 《古本小说集成》编委会：《古本小说集成》第1辑第2册，第215—232页。《五戒禅师私红莲记》讲述了五戒禅师因红莲而破戒，转生苏轼，明悟转生为佛印前往相救，最终劝归佛的故事。与《红莲债》相比，并无苏轼与朝云、琴操事。

　　② 陈汝元：《红莲债》，《盛明杂剧二集》本。

　　③ 陈汝元：《红莲债》，《盛明杂剧二集》本。

折射出他对情欲本然的渴望，"半衲生凉，尘缘难净。傍着屏石儿行，望着垂柳儿惊。他那里打点着翠袖相迎，俺这里凭倚着雕栏自等""好生盼杀老僧"。① 眼前原本平淡无奇的一景一物，乃至阵阵蛙声，无不唤醒他内心深处的凡情欲念。面对一脸娇容、一身袈裟的红莲，五戒再无招架之力，"禅伽一见心魂难定"②，再度要求她以女儿装相见后，更是无法把持。面对清一的规劝，五戒也置若罔闻。红莲以地狱因果相劝，五戒道出："我若是不采娇花忒浅情，怎肯把凡缘销净。"③ 转而春宵一夜，数十年苦修毁于一旦。为了使沉溺于美色的五戒重新获得解脱，明悟巧借一朵白莲赋诗说法，"红莲争似白莲香"，谐音与寓意并存，对其加以规劝。在留下"不向禅关躭寂寞，且投尘世恣风流"的偈语后，五戒坐化。转生为端明殿大学士苏轼后，他的前世习气依然，整日与小妾朝云和妓女琴操吟风弄月，诗酒风流，更兼嘲僧骂道，可谓"富贵迷心，风骚成性"，"风流但恣来朝欢，沉身莫问津梁渡"。④ 经明悟转生的佛印痛陈前生旧事后，苏轼、朝云、琴操三人感悟入道，最终得以解脱。这与《维摩诘所说经》中"先以欲钩牵，后令入佛智"的理念是相通的。

　　在度脱剧的形式下，寄予了作者对佛教现状的忧虑和批判。在剧中，佛教戒律不再是佛教徒必须遵循的基本行为准则，现实物欲的诱惑远远超越了地狱因果的惩戒。茹荤饮酒、拈花弄柳，似乎成为日常生活的常态。五戒如是说道："也有茹荤的，也有饮

① 陈汝元：《红莲债》，《盛明杂剧二集》本。
② 陈汝元：《红莲债》，《盛明杂剧二集》本。
③ 陈汝元：《红莲债》，《盛明杂剧二集》本。
④ 陈汝元：《红莲债》，《盛明杂剧二集》本。

酒的，且度过了一时眉睫。虽然是转眼成空，也未必落在阿鼻地狱。到不如拈花弄柳，讨个燕侣莺俦。管甚么碎骨粉身，撞着牛头马面。"① 苏轼对僧尼道姑的批判，毁佛骂道的背后，反映出当下僧道积弊："女道人洗不尽秦楼秦楼风味，小尼姑解不脱巫山巫山情致。向人前眼角眉梢心事知，况禅房松舍暗递佳期。欲火难滋，孽债羞题，则说道网恢恢能逃避。"② 即使是身为江南古刹净慈寺的住持，拥有数十年修行经历的五戒尚且如此，对于初入禅门而尘心未净的普通僧尼来说，更是可想而知。从这个角度来说，此剧又多了一层警戒色彩。

（三）"拜的也不消拜，打的也不消打"：叶宪祖的《北邙说法》

叶宪祖（1566—1641），字美度，一字相攸，号桐柏，又号槲园居士、紫金道人等，浙江余姚人，万历进士。因与阉党为魏忠贤所建之祠在同巷，迁之而去，触忤魏忠贤，被削籍。生平好度曲，曲成即付伶人演出。生平信佛，与湛然圆澄交好。《北邙说法》，《今乐考证》著录，《盛明杂剧初集》收录。正目为："天神礼枯骨，饿鬼鞭死尸。若知真面目，恩怨不须提。"③ 剧本演述生前乐善好施的甄好善死后托生为天神，而骆为非则沦为饿鬼，他们在北邙山与土地相遇，并见到了各自的枯骨尸骸，认为身为天神享乐或身为饿鬼受苦，皆系前生行善作恶所致，因此对枯骨尸骸或顶礼膜拜，或痛加鞭笞。此时北邙山寺的本空禅师上场，宣

---

① 陈汝元：《红莲债》，《盛明杂剧二集》本。
② 陈汝元：《红莲债》，《盛明杂剧二集》本。
③ 叶宪祖：《北邙说法》，《盛明杂剧初集》本。

说因果报应之理，皆系自身自心所致，与枯骨尸骸无关，也无须膜拜鞭笞，最终引导他们归入佛门，同修净土。

此剧宗教内涵之特色，在于禅化净土思想的宣扬。剧中甄好善生前弃荤茹素、持戒好施，死后身为天神，享受种种快乐，"宝衣随念至，玉食自然来"①，对前世之肉体顶礼膜拜。骆为非生前贪图物欲享受、恃强凌弱，死后沦为饿鬼，受诸苦趣，对前世之肉身举鞭痛笞。剧中的本空禅师却提出了截然不同的观点，"拜的也不消拜，打的也不消打"②。他认为前生作恶与今生受苦，均是同一识神的不同转换，并没有彼此的区别。换而言之，善恶果报皆为自心所造，怨不得前世的皮囊，"岂不闻宅留人去，须知何物相随；薪尽火传，只为这些不断。往来劫里，才换面不辨是和非；生死海中，略回身就分人共我。谁知前生作善作恶者，即是伊家；今世受苦受乐的，原非别个。勘得破何恩何怨，一切惟心；认得真不即不离，是名曰道""几番尘世，识神一点不差移。只为那无明起妄，宿业成迷，新面孔才分雏共老，旧排场却认我和伊"。③皮囊骷髅并没有苦乐之感，真正受苦享乐的，还是那个"主人"。天神饿鬼、善恶迁变，皆是由我所作，因心而生，怨不得皮囊外物，也怪不得他人："善恶无常，升沉易变。天神稍自骄矜，安知不为饿鬼？饿鬼若知惭愧，未必不做天神。一心自转，六道由人。"④此番由人我之别（天神饿鬼与枯骨尸骸）到无我之分（天神饿鬼与枯骨尸骸非我），再到探寻真我（"我"独立于天神饿鬼

① 叶宪祖：《北邙说法》，《盛明杂剧初集》本。
② 叶宪祖：《北邙说法》，《盛明杂剧初集》本。
③ 叶宪祖：《北邙说法》，《盛明杂剧初集》本。
④ 叶宪祖：《北邙说法》，《盛明杂剧初集》本。

与枯骨尸骸之外）的过程，其实也就是追寻自我本体的过程，是自我心性显发的过程，背后起主导作用的是禅宗的心性论。本我找到以后，如何才能落实到实践层面，超越现实苦恼，脱离轮回苦海？剧中本空禅师提出了以持名念佛为中心、以往生净土为目标的净土修持法门。"修持法无过持名，解脱门只求生净。不分天人鬼狱，一时同证菩提""度脱无奇法，修为有妙机。办诚心讨个波罗蜜，念弥陀仗彼慈悲力，出婆婆会得清凉意。从今苦海免沉沦，行看彼岸须臾济""齐心合掌念佛，一心在七宝莲池，上品生身众善随"。① 也就是说，剧中以禅宗心性论为中心，探寻心性本我、沉沦苦乐之因，最终却落实到净土修行法门。因此，此剧带有禅净合流的特色。

在剧本结构上，剧中人物以探寻升沉苦乐因由为主线，由理论探索到实践，层层推进，剧情节奏集中而紧凑。剧本一开始北邙山土地上场，见一具枯骨，一具死尸，其主人分别是已为天神之甄好善和已为饿鬼之骆为非，其后尸骸的主人分别上场，感慨自己的遭遇并追寻原因，从而引出了故事的主线。他们以两世因果业报思想为中心，对其前身或膜拜或鞭笞，似乎已经找到了问题的答案。随着本空禅师出场后对他们言行举止的否定，进而引入更深层次的追索。在对假我的否定（尸骸）与真我（自性）的探寻中，逐渐找到了问题的答案。苦乐升沉，皆系自身所为，与他人或外物无关。如果说至此对苦乐升沉的理论探索已经结束的话，那么如何才能摆脱、超越苦乐升沉？最终本空禅师以净土持名念佛和往生极乐为旨归，从实践层面进行了解答。强烈的问题

---

① 叶宪祖：《北邙说法》，《盛明杂剧初集》本。

意识及其递进式的探索过程，使得这则短剧情节紧凑而集中，呈现出较好的戏剧效果。

（四）"一念天堂，一念尘埃"：湛然圆澄的《鱼儿佛》

湛然圆澄的戏剧作品，据祁彪佳《远山堂曲品》《祁氏读书楼书目》等文献记载，有杂剧《地狱生天》《鱼儿佛》和传奇《妒妇记》3 种。关于《地狱生天》，祁彪佳《远山堂曲品·剧品》载："南北五折，散木湛然禅师。老僧说法，不做禅语而作趣语，正是其醒世苦心。词甚平，然无败笔。"祁彪佳将其归入能品之中。此外，弘赞禅师《鼎湖山木人居在犙禅师剩稿》卷五载《刻地狱生天记序》一篇，文曰：

> 湛然禅师接曹洞之正脉，为一代宗匠，探赜三藏，尤善华严，得游戏三昧。于藏经中拈出渔翁一段公案，织为戏文，目曰《地狱生天记》。至于屠沽往生，不无所本。或曰："梨园歌舞，沙门亦预言乎？"曰："华严五地，百工技艺靡不综练，故诸大士以六度万行利生，见有一法益于世者，即为之举示。然则湛公于华严海中兴波作浪，就场屋里哨月嗟云，又何疑哉？"梵行比丘弘戒得本，欣然捐衣钵资重梓，属余为语。余喜曰："是亦藏海之一渤溇。"用笔诸简端。①

---

① 释弘赞：《鼎湖山木人居在犙禅师剩稿》卷五，释开沩录，载《嘉兴藏》第 35 册，第 504 页。

弘赞为明末清初岭南曹洞宗大家，以弘扬律学著称，"首疏
《四分戒本如释》十二卷、《四分律名义标释》四十卷，海内宗
之"①。他与湛然圆澄同属禅宗曹洞宗人。序中，弘赞引《华严经》
五地菩萨精通世间技艺说，为佛教徒从事戏曲创作正名。序中所
言弘戒比丘，生平不详，然肯捐衣钵之资重新刊刻流通《地狱生
天》，足见此剧在佛教内颇受重视。《地狱生天》之名，源出《佛
说观无量寿经》。此外，渔翁、渔父乃禅林盛行已久的话头，形成
了颇为固定的书写传统。弘赞序所说藏经中的渔翁公案，或即渔
父话头而言。湛然圆澄可能受此启发而创作此剧。遗憾的是《地
狱生天》原剧本已经亡佚，现存者为经过祁彪佳修订的《鱼儿
佛》。②

《鱼儿佛》一本四出，演述金渔翁金婴和其妻钟氏修行净土法
门，最终往生西方的故事。剧中第一出金渔翁以打鱼为生，不信
佛教；其妻钟氏则素来奉佛，修习净土。在钟氏的反复劝说下，
以铃悬于门上，勉强进出念佛。第二出观世音菩萨为度化金氏夫
妇，化身渔父，为金氏夫妻指点迷津。钟氏宿植善根，超然生天；
金渔翁心存疑惑，痴心未泯，转而体验轮回之苦。第三出地藏王
菩萨与地狱功曹审定金渔翁、马户册、戈十贝等人生平罪业，理
应打入地狱。金渔翁在业火烧身之际，猛然醒悟，高声念佛，得
脱地狱之苦，上升天界。第四出金渔翁升天后，过八功德池水时，
见池中鱼儿，心生钓鱼之念，又被东海龙王率领众水族索债。在

① 释成鹫：《鼎湖山志》，清康熙刻本，转引自李福标、朱婧《论鼎湖山弘
赞禅师的律学故事化》，载《学术研究》2015 年第 4 期。
② 赵素文：《祁彪佳与明杂剧〈鱼儿佛〉的编订及刊刻》，载《戏曲研究》
第 67 辑，2005 年，第 131 页。

韦陀护法的护持下，金渔翁大彻大悟，最终修成正果。作为僧人创作的戏剧，《鱼儿佛》带有明显的宣教成分。

剧本的核心是净土思想。钟氏是净土念佛的典型。她一上场，口中佛号之声不断。在她看来，念佛是最直接、最稳健的修行法门，"自到金门，一心念佛，免不得盲修瞎练，却也悟的宿世因缘"①。她认为念佛贵在"一念"，"一念天堂，一念尘埃"②，不可三心二意，心不在焉。她开导金渔翁时也说："只要你一心常在，自然的万法皆通。"③由于虔心信佛，当观世音菩萨前来点化时，钟氏豁然开悟，得升天界。

剧中的金渔翁则颇为复杂，他经历了由沉迷世俗到念佛升天的蜕变。首先，他是世俗生活中的沉迷者。每天打鱼归来，酒足饭饱，心满意得。他期望有朝一日能钓条大鱼，过上富足安乐的世俗生活，"倘然我的造化忽然到来，钓着山大来一个鱼，便好赚一主子大钱，穿一架子衣服，做一个财主儿，可不强似今日吃一没二的也"④。他始终坚定地认为"贫的不如富的"。当钟氏让其念佛时，金渔翁以颇带调侃的腔调连念数声"阿弥陀佛"。钟氏说他"满心儿是佛地，只怕你转头儿便世情"⑤，活脱脱刻画出口念佛号而心恋世俗的典型。为督促金渔翁念佛，钟氏将铜铃挂在门上，进出门时，铜铃每响一声便念一声佛。观世音菩萨设法点化金渔翁夫妇，钟氏幡然醒悟，金渔翁因欲念未泯，托生地狱。地藏王

---

① 释圆澄：《鱼儿佛》，《盛明杂剧二集》本。
② 释圆澄：《鱼儿佛》，《盛明杂剧二集》本。
③ 释圆澄：《鱼儿佛》，《盛明杂剧二集》本。
④ 释圆澄：《鱼儿佛》，《盛明杂剧二集》本。
⑤ 释圆澄：《鱼儿佛》，《盛明杂剧二集》本。

菩萨根据功罪多寡，判他受业火风刀之苦。金婴听到鬼卒的锤叉之声，误以为自家铃音，"高声念佛，立地升天去也"①。升天后的金渔翁，见功德池中的鱼儿十分可爱，旧习复萌，心生钓鱼之念。邪念一生，随即堕入魔界，东海龙王敖广率虾兵鳖将前来索命。情急之下，金婴再次合掌念佛，佛教护法韦陀上场，将其打退。金婴也最终打破疑团，得升天界。剧中通过金渔翁的经历旨在说明：念佛贵在一心，天堂地狱也存在于一念之顷。若能返归自性，地狱亦为天堂，故地藏王菩萨评论道："待与他地狱呵，他曾把婆心抱；待与他天堂呵，他尚待孽冤消。这地狱天堂，止争一毫。"②

剧中的念佛法门，实际上也带有禅学化的色彩。金渔翁的地狱生天，显然是在渐修基础上的顿悟。对修行法门之顿渐迟速，剧中借地藏王菩萨之口阐释道："大凡功分顿渐，总在自了一心……功曹，你道那金婴听一下铃声便能念佛，持一句佛号便能升天，你休看他容易也。那一下铃声，根着他三生毫窍，便是白牛车上的一粒尼摩；那一句佛号，断了他万劫疑根，便是宝树林中的六时贝叶。"③ 作者认为，佛教修持的顿渐迟速，全由自心决定。若能止恶行善，由定生慧，由因彻果，便能脱离三途之苦。类似顿悟法门的地狱升天，实际上建立在渐修的基础上。金婴因念佛而转升天堂，是往日闻铃念佛渐修的结果。"一念天堂，一念尘埃"，天堂地狱，只在一念之间，成为剧本主题最好的诠释。

---

① 释圆澄：《鱼儿佛》，《盛明杂剧二集》本。
② 释圆澄：《鱼儿佛》，《盛明杂剧二集》本。
③ 释圆澄：《鱼儿佛》，《盛明杂剧二集》本。

## 第二节　明代佛教传奇

明代的佛教传奇，主要集中在晚明，出现了屠隆《昙花记》、汤显祖《南柯记》等以宣扬佛教义理为主的文人佛教传奇。此外，还出现了以张大复《醉菩提传奇》、罗懋登《观世音修行香山记》等为代表的诸佛祖师传奇，它以塑造菩萨祖师等佛教人物为核心，夹杂着民间佛教信仰。

### 一、文人佛教传奇

随着晚明佛教的复兴，教内僧人对戏剧采取了兼容并蓄的态度。他们在已有借戏说法的理论基础上，掀起了一股禅门说戏的潮流。他们认为人生如戏，普天地为一场戏，释迦牟尼是其中最好的演员，进而详辨台上/台下、悟/迷之关系。诚如廖肇亨所论："经由'台上戏子'与'台下戏子'的说法，消解'演员/观众'之间的界限，不仅将'众生即佛''佛即众生'此一基本信念生动地呈现出来，观众同时也是参与者，潜藏了一种开放剧场的可能。"①晚明文人和佛教之间的关系空前密切，其中不乏汤显祖、屠隆等戏剧名家。他们出于对戏剧的偏爱和对佛教信仰的需求，意识到借戏说法的重要性，进而通过具体的戏剧作品，借助度脱剧的叙事模式，发挥传奇的叙事优势，传达佛教理念。

### （一）三教会通，以佛为尊：屠隆的《昙花记》

屠隆（1543—1605），字长卿，又字纬真，号赤水，别署一衲

---

① 廖肇亨：《中边·诗禅·梦戏：明末清初佛教文化论述的呈现与开展》，第430页。

道人、蓬莱仙客、由拳山人、冥寥子、鸿苞居士、娑罗馆居士、娑罗主人、赤松侣等，浙江鄞县人。少有异才，曾学诗于吴越名士沈名臣，颇具诗才。万历五年（1577）进士及第，除颖上知县，治水有功。万历十年（1582），迁礼部主事，后迁议制郎中，与西宁侯宋世恩友善。因刑部主事俞显卿攻讦，罢官闲居。其后纵横山水，寻仙访道，参禅礼佛，诗酒相伴，最终在落魄贫困中怅悴而卒。

作为深受佛教影响的晚明文士，屠隆的戏剧创作，带有强烈的借戏弘法意识，其《昙花记·序》云：

> 或曰："此戏也，子□□□长斋修梵，而戏耶，戏又何益秖损尔？"余曰："否，此余佛事也。""以戏为佛事，可乎？"曰："世间万缘皆假，戏又假中之假也。从假中之假而悟诸缘皆假，则戏有益无损。认诸缘之假而为真，而坐生尘劳则损。认假中之假为真，而欲之导而悲之增，则又损。且子不知阎浮世界一大戏场也。世人之生老病死，一戏场中之离合悲欢也。如来岂能舍此戏场而度人作佛事乎？世人好歌舞，余随顺其欲而潜导之，彻其所谓导欲增悲者，而易以仙佛善恶、因果报应之说，拔赵帜插汉帜，众人不知也。投其所好，则众所必往也。以传奇语阐佛理，理奥词显，则听者解也。导以所好，则机易入也。往而解，解而入，入而省改，千百人中有一人焉，功也……余与诸君约，登场者与观场者并斋戒为之，则功无量也。登场者斋戒，则登场者功也。观场者

斋戒，则观场者功也。不及斋戒而有信心，则亦功也。"[1]

在此，屠隆认为戏剧有助于佛事。观众通过体悟剧中人物情节之假，反观自身经历之假，导欲增悲，体悟繁华背后的荒凉。他发扬《维摩诘所说经》"先以欲钩牵，后令入佛智"的弘法理念，曲从众好，在戏剧中寄寓佛理，使听者、观者在不自觉间接受佛教思想的熏染。为了达到弘法目的，保持佛教戏剧的神圣、庄严，他要求演员和观众在观演戏剧之前必须斋戒，观演时必须怀有恭敬的态度，不可与普通传奇戏剧等闲视之。其《昙花记·凡例》对演员提出了严格要求，不斋戒者不许登场，"此记扮演，俱是圣贤讲说仙宗佛法，不当以嬉戏传奇目之。各宜斋戒恭敬，必能开悟心胸，增福消罪，利益无方。不许荤秽亵狎。""梨园能斋戒扮演，上善大福。如其不能，须戒食牛、犬、鳗、鲤、龟、鳖、大蒜等荤秽物。本日如有淫欲等事，不许登场"[2]。他要求演出场地必须允许演员命坐扮演，不许坐演则不必演出："登场梨园，虽在官长贵家，须命坐扮演。缘装扮多系佛祖上真，灵神大将，慎之慎之，如好自尊。不许梨园坐演者，不必扮演。"[3] 他要求每遇天将登场时，观者"须坐起立观，如有官府地方体统，不便起立者，亦当怀尊敬整肃之念。不然，请演他戏"[4]。屠隆不厌其烦地对演员、观众乃至演出场地做出如此苛责的规定，无非是

---

① 屠隆：《昙花记评注》，田如旭评注，《六十种曲评注》本，吉林人民出版社，2006 年，第 551—552 页。

② 屠隆：《昙花记评注》，田如旭评注，第 552 页。

③ 屠隆：《昙花记评注》，田如旭评注，第 552 页。

④ 屠隆：《昙花记评注》，田如旭评注，第 552 页。

扫除世俗对戏曲艺术的偏见，充分发挥其弘法之功。从这个角度上说，屠隆为戏曲地位的提升和佛教与戏曲的融通，以及佛教戏曲观演理论的构建，贡献良多。

屠隆的《昙花记》以唐代历史为背景，演述了定兴王木清泰及其妻修证成佛的故事。木清泰因与郭子仪平安史之乱有功，封为定兴王。春游时受西天祖师宾头卢与蓬莱仙客山玄卿点化，外出访道。临行前，他种下一株昙花，以昙花盛开作为证道的象征。云游过程中，他帮助吕翁、黄氏脱离苦难，又摆脱了古庙妖神、郭子仪家花神的纠缠。后到成都度脱严武，遇到了 30 年前为其所杀的王婉娘的鬼魂前来复仇，返回途中又遇到了魔王。为"警醒木公，坚其道念"，木清泰冥游地府，上游天界，东游蓬莱仙都，西游极乐净土，最终在宾头卢的指点下顿悟佛道。木清泰返回家乡，见昙花盛开，与妻子卫氏等人一同证果。

剧本借鉴了度脱剧的形式，却没有局限在度脱本身，呈现出多样化的宗教意涵。受晚明三教融通思想的影响，剧本倡导三教同源，如第七出《仙佛同途》所说"道术分三教，源流本一家"①。儒家的事功思想和道德伦理理念，在木清泰父子身上得以体现。他因平安史之乱而被封为定兴王，其妻子恪守妇道，夫唱妇随，一心修道。他的两个姜室郭倩香和贾凌波坚守贞节，拒绝再嫁。其子木龙驹为尽孝而千里寻父，后继承家风，平朱泚之乱，屡立奇功，袭封定兴王。可以说，木清泰一家成为作者心目中理想的儒家政治伦理道德的践行者。道教方面，剧中推崇净明道。剧中第四十一出《真君驱邪》，许旌阳说："奉道明王，授书谌姆，

---

① 屠隆：《昙花记评注》，田如旭评注，第 68 页。

净明忠孝为则。"① "净明忠孝，大道本于人伦；救病除妖，功行先于拯物。"② 净明道倡导忠孝为成仙之本，显然带有儒道融通色彩。三教中释道关系最为微妙，素来论争不息。剧中屠隆从同源论的角度出发，认为："真空妙有，无生不说长生。忠孝净明，仙道原非外道。菩提妙觉，最上无伦；高真上玄，亦自可贵。" "如来与上真在虚空中道法相与，师徒甚欢。"③ 至于后来佛道两教的论争与分歧，是"无知的野道人""不广的禅和子"不明释道真义，诋祖位为精灵，骂真人为外道，"两家聚讼，积渐成怨"④。当然，屠隆倡导三教会通，最后的落脚点在佛教。作者安排剧中的主要人物如木清泰、卫氏等人证得佛果，即使是本为蓬莱仙客的山玄卿，最终也归于佛乘，"山玄卿夙隶仙籍，玄风久超，近入禅宗，慧心顿朗，并佛门之上足，大道之津梁"⑤。

当然，作为以佛教为归趣的戏剧，最值得关注的是佛教思想的宣扬。与篇幅短小、思想较为单一的佛教杂剧不同，屠隆充分发挥传奇的优势，在宏阔的故事叙事中蕴含着丰富的佛教内涵。首先是佛教化人生观的构建。从原始佛教开始，为了解决现实世界生老病死等人生困惑，佛教认为人生皆苦，提出了二苦、三苦、四苦、八苦乃至无量诸苦，呼吁世人出世修行，超脱现世之苦，永享涅槃之乐。在第三出《祖师说法》中，西天祖师宾头卢上场便云：

---

① 屠隆：《昙花记评注》，田如旭评注，第 339 页。
② 屠隆：《昙花记评注》，田如旭评注，第 339 页。
③ 屠隆：《昙花记评注》，田如旭评注，第 68 页。
④ 屠隆：《昙花记评注》，田如旭评注，第 68 页。
⑤ 屠隆：《昙花记评注》，田如旭评注，第 477 页。

我想世上这些众生好苦也！沉酣世味，浑如酒螫寻酸；苦恋火坑，一似灯蛾赴焰。烂臭底一副皮袋，说俊说美，骷髅红粉，名为粪里钻香；好险的两字功名，说富说贵，傀儡戏场，真是刀头舔蜜。恋着处一味口里流涎，直待漏干娑竭海；怒来时一霎眼中出火，便欲烧却须弥山。古今沦堕，无非为闹攘攘的六欲牵缠；昼夜奔忙，总只是黑漫漫的三途路径。①

屠隆通过宾头卢之口，对世俗价值体制中的美色、功名、富贵予以否定。他认为人身是四大假合而成，危脆不坚，人生易逝，不可把玩。世间的功名利禄，人我是非，恩怨情仇，在死亡面前分毫不值，"床席上分明一个死尸，还说争名争利；喉咙里才有半点气息，尚思报怨报仇"。唯有佛教空观可以消除世人对生死的恐怖畏惧：

任魔人，纵然一死又何分。烹当五鼎，男儿事阴阳炽炭，大冶洪炉，分明是釜底游鳞。头斩春风，吹光割水，缘知四大本非真。也强似熬煎欲火，竭脂膏翠黛红裙。还想那金枪迦老，刖头师子，宿冤安世难至岂无因，从今去莲花一路涅槃门。②

佛教先贤生死一如的典型事例，成为木清泰战胜生死魔咒的

---

① 屠隆：《昙花记评注》，田如旭评注，第27页。
② 屠隆：《昙花记评注》，田如旭评注，第219页。

榜样。如"金枪迦老"，化用佛陀被木（或铁）枪伤足。[①]"刎头师子"指禅宗祖师师子尊者，唐代智炬《宝林传》卷五载："王即举利剑断师子首，断已无血，白乳涌出，举高一丈。其王右臂，忽然自落。"[②]"头斩春风"源出僧肇法师《临终偈》。[③] 凡此，旨在阐述我空之理，借以消弭对于生死的恐惧，达到死生一如的超脱境界。

其次是自性禅。所谓生佛平等，自性本具，不假外求。若能了悟自性，便能顿悟成佛；若不识自我本来面目，徒然流浪生死苦海；不知反观自身，一意向身外寻求，必然劳而无功。如第三出宾头卢说："咳！谁信此一件大事，人人本有，个个不无。迷则佛是众生，穿璎珞的也曾披毛戴角；悟则众生是佛，被枷扭的立可坐象骑狮。""若是不悟本心，随他绝代聪明，过人学问，只播弄得三世精魂；倘然不知佛性，任教格天事业，盖世英雄，到头来是一场春梦。"[④] 为了说明心性的重要性，屠隆在剧中借用了独具特色的禅宗隐喻。如第三十出《冥官迓圣》木清泰等人云："三点疏星曲，一湾新月斜。披毛从此得，作佛也由他。"[⑤]"三点疏星曲，一湾新月斜"，实为"心"字的隐喻。不管是披毛戴角的动

----

①　孟康详：《佛说兴起经·佛说木枪刺脚因缘经第六》，载《大正藏》第 4 册，第 168—170 页。其后梁宝唱等人所集《经律异相》卷五《现铁枪报第五》中刺佛足者由木枪转变为铁枪，参《大正藏》第 53 册，第 20—21 页。《六十种曲评注·昙花记评注》中此条及"刎头师子"条之注释均误。

②　苏渊雷、高振农：《佛藏要籍选刊》第 14 册，上海古籍出版社，1994 年，第 49 页。

③　李小荣：《虚构与真实——论僧肇〈临刑偈〉及相关故事的来源与影响》，载《文学与文化》2011 年第 3 期。

④　屠隆：《昙花记评注》，田如旭评注，第 27—28 页。

⑤　屠隆：《昙花记评注》，田如旭评注，第 253 页。

物，抑或成佛作祖，均系自心所为："诸恶从心生，竟亦从心灭。缘境俱欲空，因果不可拔。"同时，屠隆强调"一心"的重要性。念佛贵在一心，礼忏也不外乎一心："要脱苦趣，须灭罪根，要灭罪根，须知忏法，忏分事理，不外一心。事忏者，朝夕礼拜祈哀，不敢再犯。理忏者，端居而念实相，罪业性空。忏悔精勤，罪根自灭，罪根既灭，福慧自生。岂止永免于苦趣，便可修证乎道果。"①

可以说，《昙花记》三教同源、以佛为尊的主题取向，代表了晚明奉佛居士的主流思想。他曾邀请云栖袾宏等佛教高僧观看此剧，得到了云栖袾宏的赞扬，足见此剧在晚明佛教界的影响之大。

### （二）"梦了为觉，情了为佛"：汤显祖的佛教传奇

汤显祖（1550—1616），字义仍，号若士，又号海若，晚年自号茧翁，自署清远道人，江西临川人。他的佛教渊源较深。万历四年（1576），时年二十七岁的汤显祖游南京太学时，曾在报恩寺阅读佛经。万历七年（1579），他在南京清凉寺讲经，足见此时已有一定的佛学造诣。万历十一年（1583），汤显祖考中进士，次年任南京太常寺博士。此间政务颇为清闲，汤显祖拥有较为充裕的时间研读释道典籍，结交教内人士。如《与陆景邺》云："稍读二氏之书，从方外游。"其后，他践行禅净双修之旨，为云栖袾宏《戒杀放生文》作序，倡导严戒律、振宗纲，重兴佛教。晚年更是以净土为指归，称"非西方莲社莫吾与归矣"，甚至打算创建栖贤莲社，隐居庐山。

---

① 屠隆：《昙花记评注》，田如旭评注，第280页。

在汤显祖的佛教交往中，影响最大者莫过于紫柏真可。紫柏真可《与汤义仍》追溯二人交往，提出"五遇"说。"五遇"中，"初遇"为隆庆四年（1570），汤显祖在西山云峰壁上作《莲池坠簪题壁》二首，后紫柏真可见题诗者未出仕即有归隐之意，遂萌生结交之意，然二人此时未曾谋面。二十年后，万历十八年（1590）冬，汤显祖与紫柏真可在邹元标家中初次会面，即曰"吾望子久矣"，并道出二十年前的旧事，许为神交。此时汤显祖四十一岁，任南京礼部祠祭司主事，随着社会阅历的增加，对朝政日益失望，佛教倾向也更加明显。紫柏真可在雨花台为其取法名"寸虚"，并解释道："往以寸虚号足下者，盖众人以六尺为身，方寸为心，则心之狭小可知矣。然众人不能虚，重以日夜而实之为贵。寸虚稍能虚之，且畏实而常不自安。近野人望寸虚以四大观身，则六尺可遗。以前尘缘影观心，则寸虚可遗。"[①]他希望汤显祖能够放下身心，修证佛道，十年后"定当打破寸虚馆也"。"三遇"时，汤显祖尚在南京，知与二遇相隔未久。万历十九年（1591），汤显祖上《论辅臣科臣疏》，被贬徐闻县令。紫柏真可有心探望而未能如愿。万历二十一年（1593），汤显祖转任浙江遂昌知县。紫柏真可特意前来拜访，并赋诗云"红鱼早晚迟龙藏，须信汤休愿不灰"，望他看破红尘之饵，如鱼跃龙门，早日顿悟佛心。万历二十六年（1598），汤显祖因政事日非，兼小儿早夭，挂冠回乡。年底，紫柏真可游石门寺，专访汤显祖，软语宽慰，劝他不要为情所困，消情复性。此为"五遇"。其后紫柏真可只身北上京师，为解救吴宝秀、罢免矿税而积极奔走。汤显祖心怀挂念，

---

① 释真可：《与汤义仍》，载《紫柏老人全集》卷二十三，第542页。

屡屡请人打探消息，力劝紫柏真可披发入山，切勿涉世过深。紫柏真可以"断发如断头"相答，最终被捕入狱，狱中坐化。观二人之五遇，汤显祖未能如紫柏真可所愿剃度出家，紫柏真可也未能避灾远祸，二人相互影响却颇为深远。可以说，紫柏真可对汤显祖佛教知识与信仰的生成，乃至文学创作和文学思想，都产生了很大的影响。

汤显祖自称"为情作使，劬于伎剧"，情是汤显祖生命历程和戏剧创作的核心命题。从《牡丹亭》到《南柯记》，汤显祖戏剧关于"情"的思索，经历了由"情至"到"情尽"的转变。《牡丹亭记题词》云：

> 天下女子有情宁有如杜丽娘者乎。梦其人即病，病即弥连，至手画形容传于世而后死。殆三年矣，复能溟莫中求得其所梦者而生。如丽娘者，乃可谓之有情人耳。情不知所起，一往而深，生者可以死，死可以生。生而不可与死，死而不可复生者，皆非情之至也。梦中之情，何必非真。天下岂少梦中之人耶。必因荐枕而成亲，待挂冠而为密者，皆形骸之论也……嗟夫，人世之事，非人世所可尽。自非通人，恒以理相格耳。第云理之所必无，安知情之所必有邪。①

柳梦梅因梦改名，杜丽娘因游园时的一帘幽梦念念不忘，梦成为二人结缘的关键。世人皆知梦境为虚幻，而梦中之情又何尝

---

① 汤显祖：《牡丹亭记题词》，载《汤显祖集全编》，第 1552—1553 页。

不是真情？因情而死，因情而生，经历生死淬炼后的情方为真情，亦为至情。它超出形骸之外，超越俗世理论认知和现实礼法的束缚，是天然本性的觉醒，也是现世熏习的结晶。

在宣扬"后妃之德"的《关雎》中，杜丽娘萌生了对自由爱情的向往。面对满园春光，她充满了伤春之感和惆怅之情，"春色恼人"的背后是爱情觉醒后的忧伤："天呵，春色恼人，信有之乎！常观诗词乐府，古之女子，因春感情，遇秋成恨，诚不谬矣。吾今年已二八，未逢折桂之夫；忽慕春情，怎得蟾宫之客"？"（长叹介）吾生于宦族，长在名门。年已及笄，不得早成佳配，诚为虚度青春，光阴如过隙耳。（泪介）可惜妾身颜色如花，岂料命如一叶乎！"① 懵懂的爱情在梦中喷薄而出，对真情的渴望从此深植于杜丽娘的藏识。她自我感慨："困春心，游赏倦，也不索香薰绣被眠。天呵，有心情，那梦儿还去不远。"② 对此，三妇评云："起句逗一梦字，以为入梦之缘，煞句又拖一梦字，以为寻梦之因，从此无时不在梦中矣。"③ 游园归来，她无心茶饭，彻夜不眠，再次来到后花园重温旧梦，却发现"凄凉冷落，杳无人迹"，"径曲梦回人杳，闺深佩冷魂销"。杜丽娘日渐消瘦，自知年寿不永，遂自绘真容，安排后事，殉情而终。

与杜丽娘一样，柳梦梅自称"一生为客痴情多"，也是一个多情、痴情之人。对此，《吴吴山三妇合评牡丹亭》多以"痴"字评之，如"病来畏死，病去生情，一片凡心，是痴缘张本"，"写柳

---

① 汤显祖：《吴吴山三妇合评牡丹亭》，陈同等评，夏勇点校，第22—23页。

② 汤显祖：《吴吴山三妇合评牡丹亭》，陈同等评，夏勇点校，第28页。

③ 汤显祖：《吴吴山三妇合评牡丹亭》，陈同等评，夏勇点校，第28页。

生情态异常，痴缘将至，见乎四体也"。[①] 他因病借宿梅花观，偶然捡到杜丽娘的真容后赏玩不已，呼唤画中人为美人、姐姐，"随口乱呼，的是情痴之态"，又"少不得将小娘子画像早晚玩之拜之，叫之赞之"，"四'之'字托出痴状"。[②] 在他的痴情呼唤下，杜丽娘鬼魂现身，成就一段人鬼情缘。在得知杜丽娘的真实情况后，他不惜冒着被杀的危险，伙同石道姑等人挖掘杜丽娘的坟墓。在其精心调养下，杜丽娘死而复生，唯有对柳梦梅念念不忘，"两番不语，忽问柳郎，正见一灵不放处"[③]。她后来自述还魂因缘云："奴家死去三年，为钟情一点，幽契重生。"[④] 因情而死，又因情而生，情是杜丽娘生命的全部，是维系杜丽娘、柳梦梅姻缘的核心，这正是汤显祖极力倡导的至情。

汤显祖的至情，是超越世间生死的局限，挣脱现实礼法的束缚，超脱于形骸之外的精纯无杂之情。陈继儒《牡丹亭题词》云："张新建相国尝语汤临川云：'以君之辩才，握麈而登皋比，何渠出濂、洛、关、闽下？而逗漏于碧箫红牙队间，将无为青青子衿所笑！'临川曰：'某与吾师终日共讲学，而人不解也。师讲性，某讲情。'张公无以应……临川老人括男女之思而托之于梦。梦觉索梦，梦不可得，则至人与愚人同矣。情觉索情，情不可得，则太上与吾辈同矣。化梦还觉，化情归性，虽善谈名理者，其孰能与于斯！"[⑤] 当理学、新学、狂禅盛行之际，众皆讲性，汤显祖别

---

① 汤显祖：《吴吴山三妇合评牡丹亭》，陈同等评，夏勇点校，第 65 页。
② 汤显祖：《吴吴山三妇合评牡丹亭》，陈同等评，夏勇点校，第 70 页。
③ 汤显祖：《吴吴山三妇合评牡丹亭》，陈同等评，夏勇点校，第 100 页。
④ 汤显祖：《吴吴山三妇合评牡丹亭》，陈同等评，夏勇点校，第 101 页。
⑤ 陈继儒：《牡丹亭题词》，载《汤显祖研究资料汇编》，第 850—851 页。

出心裁，高扬至情。在陈继儒看来，汤显祖所说的"情"，实际上带有性、情一如的特点。由梦返觉，因情复性，鉴于汤显祖和佛教间的密切关系，在《牡丹亭》流播过程中，出现了佛教化解读一路。郑元勋《梦花酣题词》云：

情不至者，不入于道，道不至者不解于情。当其独解于情，觉世人贪嗔欢羡俱无意味，惟此耿耿有物，常舒卷于先后天地之间。呜呼！汤比部之传《牡丹亭》，范驾部之传《梦花酣》，皆以不合时宜而见情耶，道耶？[①]

唯有至情者可以体悟至道，悟道者无不解于情。此情既为人性之本，又为入道之媒。陆次云《玉茗堂四梦评》云：

或谓《还魂》专写艳情，与《邯郸》《南柯》迥别，亦似出于两手。不知作佛生天之旨，早摄入情痴一往之中，不有曰"生生死死随人愿"乎？不有曰"景上缘，想内成，因中见"乎？山僧读"临去秋波那一转"句，可以悟禅。能读《还魂》，而后能读《邯郸》，读《南柯》也。[②]

痴于情者"生生死死随人愿"，其情纯志坚，实与求佛作祖者相同。他们可以冲破生死束缚，与佛教坐脱立亡的解脱观颇相吻

---

① 郑元勋：《梦花酣题词》，载《汤显祖研究资料汇编》，第857页。
② 陆次云：《玉茗堂四梦评》，载《汤显祖研究资料汇编》，第677页。

合。所谓"景上缘，想内成，因中见"者，又与佛教的因果学说和十二因缘理论有相通之处。《牡丹亭》中柳梦梅、杜丽娘之间因梦生情、超越生死的恋情，其情之浓、愿之切，远胜《西厢记》中莺莺的"临去秋波那一转"。林以宁《还魂记题序》云："今玉茗《还魂记》，其禅理文诀，远驾《西厢》之上。"① 为此，吴震生《笠阁批评旧戏目》直呼汤显祖为情禅。②

《牡丹亭》宣扬至情，《南柯记》则阐述了由情至到情尽的嬗变历程。《南柯记题词》云"梦了为觉，情了为佛"，可谓此剧的绝佳写照。剧中淳于棼因醉酒误事而赋闲在家，百无聊赖之际，前往天竺寺观音院报名参加契玄法师讲席，遇到了前往人间招婿的大槐安国使者琼英等人，后在听经过程中对瑶芳公主的凤钗、犀盒暗生情愫。酒醉后，淳于棼被国王使者请入大槐安国，与瑶芳公主喜结连理。后在公主的推荐下任南柯太守。二十年后，淳于棼夫妇育有二男二女，瑶芳公主因生产过多，体质怕热，淳于棼修瑶台城为其避暑。恰值檀萝国四太子丧妻，率兵围困瑶台城，意在强娶瑶芳公主为妻。淳于棼率兵解瑶台之围，救出瑶芳公主。蚁王决意封淳于棼为左相，将其夫妇诏还朝廷。因为在瑶台城受到了惊吓，加之身体素来羸弱，瑶芳公主在返京途中病逝。回朝后，在瑶芳公主葬地选择上，与右相段功发生了争执，最后蚁王遵从了淳于棼的建议。自此，淳于棼和段功之间的嫌隙日深。淳于棼在哀伤之余，日益与朝中王亲贵族欢饮，并与琼英等三人旧情复生。段功借天相变异，趁机在蚁王面前诋毁淳于棼。蚁王大

① 林以宁：《还魂记题序》，载《汤显祖研究资料汇编》，第886页。
② 吴震生：《笠阁批评旧戏目》，载《汤显祖研究资料汇编》，第914页。

怒，将淳于棼禁锢在家，不许外出。淳于棼心怀恐惧。其长子将被诋毁的始末如实禀告后，淳于棼日益难安。蚁王突然诏淳于棼入朝，派紫衣使者将他送回人间。此时淳于棼在醉梦中醒来，日未斜，酒尚温。他与沙二、溜三推倒大槐树，发现蚁穴。淳于棼梦中经历之事，在蚁穴中依稀可见。困惑之余，淳于棼参加契玄组织的水陆法会，燃指为香，超度父亲、妻子和蚁国众生。法会中，淳于棼见到了日夜思念的瑶芳公主。淳于棼心存眷恋，约定在忉利天再续夫妻情缘。正当二人情浓意厚、难分难舍之际，契玄法师慧剑一挥，将二人分开。淳于棼眼前的凤钗、犀盒化为槐枝槐荚，猛然惊醒："人间君臣眷属，蝼蚁何殊？一切苦乐兴衰，南柯无二。等为梦境，何处生天？小生一向痴迷也。"① 最终顿悟佛教空观，立地成佛。这也迎合了汤显祖在《南柯记题词》所谓"梦了为觉，情了为佛"的旨趣。

可以说，淳于棼因生情而被摄入大槐安国，经历了由情至到情尽的转变历程，最终在契玄法师的指点下堪破情执，修成佛果。历代评论家对此深有体悟。如沈际飞《题南柯梦》云："惟情至，可以造立世界。惟情尽，可以不坏虚空。而要非情至之人，未堪语乎情尽也。"②

## （三）"续西厢化为西竺"：黄粹吾的《昇仙记》

黄粹吾，里居生平皆未详，别号盱江韵客，著有传奇《续西厢升仙记》《续琵琶胡笳记》二种。《续西厢升仙记》全称《玉茗

---

① 汤显祖：《南柯记》，载《汤显祖集全编》，上海古籍出版社，2015 年，第 2971 页。

② 沈际飞：《题南柯梦》，载《汤显祖研究资料汇编》，第 1331 页。

堂批评新著续西厢升仙记》,《古本戏曲丛刊初集》据北京大学图书馆藏马氏不登大雅文库明来仪山房刻本影印。朱万曙《"汤海若批评"曲本考》认为《续西厢升仙记》中的玉茗堂评点,"根本没有多少有意义的东西,它们根本不可能出自思想既敏锐、艺术眼光又颇高的汤显祖之手"①。

《昇仙记》演述红娘撮合张生、莺莺婚事后,对张生暗生情愫,张生也对红娘有意。莺莺知道后,心生妒意。迦叶为度化金童玉女转世的张生、莺莺,以募修佛寺为名,反复开导二人。张生、莺莺俗念太重,执迷不悟。红娘无意间吞下了迦叶的黑枣,幡然醒悟,顿生离尘之心。琴童爱恋红娘,央求法聪为其说媒。法聪为了便于日后和红娘私会,答应了琴童的请求,找到张生说媒,遭到了张生的斥责,二人转而找莺莺说情。莺莺知道张生、红娘二人的私情后,决定尽快将红娘嫁给琴童。红娘一意清修,不愿嫁人。她拒绝了张生的非礼之约,央求张生准备一间净室,满足清修之愿。法聪见红娘在净室修行,假借布施之名,希望红娘满足个人私欲。遭到红娘的斥责后,他伙同琴童,试图强行闯入,肆行不轨。在寺院伽蓝的帮助下,红娘识破了二人的奸计。二人贼心不死,再次找到莺莺。在他们的挑唆下,莺莺妒心大起,怒火中烧,意欲火烧寺院。恰巧郑恒的鬼魂在地府向阎王鸣冤。为勘验缘由,莺莺被鬼卒押入地府。此时红娘身为佛门弟子,极受阎王礼遇。为警戒莺莺,消除其忌妒心,红娘带她游历地狱,遍观历代妒妇惨状,为其诵经超度。莺莺苏醒后,向众人诉说游

---

① 朱万曙:《"汤海若批评"曲本考》,载《戏曲研究》,第61辑,2003年,第203页。

历地狱见闻后，远离恩爱，一心清修。众人拜红娘为师，迦叶向众人说法，共证佛果。

不难看出，在度脱剧的模式下，黄粹吾借鉴原有《西厢记》故事框架，人物的性格命运却发生了极大的反转。除了张生稍具原剧痴情的特征之外，莺莺一改相国小姐之矜持，转而成为典型的妒妇。寺院中的长老法聪以及琴童，在此剧中俨然成为好色的代名词。红娘在维持原有泼辣性格的基础上，成为坚定的佛教信奉者。

在延续借悟《西厢记》的基础上，此剧带有较强的佛教色彩。第一出云："小红娘翻然悟道，崔小姐死矣复苏。续西厢化为西竺，愿南赡共证南无。"① 因情沉迷，情中解脱，"情缘尽处，立地成佛"，遂成为此剧的主旨所在。如第三出《说法》迦叶云："迷来时，性即是妄，灵台上荆棘丛生。悟得处，妄即是性，污泥中莲花顿出。贪嗔痴三字，须要摆脱得净；法报化三身，直须体认得真。坚心淬砺，若磨杵以成针，终观正觉；著相淫修，似蒸沙以作饭，竟入傍岐。纵做到辟支佛，野狐禅，终是不了生死；直探到兜率天、灵鹫岭，方能印证菩提。牢记着达摩六宗，识听取马祖一喝。"② 本着"众生是佛，佛是众生""即心即佛"的理念，迦叶认为迷时性即是妄，悟时妄即是性，真妄、迷悟全在一心。若不著相淫修，悟明真性，情欲中亦可解脱。剧中的张生、法聪、琴童等人，皆为世俗情欲的沉迷者。为了得到红娘，他们各怀鬼胎。琴童对红娘朝思暮想，央求法聪充当媒婆。法聪为了将来便

---

① 黄粹吾：《续西厢升仙记》，《古本戏曲丛刊初集》本。
② 黄粹吾：《续西厢升仙记》，《古本戏曲丛刊初集》本。

于和红娘私会，不顾和尚的身份，找到张生说媒。张生为了他和红娘的私情，痛斥法聪之不端。莺莺出于忌妒，有意将红娘嫁给琴童。在众人眼中，红娘成为聚焦的核心。她自从得到迦叶点化，勘破儿女私情，修道之志弥坚。她拒绝了张生的非礼要求，抵制迦叶化身的美男子的诱惑，严厉斥责琴童、法聪的丑恶行径，化解莺莺的忌妒之心，犹如一朵莲花，在淤泥中亭亭玉立，保育着皎洁的本性，正如第一出所云"续西厢化为西竺，愿南赡共证南无"，引导众人归向佛乘，最终证得佛果。

## 二、诸佛祖师传奇

除了精英阶层，明代佛教的庶民化特征非常明显，叙述佛教祖师修证历程的佛教戏剧大量出现，如郑之珍的《目连救母劝善戏文》，张大复的《醉菩提传奇》《海潮音》，罗懋登的《观世音修行香山记》，佚名的《观音鱼篮记》等，分别演述目连、济颠、观世音等菩萨、祖师的佛教人生，融宗教性、民间性于一体，带有一定的劝善色彩。

### （一）目连戏

目连救母的故事源出佛经，六朝时翻译的《佛说盂兰盆经》等已经出现，后在中土广为流播，与此相关的盂兰盆节也成为度亡荐亲的重要节日。随着目连故事的传播，敦煌写本中也保存了大量的目连变文，目连由僧人变成孝子，其宗教意义也逐渐向世俗道德价值转化。与此相应，以目连故事为核心的目连戏也开始大量出现。郑之珍的《目连救母劝善戏文》，不仅是明代以前唯一存世的目连戏完整剧本，也是目连戏的集大成者。[①]

　　郑之珍（1518—1595），字汝席，号高石，徽州祁门人。幼患目疾，《清溪郑氏族谱》称其"博览群书，善诗文，尤工词调"，著有《目连救母劝善戏文》《五福记》等。[②]

　　《目连救母劝善戏文》分上中下 3 卷，共计 102 出，当属明传奇中篇幅最长的作品。剧本演述南耶王舍城中罗卜之父傅相乐善好施，敬重三宝，喜斋僧道。其妻刘青提也在家布施尼姑道姑，为其创建庵堂。傅相去世后，刘青提在奴婢金奴和弟弟刘贾的怂恿下，不顾僧道劝阻，开荤饮酒，甚至以肉馒头斋僧。为便于开戒，刘青提安排儿子罗卜外出经商。其间，罗卜路遇骗子张焉有、假以人和强盗张大佑，在观音菩萨的帮助下渡过难关，得知母亲在家杀生害命，遂返回家中，与母亲团聚。罗卜回家后，劝母礼佛斋僧，其母悔悟，然为时已晚，灶君将刘氏之事上告玉帝，玉帝命鬼卒捉拿刘氏。刘氏魂魄被拘，打入地狱。罗卜得知后，肩挑经书母骨，前往西天求佛，历尽艰险，终得见佛。佛陀赐名大目犍连，与十友共同修行。在禅定中，目连见父在天堂受乐，母在地狱受苦，于是禀告世尊，前往救母。经过地狱游历，遍寻而不得。后知母在阿鼻地狱，便往阿鼻地狱寻母。世尊赠以钵盂、乌饭、神灯、禅衣、法钵之属，前往地狱救母。目连在十殿见到了转轮大王，知母亲已经再生为犬。在观音指点下，目连在郑公子猎犬队中见到了刘氏转生之犬。时值七月十五中元节，目连广

――――――――――

　　① 林智莉：《明代宗教戏曲研究》，"国家"出版社，2013 年，第 65—67 页。

　　② 朱万曙：《〈祁门清溪郑氏家乘〉所见郑之珍生平资料》，载《文学遗产》2004 年第 6 期。

招僧尼，大建盂兰盆会，超生刘氏，一家团圆。

剧本的核心，集中体现在题名中的"劝善"二字，亦即以孝道为中心的儒释价值体系。佛教传入中国后，因其辞别父母、出世清修，与儒家的孝亲观出现了一定程度的差异，以至成为皇帝灭佛的口实。鉴于此，佛教一方面翻译了一批以报恩为主题的佛教经典，同时倡导出世之孝方为大孝，能够超脱九世父母远离地狱之苦，静享天堂之乐。儒家之孝在佛教徒眼中也就成为小孝。郑之珍的《目连救母劝善戏文》显然是在此一旨趣上的进一步发挥。郑之珍自序云：

> 余不敏，幼学夫子而志《春秋》，惜以文不趋时，而志不获遂。于是萎念于翰场，而游心于方外。时寓秋浦之剡溪，乃取目连救母之事，编为《劝善记》三册。敷之声歌，使有耳者共闻；著之象形，使有目者共观。至于离合悲欢，抑扬劝惩，不惟中人之能知，虽愚夫愚妇，靡不悚恻涕洟，感悟通晓矣，不将为劝善之一助乎？①

由儒家之《春秋》出发，进而游心方外，改编佛教目连救母的故事劝导世人向善。剧中的目连可谓孝子的典型。他发现母亲破戒后肝肠寸断，为减轻母亲的罪责，从金刚山三步一拜回到家中。母亲去世后，他庐墓守孝，白天礼佛看经，晚上寝苦枕块，为母忏悔。为了救母，他肩挑经卷和母亲遗骨，过黑松林，闯虎

---

① 邓之珍：《目连救母劝善戏文》，《古本戏曲丛刊初集》据长乐郑氏藏明刊本影印。

豹关，战蛟龙窟，斗赤蛇精，擒沙和尚，历尽千辛万苦，最终到达西天。他在禅定中见父亲在天堂受乐，母亲在地狱遭受轮回之苦，恳请世尊授以救母之方。目连带着世尊赐给的锡杖、芒鞋，前往地狱。遍寻地狱五殿而不见，目连回到西方求佛，得知母亲在阿鼻地狱饱受摧残。目连再次前往，在六殿与母亲短暂相逢，其母随即被押往七殿。如是反复追寻，母亲在十殿化成灰烬，灵魂无依，只得转世为犬，回到阳间。最终，目连在郑公子家的猎犬队中找到了母亲，在七月十五日为她举行盂兰盆会。因其孝心感动天地，玉帝降旨超度刘氏，封为劝善夫人。可以说，目连不仅尽到了儒家所说的世间之小孝，更是完成了救母于地狱的出世间大孝。在他身上，典型地体现了儒释孝道观的融合，陈澜汝《〈劝善记〉评》说："然以正法眼观，则志于劝善是第一家。故其爱敬君亲，崇尚节义，层见叠出，其与高则诚君伯喈劝孝、丘文庄公五伦辅治，同一心也。"[1] 可见，他与高明的《琵琶记》、丘浚的《五伦全备记》一样，以阐扬伦理道德为主，进而获得了"劝善第一家"之美誉。

## （二）观音戏

观音（或称观世音）菩萨是中国四大菩萨之一，也是最受国人喜爱的佛教人物。所谓"人人念弥陀，户户拜观音"，观世音几乎成为"半个亚洲的信仰"。自元杂剧《观音菩萨鱼篮记》以来，观音形象在戏剧中广泛出现。除了偶然以"神通""感应"形象出

---

① 陈澜汝：《〈劝善记〉评》，载《目连救母劝善戏文》，《古本戏曲丛刊初集》据长乐郑氏藏明刊本影印。

场外，还出现了旨在搬演观世音修道故事的观音戏，现择要介绍如下。

1. 罗懋登《香山记》

罗懋登，字登之，号二南里人，生卒年不详，明代万历间人。著有神魔小说《三宝太监西洋记通俗演义》，注释传奇《拜月亭》《投笔记》《金印记》《西厢记》等，尤其是罗注本《拜月亭》，王国维称之为"在今日可云第一善本"，可谓熟稔剧本小说创作。

《新刻出像音注观世音修行香山记》，简称《香山记》，现存明代万历年间金陵富春堂刊印本（即明刊本），原本藏国家图书馆，《古本戏曲丛刊二集》据以影印。董康《曲海总目提要》卷十八云："《香山记》，明万历间作，有罗懋登序，在二十六年戊戌，疑即是其所撰也。（按：此剧即罗懋登撰。懋登字登之，号二南里人，里居待考。作有《香山记》并注释传奇多种。）"① 受董氏观点影响，学界一般认为《香山记》传奇为罗懋登所作。又据周秋良考证，董康《曲海总目提要》所述《香山记》，故事情节与明刊本基本相同，细节上诸如妙庄王女儿名讳、观音宣法等具体内容存有差异，当时董康所见版本与现存明刊本并非一种。② 进而，他认为："《香山记》剧本至少有两个版本，一个是罗懋登编撰并有其序言的本子，本此现已不存。一个是以罗懋登的改编本为底本，结合某些演出实际而改编的流行本，此本就是明代万历年间富春

---

① 董康、北婴：《曲海总目提要》卷十八，人民文学出版社，1959 年，第 856 页。

② 周秋良：《明刊本〈香山记〉作者及版本考》，载《文艺研究》2012 年第 9 期。

堂刊本，现在我们看到的古本戏曲丛刊据此影印。"① 对于富春堂刊本，周氏论云："从整体来说，富春堂刊本是一个舞台演出本，刊印者只是把舞台演出本改为当时流行剧本样式，而没有改变其内容。其演出具有很强的祭祀仪式功能，是一个典型的仪式剧。《香山记》剧本反映了妙善故事传播中一个无文字记录的民间系统特点。"② 在新材料未发现之前，姑从其说。

剧本讲述了妙庄王的三女儿妙善，因为不想招赘驸马，一心出家修行，被其父赶到后花园受罚，并提出"桃花九月开，菊花三月放，桃菊一齐开放，方可许他出家"。佛陀命园中土地，桃菊一齐开放。妙庄王遵守诺言，让妙善在清修庵修行。在土地、判官的暗中帮助下，妙善来到清修庵，钟鼓不打自鸣，殿堂不扫自净。妙庄王得知后，认为妙善妖术附体，让其独自承办千人斋会。妙善置办斋会，外出采芹。佛陀扮成白衣秀士，以婚姻之名前来勘验，见妙善出家志坚，不为所动，指点她到香山寺修行。斋饭完成后，妙庄王前来查验。外出游赏时，无意间看到了白雀寺，无明火起，决定火烧寺院。妙善逃到钟楼，躲过一劫。妙庄王益加相信妙善妖术缠身，命御林军将其押至京师斩首。斩首时刀头落地，压死时车轮散落，万马双膝齐跪，最后用丝绦勒死。妙善死后，尸体被黑虎驮往香山寺，魂游地狱，借机度脱被妙庄王烧死的冤魂，授以观世音之名。其后宣讲《法华经·观世音菩萨普门品》，见父母有难，化为仙姑指点其派人到紫竹林寻医。妙善自

---

① 周秋良：《明刊本〈香山记〉作者及版本考》，载《文艺研究》2012 年第 9 期。

② 周秋良：《明刊本〈香山记〉的剧本形态及演出特征》，载《中南大学学报》（社会科学版）2011 年第 6 期。

断手眼，舍身救父。妙庄王为答谢仙姑救命之恩，亲自前往紫竹林，见到了妙善的凤头鞋，睹物思人，忏悔不已。妙善以实情禀报，妙庄王向空祷告，妙善生出千手千眼，此时玉皇金旨传来，阖家升仙证果。

作为在舞台剧基础上的改编本，剧本呈现出仙、佛、民间信仰杂糅的思想特质，反映出明代佛教庶民化的特点。剧本演述观世音成道故事，以妙善出家修道为主线，加入了大量游离于主题之外的情节元素，诸如第二出《众友游芳》、第五出《命结彩楼》等，分别讲述书生张琼进京赶考、志取功名之愿和彩楼招婿等事，第八出《贬女出宫》甚至加入了《尼姑下山》的情节。颇可留意的是，剧中一再强调，妙善出家的直接原因是父亲的招婿，修行的目的是修真得道、延年益寿，如第三出《庄王设朝》中，妙善反对招婿，情愿出家修行："儿欲端居宝地，静坐莲枝。叹世事如浮云，看浮生如一梦。口谈玉偈，面睹金容，超入仙班，乃辞凡世。孩儿曾愿出家修行。""孩儿出家修真得道，白日升天，发白返黑，齿落更生，与天齐寿，日月同休。"① 第七出《鬼判助力》中妙庄王问出家好处，妙善答道："孩儿修真乐道，乃天长地久之事，白日升天，身与天同寿，日月同体。"② 第十出《到庵皈偈》中，妙善再次提出，"愿效取长生不老发白反黑"，"修炼真体，乐道安居，烧丹炼石，效取当年慈尊，不管闲是闲非"。③ 乃至于到

---

① 罗懋登：《新刻出像音注观世音修行香山记》，《古本戏曲丛刊二集》据北京图书馆藏富春堂刊印影印。

② 罗懋登：《新刻出像音注观世音修行香山记》，《古本戏曲丛刊二集》据北京图书馆藏富春堂刊印影印。

③ 罗懋登：《新刻出像音注观世音修行香山记》，《古本戏曲丛刊二集》据北京图书馆藏富春堂刊印影印。

了第二十出《韦陀护法》中，妙善被押赴刑场后，依然感慨："实指望修真养体，谁知道佐（做）黄泉鬼，苦痛悲。"① 凡此，均体现出剧本仙佛杂糅之特点。此外，妙善祈祷之神，除了佛陀外，更多的是土地、判官等源出民间信仰之神祇。如第六出妙善面对父亲所下旨意，"我如今不免撮土为香，祷告神祇获祐，待我离王宫前去修行，也不见得"②。第十一出中土地神上场，自云奉佛陀之命，吩咐判官："今正法明王在此修真，钟不打自鸣，鼓不打自响，香不烧自着，灯不点自亮，地不扫自净，用心不得有违。"③大量民间神祇的融入和道教化的修行旨趣，使得剧本呈现出明显的民间性，亦使之成为明代以来佛教庶民化的表征。

2. 张大复《海潮音》

张彝宣（生卒年不详，约明末清初人），一名大复，字心期，一字星其，江苏吴县人。庄一拂《古典戏曲存目汇考》云："居阊门外寒山寺，自号寒山子，名其室曰寒山堂。精通音律，好填词，不治生业。性淳朴，亦颇知释典。著有《寒山堂南曲谱》，考订最精。与钮少雅《南曲九宫正始》并称，世号'钮张'。《新传奇品》称其词如'去病用兵，暗合孙武'。"④ 曾与李玉、朱佐朝、朱素臣等人切磋琢磨，戏曲著述甚多，有《元词备考》《南词便

　　① 罗懋登：《新刻出像音注观世音修行香山记》，《古本戏曲丛刊二集》据北京图书馆藏富春堂刊印影印。

　　② 罗懋登：《新刻出像音注观世音修行香山记》，《古本戏曲丛刊二集》据北京图书馆藏富春堂刊印影印。

　　③ 罗懋登：《新刻出像音注观世音修行香山记》，《古本戏曲丛刊二集》据北京图书馆藏富春堂刊印影印。

　　④ 庄一拂：《古典戏曲存目汇考》，第1226页。

览》《寒山堂曲谱》《寒山堂曲话》等，传奇 25 种，杂剧 6 种。①

《海潮音》是张大复创作的以观世音修道为主题的佛教传奇，共 2 卷 28 出，《古本戏曲丛刊》三集据程氏玉霜簃藏旧抄本影印。上卷含 1 至 15 出，其中 1、2 两出残缺不全。下卷含 16 至 28 出，其中缺 24、27 两出，实存 11 出，2 卷共存 26 出。按明传奇通例，上、下卷出数大致相等。与《曲海总目提要》所载剧末情节相比，缺少"大士说法""五十三参""正等正觉"等内容，现存明万历富春堂本《香山记》有五十三参等情节。因此，原本《海潮音》当为 30 出，上、下两卷各 15 出。②

《香山记》讲述了西天竺国妙庄好求长生，道士修罗刹投其所好，授以"真阴流通，纯阳自足"之术，搜寻国内童男童女，残杀取髓，奸淫幼女。妙庄深信不疑，反将苦谏大臣处死。妙庄幼女妙善不顾自身安危，前来劝谏，反被打入冷宫。如来弟子善思罗汉为接引妙善公主来到西天竺国，途经火云山时收服圣婴，救出即将被妙庄残害的童男童女。修罗刹趁机进谗，嫁祸她诅咒妙庄。妙庄大怒，意欲处死妙善公主。在皇后等劝阻下，妙善公主被贬往白雀寺出家为尼。修罗刹诱骗妙庄王，让文、武二弟子分别娶公主为妻。妙善公主在白雀寺修行，拒绝回宫成亲。妙庄大怒，让武驸马火烧白雀寺。善思、圣婴前来相救，杀死蟒蛇化身的武驸马，希望妙庄有所省悟。修罗刹再次进谗，蛊惑妙庄在全国范围内灭佛，并举行铲头大会，残害僧尼。行刑之际，善思教

---

① 吕堃：《济公故事演变及其文化阐释》，博士学位论文，南开大学，2009 年。

② 赵建新：《〈海潮音〉小识——敬与〈古典戏曲存目汇考〉作者庄一拂先生商榷》，载《兰州大学学报》1989 年第 1 期。

导僧众高呼观世音名号，刀头断裂，僧人得救。妙庄外出打猎时遇到妙善公主，恼羞成怒，将其绞死。皇后、公主闻听消息后，伤痛欲绝。妙庄再次举行铲头大会，善思为拯救僧众，与修罗刹斗法。圣婴杀死修罗刹，上交首级，妙庄幡然醒悟。妙善公主死后魂游地狱，见众生惨状，发出地狱不空不成佛的誓愿。在善思指点下，妙善至南海落伽山修行。后来妙庄、皇后病重，妙善不计前嫌，奉献双手、双眼医治父母。妙庄王愿放弃江山王位，执弟子礼，追随妙善公主修行。

此剧以妙善公主出家修行证果为主线，包含了较为丰富的内容。剧中对民生疾苦予以充分关注，对妙庄王的暴政进行了深入的揭露和批判，对昏君恶道予以痛斥和谴责。[①] 尤其是妙庄王受恶道修罗刹蛊惑，为了达到长生的目的，取 360 名三至五岁的幼童蒸煮后取其脑髓炼莲花饮，选取十二至十六岁的童女每夜奸淫炼海棠丹，导致民不聊生，实在令人发指。勇于谏言的臣子被其杀害，甚至连自己的亲生女儿都不放过，屡屡迫害，最终使其自缢身亡。为了消灭佛教，妙庄召开铲头大会，残忍杀害国内僧众，尼众还俗嫁人，寺院变为道观。虽然这些举措最终以失败而告终，却无不体现出妙庄王身为一国之君的残暴不仁。

与暴君恶道的残虐相比，剧中也流露出浓浓的人间温情。世间伦理亲情与出世间慈悲普度之情怀，在妙善身上得到了突出的显现。她本为妙庄王的幼女，虽出身帝室之家却不喜世间繁华，夙怀出世之心与仁民爱物之意。当姐姐邀请她游园赏春，切莫辜

---

① 曾果果：《观音题材戏曲的入世情怀——明人张大复〈海潮音〉论略》，载《武汉大学学报》（人文科学版）2013 年第 1 期。

负大好春光时，她婉言相拒。闻知父亲受妖道蛊惑，残害国内童男童女与谏诤忠臣时，她不顾自身安危，挺身而出，以儒家的仁义礼智信善言苦谏，即使被打入冷宫也在所不惜。出家为尼后，她励志苦行，扫地挑水，打柴烧火，凡被视为贱役的各种劳作，均亲力亲为而毫无怨言。上山打柴一段，集中体现了她慈悲爱物、护生度世之情。拾些枯藤野蔓，却又怕伤害虫蚁，惊吓到树上雏莺与窝中野兔。在砍伐柔嫩的藤蔓时，她联想到了初生的生命，不忍下手。当砍伐山中枯树时，又想到了人生暮年的种种境况，被迫放弃。妙善公主的此段自述，与其说体现了佛教无情有性的思想，不如说她内心深处对于生命的珍视。草木尚且如此，人之生命，尤为可贵。由仁民爱物的护生理念出发，进而引申为对一切的同情、悲悯与救拔，即使牺牲生命也在所不惜。如看到毒蛇猛兽残害无辜生命时，妙善愿以身布施：

> 我如此开示，尔等全不省悟，想为饥渴所困，业重心违，不能省悟。也罢，我前生只欠汝一饱，我将此身斋你何妨。只是尔等众生许多，我难普济，饥馁者早早上前来吃我罢。（叹）既然是前世业，理合来今生补，又何必舞爪张牙，摆尾摇头，吐焰喷毒。你早上前来食我血餐我肉，切勿争怒。但得你一个个饱饥肠，免得伤残别物。①

死后的妙善公主在十殿阎王使者的引领下游历地狱，受苦受

---

① 张大复：《海潮音》，《古本戏曲丛刊三集》据程氏玉霜簃藏钞本影印。

难的芸芸众生引起了她的悲悯之心，"我妙善蒙父王赐死，一路行来，你看黄云凄惨，白露满天，想起众生沉迷地狱，好不苦也"①。她宁愿与地狱中受苦众生共同沉沦受苦，也不愿成就佛道："我今日到此，方见地狱中饿鬼受这般苦楚。罢了，情愿同沉地狱，决不愿成佛道也。""妙善不忍见地狱中饿鬼苦，众生轮回苦，人间造业苦。直待三千大千世界无地狱，无造业，苦海清凉，化作莲花，那时才修正佛道也。"② 此可谓"地狱不空，誓不成佛"的地藏菩提精神的转化，集中体现了妙善普度众生的宏愿。

同时，以妙善公主为中心，剧中带有浓厚的伦理亲情。妙庄受修罗刹蛊惑后，妄意断除情缘，父女间的矛盾日益突出。妙庄不顾骨肉亲情，一再将妙善逼上绝路，以至被迫自缢身亡。妙善公主与母亲、姐姐间的母女、手足之情，却得以凸显。妙善公主被打入冷宫，母亲与妙庄王厮打求情，姐姐亦感慨手足之情难分难解，"手足情，岂忍分张，泪珠如血浪"③。妙善在冷宫中遭到修罗刹陷害，皇后见爱女蓬头垢面，"不由人寸肠千断"。妙庄王执意处死妙善，她自愿以身相代，"若要来杀我儿，吾身愿代死"，姐姐也愿与妙善同赴黄泉。母亲见爱女在山中打柴，直呼"痛杀我也"。妙善与母亲的人生观不同，然尽孝报恩之心始终未改。得知妙善去世的消息后，母亲日夜思念，双目失明，"日夜思量，血泪如波浪"。她不顾皇后体面，对妙庄破口大骂，口咬手撕，表现出身为母亲的天然本性："天杀的昏君，（叹）难轻放。恨不得饷

---

① 张大复：《海潮音》，《古本戏曲丛刊三集》据程氏玉霜簃藏钞本影印。
② 张大复：《海潮音》，《古本戏曲丛刊三集》据程氏玉霜簃藏钞本影印。
③ 张大复：《海潮音》，《古本戏曲丛刊三集》据程氏玉霜簃藏钞本影印。

伊血肉死何妨。""我如今撞死在天杀的身上去。"① 得知父母身患
重疾时，妙善公主粉身碎骨也在所不惜："以此肉身，爹娘可讬，
将此慈心，聊为报答。恩罔极，义非薄，怎忍叫他业深疾恶。愿
生天路，觉红尘，免受缚，粉骨剐心，粉骨剐心，吾心喜乐。"以
至于抠眼救母，断手救父。可以说，儒家世间之孝与佛教出世间
之孝在其身上得到了完美的体现。

当然，作为一部佛教戏剧，剧中带有浓厚的佛教思想。作为
一部以弘扬观世音信仰为主题的戏剧作品，剧本深受《法华经·
观世音菩萨普门品》的影响。如第十九出中妙庄王问"是何佛号，
得解冤结"时，善思云："凡世人苦难，诚心称诵大慈大悲救苦救
难广大灵感观世音菩萨，心得解脱。"② 并以偈语相示。而善思所
说由"汝听观音行，善应诸方所"至"云雷鼓掣电，降雹滋大
雨"，全部移录自《法华经·观世音菩萨普门品》中无尽意菩萨所
说偈语。观世音作为深受国人喜爱的佛教形象，以三十二应、救
苦救难、慈悲度世而深得人心，乃至有"家家阿弥陀，户户观世
音"之说。剧本以妙善公主作为观世音的前身，在她身上集中体
现了观世音的普济情怀。她出身帝胄却不乐繁华，以众生之苦乐
为苦乐。妙庄王暴行无道，劝谏忠臣被杀，她依然逆龙鳞而行，
善言苦谏。虽屡遭迫害，她依然希望通过自己的牺牲来换取父王
的悔悟。上山打柴不忍砍老伐幼，不愿惊扰虫蚁鸟兔，见毒蛇猛
兽蠢蠢欲动，伤生害命，她愿以己身投诸虎豹之口，免其伤害无
辜。她游历地狱，目睹受苦众生惨状，宁愿代众生受苦。"未报三

<hr>

① 张大复：《海潮音》，《古本戏曲丛刊三集》据程氏玉霜簃藏钞本影印。
② 张大复：《海潮音》，《古本戏曲丛刊三集》据程氏玉霜簃藏钞本影印。

宝恩，未报天地恩，未报父母恩"，三恩未报，体现出悲天悯人的慈悲情怀。此外，剧中的善思罗汉不仅是妙善佛教生涯中的指导者，也体现了佛教慈悲普济的精神。他受命于西天佛祖，前来西天竺国拯救苦难众生，途中收服外道圣婴大王，共同担当起救苦救难的重任。他们借助佛教神通，解救童男童女和即将被行刑的僧众，与修罗刹等恶道斗法，斩妖除魔，最终使妙庄王改邪归正，妙善公主修成正果，不负如来所托，完成了自己的使命。

3. 佚名《观音鱼篮记》

《新刻全像观音鱼篮记》（简称《观音鱼篮记》），作者不详，《古本戏曲丛刊二集》据北京图书馆藏明文林阁刊本影印，二卷三十二出。剧本演述张琼、金宠至武当山乞嗣，玄天大帝辨明张琼为官清正，许生男子张真光大门楣，金宠为官不清，许生女儿金牡丹多受迍遭。玉皇大帝殿前瑶池内的金线鲤鱼精，在元宵佳节幻化成女子，来到凡间，看到张真后非常喜爱，隐藏在金宠家后花园的池塘内。金牡丹在后花园游赏，口渴难耐，见到侍女梅香所打青梅后，口中流涎，被池塘中的鲤鱼精吞掉。夜间，鲤鱼精幻化成金牡丹[1]，以送茶为名来到张真书房，贪求欢爱，约定在金宠六十寿诞敬酒时牵手，被金宠发现后，大发雷霆，将张真赶出家门。鲤鱼精趁机掐掉牡丹花心，金牡丹重病。张真与鲤鱼精私奔途中，被金宠召回为金牡丹冲喜。鲤鱼精随同进入金府，二女相见，真假难辨。无奈之下，金宠请包拯判案。包拯拿出照魔镜、斩妖剑后，鲤鱼精挟持金牡丹逃遁。金宠找到城隍，限其三日内

---

① 剧本中初次出现时，鲤鱼精说"梅香送茶来"，然从她与张真约定在寿宴上拉手及被赶出金家私奔等情节来看，当幻化成金牡丹的形貌，而非侍女梅香。

查清事实，归还金牡丹。城隍找到金府土地公，知是鲤鱼精作怪，奏明玉帝。玉帝派四大天将前来捉拿，大败而归，后派上八洞神仙，鲤鱼精听说后，遣散虾兵鳖将，各自逃命。南海观世音菩萨收服鲤鱼精，归还金牡丹，置于鱼篮中，奏明玉帝，封为鱼篮观音。后张真进京赶考，科举高中，二人喜结连理，阖家团圆。

鱼篮观音，实导源于《太平广记》之《延州妇人》与《海录碎事》之《马郎妇》，在佛教内外广为流播。至明初宋濂之《鱼篮观音像赞》，始臻成熟。湛然圆澄的《金鱼翁证果鱼儿佛》，实为佛教徒创作的旨在弘扬鱼篮观音信仰的佛教杂剧。[1] 佚名的《观音鱼篮记》，虽以"观音鱼篮"为名，然非以专弘鱼篮观音为旨趣。而是掺入大量世俗内容，呈现出民间性、普及性的色彩。换而言之，剧本将已有戏曲元素融入鱼篮观音之故事。诸如武当山祈嗣、玄天大帝、关羽，乃至于倩女离魂、包公戏、神魔斗法、科举、爱情等，均游离于鱼篮观音主题之外。

剧中的金线鲤鱼精，作为鱼篮观音的前身，明显带有《延州妇人》《马郎妇》中欲色幻相的特点。如《续玄怪录》卷五《延州妇人》中云："昔延州有妇人，白皙颇有姿貌，年可二十四五。孤行城市，年少之子悉与之游，狎昵荐枕，一无所却。"[2]《海录碎事》卷十三上《马郎妇》中云："昔有贤女马郎妇，于金沙滩上施一切人淫。凡与交者，永绝其淫。"[3]《观音鱼篮记》中的金线鲤鱼

---

① 陆永峰：《"马郎妇"事典考论——兼谈观音形象的女性化》，载《中国俗文化研究》第三辑，第30—37页；徐一智：《末法佛教的守护者——湛然圆成〈鱼儿佛〉中观音信仰之研究》，载《台湾师大历史学报》第52期。

② 牛僧孺、李复言：《玄怪录 续玄怪录》，上海古籍出版社，1985年，第212页。

③ 叶廷珪：《海录碎事》，载《文渊阁四库全书》第921册，第645页。

精来到凡间的原因是："游遍天下水晶宫，再无一个好子弟称我之意。我今意欲变化凡间女子，前去凡间行走一遭。"① 元宵佳节，她来到人间后，依然感慨，"到此许久，再无一个好子弟称吾之意"②。追求寻找心目中的如意郎君，喜结连理，共享恩爱，成为她内心原初的愿望。在其唱词中表现得更为明显："（下山虎）人间天上，快乐无双，我爱风流况，牙床锦帐。若得神女会襄王，雨暮愁云相向，那更偷将韩寿香。若得织女会牛郎，只恐春色，年年自主张。"③ 见到张真才貌聪俊，实为她苦苦寻找的意中人，萌生了共结连理之念："秀才，奴家意欲与你效鸾凰。莫说是人，就是铁石人，闻见我也神魂飘荡。"④ 为此，趁夜深人静，她幻化成金牡丹形貌，以送茶为名，来到张真书房："看窗间灯烛荧煌，窈窕淑女乔装扮，欲与书生效鸾凰。若肯与奴同鸳帐，胜做一个状元郎。"⑤ 张真碍于儒家礼法，迟迟不允，金线鲤鱼精甚至以死相逼，约定与其私奔。后包拯拿出照魔镜，事情即将败露，鲤鱼精挟持金牡丹逃遁。在上八洞神仙的追赶下，观世音将其收入鱼篮，奏明玉帝封为鱼篮观音。好淫的背后，体现出鲤鱼精对爱情的渴求，这与原有《延州妇人》等故事借欲说法、色中解脱等佛

---

① 佚名：《观音鱼篮记》，《古本戏曲丛刊二集》据北京图书馆藏文林阁刊本影印。
② 佚名：《观音鱼篮记》，《古本戏曲丛刊二集》据北京图书馆藏文林阁刊本影印。
③ 佚名：《观音鱼篮记》，《古本戏曲丛刊二集》据北京图书馆藏文林阁刊本影印。
④ 佚名：《观音鱼篮记》，《古本戏曲丛刊二集》据北京图书馆藏文林阁刊本影印。
⑤ 佚名：《观音鱼篮记》，《古本戏曲丛刊二集》据北京图书馆藏文林阁刊本影印。

理说教，显然存在着明显的差异。张真最后也没有走向戒淫乃至于出世解脱之路，而是科举高中，与金牡丹喜结连理。因此，剧本内容与原有《马郎妇》《延州妇人》，以及鱼篮观音故事存有较大差异，当属鱼篮观音的另一故事系统。

## （三）济颠戏

济颠史有其人。据居简（1164—1246）《湖隐方圆叟舍利铭》、佚名《钱塘湖隐济颠禅师语录》及许红霞、朱刚等人考证①，道济（1148—1209），号湖隐、方圆叟，临济宗杨歧派僧人，师承瞎堂慧远（1103—1176）。他出身贵胄，为李驸马之后，生平行事怪异，不为正统禅林所容。《湖隐方圆叟舍利铭》称："狂而疏，介而洁，著语不刊削，要未尽合准绳，往往超诣，有晋宋名缁逸韵。信脚半天下，落魄四十年。天台、雁荡、康庐、潜皖，题墨尤隽永。寒暑无完衣，予之，寻付酒家保。寝食无定，勇为老病僧办药石。游族姓家，无故强之，不往。与蜀僧觉大略相类，觉尤诙谐。"② 遗憾的是，南宋的禅宗灯录《五灯会元》《嘉泰普灯录》，以及《佛祖统纪》和《武林西湖高僧事略》等佛教史传，均未载其人。而《破庵和尚语录》《运庵和尚语录》《如净和尚语录》等禅门语录均简要勾勒其癫狂之态，《禅宗杂毒海》《禅宗颂古连珠通集》亦收录其数篇诗作。故此可见，道济在宋代佛教史上几乎被排斥于正统佛教之外。元代释熙仲的《历朝释氏资鉴》为道济

<hr/>

① 许红霞：《道济及〈钱塘湖隐济颠禅师语录〉有关问题考辨》，载《北京大学古文献研究所集刊》1999 年第 1 期；朱刚：《宋话本〈钱塘湖隐济颠禅师语录〉考论》，载《西南民族大学学报》（人文社会科学版）2013 年第 12 期。
② 释居简：《北磵集》卷十《湖隐方圆叟舍利铭》，载《禅门逸书丛编》第 5 册，明文书局，1981 年，第 160 页。

作传，故事情节简单零散，亦见时隔百年之后，道济才跻身于佛教史之列。至明清时期，禅宗灯录、史传中关于道济的记载日趋详尽，行事风格渐被丛林接纳。明代隆庆刻本《钱塘湖隐济颠禅师语录》的出现，为道济形象的教内外传播奠定了基础。明清时期，先后出现了冯梦龙的《济颠罗汉净慈显圣记》、署名天花藏主人编次的《济颠大师醉菩提全传》、古吴墨浪子搜辑的《南屏醉迹》、西湖渔樵主人编次的《济公传》、麹头陀的《麹头陀新本济公全传》、郭小亭的《评演济公传》及相关续书《后部济公活佛传》《再续后部济公活佛传》等系列续书的出现，使得道济形象逐渐家喻户晓。济公的形象演变，也经历了由散僧、散圣到罗汉、活佛的演变过程。①

　　张大复的《醉菩提传奇》，在《钱塘湖隐济颠禅师语录》的基础上，首次将道济搬上戏剧舞台。据吕堃考查，出自《济颠语录》的有《打坐》《吃斋》《度虫》《天打》《当酒》《散绢》《梦化》《进香》8 折。此外，《托募》中道济送冬笋，《乱禅》中诸人说道济癫狂破坏戒律清规，道济自言饮酒食肉宿娼，《斗蟀》亦源出《济颠语录》。《佛圆》中道济坐化时显像说法，因袭《钱塘湖隐济

---

① 吕堃：《济公故事的演变及其文化阐释》，博士学位论文，南开大学，2009 年；刘玉霞：《道济诗文考证及其佛教意象分析——以佛典、寺志、方志为中心》，硕士学位论文，福建师范大学，2011 年，等等。另外，关于《醉菩提传奇》的研究，除吕堃之文外，硕士论文可参郑阳：《张大复戏曲研究》，硕士学位论文，苏州大学，2010 年；单篇论文可参曾果果：《论〈醉菩提〉中的济公形象》，载《中国戏曲学院学报》2012 年第 2 期；卫晨、丁淑梅：《〈醉菩提〉对济公故事的传奇化书写》，载《中华文化论坛》2016 年第 4 期；卫晨、丁淑梅：《晚明传奇中的儒释之辨与信仰俗化——以张大复〈醉菩提传奇〉为例》，载《吉林艺术学院学报》2016 年第 4 期。

颠禅师语录》中法空长老、远瞎堂长老下火时遗像留言等。① 剧本共2卷30折，演述道济出家成道事，剧首《家门》中云："一片湖光夕照中，南屏山说禅锋。此中有个金罗汉，千百年来传济公。今日谰说济公禅师玩世因缘，聊借氍毹以为说法。"② 剧中道济俗名李修元，为天台李驸马之后，与毛子实、沈提典为至交，家道中落，本想科举成名，重振家声。毛子实自幼入宫为太监，因宋室南渡时保驾有功，官至太尉。为了了却南渡前私愿，至灵隐寺远豁堂禅师处剃度一僧，沈、李二人同往随喜。李修元听远豁堂讲经，契悟禅机，夜半剃度出家，法名道济。二人闻知后，懊悔伤心不已。出家后的道济，虽宿有善根，契悟禅理，却不守佛门戒律，饮酒食肉，屡遭监寺诟病，以疯癫之态，居飞来峰石洞中。远豁堂放心不下，前来相劝，道济疯病虽愈而癫狂之态依旧。毛子实因受道济出家打击，悔伤不已，毁佛骂僧，抑郁成疾，命在旦夕。魂游地狱时，道济前往相救。其后又指点贫困交加的王阿溜脱困，警醒红尘知己月英，救助孝子黄小乙脱离雷击之难，帮助忍饥受冻的乞丐。因灵隐寺远豁堂禅师去世，檀板头昌长老继任住持，在寺中僧众的群起责难下，将道济推荐到南屏山净慈寺德辉长老处，撰写募缘疏文，为重修净慈寺，托梦隆佑太后，募化十万金。被隆佑太后识破后，道济在罗汉堂俨然坐化。

《醉菩提传奇》的成功之处，首先在于非俗非僧、非凡非仙的道济形象的舞台搬演。署名无竞斋赞湖隐在《钱塘湖隐济颠禅师语录》卷首云：

　　① 吕堃：《济公故事的演变及其文化阐释》，博士学位论文，南开大学，2009 年，第 47 页。

　　② 张大复：《醉菩提》，《古本戏曲丛刊三集》据长乐郑氏藏钞本影印。

非俗非僧，非凡非仙。打开荆棘林，透过金刚圈。
眉毛厮结，鼻孔撩天。烧了护身符，落纸如云烟。有时
结茅晏坐荒山颠，有时长安市上酒家眠。气吞九州岛，
囊无一钱。时节到来，奋如蜕蝉。涌出舍利，八万四千。
赞叹不尽，而说偈言。呜呼，此其所以为济颠者耶？①

出入于僧俗之间而游离戒律礼法之外，自由自在而无拘无碍，
无疑成为最精彩动人处。剧中道济本为李驸马之后，俗名李修元，
因父母去世，家道中落，"朝耕陇陌西，夜读南窗纸"，希望有朝
一日科举成名，"杏苑期将月桂题"。因随喜毛子实灵隐寺度僧之
愿，契悟远瞎堂禅机，误打误撞剃度为僧，却完全不受佛教戒律
束缚，是正统禅林的离经叛道者。其一，饮酒食肉，不事禅修。
严守戒律，清静修持，是正统禅林僧人必须遵守的行为准则，剧
中亦反复强调："打坐参禅是和尚本等"，"既要皈依佛法，须听禅
门拘摄"。道济身为膏粱子弟，生平行迹与禅门规矩格格不入。在
第七折《付篦》中，充分展现出顽性未退的特点，监院一度向远
瞎堂报怨道："他未晓先图昏睡，日高犹自安禅。禅堂吃饭语声
喧，佛殿竟来方便。尝向茶寮暖酒，还来香积求羶。听人念佛叫
胡言，戏要掀翻经案。"② 为此，远瞎堂付监寺以竹篦，改正其失，
助他修行。然而，到了第八折《打坐》中，道济在禅床上打坐时，
难制马驰猿越，屡屡沉昏欲睡，跌落禅床，遭到监寺的责罚，"连
跌了两交（跤），头上跌了两个大趷苔（疙瘩），又经了几个竹篦，

① 沈孟柈：《钱塘湖隐济颠禅师语录》，载《卍续藏经》第 69 册，第 598 页。
② 张大复：《醉菩提》，《古本戏曲丛刊三集》据长乐郑氏藏钞本影印。

头上跌得高高低低，块块垒垒"，痛楚之下，连呼"不做和尚了"，"从今不做这死生活，就参证菩提，有甚风月"。① 如果说不事禅修有违于禅门仪则的话，饮酒食肉则直接触犯了佛教戒律。道济自称出家前"非酒不饮，非肉不饱"，出家后的清斋淡饭，实在难以忍受。为更好地帮助道济，远豁堂无奈之下让他到方丈安禅，希望他早晚有悟道之时。斋时，道济称"只少肉一盘，再加酒三升"，心想与方丈共食，当有酒肉。当看到蔬食粗饭后，弃之不食，自言"平日无酒不饭，非肉不饱，这饭其实吃不惯"，侍者亦抱怨他"只思量饮酒食肉，看起来哪里像个和尚"。② 最终离开方丈，以疯癫之态居飞来峰石洞中，与猿为伍，过着酒肉自适的生活，"烂肉一斤四两，白斩鸡蒜泥蘸酱，还有那老酒三坛尽意尝"③。当沈提典派来的使者说不该吃酒肉时，他还振振有词地说道："却不道肉林中优昙发，酒池内白莲香，醉饱后高歌拍掌。"④ 对沈提典差人送来的鹿脯美酒，照样笑纳。当远豁堂去世，檀板头昌长老继任灵隐寺住持后，道济遭寺中僧众群起而攻之："他撕狗肉供菩萨，寻老道抢锅巴，禅床上撒尿撒屎，偷经典当酒当肉。闷来劈碎斋饭桶，夜半吐酒污香炉。若不驱逐狂僧，情愿捲堂散伙。"⑤ 势必将其驱逐出寺。当僧众问及近日出处行藏时，道济自云前日在毛太尉府中醉酒，"今朝正欲早回，见陈屠家煮得好烂狗肉，尽量吃一饱"，"我思量长老与大家在此寂寞，带得一只狗腿，

---

① 张大复：《醉菩提》，《古本戏曲丛刊三集》据长乐郑氏藏钞本影印。
② 张大复：《醉菩提》，《古本戏曲丛刊三集》据长乐郑氏藏钞本影印。
③ 张大复：《醉菩提》，《古本戏曲丛刊三集》据长乐郑氏藏钞本影印。
④ 张大复：《醉菩提》，《古本戏曲丛刊三集》据长乐郑氏藏钞本影印。
⑤ 张大复：《醉菩提》，《古本戏曲丛刊三集》据长乐郑氏藏钞本影印。

特特与你们开荤"。① 檀板头无奈，只得将其"推荐"至净慈寺德辉长老处，任书记，撰写募缘疏文。净慈寺期间，故态依然。天寒地冻，百无聊赖，便思外出寻酒取暖。来到酒家后，身无分文的他甚至脱下衣物，当了两壶酒。净慈寺遭受火灾，僧众募缘三年，所得无几。道济愿意身为化主，募化千金，而提出的条件却是准许他在寺中饮酒，大醉一场，"愿坛老酒肉安心吃，写缘簿笔墨何须费，准备着大殿山门尽整齐"②。乃至在太后入寺进香之际，依然抱着酒坛饮酒。凡此，将一个"醉"态百出的道济形象进行了诙谐幽默的舞台刻画。

　　除酒之外，色亦为佛教之大妨，为僧者自当戒而远之。然道济在出家前，与沈提典去灵隐寺随喜毛子实度僧路上，不顾沈氏再三劝阻，寻访名伎月英、兰英，自云"对此名花，理宜醉酒，且吃三杯去何妨"③。当沈氏预付白银三两，订明日相访之约后，方才依依惜别，使得月英意惹情牵。出家后的道济，亦云："梦里抱嫦娥，醒来多没有。"④ 当月英得知道济出家后，心怀挂念，"自从那日闻知李相公披剃，使我暮泣朝思"⑤。她见惯了公子王孙的起起落落、悲欢离合，无心参加枢密院苗老爷的宴会，心中产生了莫名的无常之感："繁华如梦，转眼几乘除。品绿题红，不异浮云过眼虚，问何如一枕蓬蓬。看尽了王孙公子，宝马香车，幻影空花，又是浮生十载余。"⑥ 面对出家又醉酒的颠僧道济，却当面

---

① 张大复：《醉菩提》，《古本戏曲丛刊三集》据长乐郑氏藏钞本影印。
② 张大复：《醉菩提》，《古本戏曲丛刊三集》据长乐郑氏藏钞本影印。
③ 张大复：《醉菩提》，《古本戏曲丛刊三集》据长乐郑氏藏钞本影印。
④ 张大复：《醉菩提》，《古本戏曲丛刊三集》据长乐郑氏藏钞本影印。
⑤ 张大复：《醉菩提》，《古本戏曲丛刊三集》据长乐郑氏藏钞本影印。
⑥ 张大复：《醉菩提》，《古本戏曲丛刊三集》据长乐郑氏藏钞本影印。

不识。在经沈提典介绍后，道济倚翠偎红，"脂香染却袈裟袖""我今日破袈裟偎红袖""须信道酒向欢肠受，说甚么情从酒上钩，你与我拥着衾裯，海棠花下葫芦叩。准备着扶头，狮子林中鸾凤俦"。① 酒后，夜宿月英房中。当他回到灵隐寺后，对此并不刻意避讳，自云"昨日在响水闸兰英姐姐家宿娼"②。

酒、色二端，佛教戒律明言禁之，亦非洪水猛兽，二者间有些许融通之处。《维摩诘所说经》中的维摩诘，"入诸婬舍，示欲之过；入诸酒肆，能立其志"③，佛陀亦曾度化莲花色，历代禅林僧徒，有闻音声而悟道者，有听艳曲而悟道者，有读《西厢记》而悟道者，不一而足。剧中的道济，夜宿娼家，其目的在于了却宿缘，以佛教的无常观警醒月英，归入佛教。二人互相嘲讽时，道济云，"你掉转头，人老珠黄，凄凄惶惶，掩上门儿，愁听别院笙歌""你头发白，面皮黄，年纪上身。苦呀！草荐卷来猪狗吞"。④ 在此当头棒喝下，月英"情愿弃却繁华，从师学道"，礼道济为师，归入佛门。

剧本看似轻视乃至无视戒律，实则奉劝世人出家修道当严守戒律，不可沉湎于酒色之中，不可随意仿效道济。道济坐化后西去与众人道别时，问其既为和尚，为何不守戒律，道济云："说不得海棠花不依莲座，我只道杜康城迁近祇园。你道是寻常不费酒家钱，却不道因由难脱葫芦绊。也是尘缘未了，暂时间夙孽牵

---

① 张大复：《醉菩提》，《古本戏曲丛刊三集》据长乐郑氏藏钞本影印。
② 张大复：《醉菩提》，《古本戏曲丛刊三集》据长乐郑氏藏钞本影印。
③ 僧肇等：《注维摩诘所说经》，上海古籍出版社，2011 年，第 30 页。
④ 张大复：《醉菩提》，《古本戏曲丛刊三集》据长乐郑氏藏钞本影印。

缠。"① 盖将饮酒等举归结为尘缘与宿业，规劝世人，不可以他为例，违犯戒律。如云："（众）如此说来，出家人亦不消断酒除荤了。（生）咳！千百年劫中，只有道济一人，大众休错了念头。荤酒虽是我的玩世，亦是俺的凤孽。大众从今，一心持斋戒精进，切勿以道济为借口。正所谓画虎不成反类狗也。（寄生草）戒律是如来造，修行人当奉言。有一个刘伶好酒遭刑宪，有一个青莲好酒穷荒贬，有一个毕卓好酒官篆遣。若悟得糟邱麴岭也是金仙，不悟的三杯五盏禅心乱。"② 持戒与犯戒，实际上因人而异。

综上，道济虽出入于酒色之中，然心无挂碍，无执迷，无意守戒亦无意破戒，随缘任运，自在解脱。故在剧末，张大复再度点出借戏说法："借歌声说法将人劝，诗和酒亦有因缘。肉蒲团色中造冤，酒菩提醉里升天。看眼前何多济颠，谁人悟得酒是禅。果然斗酒诗百篇，掷下杯盘，无限安然。"③ 当然，道济形象及其非佛非圣的狂癫之举，由宋代摒除于正统禅林之外到明清广为僧俗接纳，与明代中叶以来戒律的松弛、新学的鼓动乃至于禅林风尚的转移，均有密切的关系。④

① 张大复：《醉菩提》，《古本戏曲丛刊三集》据长乐郑氏藏钞本影印。
② 张大复：《醉菩提》，《古本戏曲丛刊三集》据长乐郑氏藏钞本影印。
③ 张大复：《醉菩提》，《古本戏曲丛刊三集》据长乐郑氏藏钞本影印。
④ 曾果果：《论〈醉菩提〉中的济公形象》，载《戏曲艺术》2012 年第 2 期。

# 参 考 文 献

［1］释宗泐. 全室外集［M］.《文渊阁四库全书》本.

［2］释宗泐. 全室和尚语录［M］. 日本藏经书院藏清抄本.

［3］释来复. 蒲庵集［M］. 清抄本.

［4］释法聚. 天池玉芝和尚内集［M］. 嘉靖四十三年释明源
刻本.

［5］释读彻. 苍雪大师南来堂集［M］. 1940 年王培孙校印本.

［6］释至仁. 澹居稿［M］. 清抄本.

［7］释妙声. 东皋录［M］.《文渊阁四库全书》本.

［8］释居顶. 圆庵集［M］. 明刻本.

［9］释睿略. 松月集［M］.《四库全书存目丛书》本.

［10］释宗贤. 傲寮集［M］.《四库全书存目丛书》本.

［11］释净伦. 大巍禅师竹室集［M］.《嘉兴大藏经》本.

［12］释明秀. 雪江诗稿［M］. 上海图书馆馆藏清抄本.

［13］释如愚. 空华集［M］.《四库全书存目丛书》本.

［14］释如愚. 饮河集［M］.《四库全书存目丛书》本.

［15］释如愚. 石头庵集［M］.《四库全书存目丛书》本.

［16］释如愚. 止蹄斋集［M］.《四库全书存目丛书》本.

［17］释如愚. 石头庵宝善堂诗集［M］.《禅门逸书初编》本.

［18］释法藏. 三峰藏禅师山居诗［M］. 明万历刻本.

［19］释洪恩. 雪浪集［M］.《四库全书存目丛书》影印万历释通

泽刻本.

[20] 释洪恩. 雪浪续集 [M].《禅门逸书续编》本.

[21] 释法杲. 雪山草 [M].《禅门逸书续编》本.

[22] 释德清. 憨山老人梦游集 [M].《四库未收书辑刊》本

[23] 释大善. 和西溪百咏 [M].《四库全书存目丛书》影印明崇祯刻本.

[24] 释超永. 五灯全书 [M].《卍新纂续藏经》本.

[25] 释大闻, 释幻轮. 释鉴稽古略续集 [M]. 《大正新修大藏经》本.

[26] 释自融. 南宋元明禅林僧宝传 [M]. 释性磊, 补辑.《卍新纂续藏经》本.

[27] 楚石梵琦. 佛日普照慧辩楚石禅师语录 [M].《卍新纂续藏经》本.

[28] 释际祥. 净慈寺志 [M]. 杭州：杭州出版社, 2006.

[29] 钱谦益. 钱牧斋全集 [M]. 钱曾, 笺注. 钱仲联, 标校. 上海：上海古籍出版社, 2003.

[30] 钱谦益. 绛云楼书目 [M].《续修四库全书》本.

[31] 黄虞稷. 千顷堂书目 [M]. 瞿凤起, 潘景郑, 整理. 上海：上海古籍出版社, 2001.

[32] 毛晋. 明僧弘秀集 [M]. 李玉栓, 点校. 芜湖：安徽师范大学出版社, 2015.

[33] 钱谦益. 列朝诗集 [M]. 许逸民, 林淑敏, 点校. 北京：中华书局, 2007.

[34] 徐泰. 诗谈 [M].《四库全书存目丛书》本.

[35] 蒋一葵. 尧山堂外纪 [M]. 明万历刻本.

［36］朱元璋. 明太祖文集［M］.《文渊阁四库全书》本.

［37］宋濂. 宋濂全集［M］. 杭州：浙江古籍出版社，1999.

［38］永瑢. 四库全书总目［M］. 北京：中华书局，1965.

［39］朱右. 白云稿［M］.《文渊阁四库全书》本.

［40］钱谦益. 列朝诗集小传［M］. 上海：上海古籍出版社，1983.

［41］释心泰. 佛法金汤编［M］.《四库未收书辑刊》影印万历二十八年释如惺刻本.

［42］利玛窦，金尼阁. 利玛窦中国札记［M］. 何高济，王遵仲，李申，译. 北京：中华书局，1983.

［43］郭正域. 合并黄离草［M］.《四库禁毁书丛刊》本.

［44］姚旅. 露书［M］. 明天启刻本.

［45］袁中道. 珂雪斋前集［M］.《四库禁毁书丛刊》本.

［46］袁宏道. 袁中郎全集［M］. 明崇祯刊本.

［47］王士禛. 渔洋诗话［M］. 北京：中华书局，1963.

［48］徐珂. 清稗类钞［M］. 北京：中华书局，1986.

［49］陈继儒. 白石樵真稿［M］.《四库禁毁书丛刊》本.

［50］沈德符. 万历野获编［M］. 北京：中华书局，1997.

［51］钱孺谷，钟祖述. 小瀛洲十老社诗［M］.《四库全书存目补编》本.

［52］查慎行. 得树楼杂钞［M］.《适园丛书》本.

［53］沈季友. 槜李诗系［M］.《文渊阁四库全书》本.

［54］朱彝尊. 明诗综［M］.《文渊阁四库全书》本.

［55］曹学佺. 石仓历代诗选［M］.《文渊阁四库全书》本.

［56］高启. 凫藻集［M］.《文渊阁四库全书》本.

［57］钟惺. 隐秀轩集［M］. 李先耕，崔重庆标校. 上海：上海
　　古籍出版社，1992.

［58］姚广孝. 逃虚子诗集补遗［M］.《四库全书存目丛书》本.

［59］屈大均. 广东新语［M］. 北京：中华书局，1997.

［60］沈德潜，周准. 明诗别裁集［M］. 北京：中华书局，1975.

［61］朱之蕃. 盛明百家诗［M］.《四库全书存目丛书》本.

［62］李邺嗣. 甬上高僧诗［M］.《四明丛书》本.

［63］释正勉，释性㳟. 古今禅藻集［M］.《四库全书》本.

［64］周永年. 吴都法乘［M］.《中国佛寺志丛刊》本.

［65］葛寅亮. 金陵梵刹志［M］.《文渊阁四库全书》本.

［66］盛时泰. 栖霞小志［M］.《文渊阁四库全书》本.

［67］吴之鲸. 武林梵志［M］.《文渊阁四库全书》本.

［68］周裕锴. 中国禅宗与诗歌［M］. 上海：上海人民出版
　　社，1992.

［69］陈垣. 明季滇黔佛教考［M］. 石家庄：河北教育出版
　　社，2000.

［70］崔建英. 明别集版本志［M］. 贾卫民，李晓亚，整理. 北
　　京：中华书局，2006.

［71］荒木见悟. 明末清初的思想与佛教［M］. 廖肇亨，译. 上
　　海：上海古籍出版社，2010.

［72］圣严法师. 明末佛教研究［M］. 北京：宗教文化出版
　　社，2006.

［73］江灿滕. 晚明佛教改革史［M］. 桂林：广西师范大学出版
　　社，2006.

［74］张节末. 禅宗美学［M］. 杭州：浙江人民出版社，1999.

［75］邓之诚. 清诗纪事初编［M］. 北京：中华书局，1965.

［76］黄仁生. 日本现藏稀见元明文集考证与提要［M］. 成都：岳麓书社，2004.

［77］陈玉女. 明代的佛教与社会［M］. 北京：北京大学出版社，2011.

［78］周齐. 明代佛教与政治文化［M］. 北京：人民出版社，2005.

［79］任宜敏. 中国佛教史：明代［M］. 北京：人民出版社，2009.

［80］吴晗. 朱元璋传［M］. 北京：人民出版社，1998.

［81］祁伟. 佛教山居诗研究［M］. 北京：商务印书馆，2014.

［82］蔡晶晶. 元末明初诗僧群研究：以来复、宗泐、姚广孝为中心［D］. 浙江大学，2009.

# 后　记

学术界真正开始关注明代佛教文学，是最近二十年的事情，研究基础非常薄弱。我们一度以为还没有写作《明代佛教文学史》的条件，然而，在吴光正教授的统领和催促之下，最终竟也完成了本书的写作。

书稿初步写定于 2017 年底。次年元月，在武汉大学召开的"中国宗教文学史审稿"会上，廖可斌、孙之梅、吴根友等先生提出了许多宝贵的修改意见。经过数次修订，便形成了如今的模样。这本《明代佛教文学史》总体显然非常稚嫩，先不说读者的意见，就是我们也觉察到了很多明显的缺陷。比如，整部书稿偏重诗歌，散文着墨很少；从明初的宋濂到明末的钱谦益，明代很多文人都与佛教有着密切的关系，创作了大量佛教题材的作品，但本书却未能涉笔；由于缺少了上述一环，明代释家文学与主流文坛的交涉便难以勾画清楚；就释家文学而言，仍有很多重要的作家，像明初的来复见心、一初守仁，晚明的汉月法藏、觉浪道盛、牧云通门等宗匠，也都付之阙如，由此明代释家文学的发展脉络和意义也都很难厘清楚。另外，本书所涉及的内容，不少论述也都流于表面，没有真正深入体察明代释氏作家的心灵世界。这些问题和缺憾，只能归咎于我们学养欠缺，努力不够。

本书主要由李舜臣和王彦明完成。具体情况如下：绪论、第一章、第二章、第三章、第五章、第六章、第七章由李舜臣执笔；

第四章由余霞执笔，李舜臣指导；第八章、第九章、第十章、第十一章、第十二章、第十三章由王彦明执笔；第十四章由于素祥执笔，王彦明修订。

最后还要说的是，我们参与了"中国宗教文学史"整个课题的研究进程，从最初的构想到课题的申报，以及多次学术研讨会议，见证了吴光正教授所付出的辛勤汗水。没有他的奔走呼吁，本书是绝不可能面世的。另外，通过此次机缘，我们还认识了很多研究佛教文学的中青年学者，并结下了深厚的友谊。

李舜臣、王彦明
2023 年 6 月